Kontaktadresse nach EU-Produktsicherheitsverordnung:
produktsicherheit@droemer-knaur.de

KNAUR

Von Harald Gilbers sind bereits folgende Titel erschienen:
Germania
Odins Söhne
Endzeit
Totenliste

Über den Autor:
Harald Gilbers, geboren 1969, stammt aus Moers am Niederrhein und lebt derzeit in Norddeutschland. Er studierte Anglistik und Geschichte in Augsburg und München. Anschließend arbeitete er zunächst als Feuilleton-Redakteur beim Fernsehen, bevor er als freier Theaterregisseur tätig wurde. Sein Romandebüt »Germania«, der erste Fall für Kommissar Oppenheimer, erhielt 2014 den Friedrich-Glauser-Preis und wurde bislang in sechs Sprachen übersetzt (Französisch, Italienisch, Dänisch, Polnisch, Tschechisch und Japanisch). In Japan schaffte es der Roman gleich auf zwei Jahres-Bestenlisten mit ausländischen Krimis. Die Fortsetzung, »Odins Söhne«, wurde 2016 in Frankreich mit dem Prix Historia als bester historischer Kriminalroman ausgezeichnet. Inzwischen sind bereits vier Bände mit Kommissar Oppenheimer erschienen.

Harald Gilbers

Hungerwinter

Roman

KNAUR

Besuchen Sie uns im Internet:
www.knaur.de

Originalausgabe Mai 2020
Knaur Taschenbuch

Ein Imprint der Verlagsgruppe
Droemer Knaur GmbH & Co. KG, München

Dieses Werk wurde vermittelt durch die Literarische Agentur
Thomas Schlück GmbH, 30161 Hannover.
Redaktion: Ilse Wagner
Covergestaltung: ZERO Werbeagentur, München Coverabbildung:
Roy Bishop / Arcangel Images
Satz: Saskia Prommersberger
Printed in Germany
ISBN 978-3-426-52183-0

4 5 3

1

Donnerstag, 6. November 1947 –
Freitag, 7. November 1947

Nichts war kälter als der Tod. Bei diesem Gedanken zog Ursula die Strickjacke um sich zusammen. In den Kriegsjahren war sie im Krankenhausdienst häufig Zeugin davon geworden, wie ein Mensch starb. Die letzten Zuckungen, das Entweichen der Luft aus der Lunge, das die Stimmbänder aktivierte und deshalb wie ein Seufzer klang, das allmähliche Erkalten des Körpers – das alles war nicht neu für sie. Bislang war das lediglich Fremden geschehen, während Ursula ihrem Beruf nachging.

Seit wenigen Minuten existierte diese unsichtbare Grenze nicht mehr. Denn jetzt hatte sich in ihrer eigenen Wohnung ein jäher Gewaltausbruch zugetragen. Fassungslos starrte Ursula auf das Schauspiel im Wohnzimmer. Da sie keinen Balkon besaß, hatte sie quer im Raum dünne Seile aufgespannt, um über Nacht die Kochwäsche zu trocknen. Ein weißer Himmel aus feuchten Bettlaken, darunter eine heruntergerissene Leine mit einem zusammengeknüllten Laken. Und genau vor ihren Füßen lag im Licht der nackten Glühbirne eine gekrümmte Leiche.

Ursulas Atem ging immer noch stoßweise. Was war nur mit Konrad, ihrem Mann, geschehen? Wie hatte es so weit kommen können?

»Es wird alles wieder gut«, flehte die Männerstimme.

Das Entsetzen über die Geschehnisse war so groß, dass sie erst mit einiger Verspätung den Sinn des Gesagten verstand.

Sicher, er wollte sie beruhigen. Nur passten die Worte nicht zu dem blutverschmierten Messer in seiner Hand. Seine aschblonden Haare waren zerzaust, das Gesicht war so stark gerötet, dass er förmlich zu glühen schien. Der Mann, von dem sie geglaubt hatte, dass er ihr Seelenverwandter war, kam Ursula unvermittelt wie ein Fremder vor.

Plötzlich hörte sie etwas hinter ihrem Rücken. Feste Schläge gegen massives Holz. Jemand hämmerte an ihre Wohnungstür. Jemand wollte herein.

»Is alles in Ordnung bei euch?«, fragte eine dumpfe Stimme im Treppenhaus.

Ursula dachte daran, wie verfänglich ihre Situation war. Falls der Nachbar sie beide zusammen mit dem Toten entdeckte, würde er die falschen Schlüsse ziehen und einen kaltblütigen Mord vermuten. Das durfte nicht geschehen. Wenn die Leute erst einmal damit anfingen, indiskrete Fragen zu stellen und sich das Maul zu zerreißen, dann wäre es schnell vorbei. Ihr Leben in Geborgenheit, das Ursula doch gerade erst kennengelernt hatte.

Fest entschlossen, das nicht zuzulassen, hastete sie durch die dunkle Diele und lehnte sich mit ihrem ganzen Gewicht gegen die Tür. Vielleicht ließ sich das Unheil ja aufhalten, wenn sie ihm den Zugang verwehrte.

Ihr Liebster trat an sie heran und zischte: »Ich habe schon abgeschlossen, sicher ist sicher.« Dann richtete er seine stahlgrauen Augen auf Ursula.

»Wir haben nicht viel Zeit. Wirst du mir helfen?«

»Das weißt du doch«, antwortete sie mit tonloser Stimme.

Oppenheimer musste täglich vom britisch besetzten Schöneberg in den sowjetischen Teil der Stadt pendeln, da sich seine Dienststelle in der Nähe des alten Polizeipräsidiums am Alexanderplatz befand. Noch in den letzten Kriegsmonaten war die Respekt einflößende Zentrale durch Bomben fast vollständig zerstört worden, und die derzeit laufenden Renovierungsarbeiten kamen derart schleppend voran, dass sich Oppenheimer keine Illusionen mehr machte. Er glaubte nicht daran, dass er in seiner Funktion als Mordkommissar jemals wieder einen Schritt in den weitläufigen Bürotrakt der sogenannten *roten Burg* setzen würde.

Mittlerweile waren die Verwaltung und die Dienststellen auseinandergerissen. Das offizielle Polizeipräsidium befand sich jetzt in der Nähe des Rosenthaler Platzes und damit ebenfalls im sowjetischen Sektor, dort beschäftigte man sich aber hauptsächlich mit der Verwaltung des Polizeiapparates. Oppenheimer gehörte zu den Fachkräften, die in einem ehemaligen Lagergebäude des Karstadt-Konzerns untergekommen waren. Es war ein großer Gebäudekoloss, der zwischen der Keibel- und der Neuen Königsstraße lag, sich für die Zwecke des Warenhausinhabers als viel zu weitläufig herausgestellt hatte und deshalb an das Reichsfinanzministerium verkauft worden war. Erst einige Monate nach seinem Arbeitsantritt war Oppenheimer auf die Tatsache aufmerksam geworden, dass in den Büros nach 1936 das Statistische Reichsamt untergebracht war, das unter anderem für Hitlers Regierung die Judenzählungen durchgeführt hatte. Zweifelsohne waren auch seine Daten hier gelandet. Man hatte die Unterlagen hier verarbeitet, sortiert, und in einem dieser anonymen Büros hatte jemand über Oppenheimers Schicksal entschieden. Und jetzt bewegte er sich frei durch das Gebäude, war sogar wieder eine Respektsperson. Manchmal konnte er es selbst nicht glauben.

An diesem Abend war er beim Mordbereitschaftsdienst zur Nachtschicht eingeteilt. Und bis zum ersten Einsatz sollte es nicht lange dauern. Viertel nach ein Uhr in der Nacht wurde er von Kriminalanwärter Wenzel aus dem Dämmerschlaf gerissen, weil sie in den Stadtbezirk Treptow mussten. Bereits wenige Minuten später saß Oppenheimer auf dem Beifahrersitz des Dienstfahrzeugs und starrte auf die nächtlichen Straßen. Er schätzte, dass es jetzt gegen halb zwei war. Eine funktionierende Armbanduhr war immer noch eine Rarität, und die Schwarzmarktpreise erreichten schwindelerregende Höhen, die sich Oppenheimer mit seinem mageren Gehalt beim besten Willen nicht leisten konnte.

Die Wischer ihres Autos kratzten über die Windschutzscheibe. Jedes Mal, wenn auch nur ein einzelner Tropfen auf das Glas fiel, schaltete Wenzel diese verdammten Scheibenwischer an, sodass sich einzelne Schlieren über die Scheibe zogen.

Um zu ihrem Ziel, einem Wohnblock an der Köpenicker Landstraße, zu kommen, mussten sie die Spree überqueren. Das ging am besten auf der Schillingbrücke. Trotz Hitlers Befehl, beim Anrücken des Feindes strategisch wichtige Infrastruktur zu zerstören, war sie in der Endphase nicht gesprengt worden.

Auf dem Weg zu ihrem Einsatz durchquerten sie am südlichen Spreeufer auf knapp zwei Kilometern den amerikanischen Sektor. Als am Straßenrand das weiße Schild an ihnen vorbeizischte, auf dem in schwarzen Buchstaben stand, dass sie den sowjetischen Einflussbereich verließen, spürte Oppenheimer eine gewisse Erleichterung. Die währte jedoch nicht lange, denn bereits wenige Minuten später erschien im Scheinwerferlicht ein weiteres Schild, und sie tauchten wieder in den Ostsektor ein.

Und schon wurde Oppenheimer erneut von der altbekannten Beklemmung erfasst.

Tagtäglich pendelten unzählige Berliner zwischen den Besatzungszonen hin und her, ohne sich dabei etwas zu denken. Ähnlich wie Oppenheimer gingen sie im benachbarten Sektor zur Arbeit oder besuchten die mittlerweile enttrümmerten Flaniermeilen der Innenstadt. Die Grenzen der Einflusssphären waren praktisch unsichtbar. Man konnte beinahe ein friedliches Miteinander der Besatzungsmächte vermuten.

Für die Bewohner der westlichen Sektoren, zu denen auch Oppenheimer zählte, war der Ostteil der Stadt jedoch zunehmend ein weißer Fleck auf der Karte. Wenn es sich vermeiden ließ, zog man es vor, nicht in den sowjetischen Teil zu fahren. Denn in den letzten Monaten hatte sich herumgesprochen, dass Menschen dort spurlos zu verschwinden pflegten.

Die Gerüchteküche brodelte, und die Zeitungsberichte der westlich orientierten Presse taten ihr Übriges. Die Leute sprachen von illegalen Verhaftungen und generalstabsmäßig geplanten Entführungen. Und neben allen Übertreibungen und Zuspitzungen gab es die harten Zahlen. So hatte die Berliner SPD-Fraktion ausgerechnet, dass bisher mehr als fünftausend Personen verschwunden waren. Dass ein derart großer Anteil der Stadtbewohner als vermisst galt, war auch das Thema, das in der Stadtverordnetenversammlung zurzeit die größten Kontroversen auslöste. Doch außer hitzigen Reden war bislang nicht viel geschehen. Die Abgeordneten der kommunistischen Einheitspartei SED unterstützten in dieser Sache demonstrativ den Polizeipräsidenten Markgraf. Ihm wurde vorgeworfen, nichts gegen die Massenverschleppungen zu unternehmen. Da Markgraf die Führung der Polizei mit dem Segen der Sowjetischen Militäradministration übernommen hatte, war es nicht verwunderlich, dass er keine großen Anstrengungen unternahm, die Vermisstenfälle aufzuklären.

»Wir sind gleich da«, sagte Wenzel und stieß dabei einen Schwall blauen Zigarettenrauchs aus. Oppenheimer brummte zustimmend. Immer noch ein wenig schläfrig, lehnte er den Kopf nach hinten und ließ die Häuserzeilen an sich vorbeitreiben.

Vielleicht konnte er auf den letzten hundert Metern ja noch ein wenig Kraft tanken. Es hieß, dass die Leute mit zunehmendem Alter immer weniger Schlaf benötigten. Oppenheimer musste da wohl eine Ausnahme sein. Er war jetzt Ende vierzig und benötigte mehr Ruhepausen als je zuvor. Wenzel machte es mit seinen dreißig Lenzen hingegen nicht viel aus, sich die Nächte um die Ohren zu schlagen. Und doch sah er älter aus, als er war. Die Haut war genauso grau wie die Asche seiner gerauchten Zigaretten. Die Kriegserlebnisse und die Mangelernährung hatten Wenzel tiefe Furchen ins Gesicht gegraben. Wie immer klebte eine brennende Zigarette in seinem Mundwinkel.

Oppenheimer wunderte sich, dass so viele Leute rauchten. Irritierenderweise schienen jetzt sogar noch mehr Berliner dem Tabakkonsum zu frönen als früher, und das, obwohl die Rauchwaren mittlerweile schier unbezahlbar waren. Die offiziellen Zuteilungen waren denkbar bescheiden. Ein erwachsener Mann bekam pro Monat zwölf Zigaretten zugebilligt, Frauen sogar nur die Hälfte. Wenzel hätte mit seiner mageren Ration nicht einmal einen halben Tag überstanden.

Wenzels flatternde Kleidung ließ erahnen, dass er spindeldürr war. Vermutlich teilte er das schwere Los der Vielraucher, die den Großteil der Lebensmittelmarken auf dem Schwarzmarkt für Zigaretten eintauschten, sodass nicht mehr viel zum Essen übrig blieb. Auch er versuchte, sich mit dem Trick über Wasser zu halten, nur die russische Zigarettenmarke *Drug* zu rauchen, die mit zwei Mark pro Glimmstängel sogar noch um zwei Drittel billiger war als die illegal importierten US-Zigaretten, die über Polen den Weg auf Berlins Schwarzmarkt fanden. Oppenheimer gefiel es, dass diese Zigaretten nach dem russischen Wort für *Freund* benannt worden waren. Wesentlich besser roch das Kraut dadurch leider nicht.

Trotz des verhärmten Aussehens hatte er Wenzel in den letzten Monaten als zuverlässigen Assistenten schätzen gelernt, denn er besaß eine schnelle Auffassungsgabe. Auf den äußeren Eindruck konnte man sich in diesen Zeiten sowieso nicht verlassen. Oppenheimer machte sich nichts vor, vermutlich sah er ebenso mitgenommen aus wie Wenzel. Obwohl er seine Lebensmittelmarken nicht für Zigaretten vergeudete, kam er mit seinen Rationen nicht aus. Die Zuteilungen waren, wie das Sprichwort besagte, zu wenig zum Leben und zu viel zum Sterben.

Hinter dem Treptower Park verlangsamte Wenzel die Geschwindigkeit. Auf Oppenheimers Seite zeigte sich ein dreigeschossiger Wohnblock. Die gelben Bogenlampen erhellten nur die unteren Stockwerke, der Rest verlor sich in der Dunkelheit des Nachthimmels.

Ehe Oppenheimer ausstieg und sich der feuchten Nachtkälte aussetzte, schlug er den Mantelkragen hoch. Er lief das Rasenbeet entlang bis zu einem niedrigen Backsteinsockel, auf dem eine Steinskulptur thronte – ein Vater mit drei Kindern. Amüsiert registrierte Oppenheimer, dass bei dieser archetypischen Darstellung der heilen Familie ausgerechnet eine Ziege als Haustier abgebildet war. Hinter der Skulptur verlief ein breiter Weg zu drei großen Arkaden, die in den Hinterhof führten. Etwas weiter links davon befand sich der Hauseingang.

Im erhellten Treppenhaus drängelte sich ein halbes Dutzend Anwohner vor einer Wohnungstür. Ein Schutzpolizist mit glänzendem schwarzem Tschako auf dem Kopf versuchte, die Schar heftig gestikulierend fernzuhalten. Seinem Gesichtsausdruck nach zu urteilen, war der junge Schupo trotz seiner beeindruckenden Größe von fast zwei Metern hoffnungslos überfordert. Oppenheimer fragte sich, wo man für einen solchen Riesen eine passende graublaue Uniform aufgetrieben hatte. Statt einer umständlichen Erklärung reckte er dem Polizisten seine Kripomarke entgegen. Der Schupo stutzte kurz, dann blitzte in seinen Augen etwas auf. Auch Oppenheimer hatte den Eindruck, dass er dem baumlangen Polizisten früher schon einmal begegnet war, aber es ging alles so schnell, dass er nicht dazu kam, sich an die genauen Umstände zu erinnern. Als der Schupo ihn und Wenzel in die Wohnung durchwinkte, war diese kurze Irritation wieder vergessen. In seinen Gedanken war Oppenheimer schon mit dem Fall beschäftigt, der ihn hier erwartete.

Von der Diele aus konnte man die komplette Wohnung überblicken. Und es gab nicht gerade viel zu sehen. Links und rechts an den Schmalseiten der Diele führten Türen zur Küche und zum Bad. Gegenüber der Wohnungstür lag das Schlafzimmer, und gleich daneben befand sich das Wohnzimmer, in dem einige Personen versammelt waren.

Aufmerksam betrat Oppenheimer den Raum. Seine Mattigkeit war wie weggeblasen, denn er wusste, wie wichtig der erste Eindruck von dem Fundort einer Leiche war. Neben der Zimmertür bewachte ein Schupo zwei verschreckte Gestalten. Eine Frau stand händeringend vor dem einzigen Sofa. Auf dem Sitzmöbel lag ein Mann mit entblößtem Oberkörper und gab Schmerzenslaute von sich. Ein älterer Herr mit einem grauen Schnauzer verarztete gerade dessen blutende Wunde.

Als der Arzt Oppenheimers Schritte hörte, wandte er sich kurz um und knurrte: »Ist diese vermaledeite Ambulanz endlich da?«

»Noch nicht«, antwortete Oppenheimer. Da er den Arzt nicht einordnen konnte, flüsterte er dem Schupo zu: »Das ist wohl nicht der Rechtsmediziner?«

»Ein Arzt von nebenan«, antwortete der Polizist. »Die Nachbarn haben ihn geholt.«

Oppenheimer nickte und näherte sich dem anderen Mann, für den jegliche ärztliche Hilfe zu spät kam.

Der Tote lag seitlich auf einem heruntergerissenen Bettlaken. Der Stoff war blutrot verfärbt. Der Mann war mit einer alten Uniform bekleidet. An einigen Stellen ragten abgerissene Fäden aus dem Stoff, die letzten Spuren der militärischen, jetzt verbotenen Abzeichen, die offensichtlich entfernt worden waren.

»Was ist denn vorgefallen?«, fragte Oppenheimer mit gesenkter Stimme.

Der Schupo nickte zu dem verwundeten Mann auf dem Sofa. »Das dort ist Herr Hinze. Seine Frau behauptet, dass sie einen Einbrecher überrascht haben. Er war mit einem Messer bewaffnet. In die Enge gedrängt, stürzte er sich auf Herrn Hinze. Bei der Rangelei wurde der Ehegatte schwer verletzt und der Einbrecher tödlich getroffen.«

»Also Notwehr?«, schaltete sich Wenzel ein.

Der Polizist nickte. »Alles deutet darauf hin. Die Nachbarn haben die Auseinandersetzung gehört. Ich war gerade mit einem Kollegen auf Fahrradstreife unterwegs. In der Eichbuschallee hörten wir eine Signalpfeife. Wir sind nur wenige Minuten nach der Tat eingetroffen.«

Oppenheimer stutzte. »Wer hat denn da gepfiffen? Etwa ein anderer Schupo?«

»Nein, nein. Es war ein Hausbewohner. Im Hinterhof befinden sich Gemüsebeete. Die Pfeifen werden von den Polizeidienststellen verteilt. Zum Schutz der Anpflanzungen.«

»Und beim Eintreffen habt ihr die Wohnung genauso vorgefunden?«

»Im Prinzip schon. Herr Hinze lag verletzt auf dem Sofa. Der Arzt kam dann etwas später.«

Nachdenklich brummte Oppenheimer vor sich hin. Dann holte er aus der Innentasche der Anzugjacke seine Zigarettenspitze und steckte sie sich zwischen die Lippen. Wenzel sah schweigend zu, denn er wusste mittlerweile, dass es Oppenheimers Marotte war, auf dem leeren Mundstück herumzukauen, wenn er sich auf einen Fall konzentrierte.

Abgesehen von der schäbigen Kleidung und den zerzausten schwarzen Haaren, wirkte der Tote recht gepflegt. Das Kinn war glatt rasiert, die vollen Wangen verrieten, dass er recht gut genährt war. Die erloschenen Augen waren noch weit geöffnet und starrten ins Leere. Oppenheimer beugte sich nach vorn, sodass er im Unterleib des Toten das Griffstück des eingedrungenen Messers erspähte.

»Vielleicht ein heimkehrender Soldat auf der Durchreise«, mutmaßte der Polizist und wies auf den Uniformmantel.

Wenzel runzelte die Stirn. »Könnte sein. Andererseits werden fast alle Uniformen wiederverwendet. Sogar meine Frau trägt eine umgearbeitete Feldbluse.«

Oppenheimer richtete sich auf und blickte auf das zertrümmerte Wohnzimmerfenster. »Ist der Tote durch das Fenster eingedrungen?«

»Sieht danach aus«, bestätigte der Schupo.

Die Spurensicherung war noch nicht eingetroffen, also wagte Oppenheimer nur, das Fenster aus gebührender Distanz zu betrachten. Es war ein ganz gewöhnliches Doppelfenster, wie man es fast in jeder Wohnung finden konnte. Vom Hinterhof wehte eine kühle Brise herein, denn die äußere Scheibe war zertrümmert. Das schmale Sims zwischen innerer und äußerer Scheibe fungierte als Kühlschrankersatz. Die in Wachspapier eingeschlagenen Lebensmittel waren mit funkelnden Glassplittern übersät.

»Er ist also durch den Hinterhof gekommen«, stellte Oppenheimer fest.

Der Polizist schmunzelte. »Ein Hof ist es nicht gerade, eher schon ein Park.«

»Oder mit anderen Worten: Brachland«, murmelte Oppenheimer. »Brachland, das jetzt als Ackerfläche genutzt wird.«

Nachdem sie alles begutachtet hatten, widmete sich Oppenheimer wieder dem Ehepaar Hinze. Mittlerweile war die Ambulanz eingetroffen. Herr Hinze hatte eine tiefe Schnittwunde abbekommen und musste unverzüglich zum nächsten Krankenhaus transportiert werden. Seine Gattin war schreckensbleich, ihr brünetter Dutt schimmerte in der künstlichen Beleuchtung. Damit sie nicht ständig den Toten vor Augen hatte, führte Oppenheimer sie ins Schlafzimmer.

Offensichtlich hatte ihr Mobiliar die Kriegswirren nicht überstanden, denn es gab bei den Hinzes kein Bett, sondern nur ein improvisiertes Nachtlager aus Decken. In einer Ecke des Zimmers stapelten sich Maggikisten mit Kleidern, außerdem befanden sich noch zwei Stühle im Schlafzimmer, die als Stumme Diener umfunktioniert waren. Oppenheimer ließ Frau Hinze auf einem davon Platz nehmen.

»Ich weiß, dass es ein Schock ist«, begann Oppenheimer. Er wollte sich nicht auf die fremden Kleider setzen, also ging er vor Frau Hinze in die Hocke. »Bitte versuchen Sie, sich zu konzentrieren. Können Sie mir erklären, was vorgefallen ist?«

Ursula Hinze brauchte eine Weile, bis sie es schaffte, zusammenhängende Sätze zu formulieren. »Ein Albtraum«, stammelte sie. »Ein wahrer Albtraum. Plötzlich war er da. Ich hab ihn im Wohnzimmer gehört, wie er unsere Sachen durchwühlte. Da hab ich meinen Mann geweckt. Ich dachte, Konrad ruft die Nachbarn oder die Polizei, aber nein, er musste ja den Helden spielen. Ist ins Wohnzimmer, um den Einbrecher zu überrumpeln. Als ich kam, haben sie miteinander gerungen. Ein paar Sekunden später brach der Einbrecher zusammen. Tot. Und Konrad blutete.« Bei diesem Gedanken presste sie die Lippen zusammen.

Wenzel stand an den Türrahmen gelehnt und notierte Frau Hinzes Aussage. Bei ihrer letzten Angabe zog er die Brauen zusammen. Oppenheimer verstand sofort, was ihm aufgefallen war. Die Nachbarn hatten das Handgemenge gehört und die Polizei gerufen. Selbst in der Nacht musste ein lautstarker Streit recht lange andauern, ehe er auffiel.

»Können Sie sich daran erinnern, wie lange es dauerte, bis Sie Ihrem Mann ins Wohnzimmer folgten?«, hakte Oppenheimer nach.

Frau Hinze zuckte mit den Schultern. Fahrig murmelte sie: »Ich weiß nicht. Das ist …« Sie verstummte. »Ich kann mich nicht erinnern. Ihm geht es doch gut?« Frau Hinze warf Oppenheimer einen flehentlichen Blick zu und zerknüllte das tränenfeuchte Taschentuch in der Hand.

»Er befindet sich schon auf dem Weg ins Krankenhaus«, erklärte Oppenheimer. Er ahnte, dass er heute nicht weiterkommen würde. Frau Hinze war noch zu durcheinander, um auf seine Fragen klare Antworten zu geben.

»Haben Sie Bekannte, bei denen Sie unterkommen können?«, erkundigte er sich. Frau Hinze warf ihm einen verständnislosen Blick zu, also präzisierte er: »Die Spurensicherung wird Ihre Wohnung für einige Stunden blockieren, befürchte ich. Es wird ein ziemlicher Trubel. Ich würde Ihnen raten, woanders zu übernachten.«

Frau Hinze zog ihre Stirn kraus. »Vielleicht bei Erika. Erika Schimmelpfennig heißt sie. Sie wohnt in der Baumschulenstraße. Aber sie schläft jetzt sicher.«

»Keine Sorge, darum kümmern wir uns«, redete Oppenheimer ihr gut zu. Ein kurzer Blick zu Wenzel genügte, und schon holte dieser einen der Streifenpolizisten, um Frau Hinze zu ihrer Bekannten zu eskortieren.

Am folgenden Tag begannen für Oppenheimer die Routinearbeiten, die bei jeder Ermittlung anfielen. Also zog er sich in sein Büro zurück, um die nächsten Schritte zu planen. Gedankenversunken starrte er durch die großen Fenster in den bewölkten Himmel. Zusammen mit der hohen Zimmerdecke ließen sie das Büro großzügiger wirken, als es vom Grundriss her war.

Gegen Mittag bestellte er die zwei Streifenpolizisten zu sich. Sie waren als Erste am Tatort gewesen, und nur mithilfe ihrer Aussagen ließ sich abklären, ob Frau Hinzes spärliche Angaben korrekt waren.

Beim Betreten von Oppenheimers Büro sahen die Polizisten genauso schneidig aus wie wenige Stunden zuvor am Tatort. Die Zeiten, in denen Hungergestalten lediglich mit einer handgemalten Polizei-Armbinde versehen die Staatsgewalt vertraten, waren endgültig vorbei. Seit diesem Jahr waren Polizisten wieder militärisch eingekleidet, mit den altbekannten Tschakos, auf denen der Berliner Bär prangte, Uniformen aus graublauem Stoff, Dienstgradabzeichen mitsamt Schulterstücken, breiten Reiterhosen und einem schwarzen Ledergürtel, an dem ein Schlagstock oder Waffen befestigt werden konnten.

Oppenheimers Augen waren verquollen. Er hatte in den frühen Morgenstunden nur noch ein kurzes Nickerchen machen können, und mit einem zerstreuten »Nehmen Sie doch Platz« wies er auf die Stühle vor seinem Schreibtisch. Als sich die beiden Uniformierten hinsetzten, war deutlich zu hören, wie ihre neuen Stiefel knarzten.

»Dann gehen wir am besten die Ereignisse der vergangenen Nacht durch«, schlug Oppenheimer vor, klappte sein Notizheft auf und zückte den Bleistift.

»Also, Sie beide waren auf einer Fahrradstreife unterwegs und hörten eine Signalpfeife.«

Der eine Polizist war ein magerer Mann mit kantigem Kinn. Mit ihm zusammen hatte Oppenheimer in der Nacht den vermutlichen Tatort inspiziert. »Wir drehen immer dieselbe Runde«, bestätigte er. »In der Nähe des Treptower Parks gibt es einige

Schrebergärten und Gemüsebeete. Wir fahren zu festen Zeiten bestimmte Kontrollpunkte ab. Die Anwohner haben Wachposten aufgestellt, um ihre Ernte zu sichern. Lebensmittel ziehen eben Räuber an.«

»Und an diese Wachposten wurden die Signalpfeifen verteilt?«

»Richtig. Jetzt ist die Haupternte ja bereits vorbei, und wir sind nicht mehr ganz so häufig unterwegs. Jedenfalls war es ein glücklicher Zufall, dass wir gerade vor Ort waren, als der Einbruch geschah.«

Oppenheimer notierte sich die Namen der Wachleute im Wohnblock der Hinzes, um sie später zu befragen. Abgesehen davon bestätigten die Schupos, was Oppenheimer bereits vor Ort in Erfahrung gebracht hatte. Die Polizisten gaben an, nach dem Pfeifensignal maximal fünf Minuten gebraucht zu haben, bis sie die Wohnung der Hinzes betraten.

Oppenheimer zog seine Notizen aus der Nacht zurate und rechnete die Zeitangaben zusammen. »Der Nachbar mit der Signalpfeife erklärte, Lärm in der Wohnung der Hinzes gehört zu haben, dann kleidete er sich rasch an und lief ins Treppenhaus, wo bereits andere Mitbewohner standen. Dann wurde er sofort losgeschickt, um Hilfe zu rufen. Es scheint mir realistisch, dass Sie vielleicht fünfzehn Minuten nach der Tat eingetroffen sind. Sagen wir mal, Viertel vor eins geschah die Tötung, die Gerichtsmediziner werden das später noch präzisieren.«

»Wenn Sie das sagen«, meinte der Polizist.

»Wir mussten die Tür aufbrechen«, warf der baumlange Polizist ein, der aufgepasst hatte, dass kein neugieriger Nachbar in die Wohnung schlich. Er hatte seinen Stuhl in die Nähe des Ofens gerückt und rieb sich die klammen Hände.

»Die Tür war also abgeschlossen«, sinnierte Oppenheimer. »Das bedeutet, dass sich in der Wohnung nur das Ehepaar

Hinze und der Einbrecher befanden. Und keiner hat Ihnen aufgemacht?«

Beide Polizisten verneinten.

»Als wir die Wohnung betraten, war Frau Hinze mit ihrem verletzten Mann beschäftigt«, gab der magere Polizist zu bedenken.

Oppenheimer runzelte die Stirn. »Aber warum hat sie keine Hilfe geholt? Das wäre doch die normale Reaktion. Stattdessen bleibt sie in der verschlossenen Wohnung.«

Schweigend hing Oppenheimer seinen Gedanken nach und blätterte dabei durch seine Aufzeichnungen. Irgendetwas störte ihn an Frau Hinzes Verhalten, aber momentan konnte er es noch nicht benennen.

Das laute Knacken der brennenden Holzscheite lenkte Oppenheimers Aufmerksamkeit auf den Ofen. Der lange Polizist nahm seinen Tschako ab, um sich mit einem Taschentuch die feuchte Stirn abzutupfen. Als Oppenheimer ihn zum ersten Mal ohne Kopfbedeckung sah, erinnerte er sich.

Er kannte den jungen Mann tatsächlich.

Zuerst war Oppenheimer sprachlos. Es war der *Kleene Hans*, einer der Handlanger des Schweren Ede. Der Ganove versuchte mittlerweile, auf seine alten Tage nur noch seriöse Geschäfte zu machen, aber Oppenheimer zweifelte nicht daran, dass er noch das eine oder andere krumme Ding drehte. Hans war eines seiner Bandenmitglieder. Und jetzt saß er als Polizist verkleidet vor Oppenheimer.

Er wusste nicht, wie er reagieren sollte. Obwohl auch Hans ihn erkannt hatte, spielte er im Beisein seines Kollegen die Unschuld vom Lande. Auf jeden Fall war es keine gute Idee, Hans einfach nur erstaunt anzustarren. Um Zeit zu schinden, räusperte sich Oppenheimer und warf einen ausführlichen Blick auf seine Notizen.

Wenn er Hans darauf ansprach, was er ausgerechnet im Polizeidienst zu suchen hatte, riskierte er, dass seine eigene Verbindung zu Ede herauskam. Ursprünglich hatte Oppenheimer den alteingesessenen Gauner als Spitzel eingesetzt. In den Kriegsjahren und den ersten Monaten nach der Eroberung Berlins war Ede – eine ironische Wendung des Schicksals – eine der wenigen Konstanten in Oppenheimers Leben gewesen. Der Ganove hatte ihm sogar das Leben gerettet, indem er ihn in einem seiner Warenlager versteckt hielt. Dass Oppenheimer als Jude die Vernichtungsmaschinerie der Nationalsozialisten überleben konnte, hatte er nicht zuletzt auch Ede zu verdanken. Trotz seiner Dankbarkeit war er sich bewusst, dass er als wiedereingestellter Kripokommissar keine allzu große Nähe zu verbrecherischen Elementen mehr suchen durfte.

Immer noch etwas irritiert, versuchte Oppenheimer, sich wieder auf den Fall zu konzentrieren.

»Gibt es Hinweise auf einen Mittäter?«, fragte Oppenheimer und sprach damit den letzten wichtigen Punkt an. »Sind euch gestern Nacht zufällig in der Umgebung verdächtige Personen aufgefallen?«

Hans und sein Kollege verneinten. Daraufhin entließ Oppenheimer sie und griff nach seinem Mantel.

Draußen vor dem Bürofenster fiel aus grauem Himmel Schneeregen. Bald würde es wieder dunkel werden, also beschloss Oppenheimer, das letzte Tageslicht zu nutzen, um die Wohnung der Hinzes genauer zu inspizieren.

2

Freitag, 7. November 1947 –
Samstag, 8. November 1947

Eine halbe Stunde später stand Oppenheimer mit Wenzel auf der rückwärtigen Seite des langen Wohngebäudes an der Köpenicker Landstraße und starrte auf das zertrümmerte Fenster des Wohnzimmers der Hinzes. Er versuchte, sich vorzustellen, wie der Einbrecher emporgeklettert war, um sich Zugang zu verschaffen. Das Fenster befand sich in etwa zwei Metern Höhe. Nach Angaben der Kollegen von der Spurensicherung hatte hier eine verschrammte Leiter an der Hauswand gelehnt, mit dem Fußende im Gartenbeet.

Das einstmals parkähnliche Gelände hinter dem Haus ähnelte einem Schrebergarten. Wie auch an anderen Stellen Berlins hatte man hier die Erde umgegraben und versuchte, Obst und Gemüse zu ziehen. Nach Ende der Kriegsaktivitäten war schnell klar geworden, dass sich Berlin nicht autark versorgen konnte. Eine groß angelegte Brachlandaktion sollte die desolate Lage wenigstens ein bisschen verbessern. Und so hatte die Stadtverwaltung Gartenbauinspektoren losgeschickt, um Grundstücke aufzulisten, auf denen Ackerbau möglich erschien. Nicht nur Parks und öffentliche Grünflächen wurden erfasst, sondern auch verwahrloste Gärten und Trümmergrundstücke. Allerdings erwies sich die Planung als viel zu optimistisch, denn in der bevölkerungsreichen Berliner Innenstadt waren Freiflächen kaum zu finden. Außerdem war der zur Verfügung stehende Boden oftmals miserabel. Monatelange Knochenarbeit war nötig, um ihn in einen brauchbaren Zustand zu bringen. Die Aufzucht der Erdfrüchte war nur mit massivem Einsatz von Düngemitteln möglich, die jedoch manchmal gar nicht geliefert wurden. Privatleuten wurde in Aussicht gestellt, dass sie die Ernte behalten konnten, ohne dass sie auf die Lebensmittelkarten angerechnet wurde. Wenn man berufstätig war, fehlte allerdings die Zeit, um neben dem stundenlangen Schlangestehen vor den Geschäften auch noch Gemüse anzubauen. Und so ließen die Erfolge all dieser Bemühungen immer noch auf sich warten.

Selbst der schmale Streifen Erde vor der Rückwand des Wohnhauses wurde zum Anbau von Essbarem genutzt. Und so befanden sich die Abdrücke der Leiter inmitten von grünen Blättern, unter denen die weiß-violetten Knollen der Steckrüben aus dem Boden hervorlugten.

Wenzel ging in die Hocke, um die Erde genauer zu untersuchen. Nach einigen Minuten schnaubte er auf.

»Mit Fußspuren ist hier völlige Fehlanzeige«, brummte er. »Außerdem gefallen mir die Abdrücke der Leiter nicht.«

Oppenheimer nickte. »Obwohl der Boden von der Feuchtigkeit aufgeweicht ist, kann man sie kaum erkennen. Und nicht nur das: Bis auf die Stelle, an der die Leiter stand, ist bei dem Gemüse nicht mal ein einziges Blättchen abgeknickt worden.«

Wenzel stellte sich an den Rand des Beets und machte einen großen Schritt auf die imaginäre Leiter zu. Seine Schuhe sanken prompt in die schwarze Erde ein.

»Keine Chance«, sagte er und schüttelte den Kopf. »Um zur Leiter zu gelangen, muss man mindestens einen Schritt auf dem Beet machen.«

»Das bedeutet also, dass niemand auf der Leiter stand«, folgerte Oppenheimer. Dann schritt er auf dem knirschenden

Splitt des Gehwegs Muster ab, die nur für ihn einen Sinn ergaben.

»Wie ist der Getötete dann hineingelangt?«

Bei Wenzels Frage hielt Oppenheimer inne. Er sog die feuchte Luft ein und antwortete: »Er kam durch die Wohnungstür. Wie denn sonst? Die Hinzes wollen uns für dumm verkaufen.« Er warf seinem Assistenten einen Blick zu. »Jetzt ist nur die Frage, warum sie uns diese Lüge auftischen.«

Mit einem amüsierten Funkeln in den Augen meinte Wenzel: »Vielleicht wird diese Untersuchung ja doch interessant.«

Während Wenzel die Nachbarn befragte, die als Wachposten des Hinterhofgartens eingeteilt waren, fuhr Oppenheimer mit seinem Fahrrad zur Baumschulenstraße, in der Hoffnung, dort Frau Hinze bei ihrer Bekannten vorzufinden.

Mit Fahrzeugen war die Kripo immer noch spärlich ausgestattet. Wenn nicht gerade ein dringender Einsatz anstand, war es schwierig, bei den zuständigen Stellen einen Polizeiwagen zu organisieren. Daher verließen sich Oppenheimer und Wenzel im Zweifelsfall lieber auf ihre Drahtesel, wenn sie irgendwohin mussten, selbst wenn es wie an diesem Tag bedeutete, sich dem feuchten Schneeregen auszusetzen.

Das Innenlager eines Pedals gab ein markerschütterndes Quietschen von sich. Oppenheimer konnte es ölen, so viel er wollte, nichts änderte sich daran. Er nahm sich vor, demnächst nach einem Ersatzteil Ausschau zu halten. Nur halb im Scherz hatte Wenzel Oppenheimers fahrbaren Untersatz mal ein *Frankenstein-Monster von einem Fahrrad* genannt. Doch im Gegensatz zur Kreatur von Mary Shelleys größenwahnsinnigem Wissenschaftler war sein Drahtesel nicht aus Leichenteilen, sondern aus den Überresten anderer Räder zusammengebaut worden.

Frau Hinze war in den frühen Morgenstunden bei ihrer Freundin Erika Schimmelpfennig untergekommen, deren Wohnung wenige Hundert Meter von der S-Bahn-Station Baumschulenweg entfernt war. Nachdem Oppenheimer geklingelt hatte und zwei Treppen emporgestiegen war, öffnete ihm ein mürrischer Herr mit einer Hornbrille und schütterem Haar.

»Entschuldigung«, begann Oppenheimer, »ist Frau Hinze zufällig anwesend?« Der Mann stutzte. Der Name schien ihm nichts zu sagen. »Ich meine die Dame, die gestern Nacht bei Ihnen untergekommen ist.«

»Weeß ick nich«, erwiderte der Mann. »Hier jeht et zu wie in 'nem Taubenschlag. Mir sacht ja keene Sau wat.«

Oppenheimer vermutete, dass es sich um einen Mitbewohner handelte. Bei dem Mangel an Wohnraum war es in Berlin nicht unüblich, dass die wenigen intakten Wohnungen mit mehreren Familien belegt waren.

»Könnte ich dann vielleicht Frau Schimmelpfennig sprechen?«

Bei der Nennung dieses Namens zuckte der fremde Herr zusammen. Sein Gesicht verfinsterte sich.

»Pah!«, stieß er hervor und knallte die Tür vor Oppenheimers Nase zu, noch ehe dieser die Möglichkeit hatte, seine Polizeimarke aus der Hosentasche zu angeln.

Zuerst war Oppenheimer zu überrascht, um einen klaren Gedanken fassen zu können. Dann begann er, gegen die Tür zu klopfen.

»Bemühen Sie sich nicht«, sagte eine helle Stimme hinter ihm. Eine Frau kam die Treppe hoch, deren müde Schritte nicht zu ihrem attraktiven Äußeren passten. Sie mochte vielleicht Ende dreißig sein, der Nerzmantel sah so abgeschabt aus, dass er vermutlich beide Weltkriege überstanden hatte. Aber das kecke Hütchen auf dem Kopf entsprach der neuesten

Mode, und die blonden Locken waren kunstvoll nach oben gekämmt.

»Zu wem wollen Sie denn?«

»Ich komme von der Kriminalpolizei«, antwortete Oppenheimer, um diesen wichtigen Punkt vorwegzunehmen, »und bin auf der Suche nach Frau Hinze.«

»Zu Ursula wollen Sie? Die hat sich heute früh gleich auf den Weg gemacht zu ihrem Mann ins Krankenhaus. Ich glaube nicht, dass sie schon zurück ist.«

»Entschuldigung, und Sie sind?«

»Erika. Erika Schimmelpfennig. Aber kommen Sie doch herein.«

Mit einem Schlüssel, der an einem klimpernden Schlüsselbund hing, schloss sie die Wohnungstür auf. Die Zustände in der Wohnung entsprachen Oppenheimers Erwartung. Drei verriegelte Zimmer wurden von jeweils unterschiedlichen Mietparteien beansprucht. Der Durchgang zur Küche stand weit offen, ein Zeichen dafür, dass sie als neutrales Terrain galt.

Frau Schimmelpfennig bot Oppenheimer einen Platz am Küchentisch an. Wie sich herausstellte hatte sie in der Nacht vor lauter Besorgnis um ihre Freundin Ursula kaum ein Auge zugetan und war nun ein wenig früher von ihrer Arbeit in einem Damensalon heimgekehrt. Obwohl sie übernächtigt war, ließ sie es sich als gute Gastgeberin nicht nehmen, Oppenheimer eine Tasse Tee zuzubereiten.

»Ursula ist völlig mit den Nerven am Ende, das können Sie sich ja vorstellen.« Um diesen Punkt zu unterstreichen, riss Frau Schimmelpfennig die Augen auf.

Seitlich an dem Holzherd war ein Wasserschiff angebracht. Frau Schimmelpfennig betätigte den Hahn und ließ dampfendes Wasser in einen Emaillebecher laufen. Dann öffnete sie eine Blechdose, schaufelte mit dem Löffel etwas von dem Inhalt hinein, rührte kurz um und stellte den Becher vor Oppenheimer auf den Tisch.

»Den müssen Sie aber lange ziehen lassen, sonst schmeckt er nicht.«

Neugierig beäugte Oppenheimer die bräunlichen Stücke im Wasser. War diese Brühe der berüchtigte Gesundheitstee, der in den Zeitungen für die Selbstversorgung angepriesen wurde? Der Tee ließ sich aus heimischen Kräutern herstellen und bestand im Wesentlichen aus den Blättern von Beerensträuchern. Nur die Fermentation war ein sehr aufwendiger Prozess, mit dem eine Hausfrau gleich mehrere Tage beschäftigt war. Oppenheimer bedankte sich und wärmte sich die Hände an dem Becher, solange der Tee zog.

Es stellte sich heraus, dass Frau Schimmelpfennig mit Frau Hinze seit knapp drei Jahren befreundet war. »Ihr armer Mann«, sagte sie. »Dabei hat er doch schon so viel mitgemacht. Und jetzt auch noch mit dem Messer verletzt zu werden.« Sie seufzte.

»Was ist denn mit Herrn Hinze geschehen?«, hakte Oppenheimer nach, um den Mitteilungsdrang seiner Gesprächspartnerin auszunutzen.

»Er ist doch erst vor vier Monaten wieder zurückgekommen.«

»Aus der Kriegsgefangenschaft?«, fragte Oppenheimer.

Frau Schimmelpfennig nickte eifrig. »Ursulas Mann wurde vor fast sieben Jahren bei einem Lufteinsatz über England abgeschossen. Seitdem hatte sie nichts mehr von ihm gehört. Er galt bereits als tot. Und dann stand er plötzlich vor ihrer Tür. Können Sie sich das vorstellen?«

Oppenheimer murmelte zustimmend, obwohl er diese Geschichte nicht besonders ungewöhnlich fand. Mehr als zwei Jahre nach dem Kriegsende befanden sich bei den Westalliierten immer noch mehrere Hunderttausend Kriegsgefangene in

Haft. Und nach einer langen Zeit der Ungewissheit hatte der sowjetische Außenminister Molotow im März schließlich verkündet, dass sich 890 532 deutsche Gefangene in russischen Lagern aufhielten. Bis spätestens Ende 1948 sollten alle deutschen Soldaten wieder freigelassen werden. Die kernigen Landser aus Hitlers Propagandafilmen hatten sich in Geistergestalten verwandelt. Oftmals kehrten sie in eine Heimat zurück, in der es für sie keinen Platz mehr zu geben schien. Oppenheimer konnte die Eifersuchtsdramen kaum noch zählen, mit denen er ständig konfrontiert wurde, nur weil vereinsamte Ehefrauen in der Zwischenzeit einen neuen Lebenspartner gefunden hatten.

Während Frau Schimmelpfennig aus dem Nähkästchen ihrer Freundin plauderte, nippte Oppenheimer an seinem Tee. Er fand, dass diese fade Brühe auch nach längerem Ziehen nicht aromatisch wurde. Man hätte ebenso gut Daunenfedern mit heißem Wasser übergießen können.

Das Eheleben der Hinzes wurde von Frau Schimmelpfennig als harmonisch bezeichnet. Angeregt schilderte sie, wie froh Ursula gewesen sei, als ihr Mann wieder aufgetaucht war. Bei all dem konnte Oppenheimer nicht verhindern, dass seine Gedanken abschweiften. Dass der Tote ein fremder Einbrecher war, hielt er mittlerweile für unwahrscheinlich.

Just in diesem Moment wurde die Wohnungstür geöffnet. Mit schweren Schritten durchquerte jemand die Diele. Der Neuankömmling war ein Herr mit Hut und Mantel. Bei Frau Schimmelpfennigs Anblick leuchtete sein Gesicht auf. Er nahm den Hut ab, um sie auf die Wange zu küssen.

»Du bist schon da?«, sagte er erfreut.

»Ich durfte früher nach Hause, wegen der ganzen Aufregung um Ursula«, erklärte Frau Schimmelpfennig. »Und ich bin gerade rechtzeitig gekommen. Herr Oppenheimer ist von der Polizei. Um ein Haar hätte ihn Dirk nicht reingelassen.«

Oppenheimer stand zu Begrüßung auf.

»Schimmelpfennig«, sagte der Mann und gab Oppenheimer die Hand. Mit seinen dunklen Augen und den grau melierten Haaren war er eine ausgesprochen markante Erscheinung.

»Kennen Sie ebenfalls die Hinzes?«, erkundigte sich Oppenheimer.

Herr Schimmelpfennig lächelte. »Also, kennen ist zu viel gesagt. Wir waren ein paarmal bei ihnen zu Besuch, mehr nicht.«

Abrupt gefror das Lächeln in Herrn Schimmelpfennigs Gesicht. Auch seine Gattin wirkte plötzlich pikiert. Erst als sich Oppenheimer zur Seite wandte, erkannte er den Grund für diesen Stimmungsumschwung.

Der unfreundliche Mitbewohner mit der Hornbrille war wieder erschienen. Er stand unbeweglich im Durchgang zur Diele und warf den Eheleuten einen abschätzigen Blick zu. Dann setzte er sich in Bewegung. Provozierend langsam umkreiste er den Küchentisch, um zum Kochherd zu gelangen. Als er dabei Oppenheimer passierte, kam es diesem so vor, als würde hinter seinem Rücken eine Welle der Missgunst vorbeitreiben.

Unter lautem Scheppern holte der Mann eine Tasse aus dem Hängeschrank und ließ heißes Wasser hineinlaufen. Die Schimmelpfennigs taten so, als würden sie ihn nicht beachten, doch ihr angestrengtes Schweigen strafte sie Lügen. Schließlich verschwand der Mann namens Dirk auf demselben Weg und ebenso gemächlich, wie er aufgetaucht war. Oppenheimer glaubte, bei dem Unruhestifter den Anflug eines triumphierenden Lächelns zu erkennen.

Frau Schimmelpfennig bestand darauf, Oppenheimer bei der Verabschiedung zur Tür zu bringen. Im Treppenhaus warf sie rasch einen Blick über die Schulter und murmelte dann vertraulich: »Bitte entschuldigen Sie das Verhalten meines Mannes.«

Oppenheimer runzelte die Stirn. »Ich befürchte, da habe ich etwas wohl nicht mitbekommen?«

Frau Schimmelpfennig blickte Oppenheimer groß an. Dann setzte sie an: »Nein, ich meine nicht meinen jetzigen Mann, sondern den anderen.«

Jetzt verstand Oppenheimer noch weniger, was sie ihm sagen wollte.

»Ich hieß nicht immer Schimmelpfennig. Erst seit einem Jahr, da habe ich Peer geheiratet. Der andere Herr, der Sie nicht in die Wohnung lassen wollte, das ist Dirk, mein erster Mann.«

Oppenheimer begriff erst nach einer Weile, welche Komplikationen ein solches Arrangement mit sich brachte. »Wohnen Sie etwa zusammen?«, fragte er ungläubig.

Seufzend zuckte Frau Schimmelpfennig mit den Schultern. »Gezwungenermaßen. Als ich mich von Dirk scheiden ließ, wollte er nicht ausziehen, weil er meinte, dass er so eine gute Wohnung nicht noch einmal bekommt. Dann lernte ich Peer über den *Liebeskiosk* kennen und habe ihn später auch geheiratet, aber Dirk wollte immer noch nicht aus seinem Zimmer raus. Das geht jetzt schon seit fast einem Jahr so. Er spielt lieber die beleidigte Leberwurst und verdirbt uns allen die Laune.«

»Liebeskiosk?«, wiederholte Oppenheimer.

»Ein Ehevermittlungsinstitut am Ku'damm. Es wurde mir von einer Bekannten empfohlen. Wie soll man heutzutage sonst ledige Herren im richtigen Alter kennenlernen? Die meisten sind doch an der Front geblieben. Und ich will mich auch nicht einem Ausländer an den Hals werfen, nein, so ein loses Frauenzimmer bin ich nicht.« Der Fußboden knarzte, als sich Frau Schimmelpfennig verschwörerisch zu Oppenheimer vorbeugte. »Auch Ursula habe ich die Adresse vom Liebeskiosk gegeben. Ich konnte nicht mit anschauen, dass sie als Kriegerwitwe versauert. Aber dann ist ihr Konrad ja noch rechtzeitig zurückgekommen. Ehe es Komplikationen gab, wissen Sie. Stellen sie sich vor, sie hätte einen Liebhaber gehabt, als ihr Mann zurückkam – nicht auszudenken.«

Für die Berliner war es ein klarer Fall. Sie behaupteten, dass ihre Stadt im Krieg verschüttet worden sei. Und wie das zerstörte Pompeji müsse man nun eben das alte Berlin unter den Geröllmassen wieder ausgraben. Statt Archäologen benötigte man dafür allerdings Bauarbeiter.

In einem Rundfunkbeitrag, der die Tüchtigkeit der Trümmerfrauen pries, wurde unlängst die Behauptung aufgestellt, dass Berlin trotz seiner großen Zerstörungen eine der aufgeräumtesten und saubersten Städte in ganz Deutschland sei. Als er das hörte, war es Oppenheimer schwergefallen, diese Darstellung ernst zu nehmen. Jedes Mal, wenn er mit seinem Drahtesel die altvertrauten Straßen entlangfuhr, hatte er genau den gegenteiligen Eindruck. Selbst wenn man berücksichtigte, dass ihm Vergleichsmöglichkeiten fehlten, da er seit dem Kriegsbeginn in keiner anderen Großstadt gewesen war, klang diese Jubelmeldung verdächtig nach einem von oben verordneten Zweckoptimismus. Fortschritte mochte es geben, nur gingen die Aufräumarbeiten derart langsam vonstatten, dass kaum absehbar war, wann die Stadt einmal ihre alte Pracht zurückerlangen würde. Unverändert gaben aufgerissene Hauswände den Blick auf nackte Stahlträger und verbogene Rohre frei. Nur in den seltensten Fällen waren die Hausfassaden ausgebessert worden, und die abgedichteten Notdächer fungierten mittlerweile als Dauerprovisorium. Oppenheimer fuhr von seinem Gespräch mit Frau Schimmelpfennig zurück zum Wohnhaus der Hinzes, um nachzusehen, ob er Wenzel unterstützen konnte. Dabei trat er so stark in die Pedale, dass er trotz des scharfen Windes zu schwitzen begann.

Es stellte sich heraus, dass sein Assistent immer noch damit beschäftigt war, die Nachbarn zu befragen. Als Oppenheimer in den zweiten Stock hinaufging, konnte er beobachten, wie Wenzel rückwärts aus einer Wohnungstür trat und abwehrend gestikulierte.

»Nein, nein, besten Dank, aber ich brauche keine.«

Ein kleinwüchsiger Herr mit Schnurrbart folgte ihm bis zur Türschwelle. Von seinem erhobenen Arm baumelten einige Hosenträger herab.

»Aber ich sage Ihnen doch, Qua-li-täts-ware«, pries der Mann seine Kleidungsutensilien an. »Prüfen Sie selbst.«

»Leider habe ich jetzt keine Zeit«, vertröstete Wenzel ihn. Oppenheimers Anwesenheit gab ihm die Möglichkeit, sich von dem aufdringlichen Verkäufer zu verabschieden.

»In der Nacht will niemand eine verdächtige Gestalt gesehen haben«, fasste er zusammen. »Aber die Wachleute für das Gartenbeet machen nur zu jeder geraden Stunde ihre Runde.«

»Der nächste Kontrollgang wäre dann also um zwei Uhr gewesen?«

Wenzel nickte, denn er war damit beschäftigt, sich eine Zigarette anzuzünden.

»Im Sommer sind sie häufiger unterwegs«, erklärte er, während er einen Schwall blauen Dunstes ausstieß. »Dann gibt es auch mehr vom Acker zu stehlen. Jedenfalls war bei der Runde um Mitternacht alles mucksmäuschenstill. Keine Vorkommnisse.«

Gegen die Wand gelehnt, zog Oppenheimer diese Neuigkeit in Erwägung. »Selbst wenn wir nicht glauben, dass unser Einbrecher durchs Fenster kam, könnte er trotzdem allein unterwegs gewesen sein.«

Wenzel schüttelte entschieden den Kopf. »Nein, das passt absolut nicht. Für einen Dieb hat er sich zu auffällig verhalten.

Denn jetzt kommt das Beste: Am Tag vor seinem Tod haben gleich mehrere Anwohner hier in der Nähe einen Mann gesehen, der auf die Beschreibung des Opfers passt. Einen Nachbarn hat er sogar angesprochen und sich bei ihm ausdrücklich nach Frau Hinze erkundigt.«

»Ein Zufall war es also nicht, dass er in die Wohnung kam«, spann Oppenheimer den Gedanken weiter. »Und nach einem Einbrecher klingt es tatsächlich nicht. Hat der Mann sonst noch etwas erzählt?«

»Er war sogar recht gesprächig. Zuerst hatte er wohl sein Glück bei Frau Hinzes alter Wohnung in Moabit versucht, in der sie vor vier Jahren ausgebombt wurde. Dort sagte man ihm, dass sie jetzt in diesem Wohnblock lebt, allerdings konnte man ihm die Hausnummer nicht nennen. Er wusste gerade mal so viel, dass sie in dieser Wohnanlage untergekommen ist.«

»Interessant. Er hat also nur von Frau Hinze gesprochen, und nicht von ihrem Mann. Seine Verbindung zu ihr hat er nicht zufällig verraten?«

Wenzel schmunzelte bedauernd. »Nein, das wäre auch zu schön gewesen. Alles in allem klingt es danach, als hätte Frau Hinze das Opfer in ihre Wohnung gelassen. Schließlich kannte sie ihn. Das ist die einzige Lösung.«

»Allerdings müssen wir das beweisen«, wandte Oppenheimer ein. »Ich werde Frau Hinze heute noch befragen. Vorhin war ich auf der nächsten Polizeiwache und habe die Dienststelle angerufen. Man wird sie im Krankenhaus abholen. Mit ihrer Verbindung zu dem Toten haben wir wenigstens einen neuen Ansatzpunkt.«

Wenzel warf Oppenheimer einen scharfen Blick zu. »Dieses Ehepaar dürfen wir nicht mehr aus den Augen lassen.«

»Definitiv nicht«, bekräftigte Oppenheimer.

Den nächsten Morgen verbrachte Oppenheimer gezwungenermaßen in seinem Büro. Ungeduldig auf die Tischplatte klopfend, starrte er auf die Uhr über der großen Wandkarte der Berliner Innenstadt. Ihr Ticken war kaum wahrnehmbar, da gerade ein Regenschauer gegen die Fensterscheibe prasselte. Oppenheimer überlegte, ob er sich eine vierte Tasse Muckefuck gönnen sollte, entschied sich jedoch dagegen.

Gestern hatte er am späten Nachmittag noch eine fruchtlose Befragung von Frau Hinze durchgeführt. Mittlerweile hatte sie den ersten Schock verarbeitet, sodass es ihr gelang, die Vorgänge in der fraglichen Nacht nachvollziehbar zusammenzufassen. Abgesehen von einigen Ausschmückungen, wich sie in keinem Punkt von ihrer ursprünglichen Darstellung ab. Vor allem aber behauptete Frau Hinze, dem Toten noch nie in ihrem Leben begegnet zu sein. Nach zwei Stunden hatte Oppenheimer schließlich kapituliert und sie zu ihrer Freundin Frau Schimmelpfennig zurückgeschickt.

Aus seinen langen Jahren bei der Mordkommission wusste Oppenheimer, dass die Chancen, einen Fall zu lösen, deutlich abnahmen, wenn er nicht innerhalb der ersten Tage aufgeklärt wurde. Danach wurde die Untersuchung eine zähe Angelegenheit, die nur mit äußerster Beharrlichkeit abgeschlossen werden konnte. Trotz allem hatte Oppenheimer die Hoffnung noch nicht aufgegeben, den Todesfall rasch aufzuklären. Die Kollegen von der Spurensicherung waren wohl auf Unstimmigkeiten gestoßen, anders ließ es sich nicht erklären, dass sie erst am frühen Nachmittag ihren Bericht vorlegen wollten.

Ungeduldig hatte sich Oppenheimer bereits zweimal nach den Fortschritten erkundigt, bekam aber nur Vertröstungen zu hören. Der verantwortliche Kriminaltechniker war Oppenheimers alter Bekannter Bernhard Hergesheimer, der bereits in den Zwanzigerjahren mit Berlins erstem Mordbereitschaftswagen die Tatorte aufgesucht hatte, um die Spuren zu sichern. Hergesheimer mochte ein Korinthenkacker sein, aber Pingeligkeit war in seiner Profession genau das richtige Charaktermerkmal. Erst wenn seiner Ansicht nach alles Erdenkliche unternommen worden war, um auch die letzten Zweifel auszuräumen, ließen sich ihm Hinweise entlocken.

Fasziniert über die Nachforschungen, vergaß Hergesheimer mitunter sogar sein Zeitgefühl. Es war üblich, dass er bis in die frühen Morgenstunden über seinen Testreihen brütete. Oppenheimer ahnte, dass es auch diesmal länger als angekündigt dauern würde, bis Hergesheimer ihm seine Resultate mitteilte.

Und dann gab es da noch diese andere Angelegenheit, die Oppenheimer ständig durch den Kopf ging. Dass der Kleene Hans ausgerechnet bei der Polizei untergekommen war, mochte absurd wirken, auf den zweiten Blick war es aber keine große Überraschung. Es hatte sich herausgestellt, dass in den ersten Monaten nach dem Kriegsende so manche zwielichtige Gestalten aus der Unterwelt in den Polizeidienst eingetreten waren. Die Besoldung ließ freilich zu wünschen übrig. Selbst ein Kriminalanwärter erhielt im Monat nur ein Nettogehalt von hundertachtzig Reichsmark, was in der alternativen Zigarettenwährung etwa einer Packung von den Rauchwaren entsprach. Und so waren die schwarzen Schafe schon bald auf die Idee gekommen, im Schutz der Uniform illegale Geschäfte abzuwickeln.

Die alarmierte Polizeiverwaltung war bemüht, diese ungeeigneten Mitarbeiter durch moralisch und politisch einwandfreie Personen zu ersetzen. Nicht nur Ganoven, sondern auch nachweislichen Nazianhängern sollte es dabei an den Kragen gehen. Die Direktive 24 des Alliierten Kontrollrats schrieb vor, dass Kriegsverbrecher, ranghohe Mitglieder der NSDAP, hauptamtlich bei den Parteiverbänden tätige Personen sowie vorbelastete Beamte und Juristen aus den Ämtern und verantwortlichen

Stellen entfernt werden sollten. Diese Regelung wurde auch auf Personen ausgeweitet, die *den Bestrebungen der Alliierten feindlich gegenüberstanden.*

Diese scheinbar klaren Vorgaben waren bei der Kriminalpolizei in der Realität nur schwer umsetzbar, denn die meisten fähigen Spezialisten hatten auch während der Nazizeit ihren Dienst verrichtet. Und so wurde in Einzelfällen auch die Einstellung ehemaliger Polizeibeamter toleriert, wobei die endgültige Entscheidung bei Personalangelegenheiten üblicherweise beim Polizeipräsidenten lag.

Da mittlerweile ein Großteil der Strafregisterauszüge wieder vorlag, wurde der Polizeiapparat noch einmal gründlich durchleuchtet. Und was dabei teilweise zum Vorschein gekommen war, hatte für einige Verblüffung gesorgt. So war bei der Präsidialwache ein Mann eingestellt worden, der eine Haftstrafe verbüßt hatte. Nach eigenem Bekunden war er eingekerkert worden, weil er vom Naziregime politisch verfolgt wurde. Tatsächlich stellte sich später heraus, dass er wegen Mordes vorbestraft war. Und selbst die oberste Führungsriege war vor peinlichen Enthüllungen nicht gefeit. Der ranghöchste Nazianhänger in den Reihen der Polizeikräfte war bislang Heinz Kionka gewesen, seines Zeichens Vizepräsident der Berliner Polizei. Als im März 1946 bekannt wurde, dass Kionka während des Krieges in Rumänien für die Gestapo tätig gewesen war, wurde er hochkant gefeuert.

Die allmähliche Enttarnung von Verbrechern und Altnazis war ein immer noch andauernder Prozess und die Hauptursache dafür, dass es bei der Polizei wie in einem Taubenschlag zuging. Ständig kamen neue Kollegen hinzu, und andere wurden von einen Tag auf den anderen entlassen. Wie viele von Oppenheimers momentanen Mitarbeitern tatsächlich auf die eine oder andere Weise belastet waren, ließ sich nicht mit absoluter Sicherheit beantworten. Bei Polizeiangehörigen, die aus der Region östlich der Oder-Neiße-Linie stammten, konnten leider keine Strafregisterauszüge mehr beschafft werden. Und ob jeder Neubewerber bei der Einstellung in den Polizeidienst seine richtige Identität angegeben hatte, durfte ebenfalls bezweifelt werden.

Oppenheimer rieb sich die schmerzende Stirn. Die Sache mit Hans ließ ihm keine Ruhe. Vielleicht wusste ja Kommissar Billhardt, seit wann er bei der Schutzpolizei war. Oppenheimer rechnete sich zwar keine reellen Chancen aus, dass sein alter Kollege tatsächlich eine Ahnung hatte. Aber mit Billhardt konnte er wenigstens offen reden. Außerdem war er froh, einen Vorwand zu haben, um aus seinem Büro zu verschwinden.

Billhardts Schreibstube lag wenige Meter entfernt. Zu seiner Enttäuschung fand Oppenheimer dort nur Arthur Ziehm vor. Wie auch mit den übrigen Kriminalanwärtern in ihrer Dienststelle hatte er bereits gelegentlich mit Ziehm zusammengearbeitet. Er erledigte seine Aufgaben zufriedenstellend. Wie es mit Ziehms Eigeninitiative bestellt war, konnte Oppenheimer allerdings nicht sagen, da er ihn bislang nur für Laufarbeiten und Observierungen eingesetzt hatte. Er mochte Ende zwanzig sein und war immer noch ledig. Wie üblich hingen ihm schwarze Haarsträhnen in die Stirn. Dies und sein sonniges Gemüt trugen dazu bei, dass Ziehm auf Oppenheimer stets den Eindruck eines leidlich gealterten Lausbuben machte, der unermüdlich neuen Schabernack ausheckte.

Auf Billhardt angesprochen, schüttelte Ziehm den Kopf. »Er nimmt gerade einen neuen Fall auf. In Charlottenburg. Unser Kunde liegt am Fuß des Funkturms.«

Oppenheimer zog die Brauen hoch. »Etwa ein Springer?«

»Na, eine Pilzvergiftung wird es wohl nicht sein.« Ziehm kicherte. Oppenheimer rang sich ein müdes Lächeln ab. Tatsächlich war die Zahl der Pilzvergiftungen in der letzten Zeit drastisch gestiegen. Aufgrund der schlechten Ernährungslage war die Versuchung allzu groß, in der freien Natur sammeln zu gehen, um an eine Zusatzversorgung zu kommen. Und natürlich gab es auch zahlreiche findige Händler, die einfach irgendwelche Pilze auf dem Schwarzmarkt versilberten. Jetzt rächte sich, dass die Stadtbewohner eher selten über die nötigen Kenntnisse verfügten, um einschätzen zu können, welche Sorten essbar waren. Insbesondere im Herbst kam es immer wieder zu Todesfällen wegen des Verzehrs giftiger Pilze. Wurden 1937 in Groß-Berlin im gesamten Jahr lediglich drei derartige Fälle bekannt, war die Zahl allein im September 1946 auf sechsundvierzig hochgeschnellt, ehe der eisige Winter dem Pilzsammeln ein Ende setzte. Wenngleich zur Aufklärung der Bevölkerung jetzt offizielle Pilzwanderungen und Lehrgänge organisiert wurden, befürchtete Oppenheimer, dass diese Vergiftungsfälle noch eine längere Zeit zur Polizeiroutine gehören würden.

»Nein, aber jetzt im Ernst«, fuhr Ziehm fort. »Auf der Aussichtsplattform des Funkturms will niemand etwas gesehen haben. Plötzlich fiel er vom Himmel, und patsch, auf das Trottoir. Gerade hat man mir gesagt, dass ich nachkommen soll. Aber denken Sie, dass ich ein Auto kriege? Von wegen! Da bleibt mir nur die S-Bahn, aber das dauert doch eine Ewigkeit.«

»Was halten Sie von meinem Gepäcksattel?«, fragte Oppenheimer scherzhaft. Er hatte sich längst dazu entschieden, Billhardt am Funkturm eine Visite abzustatten.

Ziehms Gesicht hellte sich auf. Offenbar nahm er den Vorschlag ernst.

3

Samstag, 8. November 1947

Das Messegelände wurde von einem großen Bauwerk dominiert, dessen Fassade mit vertikalen Pfeilern aus Muschelkalkstein untergliedert war. Auf der Seite zum Messedamm begrenzten zwei runde Kopfbauten das lang gezogene Gebäude. Die oberen Fensterbänder verliehen dem Steinklotz rein optisch sogar so etwas wie Leichtigkeit, die hoch aufragende Haupthalle an der Masurenallee mit ihrem weit ausgreifenden Vorbau war jedoch das komplette Gegenteil. Hier war er am ehesten wieder sichtbar, der typische monumentale Baustil der Dreißigerjahre, wie man ihn auch anderswo in Berlin vorfand. Eingepfercht ragte hinter den Messebauten der Funkturm in die Höhe. In diesem Umfeld wirkte die solide Stahlkonstruktion geradezu filigran.

Ziehm mochte leicht wie eine Feder sein, doch als ungeübter Mitfahrer war er so unruhig, dass er das Zweirad mehr als einmal fast aus der Balance brachte.

Während Oppenheimer die letzten hundert Meter die Masurenallee entlangfuhr, um dann nach rechts zum Messedamm einzubiegen, fiel ihm auf, wie unüblich still es hier war. Die weiten Flächen vor dem Messegelände waren verwaist, keine Menschen drängten sich vor dem Foyer. Nur einige Kübelwagen mit sowjetischen Schildern waren zu sehen, und die wenigen Personen, die gegen den Schneeregen ankämpften, strebten auf das gegenüberliegende *Haus des Rundfunks* zu. Während das dunkelbraun geklinkerte Gebäude die Kriegswirren praktisch völlig intakt überstanden hatte, gab es bei den Messebauten immer noch so starke Schäden, dass ein geregelter Betrieb vorläufig nicht zur Debatte stand. Auch der Funkturm war nicht verschont geblieben. Kurz vor Kriegsende waren Projektile eingeschlagen, wobei eines der vier Stahlbeine beschädigt wurde und das Restaurantgeschoss ausbrannte. Die drei verbliebenen Beine waren zum Glück stabil genug, um das Bauwerk vor dem Einsturz zu bewahren. Kurzfristig wurde von den verantwortlichen Stellen ein kompletter Abriss in Betracht gezogen, ehe der Entschluss getroffen worden war, die Schäden auszubessern. Jetzt sollte ein neu errichtetes Kassenhäuschen wieder Ausflügler anlocken, die von den beiden oberen Aussichtsplattformen aus das Stadtpanorama genießen wollten.

Wenn man sich dem Stahlskelett näherte, konnte man kaum anders, als den Blick nach oben zu richten. Die Männer am Fuß des Turms blickten allerdings nach unten. Oppenheimer bremste ab und rollte die letzten Meter langsam auf sie zu. In dunkle Wintermäntel gehüllt, umringten alle dieselbe Stelle. Einer von ihnen baute gerade ein Kamerastativ auf, während zwei weitere Männer auf dem Boden Markierungen anbrachten. Zwischen ihnen war eine graue Plane ausgebreitet, an deren Seiten dunkelbraune Flecken zu erkennen waren. Unwillkürlich spürte Oppenheimer den altbekannten Stich in seinem Inneren, als ihm bewusst wurde, dass es sich um getrocknetes Blut handelte. War die etwa zehn Kilometer lange Fahrt zum Funkturm mit dem unruhigen Beifahrer schon kein Vergnügen gewesen, machte es ihm noch viel weniger Spaß, dort einen zerschmetterten Körper betrachten zu müssen.

Noch ehe Oppenheimer sein Fahrrad zum Stehen gebracht hatte, sprang Ziehm vom Gepäckträger. Billhardts zweiter Assistent Reinmann war bereits am Fundort und lief geschäftig zum benachbarten Kassenhaus mit den markanten abgerundeten Ecken. Reinmanns tropfenförmige Nase war gerötet, er verlangsamte seine Schritte, kramte in der Manteltasche und blieb dann kurz stehen, um in ein Taschentuch zu schnäuzen. Als Reinmann erkannte, dass sein Kollege Ziehm zusammen mit Oppenheimer eingetroffen war, nickte er ihm freundlich zu, ehe er noch einmal seine Nase abwischte und in dem Kassengebäude verschwand.

Billhardt war an diesem Tag schlecht gelaunt. Er trat aus der Runde der geschäftigen Kriminaltechniker zurück und warf Oppenheimer einen verdrossenen Blick zu. »Und das kurz nach dem Mittagessen.«

»Ich dachte, du bist schon längst abgehärtet«, bemerkte Oppenheimer.

»An manche Dinge gewöhnt man sich eben nicht.« Billhardt zeigte zur Spitze des Turms. »Kein schöner Anblick, wenn jemand von da oben runterfällt.«

Oppenheimer runzelte die Stirn. »Oder er ist gesprungen«, formulierte er die andere Alternative. Beides schien nicht sehr wahrscheinlich. Er selbst war zweimal auf der Aussichtsplattform gewesen und konnte sich deutlich daran erinnern, dass sie mit Eisenstangen gesichert war. »Ich frage mich, wie er das geschafft haben soll. Die zwei Plattformen an der Turmspitze scheiden praktisch aus. Und selbst wenn er einen Weg gefunden hätte, die Barrieren dort irgendwie zu überwinden, dann wäre er ziemlich sicher auf dem Dach des Zwischengeschosses gelandet.« Oppenheimer taxierte die Turmkonstruktion. »Eine bessere Möglichkeit bieten die Treppenaufgänge. Gut, die sind bis zur Kopfhöhe gesichert, aber mit etwas athletischem Geschick ist das Metallgitter möglicherweise überwindbar.«

Billhardt verzog das Gesicht. »So weit sind wir auch schon gekommen. Immerhin hat der Tote ein Billett in der Tasche. Anhand der Nummer können wir recht genau eingrenzen, dass er gegen Mittag eingetroffen ist. Eine halbe Stunde später wurde seine Leiche entdeckt. In der Zeit waren fast vierzig Leute da oben. Und niemand will etwas gesehen haben.«

»Geht doch die Ticketnummern der übrigen Gäste durch. Wer in etwa zur selben Zeit eingetroffen ist, dürfte auch am ehesten etwas mitbekommen haben.«

Billhardts Augen blitzten auf, denn er verstand sofort, dass diese Herangehensweise eine Arbeitserleichterung versprach. »Gute Idee«, stimmte er zu. Seine Miesepetrigkeit war wie weggeblasen. »Aber du bist doch nicht hergekommen, nur um mir Tipps zu geben?«

Oppenheimer stutzte. Bei all seinen Spekulationen um die Todesumstände hatte er völlig vergessen, weswegen er Billhardt ursprünglich aufsuchen wollte.

»Es geht um einen Polizisten, den ich aus einem, nun ja, anderen Umfeld kenne«, begann Oppenheimer vorsichtig.

Billhardt war von dieser Andeutung unbeeindruckt. Er lachte gutmütig und hob dabei seinen verstümmelten Arm, dessen unteren Teil er an der Ostfront zurückgelassen hatte. »Als Polizist wurde niemand geboren.« Zwinkernd fügte er hinzu: »Außer du vielleicht.«

Ohne klüger zu sein, kehrte Oppenheimer eine Stunde später zur Polizeidienststelle zurück. Wenig überraschend hatte sich herausgestellt, dass Billhardt den Kleenen Hans nicht kannte und sich auch nicht an einen Polizisten erinnern konnte, auf den dessen Beschreibung passte. Dafür traf Oppenheimer in seinem Büro auf den Kriminaltechniker Hergesheimer, der sich gerade mit Wenzel unterhielt.

»Ah, da bist du ja, Richard«, sagte er, stand von seinem Stuhl auf und reichte Oppenheimer die Hand. »Sehr gut, das erspart es mir, die Ergebnisse ein zweites Mal durchzugehen.« Mit dem vollen Haarkranz erinnerte er Oppenheimer immer ein wenig an das Bild von Julius Caesar in seinem alten Lateinbuch. Nur die Brille passte nicht dazu.

»Die Hinzes sind nicht so unbescholten, wie sie vorgeben«, fasste Wenzel die Untersuchungsergebnisse vorab zusammen und grinste Oppenheimer zufrieden an.

Dem gerade entfachten Holzofen war es noch nicht gelungen, das Büro aufzuheizen, also behielt Oppenheimer den Mantel an. Er setzte sich hinter den Schreibtisch und zückte sein Notizheft. »Dann schieß mal los.«

Hergesheimer blätterte in seiner Heftmappe. »Das Messer, mit dem der Tote erstochen wurde, stammt mit hoher Wahrscheinlichkeit nicht von ihm. Es handelt sich dabei um ein Fleischmesser mit stark abgerundeter Spitze, Klingenlänge elf Zentimeter, am Heft achtzehn Millimeter breit und verjüngt sich nahe der Spitze bis auf vierzehn Millimeter. Derartige Messer sind zum Stechen eher ungeeignet, am besten lässt sich mit ihnen schneiden. Der Griff besteht aus Horn, es befinden sich Fingerabdrücke des Toten darauf und auch die von Herrn Hinze. Die Klinge war nicht komplett in den Körper eingedrungen. Unmittelbar unter dem Heft haben wir auf dem freiliegenden Metall einen partiellen Abdruck von Frau Hinze gefunden.«

»Frau Hinze lügt also«, platzte Wenzel heraus. »Ihrer Behauptung zufolge hat der Einbrecher ein Messer gezückt. Ihr Mann stürzte sich auf den Eindringling und hat mit ihm darum gerungen. Keinerlei Erwähnung, dass sie es selbst angerührt hat.«

Oppenheimer ließ sich diese Argumentation durch den Kopf gehen. »Das scheint mir tatsächlich schwerwiegend zu sein. Andererseits kam sie erst später ins Wohnzimmer. Es spricht nichts dagegen, dass sich der Einbrecher erst in der Wohnung bewaffnet haben könnte.«

»Doch auch die Geschichte mit dem eingeschlagenen Fenster ist nicht stimmig«, wandte Wenzel ein.

»Etwa wegen der fehlenden Fußabdrücke im Gartenbeet?«

»Wegen der Glassplitter«, schaltete sich Hergesheimer ein. Er rückte die Brille auf der Nase zurecht und blickte in seine Aufzeichnungen. »An der Kleidung des Toten ließen sich keinerlei Glaspartikel nachweisen. Dafür haben wir auf einem Tuch feine Splitter gefunden. Es lag in der benachbarten Küche in der Spüle.«

»Ist doch klar, was geschehen ist«, sagte Wenzel. »Die Hinzes haben den Tatort nachträglich so präpariert, dass es nach einem Einbruch aussieht. Bestimmt haben sie selbst die Leiter an die Hauswand gestellt – einfach das Fenster geöffnet und sie runtergelassen. Vermutlich gehört sie ihnen. Die Leiter ist gerade mal zwei Meter lang, ließe sich also problemlos in der Wohnung aufbewahren.«

Oppenheimer fragte: »Gibt es denn Fingerabdrücke auf der Leiter?«

Hergesheimer schüttelte den Kopf. »Nur einige verwischte Abdrücke, nicht zu gebrauchen. Auf den Sprossen lassen sich auch keine Schuhprofile identifizieren.«

Zurückgelehnt auf dem Stuhl, versuchte Oppenheimer, sich den Tathergang vorzustellen. »Sagen wir mal, dass der Todesfall nicht geplant war. Das würde erklären, dass die Hinzes Fehler machten. Sie hatten nicht genügend Zeit, sich eine Strategie zurechtzulegen.«

»Oder sie waren einfach doof.«

Auf Wenzels Kommentar hin musste selbst der dröge Hergesheimer lächeln.

»Immerhin, Dummheit ist noch nicht strafbar«, fuhr Oppenheimer fort, »kann uns jedoch die Arbeit erleichtern. Also gut, nehmen wir an, dass die Hinzes ihre eigene Leiter von innen durch das Wohnzimmerfenster hinablassen, dann nimmt einer von ihnen das Küchentuch, um das Fenster einzuschlagen, ohne eine Schnittverletzung zu riskieren.«

»So in etwa«, stimmte Wenzel zu.

Oppenheimer hob den Zeigefinger. »Wurde Herr Hinze auch wirklich im Handgemenge mit dem Opfer verletzt?«

Wenzel kniff die Augen zusammen, während er Oppenheimers Gedankengänge nachvollzog. Erstaunt riss er sie wieder auf. »Sie meinen, dass sich der Hinze die Verletzung selbst zugefügt hat? Damit es nach einem Angriff aussieht?«

»Herr Hinze hat unfassbares Glück gehabt. Die Schnittwunden an den Handflächen sind nicht tief und können durchaus von dem Handgemenge herrühren. Die Stichverletzung hat sowohl die Organe als auch die Arterien verfehlt. Das ist schon einigermaßen verdächtig. Fett- und Muskelgewebe wurden durchtrennt, und Herr Hinze hat natürlich stark geblutet, bleibende Schäden sind aber nicht zu erwarten. Der behandelnde Arzt will ihn ein paar Tage zur Beobachtung dabehalten, und das war's auch schon.«

»Wenn man also eine Stichwunde kassiert, dann am besten auf diese Weise«, sinnierte Wenzel. »Benötigt man dazu nicht medizinisches Fachwissen? Damit kein lebenswichtiges Organ verletzt wird?«

Oppenheimer blätterte in seinen Notizen. »Eine ärztliche Ausbildung hat keiner der Hinzes. Herr Hinze war gelernter Automechaniker und arbeitete bei einem wohlhabenden Großindustriellen, der Lebensmittelkonserven produzierte, als Chauffeur. Frau Hinze war dort als Dienstmädchen angestellt. Sie lernten sich bei der Arbeit kennen und heirateten dann. Ehe Hitler an die Macht kam, ist ihr Arbeitgeber emigriert. Danach haben die Hinzes von Gelegenheitsarbeiten gelebt, während des Krieges wurde Herr Hinze eingezogen, und seine Gattin war bei einem kriegswichtigen Unternehmen beschäftigt. Als der Betrieb ausgebombt wurde, half sie die letzten Kriegsmonate über beim Roten Kreuz als Krankenschwester aus.«

Wenzel sprang fast von seinem Stuhl auf. »Na also! Dann besitzt sie auch genügend Kenntnisse. Wahrscheinlich hat Frau Hinze ihrem Mann das Messer in die Seite gerammt.«

Oppenheimer schüttelte den Kopf. »Eine schöne Theorie. Nur was soll das Ganze? Warum einen Einbruch vortäuschen? Und vor allem, wer war das Opfer?« Dann fragte er Hergesheimer: »Ist seine Identität mittlerweile geklärt? Hatte er einen Personalausweis bei sich, eine Kennkarte, irgendwas?«

Hergesheimer zuckte zusammen, als er bemerkte, dass er angesprochen wurde. »Er hatte keine Dokumente dabei, die Hinweise auf seine Identität zulassen.«

»Wahrscheinlich wurden seine Taschen vorher ausgeleert«, meinte Wenzel.

»Nicht ganz«, wandte Hergesheimer ein. »In der Hosentasche haben wir tatsächlich noch etwas gefunden. Ein abgerissenes Stück Papier.« Mit diesen Worten reichte er Oppenheimer einen Fotoabzug.

Starr blickte Oppenheimer auf das Bild. Es handelte sich um die Oberkante eines Briefs. »Ein Schreiben des Suchdiensts in Hamburg-Altona«, murmelte er.

»Die Adresse des Empfängers fehlt«, ratterte Hergesheimer die Fakten herunter, »dafür haben wir das Datum, inklusive des kompletten Aktenzeichens im rechten Kasten. Wenn das Schriftstück an den Toten adressiert war, werden wir schnell seine Personalien herausbekommen. Du musst nur den Suchdienst kontaktieren.«

»Dann wäre der Tote also tatsächlich ein Kriegsheimkehrer«, schloss Oppenheimer.

Skeptisch runzelte Wenzel die Stirn und zog an seiner Zigarette. »Dafür war er aber gut im Futter.«

Oppenheimer winkte ab. Mittlerweile wusste er, dass es deutliche Unterschiede bei den zurückkehrenden Kriegsgefangenen gab. An ihrem körperlichen Zustand konnte man relativ sicher erkennen, wo sie die letzten Monate und Jahre zugebracht hatten. »Das bedeutet nur, dass der Tote wahrscheinlich aus Belgien oder England kam«, erklärte er. »Dort kümmert man sich am besten um die Kriegsgefangenen. Und für den Nahen Osten oder Ägypten ist seine Haut nicht braun genug. In Belgien werden sie üblicherweise zu Bergwerksarbeiten herangezogen, dafür müsste er aber muskulöser sein. Er macht nicht den Eindruck, als hätte er schwere körperliche Arbeit verrichtet. Bliebe also noch England übrig. Kriegsgefangene arbeiten dort häufig als Facharbeiter. Zur körperlichen Verfassung des Toten würde das am besten passen.«

»Und Herr Hinze wurde bei einem Lufteinsatz über England abgeschossen.«

Auf Wenzels Kommentar hin verschränkte Oppenheimer seine Arme und lehnte sich zurück. »Damit besteht eine gewisse Wahrscheinlichkeit, dass es sich bei dem Opfer um einen alten Bekannten von Herrn Hinze handelt – und nicht um einen wildfremden Einbrecher. Und er muss auch dessen Gattin gekannt haben. Am besten, ich nehme mir Frau Hinze noch einmal vor. Es wird langsam Zeit, dass sie uns Antworten liefert. In jedem Fall darf sie ihren Mann nicht mehr im Hospital besuchen. Sie sollen keine Gelegenheit bekommen, ihre Geschichte abzustimmen, sonst tischen sie uns noch mehr Lügenmärchen auf.«

Wie schon bei ihrer ersten Befragung in Oppenheimers Dienststelle wirkte Frau Hinze in dem Vernehmungsraum noch unscheinbarer als ohnehin schon. Hinter dem leeren Tisch schien sie fast zu verschwinden. Die eingeschaltete Tischlampe betonte die dunklen Schatten unter ihren geröteten Augen und jede einzelne ihrer Falten. Die Haare waren so straff geknotet, dass sie eng am Kopf anlagen.

Zum wiederholten Mal ging Oppenheimer mit ihr die Ereignisse der Tatnacht durch, in der Hoffnung, dass sie an einem Punkt von ihren ursprünglichen Angaben abwich. Mechanisch wiederholte Frau Hinze, was sie bereits zu Protokoll gegeben hatte, ohne jegliche Variation. Es klang auswendig gelernt.

Damit die Befragung nicht zur Routine erstarrte, versuchte Oppenheimer, Frau Hinze durch gezieltes Nachhaken neue Details zu entlocken.

»Sie haben also den Einbrecher gehört«, rekapitulierte er. »Wodurch wurden Sie denn geweckt? Durch welches Geräusch?«

Für einen Augenblick war Frau Hinze irritiert. »Ich denke, ja, da war so ein Poltern. Im Wohnzimmer ist etwas runtergefallen. Der Einbrecher hat was umgestoßen, während er unsere Sachen durchwühlte.«

In der Zimmerecke links hinter Frau Hinze stenografierte Wenzel ihre Aussagen mit. Rasch kratzte sein Bleistift über das Papier.

»Aber das Einschlagen der Glasscheibe haben Sie nicht mitbekommen?«, fragte Oppenheimer.

Frau Hinze zog die Schultern hoch. »Ich kann mich jedenfalls nicht daran erinnern.«

Oppenheimer blickte zur schmutzig grauen Decke empor, während er sich den Grundriss der Wohnung vorstellte. »Auf welcher Seite des Bettes schlafen Sie denn?«

»Beim Fenster«, antwortete Frau Hinze prompt, nur um

dann hörbar die abgestandene Luft einzuatmen, als hätte sie einen Fehler begangen.

Oppenheimer tat so, als hätte er diesen Reflex nicht bemerkt. »Sie haben daraufhin Ihren Mann geweckt, also schlief er noch?«

Als Frau Hinze nickte, beugte sich Oppenheimer nach vorn und blickte ihr ins Gesicht.

»Wissen Sie, eines verstehe ich nicht. Der Schlafplatz Ihres Mannes befindet sich näher an den Nachbarräumen, also hätte er den Lärm im Wohnzimmer doch viel eher wahrnehmen müssen.«

»Ach, ihn bringt nicht mal der Wecker aus dem Bett«, wischte Frau Hinze diesen Einwand beiseite. »Außerdem ist er schwerhörig. Erst die Arbeit in der Autowerkstatt, dann der ständige Motorenlärm bei den Flugeinsätzen, das hat sein Gehör beschädigt.«

Oppenheimer nickte und notierte sich diese Angabe ins Notizheft, um sie bei einem späteren Gespräch mit Herrn Hinze bestätigen zu lassen.

»Also gut«, fuhr er fort. »Ihr Mann warf einen Morgenmantel über und schlich ins benachbarte Wohnzimmer, um den Dieb zu überraschen. Er hat sich nicht bewaffnet?«

»Es war zu dunkel, um etwas sehen zu können. Mit eingeschaltetem Licht wäre der Einbrecher gewarnt gewesen.« Mit einer minimalen Verzögerung fügte Frau Hinze hinzu: »Der Mantel meines Mannes lag griffbereit neben dem Bett. Er brauchte nur die Hand auszustrecken.«

Wenzel schürzte die Lippen, als er diese Angaben niederschrieb. Es war eine der unwillkürlichen Reaktionen, mit denen er gewöhnlich seine Zweifel kundtat.

»Als Sie das Wohnzimmer betraten, hat Ihr Mann bereits mit dem Einbrecher gekämpft«, fasste Oppenheimer zusammen.

»Wie lange hat es denn gedauert, bis Sie ins Wohnzimmer nachkamen?«

»Ich weiß nicht, vielleicht zwei Minuten.«

»Und was haben Sie während dieser Zeit aus dem Nebenzimmer gehört?«

»Na ja, einen Kampf eben.«

»Stimmen?«

»Ja, auch Stimmen.«

»Es sind also Worte gefallen?«

»Ich denke schon. Mein Mann hat dem Dieb etwas zugerufen.«

»Sie sagten, dass sie Stimmen hörten, im Plural. Also hat der Einbrecher auch etwas gesagt?«

Frau Hinze schloss den Mund, bevor sie fortfuhr: »Das muss wohl so gewesen sein.«

»Konnten Sie etwas davon verstehen?«

»Daran kann ich mich nicht mehr erinnern.«

Die folgende Feststellung versuchte Oppenheimer möglichst sorgfältig zu formulieren. »Sie kamen also ins Wohnzimmer, in dem Ihr Mann und der Eindringling bereits miteinander kämpften.«

»Er wollte das Messer des Einbrechers zu fassen kriegen«, unterbrach Frau Hinze Oppenheimers Darstellung.

»Konnten Sie einen Blick auf das Messer werfen?«

»Nicht genau. Ich sah nur die blitzende Klinge.«

Oppenheimer merkte auf. »Das Licht war im Wohnzimmer also bereits eingeschaltet?«

Frau Hinze nickte. »Mein Mann hat es eingeschaltet, um den Dieb zu erschrecken.«

Zustimmend brummte Oppenheimer vor sich hin und machte eine Notiz. Das war ein weiterer Punkt, der ihm nicht so ganz stimmig vorkam. Obwohl es dunkel gewesen war, hatte der vermeintliche Einbrecher keine Stablampe mitgebracht. Freilich war es auch möglich, dass er Zündhölzer benutzt hatte, um sich zu orientieren. Hergesheimer hatte am Tatort etliche abgebrannte Zündhölzer sichergestellt. Die meisten lagen im Aschenbecher, ein paar weitere waren in den Zimmerecken verteilt. Der Einbrecher konnte sie achtlos fortgeworfen haben, und doch schien Oppenheimer eine einzelne Flamme nicht hell genug zu sein, um damit auf die Suche nach Wertgegenständen zu gehen.

»Um noch mal auf das Gespräch zurückzukommen, zwischen dem Einbrecher und Ihrem Mann. Wie klang es denn? Waren es nur Rufe, wie Sie sagten, oder wurde auch normal gesprochen?«

Frau Hinze riss die Augen auf. »Wie kommen Sie denn darauf? Das war ein Einbruch und kein Kaffeekränzchen! Dieser Kerl wollte uns schließlich beklauen!«

Oppenheimer verriet nicht, dass der Tote vermutlich aus britischer Kriegsgefangenschaft zurückgekehrt war, genau wie Herr Hinze. Wie nebenbei stellte er fest: »Sie hatten also nicht den Eindruck, dass der Eindringling und Ihr Gatte sich kannten.«

Oppenheimer glaubte, in Frau Hinzes Miene den Anflug eines Lächelns zu erkennen. »Nein, definitiv nicht.«

»Die ist ja aalglatt«, stellte Wenzel fest, als sie in Oppenheimers Büro noch einmal die Befragung Revue passieren ließen. Wie üblich fläzte er sich lässig auf seinen Drehstuhl.

»Zur Tatwaffe ließ sie sich nichts entlocken«, stimmte Oppenheimer zu. »Sie weiß, dass sie schlecht behaupten kann, dass das Messer dem Opfer gehört, also bleibt sie lieber im Ungefähren. Das ist die beste Strategie, wenn sie wirklich in etwas verwickelt ist.«

Mit verschränkten Armen trat er zu den großen Fenstern und starrte wortlos auf die Neue Königstraße hinab. Von dem regen Treiben war in der Dunkelheit des späten Nachmittags nicht mehr viel zu erkennen. Hinter einem Schleier am Glas herabperlender Regentropfen flitzten vereinzelt die Lichtpunkte von Fahrzeugen über die Straße. Es war Zeit, sich auf den Nachhauseweg zu machen.

»Wir haben nur Verdachtsmomente und keine konkreten Hinweise.« Oppenheimer seufzte. »Das reicht noch lange nicht, um Frau Hinze in Untersuchungshaft zu nehmen. Rutters wird das wohl ähnlich sehen.«

Staatsanwalt Rutters war mit dem Fall des getöteten Unbekannten betraut worden. Oppenheimer wusste nicht so recht, ob er sich über ihre erste Zusammenarbeit freuen sollte, denn Rutters eilte der Ruf voraus, ein humorloser Kotzbrocken zu sein.

Mit seinem autoritären Imponiergehabe hatte der Staatsanwalt diesen Eindruck bei Oppenheimer bislang eher bestätigt, denn entkräftet. Rutters wirkte wie die Karikatur eines preußischen Offiziers mit seinem kantigen Gesicht, das von einem dünnen Schnurrbart akzentuiert wurde und dessen Augenbrauen stets hochmütig nach oben gezogen waren. Und wenn er mit seiner schneidenden Stimme etwas sagte, klang es sofort nach einem Befehl. Es war kein Wunder, dass Rutters in ihrer Dienststelle nur *der Kommisskopp* genannt wurde. Trotz dieses Spitznamens war er ein Mitglied der SPD und galt damit als unverdächtig, den Alliierten gegenüber feindlich eingestellt zu sein oder sich gar nach den glorreichen Zeiten des Kaiserreichs zurückzusehnen.

»Der Rutters wird uns die Indizien rechts und links um die Ohren hauen«, bemerkte Wenzel bitter. »Bei dem muss doch alles doppelt wasserdicht sein. Er ist der Amtsschimmel höchstpersönlich. Rutters versteht nicht, dass wir auch manchmal aus dem Instinkt heraus handeln müssen.«

Oppenheimer wandte sich Wenzel zu. »Andererseits darf man sich auch nicht zu stark auf die Intuition verlassen. Ich habe den Eindruck, dass uns bei diesem Fall immer noch etwas entgeht. An einem Punkt dachte ich bereits, Frau Hinze ertappt zu haben.«

Achtlos schnippte Wenzel die Asche seiner brennenden Zigarette auf den Boden. »Das war, als Sie die Verbindung zwischen Ihrem Mann und dem Toten andeuteten, richtig?«

»Dann haben Sie das also auch bemerkt?«

»Sie hätte anders reagieren müssen. In die Ecke gedrängt, aber auf keinen Fall erleichtert.«

Oppenheimer nickte. »Das kann nur bedeuten, dass wir uns mit dieser Spekulation auf dem Holzweg befinden. Und Frau Hinze weiß das ganz genau.«

Spielerisch stieß sich Wenzel mit den Füßen vom Boden ab und drehte die Sitzfläche seines Stuhls hin und her. Bei jeder Bewegung gab der Eisensockel ein leises Mahlgeräusch von sich. »Aber würde das nicht bedeuten, dass sie den Toten kennt?«

Oppenheimer dachte eine Weile nach, dann hob er die Hände. »Da sind wir wieder bei unserem Instinkt angekommen, ohne den Hauch eines Beweises zu haben. Wenzel, wir drehen uns im Kreis!«

4

Sonntag, 9. November 1947

Am nächsten Morgen war Oppenheimer bedrückt, denn es war der seit Langem befürchtete Tag, an dem sie von Otto Seibold und dessen Familie Abschied nehmen mussten.

Nach dem Aufwachen wusch er sich im Bad kurz das Gesicht, verharrte vor dem Waschbecken und blickte in den kleinen Spiegel mit den abgerundeten Ecken. Heute war ihm jeder Vorwand recht, um im Bad zu bleiben, anstatt nach unten zu gehen und sich dem Unvermeidlichen zu stellen.

Die Gestalt, die ihm aus dem Spiegel entgegenblickte, hatte tiefe Sorgenfalten im Gesicht, mit den hervortretenden Wangenknochen unterschied sie sich kaum von den anderen ausgezehrten Menschen in Berlin. Tatsächlich war Oppenheimer in den letzten Monaten noch ein bisschen magerer geworden, denn an der schlechten Versorgungslage in der Stadt hatte sich nichts Wesentliches geändert.

Unter dem großen Jubel der Bevölkerung war im Februar dieses Jahres die Lebensmittelkarte V abgeschafft worden. Man hatte sie auch *Himmelfahrtskarte* genannt, weil es auf sie die wenigsten Lebensmittel gab. Daraufhin führten die Behörden ein neues Kartenmodell ein, das nur noch drei Kategorien vorsah.

Mehr als die Hälfte der erwachsenen Stadtbevölkerung bekam weiterhin nur die niedrigste Kartenstufe, wenigstens wurde nun der Kalorienwert dieser Lebensmittel ein wenig heraufgesetzt. Das war aber nicht viel mehr als von oben verordnete Schönfärberei, solange die verteilten Nahrungsmittel von einer derart miserablen Qualität waren. Das verkaufte Obst und Gemüse war nicht selten verfault, und die kargen Fleischrationen bestanden zum Teil aus Knorpel, Sehnen und Knochen, weil die Händler verpflichtet waren, ihre Waren genauso zu verkaufen, wie sie angeliefert wurden.

Die arktischen Temperaturen des Winters 1946 waren zum Glück überstanden. Und wenn das Wetter in diesem Winter etwas milder ausfiel, gab es wenigstes die Hoffnung, dass sich die letzte Hungerkatastrophe nicht mehr wiederholen würde. Leider konnte niemand im Voraus wissen, was der Wettergott im Schilde führte.

Jedenfalls bahnte sich für Oppenheimer an diesem Sonntag mit dem Abschied der Familie Seibold eine große Veränderung an. Der Apotheker lebte schon seit mehr als zwei Jahren mit ihnen zusammen in Hildes Villa. Sie hatte den unbewohnten Herrensitz des Erbonkels an ihre Mitverschwörer aus der Nazizeit vermietet. Zu der kleinen Runde ehemaliger Regimegegner gehörte neben Seibold auch der Anwalt und zeitweilige Modegeschäftsinhaber Franz Schmude. Obwohl Hilde vom Wohnungsamt noch andere Mieter zugewiesen bekam, bildeten sie eine Gemeinschaft, die trotz aller politischen Gegensätze zwischen dem konservativen Seibold und dem Sozialdemokraten Schmude die Umbrüche der vergangenen Jahre überdauert hatte.

Dies sollte nun endgültig vorbei sein. Letztendlich war der Zerfall der einst so verschworenen Gruppe ein schleichender Prozess gewesen, ausgelöst durch die hoffnungslose Situation in Berlin. Das Kriegsgetöse war Vergangenheit, Bombardierungen gab es auch nicht mehr, bei denen die Fliegerstaffeln wie Hornissen über der Stadt brummten und die Flaks in einem fort donnerten. An die Stelle der unmittelbaren Lebensgefahr waren nun andere Unsicherheiten getreten.

Die verfahrene Situation zwischen den Alliierten aus Ost und West ließ selbst hartgesottene Einheimische wie Oppenheimer daran zweifeln, dass es in seiner Heimatstadt noch eine Zukunftsperspektive gab. Schon früh hatten die Berliner offensichtliche Unterschiede unter ihren Besatzern wahrgenommen. Und in der von den Sowjets, Briten, Franzosen und Amerikanern viel beschworenen Einigkeit zeigten sich immer deutlicher die Risse. Dass selbst die Alliierten das Wort *Verbündete* abseits der offiziellen Verlautbarungen nur noch mit einem ironischen Unterton aussprachen, ließ das Schlimmste befürchten.

Oppenheimers Frau Lisa arbeitete seit über einem Jahr bei der britischen Verwaltung und erhaschte so manchen Blick hinter die Kulissen, die dem normalen Berliner verwehrt waren. So hatte sie auch mitbekommen, wie schwierig sich die Verhandlungen mit der sowjetischen Seite gestalteten. Selbst die Briten mit ihrem jahrhundertelang bewährten Pragmatismus scheiterten dabei, realisierbare Kompromisse einzufädeln. Die Vertreter der Sowjetischen Militäradministration gingen stets mit der Erwartung in die Verhandlungen, dass ihre Maximalforderungen komplett durchgewunken wurden. Geschah dies nicht, reagierten sie gekränkt und witterten sofort Sabotage.

Die Geschehnisse in Berlin spiegelten im Kleinen die politischen Entwicklungen auf der Weltbühne wider. Die Entfremdung zwischen Ost und West war nicht urplötzlich geschehen. Oppenheimer kam es so vor, als hätten die Machthaber den Zwist schon vorab rhetorisch vorbereitet. Bereits im Februar 1946 warnte Stalin vor einer Blockbildung des kapitalistischen Westens, einen Monat später sprach dann der abgesetzte britische Premierminister Churchill von einem *Eisernen Vorhang*. In einer viel beachteten Rede vertrat er die Meinung, dass Stalin in Osteuropa Satellitenstaaten etabliert habe, die allesamt nach seiner Pfeife tanzten. Wie viele andere Entscheidungsträger im

Westen ähnlich dachten, ließ sich erst erahnen, als am 12. März 1947 der US-Präsident Truman in einer außenpolitischen Grundsatzrede gelobte, dass sein Land allen freien Völkern wirtschaftlich und militärisch beistehen wolle, die durch äußeren Druck oder bewaffnete Minderheiten unterworfen werden sollten. Offiziell war es eine Reaktion auf den griechischen Bürgerkrieg, die aber so generell formuliert war, dass sie auch als verhüllte Warnung an die UdSSR verstanden werden konnte. Seitdem hörte man immer häufiger von einer ausgeprägt antisowjetischen Stimmung in den USA.

Die Berliner Öffentlichkeit verfolgte diese Entwicklungen höchst aufmerksam. Schließlich lag die Stadt genau im Brennpunkt dieser Einflusssphären und war somit von etwaigen Konflikten auch am ehesten betroffen. Je nach Nachrichtenlage schwankte man zwischen Kriegspanik und Optimismus.

Der vielleicht verlässlichste Indikator der allgemeinen Stimmung waren die Schwarzmarktpreise. Mit steigender Verunsicherung kletterten sie in schwindelerregende Höhen. Und an preistreibenden Unsicherheitsfaktoren herrschte kein Mangel. Wilde Gerüchte kursierten darüber, dass die Westzone in der Erwartung einer Konfrontation mit Stalin wieder ihre Waffenbestände aufstocken würde, in Bayern seien die Westalliierten mittlerweile gar bis an die Zähne bewaffnet. Gleichzeitig munkelte man von riesigen sowjetischen Truppentransporten, die angeblich unterwegs in Richtung Westen waren. In dieser unübersichtlichen Lage schien alles denkbar zu sein, also wurden auch viele Gerüchte sofort geglaubt.

Zynische Gemüter sprachen schon wieder über einen neuen Konflikt. Dies sei der einzige Ausweg, um eine finale Entscheidung zwischen Ost und West herbeizuführen. Ein Krieg sei ohnehin unvermeidbar, also wäre es besser, ihn jetzt gleich vom Zaun zu brechen. Die Berliner Bevölkerung hatte in den letzten

Jahren herbe Verluste hinnehmen müssen, vieles war unwiederbringlich verloren, anderes war noch nicht wiederaufgebaut. Man lebte immer noch zwischen Trümmerbergen, also glaubten zahlreiche Menschen, momentan kaum mehr etwas zu verlieren zu haben. In dieser Situation zogen etliche Leute ein Ende mit Schrecken einem Schrecken ohne Ende vor, denn es war nicht absehbar, wann die Ära der Hoffnungslosigkeit überstanden sein würde. Und diese Hoffnungslosigkeit hatte nun auch dazu geführt, dass Seibold heute mit seiner Sippe aus Hildes Villa auszog.

Nach einem Aufenthalt im Bad von fast zwanzig Minuten sah Oppenheimer ein, dass sich der Abschied nicht endlos hinauszögern ließ. Er hängte das Handtuch auf und stieg die Treppe in den Keller hinab. Die große Küche war der eigentliche Treffpunkt für Hildes Mieter. Jeder kam mehrmals am Tag dort vorbei, um auf dem Holzherd das Essen zuzubereiten oder Wasser zu kochen.

Heute standen neben dem großen Küchentisch vier gepackte Rücksäcke. Dahinter saßen Otto Seibold, seine Frau und ihre beiden erwachsenen Töchter auf der Bank, umringt von den Schmudes, der alleinstehenden Witwe Vogt und Frau Schneider mitsamt ihren drei nervtötenden Kindern. Lisa war bereits vor Oppenheimer nach unten gegangen. Barbe, das pummelige junge Fräulein, das mit Hilde die letzten Kriegsmonate im Untersuchungsgefängnis Moabit zugebracht hatte, saß ebenfalls am Tisch. Nur deren Gefährtin Gerda glänzte durch Abwesenheit, zweifelsohne, um Schwarzmarktgeschäfte abzuwickeln oder ähnlich zwielichtigen Tätigkeiten für den Schweren Ede nachzugehen.

Oppenheimer war allerdings erstaunt, Hilde hier zu sehen.

Wie sie alle war auch Hilde in den vergangenen Jahren dünner geworden. In ihren dunklen Haaren zeigten sich die ersten grauen Strähnen. *Abnutzungserscheinungen,* wie sie es selbst bezeichnete. Aber an Hildes zupackender Art und ihrer Kodderschnauze konnten selbst die widrigsten Lebensumstände nichts ändern. Sie lebte, zurückgezogen von ihren Mietern, im benachbarten Chauffeurhäuschen und ließ sich in der Villa nur blicken, wenn es absolut nicht zu vermeiden war. Entgegen ihren Gepflogenheiten, wichtige Angelegenheiten an ihre engen Vertrauten Oppenheimer oder Schmude zu delegieren, stand sie jetzt am Küchenherd und kochte Wasser.

Oppenheimer roch das Aroma von gemahlenem Kaffee. Auch er hatte einen Teil seiner kostbaren Rationen beigesteuert, um die Seibolds gebührend zu verabschieden.

Noch in der Tür stehend, fragte Oppenheimer: »Wann müsst ihr denn nach Charlottenburg los?«

Der Charlottenburger Bahnhof war vormittags immer heillos überfüllt, weil dort der einzige Interzonenzug von Berlin in Richtung Westen abfuhr. Wenn nach ein paar Stunden des regen Verkaufs die Fahrkarten knapp wurden, konnte es vor den Schaltern schon mal zu Rangeleien kommen.

Schmude erahnte Oppenheimers Befürchtungen. »Alles schon erledigt. Ich bin mit Otto heute früh um sieben dorthin gefahren.« Mit seiner künstlichen rechten Hand klopfte er auf die Brusttasche des Anzugs. »Die Billetts haben wir uns gesichert.«

»Es wird reichen, wenn wir in einer Stunde losziehen«, murmelte Seibold bedrückt. Auch seine Gattin saß zusammengesunken neben ihm, ein bleiches Gesicht umrandet von einem dunkelbraunen Kopftuch. Sie ließen zu viel hier in Berlin zurück, um hoffnungsfrohe Aufbruchsstimmung verbreiten zu können.

»Was machen wir jetzt mit euren großen Schränken?«, fragte Oppenheimer und setzte sich an den Küchentisch.

Seibold wiegte seinen Kopf hin und her. »Ihr könnt sie unter euch aufteilen. Ich kann sie ja doch nicht mitnehmen. Von manchen Sachen muss man sich eben trennen.«

Betreten nickte Oppenheimer. Seit Mitte August war der Möbeltransport von Berlin in die Westzonen komplett eingestellt, selbst Genehmigungen für Frachtgut ließen sich nur unter großen Mühen organisieren. Wer aus der Hauptstadt auswandern wollte, musste sich also anderer Tricks bedienen, um seine Wertgegenstände mitnehmen zu können. Die Lösung bestand darin, alle Sachen in kleine Pakete mit maximal acht Kilo Gewicht zu verpacken und per Post zur neuen Wohnadresse zu schicken.

Allerdings wurden auf dem Postweg viele Pakete gestohlen, und so war der pingelige Seibold auf die Idee gekommen, seine Habseligkeiten per Einschreiben zu versenden. Weil die Postbehörde das zulässige Gewicht von Einschreibepäckchen auf jeweils zwei Kilo begrenzt hatte, waren zum Schluss fast dreihundert Kartons zusammengekommen. Es war eine logistische Meisterleistung gewesen, täglich einige davon zum Postamt zu transportieren, sodass bis zu Seibolds Abreise alles verschickt war. Hätte jemand vor einigen Jahren prophezeit, dass man in nicht allzu ferner Zukunft nur auf postalischem Weg umziehen konnte, hätte ihn Oppenheimer wohl für verrückt gehalten.

So ausgefeilt der Plan auch gewesen war, im Zimmer der Seibolds stand immer noch ein Rest von siebzehn Päckchen. Oppenheimer rechnete nach. »Wenn jede Familie pro Tag zwei Pakete zur Post bringt, müsste am Dienstag alles komplett verschickt sein. Ich hoffe, ihr seid schon in eurem neuen Zuhause angekommen, wenn sie eintreffen.«

»Das kann man leider nicht wissen«, sagte Seibold. »Von Berlin bis zur Endstation Hannover ist nur die erste Etappe.

Danach geht die Reise weiter nach Kulmbach. Wir müssen quasi die sowjetische Besatzungszone umrunden.«

»Die zwölf Stunden Bahnfahrt in die Westzone sind doch reine Schikane«, polterte Hilde los. Mit verschränkten Armen gegen den bullernden Herd gelehnt, hatte sie die Unterhaltung verfolgt. »Wie weit ist es von Berlin nach Hannover? Vielleicht dreihundert Kilometer?«

»Das ist aber nicht die reine Fahrzeit«, warf Frau Schmude ein. Mit durchgedrücktem Rücken saß sie am Tisch, als ehemalige Besitzerin eines Modesalons war es ihr in Fleisch und Blut übergegangen, einen guten Eindruck zu machen. »Man hat mir gesagt, dass sie an der Grenze in Marienborn geschlagene vier Stunden warten müssen, bis alle Personen und das Gepäck kontrolliert sind.«

»Gut, dann bleiben noch acht Stunden Fahrzeit übrig. Das ergibt eine Geschwindigkeit von siebenunddreißigeinhalb Kilometern pro Stunde.« Hilde schnaubte. »Und so was nennt die Bahn tatsächlich einen D-Zug.« Dann nahm sie den pfeifenden Kessel vom Feuer und goss das Wasser in die bereitstehende Kaffeekanne.

»Von Hannover aus wird es nicht mehr so schwierig sein«, beschwichtigte Oppenheimer, denn er nahm deutlich wahr, wie sehr diese Spekulationen die beiden Seibold'schen Töchter bedrückten. Die jungen Damen waren nicht begeistert von der Idee, von Berlin aus in die bayerische Provinz zu ziehen. Und dass ihnen jetzt auch noch penibel vorgerechnet wurde, wie beschwerlich diese Reise sein würde, sorgte erst recht für Verstimmung.

»In Hannover besorgt ihr euch einfach Bahnkarten für die Weiterreise und fertig. Bis Kulmbach müsst ihr sowieso nur von der britischen in die amerikanische Zone wechseln. Ich würde mich wundern, wenn es dort überhaupt noch Kontrollen gibt.«

Mit einem dumpfen Knall stellte Hilde die Kaffeekanne neben Oppenheimer auf dem Tisch ab. »Dein Wort in Gottes Ohr«, schnarrte sie.

Wie um sich selbst zu überzeugen, sagte Seibold: »Es geht nicht anders. Das Schreiben meines Bruders war ein Wink des Schicksals. Zwar habe ich vom Baugewerbe keine Ahnung, aber als selbstständig Tätiger kenne ich mich zumindest ausreichend mit Buchhaltung aus, um ihm zur Hand zu gehen. Und sobald wir Fuß gefasst haben, wird es sicher eine Möglichkeit geben, dass ich mit ein wenig Startkapital wieder eine Apotheke eröffne.«

Oppenheimer hörte kaum zu, denn Seibold hatte seine Zukunftsplanung in den vergangenen Monaten zu jeder passenden und unpassenden Gelegenheit dargelegt.

Mit zitternder Stimme fügte er hinzu: »Außerdem, habt ihr es denn nicht gehört? Man sagt, dass die Westalliierten nun doch aus Berlin abziehen werden. Und was dann? Stalin, dieser Satansbraten, wird uns einfach überrollen.«

Oppenheimer wollte gerade einen Schluck Kaffee trinken, verharrte mitten in der Bewegung und warf Lisa einen fragenden Seitenblick zu.

Diese schüttelte demonstrativ den Kopf. »Nein, Otto, da ist wirklich nichts dran. Das Gerücht ist nur aufgekommen, weil die Briten nicht länger die hohen Besatzungskosten tragen können. Aber die Amerikaner haben jetzt zugesagt, dass sie achtzig Prozent der Kosten übernehmen.«

Schmude richtete sich auf. Sein Kinn war mit dunklen Bartstoppeln übersät. Bestimmt hatte er verschlafen und sich das Rasieren erspart. »Da sieht man es mal wieder, es gibt nur zwei wichtige Parteien in diesem Spiel. Es stimmt schon, wenn man nur noch von Ostblock und Westblock spricht. Die Amerikaner werden nicht aus Berlin verschwinden. Noch niemals in ihrer

Geschichte haben sie einen militärischen Vorposten freiwillig aufgegeben. Vor allem jetzt nicht, wo sie Russland als Gegenspieler wahrnehmen.«

Vom Küchenherd her ertönte ein Klappern. Während die Erwachsenen beim Kaffee die politische Lage diskutierten, bereitete Frau Schneider für die Kinder mit Leitungswasser und Süßstoff Kakao zu. In Wahrheit war es nur Rote Bete, die man im rohen Zustand raspelte und dann im Backofen röstete. Wie bei fast allen Ersatzstoffen war auch hier der Herstellungsprozess sehr arbeitsaufwendig, denn das geraspelte Gemüse musste mindestens zweimal durch die Kaffeemühle gedreht und danach durch ein feines Sieb gestrichen werden, um die richtige Konsistenz zu erhalten. Ein bereitstehender Becher war leer. Erst jetzt fiel Oppenheimer auf, dass ihr Pflegekind Theo fehlte.

»Wo ist denn Theo abgeblieben?«, raunte er Lisa ins Ohr.

Mit ernstem Gesicht flüsterte sie zurück: »Ich glaube, er nimmt es Marianne übel, dass sie wegzieht.«

Nach kurzem Nachdenken verstand Oppenheimer, dass sie damit eine von Seibolds Töchtern meinte. Die beiden jungen Damen mit den ordentlich gescheitelten Frisuren und den nahezu unsichtbaren Augenbrauen ähnelten sich so stark, dass Oppenheimer es mittlerweile aufgegeben hatte, sie voneinander zu unterscheiden. Er konnte nachvollziehen, dass es eine Belastungsprobe für Theo war. Seinen eigenen Angaben zufolge war der Junge im Mai neun Jahre alt geworden. Wegen der fehlenden offiziellen Dokumente ließ sich das nicht belegen, was Oppenheimer aber nicht daran hinderte, eine kleine Geburtstagsfeier für Theo zu organisieren. Wieder einmal hatte den Jungen in seinem kurzen Leben eine Bezugsperson im Stich gelassen. Erst war auf dem Anhalter Bahnhof seine Mutter mitsamt der jüngeren Schwester verschwunden, jetzt war es das nette Nachbarmädchen, das sich um ihn gekümmert hatte, wenn Oppenheimer und Lisa ihrer Arbeit nachgingen. Sie hatten in den letzten Monaten Himmel und Hölle in Bewegung gesetzt, um Theos Mutter ausfindig zu machen, und mit der Stadtjugendbehörde vereinbart, die Pflegschaft zu übernehmen, damit Theo nicht erneut aus einer vertrauten Umgebung herausgerissen wurde.

Beim Gedanken an diese neue Komplikation seufzte Oppenheimer auf. »Ich werde versuchen, mit ihm darüber zu reden. Mehr kann ich nicht tun.«

Statt einer Antwort legte Lisa ihre Hand auf die seine. Oppenheimer warf ihr lächelnd einen Blick zu. An diesem Morgen hatte sie ein Kopftuch umgebunden. Ihre langen brünetten Haare hatte sie vor einiger Zeit zu einer modischeren Frisur kürzen lassen. Wenn sie so neben ihm saß, wirkte Lisa zart und zerbrechlich. Oppenheimer wusste nach den Schicksalsschlägen der letzten Jahre, wie sehr Lisas Erscheinungsbild in die Irre führte. Er war der Meinung, dass sie von ihnen beiden die größere innere Stärke besaß.

Eine Dreiviertelstunde später machte sich Otto Seibold mit seiner Familie auf den Weg zum Charlottenburger Bahnhof. Vor der Eingangstreppe zur Villa schüttelten sie zum Abschied ein letztes Mal die Hände ihrer Mitbewohner. Seine Tochter Marianne schulterte einen Rucksack und war gerade im Begriff, sich der Straße zuzuwenden, als jemand um die Hausecke bog.

Der Halbwüchsige mit den zerzausten Haaren war natürlich Theo. Er wollte wohl den Abschied so kurz wie möglich halten und hatte die ganze Zeit über vor dem Portal der Villa auf sie gewartet.

Theo rannte Marianne entgegen. Oppenheimer erwartete, dass er sie festhalten würde. Dann erkannte er, dass Theo ihr einen Gegenstand in die Hände drückte. Es war das Miniaturpferd aus Holz, das Geschenk vom letzten Weihnachtsfest. Theos wertvollste Pretiose.

Noch ehe Marianne es sichs versah, war der Junge wieder fortgelaufen. Die Tränen, die sie die ganze Zeit über tapfer zurückgehalten hatte, schossen ihr nun in die Augen. Sie presste die Hand auf den Mund und wischte sich mit ihrem Jackenärmel über die feuchten Wangen. Frau Seibold war dieser unerwartete Gefühlsausbruch peinlich, und so zog sie die widerstrebende Marianne am Arm hinter sich her.

Auch Oppenheimer musste die Tränen wegblinzeln.

»Hach, verdammt«, sagte Hilde. »Jetzt brauch ich 'nen Klaren.«

Wenngleich Oppenheimer keinen Gefallen am Alkohol fand, hielt er das für eine gute Idee.

Als sie sich in Hildes Wohnzimmer auf einen Umtrunk zusammensetzten, wurde Oppenheimer erst so richtig bewusst, wie sehr ihre verschworene Gemeinschaft von Hitler-Gegnern geschrumpft war. In den Zeiten der Diktatur, in denen man jedem misstrauen musste, um zu überleben, war es notwendig gewesen, sich zusammenzutun. Jetzt, da die äußere Bedrohung vorbei war, setzte wieder die Vereinzelung ein.

Seibold war bereits der Zweite, der sich aus der Gemeinschaft löste. Der erste Abtrünnige war der Drucker Bernhard John gewesen, den Oppenheimer niemals persönlich kennengelernt hatte. Als selbst ernannter Proletarier war John dem Adelsspross Hilde von Strachwitz gegenüber immer mit einem ideologisch bedingten Misstrauen begegnet, schließlich verkörperte sie in seinen Augen den Klassenfeind. John war angeblich sehr begabt gewesen, wenn es darum ging, offizielle Urkunden zu fälschen, mit denen es Hilde gelungen war, eine Handvoll untergetauchter Juden über die Nazizeit zu retten. Oppenheimer gehörte ebenfalls zu diesen Geretteten, denn als schließlich im Januar 1945 auch die jüdischen Partner einer sogenannten *Mischehe* in die Todeslager transportiert wurden, war er bereits mit Hildes Hilfe untergetaucht.

Der einzige Tisch in Hildes Wohnzimmer war ein ausrangierter Küchentisch. Damit dort alle Platz fanden, rückten sie die alte Couchgarnitur heran und setzten sich vor die viel zu hohe Holzplatte, während Hilde von ihren selbst destillierten Schnäpsen einschenkte. Auch Lisa und Frau Schmude hatten sich der Gesellschaft angeschlossen, doch Seibolds Abwesenheit hinterließ eine klaffende Lücke.

Dass Hildes Bücherregale, abgesehen von einigen medizinischen Fachwerken, leer waren, machte ihre Behausung nicht wohnlicher. Sie hatte in den Jahren der Diktatur verfemte Literatur gehortet und die Bücher nun öffentlichen Büchereien gespendet.

Lisa unterbrach als Erste die bedrückende Stille. »Ich hatte keine Ahnung, dass Theo so stark an Marianne hängt.« Zu seiner Schande musste Oppenheimer gestehen, dass auch er nicht mitbekommen hatte, wie eng die Bindung zwischen den beiden war.

»Womöglich hat Otto ja recht«, sagte Hilde nachdenklich und setzte sich. »Vielleicht sollten wir alle hier aus Berlin verschwinden, solange es noch geht. Molotow hat jetzt zur Feier der Oktoberrevolution bekannt gegeben, dass die Sowjetunion ebenfalls über das Atombombengeheimnis verfügt.«

Frau Schmude fuhr zusammen. »Dann können jetzt auch die Russen die Welt in die Luft sprengen?«

»Es überrascht mich nicht, dass es so gekommen ist«, brummte Oppenheimer. »Sie versuchen ja schon lange genug, an die Baupläne ranzukommen.«

»Falls das kein Bluff von Molotow ist.« Schmude blickte in

sein leeres Schnapsglas, als wäre es eine Kristallkugel, in der sich die Zukunft erkennen ließ. »Zu den Kommunisten würde das gut passen. Soviel ich weiß, gab es noch keinen Bombentest. Das klingt nach klassischer Antiganda.« Schmude benutzte diese Spottbezeichnung, die während der Nazizeit populär gewesen war und Propaganda bezeichnete, die das genaue Gegenteil erreichte. »Und selbst wenn die Sowjets die Bombe hätten, dann ist unsere Stadt in Deutschland wohl der sicherste Ort, den man sich vorstellen kann. Schließlich sind hier Truppen der Roten Armee stationiert. In den westlichen Besatzungszonen, da würde ich viel eher die Panik bekommen.«

»Wie dem auch sei«, unterbrach Frau Schmude die Spekulationen ihres Gatten und erhob das Glas. »Auf Otto und seine Familie. Hoffen wir, dass es ihnen gut ergeht.«

Hildes Schnaps war nicht so harmlos, wie man zunächst vermutete. Zuerst floss er wie Wasser die Kehle hinab, nur um kurz darauf höllisch zu brennen. Nach Luft schnappend, kniff Oppenheimer die Augen zusammen. Mit einem flauen Gefühl in der Magengegend registrierte er, dass Lisa an ihrem Schnaps nur ein wenig nippte und das Glas zu ihm schob. Hilde registrierte spöttisch grinsend, wie sich Oppenheimer seinem Schicksal ergab, zwei Gläser ihres Fusels zu trinken.

»Es konnte ja auch nicht länger gut gehen«, fuhr Hilde fort und kehrte zu dem ursprünglichen Thema zurück. »Ost und West haben völlig unterschiedliche Weltanschauungen. Beim gemeinsamen Kampf gegen Hitler wurde das Thema ausgeblendet. Aber jetzt bei der Frage, wie es mit Deutschland weitergehen soll, kristallisieren sich die Gegensätze heraus.«

Nach Oppenheimers Meinung hatte Hilde damit genau den wunden Punkt getroffen. Schon grundsätzlich gab es zu große Unterschiede zwischen den Siegern, um einen tragbaren Kompromiss finden zu können. Frankreich war Deutschlands direkter Nachbar und besaß nach Hitlers Überfall ein nachvollziehbares Interesse daran, ein neues Erstarken des *Erbfeindes* zu verhindern. Die geeignetste Lösung schien, die französische Zone einfach per Dekret zu verwalten, denn dass sich die örtliche Bevölkerung wieder politisch betätigte und womöglich erneut einem Diktator nachlief, wurde als ein zu großes Risiko eingestuft. Demokratische Wahlen waren allerdings ein Prinzip, auf das die anderen drei Verbündeten pochten. Und wie eine demokratisch legitimierte Mitbestimmung aussehen sollte, wurde von Angelsachsen und Sowjets höchst unterschiedlich definiert. Briten und US-Amerikaner setzten dabei auf die politischen Spielregeln, die sich auch in ihren Ländern bewährt hatten.

Auch Stalin hatte einen Versuch zugelassen, in der sowjetischen Zone demokratische Wahlen abzuhalten. Allerdings waren unabhängige Parteien dem Dogma des stalinistisch definierten Kommunismus fremd. Der kleinste gemeinsame Nenner der neu gegründeten Parteien war das Bekenntnis zum Antifaschismus. Im Prinzip war das eine von SED-Funktionären überwachte Einheitspolitik, die früher oder später im Sowjetsektor eine komplette Gleichschaltung befürchten ließ.

Die Strategien beim wirtschaftlichen Wiederaufbau des ehemaligen Feindes waren ein weiteres Feld, bei dem die Unstimmigkeiten bereits vorprogrammiert schienen. Im Westen waren die zuvor hermetisch abgeschotteten Besatzungszonen von Briten und Amerikanern mit Wirkung zum ersten Januar 1947 zu einem vereinigten Wirtschaftsgebiet zusammengeschlossen worden, ein Alleingang, der von sowjetischer Seite als Affront gewertet wurde. Soweit Oppenheimer verstanden hatte, war die Schaffung der Bi-Zone die einzige Möglichkeit, die Kohleproduktion im Ruhrgebiet und den Warenverkehr wieder in Gang zu bringen. Um die Deutschen in ihren Besatzungszonen nicht in alle Ewigkeit durchfüttern zu müssen, war es unabdingbar, dass die Wirtschaft wieder Tritt fasste.

Hilde zog den Korken aus der Schnapsflasche, um Schmude nachzuschenken. »Für Stalins Anhänger war der Faschismus nur die letzte, perverse Konsequenz des ungezügelten Kapitalismus«, sagte sie. »Für sie ist er die Wurzel allen Übels, das überwunden werden muss. Und die Amerikaner setzen unterdessen weiter auf kapitalistische Prinzipien. Das passt vorn und hinten nicht zusammen.«

»Du darfst Großbritannien nicht vergessen«, wandte Schmude ein, »dort haben die Sozialdemokraten jetzt komplett das Ruder übernommen. Vorher waren sie ja nur der Koalitionspartner von Churchill. Die Sozialdemokratie könnte der Kompromiss sein, der diese beiden Pole vereinigt. Wenn die Russen uns nur lassen würden.«

Oppenheimer quittierte Schmudes hoffnungsvollen Einwand mit einem amüsierten Schmunzeln. Dass er sich als Sozialdemokrat für dieses Thema so sehr erwärmte, war keine große Überraschung.

Hilde machte Anstalten, eine weitere Runde auszuschenken. Oppenheimer schüttelte kurz den Kopf und hielt sicherheitshalber die Hand über seine beiden Gläser.

»Die Russen sind ja schon beleidigt, wenn die USA Kapital zum Wiederaufbau Europas bereitstellen«, fuhr Hilde fort und lehnte sich zurück. »Dieses Gewese um das Wiederaufbauprogramm der Amerikaner spricht doch Bände.«

George C. Marshall, ein pensionierter Fünfsternegeneral der US-Armee, der jetzt als Außenminister der Truman-Regierung fungierte, hatte Anfang Juni einen Plan vorgestellt, mit dem das notleidende Europa unterstützt werden sollte. Diese Nachricht war einer der wenigen Hoffnungsschimmer in der brisanten politischen Lage gewesen und hatte sich in Windeseile in der

Bevölkerung herumgesprochen. Schließlich ging es dabei um die Bereitstellung von Lebensmitteln, Rohstoffen und dringend benötigten Krediten.

Zuerst hatte es geheißen, dass sich alle Alliierten daran beteiligen könnten, doch bereits am 21. Juni war eine Außenministerkonferenz in Paris kläglich gescheitert, weil der sowjetische Teilnehmer Molotow erklärte, dass dieses Hilfsprogramm nur ein verkappter Schachzug sei, um die westlichen Besatzungszonen unter amerikanische Kontrolle zu bekommen, und Europa in zwei Teile spalte. Es war allerdings schwierig, diese Einwände ernst zu nehmen, da die Sowjets die von ihnen beklagte Spaltung schon längst vorweggenommen hatten, indem sie ihre eigene Besatzungszone hermetisch abriegelten.

Währenddessen ging die Demontage von deutschen Industrieanlagen ungehindert weiter, was der Idee des Marshallplans völlig zu widersprechen schien. Zuletzt hatten die Alliierten eine Liste mit 682 Werken aus den Westzonen veröffentlicht, die zur Demontage vorgesehen waren. Interessanterweise waren nur in 302 dieser Betriebe auch Rüstungsgegenstände hergestellt worden.

»Aus russischer Perspektive ist es schon zu verstehen, dass sie nicht mitmachen wollen«, wandte Oppenheimer ein. »Wirtschaftlicher Einfluss ist vom politischen Einfluss nicht zu trennen.«

Schmude legte seinen Kopf schief. »Vielleicht ist die Wirtschaftshilfe tatsächlich eine Strategie der Amerikaner. Jeder erwartet die sowjetische Expansion in den Westen, was sich am besten wohl mit einem prosperierenden Wirtschaftsblock aufhalten ließe. Von russischer Seite bekommen wir nur den Kollektivismus gepredigt. Aber ehrlich gesagt habe ich nach dem Nazitum von Massenbewegungen und Propaganda endgültig die Schnauze voll. Wenn die Leute erst einmal im Stechschritt und in Uniform auf der Straße marschieren, hören sie auf zu denken. Davon hatten wir bereits zu viel.«

Hilde stöhnte auf. »Ach, ich will mich jetzt nicht aufregen«, sagte sie, ein unmissverständliches Zeichen, dass ihre politische Grundsatzdiskussion zu Ende war. »Wahrscheinlich kommt sowieso alles anders, als wir es erwarten. Is doch immer so.«

5

Montag, 10. November 1947

In den frühen Morgenstunden des nächsten Tages zog Oppenheimer es vor, in seinem Büro die liegen gebliebenen Schreibarbeiten nachzuholen, denn draußen goss es wie aus Kübeln. Außerdem musste er sowieso noch den Suchdienst in Hamburg kontaktieren, um die Identität des Opfers in der Wohnung der Hinzes zu klären.

Seitdem er einige Monate für den Berliner Suchdienst gearbeitet hatte, kannte er sich mit der Hierarchie dieser Dienststellen aus. Womit Oppenheimer nicht gerechnet hatte, war die Tatsache, dass er jedem Gesprächspartner die Sachlage erneut erklären musste.

Als er schließlich den zuständigen Sachbearbeiter ans Telefon bekam, gab er erleichtert das Aktenzeichen durch und wurde um Geduld gebeten, da mittlerweile die Mittagspause angebrochen war.

Um die Wartezeit bis zum Rückruf zu füllen, beschloss Oppenheimer, ebenfalls etwas zu sich zu nehmen, setzte Wasser für Muckefuck auf und wickelte sein mitgebrachtes Mittagsmahl aus dem Wachspapier. Es war ein Butterbrot mit dem Rest der falschen Mettwurst vom Vortag. Im Wesentlichen bestand dieser Aufstrich aus Sellerie, Getreide und Tomatenmark und schmeckte auch ganz passabel, wenn man nicht an die merkwürdigen Zutaten dachte.

Während er mit einer dampfenden Tasse in der einen Hand und der angebissenen Stulle in der anderen den Gang zurücklief, hörte Oppenheimer aus Billhardts Büro die Stimme seines Kollegen: »Richard, ich muss dir was erzählen!«

Neugierig lehnte sich Oppenheimer an den Türrahmen. »Was gibt es denn?«

Billhardts Stirnrunzeln war schwer zu interpretieren. »Der Springer vom Funkturm, er ist ein alter Bekannter von uns. Der Flinke Ulrich.«

Bei der Erwähnung des Namens blieb Oppenheimer fast der Bissen im Hals stecken. Hüstelnd nippte er an dem Ersatzkaffee. »Das kann doch nicht sein. Der Ulrich?«

Das war eine Angelegenheit, die man besser nicht zwischen Tür und Angel besprach, also stellte Oppenheimer seinen Becher kurz auf Billhardts Schreibtisch ab, um die Tür zuzuziehen und sich dann zu setzen.

»Wie kommt das denn?«

Billhardt schüttelte den Kopf. »Ich glaube nicht, dass Ulrich Selbstmord begehen wollte. Vermutlich hat er ein krummes Ding gedreht, das ihm auf die Füße gefallen ist, wenn man so sagen möchte.«

Oppenheimer nahm den warmen Becher wieder in die Hand und überlegte. »Moment, wann habe ich den Ulrich zum letzten Mal gesehen? Das war wenige Tage vor der Machtergreifung. Kurz bevor ich aus dem Polizeidienst geworfen wurde. Ulrich war beim Stehlen erwischt worden und wanderte mal wieder in den Bau. Ich kann mich noch daran erinnern, dass er mir feierlich versprochen hat, mit der Klauerei aufzuhören.«

»Hast du ihm das etwa abgenommen?«, fragte Billhardt mit einem zynischen Grinsen.

»I wo, keine Silbe. Aber man muss es doch wenigstens versuchen, nicht wahr? Dann ist er also rückfällig geworden?«

Billhardt lachte auf. »Rückfällig konnte Ulrich nicht werden, denn er hat mit dem Stibitzen niemals aufgehört. Ich hatte ihn gleich mehrmals am Schlafittchen, seine ganze Karriere durfte ich miterleben. Schon früher, als Ulrich noch als Strichjunge auf der Straße arbeitete. Irgendwann hat er sich dann auf sein zweites Talent besonnen, als Langfinger. Und mangels einer Alternative ist er dabeigeblieben.«

Gedankenversunken aß Oppenheimer sein Brot. »Ich nehme an, dass bei seiner Leiche Diebesgut gefunden wurde?«

»An dieser Stelle wird die Chose völlig verrückt.« Billhardt lehnte sich zurück, die zufriedene Pose eines Geschichtenerzählers, der eine ganz besonders spannende Anekdote zum Besten gab. »In der Innentasche von Ulrichs Mantel waren mehrere Dokumente eingenäht. Er ist wohl auf Nummer sicher gegangen, damit sie ihm niemand abluchst. Wir fanden mehrere Pässe vom Internationalen Roten Kreuz, nachweislich authentische Papiere, alles koscher, nur fehlen die Ausweisfotos.«

Ungläubig hielt Oppenheimer den Atem an. Er verstand Billhardts Andeutung sofort. Die Ausweise des Roten Kreuzes wurden landläufig als Ersatz für die offiziellen Personalausweise verwendet. Die Porträtfotos waren nur mit einer Klammer angeheftet, also konnte dieser Ersatzausweis beliebig oft wiederverwendet werden. Für Leute, die ihre wahre Identität verschleiern wollten, waren diese Papiere Gold wert.

»Außerdem fanden wir in Ulrichs Mantel noch drei Einreisebescheinigungen von der argentinischen Botschaft«, fuhr Billhardt fort.

Daraufhin konnte Oppenheimer nur noch den Kopf schütteln. Billhardts Fall nahm ungeahnte Dimensionen an. »Auf was die Leute nicht alles kommen. Beihilfe zum Identitätsschwindel, das klingt nach einem interessanten Geschäftskonzept und passt eigentlich nicht zum Ulrich. Nur, was hat die argentinische Botschaft damit zu schaffen?«

Billhardt winkte ab. »Weiß nicht, vielleicht ein Zufall, obwohl ich dafür nicht meine Hand ins Feuer legen möchte. Jedenfalls stellt sich die Frage, wie eine Schmeißfliege wie Ulrich an solche Papiere kommt.«

Für Oppenheimer gab es nur eine Lösung. »Vermutlich geklaut?«

»Ja, so weit bin ich mit meinen Überlegungen auch gekommen.« Billhardt nickte. »Und dann gibt es noch was. Wir haben recht eindeutige Hinweise darauf gefunden, dass Ulrich nicht freiwillig vom Funkturm gesprungen ist.«

Oppenheimer setzte sich auf und legte den Rest des Brotes zur Seite. »Gab es also doch Zeugen?«

»Nein, leider nicht. Aber dafür fanden die Gerichtsmediziner Würgemale an Ulrichs Hals und Prellungen, die nicht vom Sturz herrühren können. Vor seinem Fall wurde er noch ganz schön vermöbelt.«

»Da hat er sich wohl mit den Falschen angelegt.«

Billhardt hob den Zeigefinger. »Meine Arbeitshypothese lautet, dass Ulrich aus Versehen diese Dokumente mitgehen ließ und dann versucht hat, sie wieder zu verkaufen. Vielleicht sogar an die Leute, die er bestohlen hat, so einfältig, wie er war.«

»Also machte Ulrich ein Angebot«, spann Oppenheimer den Gedanken weiter. »Es kommt zum Streit, oder er wurde vorsätzlich in eine Falle gelockt. Egal, das Resultat wäre in jedem Fall dasselbe. Aber warum trug er die Papiere dann immer noch bei sich?«

»Seine Geschäftspartner haben sie wohl nicht auf Anhieb gefunden, und als er zerschmettert am Boden lag, war es nicht mehr möglich, die Leiche zu durchsuchen, ohne dass es jemandem aufgefallen wäre. Ulrich muss im ausgebrannten Restaurantgeschoss durch eines der kaputten Fenster gefallen sein, eine andere Möglichkeit gibt es nicht. Ich tippe darauf, dass dieser Unfall nicht geplant war. Die Verantwortlichen wollten einfach ihre Papiere zurückbekommen, egal, ob Ulrich dabei draufgeht oder nicht.«

Oppenheimer nahm wieder einen Bissen von seiner Stulle. Nachdenklich kauend sagte er: »Der Funkturm ist auch ein selten dämlicher Treffpunkt für illegale Transaktionen. Wenn die Polizei aufkreuzt, gibt es keinen Fluchtweg.«

»Andererseits kann man früh erkennen, wenn jemand mit ungebetener Verstärkung anrückt«, gab Billhardt zu bedenken. »Ich glaube nicht, dass sie mit der Polizei rechneten. Ulrich musste davon ausgehen, dass der Bestohlene ebenso in zwielichtige Geschäfte verwickelt ist wie er selbst. Und wenn eine Horde schwerer Jungs aufgekreuzt wäre, hätte er immer noch zurück auf die Aussichtsplattform steigen können. Offensichtlich fühlte er sich dort oben sicher, weil es viele Zeugen gab.«

»Dann können wir von einem oder vielleicht zwei Angreifern ausgehen, so wenige, dass er nicht misstrauisch wurde.«

»Richtig. Sie trafen sich also im leeren Restaurant. Normalerweise hat dort niemand Zutritt, die Hintertür zur Küche war aber aufgebrochen.«

»Für Ulrich war das Schloss kein großes Hindernis. Nun gut, das Treffen geht über die Bühne, Ulrich wird zusammengeschlagen und fällt aus dem Fenster, noch ehe er die Dokumente rausrücken kann. Hast du bei den Besuchern des Funkturms die Ticketnummern überprüft?«

Bei dieser Frage ließ Billhardt die Schultern hängen. »Leider konnten wir zwei Besucher des Turms nicht mehr ausfindig machen. Vermutlich haben sie das Weite gesucht, noch ehe die Polizei kam. Die anderen waren alle so neugierig, dass sie vor Ort geblieben sind. Die Zeugen haben wohl nur auf das Stadtpanorama geschaut – kann man ihnen ja nicht verdenken. Die Beschreibungen der beiden fehlenden Personen stimmen insofern überein, als dass es Männer mit Hut und Mantel waren. Damit können wir nicht viel anfangen.«

Oppenheimer beneidete Billhardt nicht darum, dass er sich mit diesem schwierigen Fall abmühen musste. Er faltete das Wachspapier zusammen, in das das Butterbrot eingewickelt war, steckte es in seine Hosentasche und schlenderte zum Ofen. Stirnrunzelnd blickte Oppenheimer auf das Spiel von Licht und Schatten hinter den Schlitzen der eisernen Klappe.

»Eine Möglichkeit hättest du noch«, erklärte er. »Ulrich hatte Kontakt zu einer Handvoll Hehler, denen er seine heißen Waren immer anbot. Vielleicht weiß einer von denen mehr.«

»Du denkst, dass er versucht hat, die Dokumente über seine alten Kontakte zu verscherbeln?«

Oppenheimer zuckte mit den Schultern. »Das wäre für Ulrich ein naheliegender Schritt. Vielleicht hast du ja Glück, und einer von seinen Hehlern weiß mehr. Wahrscheinlich wirst du bei ihnen erst mal auf Granit beißen. Aber du kannst ihnen ja Angst machen, indem du andeutest, dass der Mörder auch hinter ihnen her ist. Schließlich sind sie unerwünschte Mitwisser.«

Billhardt dachte ein wenig darüber nach und nickte dann. »Das klingt schlüssig. Leider weiß ich nicht, wer von der alten Garde überhaupt noch im Geschäft ist.«

»Machen wir doch eine Liste«, schlug Oppenheimer vor. Nach langem Überlegen kamen er und Billhardt auf drei Hehler, von denen sie wussten, dass sie mit dem Flinken Ulrich zusammengearbeitet hatten. Oppenheimer erinnerte sich verschwommen an einen vierten Mann. Noch ehe er sich an dessen Namen entsinnen konnte, wurden seine Überlegungen durch ein heftiges Klopfen unterbrochen.

Die Bürotür wurde einen Spalt breit geöffnet, und Wenzel steckte seinen Kopf herein.

»Ah, da sind Sie ja.« Er atmete auf. »Ich habe gerade einen Anruf entgegengenommen. Vom Suchdienst Hamburg. Es ist wirklich sehr, sehr dringend.«

Wenzels Gesicht war vor Aufregung gerötet. Oppenheimer vermutete sofort, dass es eine unvorhergesehene Wendung im Fall Hinze geben musste.

Er sprang vom Besucherstuhl auf und rief: »Genau darauf habe ich gewartet!« Hastig reichte er Billhardt die Namensliste. »Wie gesagt, einen gab es noch. Aber ich komme gerade nicht auf seinen Namen.«

Billhardt legte das Schriftstück fein säuberlich in eine Heftmappe. »Kannst du mir beizeiten ja noch sagen.« Gut gelaunt fügte er hinzu: »Mit diesen drei Halunken bin ich ohnehin erst mal eine ganze Weile beschäftigt.«

Wenzel konnte es nicht abwarten und platzte noch auf dem Gang mit der Neuigkeit heraus: »Ich habe mit denen in Hamburg gesprochen. Es muss ein Fehler sein, ich verstehe es nicht.«

»Nun mal langsam«, erwiderte Oppenheimer. »Immer der Reihe nach. Ich hatte dem Suchdienst in Hamburg das Aktenzeichen des Schriftstücks durchgegeben, dessen Fragment wir in der Tasche des Toten gefunden haben.«

»Ja, ja«, stotterte Wenzel. »Sie haben auch rausgefunden, zu welcher Kriegsgefangenenregistrierung das Aktenzeichen gehört. Die entsprechende Doppelkarte ist bei ihnen vor vier Wochen eingegangen. Sie wurde von einem Kriegsheimkehrer ausgefüllt. Zu diesem Zeitpunkt war er in Munster in der Lüneburger Heide untergebracht. Dort befindet sich ein Entlassungslager. Aber das passt nicht, Herr Hinze soll ja schon vor ein paar Monaten zurückgekommen sein!«

Oppenheimer erstarrte. Er brauchte einige Sekunden, bis mit aller Klarheit zu ihm durchdrang, warum Wenzel so aufgeregt war. »Moment, der Suchdienst Hamburg behauptet also, dass sich Herr Hinze erst vor drei Wochen bei ihnen als Rückkehrer registriert hat?«

Eifrig fuhr Wenzel fort: »Und das Schreiben in der Tasche des Toten war vermutlich die Bestätigung von Herrn Hinzes Suchanfrage. Er hatte sich nach der Adresse seiner Frau Ursula Hinze erkundigt. Wissen Sie, was das bedeutet? Opfer und Täter sollen ein und dieselbe Person sein!«

Wie in Zeitlupe ließ sich Oppenheimer gegen die Wand sinken und blickte in seinen leeren Kaffeebecher.

»Einer von beiden muss lügen.«

»Na ja, Frau Hinze lügt in jedem Fall«, stellte Wenzel fest.

Wenzels Ungestüm war Oppenheimer nicht ganz geheuer. Um eine belastbare Theorie zu entwickeln, benötigten sie als Erstes einen eindeutigen Hinweis, den niemand in Zweifel ziehen konnte.

»Handelte es sich bei dem Kriegsgefangenen auch tatsächlich um Herrn Hinze?«, fragte er. »Ließ sich das irgendwie abklären?«

»Die Mitarbeiter vom Suchdienst Hamburg haben ein Foto von Herrn Hinze in ihrer Kartei. Ich habe sie gebeten, einen Abzug zu schicken. Die alten Wohnungsnachbarn in Moabit müssten ihn identifizieren können. Meiner Meinung nach spricht alles dafür, dass es sich bei dem Toten tatsächlich um Herrn Hinze handelt.« Wenzel zählte die Punkte chronologisch an den Fingern auf. »Frau Hinze hat vermutlich keine Suchanfrage gestellt, weil sie glaubte, verwitwet zu sein. Vielleicht hat sie das auch gehofft, wer weiß. Nicht alle Ehen werden im Himmel geschlossen. Und ohne eine Anfrage von Frau Hinze konnte der Suchdienst Hamburg Herrn Hinze auch nicht die neue Adresse seiner Frau mitteilen.«

Für einen Moment schloss Oppenheimer die Augen. »Also gut, gehen wir davon aus, dass dieser Kriegsgefangene tatsächlich Herr Hinze war. Irgendwie hat er seinen Weg nach Berlin gefunden. Das Naheliegendste wäre, dass er dann einfach zu seiner alten Adresse in Moabit marschiert ist, um dort seine Frau ausfindig zu machen.«

»Aber die war inzwischen ausgebombt und nach Treptow gezogen«, ergänzte Wenzel. »Sicher hat ihm ein Nachbar die neue Adresse mitgeteilt. Deswegen hat sich der Mann in der Wohnanlage an der Köpenicker Landstraße auch so auffällig nach Frau Hinze erkundigt. Es war Herr Hinze, der weitergeschickt wurde.«

Voller Tatendrang stieß sich Oppenheimer von der Wand ab. »Wir brauchen nicht auf das Foto des Suchdienstes zu warten«, erklärte er. »Die Aufnahme der Gerichtsmediziner von dem Toten wird zur Identifizierung auf jeden Fall reichen. Wir fahren jetzt sofort nach Moabit und klingeln bei den ehemaligen Nachbarn.«

Ohne auf einen weiteren Kommentar von Wenzel zu warten, lief Oppenheimer zu seinem Büro, um Mantel und Hut zu holen.

»Wäre doch gelacht, wenn wir das nicht herausbekommen«, rief er über die Schulter.

Der Mann, der in den frühen Nachmittagsstunden die Treppe vom Hochbahnhof Schlesisches Tor hinabstieg, wirkte in dem Strom grauer Einheitsgesichter wie ein Fremdkörper. Obwohl er sein Bestes tat, um in der Masse zu verschwinden, stach er aus ihr hervor. Woran das lag, war schwer zu definieren. Vielleicht war es die militärische Haltung des Mannes. Inmitten der geduckten Gestalten ließ der aufrechte Gang keinen Zweifel aufkommen. Hier war jemand, der in den letzten Jahren keine Niederlage erlitten hatte. Die Nöte der Bevölkerung nach der von Hitler entfesselten Katastrophe schienen spurlos an ihm vorübergegangen zu sein. Um nicht weiter aufzufallen, hatte der Mann einen geflickten Wintermantel angezogen, der an ihm trotzdem wie eine Verkleidung wirkte.

Am Ausgang des aufwendig verzierten Bahnhofsgebäudes hielt er inne. Ein einfahrender Zug ratterte über seinem Kopf über die stählerne Hochtrasse. Er sondierte die Umgebung, starrte durch den Regenvorhang, als versuchte er, sich an etwas zu erinnern. Während es Krieges hatte er einige Monate in der Stadt verbracht, und nun versuchte er, das Bild in seinem Gedächtnis mit der Gegenwart in Einklang zu bringen. Schließlich gelang es ihm, sich zu orientieren. Er musste von hier aus nur die Schlesische Straße entlanglaufen, um zur Wohnung von Kommissar Billhardt zu gelangen.

Sofort setzte sich der Mann trotz des Regens in Bewegung, klappte lediglich den Mantelkragen hoch, damit das Wasser nicht von seiner Hutkrempe in den Nacken lief. Mit zielgerichteten Schritten überquerte er die Skalitzer Straße und ließ dann seinen Blick über die Häuserreihe zu seiner Rechten schweifen, bis er glaubte, Billhardts Behausung wiederzuerkennen.

Die Dinge waren in Bewegung geraten, sicher würde es bald sehr turbulent zugehen. Und der Mann wusste, wie man das Chaos für die eigenen Ziele ausnutzen konnte. Außerdem konnte er in Berlin seine alten Kontakte nutzen, und auf diesen strategischen Vorteil wollte er keinesfalls verzichten.

Er betrachtete die Namen auf der Klingelleiste, fand das Schild mit Billhardts Namen und klingelte.

Es dauerte eine Weile, bis jemand ihm öffnete. Mit einem satten Klacken des Schlosses wurde die Haustür aufgezogen. Vorsichtig blinzelte ihm eine blonde Frau mittleren Alters entgegen. Obwohl sich die Sonne hinter der Wolkendecke verbarg, lagen unter ihren Augen tiefe Schatten. Vermutlich handelte es sich um Billhardts Gattin. Sie hatten sich persönlich niemals kennengelernt, also konnte sie ihn auch nicht wiedererkennen. Das war gut so, denn der Mann wollte die Kontrolle darüber behalten, wem er sich offenbarte.

»Ich muss mit Herrn Billhardt sprechen«, sagte er. »Es geht um eine dringende Angelegenheit.«

»Mein Mann ist gerade bei der Arbeit«, antwortete die Frau und lehnte sich gegen den Türrahmen, nicht bereit, einem Fremden Eintritt zu gewähren. Der Gedanke, dass sie womöglich nur so misstrauisch war, weil ihr Gatte von Berufs wegen tagtäglich mit kriminellen Elementen konfrontiert wurde, amüsierte den Mann.

»Ich weiß, er ist wieder bei der Polizei als Kommissar beschäftigt.« Er fügte zur Erklärung hinzu: »Wenn man es genau nimmt, haben wir früher sogar bei einem Fall zusammengearbeitet, aber vermutlich erinnert er sich nicht mehr daran.«

»Und Sie sind?«

»Nennen Sie mich Oskar. Ganz einfach Herr Oskar.« Vertraulich senkte der Mann die Stimme. »Ich möchte ihn wegen dieser Sache nicht bei der Polizei aufsuchen. Es handelt sich um vertrauliche Informationen. Ihr Gatte wird das sicher ebenso sehen.«

Frau Billhardt runzelte die Stirn. »Sie können es ja später noch mal versuchen, aber ich weiß nicht, wann er nach Hause kommt.«

Der Mann nickte. »Vielleicht wäre es das Einfachste, wenn er mich in meiner Pension aufsucht. Es ist die Pension Keller am Kottbusser Tor, nicht weit entfernt.« Er holte ein zerfleddertes Schulheft hervor, notierte die Adresse, riss das Blatt heraus und reichte es Frau Billhardt.

Dorothee Billhardt nahm das Papier zögernd entgegen. Natürlich wusste sie nicht, was sie von dieser Sache halten sollte.

»Und was soll ich meinem Mann sagen?«, fragte sie. »Worum geht es denn?«

Der Mann hielt inne. Dann kam ihm eine Idee. Mit einem dünnen Lächeln antwortete er: »Sagen Sie ihm, es geht um Kommissar Oppenheimer. Aber Ihr Mann darf niemandem gegenüber ein Wort verlieren.«

Am Ende dieses aufreibenden Arbeitstages lehnte sich Oppenheimer in seinen Bürostuhl zurück und rieb sich die schmerzende Stirn. Er hatte zuletzt ein langes Telefonat mit Staatsanwalt Rutters geführt, da er ihm endlich konkrete Belastungspunkte präsentieren konnte.

In Moabit waren Oppenheimer und Wenzel sehr schnell fündig geworden. Schon der erste Nachbar bestätigte ihren Verdacht, dass der Tote auf der Fotografie niemand anderer als Herr Hinze war. Damit gab es jetzt keinen Zweifel mehr, dass der neue Lebenspartner von Frau Hinze die Identität des vermeintlich verschollenen Gatten übernommen hatte.

Sie musste ihren Mann erkannt haben, als er urplötzlich bei ihr vor der Tür aufgetaucht war, und doch tischte sie der Polizei das Lügenmärchen auf, dass er ein wildfremder Einbrecher sei.

Vorläufig blieb es noch ein Rätsel, warum Frau Hinze den Liebhaber in einem aufwendigen Täuschungsmanöver ausgerechnet als ihren Gatten ausgegeben hatte. Oppenheimer konnte sich kaum vorstellen, dass jemand in ihrem Umfeld die Nase darüber gerümpft hätte, wenn sie mit einem anderen Mann angebandelt hätte, zumal sie ja offiziell als Witwe galt.

Sogar der strenge Rutters stimmte mit Oppenheimer überein, dass ein dringender Tatverdacht vorlag und auch eine Fluchtgefahr nicht von der Hand zu weisen war, sodass es angebracht schien, Frau Hinze vorläufig in Untersuchungshaft zu nehmen. Der vermeintliche Herr Hinze befand sich immer noch im Krankenhaus. Sobald die Ärzte einer Verlegung zustimmten, sollte er zur sicheren Verwahrung ins Polizeikrankenhaus gebracht werden.

Auf dem Nachhauseweg sah Oppenheimer in der Eingangshalle eine einsame Gestalt in einem dunklen Wintermantel. Wartend stand der Herr in der Nähe des Ausgangs, in seiner linken Hand hielt er eine ausgeleierte Ledertasche. Kurz geschnittene, graue Haare ragten an den Schläfen unter einem Hut hervor, der ein wenig zu groß geraten schien. Das ernste, aber nicht unfreundliche Gesicht war Oppenheimer wohlbekannt. Es war Polizeivizepräsident Stumm.

»Herr Oppenheimer«, sagte Stumm und näherte sich. »Könnte ich ein wenig von Ihrer Zeit in Anspruch nehmen?«

Oppenheimer blieb stehen. Ihm schwante bereits, dass er nicht mehr rechtzeitig zum kargen Abendmahl nach Hause kommen würde. »Aber natürlich, Herr Doktor Stumm.«

»Ich wäre Ihnen sehr verbunden, wenn Sie mich nach Karlshorst begleiten könnten. Vorausgesetzt, dass es Ihnen keine allzu großen Umstände bereitet.«

Stumm hatte also wieder eine Vorladung ins sowjetische Hauptquartier bekommen. Er war Jahrgang 1897 und damit nur ein paar Jahre älter als Oppenheimer. Zusammen mit dem Polizeipräsidenten Markgraf bildete Stumm ein denkbar ungleiches Paar. Auf der einen Seite stand der Ritterkreuzträger und ehemalige Berufssoldat Markgraf, der jetzt als Apparatschik der Sowjets fungierte. Stumm wiederum war ein langjähriger Sozialdemokrat, der vor 1932 erst als Kriminalrat mit politischen Fällen betraut war, dann nach der Machtübernahme der nationalkonservativen Regierung von Papen zur Kriminalinspektion Friedrichshain abgeschoben und mit Hitlers Ernennung zum Reichskanzler schließlich entlassen wurde.

Soweit Oppenheimer wusste, hatte Stumm in den finsteren

Jahren der Nazizeit in der Wirtschaft gearbeitet, war also ein hochkarätiger Fachmann und nachweislich unbescholten geblieben, was ihn zu einem idealen Kandidaten für einen Führungsposten der Berliner Polizei machte. War es Oppenheimer in der Vergangenheit nicht vergönnt gewesen, mit Stumm persönlich zusammenzuarbeiten, wusste er als Mitglied der reaktivierten Kripo die ruhige Hand ihres Vizepräsidenten mittlerweile zu schätzen. Allerdings galt Stumm als westlich orientiert, was in der derzeitigen politischen Gemengelage ein Nachteil war, denn er eckte damit sowohl bei den Sowjets an als auch bei seinem Vorgesetzten Markgraf, mit dem er nur noch in schriftlicher Form verkehrte – sofern die Gerüchte stimmten, die in der Dienststelle herumschwirrten. Der Machtkampf zwischen Stumm und Markgraf spaltete auch die Mitarbeiter der Polizei in zwei unversöhnliche Lager.

Jedes Mal wenn Stumm wegen einer Angelegenheit von einem General zur sowjetischen Verwaltung in Karlshorst zitiert wurde, ging er auf Nummer sicher und nahm zum Schutz zwei Polizisten als Begleitung mit. Drei Männer konnten nicht so schnell von der Bildfläche verschwinden.

Oppenheimer wollte Stumm nicht im Stich lassen. Also sagte er zu, wickelte seinen Schal um den Hals und folgte ihm auf die dunkle Straße, wo ein Polizeiwagen mit laufendem Motor wartete.

Stumm nahm auf der Beifahrerseite Platz, Oppenheimer setzte sich hinter ihn. Beim Anblick ihres neuen Fahrgastes zuckte der uniformierte Polizist am Lenker überrascht zusammen. Ein rascher Blick von Oppenheimer genügte, um die Reaktion zu verstehen.

Es war der Kleene Hans.

Oppenheimer fand, dass Hans' Frisur mit abgesetztem Tschako eine frappierende Ähnlichkeit mit einer eingeseiften Katze aufwies. Beim Anfahren würgte er vor Aufregung prompt den Motor ab und musste neu starten. Hektisch fummelte Hans am Schlüssel herum, während sich die Scheinwerfer der anderen Autos bedrohlich näherten.

»Immer mit der Ruhe, junger Mann«, sagte Stumm amüsiert. »Wir kommen ja noch früh genug hin.«

6

Montag, 10. November 1947 –
Dienstag, 11. November 1947

Nicht im Traum hätte Oppenheimer damit gerechnet, an diesem späten Abend noch Karlowka zu besuchen, das für den normalen Berliner abgeriegelte sowjetische Sperrgebiet nördlich der S-Bahn-Gleise. Bei dem Fall des russischen Deserteurs Grigorjew war ihm die zweifelhafte Ehre zuteilgeworden, hier einige Male von Major Aksakow empfangen zu werden.

An der Beklemmung, die er jedes Mal beim Anblick der Straßenbahn empfand, hatte sich nichts geändert, denn sie führte, zwischen hohen Maschendrahtzäunen eingepfercht, quer durch das Sperrgebiet entlang der Treskowallee. Heute war die enge Schneise mit Lichtpunkten markiert. Die installierten Lampen sollten wohl verhindern, dass jemand im Schutz der Dunkelheit den Zaun durchtrennte und unbefugt auf das Hochsicherheitsgelände gelangen konnte.

Hans näherte sich der Zufahrt des Sperrgebiets und bremste vor dem Schlagbaum ab. Wie auf Kommando trat aus dem seitlichen Wachhäuschen ein Rotarmist mit umgehängter Maschinenpistole hervor.

Hans kurbelte die Scheibe herunter.

»Propusk?«, erkundigte sich der Wächter auf Russisch nach dem Passierschein.

Der Polizeivize beugte sich vor und versuchte, dem Soldaten in einem Gemisch aus Deutsch mit russischen Wörtern klarzumachen, dass man ihn zu einem Gesprächstermin herzitiert hatte.

Der Wachposten nickte Stumm zu. Obwohl der stellvertretende Polizeipräsident für ihn kein Unbekannter zu sein schien, ließ er sie mit laufendem Motor vor der Sperre warten, bis sich von der anderen Seite ein Geländewagen näherte. Dann ging der Schlagbaum hoch, und der Rotarmist winkte sie durch.

Hans folgte dem Geländewagen durch das ehemalige Wohnviertel. Während die Außenzäune beleuchtet waren, lagen einige Straßenblöcke komplett im Dunkeln, sodass Oppenheimer schon nach wenigen Metern die Orientierung verlor.

Vielleicht zwei Minuten lang fuhren sie durch die von Bäumen gesäumten Straßen, bis vor ihnen die roten Bremslichter des Geländewagens aufleuchteten.

Oppenheimer wurde allmählich unruhig. War das der Hinterhalt, den Stumm immer befürchtet hatte? Eine Falle, um den ungeliebten Polizeivize verschwinden zu lassen?

Plötzlich ertönte ein Klacken, und die Umgebung wurde in helles Licht getaucht. Von langen Holzpfählen strahlten Scheinwerfer auf sie herab. Oppenheimer blinzelte geblendet, bevor er rechts neben ihrem Fahrzeug die Konturen einer Steintreppe erkannte.

Die Beifahrertür wurde aufgerissen. »Dawai, dawai!«, rief ein Rotarmist und winkte den Polizeivize zum Hauseingang. Dieser umklammerte den Henkel seiner Aktentasche und stieg aus.

»Sie müssen hier auf mich warten«, erklärte Stumm. Oppenheimer gefiel der unsichere Unterton in der Stimme seines Vorgesetzten nicht. Die zwei Rotarmisten aus dem Geländewagen eskortierten Stumm zur Eingangspforte. Sekunden später war er bereits vom Gebäude verschluckt worden.

Die zwei Soldaten blieben, die Maschinenpistolen umgehängt, zurück, um Hans und Oppenheimer zu bewachen.

Entspannt unterhielten sie sich, während sie eine Zigarette nach der anderen pafften. Selbst durch die geschlossenen Wagenfenster glaubte Oppenheimer, das schwere Aroma des russischen Machorka-Tabaks riechen zu können.

Er nahm die Wartezeit zum Anlass, sich ungestört mit Hans zu unterhalten.

»Wie bist du denn zur Polizei gekommen?«, fragte er. »Hast du Ärger mit Ede gehabt?«

Hans zog die Brauen hoch. »Icke? Nee, mit dem Ede komm ick schon klar, nach wie vor.« Hans verfiel wieder in seinen gewohnten Jargon. »Aber der Paule, dieser Matzbleeke, er macht sich überall breit und übanimmt immer mehr Aufgaben vom Ede, weil der sich nur noch um sein Casino kümmert.«

»Was?« Überrascht setzte sich Oppenheimer auf. Die Bewegung geriet ihm so heftig, dass die Wachen für einen kurzen Augenblick nervös wurden. »Ich wusste nicht, dass Ede ein Casino leitet.«

»Im Keller, wo der Schießstand war«, antwortete Hans. »Die haben ein paar Monate da rumjebaut. Und Paule hat die Leitung der Bar seitdem komplett übanommen. Der lässt sich immer weniger sagen. Die Verantwortung steigt ihm innen Deetz.« Zur Bekräftigung tippte sich Hans an die Stirn.

»Du bist also fort, weil du mit Paule aneinandergeraten bist? Und warum ausgerechnet zur Polizei?«

Hans druckste herum, dann murmelte er: »Na ja, meine Mutta. Et war ihre Idee jewesen. Ick sollte halt wat Seriöses machen, die Polente suchte grad nach Leute, also bin ick da hin.« Die Erklärung kam Hans derart arglos über die Lippen, dass Oppenheimer sie ihm auf der Stelle abnahm.

»Da bist du bei uns ja goldrichtig.« Schmunzelnd lehnte er sich zurück. »Weißt du zufällig, wie lange es normalerweise dauert, bis Stumm wieder rauskommt?«

»Weeß nich. Ick bin zum ersten Mal hier.«

»Hast nichts versäumt«, sagte Oppenheimer und machte sich auf eine längere Wartezeit gefasst.

Es sollte eine knappe Stunde dauern, bis die schwere Haustür wieder aufschwang und Stumm das Portal herabschritt.

Er atmete hörbar aus, als er sich auf den Beifahrersitz fallen ließ, die Aktentasche wieder auf seinem Schoß ablegte und die Fahrzeugtür schloss.

»Wir können zurück«, sagte er zu Hans. Dann nickte er zu den beiden Soldaten. »Die Herren werden uns hinausbegleiten.«

Hans startete den Wagen, während die Rotarmisten noch im Begriff waren, in ihr Gefährt zu steigen.

Die tiefen Furchen in Stumms Gesicht verrieten, dass er eine unangenehme Besprechung hinter sich hatte. Oppenheimer wollte sich nicht erkundigen, was geschehen war. Das überstieg seine Kompetenz, außerdem glaubte er, es früher oder später sowieso zu erfahren.

In jedem Fall war er sicher, dass er mit Stumm nicht tauschen wollte.

Ein vielversprechender Ansatzpunkt, um an handfeste Hinweise im Fall Hinze zu kommen, war der ominöse Liebeskiosk am Ku'damm. Es war denkbar, dass Frau Hinze den Ratschlag ihrer Freundin Erika Schimmelpfennig tatsächlich angenommen hatte und zu dem Eheinstitut gegangen war, um einen neuen Galan zu finden. Wenn sie auf diese Weise mit ihrem jetzigen Lebenspartner in Kontakt gekommen war, musste es dort auch Unterlagen geben, die ein Licht auf die wahre Identität des Herrn warfen.

In der Früh des nächsten Tages stieg Oppenheimer noch vor Morgengrauen auf den Sattel seines Rads und nahm die halbstündige Tour zur Baumschulenstraße auf sich, um Frau Schimmelpfennig abzufangen, ehe sie zur Arbeit ging.

Er traf gerade dort ein, als zwei Schupos Frau Hinze in Gewahrsam nahmen. Ihre gute Freundin war noch im Morgenmantel und derart aufgebracht über die Festnahme, dass sie Oppenheimer pausenlos mit Fragen bombardierte und sich kaum beruhigen ließ. Dass sich ihr abservierter Gemahl Dirk an dem Ärger geradezu weidete, trug auch nicht dazu bei, die Atmosphäre zu entspannen. Wenigstens gelang es Oppenheimer, Frau Schimmelpfennig den Hinweis zu entlocken, dass sich der Liebeskiosk am Ku'damm an der Ecke zur Uhlandstraße befand.

Danach folgte eine schier endlos scheinende Radfahrt zurück in den westlichen Teil der Stadt. Zwischendrin prasselten Oppenheimer immer wieder Regentropfen ins Gesicht, sodass er beschloss, am folgenden Tag auf die öffentlichen Verkehrsmittel umzusteigen.

Die Kioske waren in Berlin so zahlreich, dass man sie kaum noch wahrnahm. Wie aus dem Nichts waren die Verkäufer nach dem Krieg wieder aufgetaucht. Strategisch an den großen Flaniermeilen oder an Straßenkreuzungen platziert, schützten die kleinen Bretterbuden vor allem im Winter vor der Witterung und boten alles an, was das Herz begehrte und legal erhältlich war: von Zeitungen über Lotteriescheine bis hin zu eingelegten Gurken. Oppenheimer bog vom Breitscheidplatz zum Ku'damm ab, auf der Suche nach einem Kiosk, in dem nicht Waren den Besitzer wechselten, sondern Herzensdinge entschieden wurden.

Nach einigen Hundert Metern erreichte er die besagte Kreuzung. Das Wohn- und Geschäftshaus auf der linken Seite wurde von den Berlinern immer noch *Haus Scharlachberg* genannt, wenngleich die namensgebende Leuchtreklame für die Weinbrandmarke an der Fassade längst nicht mehr funktionierte. Auch das restliche Gebäude befand sich in einem desolaten Zustand. Auf der Seite der Uhlandstraße waren Brandbomben eingeschlagen. Die Außenmauern standen noch, im Untergeschoss waren in den leeren Schaufenstern fein säuberlich Ziegelsteine aufgestapelt.

In einer langen Reihe standen vor der Ruine Anschlagtafeln, auf denen, penibel nach Datum geordnet, mit Heftzwecken Kleinanzeigen angepinnt waren. Und gleich daneben befand sich der Kiosk, den Frau Schimmelpfennig erwähnt hatte – eine Bretterbude mit winzigen Fenstern, die sich nach oben aufschieben ließen. Ein Herr mit Sonnenbrille und einer Armbinde mit drei schwarzen Punkten spielte auf einem transportablen Xylophon. Seinem Blindenhund, einer schwarzen Promenadenmischung, schien das Geklimper nicht zu gefallen. Er verdrehte die Ohren, blieb aber vor dem Musikinstrument liegen.

Oppenheimer stieg von seinem Rad ab und nahm den Kiosk in Augenschein. Rechts und links des Fensters gab es zwei Anschlagbretter speziell für Kontaktanzeigen, streng nach Geschlecht geordnet. Vor dem linken Aushang, der oben mit *H.-Anzeigen* beschriftet war und einem Hinweis, dass ein Passfoto vorliege, stand eine Handvoll neugieriger Damen.

Oppenheimer klopfte an die Scheibe. Mit einem Ratschen wurde das Fenster geöffnet.

»Ja, haben Se wat jefunden?«, flötete jemand in der dunklen Bude.

Oppenheimer musste seine Augen anstrengen, ehe er eine ältere Frau mit blondierter Lockenfrisur ausmachen konnte.

»Äh, nicht ganz«, stammelte er und fummelte in seiner Hosentasche nach der Polizeimarke. »Es geht um eine Polizeisache.«

Die Dame blickte die Marke aufmerksam an, als befürchtete

sie, hereingelegt zu werden. »Ham Se auch den Dienstausweis dazu?« Während Oppenheimer hektisch in der Innentasche seines Mantels kramte, winkte sie schließlich ab. »Ach wat, lassen Se es. Kommense erst mal rein. Dit is sowieso ’ne vertrauliche Anjelegenheit, nehme ick an?«

Es schien unmöglich, auch noch das Fahrrad in die enge Holzhütte mitzunehmen. Und auf dem belebten Gehweg bedeutete es ein gewisses Risiko, einen kostbaren Gegenstand wie ein Zweirad unbeaufsichtigt stehen zu lassen. Oppenheimer drückte kurzerhand dem blinden Musiker die Lenkstange in die Hand und versprach ihm ein großzügiges Trinkgeld, damit er auf den Drahtesel aufpasste. Nebenbei hatte diese Lösung den unschätzbaren Vorteil, dass die schauderhafte Musik aufhörte.

Der Musiker erwies sich als unerwartet schwieriger Verhandlungspartner. Er wollte zuerst in Zigaretten bezahlt werden, die Oppenheimer aber nicht dabeihatte. Und als er ihm einen Geldschein in die Hand drückte, befühlte ihn der Blinde äußerst misstrauisch.

»Ich hoffe, das ist kein Minusschein«, sagte er und raschelte mit dem Papierstück an seinem Ohr.

»Nein, natürlich nicht«, versicherte Oppenheimer. »Sie können sich das ruhig von der Dame im Kiosk bestätigen lassen.«

Minusscheine wurde im Berliner Volksmund das Papiergeld aus dem sowjetischen Sektor genannt. Man konnte sie durch das Minuszeichen vor der Kennnummer unterscheiden. In den Westzonen wurden hingegen kaum neue deutsche Banknoten gedruckt, sodass die dort ansässigen Banken und Händler die Minusscheine aus dem Osten für eine Art Konfettigeld hielten, das nur mit großem Widerwillen akzeptiert wurde.

Zu Oppenheimers Überraschung war es in dem Kiosk geräumiger, als er angenommen hatte. Es gab sogar Platz für einen schmalen Tisch mitsamt einem zweiten Stuhl für Besucher.

»Wat jibt et denn, Herr Polizeirat?«, fragte die Dame.

»Wenn ich es richtig verstehe, ist das hier so eine Art Heiratsbüro?«, erkundigte sich Oppenheimer, weil ihm auf die Schnelle kein besserer Begriff einfiel.

»Streng jenommen nich.« Die hellblonden Locken der Frau wippten, als sie den Kopf schüttelte. »Mein Jeschäft vermittelt in erster Linie Liebe. Ick verspreche keene Eheanbahnung. Ick muss ja an mir selbst denken. Streng jenommen isset jeschäftsschädigend, wenn die Kunden heiraten. Dann sind se nämlich weg von der Bildfläche und brauchen meine Dienste nich mehr. Oder sagen wir mal, zumindest für 'ne Weile nich.« Sie kommentierte ihre Aussage mit einem ironischen Zwinkern.

Oppenheimer nickte verständnisvoll. »Wie läuft diese Liebessuche denn ab? Rein formal, meine ich. Ich habe gesehen, dass draußen Annoncen aushängen, und bei Interesse kann man sich die Fotos ansehen?«

Die Frau atmete tief ein, was die Halskette zum Klimpern brachte.

»Für zwanzich Mark kann man bei mir 'ne Annonce aufjeben und bekommt 'ne Chiffrenummer«, führte sie aus. »Meistens sind die Suchanzeigen so 'ne Art Wunschzettel, der sich sowieso nich erfüllen lässt, wissen Se. Wat die Leute so allet vom Leben erwarten, man globt et nich. Draußen hängen die Kostproben aus, denn da is nur Platz für die letzten Annoncen. Dit jesamte Anjebot is viel jrößer, aber eenen kompletten Einblick kriegt die Kundschaft nur hier im Kiosk. In jedem Fall müssen die Interessenten ihr Foto dalassen. Dit is im Preis mit drinne. Das Bild wird in meene Kladde rinjeheftet, zusammen mit der Chiffre.«

Unaufgefordert wuchtete die Dame ein dickes Fotoalbum auf den Tisch.

»Hier«, sagte sie zufrieden und öffnete das Buch. »Da sind se alle drin. In diesem Fall die Damen. Für die Herren hab ick eene zweete Registratur. Da darf während der Öffnungszeiten jeder Kunde rumstöbern, wie's ihm beliebt. Na, sind Se sicher, dasse nich auf der Suche nach 'ner kessen Motte sind, Herr Polizeirat?«

Anstatt auf dieses Angebot einzugehen, blätterte Oppenheimer durch die Fotos. Ein Frauenporträt folgte dem nächsten. Einige von ihnen schafften es, hoffnungsfroh in die Kamera zu lächeln, bei anderen wiederum stand die Enttäuschung bereits ins Gesicht geschrieben. Über den Fotos befanden sich Karten mit der jeweiligen Chiffre. Alle Kartonstücke waren mit Fotoecken befestigt, denn so ließen sie sich wieder entfernen und durch neue Bilder und Chiffren ersetzen – sehr effektiv.

»Und wie läuft die Kontaktaufnahme?«, fragte Oppenheimer.

»Die Adresse teile ick nich mit. Man muss ja vorsichtich sein. Dit is nich meene Anjelegenheit. Wenn eine Frau der Meinung ist, eenen passenden Herrn jefunden zu haben, kann se ihm einen Brief schreiben. Dit jeht sogar per Post, einfach hier an den Liebeskiosk adressieren mitsamt Chiffre, und ick leite ihn an den Richtigen weiter. Wenn der Glückliche nich zurückschreibt, muss se weiter versuchen.«

»Ich verstehe«, murmelte Oppenheimer. »Die Adressen werden also erst bei einer persönlichen Begegnung ausgetauscht.«

»Oder auch nich«, schränkte die Inhaberin ein.

Nach diesen grundsätzlichen Ausführungen wandte sich Oppenheimer wieder seinem Fall zu. »Ich benötige Auskunft darüber, ob eine Frau Hinze hier registriert war. Bis vor etwa vier Monaten, da hat sie ihren jetzigen Partner kennengelernt. Lässt sich das rekonstruieren?«

»Vier Monate sagen Se?« Oppenheimers Gesprächspartnerin kniff die Augen zusammen. »Dann reden wir von Anfang Juli.«

»So in etwa«, stimmte Oppenheimer zu.

»Vielleicht is se ja noch im Fotoalbum drinne.«

Oppenheimer verstand zunächst nicht. »Aber sie hat doch schon jemanden gefunden.«

Die Inhaberin war angesichts dieser Arglosigkeit belustigt. »Na hörn Se mal, und Sie wollen die Leute kennen? Sie ham keene Ahnung, wie viele ihre Fotos in der Kladde lassen, obwohl se schon jemanden jefunden haben. Es könnte sich ja immer noch jemand melden, der noch besser aussieht, man kann ja nie wissen.«

Die Frau griff in einem Regal nach einem Karteikasten.

»Wie war der Name noch mal?«

»Hinze. Ursula Hinze.«

Enttäuscht klappte die Inhaberin den Karteikasten wieder zu. »Die is nich mehr drinne. Die is wohl treu. Dann kann se nur bei den abjelegten Fotos sein. Die Kunden lassen ihre alten Bilder meistens hier. Is ooch praktischer, für den Fall, dasse sich später wieder anmelden.«

Diesmal griff sie nach unten und zog einen riesigen Karton hervor. Die Dame stöhnte so angestrengt, dass Oppenheimer ihr eilfertig zur Hand ging.

»Sind das etwa alles Ihre Kunden?«, fragte Oppenheimer überrascht.

Die Dame winkte ab. »Ach, dit sind nur die Frauen. Für die Herren hab ick noch eenen zweiten.«

Oppenheimer schätzte, dass sich mehrere Hundert Fotos in der Kiste befanden. Trotz allem wurde die Inhaberin überraschend schnell fündig.

»Alphabetisch nach Familiennamen jeordnet«, erklärte sie strahlend. »Und eene Frau namens Ursula Hinze hatten wir hier schon mal. Isse das?«

Damit reichte sie Oppenheimer eine Fotografie. Es handelte sich um ein professionell erstelltes Porträt von Frau Hinze. Der

Kopf war leicht zur Seite geneigt, und statt eines Lächelns war die Mundpartie seltsam verzogen.

Beim Blick auf die Indexkarte lachte die Kioskinhaberin auf.

»Ist Ihnen etwas Ungewöhnliches aufgefallen?«, erkundigte sich Oppenheimer.

»Na und ob! Die Frau Hinze war nur sechs Wochen lang meine Kundin. Chiffre Numero 470412. Danach hat sie ihr Bild aus dem Album entfernen lassen. Entweder hat se ihren Traummann jefunden oder die Suche aufjegeben. Ick tippe eher auf dit Letztere.«

»Wie kommen Sie darauf?«

»Et dauert sonst länger.« Die Frau schüttelte den Kopf. »In sechs Wochen findet fast niemand den Richtijen. Aba ausschließen lässt et sich ooch nich.«

Oppenheimer konsultierte die Rückseite der Fotografie, ohne dort weitere Einträge zu finden.

»Lässt sich eventuell nachvollziehen, mit welchen Männern Frau Hinze damals in Kontakt stand?«

»Beim besten Willen nich.« Mit einem entschuldigenden Blick fügte die Kioskbesitzerin hinzu: »Et sind ja so viele Briefe, die hier ein- und ausjehen. Wenn ick dit allet im Rejister festhalten wollte, müsste ick zehn Leute anstellen. Wer soll dit allet zahlen? Ick bin schließlich keen Amt von de Rejierung. Wissen Se denn, wie der Mann heißt, hinter dem se her sind?«

Oppenheimer hielt inne, denn genau das war sein Problem. »Leider weiß ich nur, wie der fragliche Herr aussieht«, gab er zu.

»Ja, also nach Aussehen hab ick die Fotos leider nich sortiert.«

Oppenheimer nickte. Dann erinnerte er sich daran, dass es draußen am Anschlagbrett deutlich weniger Suchanfragen von Herren gab. Vielleicht befanden sich von ihnen so wenige Fotos in der Kartei, dass Oppenheimer sie rasch durchsehen konnte. Diese Hoffnung erwies sich als trügerisch, denn es gab nicht so viele Herren- wie Damenfotos, es waren aber immer noch mehrere Hundert Bilder.

Oppenheimer blätterte zunächst das Album der aktiven Suchanfragen durch, ohne auf ein Foto zu stoßen, das eine Ähnlichkeit mit dem vorgeblichen Herrn Hinze aufwies. Danach wuchtete er die Schachtel mit den ausgemusterten Fotos auf den Tisch und stöberte darin herum, bis die Kiosktür aufging und ihm ein Schwall feuchtkalter Luft in den Nacken wehte. Eine Frau mit einem Regenmantel trat ein und schüttelte die Wassertropfen ab.

»Oh, Verzeihung«, sagte sie, als sie bemerkte, dass Oppenheimer getroffen worden war. »Ich wollte nur einen kurzen Blick in das Album werfen.«

Missmutig knurrte Oppenheimer vor sich hin. Es ließ sich nicht leugnen, er störte hier.

Oppenheimer schätzte, dass es mehrere Stunden dauern würde, die Schachtel nach einem Bildnis des Liebhabers von Frau Hinze zu durchsuchen. Statt dieser mühseligen Prozedur erschien es sinnvoller, direkt ins Krankenhaus zu fahren, um den vorgeblichen Herrn Hinze mit der Tatsache zu konfrontieren, dass sein Spiel aufgeflogen war. Falls Oppenheimer später noch mal auf die Fotos zurückgreifen musste, wusste er ja, wo sie zu finden waren.

Er verschloss die Schachtel wieder und verstaute sie an ihrem angestammten Platz. Nach einer kurzen Verabschiedung bei der Kioskbesitzerin knöpfte Oppenheimer den Mantel zu und schob sich an der Kundin vorbei zum Ausgang.

7

Dienstag, 11. November 1947 –
Mittwoch, 12. November 1947

Der Mann in dem Krankenbett begegnete Oppenheimers Erläuterungen mit einer fast schon herablassenden Ruhe. Den Kopf auf das weiße Kissen gebettet, blickte er ihn ausdruckslos an. Die aschblonden Haare über den Geheimratsecken zeigten den formlosen Einheitsschnitt, den viele Männer heutzutage trugen. Sie waren auf eine einheitliche Länge gestutzt, die halblangen Seitensträhnen pflegte der namenlose Patient hinter die Ohren zu kämmen. Das vom Fenster hereinfallende Tageslicht verlieh der linken Seite des unrasierten Kinns einen silbrigen Schimmer und ließ gleichzeitig die Wangenknochen hervortreten.

»Verstehen Sie nicht, was ich sage?«, redete Oppenheimer auf den Mann ein. Dann wiederholte er: »Frau Hinze wurde heute früh verhaftet. Es besteht der Verdacht auf Beihilfe zum Totschlag. Es würde mich nicht wundern, wenn der Staatsanwalt sogar vorsätzlichen Mord in Erwägung zieht. Nur durch ein Geständnis von Ihnen kann Frau Hinze wieder entlassen werden. Wenn Sie auch nur einen Funken Anstand besitzen, müssen Sie reden!«

An diesem Punkt hielt Oppenheimer inne. Der Mann räusperte sich, als er bemerkte, dass er eine Antwort geben sollte.

»Ich weiß nicht, was Sie von mir erwarten«, sagte er stur. »Ich habe doch bereits zugegeben, den Einbrecher aus Versehen erstochen zu haben.«

»Nur haben Sie uns das kleine Detail verschwiegen, dass Sie nicht Herr Hinze sind.«

Der Mann schnaubte. »Wer behauptet denn so einen Unfug?«

Oppenheimer erwiderte langsam, um die Worte wirken zu lassen: »Die ehemaligen Nachbarn von Frau Hinze in Moabit.«

Mit einer gewissen Genugtuung registrierte er, wie das Lächeln des Mannes gefror. Unmittelbar darauf hatte er sich bereits wieder unter Kontrolle.

»Das glaube ich nicht«, wischte er diese Enthüllung beiseite. »Wissen Sie, wie lange das her ist, dass wir dort gewohnt haben? In Moabit lebten wir, als ich zum Kriegsdienst eingezogen wurde. In der Zwischenzeit ist eine ganze Menge geschehen. Die Menschen sehen Dinge, die sie lieber nicht erleben möchten, sie machen Fehler, die sie bitter bereuen. Aber das Leben geht weiter, man muss sich anpassen.« Dann fügte er mit etwas leiserer Stimme hinzu: »Ja, vielleicht mag mich so manch einer nicht erkennen wollen, aber ich bin immer noch derselbe.«

Oppenheimer betrachtete seinen Gesprächspartner mit neuem Interesse. Besonders rätselhaft war die Andeutung, dass er mit seinem alten Leben nichts zu tun haben wollte. Wenn er die Identität eines Verschollenen angenommen hatte, sprach es dafür, dass er in seinem ersten Leben Schuld auf sich geladen hatte oder sich von seiner zweiten Existenz Vorteile erhoffte. Die möglichen Motive für ein solches Verhalten waren so zahlreich, dass Oppenheimer es müßig fand, darüber zu spekulieren. Er benötigte konkrete Hinweise, um in die richtige Richtung ermitteln zu können.

»Das erklärt noch lange nicht, warum der von Ihnen Getötete als Herr Hinze identifiziert wurde«, setzte Oppenheimer erneut an.

»Diese Nachbarn in Moabit sind ein asoziales Pack«, wiegelte der Mann ab. »Wir haben schon immer Probleme mit ihnen gehabt. Dass sie jetzt versuchen, mir Schwierigkeiten zu machen, ist reine Nickligkeit. Aber so sind die Menschen nun mal.«

Der Mann verschränkte die Arme und starrte aus dem Fenster. Das Gespräch war damit für ihn beendet. Trotzdem blieb Oppenheimer noch ein wenig sitzen, um ihn zu betrachten.

Die Verärgerung des Mannes wirkte unecht. Oppenheimer hatte den Eindruck, vor sich einen schaurig schlechten Schauspieler zu sehen, der mit aller Gewalt ein Gefühl reproduzieren will und dabei nur auf altbekannte Klischees zurückgreifen kann.

Eine knappe Stunde später traf Oppenheimer wieder in der Polizeidienststelle ein. Mit federnden Schritten stieg er die Treppe zu seinem Büro hinauf, wobei er zwei Stufen auf einmal nahm. Im Krankenhaus hatte ihm der behandelnde Arzt bestätigt, dass die Verletzung des Liebhabers von Frau Hinze nicht schwerwiegend war. Die Wunden waren bereits gut verheilt, allerdings hatte er viel Blut verloren. Einem Transport stand nichts im Wege, spätestens übermorgen würde man den Patienten ins Polizeikrankenhaus verlegen. In seinem Stockwerk angekommen, lehnte sich Oppenheimer gegen die Wand, um die Hosenklammern zu entfernen.

»Ah, Herr Oppenheimer!«

Ohne es zu wollen, zuckte er beim Klang der vertrauten Stimme zusammen. Wie in jeder Berliner Dienststelle gab es auch in seiner Abteilung einen ausgewiesenen Antifaschisten oder ein Mitglied der SED, der das besondere Vertrauen der sowjetischen Militärverwaltung genoss. Genau diese Position hatte Herr Möller bei ihnen inne und verfügte damit de facto über eine ähnliche Befehlsgewalt wie ihr offizieller Inspektionsleiter Cordes. Um auf Nummer sicher zu gehen, war es gängige Praxis, dass Cordes wichtige Entscheidungen nur mit Möllers Zustimmung traf.

Jetzt kam Möller Oppenheimer entgegen. Jedes Mal, wenn man ihm begegnete, stapfte er mürrisch durch die Gänge, die Lippen unter seinem schwarzen Schnauzer fest zusammengepresst und den unvermeidlichen Hut auf dem Kopf, den er sogar in ihrer Dienststelle selten absetzte. An diesem Tag lächelte er jedoch. Oppenheimer wusste nicht so recht, was er davon halten sollte.

»Herr Cordes hat mir von den Fortschritten im Fall Hinze berichtet«, sagte Möller und schüttelte Oppenheimer die Hand. Es klang fast nach einer Gratulation.

Oppenheimer murmelte erstaunt: »Man tut, was man kann.« Er wusste, dass es ratsam war, in einem frühen Stadium einer Untersuchung keine allzu großen Versprechungen zu machen.

Möller rückte den Kneifer auf seiner Nase zurecht. »Das wird schon, ich habe ein gutes Gefühl.«

Fast hätte sich Oppenheimer zu der ironischen Bemerkung verleiten lassen, dass dann ja nichts mehr schiefgehen könne. Stattdessen verzog er den Mund zu einem verlegenen Lächeln und nickte. Da Möller keine Anstalten machte, von seiner Seite zu weichen, fragte er: »Kann ich sonst noch etwas für Sie tun?«

Möller suchte nach den richtigen Worten. »Einen derart findigen Kommissar in unseren Reihen zu wissen ist sehr beruhigend. Ich habe die Aufzeichnungen Ihrer letzten Fälle durchgesehen und denke, dass Sie eine hervorragende Arbeit leisten.« Dann murmelte er vertraulich: »Vor allem freut es mich, dass bei Ihnen nicht der leiseste Hauch eines Zweifels bestehen kann, dass Sie antifaschistisch eingestellt sind. Ich weiß, was Sie durchgemacht haben, mich und andere meiner Genossen haben die Nazis in ein Strafbataillon gesteckt und als Kanonenfutter an die Front geschickt.«

»Ja, zum Glück sind diese Zeiten vorbei«, sagte Oppenheimer, denn Möllers Vorgeschichte hatte sich längst herumgesprochen. Mochten sich andere damit brüsten, wie sie im Dritten Reich stigmatisiert wurden, Oppenheimer fiel es schwer, darüber zu reden. Stattdessen drehte er gedankenversunken die beiden Metallklammern in seinen Fingern.

Er spürte immer noch eine große Verbitterung über die Lebensjahre, die ihm die Nationalsozialisten gestohlen hatten. Und noch etwas anderes spielte da hinein. Eine Regung, die Oppenheimer bislang noch nicht erklären konnte. Es hatte damit zu tun, dass er mit dem Leben davongekommen war, während so viele andere ermordet worden waren. Ein Teil von Oppenheimers Verstand sagte ihm, dass seine Beklemmung irrational war, und doch ließ sich dieses Gefühl nicht ignorieren.

»Natürlich«, begann Möller, als er bemerkte, dass Oppenheimer bei diesem Gesprächsthema nicht gerade mitteilsam war, »wir müssen unseren Blick auf die Zukunft richten. Deswegen wollte ich mich auch mit Ihnen unterhalten. Ich denke, dass ein Mitarbeiter mit Ihrem Hintergrund reelle Aufstiegschancen in unserer Behörde hat.«

Für einige Sekunden starrte Oppenheimer Möller ungläubig an. Es fiel ihm schwer, die richtigen Worte zu finden.

»Ähm, ja«, stammelte er. »An sich bin ich mit meinem Aufgabenfeld ganz zufrieden. Sie haben ja bestätigt, dass ich gute Arbeit verrichte.«

Möller nickte bedeutungsschwer. »Sie erweisen dem friedliebenden Teil der Berliner Bevölkerung einen großen Dienst. Ihre Arbeit ist ein wichtiger Teil unserer vordringlichsten Aufgabe, die demokratische Entwicklung zu sichern. Wir haben eine Barbarei erlebt, für die es keinen Präzedenzfall gibt. Und nach dem kompletten wirtschaftlichen und geistigen Zusammenbruch obliegt es nun uns, das staatliche Leben wieder neu aufzubauen.«

Oppenheimer brummte zustimmend. »Da haben Sie sicher recht, Herr Möller.«

»Kein Volk stand bislang vor einer ähnlichen Aufgabe. Wir müssen unsere besten antifaschistisch-demokratischen Kräfte bündeln, sonst ist die Neugestaltung unseres Landes nicht zu bewältigen. Letztendlich kann es nur funktionieren, wenn die Verwaltung von aktiven Nazis und Kriegsverbrechern gesäubert wird. Leider befinden sich noch zu viele schwarze Schafe in unseren Reihen. Deshalb sind in der jetzigen Situation genau solche Leute wie Sie vonnöten. Ich sehe für Sie eine glänzende Zukunft, Oppenheimer. Eine glänzende Zukunft. Allerdings wäre es wichtig, dass Sie unter Beweis stellen, ideologisch auch wirklich gefestigt zu sein. Worte allein reichen nicht, unsere Taten sind entscheidend.«

Oppenheimer wusste längst, worauf Möller abzielte. »Sie raten mir also, in die Gewerkschaft einzutreten?«

Anstatt einer klaren Bestätigung klopfte Möller ihm auf die Schulter. »Zum Beispiel. Natürlich ist es jedem Werktätigen selbst überlassen, das Recht für sich in Anspruch zu nehmen, das ihm auch zusteht.«

Mit dieser verklausulierten Forderung konfrontiert, fühlte sich Oppenheimer unwohl. Außerdem missfiel ihm der Gedanke, dass Möller bereits seine Zukunft verplante. »An sich klingt das vernünftig. Ich werde mich informieren. Herzlichen Dank für den Hinweis, Herr Möller.«

Möller reichte ihm die Hand und wandte sich der Treppe zu. Allein im Korridor zurückgelassen, steckte Oppenheimer die Hosenklammern in seine Manteltasche und schlenderte nachdenklich zu seinem Büro. Die gute Laune war ihm schlagartig vergangen.

Die politische Seite der Behördenarbeit war Oppenheimer schon immer suspekt gewesen. Seiner Meinung nach eignete sich dafür nur ein spezieller Typ von Beamter, zu dem er sich selbst nicht rechnete. Er sah sich zu stark als Mann der Kriminalpraxis und wusste, dass er die ihm übertragenen Aufgaben gut erledigte. Ungeachtet seiner beruflichen Neigung wurde er gedrängt, politisch Stellung zu beziehen. Um ehrlich zu sein, hatte er schon längst befürchtet, mit dieser Entscheidung konfrontiert zu werden.

Oppenheimer fand, dass es kaum einen ungeeigneteren Zeitpunkt gab. Wie er sich auch entschied, es würde ein Fehler sein. Die Stimmung in der Berliner Lokalpolitik war seit der Wahl zur Stadtverordnetenversammlung im Oktober 1946 geradezu toxisch. Die Lokalwahlen waren letztendlich ein wenig subtiler Stellvertreterkrieg von Ost und West gewesen. Die Sozialdemokraten wurden damals im Ostsektor nicht zur Wahl zugelassen, nachdem sie vorher so aufmüpfig gewesen waren, sich der Zwangsvereinigung mit der SED zu widersetzen.

Ungeachtet dessen, war die SPD als Sieger aus den lokalen Wahlen hervorgegangen. Im Dezember wurde dann der Sozialdemokrat Otto Ostrowski zum Oberbürgermeister von Groß-Berlin gewählt. Seine Weigerung, SED-Abgeordnete aus dem Magistrat zu entlassen, führte dazu, dass Ostrowskis eigene Fraktion einen Misstrauensantrag gegen ihn stellte. Nachdem dieser mit Mehrheit angenommen worden war, trat der Oberbürgermeister wenige Tage später von seinem Amt zurück.

Zum offiziellen Nachfolger wurde Ernst Reuter gewählt. Wie jede wichtige Regierungshandlung des Magistrats musste auch diese Personalie von den Stadtkommandanten in der *Allied Kommandantura* einstimmig genehmigt werden. Doch die

Sowjets verhinderten durch ihr Veto Reuters Bestätigung im Amt, sodass im Mai dieses Jahres schließlich Louise Schroeder bis auf Weiteres die Bürgermeisterpflichten übernommen hatte.

Dem Berliner Magistrat waren de facto die Hände gebunden, weil er seine Beschlüsse nur selten durchsetzen konnte. Es war mittlerweile normal, dass Stadtverordnetenbeschlüsse bei der *Allied Kommandantura* monatelang nicht bearbeitet wurden, weil der Vertreter der US-Amerikaner routinemäßig Anträge der SED blockierte, während der Stadtkommandant der Sowjets dasselbe mit Anträgen der SPD machte.

Die Unterhaltung mit Möller interpretierte Oppenheimer dahin gehend, dass ein Gewerkschaftseintritt von ihm als Unterstützung für die kommunistische Linke gesehen wurde. Er verstand dies nicht so recht, weil es natürlich ebenso Gewerkschaftler gab, die politisch bei den Sozialdemokraten oder Konservativen beheimatet waren.

Griesgrämig stemmte er die Fäuste in die Hosentaschen und verwünschte das böse Geschick, das ihm nicht vergönnte, in Ruhe gelassen zu werden. Am liebsten hätte er sich nur mit seinen Untersuchungen beschäftigt. Allein das war schon zeitraubend genug. Und gerade jetzt besaß Oppenheimer nicht genügend Muße, um sich mit dem Gedanken an einen Gewerkschaftsbeitritt auseinanderzusetzen. Es gab schließlich Wichtigeres.

Am folgenden Tag war Oppenheimer froh, auf die S-Bahn umgestiegen zu sein. Auf dem Fahrrad dem Wetter ausgesetzt, wäre es ihm kaum gelungen, mit auch nur einer einzigen trockenen Faser am Leib zur Wohnanlage an der Köpenicker Landstraße zu gelangen.

Wenn der Liebhaber von Frau Hinze nicht bereit war, seine Identität zu enthüllen, dann musste sich Oppenheimer eben eine andere Strategie zurechtlegen. Im Zweifelsfall schien es ihm eine gute Idee, die Wohnung von Frau Hinze noch einmal persönlich in Augenschein zu nehmen. Im trüben Licht des regnerischen Tages boten die Zimmer ein ausgesprochen tristes Stillleben. Im Bad fand Oppenheimer die üblichen Utensilien eines männlichen Mitbewohners. Auf der schneeweißen Ablage befand sich ein zugeklapptes Rasiermesser, daneben hing an einem Wandhaken ein Lederriemen zum Schärfen. In dem kleinen Flur der Wohnung registrierte er einen Männerhut. Gesellschaft leisteten diesem ein Regenmantel, der für Frau Hinze zu groß erschien, und das Jackett eines grauen Anzugs. Bis auf eine Schachtel Zündhölzer und einige Schnüre ließ sich in den Taschen nichts finden. Oppenheimer schaltete das elektrische Licht ein und nahm die Kleidungsstücke vom Haken, um nach eingenähten Schildern zu suchen. Ohne fündig geworden zu sein, hängte er sie wieder zurück.

Im Wohnzimmer waren in der hinteren Ecke immer noch die Wäscheleinen aufgespannt. Damit ihm nicht aus Unachtsamkeit von den letzten Wäschestücken der Hut vom Kopf gerissen wurde, legte er seine Kopfbedeckung auf dem Holztisch ab, der zusammen mit zwei gepolsterten Stühlen vor dem eingeschlagenen Fenster stand, das mittlerweile mit Pappe ausgebessert worden war.

Neben dem Sofa war der einzige andere Einrichtungsgegenstand ein hässliches Ungetüm von einem Wohnzimmerschrank, der fast bis zur Zimmerdecke reichte. Die verschnörkelten Verzierungen erinnerten an geschmacklose Bilderrahmen, nur dass das Holz nicht goldfarben gestrichen, sondern dunkelbraun lasiert war. Mit zusammengepressten Lippen musterte Oppenheimer die auskragende Zierleiste auf der Oberseite. Wenn man etwas verstecken wollte, schien dies der ideale Ort zu sein.

Er stellte einen der Stühle an die linke Schrankseite und stieg hinauf, was wegen der gepolsterten Sitzfläche eine recht wacklige Angelegenheit war. Mühsam gelang es Oppenheimer, die Oberseite des Schranks abzutasten – vergeblich. Unverzüglich bedauerte er seine Entscheidung, denn sein rechter Ärmel war nun voller Staub. Er versuchte, den Dreck notdürftig abzuklopfen. Dann trug er den Stuhl auf die andere Seite des Schranks und wiederholte die Prozedur. Das Ergebnis blieb dasselbe, und zu allem Überfluss war jetzt auch der zweite Ärmel schmutzig. Mit einem dumpfen Poltern sprang Oppenheimer zu Boden und atmete tief durch.

Dann öffnete er die großen Schranktüren. Als Erstes fiel ihm ein abgegriffenes Fotoalbum auf. Der Band mit den schwarzen Pappseiten sah ganz ähnlich aus wie das Kundenportfolio des Liebeskiosks. Oppenheimer nahm es aus dem Schrank und blätterte darin herum. Nachdem er mehrmals das Seidenpapier, das die kostbaren Andenken schützte, zur Seite geschoben hatte, erkannte er, dass er auch hier nicht fündig werden würde. Es schien nur Aufnahmen von Frau Hinze und anderen Leuten zu geben. Etwa ein Drittel der Fotos hatte jemand entfernt. Oppenheimer war nicht überrascht. Vermutlich hatten diese Fotos den richtigen Herrn Hinze gezeigt und mussten sicherheitshalber entfernt werden, als der neue Liebhaber dessen Identität übernommen hatte.

Oppenheimer klappte das Album wieder zu und legte es zurück. Dann betrachtete er noch einmal den Schrank. Es erschien ratsam, die Schubladen komplett herauszuziehen, falls auf den Unterseiten etwas festgeklebt war. Oppenheimer zählte sechs Stück, und bereits bei der dritten Schublade wurde er fündig. Zwischen Strickzeug und dem üblichen Krimskrams, der sich in einem Haushalt zwangsläufig ansammelte, lag ein zusammengeschnürtes Bündel Briefe.

Bei der Durchsicht fiel ihm eine Nummer ins Auge: 470412. Diese Ziffer sagte ihm etwas. Und auch die Adresse in der Uhlandstraße kam ihm bekannt vor. Zum ersten Mal schöpfte Oppenheimer ein wenig Hoffnung. Die aufgerissenen Briefumschläge in seiner Hand waren allesamt an den Liebeskiosk adressiert, und bei der Nummer handelte es sich um die ehemalige Chiffre von Frau Hinze. Vielleicht befand sich darunter auch die Kommunikation mit ihrem derzeitigen Lebenspartner.

Oppenheimer stellte den Stuhl zurück an den Tisch und setzte sich. Er hatte das unbestimmte Gefühl, Frau Hinze auf die Schliche gekommen zu sein. Briefe waren bei Weitem nicht so auffällig wie Fotos, doch sie enthielten viel mehr Informationen. Mit ein wenig Glück hatte Frau Hinze nicht daran gedacht, auch diese Spuren zu verwischen.

Im trüben Tageslicht sah Oppenheimer die Briefe durch. Es handelte sich um private Botschaften, manche wirkten förmlich, andere gezwungen humorvoll. Eine Gemeinsamkeit gab es: Alle Briefe stammten von Männern, die auf der Suche nach einer Frau waren. Nachdem Oppenheimer die Schreiben überflogen hatte, sah er die Dinge klarer. Anhand der Chiffrenummern konnte er sieben unterschiedliche Absender identifizieren. Mit zwei Herren hatte Frau Hinze nur kurz in Kontakt gestanden. Zwei andere hatten ihr eine freundliche Absage geschickt. Der Großteil der Briefe stammte von drei Männern, mit denen sie über mehrere Wochen hinweg kommuniziert hatte.

Oppenheimer lehnte sich zurück. Zufrieden musterte er die geordneten Papierstapel vor sich auf dem Tisch. Neben den Chiffrenummern benutzten die Brieffreunde allesamt nur ihre Vornamen, wie es bei vertraulichen Botschaften über intime Liebesdinge so üblich war.

Cornelius, Franz und Wilhelm. Zu ihnen gehörten die großen Stapel.

Oppenheimer war froh, einen neuen Hinweis gefunden zu haben. Es gab eine reelle Chance, dass es sich bei einem von den drei Brieffreunden um den namenlosen Patienten im Krankenhaus handelte. Beim Liebeskiosk würde er anhand der Chiffren sicher die kompletten Namen und die dazugehörenden Adressen erfahren.

Sorgfältig faltete Oppenheimer die Briefe wieder zusammen und steckte sie in die Kuverts zurück.

8

Mittwoch, 12. November 1947

Das ist praktisch«, sagte Wenzel, während er in Oppenheimers Büro die Briefe aus der Wohnung von Frau Hinze überflog. »Wir besitzen damit auch gleich die Handschriftproben der Herrenkontakte.«

Oppenheimer antwortete mit einem Schulterzucken. »Leider haben wir nichts zum Abgleichen. Zudem völlige Fehlanzeige, was weitere Hinweise betrifft. Wenn die Nachbarn nicht bestätigt hätten, dass dieser Mann schon seit einigen Monaten bei Ursula Hinze wohnte, würde man kaum auf die Idee kommen, dass in der Wohnung über längere Zeit eine zweite Person gelebt hat.«

Wenzel kratzte sich am nachlässig rasierten Kinn. Mit jeder Bewegung rieselte von der Spitze seiner Zigarette Asche herunter. »Unserem Mann ist nicht der kleinste Fehler unterlaufen. Er ist nur aufgeflogen, weil der richtige Herr Hinze wie aus dem Nichts aufgetaucht ist. Das konnte er nicht vorhersehen.« Wenzel zog an der Zigarette und kniff die Augen zusammen. »Wenn ich unser Unbekannter gewesen wäre, hätte ich Herrn Hinze ein Angebot gemacht, damit er sich wieder verzieht.«

»Aber der Ehemann sieht das nicht ein und pocht auf seine Rechte«, ergänzte Oppenheimer. »Es kommt zu einer Auseinandersetzung, und er muss dran glauben.«

Wenzel nickte.

»Nur eines verstehe ich nicht«, fügte Oppenheimer hinzu, »wozu diese aufwendige Täuschung, was die Identität betrifft?«

»Vielleicht ist er ein Bigamist?«

Bei Wenzels Vorschlag zog Oppenheimer die Brauen hoch. »Oder es handelt sich bei ihm um einen untergetauchten Nazi.«

Auf diese naheliegende Erklärung reagierte Wenzel skeptisch. »Aber es reicht doch, wenn man die richtigen Leute schmiert, um entnazifiziert zu werden. Oder man kauft sich halt die Leumundszeugen.«

»Das kann nur bedeuten, dass er ordentlich was auf dem Kerbholz hat«, beharrte Oppenheimer. »Vielleicht gehörte er ja zur oberen Führungsriege, oder seine Taten sind zu gut dokumentiert, um auf eine Entlastung hoffen zu können.«

Wenzel legte seinen Kopf in den Nacken und blickte gedankenversunken dem Zigarettenrauch nach.

»Na ja, egal«, fuhr Oppenheimer fort, »wir brauchen nur eine neue Schriftprobe von dem Herrn, dann wissen wir auch, wo er gewohnt hat. Es würde mich nicht wundern, wenn er seine Sachen immer noch dort verstaut hat. Irgendwo müssen sie doch sein. In Frau Hinzes Wohnung fand ich nur eine neue Lebensmittelkarte, die auf den Namen von Herrn Hinze ausgestellt ist, und einen brandneuen Personalausweis. Vermutlich hat sie ihren Liebhaber zu den Ämtern geschleppt und dort einfach bestätigt, dass es sich um ihren verschollen geglaubten Mann handelte.«

In diesem Moment klopfte jemand von außen an die Bürotür. Schüchtern lugte eine junge Frau mit hochgedrehten schwarzen Haaren herein. Es war Fräulein Böttcher, die Sekretärin. Wie gewöhnlich wurden ihre signalrot bemalten Lippen durch ihre helle Haut noch betont.

»Was gibt es denn, Fräulein Böttcher?«, fragte Oppenheimer.

Sie zeigte ihm ein übergroßes braunes Briefkuvert. »Hier ist eine Sendung für Sie, Herr Oppenheimer. Direkt aus Hamburg.« Bei der Erwähnung der fernen Großstadt riss sie die Augen auf.

»Stimmt, das müssen die Fotos vom Suchdienst sein.« Mit dieser Ankündigung stand Oppenheimer von seinem Schreibtisch auf und nahm das Kuvert dankend entgegen.

Wenzel reckte sich, um einen letzten Blick auf Fräulein Böttcher zu erhaschen. Mit einem Seufzer lehnte er sich zurück und murmelte verzückt: »Eine Mozartkugel. Fräulein Böttcher sieht aus wie eine Mozartkugel.«

Oppenheimer ahnte, dass Wenzel – ungeachtet seines Eherings am Finger – der Vorstellung nachhing, die glänzende Verpackung ihrer Sekretärin zu entfernen.

Er riss das Briefkuvert auf. Nach einem raschen Blick auf das Foto warf er es auf den Schreibtisch.

»Hier ist das Bild von Herrn Hinze, das im Entlassungslager aufgenommen wurde.«

Ohne großes Interesse beugte sich Wenzel vor. »Ja, das ist eindeutig der Tote aus der Wohnung. Aber das haben wir mit der Hilfe der Nachbarn in Moabit ja bereits geklärt.«

Oppenheimer sagte nachdenklich: »Wir müssen morgen als Erstes noch mal zum Krankenhaus.« Wenzel warf ihm einen fragenden Blick zu, also präzisierte er: »Ich möchte jetzt keine Zeit mehr vergeuden. Ich besorge mir eine Schriftprobe von dem falschen Herrn Hinze, soll er sie mir eben im Krankenbett geben, egal. Am besten treffen wir uns morgen früh gleich beim Krankenhaus. Sagen wir, gegen halb zehn. Falls es eine Übereinstimmung mit einem der Briefschreiber gibt, können wir uns sofort auf den Weg zu der ehemaligen Adresse dieses Herrn machen.«

Wenzel fasste das als Zeichen zum Feierabend auf. Spät genug war es dafür ja. Er erhob sich, warf den Zigarettenstummel zu Boden und trat die Glut aus.

Als Oppenheimer die Tür seines Büros zuzog, näherten sich Schritte auf dem Gang. Wenig später wehte ein Hauch von Parfum an ihm vorbei.

»Einen schönen Abend noch, Herr Oppenheimer«, verabschiedete sich Fräulein Böttcher.

»Wiedersehen«, murmelte Oppenheimer und blickte ihr nach. Trotz des unförmigen Mantels war zu erkennen, welch schmale Taille sie besaß. Nicht zum ersten Mal dachte er darüber nach, ob Fräulein Böttcher wohl ein Korsett trug. Fast gleichzeitig fragte sich Oppenheimer, warum ihm solche Details überhaupt auffielen. Schließlich war er glücklich verheiratet.

»Ah, Richard, ich wollte dich gerade sprechen!« Weiter hinten im Gang stand Billhardt. Auch er war bereits für den Feierabend angekleidet.

Oppenheimer fühlte sich ertappt. Hatte sein alter Kollege etwa mitbekommen, wie er Fräulein Böttchers Taille begutachtet hatte?

Billhardt zog ihn unverzüglich in seine Schreibstube hinein.

»Ich habe da ein Problem«, begann er. »Vielleicht kannst du mir dabei helfen.«

»Worum geht es denn?«, fragte Oppenheimer, erleichtert darüber, dass Billhardt nicht weiter auf ihre Sekretärin einging.

»Hilde kennt sich doch in den Berliner Diplomatenkreisen aus, nicht wahr?«

Oppenheimer war so verblüfft über diese Frage, dass er zunächst schwieg.

»Es geht um die Sache mit dem Flinken Ulrich«, erklärte Billhardt, »und die Einreisebescheinigungen der argentinischen Botschaft, die er bei sich trug.«

Jetzt erinnerte sich Oppenheimer. »Natürlich«, sagte er und

nickte. »Du hast also bei den Argentiniern auf Granit gebissen?«

Billhardt schnaubte. »Du kannst es dir nicht vorstellen, ich bin quer durch die Stadt geirrt. Die argentinische Botschaft befand sich doch im Diplomatenviertel nahe dem Tiergarten. Ich bin dort gewesen. Und nein, mein Lieber, da steht nichts mehr, wahrscheinlich wurden sie ausgebombt. Also habe ich mir die Adresse des Konsuls besorgt, aber der scheint nichts anderes im Sinn zu haben, als mich abzuwimmeln.«

»Die wollen wohl nicht, dass man nachfragt.«

Billhardt setzte sich hinter seinen Schreibtisch.

»Wer hätte gedacht, dass ausgerechnet der Flinke Ulrich uns in diplomatische Verstrickungen reinreitet.« Dann zeigte er mit seinem unversehrten Arm zum Gang und wisperte: »Ich gebe Fräulein Böttcher jeden Abend meine Unterlagen, damit sie die wegsperrt. Schließlich muss ich mich absichern. Lieber vorsichtig sein, als es später bereuen.«

»Wenn jemand etwas herausbekommen kann, dann Hilde«, beantwortete Oppenheimer die Frage, die Billhardt gestellt hatte. »Ich glaube, mich zu erinnern, dass sie Verbindungen zu Diplomaten hat. Ihr Onkel war ein hohes Tier bei der kaiserlichen Marine.«

Dabei ging er nicht näher darauf ein, dass Hilde Kontakte zu Personen im Umfeld von Admiral Canaris besaß. Soweit Oppenheimer wusste, war dieser im vorletzten Kriegsjahr aufgrund der sich abzeichnenden militärischen Niederlage als Abwehrchef gefeuert worden. Bis dahin hatte Canaris Hitlers Eroberungskriege durch seine Arbeit unterstützt. Gleichzeitig war es ihm gelungen, Oppositionelle in die eigenen Reihen zu holen und heimlich Informationen über die Verbrechen von SS und Gestapo zusammenzutragen, die an hochrangige Offiziere der Wehrmacht weitergeleitet wurden. Nach dem Attentat auf Hitler am 20. Juli 1944 war Canaris schließlich in Verdacht geraten, ein doppeltes Spiel zu treiben, und wurde kurz vor Kriegsende gehängt. Ob Hildes Kontaktleute, zu denen auch zahlreiche Mitarbeiter im Auswärtigen Dienst gehörten, dieser Säuberungsaktion ebenfalls zum Opfer gefallen waren, wusste Oppenheimer nicht. Es würde ihn aber nicht wundern, wenn einige von ihnen davongekommen wären.

»Worum genau geht es denn?«, fragte Oppenheimer.

Billhardt lehnte sich zurück. Offenbar wollte er weiter ausholen. »Zuerst einmal würde ich gern herausfinden, ob es sich bei den Einreisebescheinigungen auch tatsächlich um authentische Dokumente handelt. Ich habe ein solches Schreiben noch nie zu Gesicht bekommen. Es ist nicht auszuschließen, dass es sich dabei nur um raffinierte Fälschungen handelt, die Ulrich einem anderen Ganoven abgeluchst hat. Denke an die verschwundenen Besucher des Funkturms! Einige Zeugen erinnern sich daran, dass einer davon auffällig sonnengebräunt war.«

Oppenheimer stutzte. »Glaubst du etwa, dass ein Argentinier darin verwickelt ist?«

»Ich weiß es nicht. Und ehe ich beginne, Zeter und Mordio zu schreien, möchte ich lieber alles unternommen haben, um diesen Verdacht zu entkräften.«

Nun verstand Oppenheimer auch, warum Billhardt diplomatische Verwicklungen befürchtete. Vielleicht suchte sein Kollege ja nach jemandem, dem er diesen brisanten Fall zuschanzen konnte, um nicht selbst in der Schusslinie zu stehen. Oppenheimer wusste aus Erfahrung, dass sein alter Kollege es sich gern einfach machte. Und da er ein geringes Interesse daran hatte, ein heißes Eisen anzupacken, suchte er nach einer Zusage, die vage genug war, um nicht als festes Versprechen missverstanden zu werden.

»Ich weiß nicht, ob es was bringt, aber ich werde mich umhören«, sagte Oppenheimer zum Abschied.

Auf dem Nachhauseweg schwirrten Oppenheimer so viele ungeordnete Gedanken durch den Kopf, dass er kaum bemerkte, wie die Zeit verging. Er hoffte inständig, dass der mysteriöse Fremde einer der drei Brieffreunde von Frau Hinze gewesen war. Anderenfalls würden er und Wenzel erneut mit leeren Händen dastehen. Dann gab es nur die Möglichkeit, das verschworene Liebespaar so lange zu bearbeiten, bis einer mürbe wurde und ihnen verriet, was wirklich geschehen war.

Es dämmerte bereits, als Oppenheimer bei Hildes altem Kasten eintraf. Er tauchte in die sanften Schatten der Villa ein und angelte in der Hosentasche nach seinem Haustürschlüssel. Urplötzlich flatterte von oben ein heller Gegenstand in sein Blickfeld.

Oppenheimer erstarrte. Dann senkte er den Blick. Tatsächlich, er hatte sich nicht geirrt. Auf der obersten Treppenstufe lag ein Blatt Papier, beschriftet mit einer ungelenken Kinderschrift. Ächzend bückte er sich und hob es auf. Fast im gleichen Augenblick fiel ein zweites Blatt auf Oppenheimer herab und verfing sich an der Hutkrempe, sodass er es greifen konnte, noch bevor es auf die feuchten Steinplatten segelte.

»Was, zum Teufel …«, murmelte er und schaute nach oben.

Der Anblick ließ Oppenheimer das Blut in den Adern erstarren. Über dem Dachrand lugte ein Kopf hervor. Jemand blickte über die Regenrinne drei Stockwerke in die Tiefe.

Es war Theo.

»Ja bist du völlig wahnsinnig?«, entfuhr es Oppenheimer mit einer Heftigkeit, die ihn selbst überraschte.

Augenblicklich verschwand Theos Kopf. Hektisch schloss Oppenheimer die Tür auf, und noch ehe diese hinter ihm wieder zugefallen war, polterte Oppenheimer bereits die Treppe hinauf, bis ganz nach oben.

Er riss die Tür zum Dachboden auf, jahrzehntealter Staub wirbelte ihm ins Gesicht, sodass er unwillkürlich stehen blieb und blinzelte. Einige Meter von ihm entfernt sprang ein Schatten durch das geöffnete Dachfenster herein. Oppenheimer hechtete nach vorn, griff in die Richtung, aus der er das Poltern vernommen hatte, und packte fest zu. Obwohl es aussichtslos war, hatte Theo versucht, sich an ihm vorbeizustehlen. Oppenheimer zog den wild um sich schlagenden Bengel zu sich heran.

»Was machst du denn da?«, rief Oppenheimer außer sich vor Sorge. »Weißt du denn nicht, dass das gefährlich ist? Stell dir vor, du rutschst auf dem Dach aus und fällst runter. Dann bist du tot.«

Schwer atmend hörte Theo auf, sich zur Wehr zu setzen, und hing in Oppenheimers Faust wie ein nasser Sack. Mit gerunzelter Stirn erklärte er trotzig: »Ich pass schon auf mich auf.«

Oppenheimer atmete tief durch, aber das Herz klopfte ihm immer noch bis zum Hals.

»Was hast du denn auf dem Dach zu suchen? Hast du da oben etwa deine Schulaufgaben gemacht? Wenn du nicht willst, dass dich jemand stört, kannst du auch zu Hilde rüber.«

»Ich muss doch wissen, ob die Männer wiederkommen.«

Diese Antwort versetzte Oppenheimer einen Stich. Trotz der Bemühungen, ihm ein neues Zuhause zu bieten, befürchtete der Junge immer noch, dass sie ihn hintergingen und in ein Waisenheim abschoben. Oppenheimer fand es niederschmetternd, dass Theos Argwohn sogar nach einem Jahr noch nicht überwunden war. Waren er und Lisa denn immer noch Fremde für ihn?

Nachdem Theo bei ihnen untergekommen war, hatte Oppenheimer seine Daten sofort dem Suchdienst übermittelt. So weit sich aus Theos Angaben rekonstruieren ließ, stammte er aus Gurnen, einer Stadt im ehemals ostpreußischen Landkreis Goldap. Erst durch beharrliches Nachfragen ließ sich dem misstrauischen Knaben entlocken, dass sein Nachname Kallinich lautete.

Theo gehörte zu den Millionen Deutschen, die mit dem Eintreffen der Roten Armee aus Osteuropa vertrieben worden waren. Auf der Durchreise war er in Berlin am Anhalter Bahnhof von seiner Mutter und Schwester getrennt worden. Allerdings hatte bislang niemand eine Suchanfrage nach einem Theo Kallinich gestellt. Und ohne eine entsprechende Anfrage eines Familienangehörigen lieferte das Karteibegegnungsverfahren des Suchdienstes kein Resultat. Theos Familie blieb vorerst verschollen.

Noch ehe Oppenheimer die Gelegenheit bekam, beruhigend auf Theo einzureden, lief dieser bereits die Treppe hinab und verschwand im ersten Stock, in dem sich sein Zimmer befand. Oppenheimer blickte ihm betreten nach, bis er einen eisigen Hauch im Nacken spürte. Das Dachfenster stand immer noch sperrangelweit offen, also schritt er in den halbdunklen Raum, um es wieder zu schließen.

Oppenheimer begutachtete den ungesicherten Fenstergriff. Sie hatten es Theo viel zu leicht gemacht. So konnte es nicht bleiben.

Am liebsten hätte Oppenheimer zur Entspannung sein Grammofon angestellt und bis spät in die Nacht eine Symphonie nach der anderen gehört. Doch zuvor musste er noch das Versprechen erfüllen, das er Billhardt gegeben hatte. Lustlos trottete er zur Kellerküche hinunter, um sich mit einer heißen Tasse Bucheckernkaffee zu stärken. Zum Glück war Lisa bereits von der Arbeit zurück und stand am Herd, also konnte er gleich mit ihr über Theos riskanten Ausflug aufs Dach sprechen.

Entsetzt riss Lisa bei der Schilderung der akrobatischen Kunststücke ihres Schützlings die Augen auf.

»Meinst du, er hat das schon häufiger gemacht?«, fragte sie.

Oppenheimer zuckte mit den Schultern. »Wundern würde es mich nicht. Wir brauchen ein vernünftiges Schloss für die Dachkammer, damit er nicht mehr reinkann. Oder wir finden einen Weg, die Fenster zu sichern. Aber ein neues Schloss kann ich mir auch nicht aus den Rippen schneiden. Vielleicht finde ich ja irgendwo bei einem Altwarenhändler ein gebrauchtes. Und selbst das wird bestimmt sündhaft teuer sein, so wie alle Mangelwaren.«

»Ich frage mal bei den Briten nach«, schlug Lisa vor. »Vielleicht kann Carruthers etwas organisieren. Und ich werde mich auch bei den Handwerkern umhören, die für ihn die Brücken reparieren.«

Oppenheimer nickte. »Leider habe ich den falschen Beruf. Auf Krisenzeiten bin ich nicht vorbereitet. Und bezahlt wird unsereiner auch nicht vernünftig. Wie heißt es so schön? Handwerk hat goldenen Boden.«

Lisa kommentierte diesen Stoßseufzer mit einem nachsichtigen Lächeln. Sie wusste, dass Oppenheimer es nicht ernst meinte.

Am Küchentisch vor sich hin brütend, trank Oppenheimer seinen faden Bucheckernkaffee und machte sich dann auf den Weg zu Hildes benachbartem Häuschen.

»Ach, du bist es«, sagte Hilde und winkte ihn ins Haus. Oppenheimer hatte den Eindruck, dass Hilde an diesem Tag ernsthaft missgelaunt war. Also war es erfahrungsgemäß besser, sie mit seinem Anliegen nicht zu überfallen. Er folgte ihr wortlos ins Wohnzimmer und setzte sich an den viel zu großen Küchentisch.

Hilde schenkte sich einen Schnaps ein und stürzte die klare

Flüssigkeit die Kehle runter, noch ehe sie Platz genommen hatte. So verstimmt hatte Oppenheimer sie schon lange nicht mehr erlebt.

Da Hilde von sich aus keine Erklärung lieferte, räusperte er sich und fragte harmlos: »Ärger auf der Arbeit?«

»Pah, die Arbeit!« Hilde machte eine abfällige Geste und setzte sich. »Die Ärsche im Krankenhaus spuren schon, wenn man sie richtig zu nehmen weiß. Ich überlege mir nur gerade, ob Otto nicht recht hatte, aus Berlin wegzuziehen. Es geht hier doch alles den Bach runter.«

Oppenheimer richtete sich auf. »Wie kommst du denn darauf?«

»Ja, hast du das Gewese um den Kulturbund nicht mitbekommen?«

Entschuldigend hob Oppenheimer die Hände. »Keine Ahnung, was du meinst. Ich habe zu viel um die Ohren. Die Spitzbuben halten mich ziemlich auf Trab.«

»Na, dann pass mal auf«, begann Hilde und erklärte Oppenheimer in groben Zügen den innenpolitischen Streit um den kulturellen Verein, der mit der Genehmigung der Sowjetischen Militäradministration gegründet worden war und dessen erklärtes Ziel Deutschlands *nationale Wiedergeburt* nach humanistischen und antifaschistischen Prinzipien war. Es war offensichtlich, dass das in vier Besatzungszonen zerrissene Deutschland keine dauerhafte Lösung sein konnte. Gerade in der derzeitigen Situation, in der die Dinge noch im Fluss waren, erschien es Oppenheimer mehr als notwendig, sich auf die halb vergessenen Tugenden der einstmaligen Kulturnation zu besinnen.

Der noch zu bildende neue Staat benötigte ein starkes Fundament, um gegenüber dem Faschismus widerstandsfähig zu sein. Jetzt bestand die Möglichkeit, wenigstens die Fehler zu vermeiden, die dazu beigetragen hatten, die Weimarer Republik in den Ruin zu treiben, das erste deutsche Experiment eines demokratischen Staats. Angesichts dessen war die Debatte, die der Kulturbund nun zonenübergreifend führen wollte, nicht nur notwendig, Oppenheimer fand sie geradezu existenziell.

In den Westzonen war die Arbeit des Kulturbundes abrupt zum Stillstand gekommen. Hilde zufolge wurden die Veranstaltungen im US-Sektor bereits seit dem Sommer durch Verbote und Schikanen behindert. Man glaubte wohl, dass es sich beim Kulturbund um eine politische Organisation handeln würde, und hatte schließlich zum ersten November ein Verbot ausgesprochen, das am gestrigen Tag auch auf die britische Zone ausgeweitet worden war.

Oppenheimer war erstaunt, dies zu hören, denn er hatte die jüngsten Entwicklungen nicht genau verfolgt. Vor allem konnte er nicht nachvollziehen, wo das Problem lag.

»Ja, aber natürlich ist Kultur politisch«, argumentierte er. »Glauben die etwa, dass Kultur ein reines Freizeitvergnügen ist? Herrgott noch mal, Beethoven hatte seine *Eroica* zuerst Napoleon gewidmet, bis er den Namen wieder ausradierte, weil Bonaparte die Frechheit besessen hatte, sich selbst zum Kaiser zu krönen.«

Hilde schüttelte den Kopf. »Das ist nicht das Kernproblem. Der Kulturbund setzt leider auf die falsche Rhetorik.«

»Was meinst du damit?«

»Na ja, die Mitglieder reden meistens vom Antifaschismus. Im Prinzip haben sie ja recht, wir müssen uns nationalistischen und autokratischen Bewegungen entschlossen entgegenstellen, wenn wir den Karren aus dem Dreck holen wollen. Nur wurde der Begriff Antifaschismus auch von den Sowjets gekapert, um Stalins Ideologie besser zu verkaufen.«

Trotz seiner Abneigung gegen Alkohol hatte Oppenheimer

plötzlich den Eindruck, dass er die Schilderung dieser politischen Verwicklungen ohne einen Klaren nicht aushalten würde. Er ging in die Küche, griff nach dem erstbesten leeren Glas und machte sich nicht die Mühe, es auszuspülen, denn er war sicher, dass Hildes Fusel auch noch die vorwitzigste Bakterie abtöten würde.

Er schnitt eine Grimasse, als ihm das Gesöff in der Kehle brannte. Hustend fragte er: »Dann ist die Affäre um den Kulturbund also nichts weiter als eine Posse um den Begriff Antifaschismus?«

»Nicht ganz«, sagte Hilde mit ernstem Gesichtsausdruck. »Außerdem distanziert sich der Kulturbund nach Ansicht der Westalliierten nicht deutlich genug von der Deutschlandpolitik der SED.«

»Aber die SED und die Sowjets setzen sich doch für die Wiedervereinigung ein.«

»Natürlich, aber vermutlich verstehen sie darunter eine Wiedervereinigung Deutschlands nach Stalins Vorstellung. Er verlangt ja, dass jeder nach seiner Pfeife tanzt. Und mit diesem Schachzug könnte er seinen Einflussbereich in den Westen ausweiten. Das vereinigte Deutschland wäre dann ein weiterer Marionettenstaat.«

»Und der Kulturbund unterstützt natürlich die Wiedervereinigungspolitik, die Stalin möglicherweise in die Hände spielen könnte«, ergänzte Oppenheimer. Nachdem er über die verfahrene Lage nachgedacht hatte, wurde ihm auch die bittere Schlussfolgerung klar. »Dann können wir den Gedanken an ein vereinigtes Deutschland ja aufgeben.«

Hilde schnaubte. »Eben. Es fällt alles auseinander.«

Oppenheimer ließ sich die Argumente durch den Kopf gehen. Schließlich sagte er: »Wie mir scheint, schreitet die Ideologisierung immer weiter voran. Und zwar auf beiden Seiten. Sofort wird jeder eingeordnet, in Kategorien sortiert. Ost oder West. Rechts oder links. Gut oder Böse.«

An diesem Punkt unterrichtete er Hilde von seinem vertraulichen Gespräch mit Möller, in dem er mit kaum verhüllten Worten aufgefordert worden war, sich gewerkschaftlich zu betätigen. Frustriert hob Oppenheimer die Hände. »Ich sitze in der Zwickmühle«, gab er zu.

Hilde kniff die Augen zusammen. »Natürlich, du sollst demonstrieren, auf welcher Seite du stehst. Ich habe gehört, dass die Amerikaner von der Gründung deutscher Gewerkschaften nicht so begeistert sind. Der linke Flügel der Polizei verlangt also von dir, dass du die Hose runterlässt.«

»Irgendwie bezweifle ich, dass dem Möller gefallen würde, was er da zu sehen bekommt«, knurrte Oppenheimer. »Aber ich bin nicht gekommen, um mich über den Möller zu beklagen. Ich soll mich für Billhardt nach etwas erkundigen.«

»Was macht die olle Schnapsdrossel?«

Oppenheimer lachte in sich hinein. Billhardt hatte im vergangenen Jahr eine verhängnisvolle Vorliebe für Hildes Spirituosen an den Tag gelegt. »Der versucht gerade, einen Fall zu knacken, den er am liebsten wieder los wäre. Es dreht sich um einen toten Taschendieb. Billhardt fand bei ihm provisorische Pässe des Internationalen Roten Kreuzes und argentinische Einreisebescheinigungen. Passfotos waren nicht dabei. Billhardt hat nur die Namen, auf die die Dokumente ausgestellt sind. Die Papiere könnten gestohlen sein, also versucht er, die ursprünglichen Eigentümer aufzuspüren. Nur sind diese Personen in Berlin offiziell nicht gemeldet.«

Hilde schüttelte heftig den Kopf. »Die Inhaber der Pässe wird er nicht aufstöbern können. Ganz einfach, weil sie nicht existieren.« Innerlich vor Zorn bebend, murmelte sie: »Diese Arschgeigen sind also immer noch zugange. Billhardt hat ja keine Ahnung, in welch trüben Gewässern er da herumstochert.«

Oppenheimer runzelte die Stirn. Hilde schien also mehr zu wissen.

»Von wem redest du?«

»Na, von wem wohl?«, brauste Hilde auf. »Ich rede von dem Nazigesindel und ihrem Schutzheiligen Perón! Er grinst auf den Fotos ja meistens wie ein Honigkuchenpferd, und seine Frau Eva macht auch immer auf schön Wetter. Lass dich nicht täuschen, in Südamerika ist er momentan der starke Mann. Perón gehörte zu den Faschisten, die in Argentinien die demokratisch gewählte Regierung aus dem Amt putschten. Danach war das Land eine Militärdiktatur, und es gab auch zahlreiche Verbindungen zu Hitler. Perón soll zudem ein Bewunderer von Mussolini sein. Na, wen wundert's, sind doch alles dieselben Galgenvögel.«

Obwohl Oppenheimers Schwester mit ihrem Mann in den Dreißigerjahren nach Uruguay ausgewandert war, hatte er keine Ahnung, was in Lateinamerika gerade vor sich ging. Im Sommer dieses Jahres war in den Zeitungen viel von Peróns glamouröser Gattin zu lesen gewesen, als sie in Europa eine Reihe von Staatsbesuchen absolvierte, eine Charmeoffensive, um Argentinien wieder zu internationalem Ansehen zu verhelfen.

»Ich verstehe das nicht ganz«, sagte Oppenheimer. »Ist Perón immer noch ein Faschist, oder nicht?«

»Das ist die interessante Frage. Letztes Jahr hat er es geschafft, zum Präsidenten gewählt zu werden. Trotz seines totalitären Hintergrunds ist er jetzt also demokratisch legitimiert. Wahrscheinlich hat er es seiner Sozialpolitik zu verdanken. Er kümmert sich um die Arbeiterschaft, gibt den Menschen mehr Rechte und verspricht bessere Renten. Perón sieht seinen Weg als eine neue Alternative zum Kommunismus und Kapitalismus, letztendlich läuft es wohl auf Protektionismus mit nationalistischem Einschlag hinaus. Die Wirtschaft hat er teilweise unter Staatskontrolle gestellt. Mal sehen, wie dieses Experiment ausgeht. Ich bezweifle, dass Perón mit seiner faschistischen Vergangenheit gebrochen hat.«

Hilde beugte sich zu Oppenheimer vor. »Was du jetzt hörst, hast du nicht von mir«, sagte sie mit gesenkter Stimme. »Über meine Bekannten sind mir Gerüchte zu Ohren gekommen, dass Perón möglicherweise Nazis in sein Land schmuggeln lässt. In Dänemark soll es im Zusammenhang damit momentan sogar einen handfesten diplomatischen Zwischenfall geben. Wie gesagt, ich weiß selbst noch nicht, was da gerade los ist.«

Obwohl ihnen niemand zuhörte, wagte auch Oppenheimer nur zu flüstern: »Wenn die Einreisebescheinigungen keine Fälschungen, sondern echt sein sollten, dann wäre das ein Indiz dafür, dass eine größere Verschwörung dahintersteckt.«

Hilde nickte ihm zu. »An Billhardts Stelle wäre ich verflucht vorsichtig. Er spielt mit Dynamit. Ich werde versuchen, herauszubekommen, was es genau mit den Ausweisen und Einreisebescheinigungen auf sich hat. Allerdings wird es einige Zeit benötigen, um meine Kontakte so weit zu bearbeiten, dass sie damit rausrücken.« Hilde kommentierte diese Andeutung mit einem hinterhältigen Lächeln, dann griff sie nach der Schnapspulle und goss sich ein Glas ein.

»Aber lehne dich nicht zu weit aus dem Fenster«, warnte Oppenheimer.

»Ach was«, sagte Hilde leichthin. »Wenn es eine Möglichkeit gibt, diesen Schweinehunden die Tour zu vermasseln, bin ich doch gern mit dabei.«

Beunruhigt begriff Oppenheimer, dass es längst zu spät war,

um noch an Hildes Vernunft zu appellieren. Nur wenigen Privatpersonen hätte er abgenommen, dass sie an derart sensible Informationen gelangen konnten. Hilde war eine Ausnahme. Wenn sie sich erst einmal ein Ziel in den Kopf gesetzt hatte, war jeder Einwand vergebens.

9

Donnerstag, 13. November 1947

Die Sturzfluten des vergangenen Tages sollten sich am Donnerstagvormittag zum Glück nicht wiederholen, denn um Frau Hinzes Liebhaber im Krankenhaus aufzusuchen, musste Oppenheimer in Neukölln von der S-Bahn in die Straßenbahn in Richtung Süden umsteigen. Nach einer knapp viertelstündigen Fahrt bog das ratternde Gefährt in die Blaschkoallee ein und bremste ab. Nachdem die Tür aufgeklappt war, sprang Oppenheimer auf den Gehsteig und hastete an der Backsteinmauer des Klinikgeländes entlang zur breiten Hofeinfahrt.

Das Eisengitter war geöffnet, hinter dem Fenster des daneben liegenden Häuschens döste ein grauhaariger Herr in einer Pförtneruniform. Mit dem halbrunden Eingangsportal und der spitzen Zinne ähnelte das Krankenhaus einem herrschaftlichen Anwesen.

Oppenheimer war in den vergangenen Tagen schon so häufig hier gewesen, dass er der repräsentativen Architektur keine Aufmerksamkeit mehr schenkte. Kurz nach dem Aufwachen war ihm eingefallen, dass der falsche Herr Hinze genau an diesem Tag ins Polizeikrankenhaus verlegt werden sollte. Wenn er Pech hatte, war der mysteriöse Fremde bereits verschwunden, und er müsste dann wieder zurück in Richtung Stadtmitte fahren.

Also wartete Oppenheimer nicht erst auf Wenzel, mit dem er sich eigentlich verabredet hatte, sondern durchquerte eilig die Eingangshalle und stieg die Treppe zum oberen Stockwerk hinauf. An diesem Vormittag herrschte viel Betrieb. Menschen in weißen Kitteln eilten durch die Gänge, dazwischen liefen von der Klinikatmosphäre eingeschüchterte Besucher umher. Oppenheimer folgte dem langen Mittelkorridor bis zum Seitenflügel. Dort bewachte ein gelangweilter Polizist das Einzelzimmer ihres Schützlings. Nach Klärung der Formalitäten öffnete Oppenheimer schwungvoll die Tür und blieb dann wie angewurzelt stehen.

Das Krankenzimmer war leer. Abgesehen von dem zerwühlten Bett und einem Klemmbrett mit medizinischen Daten gab es nirgends einen Hinweis auf einen Patienten.

Oppenheimer hatte immer noch die Türklinke in der Hand, beugte sich zu dem Polizisten hinaus und fragte: »Wurde der Patient etwa schon verlegt?«

Der Wachtmeister blinzelte ihn an, als hätte er die Frage nicht verstanden. »Nee, nee« sagte er schließlich. »Der Doktor hat vor zwanzig Minuten eine Visite jemacht und dann bestätigt, dass der Krankentransport durchjeführt werden kann.«

»Ja, aber wo ist dann der Patient?« Erneut erntete Oppenheimer einen verwirrten Blick. »In diesem Zimmer befindet sich niemand«, erklärte er noch einmal ungeduldig das Offensichtliche.

Langsam erhob sich der Polizist von seinem Stuhl, schaute durch die geöffnete Tür und murmelte: »Dat jibt et doch nich!«

Oppenheimer trat ins Zimmer und blickte sich um. Er war jetzt ernsthaft alarmiert. Um keine Missverständnisse aufkommen zu lassen, fragte er: »Der Patient wurde nicht nach draußen gebracht? Er ist nicht an Ihnen vorbeigekommen?«

Der Polizist verneinte. »Ick sitz hier schon seit fünf inne Früh. Nix war.«

Oppenheimer überlegte, ob sich ein Erwachsener wohl in dem Kleiderschrank verstecken konnte, dann fiel ihm auf, dass ein Windhauch die Gardinen bewegte. Das Fenster zum Hinterhof war nur angelehnt. Oppenheimer riss den Stoff zur Seite, öffnete das Fenster und beugte sich hinaus. Das Erkerfenster war eingeschlagen. Unterhalb davon befand sich eine helle Zierleiste an der roten Backsteinfassade. Sie war sehr schmal, und doch schien es möglich, dass ein in die Enge getriebener Mensch wie Frau Hinzes Geliebter mit dem Mut der Verzweiflung zur benachbarten Hauswand gelangen konnte. Wenn seit der letzten Visite tatsächlich erst zwanzig Minuten vergangen waren, konnte der Geflohene noch nicht weit sein.

Oppenheimer lief zur Tür und packte den Polizisten. »Jetzt laufen Sie sofort nach draußen zum Pförtner«, forderte er den Wachmann auf und schob ihn auf den Gang. »Er soll das Haupttor schließen. Lassen Sie sich durch nichts aufhalten, sonst geht uns der Verdächtige durch die Lappen. Das Gelände muss komplett abgeriegelt werden. Schnell!«

Diesmal schien sich Oppenheimer klar ausgedrückt zu haben, denn der Polizist tippte zur Bestätigung an den schmalen Schirm seines Tschakos und rannte zum Treppenhaus.

Oppenheimer blieb zurück. Blitzschnell erwog er die Optionen. Frau Hinzes falscher Gatte war nur in Hemd und Hose eingeliefert worden. Wenn er kein Aufsehen erregen wollte, konnte er schlecht mit wehendem Nachthemd durch die Eingangshalle wandern. Er benötigte zumindest einen Mantel oder einen Kittel, um nicht aufzufallen.

Mit angehaltenem Atem ging Oppenheimer zum Zimmer mit dem eingeschlagenen Fenster. In diesem Moment bereute er, dass er keine Dienstwaffe bei sich führte. Sachte legte er die Hand auf die Türklinke, nahm seinen ganzen Mut zusammen und schlich geduckt hinein.

Es war ein Behandlungsraum. Das polierte Metall medizinischer Geräte funkelte Oppenheimer entgegen. Leider waren

Sichtschirme aufgestellt, deshalb ließ sich der Raum nicht überblicken. Auf der Suche nach einer Waffe erspähte er in der Nähe einige Krücken, nahm eine der hölzernen Stangen und packte sie wie einen Knüppel. Mit erhobenem Stock schlich er um den vordersten Sichtschirm herum, blieb stehen und ließ die Krücke wieder sinken. Das Zimmer war leer. Hinter einer gepolsterten Liege befand sich ein geöffneter Wandschrank. Inmitten einer Reihe weißer Kittel hing ein leerer Kleiderbügel.

Augenblicklich wirbelte Oppenheimer herum und lief zurück auf den Gang, spurtete um die Ecke und kollidierte beinahe mit einer Krankenschwester. Er schob ihren Metallwagen zur Seite, Emailleschüsseln fielen laut scheppernd zu Boden, irgendwo hinter seinem Rücken ertönte ein zorniger Ruf, doch Oppenheimer ließ sich nicht aufhalten.

Er hechtete zum erstbesten Fenster, von dem aus er eine freie Sicht auf das Zugangstor hatte, und riss es auf. Schwer atmend sog er die kühle Luft in seine Lunge. Ein Stockwerk unter sich erkannte er den Polizisten, den vielleicht noch fünfzig Meter von dem sperrangelweit geöffneten Eisentor trennten.

Jemand anderes war deutlich flinker. In Reichweite des Polizisten lief eine weiß gekleidete Gestalt über das graue Kopfsteinpflaster auf die Blaschko Allee zu. Der Schupo hatte den Fliehenden neben sich bereits entdeckt, nur war er nicht sportlich genug, um ihn einholen zu können. Und sein Schlagstock war auch nicht dazu geeignet, ihn aufzuhalten. Also konnte er nur mit den Armen wedeln und nach dem Pförtner rufen.

Es war sinnlos, nach unten zu laufen. Oppenheimer würde erst dann beim Pförtnerhaus eintreffen, wenn Frau Hinzes Liebhaber schon längst über alle Berge war.

Aufgeschreckt von dem Radau, erschien der Pförtner auf der Türschwelle seines Häuschens und blinzelte träge dem aufgebrachten Polizisten entgegen, ohne sich um den Herrn im Arztkittel zu kümmern, den nur noch wenige Meter vom Ausgang trennten. Derweil sprang Oppenheimer vor dem Fenster auf und ab und brüllte Kraftausdrücke, die sogar Hilde neidisch gemacht hätten. Es half alles nichts. Der Wachmann schaute immer noch verständnislos zu dem Polizisten und würde es in seiner Behäbigkeit nicht mehr schaffen, dem Fliehenden den Weg abzuschneiden.

Fast im gleichen Moment tauchte draußen auf der Straße ein Mann auf. Der schlaksige Gang und der blaue Dunst, den er ausstieß, waren selbst aus der Entfernung unverkennbar. Das musste Wenzel sein. Leicht verspätet hastete er zum Treffen mit Oppenheimer im Krankenhaus.

Hektisch winkte Oppenheimer ihm zu.

»Da vorn!«, schrie er. »Aufhalten!«

Wenzel riss den Kopf hoch. So weit es ging, streckte Oppenheimer seinen Arm aus dem Fenster und zeigte auf den Mann im weißen Kittel.

Und Wenzel verstand und schrak sichtbar zusammen, als er den Verdächtigen wiedererkannte. Auch der falsche Herr Hinze begriff, dass er aufgeflogen war. Er hatte das Krankenhausgelände bereits verlassen und hetzte quer über die Straße in die Richtung des gegenüberliegenden Akazienwäldchens.

Ohne zu zögern, setzte Wenzel ihm nach, sprang von hinten auf die weiße Gestalt und umklammerte sie. Es folgte ein wildes Gerangel. Lautes Hupen ertönte. Ein kleiner dreirädriger Lieferwagen kam schlitternd zum Stehen und nahm Oppenheimer den Blick auf die miteinander kämpfenden Männer. Oppenheimer hielt es nicht mehr länger am Fenster aus, flog die Treppe hinunter, rannte in der Eingangshalle an den verwundert blickenden Besuchern vorbei und stürmte durch das Portal. Wenige Augenblicke später befand er sich auf der gegenüberliegenden Straßenseite. Oppenheimer begriff, dass er zu spät eingetroffen war. Wie ein zappelnder Käfer lag Wenzel auf dem Rücken und versuchte, sich aufzurichten. Der Hut war ihm vom Kopf gerissen worden, auf der Stirn prangte eine frische Platzwunde.

Oppenheimer zog Wenzel auf die Beine. »Wo ist er hin?«, japste er.

Wenzel brachte kein Wort heraus. Stattdessen streckte er den Arm aus.

Sofort lief Oppenheimer wieder los. Ein paar Dutzend Meter vor sich sah er etwas Weißes flattern – der Arztkittel hing an einem Ast, und von dem Geflohenen war nirgends eine Spur zu entdecken. Keuchend blieb Oppenheimer stehen, umkrallte den Stoff und blickte sich um. Frau Hinzes Liebhaber hatte einen großen Vorsprung. Sicher war er bereits hinter dem Akazienwäldchen in den Straßen der Großsiedlung Britz verschwunden.

Wenzels Verletzung war nicht so schlimm, wie sie aussah. Nur sein Stolz war ernsthaft angekratzt. Zurück im Krankenhaus, hatte Oppenheimer unverzüglich die nächste Polizeidienststelle darüber informiert, dass ein Tatverdächtiger geflohen war. Obwohl in den nächsten Stunden Schupos die Gegend durchkämmen würden, war die Wahrscheinlichkeit eher gering, den falschen Herrn Hinze noch zu schnappen.

Mit verbundener Stirn saß Wenzel in der leeren Krankenhauskantine an einem Holztisch und trank zur Stärkung einen dünnen Schwarztee.

Oppenheimer zog einen Stuhl heran und setzte sich zu ihm.

»Gut, er ist uns durch die Lappen gegangen«, begann er und versuchte, nicht allzu hoffnungslos zu klingen. »Aber wenigstens haben wir einen Vorteil. Frau Hinze konnte ihm seine

Sachen noch nicht bringen, weil sie wegen der Spurensicherung nicht in ihre Wohnung kam. Er trägt also nur das Schlafanzughemd und die Hose, mit der er eingeliefert wurde. Draußen ist es regnerisch und kühl. Das hält er nicht lange durch, oder er riskiert eine Lungenentzündung. In jedem Fall benötigt er neue Kleidung, am besten gleich einen Unterschlupf.«

Wenzel blies in seinen Becher und nahm dann einen großen Schluck des Gebräus. »Er hat auch kein Geld«, griff er Oppenheimers Idee auf, »und nichts zum Eintauschen.«

Oppenheimer nickte. »Der Schwarzmarkt oder Pfandleihen scheiden für unseren Geflohenen also schon mal aus. Eine Zivilstreife wird in den nächsten Stunden die Wohnung von Frau Hinze unter Beobachtung halten. Vielleicht taucht er dort auf, wenn ihm klar wird, dass er keine andere Wahl mehr hat.«

Bei dem Gedanken fuhr Wenzel zusammen. »Die Adressen vom Liebeskiosk. Wenn er einer der drei Brieffreunde war, dann könnte er auch in seiner alten Wohnung Zuflucht suchen.«

Oppenheimer nickte betreten. »Und da geraten wir leider an unsere Grenzen. Wir haben nicht genügend Leute, um auf einen reinen Verdacht hin alle Adressen beobachten zu lassen. Ich werde mich jetzt auf den Weg machen, um in Erfahrung zu bringen, ob er an einem der Wohnsitze bekannt ist. Mehr können wir erst mal nicht tun.«

Wenzel stellte seinen Becher auf die Tischplatte und griff nach seinem Hut. »Worauf warten wir dann noch? Dann mal los.«

Er wollte bereits aufspringen, doch Oppenheimer hielt ihn zurück. Mit skeptischem Blick fragte er: »Geht es Ihnen schon wieder so gut? Sie sahen ziemlich angeschlagen aus.«

Wenzel knurrte zwischen zusammengebissenen Zähnen: »Geht schon. Wir können diesen Schweinehund doch nicht einfach davonkommen lassen.«

Um Wenzel zu schonen, übernahm Oppenheimer zwei der Adressen, während sein Assistent nur eine in Augenschein nehmen sollte. Die erste Anschrift befand sich im Ortsteil Wilmersdorf, in der Nähe des Ludwigkirchplatzes. Von dem Gotteshaus konnte Oppenheimer nur die markante Turmspitze über dem laublosen Astgewirr der Ahorne erkennen. Große Wohnhäuser säumten die Straßen. Wie fast überall in der Stadt standen auch hier verzierte Steinfassaden direkt neben Geröllhaufen, aus deren Ritzen und Spalten mittlerweile das Unkraut wucherte.

An einem zerbombten Eckgrundstück bog Oppenheimer in die Pariser Straße ein und musste einen Trümmerberg umrunden, der sich mitten auf dem Gehsteig befand. Hinter einem Feinkostgeschäft, dessen von Geschossen zerstörte Schrift an der Fassade kaum zu entziffern war, befand sich der Wohnort eines gewissen Wilhelm Streck. Nach allem, was sich anhand von Frau Hinzes Briefen rekonstruieren ließ, hatte sie mit diesem Mann den häufigsten Austausch gehabt, daher wollte Oppenheimer ihn als Ersten unter die Lupe nehmen.

Zu seiner Enttäuschung stellte sich schnell heraus, dass es sich bei diesem einsamen Herzen nicht um den gerade entflohenen Liebhaber handelte. Herr Streck war persönlich anwesend. Obwohl es bereits Mittag war, trug er einen schweren Morgenmantel, dessen verschnörkeltes Muster durch zahlreiche Teeflecken ergänzt wurde. Die kunstvoll gekämmte Frisur war mit einem Haarnetz gesichert.

Strecks Dutzendgesicht wies tiefe Furchen auf, auch wenn er angab, zweiunddreißig Jahre alt zu sein.

Als zuvorkommender Gastgeber setzte er für Oppenheimer

in der winzigen Küche Gesundheitstee auf, noch ehe er sich nach dem Grund für dessen Besuch erkundigt hatte. Der Stuhl stand derart dicht am Holztisch, dass Oppenheimer sich regelrecht dazwischenzwängen musste. Nach einer Weile fragte Oppenheimer: »Kennen Sie eine Frau Hinze?«

Streck stand vor dem Herd und wartete darauf, dass das Wasser kochte. Mit hochgezogenen Brauen wandte er sich zu Oppenheimer um. »Entschuldigung, aber wen meinen Sie?«

»Frau Hinze, der Sie Briefe geschrieben haben«, erklärte Oppenheimer. »Über den Liebeskiosk.«

»Ja, das hatte ich mir schon gedacht. Aber trotzdem, da müssen Sie mir auf die Sprünge helfen.«

Oppenheimer blätterte in seinem Notizheft, bis er auf einen Brief von Herrn Streck stieß. Sein Gastgeber nahm ihn entgegen und angelte in der Brusttasche nach seiner Brille, hielt sie wie ein Monokel vor das linke Auge und überflog die handgeschriebenen Zeilen.

»Ja, das ist der Text, den ich bei der ersten Kontaktaufnahme für gewöhnlich hernehme«, murmelte er. »Wie sieht denn die Dame aus?«

Leider hatte Oppenheimer nicht daran gedacht, eine Fotografie von Frau Hinze einzustecken. Er versuchte, sie, so gut es ging, zu beschreiben. Und zum Glück schien sich Herr Streck zu erinnern.

»Natürlich, Sie sprechen von Ursula. Sie wohnt doch in der Nähe des Treptower Parks, nicht wahr?« Er strahlte. »Das war eine ganz, ganz nette Person. Nun ja, so lange es eben währte.«

Interessiert beugte sich Oppenheimer vor. »Dem Datum zufolge haben Sie Frau Hinze Ende Mai zum ersten Mal geschrieben.«

»Richtig, im Wonnemonat Mai.« Herr Streck gluckste. »Jetzt fällt es mir wieder ein. Ihr Mann war verschollen. Ein Flieger, abgeschossen, vermutlich tot. Eine Freundin hat sie gedrängt, zum Liebeskiosk zu gehen. Wir waren, jetzt lassen Sie mich nachdenken, ja, ich glaube, wir waren vier oder fünf Wochen zusammen. Und dann plötzlich, es muss Anfang Juli gewesen sein, hat sie mich abserviert.«

Hinter Herrn Streck begann der Wasserkessel zu pfeifen. Er goss zwei Tassen Tee auf und setzte sich dann zu Oppenheimer.

»Und wie ist das abgelaufen? Dass Ihre Beziehung auseinanderging?«

Herr Streck zuckte mit den Schultern. »Sie hat einfach ein besseres Angebot bekommen. Man kann es ihr ja nicht verdenken. Heutzutage funktionieren selbst Liebesdinge nach den Maximen des Kapitalismus. Ihr neuer Verehrer konnte eine bessere soziale Stellung vorweisen, da muss ein armer Poet wie ich zwangsläufig den Kürzeren ziehen.«

Oppenheimer fand, dass die Rumpelkammer, in der Herr Streck hauste, tatsächlich eine gewisse Ähnlichkeit mit dem Bild von Spitzweg hatte, auf das sein Gastgeber anspielte.

»Sie sind Schriftsteller?«, fragte Oppenheimer interessiert. »Habe ich schon etwas von Ihnen gelesen?«

Herr Streck wirkte ertappt und erwiderte zögernd: »Das wäre sogar möglich. Bislang habe ich eher Gebrauchsprosa verfasst. Aber momentan arbeite ich an einem großen Projekt. Ein Zeitpanorama über den titanischen Überlebenskampf inmitten des Krieges. Es gäbe ja so viel zu erzählen, die Geschichten liegen auf der Straße. Und zwölf Seiten habe ich auch bereits fertiggestellt. Nur leider kommt mir ständig das Leben ins Gehege. Man muss schließlich essen, nicht wahr?«

Oppenheimer tat sein Bestes, um Anteilnahme zu heucheln. Er zog sein Notizheft zurate und entdeckte, dass Herr Streck von dem Zeitpunkt sprach, zu dem der falsche Herr Hinze auf der Bildfläche erschienen war. »Ihr Kontakt ist also Anfang Juli abgebrochen?«

Herr Streck nickte, wobei das Tageslicht auf seinen platt gedrückten Haaren reflektierte.

»Diesen Nebenbuhler, haben Sie ihn jemals zu Gesicht bekommen?«

Mit einer ausladenden Geste winkte Herr Streck ab. »Pah, darum habe ich mich dann nicht mehr gekümmert. Vorbei ist vorbei, verstehen Sie? Schnee von gestern. Aber, Moment, ich glaube, ich habe noch Ursulas Abschiedsbrief.«

Er ging ins Nebenzimmer. Oppenheimer hörte, wie Schubladen aufgezogen und wieder geschlossen wurden. Nach einigen Minuten des Kramens tauchte Herr Streck mit einem dicken Briefbündel wieder auf. Er bemerkte Oppenheimers Verblüffung und erklärte: »Die hier sind von mehreren Damen, nicht nur von Ursula.«

Oppenheimer trank von dem geschmacklosen Tee, während Herr Streck durch die Kuverts blätterte. Schließlich zog er einen Brief aus dem Packen heraus.

»Hier haben wir ihn«, sagte er triumphierend. »Geschrieben am zehnten Juli. Ich erinnere mich noch, dass ich ihn am Freitag zugestellt bekam, einen Tag vor unserem nächsten Treffen.«

Oppenheimer überflog die Zeilen. Es handelte sich tatsächlich um einen Abschiedsbrief von Frau Hinze.

»Könnten Sie mir den Brief vielleicht überlassen?«, fragte Oppenheimer.

»Ja bitte, nehmen Sie ihn nur. Ich weiß selbst nicht, warum ich dieses gefühlsduselige Geschreibsel aufbewahre.« Dann leerte er seine Tasse in einem Zug und drängte Oppenheimer zum Aufbruch. »Leider habe ich nicht mehr viel Zeit. Die Uhr tickt, nicht wahr?«

Hastig legte Oppenheimer den Brief zwischen die Seiten seines Notizhefts und steckte es in seine Manteltasche. »Entschuldigung, Sie müssen sicher zur Arbeit.«

»Arbeit nicht, doch es winkt ein Mittagessen«, sagte Herr Streck gut gelaunt. »Sie ahnen ja nicht, wie viele Anfragen man als Mann von heiratslustigen Damen bekommt.«

Zuerst beließ es Herr Streck bei dieser Anspielung. Bevor er die Wohnungstür für Oppenheimer öffnete, hielt er jedoch inne. Er schien erpicht darauf zu sein, den Geschlechtsgenossen mit seiner Findigkeit zu beeindrucken. »Prinzipiell beantworte ich jeden Brief«, murmelte er. »Man will die Damen ja nicht kränken. Zum ersten Kennenlernen schlage ich dann vor, dass sie mir ihre Kochkünste präsentieren. Einige Frauen sind sogar so nett, mir noch ein paar Butterbrote mitzugeben. Aber natürlich, in der Regel läuft es anders als mit Ursula, meistens stellt sich nämlich heraus, dass wir nicht zusammenpassen. Dann bin eben *ich* derjenige, der den Abschiedsbrief schreibt. Und in der Zwischenzeit habe ich gut gegessen.« Versonnen fügte er hinzu: »Können Sie sich das vorstellen? In den letzten Monaten habe ich kaum etwas für Nahrungsmittel ausgegeben. Dabei ist noch nicht mal Weihnachten, und das ist sonst meine geschäftigste Zeit.«

Verschmitzt grinsend zwinkerte Streck Oppenheimer zu.

10

Donnerstag, 13. November 1947

Die zweite Adresse, die Oppenheimer übernommen hatte, sollte sich als kompletter Fehlschlag erweisen. Um die Angaben zu überprüfen, musste er erst einmal quer durch die Stadt nach Prenzlauer Berg fahren und traf schließlich zwei Stunden später in der Polizeidienststelle ein.

Nach diesem strapaziösen Tag trottete Oppenheimer lustlos die Treppe hinauf. Ihm kam wieder die letzte Unterredung mit Möller in den Sinn. Nach allem, was Hilde über die intensiver werdende Ideologisierung gesagt hatte, verspürte er wenig Lust, eine Entscheidung zu treffen. Und noch weniger mochte er dies Möller direkt ins Gesicht sagen. Instinktiv suchte er nach einer Lösung, die den geringsten Widerstand versprach. Am besten war es wohl, ihm möglichst aus dem Weg zu gehen.

Einige Treppenstufen unterhalb seines Stockwerks hielt Oppenheimer inne und lugte vorsichtig um die Ecke. Nachdem er sich vergewissert hatte, dass Möller nicht unterwegs war, lief er schnell nach oben und hastete in die Sicherheit seines Büros.

»Puh!«, sagte Oppenheimer, als er die Tür hinter sich zuzog.

Wenzel saß bereits wartend vor dem Kanonenofen und versuchte, ein Feuer in Gang zu bringen. Fragend wandte er sich um.

»Ich habe Pech gehabt«, berichtete Oppenheimer. »Beide Herren waren anwesend. Bei ihnen handelt es sich also definitiv nicht um Frau Hinzes Liebhaber.«

Wenzel brummte enttäuscht. »Dasselbe bei mir. Ich habe mit

dem dritten Brieffreund gesprochen, diesem Cornelius. Er hatte Frau Hinze kontaktiert, sie haben sich daraufhin ein einziges Mal getroffen, und dann war nichts mehr.« Er rieb sich die klammen Hände und seufzte. »Es wäre auch zu einfach gewesen.«

Oppenheimer zog einen Stuhl vor den Ofen und setzte sich neben Wenzel. Knisternd loderte das Feuer hinter dem Eisengitter. Es war eine Wohltat, zu spüren, wie die Wärme sich im Raum ausbreitete.

»Bei keinem der drei Kontakte handelt es sich um den falschen Herrn Hinze«, fasste Oppenheimer zusammen. »Es wurden also nicht nur die Fotos des richtigen Ehemanns entfernt, sondern auch alle Hinweise auf den neuen Lebenspartner.«

»Wenn er überhaupt über den Liebeskiosk gekommen ist«, wandte Wenzel ein.

Oppenheimer überlegte. »Das stimmt. Vielleicht haben sie sich auf eine andere Weise getroffen. Das werde ich morgen noch mal überprüfen.« Er schüttelte den Kopf. »Der Fall wird immer merkwürdiger. Ich habe neue Hinweise gefunden, weiß aber nicht so recht, was ich davon halten soll.«

Er nahm Frau Hinzes Abschiedsbrief an Herrn Streck aus dem Notizheft und reichte ihn Wenzel. »Den hier hat Frau Hinze geschrieben. Zur selben Zeit, als sie beim Liebeskiosk ihr Foto aus dem Album entfernen ließ.«

Wenzel griff nach dem Brief und faltete ihn auseinander. Als er zu der Passage kam, in der Frau Hinze Andeutungen über ihren neuen Verehrer machte, trat ein Ausdruck der Verwirrung auf sein Gesicht.

»Moment, was schreibt die hier? Die hat sich einen Pfarrer geangelt?«

Oppenheimer nickte. »Vermutlich meint sie einen evangelischen. Und mit diesem Pfarrer wollte sie sich, laut diesem Brief, eine gemeinsame Zukunft aufbauen.«

Wenzel lachte auf und klopfte eine Zigarette aus dem bereitliegenden Päckchen. »Wenn es sich dabei tatsächlich um den mutmaßlichen Täter handelt, dann scheint er vom fünften Gebot nicht viel zu halten.«

Auch Oppenheimer musste grinsen. »Ich halte es eher für eine Ausrede«, erklärte er. »Frau Hinze wollte Herrn Streck loswerden. Es ist natürlich interessant, warum sie gerade auf diese eigenartige Behauptung gekommen ist. Noch viel interessanter ist für mich allerdings die Tatsache, dass sie ihrem Romeo nicht einfach die Lüge aufgetischt hat, dass ihr Mann aus der Kriegsgefangenschaft zurückgekehrt sei.«

Für Wenzel lag die Schlussfolgerung klar auf der Hand. »Diese Idee ist den Turteltauben erst später gekommen.«

»Ja, es sieht danach aus«, sagte Oppenheimer und erhob sich. Hinter dem Fenster wurde es allmählich dunkel, sodass er den Eindruck hatte, in einen Spiegel zu blicken. »Und von unserem Beobachtungsposten gab es keine Meldung?«

»Nein, bei Frau Hinzes Wohnung ist niemand aufgetaucht«, sagte Wenzel hinter Oppenheimers Rücken.

Gedankenversunken registrierte Oppenheimer, dass die erste Feuchtigkeit auf den Fensterscheiben kondensierte. »Es wird langsam kalt draußen«, murmelte er. »Tagsüber ist es nicht schwierig, sich in der Stadt zu verbergen. Aber in den nächsten Stunden braucht er einen Unterschlupf.« Geräuschvoll atmete er aus. Die Scheibe beschlug noch stärker, die Konturen des gegenüberliegenden Gebäudes wurden unscharf. Die Observierung würde nur noch vierzehn Stunden andauern. Oppenheimer verfluchte die Tatsache, dass sie nicht genügend Leute zur Verfügung hatten, um die Wohnung länger als einen Tag unter Beobachtung zu halten. Wie ein gelangweiltes Kind zeichnete er mit dem Zeigefinger ein Herz auf die Fensterscheibe.

»In der Nacht wird es sich entscheiden.« Oppenheimer malte einen Pfeil, der in dem Herzen steckte. »Wenn unser Mann auftaucht, will ich sofort benachrichtigt werden.«

Billhardts Leute saßen zusammengekauert hinter den Kehrichttonnen und starrten aufmerksam in die Dunkelheit des Hinterhofs.

Sollte es tatsächlich so schnell gehen? Billhardt konnte es immer noch nicht so recht glauben. Dieser vertrackte Fall um den getöteten Taschendieb Ulrich hatte ihm schlaflose Nächte bereitet. Und jetzt war ihm der entscheidende Hinweis auf den Mörder einfach so in den Schoß gefallen. Billhardt wusste, dass dies bei einer Untersuchung zuweilen vorkam. Nicht immer führte beharrliche Ermittlungsarbeit zum erwünschten Resultat, manchmal war es schlichtweg vom Glück abhängig, ob sich ein Fall aufklären ließ. Und Glück hatten sie gehabt.

Geradezu unglaubliches Glück.

Billhardts Leute hatten sich während der letzten Tage auf dem Schwarzmarkt umgehört. Und tatsächlich waren sie bald auf Gerüchte gestoßen, denen zufolge noch weitere Ausweise des Roten Kreuzes über zwielichtige Kanäle angeboten wurden. Die Vermutung lag nahe, dass der anonyme Verkäufer auch mit der Tötung des Flinken Ulrich zu tun hatte.

Daraufhin war Arthur Ziehm, dem Kriminalanwärter, die Idee gekommen, dem Anbieter eine Falle zu stellen. Er war von einem Schwarzmarkt zum nächsten gezogen und gab dabei vor, an den Rotkreuzausweisen interessiert zu sein. Nach einigen Fehlschlägen war er auf eine heiße Spur gestoßen.

Heute Nacht sollte die persönliche Kontaktaufnahme stattfinden. In der Nähe der Hofdurchfahrt wartete Ziehm auf den

Hehler, der unter dringendem Verdacht stand, den Flinken Ulrich in einem Streit um die Papiere getötet zu haben. Er trug einen weißen Anzug, der für die Jahreszeit viel zu sommerlich wirkte, jedoch den Vorteil hatte, dass man ihn damit auch im Halbdunkel gut ausmachen konnte.

Trotz seiner Vorbehalte gegen diese allzu einfache Lösung war in Billhardt das Jagdfieber erwacht. Er hatte Ziehm klare Instruktionen gegeben. Am günstigsten würde es sein, den Hehler auf frischer Tat zu ertappen, dann konnten sie ihn verhaften, auch wenn sich ein Zusammenhang mit Ulrichs Tod nicht sofort herstellen ließ.

Es war nicht absehbar, ob sie bei ihrem Einsatz auf Widerstand treffen würden, also hatte Billhardt für sich und seine beiden Begleiter Schießeisen angefordert. Ziehms Silhouette in der geöffneten Torzufahrt fest im Blick, griff er in seine Manteltasche und berührte die geriffelte Griffschale des Revolvers. Ja, die Schusswaffe war noch an ihrem Platz. Es konnte ihm nichts geschehen.

Billhardt hörte dicht neben sich das Rascheln schwerer Kleidung. Reinmann schnäuzte sich geräuschvoll. Billhardt ärgerte sich über diese Unprofessionalität und zischte ihm zu, damit er still war.

Swingmusik drang an Billhardts Ohren. Irgendwo in der benachbarten Gasse waren Nachtschwärmer aus einer Bar getreten. Als die Eingangstür wieder zuschwang, wurde die Musik zu einem dumpfen Rhythmus. Schritte näherten sich, die Steinfassaden warfen das helle Kichern einer Frau zurück, sodass es für einen kurzen Augenblick durch den Hinterhof schwirrte.

»Where do you live?«, sagte eine Männerstimme. Dann folgten gewisperte Worte.

Billhardt brauchte das Gesagte nicht zu verstehen, um zu

wissen, was dort vor sich ging. Wenige Meter von ihnen entfernt übte sich ein Fräulein mit einem Soldaten in der Kunst der Fraternisierung. Er hoffte, dass die Schäkerei bald aufhörte und sich das Pärchen aus dem Staub machte. Ansonsten riskierten sie, dass ihr Verdächtiger Reißaus nahm.

Auch Ziehm wurde unruhig. Scheinbar lässig lehnte er an der Seite der Einfahrt. Nur einem geübten Beobachter fiel auf, dass er immer häufiger auf seine Armbanduhr blickte. Halb zwölf war als Zeitpunkt des Treffens ausgemacht. Aus Ziehms Reaktion schloss Billhardt, dass sich der Hehler verspätete.

Ziehm atmete tief durch und richtete sich plötzlich auf, den Blick auf die Gasse gerichtet. Langsam löste er sich von der Wand.

Dann hörte es auch Billhardt.

Schritte näherten sich auf den feuchten Steinen des Trottoirs. Ziehm riss ein Zündholz an – das verabredete Zeichen.

Ein zweiter Schatten trat in die Durchfahrt. Ein Mann mittlerer Größe und korpulent, und er hatte einen Schal um den Hals gewickelt. Er näherte sich Ziehm und schien um Feuer für seine Zigarette zu bitten. Ziehm entzündete ein weiteres Zündholz. Der Mann beugte sich vor und zog an der Zigarette, bis das Endstück zu glühen begann.

Von dem gemurmelten Gespräch schnappte Billhardt nur ein paar Wortfetzen auf. Schließlich antwortete Ziehm mit einem fast unmerklichen Nicken, und beide Schattengestalten schritten nach rechts und verschwanden damit aus Billhardts Blickfeld.

»Es geht los«, flüsterte Billhardt und folgte den beiden Männern.

Er überquerte die Straße, um Ziehm und den Hehler auf dem gegenüberliegenden Gehweg im Auge behalten zu können. Kurz darauf sollte sich Reinmann direkt an ihre Fersen heften.

Zwei Polizisten in Zivil übernahmen die Nachhut. Ein exakt koordinierter Ablauf.

Billhardt war so aufgeregt, dass er beim Überqueren der Straße beinahe über die Gleise der Trümmerbahn gestolpert wäre. Rasch trat er hinter die nächste Litfaßsäule und verharrte mit angehaltenem Atem. Er hoffte, dass ihn sein plötzlicher Ausfallschritt nicht verraten hatte, und lauschte in die Nacht, bis er über der gedämpften Barmusik die Schritte der Verfolgten hören konnte. Der Hehler hatte nichts bemerkt. Erleichtert atmete Billhardt auf.

Einige Augenblicke später trat er hinter der Litfaßsäule hervor und nahm die Verfolgung wieder auf. Wenig später tauchte auch Reinmann aus der tintenschwarzen Hofeinfahrt auf und ging hinter dem Hehler her.

Der Weg führte sie ins ehemalige Scheunenviertel. Nicht zuletzt nach dem Attentat am benachbarten Bülowplatz war dieser Stadtteil lange Zeit ein heißes Pflaster für die Polizeikräfte gewesen. Der dreieckige Platz hatte in den letzten Jahren gleich mehrere Namen getragen. Während der Nazizeit war er nach Horst Wessel benannt gewesen, der von Hitlers Anhängern zu einem Märtyrer hochstilisiert wurde, unmittelbar nach dem Krieg hieß er kurzzeitig Liebknechtplatz und war jetzt in Luxemburgplatz umgetauft worden. Es wurde gemunkelt, dass hier in diesem Viertel die ersten Ringvereine gegründet worden waren, Verbrecherorganisationen, die vor dem Krieg lange Zeit in der Unterwelt das Sagen hatten.

Billhardt sehnte sich nach diesen übersichtlichen Tagen zurück, denn heutzutage verwischte allzu häufig die Unterscheidung zwischen Gut und Böse, Richtig und Falsch. Um zu überleben, blieb selbst dem aufrechtesten Berliner manchmal nichts anderes übrig, als sich auf Schwarzmarktgeschäfte einzulassen. Das hatte seit den Rationierungen während der Kriegszeit begonnen, sodass der Drahtseilakt auf der Trennlinie zur Illegalität seitdem zum Alltag gehörte. Der Zweck heiligte die Mittel, und der Zweck bestand meistens darin, sich die größtmöglichen Vorteile zu verschaffen. Auch Billhardt hatte gelegentlich die Hand aufgehalten, sich schmieren lassen. Er war nicht stolz darauf, entschuldigte dies aber mit den herrschenden widrigen Umständen. Das Problem war allerdings, dass er selbst nicht an diese Entschuldigung glaubte.

Die Männer näherten sich dem nächtlichen Luxemburgplatz, hinter dem sich aus der Dunkelheit das beschädigte Gebäude der Volksbühne schälte. Über dem Eingangsportal mit den massiven Säulen stand in mehreren Stockwerken Höhe immer noch in großen Lettern die Losung: DIE KUNST DEM VOLKE. Es hieß, dass hier wieder Veranstaltungen stattfanden. Jetzt in der Nacht wirkte der Theaterbau wie ein Sarkophag.

Sie waren noch nicht an dem Platz angelangt, als der Hehler mit Ziehm die Straße überquerte und links in einer Seitengasse verschwand. Billhardts Herz schlug schneller. Die Verfolgten befanden sich direkt vor ihm.

Er umrundete die von Schüssen vernarbte Hausecke und bekam gerade noch mit, wie eine Haustür ins Schloss fiel. Die von den Straßenlaternen in Lichtinseln getauchte Straße war leer. Durch das geriffelte Glas der nächsten Haustür konnte Billhardt erkennen, wie im erhellten Flur ausgefranste Schatten die Kellertreppe nach unten stiegen.

Er wunderte sich ein wenig, dass sich der Hehler die Mühe gemacht hatte, Ziehm in dieses Haus zu führen, denn im Keller saß der Ganove in der Falle. Den Ausweis des Roten Kreuzes hätte er auf der Straße in Sekundenschnelle gegen die geforderten US-Dollarscheine austauschen können. Der Hehler wusste anscheinend ganz genau, welchen unschätzbaren Wert er verhökerte. Und bestimmt wollte er vorher sicherstellen, dass man ihm keine Blüten andrehte.

Mit einem leisen Räuspern trat Reinmann von hinten an Billhardt heran. Im gleichen Moment erlosch die Lampe im Flur wieder.

Billhardt wandte sich seinem Assistenten zu und murmelte: »Im Keller.«

Es dauerte keine Minute, bis auch die beiden Polizisten zu ihnen gestoßen waren. Einer sollte den Vordereingang bewachen, während der andere die Rückseite des Gebäudes im Blick behielt. Billhardt holte seinen Revolver hervor und nickte Reinmann zu. Dieser schaltete eine Stablampe an und drückte die Tür auf.

Im Treppenhaus schlug ihnen abgestandene Luft entgegen. Um keine Aufmerksamkeit zu erregen, wagte Billhardt nicht, das Flurlicht anzuschalten. Vorsichtig stiegen sie die Treppe nach unten. Aufgewirbelter Staub und Spinnweben tanzten in Reinmanns Lichtstrahl.

Im Keller befanden sich zu beiden Seiten des Gangs rohe Holztüren. Billhardt entdeckte den hellen Lichtschlitz am Boden als Erster, drängelte sich an Reinmann vorbei und stellte sich neben die Tür. Dieser schaltete seine Lampe aus, folgte dann mit gezückter Waffe und postierte sich auf der gegenüberliegenden Seite der Tür.

Im Kellerraum sprach jemand. Es klang nach Ziehm. Dann antwortete eine tiefere Stimme so monoton, dass sich der Sinn des Gesagten nicht einmal erahnen ließ.

Reinmann steckte die Stablampe zurück in seinen Mantel und legte die Hand auf die Türklinke, drückte sie sachte nach unten und riss dann die Tür auf.

Drinnen sprang Ziehm zur Seite. Mit einer fließenden Bewegung zog er seinen Revolver aus dem Schulterholster, zielte auf den erschrockenen Mann hinter dem Tisch und brüllte: »Hände hoch! Polizei!«

Überrascht zuckte Billhardt zusammen. Zuerst sah er nur die riesige Pupille des Hehlers, eingerahmt von einer blauen Iris. Dann verstand Billhardt, dass es sich um eine Vergrößerungslupe handelte. Der Mann hatte sie mit einer Halterung vor seinem Gesicht befestigt. Der Hehler gehorchte und streckte die Arme nach oben, dabei hielt er eine Dollarnote in der Hand. Sein Gesicht war hochrot, er keuchte vor Aufregung.

Innerlich triumphierend betrat Billhardt den Kellerraum. Eine nackte Glühbirne hing an einem Kabel von der Decke. Schattenlinien umrahmten die unverputzten Backsteine in der Wand. Jetzt, da Billhardt und Reinmann eingetreten waren, wurde es in dem Gewölberaum ziemlich eng. Reinmann steckte seinen Revolver ein und griff nach den Handschellen.

»Also gut, Sie kommen erst mal mit aufs Revier«, sagte Billhardt selbstsicher.

Zu selbstsicher. Denn noch ehe er es sich versah, brach die Hölle los.

11

Donnerstag, 13. November 1947 –
Freitag, 14. November 1947

Reinmann umrundete den Tisch, um dem Hehler die Handschellen anzulegen, doch der dachte nicht im Traum daran, sich festnehmen zu lassen. Der Mann schwang seine Faust durch die Luft und zertrümmerte die Glühbirne. Splitter prasselten zu Boden, der Glühfaden blitzte auf und erlosch. Im gleichen Moment löste sich ein Schuss. Ziehm zielte auf die Position hinter dem Tisch, wo der Hehler gestanden hatte. Im Lichtgewitter glaubte Billhardt, dort eine gekrümmte Gestalt zu sehen. In der folgenden Dunkelheit hing das Geisterbild noch sekundenlang vor seinen Augen.

Weiter hinten im Raum raschelte es, irgendwo rieben Steine aufeinander. Fluchend tastete Reinmann in seiner Manteltasche nach der Stablampe. Ein Klacken ertönte, und es war wieder hell. Reinmann richtete den Lichtkegel zuerst auf die Tischplatte und ließ ihn dann durch den Raum huschen, bis er auf das gezackte Loch in der Wand stieß. Der Keller war für den Hehler keine Falle, ganz im Gegenteil. Es war der perfekte Ort für die Abwicklung zwielichtiger Geschäfte.

Während des Bombenkriegs hatten die Bewohner vieler Mietshäuser große Löcher in die Wände geschlagen, um nicht lebendig begraben zu werden. Wenn das Gebäude über ihnen zusammenbrach, gab es auf diese Weise immer noch die Möglichkeit, unbeschadet ins Nachbarhaus zu gelangen. Billhardt hielt es für möglich, dass in dicht besiedelten Gebieten wie hier am Luxemburgplatz komplette Häuserzeilen mittels dieser Durchbrüche miteinander verbunden waren. Sogar in der Finsternis schien sich der Hehler hier auszukennen und hatte noch dazu mittlerweile einen beträchtlichen Vorsprung.

Eilig steckte Billhardt seine Waffe zurück ins Holster, griff nach Reinmanns Lampe und nahm die Verfolgung auf. Im nächsten Kellerraum türmte sich Gerümpel. Billhardt folgte der Schneise zum nächsten Durchbruch in der gegenüberliegenden Wand. Das aufgeregte Keuchen des Verfolgten wurde lauter. Billhardt hatte den Eindruck, dass sich der Vorsprung verringerte, aber er war noch nicht so nahe, dass der Flüchtende von seinem Lichtkegel erfasst wurde.

Die Verfolgungsjagd führte von einem Kellerraum in den nächsten. Billhardt zählte sie nicht, er hastete immer weiter.

Schließlich nahm er direkt vor sich eine Bewegung wahr. Ein Hosenbein verschwand durch einen Mauerdurchbruch. Den Hehler vor Augen, sprang Billhardt durch das Loch.

Im Kellerabteil dahinter war niemand zu sehen. Billhardt konnte es nicht fassen. Er ließ den Lichtkegel über die Wände gleiten. Es gab keinen weiteren Mauerdurchbruch, er war umringt von Holzregalen. Das hier war die Endstation.

Plötzlich hörte Billhardt ein Geräusch: die Fehlzündung eines Motors. Der Knall kam von oben. Er richtete den Strahl seiner Lampe dorthin. In der Kellerdecke befand sich eine Luke. Hinter der rechteckigen Öffnung ächzte jemand.

Billhardt steckte die eingeschaltete Lampe in seine Manteltasche und kletterte hinter dem Hehler her.

Noch ehe er am oberen Ende angelangt war, blies ihm Wind ins Gesicht, über seinem Kopf wölbte sich der Nachthimmel. Billhardt beugte sich nach vorn und griff nach dem Revolver. Geduckt stieg er die letzten Sprossen nach oben.

Ein Labyrinth aus Licht und Schatten empfing ihn. Der

Schein der Straßenlaternen fiel durch leere Fensteröffnungen und Mauerrisse. Billhardt befand sich inmitten eines zerbombten Hauses und konnte keine klaren Konturen ausmachen. Und doch musste der Verfolgte ganz nahe sein. Er war ihm dicht auf den Fersen. Wenn er sich durch die Trümmer bewegte, wären früher oder später verräterische Geräusche zu hören.

Bewegungslos horchte Billhardt auf seine Umgebung. Hinter jedem der bizarren Schattenumrisse konnte der Hehler lauern. Holz knarrte. Jemand stieg eilig die Leiter hinauf.

Plötzlich gerieten Steine ins Rutschen. Die Geröllawine schien direkt auf Billhardt zuzukommen.

Ein Schatten kam ihm entgegen, er riss den Revolver hoch, aber zu spät. Mit stählernem Griff wurde sein Handgelenk umklammert und der Lauf der Waffe zur Seite gedrückt. Eine zweite Hand presste sich auf seinen Kehlkopf, sodass statt Hilferufen nur gurgelnde Laute aus Billhardts Mund kamen. Hilflos schlug er mit dem verstümmelten Arm auf den Angreifer ein.

Dann hörte Billhardt dicht vor sich ein Geräusch, das er von der Front her allzu gut kannte. Dort, wo sich in der Dunkelheit das Gesicht seines Widersachers befand, ertönte ein hohles Klopfen. So klang es, wenn ein Projektil in den Schädel eines Menschen eindrang. Fast zeitgleich vernahm Billhardt den Knall der Waffe. Eine warme Flüssigkeit spritzte ihm ins Gesicht. Der Druck auf seine Kehle lockerte sich, die Hand auf dem Revolverlauf sank nach unten. Der Hehler sackte zusammen und fiel zu Boden.

Billhardt schwankte zur nächsten Trümmermauer, hielt sich an ihr fest und rang nach Luft.

Reinmann stolperte ihm entgegen. »Sind Sie in Ordnung?«, fragte er.

»Wer hat geschossen?«, wollte Billhardt rufen, brachte aber nur ein Krächzen hervor.

Als er aufblickte, bekam er die Antwort. Ziehm hielt immer noch den rauchenden Revolver in der Hand. Mit weit aufgerissenen Augen starrte er auf den Toten, ganz so, als hätte er noch nicht verstanden, was geschehen war.

Billhardt war froh darüber, dass Ziehm ihm zu Hilfe gekommen war. Und gleichzeitig spürte er Wut darüber, dass sein Assistent ein solches Schießkunststück riskiert hatte. Es war dunkel, Billhardt und der Hehler waren dicht beieinandergestanden, der Schuss hätte also leicht den Falschen treffen können. Normalerweise hätte ein Polizist eher die sichere Variante gewählt und sich auf den Angreifer gestürzt, um ihn dann niederzuringen.

»Sind Sie denn von allen guten Geistern verlassen?«, keuchte Billhardt. Sein Herz pochte immer noch wie wild. Er lehnte sich erschöpft gegen die Steinwand, atmete tief durch, schüttelte den Kopf und seufzte: »Warum nehm ich nur so etwas auf mich?«

»Ah, da bist du ja«, sagte Hilde zur Begrüßung. Oppenheimer saß, eingewickelt in Decken, in der Eingangshalle der Villa neben dem Telefon und wartete auf eine Meldung, dass ihnen der geflohene Liebhaber von Frau Hinze ins Netz gegangen war.

Um die Wartezeit zu verkürzen, hatte er die letzten Stunden damit zugebracht, im Schein der Petroleumlampe den Roman *Fontamara* des italienischen Schriftstellers Ignazio Silone zu lesen. Die Geschichte handelte von Mussolinis aufkeimendem Staatsterror in einem abgelegenen Bergdorf. Es war eine jener glücklichen Entdeckungen, die man gelegentlich aus Zufall machte. Oppenheimer war auf Silones interessanten Roman aufmerksam geworden, weil dieser beim Rowohlt-Verlag als Zeitungsroman erschienen war.

Da die deutsche Bevölkerung seit dem Beginn der Nazidiktatur von der ausländischen Literatur so gut wie abgeschnitten war, gab es einen großen Lesehunger. Nach den Jahren der kulturellen Stagnation waren zahlreiche verfemte Klassiker – zumindest den jüngeren Menschen – nicht einmal mehr bekannt. Um den Missstand zu beheben, dass aufgrund des Papiermangels kaum neue Bücher in den Handel kamen, war in Hamburg das Verleger-Urgestein Ernst Rowohlt auf die Idee gekommen, große Romane im preiswerten Zeitungsdruck zu veröffentlichen. Ein ungekürztes, vierhundert Seiten starkes Werk konnte platzsparend auf achtundvierzig Zeitungsseiten untergebracht und innerhalb von drei Tagen gedruckt und geheftet werden.

Das Programm sah vor, hochkarätige Literatur aus dem In- und Ausland zu veröffentlichen, inklusive neuerer Werke, die sich kritisch mit Krieg und Faschismus auseinandersetzten. Die ersten vier Werke waren im Dezember vergangenen Jahres zum geringen Preis von jeweils fünfzig Pfennig erschienen, darunter *Der große Kamerad* von Alain-Fournier, aber auch Kurt Tucholskys Sommergeschichte *Schloss Gripsholm*. Seitdem wurde alle zwei Monate ein weiterer Roman im Zeitungsformat publiziert. Die Ausgaben waren schnell vergriffen, aber Oppenheimer hatte bislang immer Glück gehabt und war nun stolzer Besitzer der kompletten Reihe, die mittlerweile auf neun Ausgaben angewachsen war.

Er legte die raschelnden Zeitungsseiten auf den Beistelltisch und zeigte auf den Wandapparat über seiner Schulter. »Ich muss das Telefon bewachen. Wir suchen nach einem Verbrecher, nur tut er mir nicht den Gefallen, sich blicken zu lassen.«

Erschöpft setzte sich Hilde gegenüber Oppenheimer auf einen zweiten Stuhl.

»Spätschicht?«, fragte er.

Hilde nickte kurz und verzog den Mund zu einer Grimasse.

»Du hast mich ja auf was angesetzt mit diesen durchgedrehten Argentiniern.«

Interessiert richtete sich Oppenheimer auf. »Das heißt, du hast schon was herausbekommen?«

»Ja, ich weiß jetzt, wie der Hase läuft.« Trotz dieser guten Nachricht zögerte sie. »Du musst dir klar darüber sein, dass es eine extrem heikle Angelegenheit ist. Meine Kontaktleute wollten mir nur etwas verraten, wenn es absolut vertraulich bleibt. Also kann ich dir nicht auf die Nase binden, wer geplaudert hat.«

Oppenheimer wischte diesen Einwand beiseite. »Ist ja egal. Billhardt will nur eine Vorstellung davon bekommen, womit er es zu tun hat.«

»Menschenschmuggel«, sagte Hilde knapp. »Na ja, Nazischmuggel, wenn man es genau nimmt. Die Gerüchte, die mir zu Ohren gekommen sind, wurden tatsächlich von meinen Quellen bestätigt. Perón war Ende der Dreißigerjahre Militärattaché in Berlin und traf offensichtlich viele Gleichgesinnte bei der Auslandsabteilung von Himmlers Sicherheitsdienst. Wie stark die Verbindungen zwischen Perón und dem SD sind, darüber lässt sich natürlich nur spekulieren, aber auf jeden Fall hat er noch Kontakte und scheut sich nicht, diese zu nutzen, um seine alten Kumpane rauszuholen.«

Mit dem Instinkt einer guten Geschichtenerzählerin machte Hilde eine dramatische Pause. »Perón hat Leute damit beauftragt, hier in Deutschland aktiv nach hochrangigen Nazis und Kriegsverbrechern zu suchen und sie außer Landes zu bringen. Vor allem sind sie auf der Suche nach belasteten Technikern und Flugzeugingenieuren. Die Hauptsache ist, dass es nachweislich keine Kommunisten sind, denn die hasst Perón wie die Pest. Wenn seine Spione einen Nazi gefunden haben, den sie der Rettung für würdig halten, reicht bereits ein Empfehlungsschreiben der argentinischen Nachrichtenabteilung, damit diese Person eine Einreisegenehmigung erhält. Die Einwanderungsbehörde stimmt dem Antrag zu und schickt ein Telegramm an das argentinische Konsulat in Deutschland, das dann auch prompt diese Genehmigung ausstellt. Meistens verwenden sie zu diesem Zweck deutsch klingende Decknamen. In den Konsulaten gibt es Mitarbeiter, die speziell für das Naziteam arbeiten und die Genehmigungen weiterleiten.«

Oppenheimer schloss die übermüdeten Augen und versuchte, diese Informationen zu ordnen. »Moment, diese Einreisegenehmigungen sind dann die Dokumente, die wir beim Flinken Ulrich gefunden haben?«

Hilde nickte.

»Also hat er aus Versehen einen von Peróns Emissären um die Papiere erleichtert.«

»Sieht so aus«, stimmte Hilde zu. »Der Langfinger hat Pech gehabt. Er ist an die Falschen geraten. Mit diesen Verrückten ist wohl nicht gut Kirschen essen.«

»Ja, natürlich«, spann Oppenheimer den Gedanken fort. »Und die Ausweise des Roten Kreuzes ermöglichen es den Nazis, mit der falschen Identität ins Ausland zu reisen.«

»Es ist geradezu pervers, weil diese Ausweise eigentlich für Flüchtlinge gedacht waren, als Ersatz für deren verschollene Personaldokumente.« Hilde beugte sich vor und murmelte vertraulich: »Die derzeitige Fluchtroute führt über Schweden und Dänemark. Und genau da gibt es noch eine kleine Hürde. Die Nazis müssen innerhalb Deutschlands über die Sektorengrenzen geschmuggelt werden, und der Übertritt der nördlichen Landesgrenze scheint auch problematisch zu sein, trotz der Pässe vom Roten Kreuz. Aber tüchtig, wie Peróns Leute sind, haben sie sich zahlreiche Finten einfallen lassen. Es sollen dabei sogar

Krankenwagen des Roten Kreuzes zum Einsatz kommen, vermutlich haben sie bei den Mitarbeitern dort ein paar Sympathisanten sitzen, die gleich beide Augen zudrücken. Und ist unser Nazi erst mal am Hafen, kümmert sich keine Sau mehr um seine Identität, niemand schaut genauer nach, weil er ja bereits das Visum nach Argentinien hat. Er muss nur mit den Papieren wedeln, und schon bekommt er freie Bahn für die Passage nach Südamerika. Vor der Einreise ist noch eine medizinische Untersuchung vorgeschrieben, aber die Nazis werden auch da bevorzugt behandelt.«

In Oppenheimer regte sich Widerspruch. »Moment mal, du kannst mir hier diese ganze Geschichte erzählen. Also muss doch jemand davon Wind bekommen haben. Schweden und Dänemark – lassen die das einfach zu, dass sie zur Drehscheibe für flüchtende Nazis werden?«

Ein süffisantes Grinsen umspielte Hildes Mund. »Nee, die Fluchthelfer haben es wohl zu doll getrieben. Das sind nicht nur ein paar Mann, die sie rübergeschmuggelt haben, das dürfte bereits in die Hunderte gehen. Ich glaube nicht, dass die Fluchtroute über Skandinavien noch sicher ist, denn die örtlichen Behörden sind ihnen auf die Schliche gekommen. Die Dänen und Schweden verfolgen das Ganze jetzt mit Argusaugen. Es würde mich nicht wundern, wenn ihnen bald der Kragen platzt.«

Oppenheimer starrte das Treppenhaus empor, betrachtete die Stufen, bis sie sich in der Dunkelheit verloren. »Nur, wie soll Billhardt die Person finden, die für den Tod von Ulrich verantwortlich ist?«

Hilde überlegte kurz und sagte: »Wenn der Täter Verbindungen zum argentinischen Konsulat besitzt, muss man das doch irgendwie herausbekommen.«

»Ach was, nichts zu machen. Ich hatte schon mal einen ähnlichen Fall. Die Kerle verschanzen sich hinter der diplomatischen Immunität und basta. Die kann man nicht kriegen, da können sie noch so viel Dreck am Stecken haben.«

Hildes Augen funkelten. Sie war jetzt so eifrig bei der Sache, dass sie nicht lockerlassen wollte. »Wie sind die Einreisebescheinigungen denn beglaubigt? Nur mit Stempel, oder gibt es eine Unterschrift?«

»Keine Ahnung, da müsste ich Billhardt fragen.«

»Eine Unterschrift ließe sich auch einer bestimmten Person zuordnen. Dann soll Billhardt den Verantwortlichen im Konsulat beschatten lassen. Die wollen ja noch andere Leute rausschleusen. Früher oder später wird der Mörder schon aufkreuzen.«

Oppenheimer hatte Bedenken, ob diese Strategie Erfolg versprechend war, behielt sie jedoch für sich. Er blickte kurz zum Telefon, das noch immer nicht geklingelt hatte. Vermutlich war es sinnvoller, sich schlafen zu legen, anstatt auf einen Anruf zu warten.

Entnervt lehnte sich Oppenheimer zurück und seufzte: »Eine verrückte Welt.«

»Da sagst du was«, pflichtete Hilde ihm bei.

In den frühen Morgenstunden des Freitags fuhr Oppenheimer nach einem hastigen Frühstück aus Grütze und Ersatzkaffee gleich wieder zum Ku'damm.

Obwohl sein Magen gefüllt war, fühlte er sich unangenehm leer an. Es fehlte ihm an fester Nahrung. Mit jedem Tritt in die Pedale spürte Oppenheimer, wie sich die breiige Masse in seinem Inneren verlagerte.

Gerda hatte den Bewohnern von Hildes Villa aus ihren Schwarzmarktbeständen einige Würste angeboten. Während Frau Schneider dankbar auf diesen Vorschlag eingegangen war und ihre Tabakrationen nun regelmäßig an Gerda abtrat, spürte Oppenheimer kein großes Interesse, mochte sein Magen noch so sehr knurren. Er wusste allzu gut, wie diese Fleischwaren hergestellt wurden. Vor ein paar Wochen hatte ein Kollege aus seiner Dienststelle mitten in einem Wohnviertel eine Schwarzschlachterei ausgehoben, die auf das Verarbeiten von Hundefleisch spezialisiert war. Obgleich Oppenheimer nicht mit Sicherheit sagen konnte, ob Gerdas Waren aus einer ähnlichen Quelle stammten, wollte er doch nicht die Probe aufs Exempel machen.

Der geflohene Liebhaber von Frau Hinze war in der Nacht tatsächlich nicht aufgetaucht. Also sah Oppenheimer nur noch die Möglichkeit, die Kartei des Liebeskiosks nach einem Hinweis zu durchforsten. Die Alben mit den aktuellen Anfragen der Herren – vielleicht hundertfünfzig Fotos – war vergleichsweise schnell durchgearbeitet. Zu seiner Enttäuschung war jedoch kein einziges Bild darunter, das dem geflohenen Patienten ähnelte.

Danach musste auch der Karton mit den ausgemusterten Kandidaten durchgesehen werden. Oppenheimer schätzte, dass deren Zahl wohl im hohen dreistelligen Bereich lag – eine zeitraubende Angelegenheit. Es dauerte tatsächlich fast vier Stunden, ehe er auf das Bild des Gesuchten stieß. Beinahe hätte Oppenheimer es überblättert, denn das strahlende Lächeln gab dem Mann auf dem Foto ein dramatisch verändertes Aussehen. Mit dem breiten Mund und den ausgeprägten Wangenknochen erinnerte er Oppenheimer auf dieser Aufnahme fast ein wenig an den UFA-Star Carl Raddatz. Aufgeregt begutachtete Oppenheimer die Rückseite des Fotoabzugs, doch dort stand nichts weiter als die Chiffrenummer.

Er ging zur Kioskbesitzerin. »Entschuldigung, aber haben Sie zu dieser Chiffre auch eine Adresse?«

Sie warf einen prüfenden Blick auf die Rückseite des Fotos, um sich zu vergewissern, dass die Markierung von ihr stammte.

»Ja, ick denke schon.« Aus einem der unzähligen Wandregale zog sie zielsicher eine Karteikiste hervor, klappte den Holzdeckel zurück und nahm ein Kärtchen heraus.

»Der wohnt in der Friedrichstraße.«

12

Freitag, 14. November 1947

Rolf Nixfeld. Ständig wiederholte Oppenheimer in Gedanken diesen Namen. Zu dem falschen Herrn Hinze besaß er endlich nicht nur einen Namen, sondern auch die Adresse.

Jetzt konnte es ihm nicht mehr schnell genug gehen. Oppenheimer hetzte zum Bahnhof Savignyplatz, um die Stadtbahn in Richtung Friedrichstraße zu erwischen. Atemlos lief er auf den schmutzig gelben Klinkerbau zu, erklomm die Stufen zum oberirdisch liegenden Mittelbahnsteig und erkannte dort zu seiner Enttäuschung, dass er auf die nächsten S-Bahn noch kurz warten musste. Trotz allem umspielte ein Lächeln Oppenheimers Lippen. Gegen die gusseisernen Säulen gelehnt, verfolgte er versonnen das helle Fugenmuster in der benachbarten Brandmauer.

Schon zehn Minuten später zog hinter den Zugfenstern die Städtische Oper an ihm vorbei, in der Oppenheimer vor einigen Monaten mehr aus Zufall eine Aufführung von *Peter Grimes* gesehen hatte. Diese Oper war das Werk eines blutjungen englischen Tonkünstlers namens Benjamin Britten, der bereits so selbstsicher wie ein alter Meister komponierte. Oppenheimer war so beeindruckt gewesen, dass er seitdem nach Schallplattenaufnahmen von Brittens Musik suchte, in Berlin allerdings leider nur selten fündig wurde.

Der Tiergarten kam in Sicht, ein großer Park, dessen Umgestaltung quälend langsam voranging. Im Sommer hatten die britischen Pioniere den Flakleitturm mit zwölf Tonnen Dynamit in die Luft gejagt. Der Zoobunker, ein grauer Monolith, erwies sich jedoch als wesentlich problematischer und dominierte unverändert die Parklandschaft. Nicht einmal der Einsatz von fünfundzwanzig Tonnen Sprengstoff war ausreichend gewesen, um den Koloss zu besiegen. Auch jetzt dachte Oppenheimer wieder an Hildes zynische Idee, das Gebäude stehen zu lassen und es zu einem Mahnmal für die deutsche Wertarbeit umzudeklarieren.

Die Fahrt mit der S-Bahn war wie das schnelle Blättern durch einen Fotoband. Als Nächstes überquerte der Zug die Ost-West-Achse. Das Straßenband, das von jeglichem Schutt geräumt worden war, bot einen markanten Kontrast zum lebensfeindlichen, zerbombten Hansaviertel. Krumme Metallträger stachen aus einem Meer von Steinen heraus, und die stehen gebliebenen Gebäude waren ein Wirrwarr aus steil aufragenden Mauerwänden und abbröckelnden Kanten.

Nach einem kurzen Stopp am Lehrter Bahnhof machte sich Oppenheimer zum Aussteigen bereit. Während er sich durch die Reihen der Passagiere zum Ausgang schob, achtete er kaum auf das altbekannte Bild, das die Einöde um den Reichstag bot. Die S-Bahn ratterte über den breiten Kanal zum Humboldthafen, vorbei an den abgeknickten Stahlträgern der Admiral-Scheer-Brücke, deren Fahrbahn jetzt nicht mehr die beiden Ufer verband, sondern zu beiden Seiten steil ins Wasser abfiel.

Zischend öffneten sich die Türen, und Oppenheimer trat auf den Bahnsteig. Die Adresse von Rolf Nixfeld befand sich direkt gegenüber der Ruine des *Central-Hotels*. Von der luxuriösen Eingangshalle mit der imposanten Kuppel und dem legendären *Wintergarten* mit seinem riesigen Theatersaal, in dem unter künstlichen Sternen rauschende Varietéveranstaltungen stattgefunden hatten, war nach den Bombardierungen nichts mehr übrig geblieben.

Auch an Nixfelds ehemaligem Wohnhaus wurden Vergnügungen angepriesen, wenngleich wesentlich bescheidener. Auf der freigelegten Seitenmauer wies ein schmales Schild mit einem nach unten gerichteten Pfeil darauf hin, dass im Kellergeschoss ein Kabarett mit dem flotten Namen *Frischer Wind* untergebracht war. Im Erdgeschoss gab es eine Bücherstube für antiquarische Bücher und eine Apotheke. Weiter hinten schien eine Kneipe untergebracht zu sein.

Soweit Oppenheimer erkennen konnte, war das dritte Stockwerk ausgebrannt, die Geschosse darunter sahen aber bewohnt aus. Der Zugang zu den Wohnungen war unauffindbar, also trat Oppenheimer kurzerhand in die Buchhandlung. Er wurde von einer jungen Dame bedient, deren schwarzes Kleid ihr eine Aura der Ernsthaftigkeit verlieh. Sie hatte ein rundes Puppengesicht mit klugen Augen, das von rabenschwarzen Haaren umrandet wurde. Die Schminke ließ sie älter erscheinen, als sie vermutlich war.

»Was kann ich für Sie tun?«, erkundigte sie sich. »Haben Sie ein Buch zu verkaufen, oder möchten Sie sich nur umsehen?«

Sie legte ein Buch zur Seite, in dem sie gerade gelesen hatte. Oppenheimer kannte die Illustration. Es handelte sich um Gustave Dorés Zeichnung, auf der sich Lügenbaron Münchhausen am eigenen Schopf mitsamt Pferd aus dem Wasser zog. Bei der Erinnerung an die alte Geschichte, die er als Kind so geliebt hatte, musste Oppenheimer schmunzeln.

»Weder noch«, antwortete er mit einem entschuldigenden Schulterzucken. »Ich bin auf der Suche nach einem ehemaligen Mieter. Er hat diese Adresse als Wohnort angegeben.«

Das Fräulein war zunächst vorsichtig, doch als sich Oppenheimer als Ordnungshüter ausgewiesen hatte, wurde sie auskunftsfreudig. Ein kurzer Blick auf das Porträtfoto aus dem Liebeskiosk reichte aus.

»Ja natürlich, das ist Herr Nixfeld«, bestätigte sie. »Der hat hier für eine Weile gewohnt.«

»Und hat er sich später noch mal blicken lassen?«, hakte Oppenheimer nach. »Vielleicht in den letzten Tagen?«

Die Verkäuferin überlegte und schüttelte dann den Kopf. »Ich glaube nicht, das hätte ich mitbekommen. Aber Sie können ja Herrn Löb fragen, seinen Mitbewohner. Leider ist er gerade auf der Arbeit.«

Oppenheimer erkundigte sich, wann Herr Löb am besten zu erreichen war. Da er Schichtarbeit machte, wusste man nie so recht, wann er nach Hause kam, ziemlich sicher konnte man ihn jedoch in den frühen Morgenstunden in seiner Wohnung antreffen. Oppenheimer machte sich in Gedanken eine Notiz, gleich morgen früh vorbeizuschauen, und ließ sich beschreiben, wo sich der Zugang zu den Wohnungen befand.

Noch ehe er sich verabschieden konnte, stellte ihm die junge Frau eine letzte Frage. »Glauben Sie denn, dass Herr Nixfeld noch einmal zurückkommt?«

»Ich rechne nicht damit«, antwortete Oppenheimer. »Aber wenn Sie ihn sehen, dann informieren Sie doch bitte die Polizei. Wir suchen ihn in Verbindung mit einer Straftat. Er könnte gefährlich sein.«

Überrascht hob sie die Brauen. »Wissen Sie, eine Angelegenheit mit Herrn Nixfeld ist noch ungeklärt. Er hat in der Wohnung einen Koffer zurückgelassen und ihn bislang nicht abgeholt. Herr Löb hat sich bereits beklagt und das Gepäckstück bei uns deponiert, falls er seine Sachen wiederhaben möchte.«

Oppenheimer merkte auf.

»Ich meine, angesichts dieser Umstände«, murmelte das attraktive Fräulein, »wäre es da nicht besser, wenn Sie den Koffer gleich an sich nehmen?«

»Der Koffer ist hier? Im Laden?«

»Aber natürlich, einen Moment.« Anscheinend erleichtert, sich dieser letzten Verbindung zu Nixfeld entledigen zu können, verschwand sie in einem Nebenraum und kehrte mit einem braunen Reisekoffer zurück. Er schien nicht besonders schwer zu sein, da sie ihn mühelos auf die Ladentheke hob.

»Wir haben den Koffer schon seit mehreren Monaten hier stehen«, erklärte sie. »Herr Nixfeld muss ihn einfach vergessen haben. Und falls er tatsächlich noch einmal hier auftaucht, kann ich ihn ja an Sie verweisen, nicht wahr?«

Bei dem Gedanken lachte sie auf.

Oppenheimer fand, dass er an diesem Tag gute Fortschritte im Mordfall Hinze erzielt hatte. Umso befremdlicher war es für ihn, in der Dienststelle praktisch die komplette Belegschaft in Aufruhr vorzufinden. Schon in der Eingangshalle liefen ihm Kollegen mit eingezogenem Kopf entgegen und verließen grußlos das Gebäude. Als er die Treppe hochstieg, drangen aufgeregte Stimmen an sein Ohr. Es klang ganz so, als würde jemand hinter verschlossenen Türen herumschreien.

In einem solchen Zustand hatte Oppenheimer diese Behörde noch niemals erlebt. Etwas war nicht in Ordnung.

Gleich vorn im Gang saß Fräulein Böttcher an ihrem Schreibtisch. Sie runzelte vielsagend die Stirn und wagte nur zu flüstern: »Dicke Luft hier.«

Oppenheimer hielt es für das Beste, möglichst unbehelligt in sein Büro zu gelangen. So leise er auch durch den Korridor schlich, es sollte ihm nicht vergönnt sein, sich in seinem Arbeitszimmer zu verbarrikadieren. Wenige Meter von ihm entfernt flog eine Tür auf, und ein Mann trat auf den Gang. Es war Inspektionsleiter Cordes. Er hatte sich so sehr aufgeregt, dass sogar die Halbglatze am Hinterkopf puterrot verfärbt war.

»Ach, es interessiert mich einen feuchten Kehricht, was in

der Presse zu lesen ist!«, schnauzte er zurück ins Zimmer. »Ich werde keine Silbe darüber verlieren!« Dann knallte er die Tür zu.

Cordes stapfte den Gang entlang. Bei Oppenheimers Anblick verlangsamte er seine Schritte und zeigte mit dem Finger auf ihn. »Und, Oppenheimer, mit Ihnen muss ich später noch reden. Eine wichtige Angelegenheit.«

Forschen Schrittes entfernte sich Cordes und ließ einen reichlich verdatterten Oppenheimer zurück, der erst in der Abgeschiedenheit seines Büros aufzuatmen wagte. Der Qualm der russischen Zigaretten war ein untrügliches Zeichen dafür, dass sich Wenzel schon seit längerer Zeit hier aufhielt.

»Also freiwillig gehe ich hier nicht mehr raus«, brummte Wenzel missgelaunt. Sein Kopf schien immer noch lädiert zu sein, statt eines Verbandes trug er aber nur noch ein großes Heftpflaster. Lässig hinter seinem Schreibtisch sitzend, zündete er mit dem brennenden Stummel eine neue Zigarette an.

»Was ist da eigentlich los?«, fragte Oppenheimer irritiert.

»Haben Sie heute nicht die Zeitung gelesen?«

Oppenheimer machte eine unbestimmte Geste. »Ich hab auch noch was anderes zu tun.« Er stellte Nixfelds Koffer auf seinen Tisch und setzte sich. »Ich kenne jetzt den Namen des falschen Herrn Hinze. Nixfeld heißt er in Wirklichkeit, die Adresse weiß ich auch. Ich konnte dort sogar einen alten Koffer auftreiben, den er zurückgelassen hat.«

Interessiert näherte sich Wenzel und löste die beiden Gurtbänder des Koffers.

»Was ist hier geschehen, seitdem ich weg bin?«, fragte Oppenheimer erneut, noch ehe sein Assistent die Möglichkeit hatte, die Kofferschlösser zu öffnen. Er wurde immer ungehaltener darüber, dass niemand Klartext sprach.

Wenzel ließ von dem Gepäckstück ab und erklärte mit zynischem Grinsen: »Es war ein ausgesprochen schlechter Tag für die Moskowiter. Die Stadtverordnetenversammlung hat unserem lieben Herrn Polizeipräsidenten Markgraf gestern das Misstrauen ausgesprochen. SPD, CDU und LDP waren sich einig. Die SED votierte geschlossen dagegen, aber das war ja zu erwarten. Nur der Vorsitzende der LDP ist ausgeschert und unterstützte Markgraf. Aber trotzdem, das war eine erdrutschartige Niederlage für Markgraf. Eine schallende Ohrfeige.«

Oppenheimer schüttelte ungläubig den Kopf. Das hatte er nicht kommen sehen. »Und wieso haben sie den Markgraf plötzlich auf dem Kieker? Dass er vor allem versucht, Moskaus Interessen durchzusetzen, hat sich doch recht schnell herausgestellt.«

»Ja, aber jetzt kam noch die Affäre Friede hinzu. Das hat das Fass endgültig zum Überlaufen gebracht.«

Jetzt endlich verstand Oppenheimer, was geschehen war. Das plötzliche Verschwinden des Berliner Journalisten Dieter Friede hatte in den vergangenen Tagen in den westlich orientierten Medien für große Empörung gesorgt. Friede war für die amerikanisch lizensierte Regionalzeitung *Der Abend* und andere Blätter als Berichterstatter über den Ostsektor der Stadt tätig. Die genauen Umstände waren noch nicht geklärt, aber nach allem, was man hörte, hatte er am zweiten November in seiner Wilmersdorfer Wohnung einen Anruf erhalten. Er wurde dringend zu einem guten Freund gerufen, der im Ortsteil Friedrichshagen verunglückt sei. Eilig hastete Friede daraufhin in den Ostsektor und war von dieser Stippvisite niemals zurückgekehrt.

Der Verdacht lag nahe, dass er sich als Repräsentant der Westpresse bei Stalins Statthaltern mit seiner Berichterstattung unbeliebt gemacht hatte und dass seine kritische Stimme für immer zum Verstummen gebracht werden sollte. Oppenheimer stimmte zu, dass der Hintergrund dieses Verschwindens eindeutig politisch war, und er ahnte, dass sich Friede wohl in einem der Speziallager im Ostsektor befand.

Trotz aller Vorsicht malte sich Wenzel genüsslich aus, was geschehen war. Nixfelds Koffer hatte er völlig vergessen. Wie eine Klatschtante zog er einen Stuhl heran und setzte sich zu Oppenheimer. »Die Stadtverordnetenversammlung hat die Umstände seines Verschwindens auf ihrer gestrigen Sitzung erörtert. Berlin darf kein neues Shanghai werden, in dem Menschen einfach so verschwinden, darüber herrschte bei SPD, CDU und LPD wohl Einigkeit. Dann kam es zu einem Konflikt mit Markgraf, der nicht plausibel erklären konnte, warum mehr als fünftausend Personen ohne jede Spur einfach so von der Bildfläche verschwunden sind. Schließlich wurde ihm vorgeworfen, diese Verschleppungen durch seine Untätigkeit passiv zu unterstützen. Jetzt kocht auch wieder hoch, dass Markgraf ein strammer Berufssoldat und Ritterkreuzträger war, ehe er in der russischen Kriegsgefangenschaft umerzogen wurde. So wie es aussieht, wird der Magistrat ein Disziplinarverfahren gegen Markgraf einleiten.«

Oppenheimer lehnte sich ein wenig zurück, weil der Zigarettenqualm allmählich zu dick wurde. »Aber gestern habe ich irgendwo in der Zeitung gelesen, dass Friede wieder aufgetaucht ist«, wandte er ein.

Wenzel schüttelte den Kopf. »Nee, das war wohl eine Zeitungsente, wie so viele andere auch. Die ostlizensierte Presse will Friede ja auch schon in diversen Bars gesichtet haben.«

In diesem Moment dachte Oppenheimer, was Hilde wohl dazu gesagt hätte. »Wenn die Verschwundenen alle in Bars versumpft sind, dann gäbe es dort schon lange keinen Platz mehr.«

Wieder einmal fühlte Oppenheimer die alte Beklemmung darüber, dass sich seine Dienststelle ausgerechnet im Ostsektor der Stadt befand. Um sich in diesem Willkürsystem sicher zu fühlen, musste man schon der Strippenzieher höchstpersönlich sein, Jossif Wissarionowitsch Stalin. Alle anderen konnten lediglich versuchen, nirgendwo anzuecken, und auf das Beste hoffen.

Oppenheimer winkte ab. »Markgraf wird sich halten, da würde ich mir keine Hoffnungen machen. Das ist nur ein Sturm im Wasserglas. Selbst wenn der Berliner Magistrat ihn absägen will, was können die schon machen? Schließlich brauchen sie dazu die Bestätigung der Alliierten Kommandantur. Und solange die Russen dort mit am Tisch sitzen, werden sie alles blockieren.«

Endlich kamen sie dazu, Nixfelds Koffer in Augenschein zu nehmen. Die beiden Verschlüsse ließen sich widerstandslos öffnen. Oppenheimer wertete das als schlechtes Zeichen. Dass Nixfeld seinen Koffer nicht einmal abgeschlossen hatte, sprach nicht dafür, dass wertvolle Gegenstände darin enthalten waren. Und tatsächlich fanden sie nur altes Rasierzeug und Kleidung zum Wechseln.

»Dieser Nixfeld ist sehr vorsichtig«, sinnierte Oppenheimer. »Er benötigt neue Kleidung, wählt aber nicht den einfachen Weg, seinen Koffer aus der alten Wohnung abzuholen.«

»Vielleicht hat er auch nur vergessen, dass er ihn zurückgelassen hat«, warf Wenzel ein.

Oppenheimer ließ sich zurücksinken, bis die Rückenlehne seines Stuhls knarzte. »Morgen rede ich mal mit diesem Löb, dem ehemaligen Mitbewohner. Vorher können wir wohl nichts machen.«

Trotz der aufgeregten Stimmung schaute Oppenheimer kurz in Billhardts Büro vorbei. Dieser war gerade mit Papierkram beschäftigt.

»Ist der Fall etwa schon abgeschlossen?«

Billhardts Reaktion auf diese scherzhafte Bemerkung fiel anders aus, als Oppenheimer erwartet hatte. Sein Kollege richtete sich auf und runzelte die Stirn.

»Ehrlich gesagt, ich weiß es nicht. Uns ist ein Verdächtiger ins Netz gegangen, aber er lässt sich nicht mehr befragen. Er hat sich der Verhaftung widersetzt und wurde von meinem Assistenten erschossen.«

Überrascht riss Oppenheimer die Augen auf. »Er wurde erschossen?«

Billhardt gestikulierte genervt. »Ziehm ist wohl ein bisschen übereifrig, aber dieser Schweinehund von Hehler hätte mich fast erwürgt. Also sollte ich mich nicht beklagen. Und ich glaube, dem Jungen hat es ziemlich zugesetzt, dass er ihn getötet hat. Er hat zwei Tage Urlaub bekommen, um sich von diesem Schock zu erholen. Ist schließlich was anderes, als an der Front einem Soldaten das Leben zu nehmen.«

Er stand auf, ging in die hinterste Ecke des Büros und winkte Oppenheimer zu sich.

»Ich weiß nicht, welches Spiel hier gespielt wird«, murmelte er. Billhardts wachsamer Blick verriet, dass er auf der Hut vor ungebetenen Lauschern war. »Die Indizien scheinen auf den ersten Blick ein stimmiges Gesamtbild zu ergeben, und doch passt es nicht so recht zusammen.«

Er lehnte sich gegen die Fensterbank und fuhr dann fort: »Wie gesagt, wir haben diesen Hehler aufgespürt. Er verhökerte gelegentlich heiße Waren vom Flinken Ulrich. Und urplötzlich hat er einen Ersatzpass des Roten Kreuzes angeboten. In einem seiner Verstecke haben wir jetzt auch persönliche Gegenstände gefunden, die eindeutig Ulrich gehörten.«

Oppenheimer nickte. »Also liegt die Vermutung nahe, dass er zu gierig wurde und es mit Ulrich zu einem Streit kam, der aus Versehen tödlich endete.«

»So in etwa«, stimmte Billhardt zu. »Aber für mich hat die

Geschichte mehr Löcher als ein Schweizer Käse. Vor allem das Motiv finde ich ausgesprochen dürftig. Und dann gibt es noch ein anderes Problem, aber es ist wohl besser, wenn wir es nicht hier besprechen. Was hältst du von Mittagessen?«

Oppenheimer war jetzt hellwach. Billhardt neigte normalerweise nicht zur Heimlichtuerei. Vor allem nicht in der Dienststelle.

13

Freitag, 14. November 1947 –
Samstag, 15. November 1947

Auf der Neuen Königstraße steuerte Billhardt zielstrebig auf ein Restaurant zu, das einige Hundert Meter hinter der S-Bahn-Brücke lag und diskrete Separees hatte, in denen man sich ungestört unterhalten konnte.

»Die haben es auf mich abgesehen, verdammt noch eins!«, schimpfte Billhardt, noch ehe er Platz genommen hatte.

»Von wem redest du?«, fragte Oppenheimer.

Billhardt schüttelt den Kopf. »Ich weiß es nicht. Und gerade das beunruhigt mich ziemlich. Jetzt kann ich es ja aussprechen: Jemand will meine Ermittlung hintertreiben. Ich habe mir heute in der Früh noch einmal die Wohnung des Flinken Ulrich angesehen. Anscheinend ist dort irgendwann in den vergangenen Tagen eingebrochen worden. Und kurz darauf finden wir die entwendeten Sachen allesamt bei diesem Hehler wieder. Das sind ziemlich viele Zufälle auf einmal. Und der Hehler muss schon ein saublöder Hund sein, um seine Spuren nicht zu verwischen. Weißt du, wie das aussieht?«

Gedankenversunken blickte Oppenheimer auf die dunkle Holzvertäfelung des Separees. »Du meinst, dass dir ein Verdächtiger präsentiert wird, damit du nicht weiter nachforschst?«

Billhardt kam gerade noch dazu, zustimmend zu nicken, als der Ober auftauchte, gekleidet in einen schwarzen Anzug mit schneeweißem Hemd. Routiniert verteilte er die Speisekarten und fragte diskret: »Ich nehme an, die Herrschaften besitzen Lebensmittelmarken?«

»Ja«, bestätigte Oppenheimer.

»Aber natürlich«, sagte der Ober schnell, als hätte er nichts anderes erwartet. Er nahm die Bestellung für die Getränke entgegen und entfernte sich mit einer angedeuteten Verbeugung.

Oppenheimer grinste amüsiert. In einer Gaststätte war die Frage nach Lebensmittelmarken gewöhnlich ein Vorspiel für Schwarzmarktgeschäfte. Offiziell mussten die Restaurantbesitzer für jede Mahlzeit auch die erforderlichen Lebensmittelmarken verlangen, und auf der Speisekarte waren bei jedem Gericht die abzugebenden Abschnitte verzeichnet. Es war aber weithin bekannt, dass man für einen Preis um die dreihundert Mark meistens auch eine Mahlzeit ohne Marken bekommen konnte. Die Gäste mussten dazu nichts weiter tun, als dem Ober mitzuteilen, keine Lebensmittelmarken zu besitzen. Daraufhin stellte dieser üblicherweise mit Bedauern fest, dass in diesem Fall eine sogenannte *Depotzahlung* von je fünfzig Mark für jeden Markenabschnitt fällig sei, die dann verrechnet werde, wenn der Gast später die Marken vorbeibringe. Eine solche Transaktion war nur scheinbar legal, denn die Gäste bezahlten ordnungsgemäß und vergaßen dann naturgemäß, die erforderlichen Lebensmittelmarken später noch vorbeizubringen.

Auch Billhardt kannte diese Spielchen. Hinterhältig grinsend blickte er dem Ober nach. »Vielleicht sollte ich ihn erschrecken und meine Polizeimarke zeigen.«

Oppenheimer winkte ab. »Ach, mach keine Geschichten. Der Mann will doch auch nur über die Runden kommen.«

Außer Gerichten aus Kürbissen wurde an diesem Tag nur eine rote Gemüsesuppe angeboten. Mit der Färbung durch die roten Rüben ähnelte sie zumindest optisch dem russischen Nationalgericht Borschtsch. Oppenheimer und Billhardt wählten dieses Gericht, das gar nicht so übel schmeckte. Um den Gästen trotz der ärmlichen Zutaten einen Hauch von Exklusivität zu bieten, befand sich in der Mitte des Tellers ein weißer Klecks. Natürlich handelte es sich dabei nicht um Sahne, sondern um aufgelöstes Milchpulver, das mit Essig abgeschmeckt worden war.

Während des Essens kam Billhardt schließlich wieder auf seinen Fall zurück. »Ich habe Erkundigungen eingeholt, Kontakte geknüpft. Es läuft da ein ganz großes Ding. Leider weiß ich noch nicht, wie das mit meinem Fall zusammenhängt. Aber wenn ich es herausfinde, dann geht es den Hintermännern an den Kragen, da kannst du Gift drauf nehmen.«

»Du sprichst sicher von Peróns Kontakten zum Geheimdienst der Nazis«, schlussfolgerte Oppenheimer. In knappen Worten erklärte er, was Hilde über die nördliche Fluchtroute für Ex-Nazis herausgefunden hatte und welche Rolle die Ausweise dabei spielten, die bei der Leiche des Flinken Ulrich gefunden worden waren.

Oppenheimers Angaben bestätigten Billhardts Verdacht. »Leider fehlt mir immer noch ein konkreter Hinweis darauf, wer genau dafür verantwortlich ist, dass Ulrich umgebracht wurde«, sagte er. »Man kann ja schlecht das gesamte Land Argentinien des Totschlags bezichtigen. Am besten wäre, wenn ich herauskriege, wer in Berlin für Perón die Drecksarbeit macht.«

»Wie gesagt, wenn sich auf den Dokumenten eine Signatur befindet, könnte man die vielleicht zurückverfolgen.«

»Schauen wir doch gleich mal in der Asservatenkammer nach«, schlug Billhardt vor und beeilte sich, seinen Suppenteller auszulöffeln.

Fahrig wischte sich der Mitarbeiter in der Asservatenkammer mit dem karierten Stofftaschentuch die Schweißperlen von der Stirnglatze.

»Ja, also«, begann er nervös und rückte seine Hornbrille zurecht, als wollte er etwas sagen, noch ehe er sich eine Antwort zurechtgelegt hatte. »Es tut mir sehr leid, aber die Beweismittel im Fall Ulrich sind unauffindbar.«

Oppenheimer, der mit Billhardt vor dem Ausgabeschalter der Asservatenkammer stand, war wie vom Donner gerührt. Sein Kollege hatte sich nach dem Karton erkundigt, in dem die Notausweise des Roten Kreuzes und die argentinischen Einreisebescheinigungen abgelegt waren.

»Ich höre wohl nicht richtig«, rief Billhardt zornig. »Ist etwa der komplette Karton verschwunden?«

Der Mann hinter dem Schalter zuckte entschuldigend mit den Schultern.

»Ich kann nur so viel sagen, dass sich im Lager kein Objekt mit der zugewiesenen Nummer befindet.«

Billhardt beugte sich vor. »Wer hat denn zuletzt die Beweismittel angeschaut?«

Als Antwort klappte der Mann ein dickes Buch voller Registereinträge vor ihnen auf. »Da, sehen Sie selbst«, sagte er. »Mein Kollege hat leider eine Klaue wie ein Apotheker.«

Oppenheimer hatte bessere Augen und fand den Eintrag als Erster. Abrupt richtete er sich auf und starrte Billhardt an. »Ich glaube, das warst du.«

Billhardt folgte Oppenheimers Fingerzeig. Kritisch beäugte er die Zeile auf dem Papier und schnaubte empört.

»Der Name stimmt schon. Nur ist das nicht meine Unterschrift!« Er war jetzt so ungehalten, dass er heftig atmete. »Verdammt noch eins«, schimpfte er. »Das kann doch wohl nicht sein! Kontrolliert denn hier niemand, wer sich die Beweismittel aushändigen lässt?« Billhardt atmete einige Male tief durch, um sich zu beruhigen, und fragte: »Wie steht es denn mit den Beweismitteln, die heute früh eingeliefert wurden?«

Die dazugehörende Asservatennummer war schnell gefunden. Geschäftig verschwand der Mitarbeiter im Lager.

Billhardt wandte sich Oppenheimer zu und murmelte: »Ich habe so was befürchtet. Zuletzt kam immer wieder mal etwas abhanden. Aber meistens waren das Lebensmittelkonserven oder Tabakwaren.«

Oppenheimer überraschte das nicht, denn es war schon vor Längerem an die Öffentlichkeit gedrungen, dass in den Ämtern und Dienststellen ein gewisser Schwund herrschte. Meistens tauchten die Waren später auf dem Schwarzmarkt wieder auf.

»Diese Papiere sind wahrscheinlich die kostbarsten Gegenstände, die jemals hier asserviert wurden«, gab Oppenheimer zu bedenken.

»Stimmt auch wieder. Vielleicht haben wir ja Glück. Dieser Hehler besaß nicht nur den Rotkreuzpass, sondern auch eine der argentinischen Einreisegenehmigungen. Ob er sie Ulrich abgeknöpft hat oder sie ihm später untergeschoben wurden, ist ja egal. Hauptsache, das Ding ist signiert.«

Schon bald hörten sie die schweren Schritte des Archivars. Als er aus der Tür der Asservatenkammer trat, waren seine Mundwinkel nach unten gezogen und die Hände leer. In der Erwartung einer Standpauke blinzelte er den beiden Kommissaren unsicher entgegen.

»Eingeliefert wurden die Beweisstücke«, sagte er mit weinerlicher Stimme.

»Aber sie sind trotzdem nicht da«, ergänzte Billhardt, winkte ab und verließ nachdenklich den Raum.

Oppenheimer folgte ihm auf den fensterlosen Korridor, der nur von schwachen Glühlampen erhellt wurde. Es kam ihm so vor, als würden sie einen Bergwerkstollen durchqueren, fernab von Licht und Luft, eingegraben unter tonnenschwerem Erdreich. Rasch blickte er sich um. Nachdem sichergestellt war, dass niemand sie belauschte, raunte er Billhardt zu: »Du weißt schon, was das bedeutet?«

Billhardt lehnte sich erschöpft gegen die Wand. Vielleicht lag es an der Beleuchtung, aber Oppenheimer glaubte, dunkle Schatten unter den Augen seines Kollegen zu erkennen. »Mein Gegenspieler befindet sich in unseren eigenen Reihen«, erklärte Billhardt bitter. »Das ist jetzt der endgültige Beweis.«

Gegen halb sieben trat Oppenheimer auf dem Nachhauseweg aus dem S-Bahnhof-Zugang auf die General-Pape-Straße. Er wollte bald zu Bett gehen. Schließlich musste er am nächsten Morgen bereits in aller Herrgottsfrühe aufbrechen, um Nixfelds Wohngenossen Löb zu erwischen, ehe dieser zu seiner Arbeitsschicht aufbrach. Er befürchtete, dass er sich wieder angespannt im Bett herumwälzen würde, aber zumindest wollte er einen Versuch unternehmen, wenigstens einige Stunden zu schlafen.

Als Oppenheimer den Gehsteig entlanglief, nahm er zunächst nicht wahr, dass sich ihm von hinten ein Auto näherte. Die Scheinwerfer waren eingeschaltet. Während das Motorengeräusch immer lauter wurde, warfen Oppenheimers Beine zwei lang gezogene Schatten auf das Pflaster. Erst als das Auto nicht vorbeifuhr, sondern langsamer wurde, ahnte er, dass etwas faul war.

Fragend drehte sich Oppenheimer um, doch außer zwei grellen Lichtpunkten ließ sich nichts erkennen.

Wie auf Kommando quietschten plötzlich Bremsen. Das Auto kam abrupt zum Stehen. Mit sattem Schmatzen wurde eine Tür geöffnet. Jemand griff nach Oppenheimers Arm. Ein Mann mit Hut und Regenmantel.

»Was soll denn der Unsinn?« Oppenheimers Stimme klang nicht so fest, wie er gehofft hatte.

»Schnauze«, zischte ihm der Mann ins Ohr und zerrte Oppenheimer in das Fahrzeug.

Der Fahrer, von dem Oppenheimer zunächst nicht viel mehr als die Schlagmütze sah, trat das Gaspedal durch.

Der Motor heulte auf, im Eiltempo brausten sie davon. Der Fahrer schaltete am Ende der General-Pape-Straße den Gang zurück, um zur Kolonnenbrücke abzubiegen, riss dann das Steuer sofort wieder nach links und fuhr zurück in Richtung Süden.

Unsanft wurde Oppenheimer zur Seite geschleudert. Sein Entführer saß neben ihm auf der Rückbank und starrte ihn mit kalten Augen an. Es hätte stundenlang so weitergehen können, wäre Oppenheimer nicht aufgefallen, dass der Fahrer auf einem Zahnstocher herumkaute.

Sofort kam ihm ein Verdacht.

»Paule!«, rief Oppenheimer erleichtert. »Für eine fidele Entführung bin ich ja immer zu haben, aber muss es ausgerechnet heute sein?«

Paule war der Kompagnon des Schweren Ede und der Rivale vom Kleenen Hans. Er warf Oppenheimer im Rückspiegel einen belustigten Blick zu. »Liegt nich an mir«, sagte er. »Ick mach nur, wat man mir jesacht hat.«

Die Fahrt dauerte nicht lange. Schon nach wenigen Minuten bremste Paule ab und hielt bei der Kleingartenkolonie am Priesterweg. Den einschüchternden Herrn ließen sie im Wagen zurück, und Paule führte Oppenheimer in wildem Zickzack durch die Kleingartenparzellen. Neugierige Gärtner reckten sich nach den unerwünschten Eindringlingen, aber Paule schlenderte, die Hände in den Taschen, die Trampelpfade entlang, als könnte er kein Wässerchen trüben.

Nach einer Weile kamen sie zu einer Bretterbude mit schwach erhellten Fenstern. In der fortgeschrittenen Dämmerung wirkte das improvisierte Bauwerk wie ein Scherenschnitt aus schwarzem Karton. Paule blieb stehen und griff zielsicher in die Dunkelheit. Scharniere quietschten, Holz knarrte, vermutlich öffnete er eine Tür im halbhohen Zaun. Oppenheimer bemühte sich, geradeaus zu laufen, spürte jedoch mehrmals, wie er die ausgelegten Steinplatten verfehlte und ins weiche Erdreich trat.

In der Hütte herrschte eine Bullenhitze. Im Heizofen loderten Flammen, und in den Schatten bewegte sich eine Gestalt. Jemand summte *Immer an der Wand lang*, den uralten Gassenhauer von Walter Kollo.

»Da sind Se ja, Herr Kommissar«, sagte Ede und trat mit zwei Blechtassen in den Schein des Feuers. »Hier, halten Se mal.«

Er drückte Oppenheimer die Tassen in die Hand. Soweit Oppenheimer sehen konnte, war die Bude mit altem Gerümpel vollgestellt. Ede schien sich hier auszukennen, denn er bewegte sich erstaunlich zielstrebig durch das Chaos. Ein paar Handgriffe genügten, und schon hatte er zwei Stühle zum Vorschein gebracht. Er stellte sie an den Ofen, wischte mit dem Mantelärmel über die Sitzflächen und deutete Oppenheimer an, Platz zu nehmen.

Mit einem satten Ploppen öffnete Ede den Bügelverschluss einer Flasche und schenkte ein. Oppenheimer nahm ein leichtes Brotaroma wahr. Es handelte sich wohl um Kwas, das Brotgetränk, das bei Edes russischer Kundschaft sehr beliebt war. Sie stießen mit den Blechtassen an und tranken.

»Warum das Versteckspiel?«, fragte Oppenheimer.

Ede wiegte seinen Kopf hin und her. »Sie arbeiten doch wieder bei der Polente. Da isses wohl besser, wenn die Bagage bei mir im Laden nix davon mitbekommt, dass wir wat ausbaldowern. Ick bin ja een diskreter Mensch. Und für Sie isses doch ooch besser, oder? Nich dasse noch in die Bedrullje kommen.«

Oppenheimer nickte.

Ede lüftete den Hut und fuhr sich mit der Hand über den kahlen Schädel. »Wie ick hör, ham Se den Kleenen Hans jesehen?«

»Du meinst bei der Polizei?« Oppenheimer gluckste. »Ja, ja. In Uniform und allem drum und dran. Hans sieht jetzt richtig schnieke aus.«

Ernst blickte Ede in seine halb leere Tasse. »Ick wollte fragen, wat Se jetzt mit dem Kleenen vorhaben.«

»Was soll ich denn vorhaben?«

»Na, ick meen, der kommt ja von die andere Seite des Jesetzes. Wenn Se ihm jetz Scherereien deswegen machen wolln, kann ick dit nich zulassen.«

Für Oppenheimer war die Sache ganz einfach. »Wenn Hans an keinen krummen Dingern mehr beteiligt ist, passt doch alles. Nur hoffe ich, dass es auch so bleibt. Falls er sich nachweislich etwas zuschulden kommen lässt, kann ich ihn nicht schützen. So weit reicht mein Einfluss nicht.«

Oppenheimer fand diese Warnung angebracht. Verglichen mit den kriminellen Elementen im Polizeiapparat, mit denen sich Billhardt gerade herumschlug, erschien Hans geradezu harmlos. Allerdings war das Polizistengehalt niedrig, und es gab im Streifendienst zahlreiche Versuchungen, es auf illegale Weise aufzubessern. Immer wieder flogen Schupos auf, weil sie bereits gefasste Verdächtige gegen Schmiergeld wieder laufen ließen. Andere hatten eine Art Schutzgelderpressung perfektioniert. Nicht einmal die höheren Ränge waren davor gefeit. Vor einiger Zeit war ein Kollege von Oppenheimer in Verdacht geraten, weil er stets einen kleinen Karton mit sich führte und peinlich darauf achtete, dass niemand einen Blick hineinwarf.

Der stellvertretende Polizeipräsident Stumm war der Sache schließlich nachgegangen und hatte zu seiner Verblüffung festgestellt, dass der Karton voller Uhren und Schmuckstücke war. Raubgut, das der Ermittler gelegentlich von Dieben zugesteckt bekam.

Ede tat sein Bestes, um Oppenheimers Vorbehalte zu zerstreuen. »Nee, der Kleene will seriös wern. Hat er mir selbst jesacht. Solang er mich nich verpfeifen tut, hat er meenen Segen. Hans is zwar nich janz helle in der Birne, aba er war immer zuverlässig, solang er für mich jearbeitet hat. Der hattet nich vadient, dass man ihm Schwierichkeiten macht.«

»Da hast du recht«, stimmte Oppenheimer zu und schwenkte gedankenversunken den Brottrunk in seinem Becher. »Sehen wir es positiv. Hans ist ein leuchtendes Beispiel für die Wiedereingliederung ehemaliger Gesetzloser.«

»Jenau. Find ick ooch.« Ede erhob seinen Becher. »Auf Hans. Und dasset ihm bei eurem Verein jut jeht.«

Oppenheimer prostete Ede zu.

»Hach, dieser Nixfeld.« Leicht vorgebeugt stand Herr Löb in der Wohnungstür. Seit Oppenheimer bei ihm geklingelt hatte, hatte er bislang nur diesen einen Satz geäußert, und schon klang es so, als wollte er über seinen ehemaligen Wohnungsgenossen meckern. »Sie kommen von der Kripo, haben Sie gesagt?«

»Ich bin gekommen, um Erkundigungen über Herrn Nixfeld einzuholen«, bestätigte Oppenheimer.

Herr Löb runzelte die Stirn, die so breit war, dass sein Gesicht trapezförmig verzerrt zu sein schien. »Ist der feine Herr etwa in Schwierigkeiten?«

»Leider kann ich Ihnen nicht mehr verraten, es handelt sich um eine laufende Untersuchung.«

Oppenheimers Antwort genügte bereits. Löb grinste breit, da

er offensichtlich vermutete, dass Nixfeld in Konflikt mit dem Gesetz geraten war.

»Na, dann kommen Sie mal rein«, sagte er und zog die Tür weit auf.

Löb wohnte im zweiten Stockwerk. Bräunliche Wasserflecken an der Decke zeugten davon, dass die Fenster in der oberen Etage keinen Schutz mehr vor dem feuchten Wetter boten. Oppenheimer wurde ins Wohnzimmer geführt, von dem aus er die Friedrichstraße sehen konnte. Der Blick reichte so weit, dass hinter der Ruine des *Central-Hotels* sogar die Berge der aufgeschütteten Baumaterialreste erkennbar waren. Eine Lok mit aneinandergehängten Loren zockelte zum Reichstagsufer. Bei diesem gemächlichem Tempo würde es noch lange dauern, bis die vielen Schuttberge in der Berliner Innenstadt abgetragen waren.

Löb hatte es ein wenig eilig, da er in einer Stunde zur Arbeit musste, also nahm er das Frühstück während ihrer Unterhaltung zu sich. Einige abfällige Bemerkungen über seinen neuen Mitbewohner namens Kempe ließen erahnen, dass der private Umgang mit Löb schwierig war. Und Nixfeld konnte er wohl noch weniger ausstehen als dessen Nachfolger. Auf ihn angesprochen, kam Löb so richtig in Fahrt.

»Dieser Wilddieb hat nichts Besseres verdient. Geschieht ihm ganz recht, dass er Scherereien bekommt. Alles rächt sich irgendwann im Leben, verstehen Sie?«

Im Gegenteil, Oppenheimer war durch diese Antwort verwirrter als zuvor. »Warum bezeichnen Sie Herrn Nixfeld als Wilddieb?«

Löb schnaubte. »Der war doch bei der Dirlewanger Brigade. Ich war zuletzt an der Ostfront und habe da leider so manches mitbekommen. Und Dirlewangers Leute, das war ein Haufen toller Hunde.«

Oppenheimer fand es schwierig, sich zu konzentrieren, da sein Sessel bei jeder Bewegung ein metallisches Ächzen von sich gab. Er zückte sein Notizheft und rutschte auf die vordere Kante der Sitzfläche.

»Wie war der Name? Dirlewanger?«

»Genau. Dieser Dirlewanger war ein paarmal im Zuchthaus wegen Veruntreuung und bewaffneten Überfalls. Manche Kameraden an der Front haben auch behauptet, dass er wegen der Vergewaltigung minderjähriger Mädchen gesessen hat. Als SA-Führer und *alter Kämpfer* von Hitlers Bewegung verfügte Dirlewanger über gute Kontakte. Er wurde in die Waffen-SS aufgenommen und von Himmler damit beauftragt, eine Sondereinheit aufzubauen. Das Besondere bei der Dirlewanger Brigade war, dass sie nur aus verurteilten Wilddieben bestehen sollte, aber letztendlich wurden auch Diebe, Räuber und andere Asoziale für die Einheit ausgewählt. Als Belohnung winkte eine Amnestie für die bisherigen Verbrechen. Dirlewanger war wohl genau der Richtige, um die Kandidaten auszusuchen, er hatte ja selbst genug auf dem Kerbholz.« Löb kicherte und angelte dann von seinem Teller eine der getrockneten Apfelschalen.

»Also war das praktisch eine Einheit von verurteilten Verbrechern?«, fragte Oppenheimer.

Löb spülte mit einem Schluck Tee nach und nickte. »Erst haben sie wohl Juden in den Arbeitslagern überwacht, später wurden sie nach Russland verlegt, zur Partisanenbekämpfung. Und im Osten bekamen sie dann jede erdenkliche Art von Drecksarbeit aufgehalst. Hinter vorgehaltener Hand wurde so manches erzählt – Massenexekutionen von Zivilisten, Folter, und sie kannten keine Skrupel, sie raubten, schändeten Frauen und Kinder oder benutzten sie im Gefecht als lebende Schutzschilde. Dirlewangers Leute hinterließen in Russland und Polen eine

Spur der Verwüstung. Nixfeld muss einer von ihnen gewesen sein.«

»Und das hat Herr Nixfeld Ihnen einfach so anvertraut?«, fragte Oppenheimer skeptisch.

»Natürlich nicht«, sagte Löb. »Es ist auch nicht so, dass er sich damit gebrüstet hätte. Ich habe es mir zusammengereimt. Aus den Bemerkungen, die er fallen ließ. Und ich sage Ihnen, es passt alles zusammen.« Löb ging die belastenden Punkte durch. »Nixfeld hat mir erzählt, dass er 1942 an die Ostfront abkommandiert wurde. Er sollte dort gegen Partisanen kämpfen. Danach war seine Einheit in Warschau eingesetzt, um den Aufstand im jüdischen Wohnbezirk niederzuschlagen. Und dann hat Nixfeld auch noch an der Kesselschlacht von Halbe teilgenommen. Es kann einfach kein Zufall sein, dass er immer genau dort vor Ort war, wo auch Dirlewangers Truppen zum Einsatz gekommen sind.«

Oppenheimer versuchte, Löbs Vermutungen mit seinem Bild von Nixfeld in Einklang zu bringen. »Demnach müsste er zuerst straffällig geworden sein, ehe er zu Dirlewangers Brigade herangezogen wurde«, murmelte er.

Löb runzelte die breite Stirn. »Gesagt hat er nichts dazu. Sogar wenn man über Fronterlebnisse plaudert, so etwas bindet man den Leuten nicht auf die Nase. Aber ich sehe da keinen Widerspruch. Es könnte durchaus sein, dass Nixfeld nicht zu den Frontschweinen gehörte, sondern zu den Befehlshabern. Vielleicht war er ja ein Offizier. Das würde zu diesem eingebildeten Hund passen.«

14

Samstag, 15. November 1947 –
Sonntag, 16. November 1947

Laut ratternd überquerte die S-Bahn den Kupfergraben. Direkt hinter der Spree tauchte der große Schuttberg auf, wo auch an diesem Tag wieder die Lastkähne mit Geröll beladen wurden. Ihr Zug hielt an der Station »Börse«. Oppenheimer wurde unruhig, denn beim nächsten Halt musste er aussteigen. Er postierte sich neben der Tür, ließ seinen Blick über die Fahrgäste schweifen und fragte sich, wie viele von ihnen während des Krieges an der Front eingesetzt waren. Vermutlich traf das auf den Großteil der männlichen Passagiere zu.

Und dann gab es noch einen Punkt, den man weniger gut bestimmen konnte. Wie viele von ihnen mochten wohl in Kriegsverbrechen verwickelt gewesen sein? Zehn? Fünf? Zwanzig? Gar keiner? Was verbarg sich hinter diesen unscheinbaren Einheitsgesichtern? Wer steckte in den Anzügen und Mänteln, der einheitlichen Uniform der Zivilisten? War jemand wie Nixfeld nur eine Ausnahme gewesen? Oder gab es mehr von diesen Bestien in Menschengestalt? Waren sie noch gefährlich, oder waren sie entmutigt von der verheerenden Niederlage? Wie viele von ihnen hingen immer noch dem Irrglauben der Nationalsozialisten an? Was würde geschehen, wenn die Passagiere mitbekamen, dass Oppenheimer ein Jude war? Er machte sich nichts vor. Die Tatsache, dass er ein gebürtiger Berliner war, wäre dann nebensächlich. Die große Mehrzahl dieser Leute würde in Oppenheimer plötzlich nur noch den Fremden sehen.

Er zweifelte daran, dass das Gift, das sich in den vergangenen Jahrzehnten in den Köpfen angesammelt hatte, je wieder restlos verschwand.

Ein ungutes Gefühl ergriff Oppenheimer. Für einen Moment glaubte er, es in dem S-Bahn-Abteil nicht mehr aushalten zu können. Erst als auf der rechten Seite die schmucklose Laderampe der Central-Markthalle in Sicht kam, die kurz vor dem Bahnhof Alexanderplatz lag, atmete er auf.

Fluchtartig stürmte Oppenheimer auf den Bahnsteig. Er wollte fort von hier, fort von der Menschenmenge, da man nicht wissen konnte, wo der Feind lauerte.

Am Alexanderplatz herrschte an diesem Morgen das übliche Menschengewimmel. Der Blick auf das kreisrunde Rasenstück in der Mitte des Platzes beruhigte Oppenheimer, und sein kritischer Verstand begann wieder zu arbeiten.

Er wunderte sich darüber, welchen Gefühlstumult Löbs Geschichte in ihm ausgelöst hatte. Ein Unbehagen, das die letzten Jahre dicht unter der Oberfläche gelegen hatte, war nun wieder zum Vorschein gekommen. Er rief sich ins Gedächtnis, dass Löb keinerlei Beweise für seine Behauptungen liefern konnte. Es war kein großes Geheimnis, dass er seinen ehemaligen Mitbewohner nicht ausstehen konnte. Unter diesen Voraussetzungen war die Hemmschwelle denkbar gering, Nixfeld auf einen bloßen Verdacht hin zu verleumden.

Das Strafregister nach dessen Namen zu durchsuchen, hielt Oppenheimer für aussichtslos. Nach den Bombenschäden waren die Unterlagen nicht mehr komplett, außerdem verfügte Oppenheimer nicht einmal über genauere Angaben, mit denen man die Suche auf einen praktikablen Aufwand begrenzen konnte.

Doch er hatte noch einen Trumpf im Ärmel. Und der war

Nixfelds Geliebte Frau Hinze. Wenn Oppenheimer sie mit Löbs gravierenden Anschuldigungen konfrontierte, gab es eine reelle Chance, dass sie auspackte, was sie von der Vergangenheit ihres falschen Ehemanns wusste.

Frische Energie durchströmte Oppenheimer, seine Schritte wurden zielgerichtet. Er wollte sofort zur Dienststelle, um Wenzel von den Neuigkeiten zu unterrichten.

Zu seiner Enttäuschung fand er die Schreibstube verlassen vor. Es war jetzt fast schon Mittag, möglicherweise hatte Wenzel beschlossen, ein wenig früher in den freien Sonntag zu starten. Bei diesem Gedanken war Oppenheimers Elan jäh verpufft, und auch er beschloss, Feierabend zu machen.

Auf dem Weg zur Treppe hörte er Stimmen aus der Richtung von Fräulein Böttchers Arbeitsplatz. Vielleicht war es ja noch nicht zu spät, und Wenzel nahm sich zum Arbeitsausklang etwas Zeit für einen freundlichen Plausch mit der attraktiven jungen Dame.

Neugierig lugte Oppenheimer um die Ecke. Nicht Wenzel, sondern der Inspektionsleiter Cordes unterhielt sich mit Fräulein Böttcher. Mit Grabesmiene stützte er sich auf dem Schreibtisch ab. Fräulein Böttcher blickte eingeschüchtert zu ihm auf. Cordes wurde auf Oppenheimer aufmerksam.

»Ah, da sind Sie ja«, sagte er und richtete sich auf. »Leider ist mir gestern etwas dazwischengekommen. Würden Sie mich bitte begleiten?«

Erst jetzt erinnerte sich Oppenheimer daran, dass Cordes ihn am Freitag zu einer Unterredung gebeten hatte, dann aber nicht mehr aufgetaucht war.

Cordes führte ihn in sein Büro. Herr Möller war bereits anwesend. Die Hände hinter dem Rücken verschränkt, blickte er aus dem Fenster und wandte sich, als die beiden Männer den Raum betraten, ihnen zu.

»Weiß er schon Bescheid?«, fragte Möller und nickte zu Oppenheimer.

»Nein«, antwortete Cordes und nahm hinter seinem Schreibtisch Platz. »Am besten, wir fangen ganz von vorn an.«

Möller brummte missgelaunt und setzte sich zu ihnen. Derart zwischen Cordes und Möller eingekeilt, fühlte sich Oppenheimer zunehmend unwohl. Er hoffte, dass er keinen Fehler gemacht hatte und dafür nun einen Tadel einstecken musste.

»Was wissen Sie eigentlich von Ihrem Kollegen Billhardt?«, begann Cordes.

Zuerst glaubte Oppenheimer, sich verhört zu haben. Er räusperte sich, um seine Gedanken zu ordnen. »Ich kenne ihn schon seit mehr als zwei Jahrzehnten. Wir haben bei einigen Ermittlungen zusammengearbeitet. Zumindest so lange, bis ich von den Nazis entlassen wurde.«

Möller nickte ernst, als Oppenheimer ihn an diese düstere Episode der jüngsten Geschichte erinnerte. »Und wie ist seine politische Einstellung?«, fragte er und rückte seinen Kneifer zurecht. »War Billhardt damals ein Hitler-Sympathisant?«

Ohne zu zögern, schüttelte Oppenheimer den Kopf. »Nein, absolut nicht. Die nationalsozialistisch angekränkelten Kollegen konnte man damals recht schnell erkennen. Da waren erst mal die Leute, die die legalen Möglichkeiten zur Straftatverfolgung zu lasch fanden. Sie fantasierten davon, dass die Kriminalität seit der Gründung der Republik unablässig steigen würde, obwohl das meiner Erfahrung nach nicht der Fall gewesen ist. Sie zimmerten sich ihre eigene Realität zurecht, mit Argumenten konnte man zu ihnen nicht durchdringen. Jedenfalls wollten die Nazisympathisanten unter den Kollegen gegen die sogenannten Berufsverbrecher viel härter durchgreifen, am besten ohne jegliche Kontrolle. Sie forderten einen Überwachungsstaat. Wenn ein Kommissar vom *Volkskörper* faselte, den man desinfizieren müsse, indem asoziale Elemente ausgemerzt werden, dann wusste man schon, an wen man geraten war.«

Oppenheimer glaubte, so weit ausholen zu müssen, weil Möller erst nach dem Krieg in den Polizeidienst eingetreten war und über die internen Streitigkeiten im Vorfeld von Hitlers Machtübernahme vermutlich nur ungenau informiert war. Cordes war dies alles bereits bekannt, und so klopfte er während Oppenheimers Ausführungen ungeduldig auf die Tischplatte.

»Und Herr Billhardt hat niemals solche Äußerungen getätigt?«, unterbrach er Oppenheimer.

Oppenheimer zuckte mit den Schultern. »Zumindest in meiner Gegenwart tat er das nicht.«

»Aber wir können davon ausgehen, dass er Mitglied der SS war?« Möller beugte sich so abrupt nach vorn, dass Oppenheimer befürchtete, er würde vom Stuhl kippen. »Wenn ich es richtig verstanden habe, wurden die Polizeiangehörigen im Dritten Reich automatisch in die SS aufgenommen?«

Oppenheimer runzelte die Stirn. »Ich weiß nicht, wie es sich bei anderen Berufsgruppen verhielt, aber zumindest bei den Polizeikräften ist niemand quasi aus Versehen ein SS-Mitglied geworden. Es stimmt so weit, dass die Kripo und die Gestapo zur Sicherheitspolizei zusammengelegt wurden. Und bei den SS-Mitgliedern unter den Kripoleuten erfolgte eine automatische Anpassung der bisherigen Dienstränge an die SS-Ränge. Aber das hatte absolut nichts mit der Mitgliedschaft an sich zu tun.« Bei diesem Thema wurde Oppenheimer vorsichtig, weil es auch zahlreiche seiner jetzigen Kollegen betraf. »Das Argument wird nur als Ausrede benutzt, um entnazifiziert zu werden«, formulierte er bewusst ungenau. »Aber es entspricht nicht den Tatsachen. Der Eintritt in die SS war auch für Kripoleute bis zuletzt freiwillig. Niemand musste befürchten, bei einer Verweigerung in ein Konzentrationslager zu kommen. Der einzige Nachteil war, dass man sich die Karrierechancen verbaute, wenn man nicht zur SS gehörte. Die Opportunisten haben das sofort verstanden. Leute wie die späteren Oberhäuptlinge Nebe oder dieser Liebermann von Sonnenberg. Anfang der Dreißigerjahre gab es ja einen gravierenden Beförderungsstau. In den höheren Rängen wurden einfach zu wenige Stellen frei, also konnte auch kaum jemand nachrücken. Unter diesen Voraussetzungen versprach ein Eintritt in die NSDAP oder in die SS eine Beschleunigung der persönlichen Karriere.«

»Und Herr Billhardt wollte keine Karriere machen?«, hakte Cordes nach.

Oppenheimer überlegte und erklärte dann: »Also ein besseres Salär hätte Billhardt sicher nicht verschmäht. Aber mit einem höheren Rang gehen auch eine größere Verantwortung und ein größerer Druck einher. Ich glaube nicht, dass ihm das gepasst hätte. Damals, als der Einfluss der Nazis im Polizeiapparat zunahm, hat er sich mehrmals darüber beklagt, wenn ihm eine Parteischranze ins Handwerk pfuschte.«

Cordes und Möller starrten Oppenheimer an. Während der drückenden Stille überlegte er, was wohl noch kommen mochte. Ein potenziell belastender Punkt war Billhardts Einsatz an der Ostfront, bei dem er gegen Partisanen gekämpft und einen Arm verloren hatte. Billhardt trank gern einen über den Durst. Der Alkohol lockerte ihm jedoch meist die Zunge. So hatte Oppenheimer auch erfahren, dass sein Kollege an Erschießungskommandos beteiligt gewesen war, aber von sich aus würde er dieses Thema vor seinen Vorgesetzten nicht ansprechen. Erst jetzt fielen ihm die Parallelen zu den Anschuldigungen auf, die Löb gegen Nixfeld vorgebracht hatte.

Oppenheimer bekam keine Gelegenheit, diese beunruhigenden Gedankengänge weiterzuverfolgen, denn Möller erkundigte sich: »Könnte es sein, dass Herr Billhardt für die Gestapo tätig war?« Oppenheimer war überfragt. »Das entzieht sich meiner Kenntnis. Als ich ihn zuletzt vor dem Kriegsende gesehen habe, arbeitete er für die Kripo. Dass man ihn in den letzten Kriegsmonaten noch zur Gestapo versetzt hätte, würde mich einigermaßen wundern. Das war sowieso eine Einbahnstraße. Wenn Billhardt tatsächlich zur Gestapo musste, dann wäre er bei Kriegsende immer noch dort gewesen, da bin ich mir ziemlich sicher. Dann wird es aber auch irgendwo Unterlagen geben, mit denen sich das belegen lässt.«

Oppenheimer suchte in den Gesichtern seiner Gesprächspartner nach Anzeichen dafür, dass er ihnen die erwünschten Antworten gegeben hatte. Cordes zeigte ein Pokerface, während Möller sich auf die Unterlippe biss.

»Vielen Dank«, sagte Cordes schließlich.

Oppenheimer verstand das als Aufforderung, sich aus dem Büro zu entfernen. Kaum hatte er die Tür zugezogen, da ertönte dahinter aufgeregtes Gemurmel. Inspektionsleiter Cordes und Möller, der als Vertrauensmann der Sowjetischen Militäradministration eine vergleichbar große Machtfülle besaß, beratschlagten über Billhardts Schicksal. Leider konnte Oppenheimer nicht mehr als ihre dumpfen Stimmen ausmachen.

Es war offensichtlich, dass Billhardt bezichtigt wurde, ein verkappter Nazi zu sein. Beim Aufbau des Berliner Polizeiapparats hatte man bei den dringend benötigten Fachleuten zahlreiche Ausnahmen gemacht, manchmal sogar beide Augen zugedrückt, wenn es um die ehemaligen Verstrickungen mit dem NS-Staat ging. Ausschließlich mit neu eingestellten Kräften war diese schwierige Aufgabe des Neuanfangs nicht zu bewältigen gewesen.

Oppenheimer war sich bewusst, wie aussichtslos es war, die individuelle Schuld nach einem Parteibuch zu beurteilen. Und es ließ sich auch nicht ausschließen, dass so mancher Nazianhänger dazugelernt hatte und so etwas wie Reue über die Missetaten empfand, zu denen er selbst einen Beitrag geleistet hatte. Außerdem hatte er etliche andere Kollegen viel eher als schwarze Schafe in Verdacht als ausgerechnet Billhardt. Er hielt es durchaus für möglich, dass dieser einer der zahlreichen Mitläufer war, ohne die das nationalsozialistische Herrschaftssystem letztendlich nicht funktioniert hätte. Gleichzeitig hielt er es für abwegig, dass Billhardt den von Hitler propagierten Irrglauben für bare Münze nahm. Und doch sprach die Tatsache, dass Cordes und Möller so aufgeregt waren, dafür, dass die Vorwürfe gegen Billhardt gravierend sein mussten.

Bereits am Sonntag bekam Oppenheimer einen Hinweis darauf, was Billhardt angelastet wurde. Auch an diesem freien Tag konnte er nicht ausruhen, dazu waren zu viele Aufgaben in ihrem Haushalt zu verrichten. Glücklicherweise war es Lisa gelungen, in der britischen Verwaltung ein Sicherheitsschloss für die Tür zum Dachgeschoss zu ergattern. Oppenheimer wollte es sofort montieren, damit Theo nicht noch länger in Versuchung kam, seine halsbrecherischen Turnübungen auf dem Dach zu veranstalten. Sein frühes Mittagessen bestand aus gebratenen Kürbisscheiben, die auch als *falsche Leber* bekannt waren. Danach lief Oppenheimer die paar Meter zu Hildes Häuschen, um im benachbarten Bretterschuppen nach den nötigen Werkzeugen zu suchen.

Zuerst musste er sich in dem engen Anbau an Hildes Fahrrad vorbeizwängen. Seit er Hilde kannte, herrschte hier ein heilloses Durcheinander. Jedes Mal, wenn Oppenheimer in den Schuppen musste, nahm er sich vor, ihn einmal gründlich auszuräumen. Und jedes Mal vergaß er dieses Vorhaben wieder, sobald er die Reparaturen erledigt, die Werkzeuge zurückgelegt und die Tür zugeschlagen hatte. Oppenheimer suchte in den vorderen Holzregalen und stieß auf einige Schraubschlüssel und Sägen, ausgerechnet die Utensilien, die er jetzt nicht benötigte. Den Schraubenzieher fand er schließlich unter einem Gartenschlauch und wunderte sich, wie er dorthin gelangt war.

Oppenheimer lief zurück zur Villa und sah, dass jemand in der Zwischenzeit vor ihrem Haus ein fremdes Fahrrad abgestellt hatte. In der Eingangshalle hörte er Billhardts Stimme aus der Kellerküche nach oben dringen. Für Oppenheimer war das ein willkommener Vorwand, um die lästigen Handwerksarbeiten aufzuschieben. Beschwingt stieg er die Treppe hinab. Seine gute Laune erstarb, als er in die Küche trat und Billhardts ernste Miene sah. Lisa bewirtete seinen Kollegen gerade mit einem Becher Ersatzkaffee.

»Ich wollte mit dir reden«, sagte Billhardt eindringlich.

Oppenheimer nickte. »Das dachte ich mir.«

Auch Lisa hatte die Andeutung mitbekommen, dass Billhardt sich unter vier Augen unterhalten wollte, und entschuldigte sich unter dem Vorwand, noch die Wäsche zusammenlegen zu müssen.

Endlich allein, rieb sich Billhardt über die zerfurchte Stirn. »Jetzt wollen die mich endgültig fertigmachen«, murmelte er. »Ich habe immer noch keine Ahnung, wer da die Strippen zieht. Zumindest gibt es endlich ein paar Verdachtsmomente. Unsere Gegenspieler scheinen ganz genau zu wissen, wie es um die Ermittlung steht. Also müssen sie Informationen aus erster Hand bekommen, direkt aus unserer Dienststelle. Doch Zugang zu meinen Unterlagen hatten nur unsere Assistenten. Und vielleicht noch Fräulein Böttcher.«

Oppenheimer starrte Billhardt entsetzt an. »Du verdächtigst also Reinmann oder Ziehm?«

»Es könnte auch Wenzel sein. Oder sie machen gemeinsame Sache. Ich weiß es nicht.«

»Ich glaube, ich bekomme noch Verfolgungswahn.« Oppenheimer sank auf einen Stuhl.

Billhardt verzog den Mund zu einem zynischen Grinsen. »Eine andere Erklärung habe ich leider nicht dafür, dass die Beweise aus der Asservatenkammer verschwunden sind. Und jetzt haben sie mich auch noch bei Cordes angeschwärzt. Sie versuchen, mich an allen Fronten unter Druck zu setzen.« Er nahm den Hut ab und fuhr sich nervös durch die Haare. Mit seinen hängenden Schultern wirkte Billhardt wie ein Häufchen Elend.

»Mit Cordes und Möller hatte ich gestern ein Gespräch«, berichtete Oppenheimer. »Sie durchleuchten deine Vergangenheit. Suchen nach Hinweisen, um dich mit den Nazis in Verbindung zu bringen.« An dieser Stelle fasste er die Fragen zusammen, mit denen er konfrontiert worden war. »Es klang nicht danach, als ob sie schon handfeste Verdachtsmomente hätten«, schränkte Oppenheimer ein. »Sie stochern im Dunkeln, suchen nach einem Ansatzpunkt.«

Billhardt kommentierte das mit einem verdrossenen Nicken. »Sie besitzen mehr als Verdachtsmomente. Ein Aufnahmeantrag als förderndes Mitglied der SS ist aufgetaucht. In meinem Namen ausgefüllt und unterzeichnet. Eine ganz freche Fälschung. Aber ich bin dadurch in Verdacht geraten, denn der Antrag ist auf 1931 datiert.«

Ungläubig schnaubte Oppenheimer. »Dann wärst du ja fast schon ein alter Kämpfer.«

»Ja, man stelle sich das mal vor«, regte sich Billhardt auf. »Vor der Machtergreifung, da gab es noch keinen großen Druck, sich den Parteiorganisationen anzuschließen. Wer es damals tat, der entschied sich freiwillig dafür.«

Oppenheimer ging zum Herd und goss den Rest des Ersatzkaffees in seinen Lieblingsbecher. »Ich versteh schon. Es ist die perfekte Strategie, um dich mundtot zu machen. Du wärst als glühender Nazianhänger gebrandmarkt.«

»Dabei wurde ich doch entnazifiziert, weil ich ein minderschwerer Fall bin«, erklärte Billhardt. Dann hielt er plötzlich inne. Irgendetwas schien ihm unangenehm zu sein. Er griff nach seinem Becher, nippte lustlos an dem Muckefuck und suchte nach den richtigen Worten.

»Ich hatte es dir noch nicht erzählt«, fuhr er mit gesenkter Stimme fort. »Ich bin später in die Partei eingetreten. Aber das war erst 1938. Ich wollte auf Nummer sicher gehen, keine Scherereien bekommen. Einen höheren Rang oder wichtige Aufgaben habe ich in der NSDAP nie übernommen, ich war nur ein passives Mitglied, also ging ich als unbelastet durch.«

Billhardt verstummte und schien auf eine Reaktion von seinem Kollegen zu warten.

Oppenheimer betrachtete die abgeplatzte Farbe an der Küchendecke und nahm sich etwas Zeit, um diese neue Information zu verarbeiten. Er wusste nicht so recht, wie er reagieren sollte. Im Prinzip hatte er von Billhardt nichts anderes erwartet. Und dennoch fühlte er eine gewisse Enttäuschung.

»Da hast du wohl auf das falsche Pferd gesetzt«, sagte Oppenheimer. Er ließ sich wieder auf dem Stuhl nieder und drehte den Becher zwischen den Händen. Zu beobachten, wie sich das Tageslicht auf der weißen Emaille mit den dunkelblauen Punkten brach und die leichten Unebenheiten des Metalls hervortreten ließ, beruhigte ihn. »Und Polizeipräsident Markgraf hat darüber hinweggesehen«, fuhr er fort. »Er stellte dich ein, weil er Leute brauchte.«

Billhardt beugte sich vor. »Worauf ich hinauswill: Wer ist schon so dämlich und tritt erst der SS bei und dann, erst ein paar Jahre später, in die NSDAP?«, sprudelte es aus ihm heraus.

»Das merkt doch ein Blinder mit 'nem Krückstock, dass das getürkt ist.«

»Tja, was will man da machen? Soll ich vielleicht als Entlastungszeuge auftreten?«

»Deswegen bin ich ja gekommen.« Hastig fuhr Billhardt fort: »Nicht, damit du mich entlastest, sondern, um dir zu sagen, dass du dich künftig besser aus der Sache heraushalten sollst. Es wird einfach zu brenzlig.«

Bitter lachte Oppenheimer auf. »Mich werden sie bestimmt nicht verdächtigen, ein Nazi zu sein.«

Billhardt rieb sich die Augen. »Die finden auch andere Gründe, glaub es mir. Gestern habe ich eine Morddrohung bekommen.« Er versuchte, mit fester Stimme zu sprechen, und doch begann sie zu zittern. Billhardt machte eine ausholende Geste, ganz so, als könnte er damit seine dunklen Gedanken verscheuchen. »Mir kann es ja egal sein. Ich habe mich abgesichert, konnte Kontakte außerhalb unserer Behörde knüpfen. Es sind noch andere Leute an den Untersuchungsergebnissen interessiert, mehr darf ich momentan leider nicht sagen. Selbst wenn ich dabei draufgehe, die Sache wird ans Tageslicht kommen. Das kann niemand mehr verhindern. Nur will ich nicht, dass Dorothee etwas passiert. Je weniger Leute ich da mit hineinziehe, umso besser. Alles, was du mir gesagt hast, die Dinge, die Hilde herausgefunden hat, vergiss es.« Eindringlich wiederholte Billhardt: »Wenn dich jemand fragen sollte, dann hast du von nichts eine Ahnung. Es ist zu deiner eigenen Sicherheit.«

15

Montag, 17. November 1947

Nach Billhardts Enthüllungen war es für Oppenheimer eine unangenehme Pflicht, am nächsten Tag zur Arbeit zu gehen. Das lang gestreckte Verwaltungsgebäude, in dem ihre Dienststelle untergebracht war, wirkte plötzlich fremd. Er hatte jegliche Gewissheit darüber verloren, was sich hinter der grauen Steinfassade und den symmetrisch angeordneten, hohen Fenstern abspielte. Schon in der Vorhalle überkam ihn der Drang, auf der Stelle kehrtzumachen. Unwillkürlich musterte er die Mitarbeiter, in der Erwartung, auf verstohlene Blicke zu treffen oder Kollegen dabei zu überraschen, wie sie sich hinter seinem Rücken etwas zuflüsterten. Natürlich taten ihm die Verschwörer nicht den Gefallen, sich auf diese Weise zu verraten.

Auf dem Gang begegnete Oppenheimer Wenzel, der gerade bei Fräulein Böttcher seinen Charme spielen ließ. Lässig zündete er sich eine neue Zigarette an einem abgerauchten Stummel an, während sie ihm einen langen Blick zuwarf.

Oppenheimer war einigermaßen überrascht, dass Wenzel mit seinen Anbändelungsversuchen anscheinend Erfolg hatte. In den letzten Monaten waren einige Kollegen bei Fräulein Böttcher abgeblitzt, egal, wie viel Süßholz sie auch raspelten. Und ausgerechnet der ausgemergelte Wenzel konnte ihr Herz erweichen. Selbst nach längerem Überlegen blieb es für ihn ein Rätsel, was Fräulein Böttcher in Wenzel sehen mochte. Dass er verheiratet war, würde mit etwas Pech zu Komplikationen führen, doch letztendlich ging Oppenheimer das nichts an. Sie waren hier alle erwachsene Menschen, jeder war für sich selbst verantwortlich.

Oppenheimer musste sich anstrengen, um Wenzel von seinem angeregten Gespräch loszueisen. Dann liefen sie gemeinsam zum Polizeigefängnis in der Dircksenstraße, in dem Frau Hinze in Untersuchungshaft saß.

Zu Beginn ihrer Befragung presste sie die Lippen zu einem dünnen Strich zusammen. Sosehr Frau Hinze auch von der Situation verunsichert war, sie wollte nichts verraten. Jetzt lag es an Oppenheimer, ihren Widerstand zu brechen.

Statt etwas zu sagen, holte Oppenheimer das Foto vom Liebeskiosk hervor. Beim Anblick des Bildes zuckte Frau Hinze zusammen.

»Sie wissen, woher wir dieses Foto haben«, stellte Oppenheimer fest. »Das ist Rolf Nixfeld. Der Mann, der sich als Ihr Gatte ausgegeben hat.«

In der hinteren Ecke des Besucherzimmers stenografierte Wenzel das Gesagte in sein Notizheft und verharrte mit gezücktem Bleistift.

Anstatt diese Angaben zu bestätigen, blickte Frau Hinze Oppenheimer trotzig ins Gesicht.

»Ich habe mit einem ehemaligen Mitbewohner gesprochen. Er behauptet, dass Herr Nixfeld Mitglied einer SS-Sondereinheit war, die an der Ostfront für Exekutionen eingesetzt wurde.«

Bei dieser Enthüllung rang Frau Hinze nach Luft. Sie hatte sich doch nicht so gut im Griff.

Oppenheimer fuhr fort: »Wenn sich das betätigt, dann wäre Ihr Liebhaber ein Kriegsverbrecher …«

»Das ist unglaublich«, platzte es aus Frau Hinze heraus, noch ehe Oppenheimer den letzten Satz beendet hatte. »Dieser Mensch weiß doch nicht, wovon er redet! Das sind alles haltlose

Anschuldigungen. Rolf ist kein Massenmörder, er war in der Verwaltung und niemals im direkten Kampfeinsatz.«

Oppenheimer registrierte, dass sie ihren Liebhaber zum ersten Mal bei seinem richtigen Vornamen genannt hatte. »Wenn Sie mir sagen, was Sie wissen, können wir diesen Verdacht vielleicht aus dem Weg räumen«, schlug er vor.

Allerdings hielt er die Chancen für gering, dass jemand Nixfelds Verstrickungen aufrollen würde. Die Entnazifizierungsbehörden waren heillos überfordert, und von Lisa hatte Oppenheimer erfahren, dass die Siegermächte zu sehr mit den zunehmend desolaten Beziehungen zwischen Ost und West beschäftigt waren, um noch auf eine vollständige Aufklärung zu drängen.

Frau Hinze war mit diesen Details nicht vertraut. Und so machte die leere Versprechung einen gewissen Eindruck auf sie.

»Rolf war an der Ostfront, das stimmt so weit.« Sie sprach jetzt so hastig, das sich Wenzel beim Mitschreiben anstrengen musste. »Er machte nur Propaganda, um die Kampfmoral der feindlichen Truppen zu unterminieren. Und dann war er noch damit beschäftigt, die Arbeit von einheimischen Kollaborateuren zu koordinieren. *Politische Kriegsführung* nannte Rolf das immer und meinte, dass genau solche Spezialisten im Ausland wieder benötigt werden. Deswegen wollte Rolf auswandern.« Frau Hinze hielt inne. Sie war unsicher, ob sie fortfahren sollte. Hinter dem vergitterten Fenster war das gedämpfte Geräusch einer vorbeiratternden S-Bahn zu hören.

»Wenn Herr Nixfeld mit Ihnen darüber geredet hat, dann wollte er Sie wohl kaum allein zurücklassen?«

Frau Hinze antwortete mit einem spöttischen Lachen. »Ich will nur fort von hier.« Sie rieb sich die Schläfe. »Rolf bot mir eine Möglichkeit, alles hinter mir zu lassen. Möchten Sie das nicht auch manchmal? Ein neues Leben beginnen, ohne die alten Fehler mitzuschleppen? Eine Zukunft wie ein ungeschriebenes Blatt? Hier in Berlin geht doch alles vor die Hunde. Je weiter weg, umso besser.«

Oppenheimer nickte. »Und wieso hat er dann den Namen Ihres Mannes übernommen? Wegen der Nachbarn?«

»Nicht nur.« Frau Hinze druckste ein wenig herum. »Wenn bei der Ausreise herausgekommen wäre, dass Rolf SS-Mitglied war, befürchtete er Komplikationen. Und mein Mann war nur Wehrmachtsoldat. Also habe ich ihm angeboten, dass er den Namen meines Mannes annimmt. Es war meine Idee, damit er authentische Papiere bekommt. Ich dachte, es ist einfacher für uns beide. Rolf hatte schon die ersten Vorbereitungen getroffen. Maximal ein paar Monate noch, dann wären wir sowieso fortgezogen, und niemand hätte sich mehr darum gekümmert.«

»Und dann ist Ihr Gatte aufgetaucht«, fuhr Oppenheimer fort.

»Das haben wir mittlerweile zweifelsfrei geklärt. Er kam aus der Kriegsgefangenschaft zurück, obwohl er als verschollen galt.«

»Er hätte alles kaputt gemacht.« Frau Hinze zog bei diesem Gedanken den Kopf ein. »Sie wissen nicht, was für ein Mensch er war. Konrad, meine ich. Ich habe das erst nach meiner Heirat erfahren, viel zu spät. Er war krankhaft eifersüchtig. Ich wusste nie, woran ich bei ihm bin. Manchmal war er nett, dann hat er mich wieder bei jeder Kleinigkeit geschlagen. Ich war froh, als er zum Kriegsdienst eingezogen wurde, da war er wenigstens fort. Dass er für tot erklärt wurde, war für mich wie ein Befreiungsschlag. Und dann lernte ich Rolf kennen, das genaue Gegenteil. Wir wollten eine Familie gründen. Aber natürlich, ich habe einfach immer Pech. Mein Mann hätte das alles wieder zerstört. Wenn jemand zu sterben verdient hat, dann er.« Ihr Gesichtsausdruck verhärtete sich.

»Also hat Herr Nixfeld ihn umgebracht?«, fragte Oppenheimer.

Frau Hinze riss die Augen auf und schüttelte den Kopf. »Nein, nein, Sie verstehen nicht. Rolf ist unschuldig. Ich war es. Ich habe meinen Mann erstochen!«

Schweigend saßen Oppenheimer und Wenzel in ihrem Büro vor dem Ofen, in dem das brennende Holz knackte. Die letzte halbe Stunde hatte er erfolglos versucht, Frau Hinze noch weitere Angaben zu entlocken. Insbesondere interessierte ihn, in welches Land Nixfeld fliehen wollte. Frau Hinze gab vor, die genauen Details nicht zu kennen. Oppenheimer ahnte, dass sie sich nur in Schweigen hüllte, um den Verfolgern keinen Hinweis auf die geplante Fluchtroute zu geben.

Draußen fielen Schneeflocken aus dem bleigrauen Himmel. Hinter den beschlagenen Fenstern wirkte es auf Oppenheimer wie eine lebendige Tapete, ein Ornament, das sich in unendlicher Vielfalt wiederholte. Stundenlang konnte Oppenheimer beim Ofen sitzen und die Wolken fixieren. Lediglich Wenzel störte seine Konzentration. Der Assistent bewegte unruhig den Drehstuhl hin und her, wenn er nicht lautstark seinen Muckefuck schlürfte oder eine Zigarette nach der anderen paffte.

»Damit hätten wir rechnen müssen«, sagte Wenzel schließlich, um die Stille zu durchbrechen. »Frau Hinze hat ein handfestes Tatmotiv.«

Oppenheimer schnaubte. »Andererseits ist es auch möglich, dass sie einfach nur ihren Liebhaber beschützen will. Sie bezichtigt sich selbst des Mordes, damit Nixfeld unbehelligt bleibt.« Mit geschlossenen Augen schüttelte er den Kopf. »Mein Gott, diese Leute. Wie häufig habe ich das schon erlebt.«

Mit gerunzelter Stirn gab Wenzel zu bedenken: »In diesen

Fällen erhält man ja meistens mehrere widersprüchliche Aussagen. Aber momentan gibt es nur eine einzige, nämlich die von Frau Hinze.«

»Und ausgerechnet von ihr befand sich auch ein partieller Fingerabdruck auf dem Messer.« Bitter schloss Oppenheimer: »Die Beweise sprechen gegen sie. Wenn ich den Fall so abschließe und an Staatsanwalt Rutters weiterleite, dann wird Frau Hinze den Rest ihres Lebens im Gefängnis verbringen.«

»Es scheint ihr reichlich egal zu sein, ob sie sich in Teufels Küche bringt.« Wenzel stand auf und stellte sich ans Fenster. Er zog seine Augenbrauen zusammen. »Andererseits, vielleicht erzählt Frau Hinze ja die Wahrheit. Möglicherweise hat sie genau diese Bestrafung verdient.«

Oppenheimer wollte zuerst widersprechen, beließ es dann aber dabei. Auch wenn ihm der Gedanke nicht gefiel, musste er doch einsehen, dass es letztlich nur auf die Beweise und das Geständnis ankam. Es war nicht von der Hand zu weisen, dass auch einfache Lösungen manchmal richtig waren.

»Da sind mir noch zu viele Enden offen.« Oppenheimer seufzte. »Ich bespreche mich morgen noch mal mit Rutters. Bestimmt will er Frau Hinze weiterhin in Haft behalten. Die Aussage und die dazu passenden Beweise liegen vor, jetzt ist nur noch die Frage, wann die Staatsanwaltschaft die Klage erheben wird. Vielleicht kann ich Rutters ja überreden, mir noch ein bisschen Spielraum zu geben.«

»Und was machen wir in der Zwischenzeit?«, wollte Wenzel wissen.

»Den Papierkram«, antwortete Oppenheimer und stand von seinem Fensterplatz auf. »Und wer weiß, vielleicht haben wir ja Glück, und Nixfeld geht uns in der Zwischenzeit ins Netz.«

Mit diesen Worten betrat er den Korridor. Bevor er mit der

stumpfsinnigen Schreibtischarbeit begann, wollte er sich noch eine Tasse Muckefuck gönnen. Die Aussicht, sich mit dem Paragrafenreiter Rutters auseinandersetzen zu müssen, erfüllte Oppenheimer mit einem ähnlichen Grausen wie ein Zahnarztbesuch.

Zehn Minuten später lief er mit einem dampfenden Kaffeebecher zu seinem Büro zurück. Er wollte nachsehen, ob Billhardt zufällig in seiner Schreibstube war. Nixfeld plante, ins Ausland zu entkommen, und das legte unter Umständen eine Verbindung mit dem Mordfall um den Flinken Ulrich nahe, schließlich ging es dabei um Ausreisepapiere. Große Hoffnungen wollte sich Oppenheimer bei den dürftigen Hinweisen allerdings nicht machen. Andererseits konnte es auch nicht schaden, seinen Kollegen darauf hinzuweisen.

Diskret klopfte er an den Holzrahmen von Billhardts Büro. Ein zustimmendes Brummen ertönte, und so öffnete Oppenheimer die Tür. Billhardts Tisch war verwaist. Nur Kriminalanwärter Reinmann hockte in der anderen Ecke des Zimmers hinter seinem Schreibtisch.

Er blickte auf, wischte kurz mit dem Finger über seine tropfenförmige Nase und fragte: »Gibt's was?«

»Wo ist denn Billhardt hin?«

Reinmann machte eine entschuldigende Geste. »Tut mir leid, das weiß ich selber nicht. Eine Besprechung war für heute früh nicht angesetzt, ich habe ohnehin noch alte Aufgaben abzuschließen. Soviel ich weiß, wollte Kommissar Billhardt auf eigene Faust einer Spur nachgehen. Das hat er in der letzten Zeit häufiger getan.«

Oppenheimer lehnte sich gegen den Türrahmen und nippte kurz an seinem Getränk. Er erinnerte sich daran, dass Billhardt Kontakte außerhalb der Behörde geknüpft hatte. Seinen beiden Assistenten und Wenzel vertraute er nicht mehr, also schien es auch nicht ungewöhnlich, dass er sich gelegentlich abseilte, um seine Trümpfe nicht zu verraten.

»Na gut, ist ja nicht wichtig.« Oppenheimer versuchte, unverfänglich zu klingen, um Reinmann nicht misstrauisch zu machen. »Und wie läuft es so mit dem Fall?«

»Mit dem Ulrich?«

Oppenheimer nickte.

»Das ist so gut wie aufgeklärt. Die alte Geschichte: eine fatale Auseinandersetzung zwischen Schwarzmarkthändlern. Routinekram.« Reinmann schaffte es, sogar Mord und Totschlag einschläfernd klingen zu lassen. »Wir tragen nur die ganzen Fakten zusammen«, sagte er, was ihn daran erinnerte, dass er noch Papiere zu bearbeiten hatte.

Einige Stunden später legte Oppenheimer die letzten paar Meter von der S-Bahn-Station zu seiner Wohnung zurück. Die Temperaturen näherten sich dem Gefrierpunkt, und die Schneeflocken sammelten sich auf den Gehsteigen zu rutschigen weißen Flächen. Mit hochgezogenen Schultern und unsicherem Schritt ging Oppenheimer zu Hildes Grundstück. Er freute sich auf einen gemütlichen Abend mit Lisa und wünschte sich nichts sehnlicher, als mit ihr unter dicken Bettdecken zu liegen, sich gegenseitig zu wärmen, während der Ofen in ihrem Zimmer erfolglos gegen den eisigen Windhauch des undichten Fensters ankämpfte.

Bei der winterlichen Witterung kam ihm plötzlich in den Sinn, dass in wenigen Wochen bereits Heiligabend war. Oppenheimer überlegte, was er Lisa zum Fest schenken sollte. In den vergangenen Jahren hatten sie am Existenzminimum gelebt. Das größte Geschenk waren Lebensmittel vom Schwarzmarkt gewesen. Man wusste nicht, welche Besitztümer noch verloren gehen mochten, also schien es sinnvoll, die Herzenswünsche in

Fettpolster zu verwandeln, von denen man in schlimmen Zeiten zehren konnte.

Die Versorgungslage war immer noch desolat, aber Oppenheimer hoffte mit einem grimmigen Optimismus, dass es besser werden würde. Er wollte auf keinen Fall kapitulieren wie Seibold und Berlin verlassen. Selbst wenn in dieser Stadt noch keine paradiesischen Zustände ausgebrochen waren und die Verunsicherung ihr ständiger Begleiter war, ging es doch vorwärts, wenngleich manchmal nur in Trippelschritten. Und so beschloss er, Lisa in diesem Jahr ein Präsent zu machen, das nicht innerhalb weniger Tage in hungrigen Mäulern verschwunden war, sondern etwas, das ihr das Leben verschönerte.

Leider fiel Oppenheimer auf Anhieb kein Geschenk ein, das diesen Anforderungen entsprach.

Und dann musste er ja auch noch etwas für Theo finden. Über viele Umwege und Zufälle waren sie zum ersten Mal seit dem Tod ihrer Tochter Emilia wieder so etwas wie eine Familie. Eine Familie von Überlebenden, die sich zusammengefunden hatte, weil das Leben nicht anders auszuhalten war. Jetzt, da Oppenheimer darüber nachdachte, hatte er nicht zum ersten Mal den Eindruck, dass ihre verschlungenen biografischen Pfade einen Sinn ergaben.

Vor der breiten Hofeinfahrt zu Hildes Villa zuckte Oppenheimers Blick zum Dachstuhl. In den Schatten des späten Winternachmittags konnte er die Konturen des Daches kaum ausmachen. Und doch glaubte er, dort eine Bewegung zu erkennen. Oppenheimer strengte die Augen an. Und tatsächlich, eines der Mansardenfenster stand weit offen.

»Theo!«, rief er ungehalten. Seine sentimentalen Anwandlungen waren verflogen.

Er rannte auf das Steinportal der Villa zu. Bei dem Gedanken, dass sich Theo wieder einmal in Gefahr gebracht hatte, kannte er kein Halten mehr und lief bis hinauf in den Dachstuhl. Auf der obersten Treppe zitterten seine Beine bedenklich. Wie ein Ertrinkender griff er nach der Türklinke, zog sich die letzte Stufe nach oben und rang nach Luft.

Doch etwas passte nicht. Oppenheimer drückte die Klinke nach unten. Das Sicherheitsschloss, das Lisa bei den Briten besorgt hatte, war abgesperrt.

Verdattert stand er vor der verschlossenen Tür und wusste nicht so recht, was er denken sollte. Er beugte sich vor, um an der Tür zu lauschen.

Das nächste Geräusch ertönte dicht neben ihm. Er bekam mit, dass ein loses Brett in der Wandverkleidung zur Seite klappte und ein Schatten zur Treppe huschte.

Augenblicklich packte Oppenheimer zu und hielt Theo am Mantelkragen fest. Kopfschüttelnd musterte er den schuldbewusst dreinblickenden Jungen und das verdeckte Loch in der Wand.

»Ja bist du denn wahnsinnig?«, stieß er schließlich aus. »Baust du jetzt Hildes komplettes Haus ab?«

»Da sind Männer«, behauptete Theo. »Die warten dort draußen auf mich.«

»Und das bin nicht etwa ich gewesen, wie ich nach Hause kam?«

»Nein, da sind fremde Männer.«

Oppenheimer seufzte. Jetzt fing alles wieder von vorn an. Auf Theo beruhigend einzureden hatte bislang keinerlei Wirkung gezeigt. Vielleicht war es ja hilfreich, an seine Vernunft zu appellieren.

Er ließ Theo los. »Also gut«, sagte er. »Mein Schlüsselbund steckt noch unten in der Tür. Den gehe ich jetzt holen, dann schließe ich die Dachkammer auf, und du zeigst mir die fremden Männer.«

Theo warf ihm einen verwunderten Blick zu. Dass ihn ein Erwachsener ernst nahm, das war eine neue Erfahrung.

Schnell bereute Oppenheimer diesen Entschluss, denn es stellte sich heraus, das er nicht so leichtfüßig war, wie er gedacht hatte. Auf seinem zweiten Weg hinauf zum Dachstuhl hangelte er sich schnaufend wie eine Dampflokomotive am Geländer nach oben. Um zu überspielen, dass er erst wieder zu Kräften kommen musste, suchte Oppenheimer etwas länger nach dem richtigen Schlüssel, als notwendig gewesen wäre. Theo hatte ihn schon längst erspäht und war sichtlich verwundert, dass Oppenheimer so lange brauchte, um den Schlüssel zu finden. Doch er war zu eingeschüchtert, um etwas zu sagen, und so wartete er geduldig, bis Oppenheimer die Tür aufschloss und zusammen mit ihm den dunklen Verschlag betrat.

Oppenheimer führte Theo zu dem geöffneten Fenster.

»Jetzt zeig mir mal, was du gesehen hast«, forderte Oppenheimer ihn auf. »Dort draußen, was hat dir so eine Angst eingejagt?«

Theo starrte auf die Straße. Oppenheimer stellte sich daneben und tat dasselbe. Während sie hinausspähten, wurde es immer dunkler. Die Gegenstände schienen sich aufzulösen, zerflossen zu einer soliden Wand aus Finsternis. Oppenheimer erwartete bereits, dass Theo zugab, sich geirrt zu haben. Aber der Junge stand mit gekräuselter Nase vor dem Fenster, ließ unermüdlich seinen Blick hin und her huschen, verfolgte die geringste Bewegung.

Plötzlich bemerkte Oppenheimer, dass Theo einige Zentimeter zurückwich, bereit, sich zu verteidigen.

Theo sagte, seine Stimme nur ein tonloses Raunen: »Da hinten.«

Oppenheimer kniff die Augen zusammen, doch umsonst.

Theo musste ihn für begriffsstutzig halten. Aufgebracht zeigte er zur gegenüberliegenden Häuserzeile.

»Du meinst bei Frau Wendlandt?«, fragte Oppenheimer.

»Links davon.«

Jetzt glaubte auch Oppenheimer, eine Bewegung zu erkennen. Aber vielleicht bildete er sich das ja nur ein, weil Theo ihn mit seinem Jagdeifer angesteckt hatte.

Vermutlich waren es nur Passanten, oder es gab eine andere harmlose Erklärung.

»Und seit wann beobachten die Fremden das Haus?«

»Ich hab sie gestern schon gesehen«, antwortete Theo prompt.

Oppenheimer überlegte. »Aber warum kommen die nicht rüber, wenn sie von uns was wollen?«

»Das ist eine Hinterlist von denen. Die warten darauf, dass wir uns sicher fühlen. Erst dann schlagen sie zu.«

Zweifelsohne fantasierte sich Theo da ein Schauermärchen zusammen. Gleichzeitig fiel es Oppenheimer schwer, dagegen zu argumentieren. Um Theos Befürchtungen zu zerstreuen, musste er persönlich überprüfen, dass keine gesichtslosen Häscher die Nachbarschaft unsicher machten.

»Das schauen wir uns jetzt genauer an«, sagte Oppenheimer.

Er lief mit Theo die Treppe hinunter, hastete durch die Haustür, überquerte die Straße zu der Stelle, an der sie die verräterische Bewegung gesehen hatten.

»Das war hier, nicht wahr?«

Theo nickte.

Es handelte sich um die Durchfahrt zu einem Hinterhof. Wie ein schwarzes Loch klaffte sie in der Hausfassade. Die seitlichen Mauern ragten neben dem verschlossenen Tor weit genug vor, um Schutz vor Wind und Wetter zu bieten. Oppenheimer musste zugeben, dass es ein idealer Platz für einen Beobachter war. Vermutlich hätte er eine ähnliche Stelle ausgesucht, um jemanden zu beschatten.

Plötzlich zischte Theo: »Ich habe recht gehabt, die waren hier. Das ist der Beweis!«

Der Junge zeigte auf den Boden. Auf einer Seite der Durchfahrt lagen Zigarettenstummel.

16

Dienstag, 18. November 1947

Nachdem der Magistrat dem Polizeipräsidenten das Misstrauen ausgesprochen hatte, war an diesem Dienstag im Friedrichstadtpalast eine öffentliche Kundgebung angesetzt, um vor aller Augen zu demonstrieren, dass die Polizeikräfte unbeirrt hinter Markgraf standen.

Oppenheimer kam sich dabei vor wie bei einem Schulausflug. In der Früh suchte der kommunistische Vertrauensmann Möller die Gänge der Dienststelle heim, um die Mitarbeiter zu mobilisieren. Oppenheimer machte sich nichts vor. Es war offensichtlich, dass dem politischen Druck der westlich orientierten Kräfte nun auch der Druck von sowjetischer Seite entgegengesetzt werden sollte. Dazu passte, dass als offizieller Veranstalter der Freie Deutsche Gewerkschaftsbund fungierte, der große Dachverband in der Sowjetzone. Und Möller war bemüht, zu diesem Anlass möglichst viele Mitarbeiter zusammenzutrommeln.

Widerwillig gab Oppenheimer Möllers Drängen nach. Er mochte Massenveranstaltungen mit einschläfernden Reden nicht, und darüber hinaus hatte er ohnehin Zweifel daran, dass Markgraf tatsächlich der richtige Mann an der Spitze des Polizeiapparates war. Schnee gab es an diesem Tag nicht mehr, aber die Witterung war immer noch so unfreundlich, dass niemand die etwa zwei Kilometer bis zum Friedrichstadtpalast freiwillig zu Fuß zurücklegen wollte. Schließlich schloss sich Oppenheimer einigen Kollegen an, die mit der S-Bahn fuhren, mit der festen Absicht, sich bei der erstbesten Gelegenheit aus dem Staub zu machen.

Der Friedrichstadtpalast befand sich direkt gegenüber dem Bahnhof Friedrichstraße am nördlichen Spreeufer. Mit seinem monolithischen Giebel und den expressionistischen Kanten aus Drahtputz fiel das Gebäude schon von Weitem auf. Ein größerer Kontrast zum benachbarten *Theater am Schiffbauerdamm* mit seinen neobarocken Türmchen war kaum denkbar.

Ursprünglich war das Gebäude um 1865 als hochmoderne Markthalle errichtet worden, ehe man es zu einem Zirkus umbaute. Später hatte hier nicht nur der Theatermann Max Reinhardt seine opulenten Schauspielinszenierungen präsentiert, auch die Operette *Im weißen Rößl* erlebte hier ihre Uraufführung. Unter der Ägide der Nationalsozialisten kulturell gleichgeschaltet und in *Theater des Volkes* umbenannt, gab es hier in den letzten Jahren fast nur noch seichte Unterhaltung zu sehen – ein unpolitischer Zeitvertreib, um den Durchhaltewillen zu stärken.

Soweit Oppenheimer wusste, hatte man die Kriegsschäden schon vor geraumer Zeit beseitigt und die Bühne zeitweilig als Revuetheater genutzt. Jetzt war der Magistrat der Stadt Berlin der Eigentümer und nutzte das monumentale Theater mit seinem riesigen Saal vor allem für offizielle Großveranstaltungen. Das verlangte nach einem repräsentativeren Namen, und so war das Gebäude erst vor wenigen Tagen in *Friedrichstadtpalast* umgetauft worden.

Die ganze Zeit über hielt Oppenheimer nach Billhardt Ausschau. Vor dem Veranstaltungsbeginn schlenderte er mehrmals durch das großzügige Foyer, in der Hoffnung, dass der Kollege vielleicht zusammen mit den Nachzüglern eintreffen würde. In der Menschenmenge fiel es Oppenheimer allerdings schwer, den Überblick zu behalten. Schließlich sah er den Kriminaltechniker Hergesheimer. Er stand neben dem Durchgang zur Garderobe und musterte das Treiben mit einem zynischen Lächeln. Oppenheimer gab es schließlich auf, nach Billhardt zu suchen, und gesellte sich zu ihm.

»Ah, noch ein Leidensgenosse«, begrüßte Hergesheimer ihn.

»Billhardt hast du nicht zufällig gesehen?«, fragte Oppenheimer.

Hergesheimer schnaubte. »Pah, bislang habe ich nur Funktionäre vom FDGB gesehen und Betriebsratsmitglieder, die der SED nahestehen. Ein paar Oberhäuptlinge der SED sind auch hier, zweifellos, um uns gleich mit ihren Reden zu beglücken.«

»Ich dachte, mit dieser Veranstaltung soll gegen die Behauptung protestiert werden, dass die Polizei nur im Interesse einer Partei arbeitet«, stellte Oppenheimer verwundert fest. »Und dann tauchen lauter SED-Funktionäre auf?«

»Womit die Unterstellung des Magistrats postwendend wieder bestätigt wird. Die Vorwürfe gegen Markgraf werden als reaktionäre Hetze gegeißelt. Aber man muss sich doch fragen, welche Funktion die Polizei eigentlich hat, wenn nicht, zu verhindern, dass Menschen am helllichten Tage verschwinden? Markgraf hat nicht mal so getan, als würde er sich um eine Aufklärung bemühen. Natürlich, er ist ein Moskowiter und will den Sowjets keine Scherereien bereiten. Wes' Brot ich ess, des' Lied ich sing.«

Oppenheimer vergrub die Hände in den Manteltaschen und lehnte sich gegen die Wand. Von draußen eilten die letzten verspäteten Teilnehmer zur Garderobe. Soweit Oppenheimer sehen konnte, befand sich Billhardt nicht darunter.

»Es kann doch nicht angehen, dass in dem einen Sektor andere Gesetze gelten als in der restlichen Stadt.« Oppenheimer musste seine Stimme erheben, um das ohrenbetäubende Stimmengemurmel zu übertönen.

Hergesheimer nickte. »Ja, und vor allem, wie kann die Polizei als Schützerin der Demokratie fungieren, wenn sie in aller Öffentlichkeit gegen einen Beschluss der gewählten Volksvertretung protestiert? Von wem soll denn die Macht in unserem Staat ausgehen? Vom Volk oder von der Polizei?« Hergesheimer stieß leise einen Fluch aus, dann griff er in die innere Brusttasche seines Anzugs, zog einen Flachmann hervor und nahm einen herzhaften Zug.

Ein Gong ertönte, und die Menschen begannen, in den Saal zu strömen. Wie in einer Arena waren die ansteigenden Sitzreihen im Halbrund um das Podium angeordnet. Oppenheimer und Hergesheimer suchten sich zwei Plätze in den hintersten Reihen. Es waren überraschend viele Menschen zusammengekommen. Etwa dreitausend Sitzplätze gab es hier, und soweit Oppenheimer es überblicken konnte, schienen sie alle belegt zu sein. Ob jeder der Zuhörer auch tatsächlich ein Polizeiangehöriger war, ließ sich freilich nicht sagen.

Die Reden fand Oppenheimer ausgesprochen öde. Ein Sprecher nach dem anderen zerriss die Beschlüsse der Abgeordnetenversammlung. Letztendlich wurde eine Abstimmung in die Wege geleitet, um dem Polizeipräsidenten Markgraf ausdrücklich das Vertrauen auszusprechen. Zu diesem Zeitpunkt hatte Oppenheimer endgültig die Nase voll und fand, dass es an der Zeit war, sich zu verdünnisieren. Auf dem Sitz neben ihm döste Hergesheimer vor sich hin. Oppenheimer rüttelte ihn wach und nickte zum Ausgang. Hergesheimer verstand und folgte ihm ins Freie.

Dank Möllers Anstrengungen, die Massen zu mobilisieren, herrschte auf der Dienststelle wenig Betrieb. Fräulein Böttcher hatte an der Kundgebung nicht teilgenommen, und so erkundigte sich Oppenheimer bei ihr nach Billhardt.

»Er ist jedenfalls nicht krankgemeldet, soviel weiß ich«, bestätigte ihm die Sekretärin. »Vielleicht ist Herr Billhardt gerade im Außeneinsatz?«

Diese harmlose Erklärung war Oppenheimer zu dürftig. In Anbetracht der Drohungen, die Billhardt erhalten hatte, machte er sich jetzt doch Sorgen um ihn. In seinem Arbeitszimmer griff Oppenheimer sofort nach dem Telefonhörer und wählte Billhardts Nummer. Es war ein gemeinsamer Hausanschluss für mehrere Mieter, und so musste sich Oppenheimer gedulden, bis Dorothee Billhardt ans Telefon geholt wurde.

»Die letzten zwei Abende ist er nicht nach Hause gekommen«, erklärte sie. »Aber er hatte mir vorher mitgeteilt, dass er unterwegs ist. Er observiert einen Verdächtigen.«

Oppenheimer runzelte die Stirn. Diese Antwort warf neue Fragen auf.

»Dorothee, warte auf mich«, murmelte er. »Ich komme sofort zu dir.«

Oppenheimer warf den Telefonhörer auf die Gabel.

Billhardts Wohnzimmer sah exakt so aus, wie Oppenheimer es in Erinnerung hatte. Noch immer hingen vor dem Fenster die vergilbten Häkelgardinen, in deren Stofffasern ein Spezialist wie Hergesheimer vermutlich Staub, Phosphor und andere Spuren der Kriegsjahre aufgespürt hätte. Die schäbige, durchgesessene Polstergarnitur, die Tapeten mit dem Streifenmuster. Verglichen mit anderen Familien hatten die Billhardts freilich Glück gehabt. Sie waren nicht ausgebombt worden, und man hatte in ihrer Wohnung auch keine zusätzlichen Mieter einquartiert.

Oppenheimer stellte fest, dass die Zeit an Dorothee Billhardt nicht spurlos vorübergegangen war. So weit er zurückdenken konnte, war sie schon immer eine zierliche Person gewesen, und während der Kriegsjahre war sie ziemlich abgemagert, wenngleich sie überraschend energiegeladen war.

Als gute Gastgeberin ließ es sich Dorothee Billhardt nicht nehmen, für Oppenheimer einen Teil der kostbaren Kaffeeration zu opfern. Als sie einschenkte, zitterten ihr die Hände. Der Blick wirkte unstet. Sie war nicht so gefasst, wie er nach dem Telefonat vermutet hatte. Im Gegenteil, Dorothee machte sich große Sorgen um ihren Mann.

»Ich verstehe es nicht«, sagte sie. »Er hat mir verboten, die Polizei einzuschalten, was auch geschehen mag.« Ohne sich selbst eine Tasse Kaffee einzugießen, lehnte sie sich zurück und starrte auf die Tischplatte. »Was meinst du, waren das die Sowjets? Haben die ihn verschleppt?«

Oppenheimer war momentan nicht nach Kaffee zumute, doch als Zeichen dafür, wie sehr er diese selbstlose Geste schätzte, trank er ein Schlückchen. »Was ist denn geschehen?«, fragte er so ruhig wie möglich.

»Vorgestern Abend ist Kurt nach dem Dienst noch zu einem Treffen gegangen. Mit diesem Herrn Oskar. Soweit ich weiß, arbeiten sie gemeinsam an seinem aktuellen Fall. Es ist alles höchst geheim, er wollte mir nicht viel erzählen, außer, dass er gegen seine eigenen Mitarbeiter ermittelt und er deswegen keinem über den Weg trauen kann. Niemandem – außer diesem Oskar.«

Während der Dienstjahre hatte es sich mit Billhardt so eingespielt, dass sie sich üblicherweise beim Nachnamen nannten. Oppenheimer musste sich erst wieder daran gewöhnen, in seiner privaten Unterhaltung mit Dorothee auch Billhardts Vornamen zu verwenden. »Kurt arbeitet also mit diesem Oskar zusammen? Ist das ein Vor- oder ein Nachname?«

»Ich halte es für ein Pseudonym. Einmal tauchte er hier auf, als Kurt noch in der Arbeit war. Er wohnt in einer Pension am

Kottbusser Tor. Dort wollten sie sich auch vorgestern treffen. Und dann ist Kurt nicht mehr zurückgekommen.«

Oppenheimer dachte kurz nach. »Das klingt mir nicht danach, als hätten die Sowjets die Finger im Spiel. Das Kottbusser Tor liegt im amerikanischen Stadtteil. Wenn die Sowjets jemanden entführen wollen, dann locken sie diese Person normalerweise in den Ostsektor. Das passt nicht zusammen. Etwas anderes steckt dahinter.« Er zuckte mit den Schultern. »Vielleicht machen wir uns umsonst Sorgen. Möglicherweise ist er tatsächlich damit beschäftigt, einen Verdächtigen zu observieren.«

»Ich weiß, dass Kurt auf eine heiße Spur gestoßen ist.«

Oppenheimer merkte auf. »Aber Details hat er vermutlich nicht verraten?«

Dorothee Billhardt runzelte die Stirn. »Das nicht. Er hoffte nur, den Fall bald abzuschließen. Wenn Kurt mir das erzählt, dann muss er sich schon ziemlich sicher sein.«

Bedächtig betrachtete Oppenheimer die Kaffeepfütze in seiner Tasse. Die größte Leerstelle war momentan der ominöse Herr Oskar, mit dem Billhardt zuletzt zusammengearbeitet hatte.

Dorothee konnte nur wenige Hinweise auf dessen Identität geben. »Er ist in den Dreißigern, schlank, es könnte sein, dass er einmal bei der Polizei war.«

Diese Angaben verwirrten Oppenheimer. »Kurt hat mir erzählt, dass er mit jemandem zusammenarbeitet. Soweit ich es verstanden habe, soll dieser Verbindungsmann von außerhalb kommen.«

Dorothee Billhardt schüttelte energisch den Kopf. »Aber er muss dich kennen, Richard. Als er hier war, nannte er deinen Namen. Anders kann ich mir das nicht erklären.«

Als Oppenheimer aus der S-Bahn stieg, drang eine verzerrte Stimme in den Hochbahnhof. Unten auf der Straße sprach jemand durch ein Megafon.

»Why do you look so glum?«, tönte es aus Richtung der Ritterstraße.

Auf dem Weg zum Ausgang reckte Oppenheimer sich, um zu erkennen, was dort vor sich ging. Ein offener Geländewagen der US-amerikanischen Militärpolizei fuhr am Straßenrand entlang. Auf den Vordersitzen konnte Oppenheimer die zwei schneeweißen Helme der Polizisten erkennen. Ihre Blicke waren auf ein junges Fräulein mit wehendem Rock gerichtet. Der Fahrer des Geländewagens hatte die Geschwindigkeit auf Schritttempo gedrosselt, sodass sie neben ihr herfuhren. Der jungen Frau schien diese ungewollte Aufmerksamkeit peinlich zu sein. Mit gesenktem Kopf lief sie den Bürgersteig entlang und tat so, als würde sie sich auf ihren Weg konzentrieren.

»C'mon girl, give me a little smile«, sagte der Beifahrer mit dem Megafon. Schließlich gab die junge Dame doch ein Zeichen von sich, dass sie die lautstarken Verehrer bemerkt hatte. Zaghaft warf sie den Polizisten einen Seitenblick zu. Ein Lächeln huschte über ihr Gesicht.

»Thank you!«, ertönte die elektronisch verstärkte Stimme des MP. Fast unmittelbar darauf trat der Fahrer das Gaspedal durch. Der Geländewagen brauste davon und hinterließ eine dicke Abgaswolke. Wenn junge Soldaten in aller Öffentlichkeit mit jungen Berlinerinnen schäkerten, konnte man sich nur im US-Sektor befinden.

Fest entschlossen, Billhardts Verschwinden auf den Grund zu gehen, lief Oppenheimer die Treppen des Hochbahnhofs Kottbusser Tor hinunter. Dorothee Billhardt hatte ihm keine genaue Adresse gegeben, doch Oppenheimer glaubte, sich schemenhaft an die Pension Keller zu erinnern, in der der mysteriöse Herr Oskar abgestiegen war.

Am Kottbusser Tor war mit dem Abriss der Berliner Akzisemauer in den 1860er-Jahren auch das namensgebende Stadttor längst verschwunden. An dessen Stelle war ein Verkehrsknotenpunkt entstanden, der mit seinen zahlreichen Abzweigungen und Kreuzungen die Nerven der Autofahrer strapazierte. Auch Oppenheimer musste drei Straßen überqueren, ehe er die Pension entdeckte. Die Herberge befand sich in einer Häuserzeile, die auf den ersten Blick völlig zerstört aussah. Der aufwendig mit Ornamenten versehene Hauseingang im Gründerzeitstil war der einzige intakte Teil der Fassade, ein weit geöffneter Schlund, der in ein Labyrinth aus Eisenstreben, bröckelnden Mauern und zerbrochenen Betonplatten führte. Oppenheimer vergewisserte sich, dass er hier richtig war. Ein provisorisch aufgestelltes Pappschild an der Seite wies auf die Pension Keller hin, der Pfeil zeigte direkt auf den Eingang. Also betrat Oppenheimer die Ruine und wurde auch bald fündig.

Es stellte sich heraus, dass das Rückgebäude noch intakt war. An einer Tür hing hinter der Scheibe eine Pappkarte, auf der in Schönschrift freie Zimmer angepriesen wurden.

Von draußen mochte es wie der Hintereingang zu einer Wohnung wirken, tatsächlich wurden die Gäste von einem unpersönlichen Korridor empfangen. Es war reichlich staubig, die Farbe des Teppichs war verblichen. Auf einem halbhohen Podest standen einige Gummibäume, penibel nach der Wuchshöhe arrangiert. Selbst die Pflanzen der Pension Keller machten keinen gesunden Eindruck. Für eine Weile verharrte Oppenheimer orientierungslos im Gang, bis weiter hinten eine Tür geöffnet wurde. Eine ältere Frau kam auf ihn zu. Sie trug ein wallendes Kleid, das in den Zwanzigerjahren modern gewesen sein mochte. Die hochtoupierten grauen Haare waren blau getönt, dicke schwarze Lidstriche akzentuierten ihre schräg stehenden Augen.

»Was kann ich für Sie tun?«, fragte sie gut gelaunt und flatterte Oppenheimer entgegen. »Ich bin Frau Keller. Ich nehme an, Sie möchten ein Zimmer?«

Oppenheimer zeigte seine Polizeimarke und erkundigte sich nach einem Mieter namens Oskar. Frau Keller war zunächst überfragt.

»Oskar? Ich befürchte, da kann ich Ihnen nicht weiterhelfen.«

»Der Herr dürfte in den Dreißigern sein, schlank.«

Bei Oppenheimers Beschreibung blitzte es in ihren Augen auf.

»Sie meinen sicher Herrn Dorn. Oskar ist sein Vorname, deswegen war ich verwirrt. Aber was ist mit ihm? Ich hoffe, er ist nicht in Schwierigkeiten geraten?«

»Nein, keinesfalls.« Angesichts der neugierigen Pensionsinhaberin kramte Oppenheimer seine übliche Notlüge hervor. »Herr Dorn war Zeuge eines Unfalls und könnte uns wichtige Hinweise liefern. Ist er zufällig anwesend?«

Frau Keller führte ihn zur Rezeption, die nicht viel mehr als eine Besenkammer mit Durchreiche war, und warf einen kurzen Blick auf die Schlüsselleiste.

»Den Schlüssel hat er nicht abgegeben.« Sie schlug eine dicke Registratur auf und glitt mit dem Finger an den letzten Einträgen entlang. »Herr Dorn hat sein Zimmer vor zwei Wochen bezogen. Ein Abreisedatum liegt noch nicht vor. Eventuell ist er gerade in seinem Zimmer. Aber manchmal nimmt er den Schlüssel auch einfach mit. Am besten schauen Sie selber nach, Zimmer fünf, gleich auf der rechten Seite.«

In einem düsteren Seitengang fand Oppenheimer die besagte Zimmertür. Er klopfte an und horchte angestrengt. Nichts rührte sich.

Zum Glück kam gerade ein Zimmermädchen, um die Betten zu machen. Nachdem sich Oppenheimer ausgewiesen hatte, gewährte ihm die junge Frau Zutritt, doch sie behielt ihn die ganze Zeit über im Auge, ganz so, als würde sie dem fremden Mann mit der Polizeimarke nicht über den Weg trauen.

Das Zimmer sah unberührt aus. Das fahle Licht des Regentages fiel durch das Fenster und sorgte für eine triste Atmosphäre.

Oppenheimer sprach mit dem Zimmermädchen, um ihren Argwohn zu vertreiben. Es stellte sich heraus, dass sie die Tochter des Hauses war.

»Mit Herrn Dorn haben Sie ja nicht viel Arbeit, wie es scheint?«, fragte Oppenheimer, um ihr Gespräch auf den abwesenden Gast zu lenken.

»Er ist selten da«, bestätigte das Zimmermädchen. Sie öffnete den Schrank, um dort neue Handtücher zu verstauen, und so konnte Oppenheimer einen kurzen Blick hineinwerfen. Am Boden stand ein dunkelbrauner Reisekoffer, darüber hing ein halbes Dutzend weißer Hemden.

Das Zimmermädchen wandte sich dem Bett zu und unterzog das Kopfkissen einer Prüfung. »Vor drei Tagen bezogen«, murmelte sie. »Und immer noch nicht benutzt.« Anstatt das Kissen neu zu beziehen, schüttelte sie es nur auf und klopfte es in Form.

Oppenheimer rechnete zurück. Seitdem Billhardt verschwunden war, war auch Dorn nicht mehr zurückgekommen. Ein weiteres Indiz dafür, dass dies alles miteinander zusammenhing.

17

Dienstag, 18. November 1947

Frau Hinze sollte in zwei Tagen ins Frauengefängnis in der Barnimstraße verlegt werden. Nixfeld blieb wie vom Erdboden verschluckt. Ohne Frau Hinzes Liebhaber gab es keine Chance, an entlastende Hinweise zu gelangen. Zusammen mit den Indizien hielt Staatsanwalt Rutters ihr Geständnis für ausreichend, um ein Verfahren gegen sie einzuleiten. Oppenheimers Einwand, dass es noch zu viele offene Fragen gäbe, quittierte er mit einem hochmütigen Stirnrunzeln. Letztendlich war Rutters nicht bereit, das Strafverfahren länger hinauszuzögern, und gab Oppenheimer den unmissverständlichen Rat, den Ermittlungsbericht so schnell wie möglich fertigzustellen.

Auf dem Nachhauseweg musste Oppenheimer wieder an Billhardt denken, sodass er kaum etwas um sich herum wahrnahm. Er überlegte, was er selbst normalerweise tat, wenn er mehrere Tage mit einer Ermittlung beschäftigt war. Er würde Lisa auf jeden Fall eine Nachricht hinterlassen, damit sie sich keine Sorgen machte. Sicher handhabte Billhardt das ähnlich. Also beschloss Oppenheimer, am nächsten Tag noch einmal bei Dorothee vorbeizuschauen, in der Hoffnung, dass sie bis dahin etwas über den Verbleib ihres Mannes erfahren hatte.

Die Hände tief in seine Manteltaschen gestemmt und die Hutkrempe zum Schutz vor dem kalten Wind in die Stirn gezogen, ging Oppenheimer den üblichen Weg zur S-Bahn. Das Menschengewirr zum Feierabend durchpflügte er wie ein Ozeandampfer in voller Fahrt.

Wäre Oppenheimer aufmerksamer gewesen, hätte er vielleicht bemerkt, dass sich beim Verlassen der Dienststelle jemand an seine Fersen geheftet hatte, der peinlich genau darauf achtete, hinter Oppenheimer zu bleiben. Bis zur nächsten Querstraße gewährte der Verfolger Oppenheimer einen Vorsprung, als dieser jedoch über den Alexanderplatz zum S-Bahnhof lief, beeilte sich der Mann, die Distanz zu verringern. Bei der Dircksenstraße wurde die Menschenmenge schließlich so dicht, dass der Verfolger unmittelbar hinter Oppenheimer bleiben musste, um ihn nicht zu verlieren.

Abrupt blieb Oppenheimer stehen, weil er fast mit einem Kinderwagen kollidiert wäre. Mit einem scharfen Knirschen bremste hinter seinem Rücken auch der Verfolger ab. Oppenheimer fing den vorwurfsvollen Blick der Mutter auf, murmelte eine Entschuldigung und lüftete dabei seinen Hut. Dieser Zwischenfall lenkte Oppenheimers Aufmerksamkeit wieder auf seine Umgebung. Er stand neben einer Litfaßsäule, auf der immer noch die Plakate für das aufwendige Kulturprogramm klebten, das die Sowjetische Militäradministration zum dreißigjährigen Jubiläum der Oktoberrevolution in Berlin veranstaltet hatte. Die ganze Zeit über war er an beleuchteten Schaufenstern vorbeigelaufen, ohne sie zu beachten. Mehr aus Zufall fiel Oppenheimers Blick auf die Auslage einer Pfandleihe, in der ein Paar Lederhandschuhe für Damen ausgestellt war. Sie waren weinrot und fein verarbeitet, der sündhaft teure Preis, den der Ladenbesitzer dafür verlangte, war zweifelsohne gerechtfertigt.

Normalerweise verließ sich Oppenheimer immer auf seine Vernunft. Was Lisa betraf, hatte er allerdings gelernt, voll und ganz dem irrationalen Teil seines Wesens zu vertrauen. Bei ihrem ersten Treffen hatte er den Eindruck gewonnen, sie schon seit ewigen Zeiten zu kennen. Und geradezu unheimlich wurde es, als sich später herausstellte, dass Lisa genau dasselbe gefühlt hatte. Als ewiger Zweifler konnte sich Oppenheimer lange Zeit nicht so recht mit dem Gedanken anfreunden, dass ihre Begegnung Schicksal sein mochte, obwohl es sich genau so anfühlte. Irgendwann hatte seine Vernunft kapituliert und die Situation so akzeptiert, wie sie war.

Die Handschuhe hinter dem Schaufensterglas hielt Oppenheimer für einen ähnlich glücklichen Wink des Schicksals. Er überlegte, ob sie Lisa wohl passen würden, und achtete dabei nicht auf das Spiegelbild seines Verfolgers in der Scheibe. Das bleiche Gesicht verharrte bewegungslos hinter Oppenheimer. Kalte Augen hielten ihn unter Beobachtung, während er versonnen die Handschuhe begutachtete und sentimentalen Gedanken nachhing. Der Mann wartete auf einen geeigneten Moment und entschied sich dafür, dass dieser noch nicht gekommen war.

Spontan betrat Oppenheimer die Pfandleihe. Er wusste, wie sehr sich Lisa über dieses Weihnachtsgeschenk freuen würde. Natürlich hatte er gerade nicht das benötigte Geld dabei, aber es gelang ihm, den Ladenbesitzer zu überreden, die Handschuhe ein paar Tage für ihn zurückzulegen.

Wenige Minuten später nahm Oppenheimer seinen Weg zum S-Bahnhof wieder auf. Der Gedanke an seine Überraschung für Lisa heiterte ihn auf, und doch fühlte er sich zu erschöpft, um dicht gedrängt mit anderen Berufstätigen in der S-Bahn zu stehen. Also entschied sich Oppenheimer dafür, die Stadtbahn Richtung stadtauswärts zu nehmen, um am Ostkreuz umzusteigen. Streng genommen war das ein Umweg, aber er konnte damit rechnen, nach zwei oder drei Stationen einen Sitzplatz zu ergattern.

Mit einer Menschentraube betrat Oppenheimer die S-Bahn. Wenige Minuten später fuhren sie die nächste Station an. Oppenheimer wurde gegen die Haltestange gedrückt, als der Zug die Geschwindigkeit verringerte. Enttäuscht registrierte er, dass niemand aufstand.

Da hörte er es plötzlich. Ein Wispern dicht hinter ihm.

»Lassen Sie Nixfeld in Ruhe, wenn Ihnen Ihre Gesundheit lieb ist.«

Oppenheimers Nackenhaare stellten sich auf. Der Fremde war so nahe, dass er dessen Atem spüren konnte. Oppenheimer sah, wie ein breitschultriger Mann, der neben ihm gestanden hatte, zum geöffneten Ausgang drängelte. Blonde Haare, von denen ein Großteil schon grau war und die unter dem Hut hervorstanden. Die fleischigen Ohren waren von der Kälte gerötet. Sie mussten zu einem korpulenten Mann gehören.

Ohne zu zögern, spurtete Oppenheimer ihm hinterher. Er sprang auf den Bahnsteig, ehe sich die S-Bahn-Türen wieder schlossen. Inmitten der anderen Passanten ließ sich der Mann nicht ausmachen. Oppenheimer entfernte sich von der Bahnsteigkante, um einen besseren Überblick zu bekommen. Hektisch schaute er in alle Richtungen, bis er eine Bewegung wahrnahm. Ein Mann rannte mit wehendem Mantel auf die nächste Treppe zu. Oppenheimer folgte ihm, flog die Stufen hinab, ohne darauf zu achten, wo er hintrat.

Die Verfolgungsjagd führte ihn eine Etage tiefer in den Verbindungsgang zur U-Bahn. Der Fremde war kein geübter Läufer, und so ging ihm bereits nach wenigen Metern die Puste aus. Außerdem erwies sich der belebte Umsteigebahnhof als ein wahrer Hindernisparcours, und er musste abbremsen, um keine Passanten anzurempeln.

Oppenheimer mobilisierte seine letzten Kräfte und kam vergleichsweise rasch voran, während sich der Mann mit letzter Kraft zum U-Bahn-Steig schleppte. Und dort hatte er unverhofftes Glück, da eine abfahrbereite U-Bahn dastand. Der Fremde sprang hinein, unmittelbar darauf glitten die Türen hinter ihm zu. Hilflos sah Oppenheimer, wie die U-Bahn losfuhr. Der Mann war nicht mehr zu erkennen. Sein Hut verschwand zwischen den Köpfen der anderen Fahrgäste. Mit rasselndem Atem stützte Oppenheimer sich auf den Knien ab. Erst jetzt begriff er, in welche Sache er hineingeraten war. Seine Feinde schienen überall zu stecken. Er musste seine Prioritäten überdenken. Jetzt ging es nicht mehr in erster Linie darum, den Fall Hinze aufzuklären.

Oppenheimer musste auch dafür sorgen, dass er selbst keinen Schaden nahm.

Zu Hause machte Oppenheimer eine Stippvisite bei Hilde. Wenig überraschend befand sich Theo bei ihr. Die beiden kamen gut miteinander aus. Und seit seine Bezugsperson Marianne Seibold mit ihren Eltern fortgezogen war, verbrachte er noch mehr Zeit mit *Tante Hilde*.

»Ist es nicht schon ein bisschen spät für dich?«, fragte Oppenheimer.

Theo antwortete mit einem Schulterzucken.

Hilde erschien in der Küchentür. »Er hat gesehen, wie ich von der Arbeit zurückgekommen bin, und wollte kurz vorbeischauen. Er muss mir noch verraten, bei welchem Schwarzmarkthändler man den besten Kaffee bekommt.«

Oppenheimer nickte. »Geh schon mal rüber«, sagte er zu Theo. »Dann kannst du Lisa gleich sagen, dass ich in einer Stunde zum Abendessen nachkomme.«

Widerwillig erhob sich der Junge von der weichen Sitzfläche des Sessels und polterte nach draußen.

Hilde fiel auf, dass Oppenheimer leicht humpelte.

»Was ist denn mit dir los?«, fragte sie. »Bist du plötzlich fußkrank geworden?«

Er machte eine unbestimmte Geste. »Ach, ich hab mir in der

U-Bahn den Knöchel verstaucht. Bin halt kein junger Hüpfer mehr.« Mit letzter Kraft ließ er sich in den freien Sessel sinken.

»Für einen Springinsfeld hätte ich dich auch nicht gehalten.«

Bei Hildes müdem Kalauer zog Oppenheimer eine Grimasse. Er begutachtete aus halb geschlossenen Augen ihren dampfenden Kaffeebecher.

»Hab ich noch Kaffee bei dir gebunkert?«, fragte er.

Hilde lehnte sich demonstrativ zurück. »Soll ich dich nach einem schweren Arbeitstag auch noch bemuttern?«

Oppenheimer seufzte. »Während du einen schweren Arbeitstag hattest, wurde ich mit einer Morddrohung konfrontiert.« Er wollte sich bereits wieder aus dem Sessel hochkämpfen, um in die Küche zu gehen, doch Hilde hielt ihn zurück.

»Hat das etwa mit den Argentiniern zu tun?«, fragte sie aufgeregt. »Na, erzähl schon!«

»Erst der Kaffee«, erwiderte Oppenheimer kategorisch.

Hilde stand auf. »Also schön, ich setze das Wasser auf. Aber du musst die Bohnen mahlen!«

Oppenheimer stimmte diesem Kompromiss zu und bekam wenige Minuten später die gefüllte Kaffeemühle gereicht. Innerlich atmete er auf. Zum Glück musste er nicht mehr aufstehen. An der Kurbel der Mühle zu drehen war das Maximum, wozu er sich noch imstande fühlte. Während Hilde darauf wartete, dass das Kaffeewasser kochte, tigerte sie unruhig um den Tisch herum.

»Was war denn los? Sag schon! Oder muss ich dir alles aus der Nase ziehen?«

Oppenheimer konzentrierte sich notgedrungen und begann zu berichten.

»Es hat mit einer anderen Untersuchung zu tun. Du weißt doch, der Kriegsheimkehrer, der in Wirklichkeit vermutlich ein untergetauchter Nazi ist?«

Hilde nickte. Die groben Fakten hatte Oppenheimer ihr vor einigen Tagen bereits mitgeteilt.

»Ach, schade«, sagte sie enttäuscht. »Ich dachte, es hängt mit den argentinischen Papieren zusammen. So unangenehm eine Morddrohung auch ist, ich hätte sie allerdings als Indiz dafür gewertet, dass wir auf einer heißen Fährte sind.«

»Du hast ja ein Gemüt wie ein Fleischerhund.« Oppenheimer seufzte. »Ich habe noch nie gehört, dass jemand eine Morddrohung als *unangenehm* einstuft.«

Hilde stemmte die Hände in die Hüften. »Dann scheint dieser Nazi wohl Sympathisanten zu haben, die ihn beschützen wollen.«

»Oder er arbeitet mit ihnen zusammen, und sie wollen nur sich selbst schützen. Weil wir durch ihn auf ihre Fährte kommen könnten. Frau Hinze hat uns verraten, dass er mit ihr ins Ausland verschwinden wollte.«

»Auf jeden Fall klingt das nach kriminellen Machenschaften.« Hilde nickte und kniff die Augen zusammen. »Und das ist genau das, was ich Peróns Bande zutraue.«

Oppenheimer unterbrach das Kaffeemahlen und hob abwehrend die Hände. »Moment, Hilde, mach mal halblang. Das kann zwar stimmen, aber wir haben bislang keine Hinweise, die Nixfeld mit Peróns Leuten in Verbindung bringen. Dass Billhardt zur gleichen Zeit an diese Sache geraten ist, kann auch nur ein Zufall sein.«

»Hach, Zufall«, brummte Hilde. »Manche Leute glauben auch noch an den Weihnachtsmann. Natürlich besteht da ein Zusammenhang, das ist doch klar wie Kloßbrühe.«

Sie griff nach der Kaffeemühle und nahm sie mit in die Küche.

»Peróns Leute hatten auch ein paar schlechte Tage«, erklärte Hilde etwas später, während sie Oppenheimer den Becher mit fertig aufgebrühtem Kaffee vor die Nase stellte. Jetzt saß er zur Abwechslung auf glühenden Kohlen und wollte wissen, was geschehen war. Hilde war so maliziös, den Bericht möglichst lange hinauszuzögern. Sie klopfte erst ihr Kissen zurecht, setzte sich an den Tisch, suchte nach einer gemütlichen Sitzposition und nippte dann an ihrem Kaffee, ehe sie antwortete.

»In Schweden ist gerade die Hölle los«, feixte Hilde. »Peróns Handlanger haben es mit ihrem Menschenschmuggel bei helllichtem Tag wohl übertrieben. Da wurde es den Behörden zu bunt, und sie ordneten eine Razzia an. Neben einer Handvoll einheimischer Passfälscher und einem ehemaligen SS-Offizier, die alle irgendwie mit drinhängen, ist ihnen dabei ein wichtiger Abgesandter von Perón ins Netz gegangen. Er hatte doch tatsächlich die Frechheit, sich als evangelischer Kirchenvertreter auszugeben. Wenn sich das ein Schriftsteller einfallen lassen würde, die Leuten hielten ihn für völlig übergeschnappt. Aber nein, so was geschieht heutzutage vor unseren Nasen. Fast zeitgleich wurden in Kopenhagen zwei Naziwissenschaftler inhaftiert, die mit gefälschten argentinischen Pässen ausreisen wollten. Meine Diplomatenfreunde haben mir das gesteckt, aber die Presse soll auch schon Lunte gerochen haben.« Zufrieden atmete Hilde tief durch. »Jeden Tag dringt mehr an die Öffentlichkeit. Das wird handfeste diplomatische Verwicklungen geben.«

Oppenheimer runzelte die Stirn. Er versuchte einzuschätzen, welche Auswirkungen die jüngsten Ereignisse wohl auf Billhardts Fall haben konnten. »Dann ist die Nordroute nach Argentinien ab sofort dicht?«

Hilde zuckte mit den Schultern. »Das lässt sich nicht garantieren. Wenigstens wird Peróns Statthaltern stärker auf die Finger geschaut. Vermutlich müssen sie jetzt erst einmal zusehen, dass sie die Nazis nach Südamerika schaffen, die in Skandinavien aufgehalten worden sind. Gerüchten zufolge soll Peróns Verbindungsmann mit etwa tausend argentinischen Ausweisen in Schweden aufgekreuzt sein, die auf Spanisch klingende Fantasienamen ausgestellt sind. Das zeigt deutlich, in welchen Dimensionen die Jungs planen. Da wurden sicher etliche fliehende Nazis auf dem falschen Fuß erwischt.«

»Und eine andere Fluchtroute gibt es noch nicht?«

»Das kann niemand so genau sagen. Jedenfalls müssen die Fluchthelfer umdisponieren. Und dazu benötigt man Zeit. Das geht nicht von heute auf morgen.«

Angesichts dieser dramatischen Veränderungen ließ sich sogar Oppenheimer zu Spekulationen hinreißen. »Mal sehen, Nixfeld befindet sich auf der Flucht. Wenn er über Schweden abhauen wollte, könnte er es nicht rechtzeitig geschafft haben. In jedem Fall muss er über die Sektorengrenzen geschmuggelt werden, seine Fluchtroute verläuft durch den sowjetischen Sektor. Das erschwert die Aufgabe. Wenn wir ein wenig Glück haben, ist er jetzt in Berlin gestrandet und kommt die nächsten Wochen oder Monate nicht weiter. Dann gäbe es doch noch eine Chance, seiner habhaft zu werden.«

Hilde begann, hinterhältig zu grinsen. »Ich dachte, wir sollten uns nur an die Fakten halten?«

Oppenheimer tat so, als würde er ihren Einwand überhören. Stattdessen drehte er den angenehm warmen Kaffeebecher in seinen Händen.

»Wie es scheint, sind noch andere Leute an Peróns Nazischmugglern interessiert«, fuhr er fort und erzählte Hilde, dass Billhardt mit einem gewissen Oskar Dorn zusammenarbeitete. »Deswegen bin ich auch heute vorbeigekommen. Ich denke, das wirft ein neues Licht auf Billhardts Ermittlung.«

Zuerst schwieg Hilde, dann lachte sie kurz auf. »Das mag zwar albern sein, aber klingt das nicht nach Geheimdienst?«

Sie sprach damit aus, was auch Oppenheimer vermutete.

»Anfangs hatte ich den Eindruck, dass Billhardt an einer internen Untersuchung teilnimmt, bei der gegen Polizisten ermittelt wird. Nur passt das alles nicht. Dieser Dorn ist auf keinen Fall von der Polizei. Die mieten sich nicht in Herbergen ein. Nicht einmal für vertrauliche Unterredungen.«

»Am Ende sind es noch die Amis«, schlug Hilde vor, als sei es das Natürlichste auf der Welt. »Vielleicht arbeitet Billhardt ja mit denen zusammen. Die Argentinier sind nicht die Einzigen, die Fachleute mit Nazivergangenheit gebrauchen können. Damit solche Leute für die Amerikaner interessant sind, müssen sie über spezielle Kenntnisse verfügen.«

Bei diesem Verdacht blieb Oppenheimer die Spucke weg. Dann erinnerte er sich daran, unter welchen Umständen er kurz nach der Kapitulation Berlins zum ersten Mal mit einem US-amerikanischen Geheimdienstler in Kontakt geraten war. »Du meinst wohl, dass sie an Leuten interessiert sind, die Kenntnisse über das geheime Atomprogramm der Nazis besitzen?«

Hilde schüttelte den Kopf. »Nicht nur Physiker heuern sie an, sondern Forscher jeglicher Art. Es ist schon fast eine Art Wettrennen. Hier in Berlin haben ihnen die Russen kurz nach dem Krieg alle wichtigen Techniker weggeschnappt, derer sie habhaft werden konnten. Das haben auch die Westalliierten mitbekommen. Wen wundert es, dass sie sich nicht übervorteilen lassen wollen und nun ihrerseits versuchen, sich das hochkarätige Personal für die eigenen Zwecke zu sichern.«

Oppenheimer nickte. »Ich verstehe schon, Grundlagenforschung ist der Schlüssel für neue Technologien, und die Amerikaner verfügen über die Rohstoffe und das nötige Investitionskapital, um diese neuen Entwicklungen zu finanzieren und zur Marktreife zu entwickeln.«

»Du darfst auch den Propagandakrieg nicht vergessen, der

sich jetzt zwischen Ost und West anbahnt.« Hilde beugte sich vor. »Hast du in der letzten Zeit mal im Radioprogramm des RIAS reingehört?«

RIAS war die Abkürzung für *Rundfunk im amerikanischen Sektor*. Bei der Eroberung von Berlin war es für die sowjetischen Befehlshaber eines der wichtigsten strategischen Ziele gewesen, die Rundfunkanlagen möglichst unbeschadet zu lassen, damit sie nach dem Krieg schnell wieder auf Sendung gehen konnten. Dass das Programm dabei auf Stalins Interessen zugeschnitten wurde, verstand sich von selbst. Und dieses kostbare Propagandainstrument war man nicht mehr bereit, aus der Hand zu geben. Dass sich das von Sowjets geleitete Sendestudio im *Haus des Rundfunks* im britischen Sektor befand, machte die Situation nur noch absurder.

Jedenfalls weigerte sich die Sowjetische Militäradministration, den westlichen Alliierten Sendezeit im lokalen Rundfunk einzuräumen, während sie die Funkfrequenzen weiterhin nutzte, um gegen den Klassenfeind zu agitieren. Daraufhin hatte die US-Militärverwaltung kurzerhand einen eigenen deutschsprachigen Hörfunksender gegründet, der im Februar 1946 auf Sendung gegangen war. Neben flotter amerikanischer Musik lag der Programmschwerpunkt des RIAS auf einer ausführlichen politischen Berichterstattung, die gemäß den westlichen Vorstellungen einer freien Presse der Unparteilichkeit verpflichtet war und manchmal sogar kritisch über die eigene Seite berichtete. Aber letztendlich war die Aufgabe des RIAS natürlich, als Gegenstück zum sowjetisch dominierten Rundfunk die Sicht der westlichen Verbündeten zu vermitteln.

»Sie haben jetzt eine neue Sendereihe«, fuhr Hilde fort. »*Freiheit gegen Totalitarismus* lautet der Titel. Nachtigall, ick hör dir trapsen, wa? Ist doch klar, was sich hier anbahnt. Auf Stalins

Propaganda folgt jetzt Gegenpropaganda aus der anderen Richtung.«

Gelangweilt winkte Oppenheimer ab. »Das ist doch nicht neu. Lisa hat es mir bereits erzählt. In der britischen Verwaltung sprechen die Angestellten von einer *Operation Talk Back*. Das soll sich der amerikanische Militärgouverneur Clay ausgedacht haben. Nach allem, was sie mir erzählt hat, ist es eine Art Medienoffensive, um die Deutschen zu liberalen Demokraten umzuerziehen.«

»Anstatt weiter auf das tote Nazipferd einzuprügeln, haben die Amerikaner begriffen, dass sie sich auch um die Gestaltung der Zukunft kümmern müssen«, ergänzte Hilde. »Der Westen hat in dieser Beziehung wirklich einiges nachzuholen. Die Sowjets haben die deutsche Bevölkerung in ihrem Sektor nach dem Krieg sofort mit Propaganda berieselt, während die übrigen Alliierten nur dröge Rundschreiben verteilten, in denen irgendwelche Befehle angekündigt wurden. Jetzt setzen die Amerikaner auf eine Charmeoffensive. Und sie haben ja auch was zu bieten, mehr als nur Kaugummi, Lucky Strikes und Lebensmittel, obwohl viele Deutsche immer noch der Meinung sind, dass die Amerikaner keine Kultur hätten. Das stimmt jedoch nicht.«

»Aber welche Agenda könnte dieser Oskar Dorn verfolgen, wenn er tatsächlich im Auftrag der Amerikaner arbeitet?« Oppenheimer richtete sich auf. »Will er die Ex-Nazis nun entlarven und Peróns Menschenschmuggel unterbinden, oder will er diese Nazis für die eigenen Zwecke rekrutieren?«

Ein ironisches Lächeln umspielte Hildes Lippen. »Vielleicht will er alles gleichzeitig. Der CIC, das ist die Spionageabwehr des US-Heeres, wurde mit der Aufgabe betraut, in den besetzten Gebieten nach Kriegsverbrechern und Kollaborateuren zu suchen. Jede Wette, dass sie nicht nur bei Wissenschaftlern Ausnahmen machen und sie einstellen. Die amerikanische Seite braucht Fachleute für Spionage und Propaganda, die sich in Europa auskennen. Die ehemaligen Geheimdienstoffiziere der Nazis sind für diese Aufgabe geradezu prädestiniert. Und sie werden sicher erfreut sein, mit den Amerikanern zu kooperieren, denn noch mehr als die liberale Demokratie hassen die Nazis die Russen. In ihren Augen sind das sowieso Untermenschen. Und wenn es sich bei diesen Leuten um SS-Offiziere handelt, werden die Amerikaner vermutlich nicht so genau hinschauen, was diese in der Vergangenheit verbrochen haben. Vielleicht ist es sogar ein Vorteil, wenn die neuen Rekruten Dreck am Stecken haben, denn im Zweifelsfall lässt sich dieses Wissen als Druckmittel nutzen.«

Oppenheimer sank in seinen Sessel zurück. »Ist auch alles egal. Sollen die ihre Spielchen treiben. Die Hauptsache wäre, dass Billhardt wieder zurückkommt und ich einen Weg finde, um aus dem ganzen Schlamassel rauszukommen.«

»Kannst du den Fall nicht einfach abgeben? Du scheinst nicht zu glauben, dass Frau Hinze den Mord begangen hat. Aber wenn du versuchst, diesen Nixfeld aufzuspüren, musst du damit rechnen, dass dich seine Helfer abmurksen wollen. Das ergibt doch keinen Sinn, da dranzubleiben!«

Hildes Antwort war für Oppenheimer viel zu einfach. »Wenn ich einen Fall abgebe, muss ich einen triftigen Grund dafür haben. Dass ich nicht weiterkomme, reicht nicht. Ich könnte den Fall natürlich abschließen, der Rutters drängt mich ja auch dazu, aber dann wird Frau Hinze mit hoher Wahrscheinlichkeit verurteilt.« Entnervt rang Oppenheimer die Hände. Er musste eine Nacht darüber schlafen. Vielleicht würde ihm ein Ausweg einfallen. Auf jeden Fall wusste er, dass er nicht akzeptieren konnte, dass Nixfeld und seine Konsorten ungeschoren davonkamen.

18

Mittwoch, 19. November 1947 –
Donnerstag, 20. November 1947

Oppenheimer blinzelte zur Sonne hoch. An diesem Mittwoch lagen die Temperaturen immer noch nahe dem Gefrierpunkt, und der Wind hatte wieder aufgefrischt, aber wenigstens fiel kein eisiger Regen mehr. Stattdessen hingen weiße Wolken am blauen Himmel, und das Herbstlaub glänzte in leuchtenden Farben.

Das Straßenpflaster glitt unter Oppenheimer dahin. Er war zufrieden, dass die Witterung ihm erlaubte, wieder das Fahrrad aus Hildes Schuppen hervorzuholen. Anstatt sich wie eine Ölsardine in überfüllte öffentliche Transportmittel zu quetschen, konnte er sich frei bewegen. Dabei vergaß er fast, dass er immer noch keine Lösung gefunden hatte, wie er sich im Fall Hinze verhalten sollte. Wenigstens hatte er noch einen Tag Frist, um sich eine Strategie zurechtzulegen, denn heute war ein offizieller Feiertag und, abgesehen vom Bereitschaftsdienst, würde die Dienststelle nur spärlich besetzt sein. Der Buß- und Bettag war während der Kriegsjahre vom Mittwoch auf den folgenden Sonntag verlegt worden, um die Zahl der arbeitspflichtigen Werktage zu erhöhen. Mittlerweile waren keine wirtschaftlichen Höchstleistungen mehr vonnöten, um das organisierte Töten an der Front zu unterstützen, und so durfte der protestantische Feiertag wieder am Mittwoch begangen werden.

Nach einem kargen Mittagsmahl, das im Wesentlichen aus den Eiern von Hildes Hühnern bestand, war er zu Billhardt aufgebrochen. Am Ziel angekommen, betätigte Oppenheimer die Klingel von Billhardts Wohnung. Keine Reaktion. Zur Sicherheit schellte er ein zweites Mal. Sogar durch die geschlossenen Fenster konnte er das Schrillen hören, als er beim dritten Versuch den Klingelknopf länger nicht mehr losließ.

Es war so laut, dass auf dem ebenerdigen Balkon der Nachbarwohnung die aufgehängten Bettlaken zur Seite geschoben wurden und eine Frau neugierig fragte: »Wollen Se zu den Billhardts?«

Zur Begrüßung griff Oppenheimer an seine Hutkrempe und nutzte diese Sekunden, um sich eine harmlose Erklärung auszudenken. »Ich bin ein Kollege von Herrn Billhardt. Ich wollte ihn heute treffen.«

»Den hab ick schon lang nich mehr jesehen«, meinte die Nachbarin. Sie knotete ihr Kopftuch fest und trat zum Balkongeländer. »Und seene Frau is ooch nich im Haus. Heut früh isse rausmarschiert, mit ’nem Koffer in der Hand.« Oppenheimer starrte die Nachbarin verblüfft an. »Wann war das?«, stammelte er.

»So gegen halb acht. Is zwar Feiertach heute, aba ick konnte trotzdem nich mehr schlafen.«

»Und wie haben Sie das mitbekommen?«

Die Nachbarin stützte sich auf dem Balkongeländer ab. »Na, da kam so'n Auto. Hat direkt vor meinem Fenster jeparkt. Schwarz. Ein recht jroßes Jeschoss. Frau Billhardt is injestiegen, und weg war se.«

Obwohl die Nachbarin sehr auskunftsfreudig war, konnte sie zu ihrem eigenen Bedauern nicht viel mehr erzählen. Oppenheimer brauchte eine Weile, um diese Ungeheuerlichkeit zu verarbeiten. Nach Billhardt war nun auch dessen Frau verschwunden – ohne Vorwarnung oder Verabschiedung. Oppenheimer hatte noch nicht einmal sein Fahrrad wieder vom Baum losgekettet, als er sich bereits das Hirn nach einer Erklärung zermarterte. Dass Dorothee Billhardt freiwillig in das Fahrzeug gestiegen war, sprach gegen eine Entführung. Die Entscheidung musste sie plötzlich getroffen haben, denn sonst hätte sie bei ihrem gestrigen Gespräch bestimmt eine Andeutung gemacht. Und doch hatte sie genügend Zeit gehabt, um vorher einen Koffer zu packen.

Entschlossen griff Oppenheimer nach der Lenkstange des Fahrrads, stieß sich vom Boden ab und schwang sich auf den Sattel. Wo auch immer Billhardt stecken mochte, bestimmt hatte er dafür gesorgt, dass seine Frau in Sicherheit gebracht wurde. Wenn die Verschwörer Billhardt nicht zu fassen bekamen, konnten sie Druck ausüben, indem sie Dorothee bedrohten. Auch um Oppenheimer zog sich das Netz immer enger zusammen. Die Zeichen waren eindeutig. Wie lange würde es dauern, bis sich Lisa ebenfalls in Gefahr befand? Es war besser, wenn sie es Dorothee gleichtat und sich auch verborgen hielt. Oppenheimer wollte kein Risiko eingehen.

In halsbrecherischem Tempo radelte er zurück nach Schöneberg, dass ihm die Schweißperlen auf der Stirn standen. Er überholte Autos, schnitt Ecken, klingelte aufgeregt, wenn ihm Fahrzeuge in die Quere kamen. Erst als die viergeschossigen Verwaltungsgebäude des Flughafens Tempelhof in Sicht kamen und er nach rechts in die Immelmannstraße einbiegen musste, drosselte Oppenheimer die Geschwindigkeit. Zum ersten Mal dachte er wieder an den Beobachter gegenüber Hildes Grundstück. Da Oppenheimer nach dem Verlassen des Hauses wie gewöhnlich durch die Haupteinfahrt gefahren war, konnte er getrost wieder auf demselben Weg zurückkehren. Alles andere würde dem unerwünschten Observierer klarmachen, dass er enttarnt war. Es war besser, seine Feinde in Sicherheit zu wiegen, zumindest so lange, bis sich Lisa außer Gefahr befand.

Oppenheimer musste sich sehr beherrschen, um nicht sofort ins Haus zu stürmen. Er achtete peinlich darauf, dieselben Abläufe einzuhalten wie sonst auch. Kaltblütig radelte er zu Hildes Häuschen, stieg vom Sattel, verstaute scheinbar gelassen das Fahrrad im Schuppen und ging dann betont gemächlich zur Villa hinüber.

Sobald die Tür hinter ihm zugefallen war, rannte er die Treppe zu ihrem Zimmer hinauf. An dem kleinen Tisch vor dem Fenster saß Lisa im hellen Rechteck des Sonnenscheins. Bei Oppenheimers Eintreten blickte sie von einem englischsprachigen Buch auf. Als ehemalige Englischlehrerin kannte sich Lisa in puncto Literatur viel besser aus als er. Die Romane von Thomas Hardy hatten ihr schon immer sehr gefallen, und jetzt nutzte sie die Anstellung bei der britischen Verwaltung, um sich endlich wieder dessen Werke in der Originalsprache ausleihen zu können. Bei Oppenheimers Anblick ließ sie das Buch sinken.

»Was ist los?«, fragte sie.

Oppenheimer war außer Atem und erklärte in abgehackten Sätzen, was geschehen war. »Ich glaube«, sagte er keuchend, »es ist besser, wenn wir dich woanders unterbringen. Wäre es möglich, dass du bei den Briten übernachtest?«

Lisa klappte das Buch zu und stand auf. Ihre Bewegungen wirkten jetzt etwas fahrig. Ihre einzige Frage war: »Für wie lange ist es?«

»Vielleicht ein paar Tage.« Vergeblich suchte Oppenheimer nach einer Formulierung, mit der die Bedrohung weniger alarmierend klang. Und gleichzeitig wäre es fahrlässig gewesen, sie zu beschönigen. »Das alles ist nur eine Sicherheitsvorkehrung. Aber diese Leute werden es nicht wagen, sich mit den Briten anzulegen, so verrückt sind die auch wieder nicht.«

Lisa überlegte. »Ich könnte Carruthers fragen. Vielleicht gibt es ein freies Zimmer in den requirierten Privatwohnungen in

Charlottenburg. Wann soll ich es in die Wege leiten?« Dann murmelte sie: »Ich nehme an, es ist dringend?«

Oppenheimer nickte. »Am besten ist, wenn du morgen gleich bei den Briten bleibst.«

»Dann sollte ich einen Koffer packen«, sagte Lisa und begann, ihre Sachen zusammenzusuchen. Wieder einmal wunderte sich Oppenheimer darüber, wie gefasst sie den Tatsachen ins Auge sah. Er dachte währenddessen darüber nach, wie er Lisa aus dem Haus schaffen konnte, ohne den Beobachter aufmerksam zu machen.

»Geh morgen ganz normal zur Arbeit, ich bring dir den Koffer dann später nach«, schlug er vor. »Bist du im York House oder mit den Pionieren unterwegs?«

Lisa legte ihren Koffer auf das Tischchen und klappte ihn auf. »Normalerweise müsste ich Bürodienst haben. Carruthers koordiniert gerade die Wiederaufbauarbeiten mit den Leuten von Stadtbaurat Bonatz.« Plötzlich hielt sie mit dem Zusammenlegen ihrer Kleider inne und richtete sich auf. »Aber was machen wir mit Theo? Er muss auf jeden Fall zur Schule.«

Oppenheimer hatte für diese Frage bereits eine Lösung parat. »Hilde wird auf ihn aufpassen. Sie ist die einzige Person, zu der ich absolutes Vertrauen habe. Und wenn sie auf der Arbeit ist, kann sich Barbe um ihn kümmern. Theo ist sowieso ein aufgewecktes Bürschchen. Wenn etwas faul ist, dann bekommt er es als Erster mit.«

Damit war ihre Vorgehensweise fürs Erste geklärt. Oppenheimer trat an Lisa heran und legte die Arme um sie.

»Mir wird schon nichts passieren«, sagte er beruhigend. »Ich sehe zu, dass ich die Sache möglichst schnell über die Bühne bringe.«

Umschlungen standen sie in ihrem kleinen Zimmer. Oppenheimer fühlte eine tiefe Ruhe, und zugleich kündigte sich bereits der Trennungsschmerz an. Er konnte nicht genau sagen, wie lange sie so dastanden. Es waren sicher einige Minuten vergangen, als Lisa unruhig wurde, weil sie ihre Sachen fertig packen wollte.

Es fiel Oppenheimer schwer, sie loszulassen.

Der nächste Tag begann ziemlich hektisch. Nach dem Frühstück machte sich Lisa wie gewöhnlich auf den Weg zur Arbeit. Oppenheimer servierte Theo die letzte erkaltete Pellkartoffel vom Vortag und kümmerte sich darum, dass er sein Blechgeschirr für die Schulspeisung nicht vergaß. Er erklärte dem Jungen, dass er erst gegen Abend zurück sein würde und Lisa ein paar Tage unterwegs sei.

Nachdem Oppenheimer das erledigt hatte, holte er Lisas Koffer aus dem Zimmer. Um das Gepäckstück heimlich aus dem Haus zu schaffen, musste er einige Umwege in Kauf nehmen. Oppenheimer verließ die Villa durch die hintere Kellertür und schlich über Hildes Gemüsebeet, wobei er höllisch aufpassen musste, nicht auf Möhrenstängel und Wirsingköpfe zu treten. Dann kämpfte er sich entlang des hinteren Gartenzauns durch die Strauchrabatte. Im Sichtschatten von Hildes Häuschen angelangt, holte er das Fahrrad aus dem Schuppen und verschwand mit dem Koffer in der Seitengasse.

Nach einer zwanzigminütigen Fahrt erreichte Oppenheimer den Fehrbelliner Platz. Hier hatten die britischen Alliierten nach ihrer Ankunft in Berlin zwei der großen Bürohäuser um den hufeisenförmigen Platz für ihr Hauptquartier beschlagnahmt. Das erste zentrale Bauwerk war das ehemalige Haus der Deutschen Arbeitsfront, das in *Lancaster House* umbenannt worden war. Weitere Büros der britischen Verwaltung befanden sich direkt gegenüber auf der anderen Seite des Platzes in einem lang gezogenen Gebäude, in dem ursprünglich die Verwaltung des Karstadt-Konzerns untergebracht war, ehe das Haus von der SS requiriert wurde.

Lisa arbeitete meistens in dem dritten Bürohaus der Briten, das ein wenig abseits lag. Das sogenannte *York House* befand sich in der Westfälischen Straße und hatte einstmals den Versicherungsring der Deutschen Arbeitsfront beherbergt. Verglichen mit den monumentalen Gebäuden um den Fehrbelliner Platz, wirkte das York House regelrecht filigran, da der Grundriss entlang der Straßenachsen spitz zulief und sich der Haupteingang mittig an der schmalsten Gebäudeseite befand. Die mit Muschelkalk verkleidete Fassade ragte sechs Geschosse in die Höhe. Alles war streng symmetrisch angeordnet. Der halbrund überdachte Eingang wurde zu beiden Seiten von überlebensgroßen Relieffiguren flankiert – idealisierte Menschenkörper, links eine Frau und rechts ein Mann, dargestellt in dem heroischen Stil, der bei den Nationalsozialisten so beliebt gewesen war. Gekrönt wurde das hohe Gebäude zu beiden Seiten von konkav auskragenden Dachecken.

Als Oppenheimer dort ankam, prallte die Sonne auf die Steinplatten, was die kantige Silhouette des Daches vor dem strahlend blauen Himmel umso stärker betonte.

Lisas Erzählungen nach zu urteilen, waren im York House wohl die weniger wichtigen Verwaltungsbüros untergebracht. Deswegen waren die Sicherheitskontrollen hier auch nicht ganz so streng wie am Fehrbelliner Platz, wo sogar Teile des Bürgersteigs gesperrt waren. Dennoch bereitete man Oppenheimer bei seinem Vorhaben, Lisa ihren Koffer zu übergeben, erhebliche Schwierigkeiten. Die zwei bewaffneten Wachposten vor dem Portal beäugten das Gepäckstück misstrauisch und weigerten sich, Oppenheimer damit ins Gebäude vorzulassen. Lisa wurde nach draußen gerufen und dann auch noch Captain Carruthers. Die Versicherung eines britischen Offiziers, dass Oppenheimer harmlos war, reichte schließlich aus, und er durfte das Gebäude betreten.

Carruthers führte sie in das Vorzimmer seines Büros. Lisa setzte sich hinter den Schreibtisch. Oppenheimer schloss aus ihrem ungezwungenen Verhalten, dass es ihr Arbeitsplatz war. Carruthers schien der Meinung zu sein, dass ein kreativer Geist ein gewisses Maß an Chaos benötigte, um schöpferisch tätig sein zu können. Überall waren Lichtpausen von technischen Zeichnungen ausgebreitet. In einer Ecke stand ein Zylinder, aus dem der beißende Salmiakgeruch der Entwicklerflüssigkeit aufstieg.

»Es ist alles geregelt«, sagte Carruthers auf Englisch und räumte ein paar Zeichnungen von der Couch, damit Oppenheimer dort Platz nehmen konnte. »Ein Freund von mir hat ein leeres Zimmer zur Verfügung. Aber ich befürchte, dass er es demnächst wieder benötigt.«

»Ich hoffe, dass die Sache nicht lange dauert«, sagte Oppenheimer. »Ich bin sehr froh, dass wir eine Lösung gefunden haben und Lisa sicher ist. Ich bin Ihnen sehr dankbar.« Da sich beim besten Willen nicht einschätzen ließ, wie lange ihn die Aufklärung des Falls Hinze noch beschäftigen würde, wollte Oppenheimer keine genaueren Angaben machen. Außerdem rang er mit der fremden Sprache. Wieder einmal bereute er, dass der Fremdsprachenunterricht in deutschen Schulen so stiefmütterlich behandelt wurde und ihm Lisas Sprachtalent fehlte. Verstehen konnte er das meiste, aber er selbst brachte nur einfache Sätze zustande. Und so dauerte es quälende Minuten, bis er klarmachen konnte, dass Lisa unter keinen Umständen unbeobachtet gelassen werden durfte. Zum Glück war Carruthers einer der wenigen Menschen, zu denen Oppenheimer Vertrauen hatte. Mit gerunzelter Stirn strich der Captain über seinen Oberlippenbart und nickte dann. »Wie es mir scheint, sind Sie in einen ziemlichen Schlamassel hineingeraten, alter Freund«, sagte er mit einem ironischen Schmunzeln.

Zum Schluss begleitete Lisa ihren Mann noch zum Ausgang.

»In den nächsten Tagen werde ich jemanden vorbeischicken, um nach dir zu sehen«, sagte Oppenheimer trübsinnig.

Oppenheimer hielt Lisas Hand und blickte ihr in die Augen. »Es ist besser, wenn wir bis auf Weiteres möglichst wenig Kontakt haben. Meine Gegenspieler sollen dir nicht auf die Spur kommen. Es tut mir leid, dass ich dich da reingezogen habe. Vielleicht ist das auch alles unnötig, aber ich denke, im Zweifelsfall sollten wir lieber vorsichtig sein.«

»Aber du bist sicher?«, fragte Lisa und strich sich eine dunkle Locke aus dem Gesicht. Die Augen waren gerötet.

»Ach, mir können die nichts«, beharrte Oppenheimer. Er hoffte, dass die Stimme seine Unsicherheit nicht verriet. »Schließlich bin ich bei der Polizei. Und um Theo wird sich Hilde kümmern. Bestimmt schleppt er sie wieder auf den Schwarzmarkt, und sie bringt ihm dafür neue Schimpfwörter bei.«

Er versuchte, ein Lächeln zustande zu bringen. In diesem Moment verfluchte er seine Entscheidung, wieder in den Polizeidienst getreten zu sein. Oppenheimer wollte nichts sehnlicher, als in Ruhe gelassen werden, einer sinnvollen Beschäftigung nachgehen und das kleine Glück finden. Und jedes Mal, wenn sein Lebensziel in greifbarer Reichweite war, gab es neue Komplikationen.

Immer noch stand er Lisa gegenüber. So vieles wäre noch zu sagen gewesen, und doch kam ihm kein Wort mehr über die Lippen.

Jemand rempelte Oppenheimer von hinten an und murmelte eine unverständliche Entschuldigung.

Plötzlich wurde er sich wieder bewusst, dass sie in der Vorhalle standen, inmitten des Besucherstroms. Uniformierte und geschäftige Zivilisten mit schmalen Aktenkoffern und zusammengerollten Zeichnungen unter dem Arm eilten an ihnen vorbei. Es war nicht der ideale Ort, um Abschied zu nehmen. Obwohl all diese Menschen diskret ihre Blicke von dieser privaten Szene abwandten, kam sich Oppenheimer wie eine Ameise unter einem Vergrößerungsglas vor.

Er räusperte sich verlegen, gab Lisa zum Abschied einen Kuss auf die Wange und verließ das Gebäude.

Draußen traf ihn das Sonnenlicht wie ein Schwarm spitzer Pfeile. Oppenheimer musste kurz stehen bleiben, bis sich seine Augen an die Helligkeit gewöhnt hatten. Er schüttelte seine Benommenheit ab und setzte sich dann zielstrebig in Bewegung. Es galt, keine Zeit zu verlieren. Die letzte, nahezu schlaflose Nacht hatte er genutzt, um einen Plan auszuarbeiten, aber der konnte nur mit Zustimmung seiner Dienststelle funktionieren. Oppenheimer benötigte einen gewissen Spielraum, schlimmstenfalls musste er Wege beschreiten, die nicht hundertprozentig legal waren. Am besten war es natürlich, mit jemandem zusammenzuarbeiten, bei dem kein Zweifel daran bestand, dass er den Nationalsozialisten feindlich gesinnt war. Nach langem Nachdenken war Oppenheimer nur eine einzige Person aus seiner Dienststelle eingefallen, die diese Anforderungen erfüllte. Obwohl ihm die Lösung nicht gefiel, konnte er sich nicht erlauben, seine Entscheidungen von persönlichen Sympathien abhängig zu machen.

Es war eine Notsituation. Oppenheimer schwor sich, Himmel und Hölle in Bewegung zu setzen, damit die Trennung von Lisa so kurz wie möglich ausfiel. Nur das zählte für ihn.

19

Donnerstag, 20. November 1947 –
Freitag, 21. November 1947

Möller war auf der falschen Fährte. »Haben Sie neue Hinweise bezüglich der Nazivergangenheit Ihres Kollegen Billhardt?«, fragte er Oppenheimer.

In Möllers Büro waren keine indiskreten Lauscher zu befürchten, also nahm Oppenheimer kein Blatt vor den Mund. »Das war ein abgekartetes Spiel, um Billhardt mundtot zu machen. Ich habe Grund zu der Annahme, dass es in unseren Reihen eine Verschwörung von Altnazis gibt. Sie versuchen, Untersuchungen zu hintertreiben, die ihren alten Kameraden gefährlich werden könnten. Und diese Drahtzieher haben es nun auch auf mich abgesehen.«

Für einen Augenblick entgleisten Möller die Gesichtszüge. Ursprünglich hatte er damit gerechnet, mit einem einzigen faulen Apfel konfrontiert zu sein. Jetzt begriff er, welche Dimensionen diese Affäre anzunehmen drohte.

Wie in Zeitlupe setzte sich Möller hinter seinen Schreibtisch. Er war so sehr in Gedanken versunken, dass er sogar vergaß, Oppenheimer einen Platz anzubieten. Die Lage schien zu brisant, um sich noch um die üblichen Höflichkeitsgesten zu kümmern. Also griff Oppenheimer nach einem Stuhl und setzte sich.

»Das ist eine sehr ernste Anschuldigung, Kommissar Oppenheimer«, brachte Möller schließlich hervor. »In diesem Fall muss ich unverzüglich Herrn Cordes einschalten.«

Nervös richtete sich Oppenheimer auf. »Genau das sollten

Sie nicht tun. Wir wissen nicht, wie weit die Verstrickungen in unserer Dienststelle reichen. Ich will damit nicht sagen, dass ich unseren Inspektionsleiter verdächtige, aber ehe wir nicht wissen, wer alles involviert ist, sollten meine Informationen dieses Zimmer nicht verlassen.«

Möller verzog den Mund, wobei sich der Schnurrbart kräuselte. »Und um welche Informationen handelt es sich? Bislang habe ich nichts weiter als Verdächtigungen gehört.«

Nachdem Oppenheimer die Geschehnisse erläutert hatte, nahm Möller seinen Kneifer ab und legte ihn vor sich auf den Schreibtisch. Gedankenversunken rieb er die Druckstellen auf der Nasenwurzel. »Das kann doch wohl nicht sein«, knurrte er. Es schien nicht so, als würde er Oppenheimers Schilderung in Zweifel ziehen. »Das ist die denkbar schlimmste Entwicklung«, fasste Möller zusammen. »Wir müssen entschieden gegen diese Nazis vorgehen. Ich verstehe Ihre Vorsicht, Oppenheimer. Wenn sie merken, dass wir ihnen auf der Spur sind, verschwinden sie einfach und können nicht mehr zur Rechenschaft gezogen werden.« Möller klemmte den Kneifer wieder auf die Nase und musterte Oppenheimer. »Aber wenn wir uns an niemanden wenden können, was bleibt dann noch übrig? Sollen wir etwa kapitulieren?«

»Das wäre vielleicht die beste Idee.« Bei Oppenheimers unerwarteter Antwort klappte Möller der Mund auf und zu wie bei einem Fisch auf dem Trockenen. »Wir kapitulieren«, erklärte Oppenheimer, »aber nur zum Schein. Wir wiegen unsere Gegenspieler in Sicherheit, bis wir die Verschwörer identifiziert haben und dingfest machen können. Wenn sie glauben, dass es ihnen gelungen ist, mich einzuschüchtern, gibt mir das vielleicht die Möglichkeit, auf eigene Faust weiter gegen sie zu ermitteln. Das kann aber nur funktionieren, wenn Sie mir den Rücken frei halten.«

Jetzt fand Möller seine Sprache wieder. Er lehnte sich zurück und fragte: »Wie soll ich mir das vorstellen?«

»Einfach wird es nicht werden«, begann Oppenheimer diplomatisch, denn er war sich bewusst, welch große Zugeständnisse er verlangte. »Staatsanwalt Rutters müsste auch mitziehen. Denn ich denke, es wäre die beste Strategie, Frau Hinze freizulassen.«

Oppenheimer war zu der Einsicht gelangt, dass Frau Hinze die Schwachstelle war. Von sich aus würde sie nichts verraten, doch Oppenheimer sah eine vage Möglichkeit, mit ihrer unwissentlichen Hilfe eine Reaktion zu provozieren. Wenn sie sich wieder auf freien Fuß befand, war es denkbar, dass Nixfeld oder seine Helfer mit ihr Kontakt aufnehmen würden. Frau Hinze hatte ihn als liebevollen Partner geschildert. Oppenheimer konnte nur hoffen, dass dies keine Lüge gewesen war und sie Nixfeld tatsächlich so sehr am Herzen lag, dass er seinen Plan in die Realität umsetzen würde, zusammen mit ihr ins Ausland zu verschwinden. Und wenn sie Nixfeld erst einmal dingfest gemacht hatten, rechnete sich Oppenheimer gewisse Chancen aus, von ihm einen Hinweis auf die Hintermänner zu erhalten.

Möller hatte einiges an Oppenheimers Vorschlag auszusetzen. Letztendlich akzeptierte er ihn nur, weil er selbst keine bessere Alternative anbieten konnte. Den frühen Nachmittag verbrachten sie schließlich damit, Staatsanwalt Rutters von ihrem Vorhaben zu überzeugen. Oppenheimer wollte so tun, als sei er dermaßen eingeschüchtert, dass er den Fall Hinze offiziell abschloss. Um Frau Hinze nicht zu belasten, musste er alle Ermittlungsergebnisse der vergangenen Tage unter den Tisch fallen lassen. Im abschließenden Bericht würde einfach die ursprüngliche Version auftauchen, dass Herr Hinze einen Einbrecher auf frischer Tat ertappt und diesen bei einem Handgemenge aus Versehen getötet habe.

Natürlich hatte Rutters große Vorbehalte, bei dieser *Scharade,* wie er es nannte, mitzumachen. Sie konnten ihm lediglich das Zugeständnis abringen, eine Woche mit der Anklageerhebung abzuwarten. Rutters wichtigste Bedingung war, dass Oppenheimers vorläufiger, falscher Bericht niemals auf seinem Schreibtisch landete. Wenn sie trotz aller Bemühungen innerhalb einer Woche zu keinen neuen Erkenntnissen bezüglich Nixfeld und seinen Helfershelfern gelangt waren, sollte Oppenheimer noch einmal einen korrekten finalen Bericht inklusive aller Ermittlungsergebnisse verfassen, den Rutters dann als Grundlage für eine Klage gegen Frau Hinze verwenden würde. Nur gegen Oppenheimers feierliche Zusicherung, Frau Hinze nicht mehr aus den Augen zu lassen, war der Staatsanwalt dazu bereit, diesem Kompromiss zuzustimmen.

Wenzel staunte nicht schlecht, als Oppenheimer andeutete, dass er das letzte Vernehmungsprotokoll von Frau Hinze bei der Beweisaufnahme nicht berücksichtigen wollte. Es war unmöglich, Wenzel, seinen Assistenten, in den Plan einzuweihen, da er zu dem verdächtigen Personenkreis gehörte. Notgedrungen flunkerte Oppenheimer, dass er den Fall abschließen müsse, obwohl er Frau Hinze für unschuldig halte, und keinen anderen Weg sehe. Wenzel reagierte ehrlich überrascht, als sein sonst so gewissenhafter Vorgesetzter aus heiterem Himmel Beweismittel unter den Tisch fallen lassen wollte. Dann zuckte er mit den Schultern, offensichtlich war die Sache damit für ihn erledigt.

Oppenheimer konnte nicht verhindern, darüber nachzudenken, dass sich seine Kollegen das Maul über ihn zerreißen würden, wenn sich sein Verhalten im Fall Hinze herumsprach. Doch genau darauf baute er. So unangenehm es auch war, sich auf der Dienststelle zum Hornochsen zu machen, war genau das ein wichtiger Teil seines Plans. Je auffälliger Oppenheimer scheiterte, umso schneller würde die Nachricht zu Nixfelds Hintermännern gelangen.

Nach dem Gespräch mit Wenzel machte sich Oppenheimer auf die Suche nach dem Kleenen Hans. Edes ehemaliger Handlanger gehörte zu den wenigen Polizeimitarbeitern, die seiner Meinung nach völlig unverdächtig waren, mit den Verrätern gemeinsame Sache zu machen. Also würde er ihm den Spezialauftrag geben, Frau Hinze nach der Haftentlassung zu beschatten. Möller wollte alles regeln, damit Hans in den kommenden Tagen von seinen Dienstpflichten entbunden war. Es stellte sich heraus, dass er genau an diesem Tag Urlaub genommen hatte. Also schwang sich Oppenheimer kurzerhand auf sein Rad, um ihm einen Privatbesuch abzustatten.

Die Wohnadresse des Kleenen Hans befand sich am nördlichen Stadtrand in Weißensee, in der Nähe der Bethanienkirche, die den Bombardierungen zum Opfer gefallen war. Je näher Oppenheimer kam, umso gespenstischer wirkte die Ruine. Wo zuvor der Dachstuhl des Kirchenschiffs an die Kalksandsteinfassade angeschlossen hatte, pfiff nun über dem Schmuckportal der Wind durch ein klaffendes Loch. Es sah fast so aus, als hätte ein riesiger Pfeil den Turm genau in der Mitte durchstoßen.

Hans lebte in einem fünfgeschossigen Wohnblock. Oppenheimer hatte ihn bislang nur unter seinem Spitznamen *Kleener Hans* gekannt. Tatsächlich lautete sein korrekter Name Hans Kuhlmann, und Oppenheimer brauchte nicht lange, um den Familiennamen auf der Klingelleiste ausfindig zu machen.

Es dauerte ein paar Minuten, bis nach dem Klingeln jemand die Treppe herabkam und die Tür nach innen aufzog.

Eine Frau mit Kopftuch und Küchenschürze blickte Oppenheimer entgegen. Er schätzte, dass sie nicht viel älter als er selbst war, doch ihre gebeugte Haltung erinnerte an eine alte Frau.

»Wat woll'n Se?«, fragte sie. Der Blick ihrer grauen Augen war so durchdringend, dass Oppenheimer fröstelte.

»Ist Hans zufällig da?«, fragte er.

Hochmütig verzog sie den Mund. »Wieder so eener von diesem Jesindel, wat? Ihr kapiert et wohl nich, Hans hat mit eurer Mischpoke nix mehr am Hut.«

»Ich glaube, da liegt eine Verwechslung vor«, stotterte Oppenheimer. »Ich bin Kommissar Oppenheimer. Von der Kripo?« Ohne es zu wollen, sprach er den letzten Satz wie eine Frage aus, als würde er selbst bezweifeln, zur Polizei zu gehören.

Die Miene der Dame hellte sich auf. »Oppenheimer? Etwa *der* Oppenheimer? Hans hat schon so viele Jeschichten von Ihnen erzählt. Der is jrad nich da. Aber kommense doch hoch!«

Ehe Oppenheimer es sichs versah, wurde er von der Frau ins Haus gezogen.

Die Dame stellte sich als Hans' Mutter heraus, mit der Hans auch die Wohnung teilte. Sie ließ Oppenheimer auf einem hässlichen dunkelbraunen Sofa Platz nehmen. Die Sitzkissen waren mit Häkeldecken verziert. Vermutlich wurde das Sitzmöbel kaum genutzt und war für Gäste vorgesehen. Hans sollte in wenigen Minuten zurückkehren, also bekam Oppenheimer eine Tasse Muckefuck serviert. In der Zwischenzeit durfte er Frau Kuhlmanns Klagen über sich ergehen lassen. Sie schien Oppenheimers Einfluss bei der Kripo weit zu überschätzen.

»Können Se denn nich wat unternehmen, dat der Junge mehr vadient?«, fragte sie eifrig. »Ick mein, für sein Jehalt kann er sich jrad mal 'ne Packung Zigaretten koofen. Junge, hab ick jesagt, halt dich von diesem Ede fern, du kommst uff de schiefe Bahn. Lern lieber 'nen respektablen Beruf, aba jetzt isser respektabel und nagt am Hungertuch. Und dann muss er ooch noch jeden Tag quer durch die Stadt fahrn, um zur Arbeit zu kommen, weil die hier im Viertel nix für ihn hatten. Na, so ham wa nich jewettet. Früher hat er viel mehr vadient.«

Vergeblich versuchte Oppenheimer, Frau Kuhlmann klarzumachen, dass er selbst auch nicht viel mehr verdiente und Lisa bei den Briten als Übersetzerin ein deutlich besseres Einkommen erhielt als ein gestandener Mordkommissar. Nicht zum ersten Mal kam ihm der zynische Gedanke, dass Anständigkeit gut für das Gewissen sein mochte, aber schlecht für den Geldbeutel.

Zum Glück tauchte der Kleene Hans nach einigen Minuten auf, und Oppenheimer musste die freudlose Konversation nicht fortsetzen. Hans war manchmal etwas schwer von Begriff, und Oppenheimer ohne jegliche Vorwarnung in seiner Wohnung zu entdecken, das überforderte ihn deutlich. Er erstarrte mitten in der Bewegung, seine Kinnlade klappte nach unten.

Schmunzelnd sagte Oppenheimer: »Keine Bange. Ich bin nur hier, weil ich einen Auftrag für dich habe.«

Mit einem nervösen Seitenblick auf seine Mutter fragte Hans: »Aber dit is nich illejal, oder?«

»Keinesfalls«, erwiderte Oppenheimer schnell, um jegliche Zweideutigkeiten aus dem Weg zu räumen. »Es handelt sich um eine offizielle Polizeisache, die allerdings streng vertraulich ist. Ich habe das bereits mit meinen Vorgesetzten abgeklärt.«

Mit dieser Zusage gab sich Hans zufrieden. Trotz allem tat seine Mutter ihnen nicht den Gefallen, den Raum zu verlassen, damit sie ihr vertrauliches Gespräch unter vier Augen fortsetzen konnten. Oppenheimer ergab sich schließlich in sein Schicksal und erklärte in Gegenwart von Frau Kuhlmann, welchen Auftrag ihr Sprössling ausführen sollte. Hans' Mutter schien enttäuscht zu sein, dass es sich nur um eine Observierung handelte.

»Jedenfalls, wenn Frau Hinze von einem Herrn besucht oder auch nur angesprochen wird, muss ich das erfahren«, betonte Oppenheimer eindringlich. Er holte das Porträtfoto von Nixfeld aus seiner Innentasche. »Den hier suchen wir. Du hast ihn bereits am Tatort gesehen, aber es ist besser, wenn du das Foto als Gedankenstütze behältst. Rolf Nixfeld heißt der Mann, zuletzt hat er sich als Frau Hinzes Ehemann Konrad ausgegeben. Jetzt ist er untergetaucht und befindet sich vermutlich noch in Berlin. Ich weiß nicht, ob er mit Frau Hinze direkt Kontakt aufnehmen wird. Es ist für ihn ein großes Risiko, also könnte er auch einen Boten schicken.«

»Is schon klar«, murmelte Hans. »Nach fremden Herren soll ick Ausschau halten.« Nachdem er Nixfelds Gesichtszüge eingehend studiert hatte, schaute er auf. »Und wann soll ick damit anfangen?«

Der einzige Lichtblick an dem folgenden trüben Freitagmorgen waren die Zeitungsmeldungen über eine Märchenhochzeit in London. Die einundzwanzigjährige Prinzessin Elisabeth von Großbritannien hatte am gestrigen Tag dem Leutnant Philip Mountbatten das Jawort gegeben. Oppenheimer hätte von all dem nur am Rande etwas mitbekommen, wäre Lisa nicht gewesen. Sie war geradezu besessen von den Geschichten um das britische Königshaus und saß bei der britischen Verwaltung ja praktisch direkt an der Quelle. Seit der im Juli bekannt gegebenen Verlobung hatte es für Oppenheimer kein Entrinnen mehr gegeben. Er wurde von Lisa auch noch mit den unwichtigsten Details gefüttert. Oppenheimer wusste, dass eine vergleichsweise stille Zeremonie geplant war, wenngleich die Prinzessin unter den Augen der staunenden Menge in einer gläsernen Karosse vom Buckingham Palace zur Westminster Abbey gefahren werden sollte. Er wusste, dass die Hotelzimmer in London schon seit Monaten ausgebucht waren und sich einige Filmstars aus Hollywood angekündigt hatten.

Lisa war ja zurzeit nicht erreichbar, und Oppenheimer fehlte es, nicht mehr mit diesen Nebensächlichkeiten bombardiert zu werden. Dass sie sich in Carruthers' Obhut in Sicherheit befand, war immerhin ein gewisser Trost. Und doch fühlte Oppenheimer sich innerlich leer, als er in der Früh in die verlassene Kellerküche hinabstieg, um sich eine Tasse Bucheckernkaffee aufzusetzen. Barbe hatte für Theo bereits ein Frühstück zubereitet und machte ihn fertig für den Weg zur Schule. Das war die beste Lösung, denn leider ließen Oppenheimers Kochkünste zu wünschen übrig, die in diesen Zeiten unabdingbar waren, um aus den wenigen verfügbaren Nahrungsmitteln ein halbwegs genießbares Essen zu zaubern. Zum Glück fand er für sich selbst noch ein paar trockene Brotscheiben und wickelte sie in das benutzte Wachspapier ein, um bei der Arbeit etwas zum Knabbern zu haben.

In der Nacht war Oppenheimer auf den Dachboden gestiegen, um von Theos Ausguck die Umgebung zu beobachten. Es hatte nicht lange gedauert, bis seine Befürchtung bestätigt wurde, dass ihn der unbekannte Späher immer noch observierte, denn in der Einfahrt gegenüber tänzelte ein schwereloser roter Funke.

Nach dem improvisierten Frühstück machte sich Oppenheimer auf den Weg zur Arbeit. Da es gerade nicht regnete und auch die Temperaturen halbwegs erträglich waren, schwang er sich auf sein Fahrrad. Bei dem ersten Termin an diesem Morgen musste Oppenheimer besonders diskret sein. Wenn seine Feinde dahinterkamen, was er im Schilde führte, war alles verloren. Also trat er beherzt in die Pedale, in der Hoffnung, etwaige Verfolger abzuhängen.

Oppenheimer stellte sein Fahrrad in der Dienststelle ab und

lief dann zur Dircksenstraße, wo er mit dem Kleenen Hans verabredet war. Der nördliche Teil des ehemaligen Polizeipräsidiums mit der imposanten Kuppel war durch Bombentreffer weitgehend zerstört. Trotz bröckelnder Stellen und klaffender Lücken im obersten Geschoss beeindruckte die lang gezogene Backsteinfassade der Roten Burg von der Bahntrasse aus gesehen immer noch. Der Rest des Gebäudetrakts war immerhin so gut erhalten, dass das Straf- und Untersuchungsgefängnis in Betrieb war. Nach allem, was Oppenheimer mitbekommen hatte, hatte man den forschen Vernehmungsrichter, der in den Amtsräumen ein Schnellgericht betrieb, mittlerweile ausgewechselt, weil er sich als Berufsverbrecher herausgestellt hatte.

Innerhalb der nächsten Stunde sollte Frau Hinze aus der Haft entlassen werden. An der Bahnunterführung der Grunerstraße wurde Oppenheimer bereits erwartet. Obgleich Hans dort eine windstille Ecke gefunden hatte, schlotterte er am ganzen Körper. Um niemanden darauf aufmerksam zu machen, dass Oppenheimer weiterhin an dem Fall arbeitete, erschien es sinnvoll, durch den Hintereingang das Untersuchungsgefängnis zu betreten. Dort postierten sie sich im Vorraum hinter einer geklinkerten Säule. Eine strategisch günstige Stelle, von der aus sie den besten Überblick hatten.

»Und wie lang soll ick der Hinze auf den Hacken bleiben?«, murmelte Hans.

Bei dem Gedanken, dass ihr Zeitfenster sehr begrenzt war, seufzte Oppenheimer. »Wir haben eine Woche Zeit. Dann schauen wir weiter.« Er reichte Hans einen Zettel. »Frau Hinze wird vermutlich wieder in ihre alte Wohnung an der Köpenicker Landstraße ziehen, jetzt, da die Beweisaufnahme abgeschlossen ist. In der Nachbarschaft habe ich ein freies Zimmer organisiert. Die Adresse steht hier drauf. Es war nicht gerade einfach, ich musste dazu erst mit meinem Polizeiausweis wedeln.«

Hans faltete den Zettel auseinander, warf einen kurzen Blick auf die Notiz und legte die Stirn in Falten. »Also beobachten soll ick se dann rund um die Uhr, nehm ick mal an?«

»Tu dein Bestes.« Oppenheimer wusste, wie viel er Hans mit diesem Auftrag abverlangte. Entschuldigend fügte er hinzu: »Leider habe ich niemanden gefunden, der dich ablösen könnte. Ich werde schauen, dass ich einmal am Tag vorbeikomme, um mich nach den Neuigkeiten zu erkundigen.«

»Und wat mach ick dann, wenn dieser Nixfeld aufkreuzt?«

»Am besten rufst du mich an. Gleich bei der Dienststelle. Und falls ich gerade nicht da bin, hinterlässt du eine Nachricht.«

Oppenheimer bemerkte, wie Hans sich plötzlich anspannte.

»Ick gloob, dit isse«, murmelte er atemlos und trat einen Schritt in die Deckung der Steinsäule zurück.

Das Gedächtnis hatte Hans nicht im Stich gelassen. Als Oppenheimer seinem Blick folgte, entdeckte er Frau Hinze. Sie war aus einer Tür getreten, eine verlorene Gestalt in diesem hallenartigen Vorraum. Es dauerte eine Weile, ehe sie sich orientiert hatte. Instinktiv strebte sie dem Hinterausgang zu.

Fast zeitgleich setzten sich Oppenheimer und Hans in Bewegung. Draußen verharrte Hans kurz hinter den geklinkerten Steinpfeilern, eher er es wagte, auf die Straße zu spähen. Frau Hinze lief die Dircksenstraße entlang in Richtung der Jannowitzbrücke.

»Die nimmt bestimmt die S-Bahn«, raunte Hans. »Ick krieg dit schon hin.« Mit dieser Verabschiedung nahm er die Verfolgung auf. Was Observierungstechniken betraf, war Hans völlig ahnungslos. Alarmiert beobachtete Oppenheimer, dass er seinen Mantelkragen hochschlug wie ein Detektiv in einem drittklassigen Kriminalfilm und sich dann auch noch betont misstrauisch umblickte. Zum ersten Mal beschlichen ihn gewisse Zweifel, die richtige Vertrauensperson für diese Aufgabe ausgewählt zu haben.

Doch solange Frau Hinze nicht bemerkte, dass sie beschattet wurde, würde es erst mal funktionieren. Nur ein Element stand noch aus, um Oppenheimers Plan zum Erfolg zu führen.

Nixfeld musste auftauchen.

20

Freitag, 21. November 1947

Sie sollten nicht viel Zeit bekommen, den Fall Hinze pro forma abzuschließen. Noch während Oppenheimer die letzten Seiten seines Berichts tippte, kam Wenzel mit einem neuen Auftrag. Er öffnete die Bürotür so schwungvoll, dass Oppenheimer nicht anders konnte, als von seiner Schreibmaschine aufzublicken.

»Cordes hat uns heute wieder zum Bereitschaftsdienst eingeteilt«, kündigte er fröhlich an. »Und es ist gleich was reingekommen. Wir müssen zur Storkower Straße. In der Kleingartenkolonie an der S-Bahn wurde in einer Hütte ein Toter gefunden.«

Oppenheimer war froh, von dem eintönigen Papierkram erlöst zu werden. Er sprang auf und riss Hut und Mantel vom Kleiderständer. Im Laufen schob er seine Arme in den widerspenstig flatternden Mantel.

Im Hof stand schon ein Einsatzfahrzeug für sie bereit. Wenzel zwängte sich hinter das Steuer und musste erst einmal den Sitz nach hinten schieben.

»Hier hat wohl ein Zwerg dringesessen«, murmelte er.

Während Wenzel den Wagen anließ, überlegte Oppenheimer, wie er das Weihnachtsgeschenk für Lisa bezahlen sollte. Die weinroten Lederhandschuhe warteten immer noch darauf, von ihm abgeholt zu werden. Er hatte sich entschieden, ein oder zwei seiner Schallplatten dafür zu versilbern. Das war ihm Lisas Weihnachtsfreude wert.

Und dann war da noch das heikle Thema, um das in der Dienststelle heute jeder einen großen Bogen gemacht hatte. Jetzt, da sie niemand belauschen konnte, wandte sich Oppenheimer an Wenzel und fragte: »Von Billhardt hat noch niemand etwas gehört?«

Wenzel zuckte mit den Schultern. »Ich glaube, da will keiner so genau nachfragen. Könnte ja sein, dass er von den Russen verschleppt wurde. Also halten alle lieber still. Falls sich Billhardt tatsächlich noch einmal blicken lässt, muss er sich auf ein Donnerwetter vom Cordes gefasst machen. In seiner Haut möchte ich auf keinen Fall stecken, egal, wo er abgeblieben ist.«

Schon beim ersten Versuch startete der Wagen. Wenzel löste die Handbremse und legte den Gang ein. Gut gelaunt sagte er: »Na, dann wollen wir mal.«

Mit dröhnendem Motor fuhr er vom Gelände herunter und verringerte kurz darauf das Tempo, um in die Neue Königstraße einzubiegen.

Während Wenzel auf eine Lücke im Verkehr wartete, geschahen gleich mehrere Dinge gleichzeitig. Am Himmel riss die graue Wolkendecke auf. Durch die Frontscheibe nahm Oppenheimer wahr, wie die Steinfassaden um sie herum plötzlich erstrahlten, sodass Farben zu erkennen waren. Und auf der Ruine links vor ihnen, deren obere Stockwerke praktisch abrasiert waren, blitzte etwas auf. Ein Klirren drang an Oppenheimers Ohren. Neben ihm zuckte Wenzel zusammen und riss den Kopf herum. Wo sich bis vor wenigen Augenblicken noch der Seitenspiegel befunden hatte, war jetzt ein Loch in der Metallhalterung. Totenblass schnappte Wenzel nach Luft.

Noch ehe sich Oppenheimer so richtig zusammenreimen konnte, was vorgefallen war, trat Wenzel ohne Rücksicht auf den dichten Verkehr aufs Gaspedal. Das Auto machte einen

Satz nach vorn. Fast zeitgleich zerbarst neben Wenzel das Fenster der Fahrertür.

Glassplitter prasselten gegen Oppenheimers Wange. Aus den Augenwinkeln nahm er ein heranrasendes Auto wahr. Der Fahrer konnte nicht mehr rechtzeitig abbremsen und rammte ihren Kotflügel, sodass Oppenheimer und Wenzel gegen das Armaturenbrett geschleudert wurden.

Hinter ihnen auf der Straße ertönte wildes Hupen. Zischend entwich Kühlwasser aus dem anderen Fahrzeug und hüllte die Umgebung in eine Dampfwolke. Passanten eilten herbei. Einer riss Oppenheimers Tür auf und beugte sich zu ihm herein.

»Alles klar mit Ihnen?«, fragte er.

Ein dumpfer Schmerz flackerte in Oppenheimers Wange auf und breitete sich dann im Kopf aus. Oppenheimer nickte unbestimmt und griff fahrig nach seinem Hut.

Wenzel schrie währenddessen laut auf. »Verdammt«, brachte er zwischen zusammengebissenen Zähnen hervor und griff an den blutüberströmten Arm. »Es hat mich erwischt.«

Dann krümmte er sich vor Schmerzen.

Oppenheimer verstand. Im Arm seines Partners steckte eine Kugel.

In den nächsten Stunden kam sich Oppenheimer wie ein angeschlagener Boxer vor, der sich gerade noch auf den Beinen halten konnte. Und das lag nicht nur an seiner lädierten Wange. Wenzel war mit dem Auto abrupt abgebogen und hatte deshalb das Pech gehabt, die Kugel abzubekommen. Es musste sich also um einen Mordanschlag auf Oppenheimer handeln.

Nach dem misslungenen Attentat schoss so viel Adrenalin durch Oppenheimers Körper, dass es ihm schwerfiel, still zu stehen. Schon bald erschienen die ersten Kollegen von der Dienststelle und umringten aufgeregt den angeschossenen

Wenzel. Fräulein Böttcher schien besonders besorgt um dessen Wohlergehen zu sein. Unzusammenhängend erklärte Oppenheimer, dass jemand von der gegenüberliegenden Ruine auf sie geschossen hatte. Ein Krankenwagen näherte sich, um Wenzel zur Notaufnahme zu bringen. Oppenheimer wollte mit den Polizisten zur Ruine laufen, doch es ging kostbare Zeit verloren, weil die Sanitäter darauf bestanden, auch ihn zu verarzten.

Einige Minuten später hetzte Oppenheimer, ein Heftpflaster auf der Wange, über die Straße und kletterte auf die Ruine. Die vor ihm eingetroffenen Polizisten waren enttäuscht. Der Schütze hatte ausreichend Zeit zur Flucht gehabt.

Mürrisch schritt Oppenheimer über den grauen Beton des freiliegenden Stockwerks und suchte nach dem geeignetsten Platz für einen Scharfschützen. Von der Außenfassade war in diesem Stockwerk nur eine halbhohe Mauer übrig geblieben. Eine ideale Deckung, die es zugleich ermöglichte, das Gewehr abzustützen. Oppenheimer näherte sich der Stelle. Wind blies ihm ins Gesicht, während er das Panorama betrachtete. Er schritt hin und her, bis er die Position des Schützen eingegrenzt hatte. Auf einer Fläche von etwa drei Metern entlang der Außenmauer konnte man auf die Straße blicken. Nichts verdeckte die Sicht. Sie waren mit ihrem Einsatzwagen genau auf den Schützen zugefahren.

Der Boden war mit Regenpfützen übersät, also war es sinnlos, nach Fußspuren Ausschau zu halten. Schweigend schritt Oppenheimer die Stelle ab. Er war immer noch so aufgebracht, dass es ihm schwerfiel, sich zu konzentrieren. Und deshalb war es eher Zufall als das Resultat methodischen Vorgehens, dass ihm ein messingfarbenes Blitzen ins Auge fiel. Abrupt blieb Oppenheimer stehen. Zwei Patronenhülsen waren in einen engen Spalt der Betondecke gerollt.

Ihre Dienststelle befand sich praktisch um die Ecke, also

musste der Schütze damit rechnen, dass augenblicklich nach der Tat Polizisten anrücken würden. Und deshalb hatte er sich wohl nicht die Mühe gemacht, die leeren Patronenhülsen einzusammeln.

Bei dieser Entdeckung jauchzte Oppenheimer innerlich auf. Ohne auf die Spurensicherung zu warten, kramte er seinen Bleistift und ein Taschentuch aus dem Mantel. Mit etwas Glück würden sich auf den Hülsen Fingerabdrücke befinden, und es wäre möglich, sie mit denen der verdächtigen Kollegen abzugleichen. Oppenheimer sammelte die Metallteile vorsichtig auf und wickelte sie in das Stückchen Stoff ein.

»Haben Sie etwas gefunden?«, fragte jemand hinter Oppenheimer. Er hatte die Aufmerksamkeit eines Polizisten erregt. Da er mittlerweile fest davon ausging, dass auch Leute aus seiner Dienststelle involviert waren, hielt er sich bedeckt.

»Ach, nichts weiter.« Um davon abzulenken, dass er das Taschentuch mit den Beweismitteln einsteckte, zog er sich betont umständlich an der Mauer wieder nach oben. »Falscher Alarm.«

Damit ließ Oppenheimer die Polizisten allein zurück und stieg die Treppe hinab. Auf der Straße angelangt, eilte er auch schon zur Dienststelle. Unter den irritierten Blicken der Passanten überquerte er die Straße und legte die letzten paar Meter im Laufschritt zurück.

Der Kriminaltechniker Hergesheimer war bestürzt, als Oppenheimer mit wildem Blick und hochrotem Kopf ins Labor platzte. Im Vakuum seines Arbeitsplatzes hatte Hergesheimer nichts von dem Unfall an der nächsten Straßenecke mitbekommen. Atemlos präsentierte Oppenheimer ihm die Patronenhülsen, erklärte die Umstände und verpflichtete Hergesheimer, seine Untersuchungen streng vertraulich zu behandeln. Er wollte keinesfalls riskieren, dass erneut Beweismittel verschwanden.

Nachdem das erledigt war, spürte Oppenheimer eine gewisse Mattigkeit. Er beschloss, sich in der Büroküche eine Tasse Tee aufzusetzen und den Durchhänger zu nutzen, um noch einmal seine Strategie zu überdenken. Als er am Herd stand und darauf wartete, dass der Wasserkessel zu pfeifen begann, betrat Reinmann den Raum. Bei Oppenheimers Anblick erstarrte er mitten in der Bewegung.

»Ich dachte, Sie sind längst im Krankenhaus«, sagte er entgeistert.

»Wenzel musste dorthin«, erklärte Oppenheimer. »Mich haben sie wieder laufen lassen.«

Erst als Oppenheimer einige Minuten später an seinem Schreibtisch vor dem dampfenden Tee saß und gedankenverloren durch das hohe Fenster in den grauen Himmel blickte, wurde ihm die ganze Tragweite des Attentats bewusst. Ein Mordanschlag bei helllichtem Tag auf einer belebten Straße war ein hochriskantes Unterfangen. Dass sich die Gegenseite zu solch drastischen Maßnahmen veranlasst sah, konnte nur bedeuten, dass ihn die Hintermänner durchschaut hatten. Die aufwendige Planung, die komplizierten Täuschungsmanöver, das alles war umsonst gewesen. Sie wussten, dass Oppenheimer den Fall Hinze immer noch nicht aufgegeben hatte. Der erste Mordanschlag auf ihn war misslungen, also musste er sich auf weitere Angriffe gefasst machen. Diese Erkenntnis war niederschmetternd.

Andererseits konnten sich dadurch neue Chancen ergeben. Oppenheimers Feinde hatten sich zu einer Verzweiflungstat hinreißen lassen. Und damit wuchs auch die Wahrscheinlichkeit, dass sie früher oder später einen entscheidenden Fehler machen würden.

Inspektionsleiter Cordes hatte mittlerweile andere Ermittler zur Storkower Straße entsandt und gab Oppenheimer den

Rest des Tages frei. Auf dem Nachhauseweg kam Oppenheimer erst in Sichtweite von Hildes Anwesen die Frage in den Sinn, ob es überhaupt noch sicher war, dorthin zurückzukehren. Er blieb in einer Seitenstraße stehen und stellte das Fahrrad ab. Dann zog er den Hut in die Stirn und näherte sich vorsichtig der Einfahrt, in der Theo den Observierer entdeckt hatte.

Oppenheimer musste nicht erst an der gemauerten Pforte vorbeigehen, um zu erkennen, dass dort jemand stand. Aus der Einfahrt wehte der blaue Dunst einer Zigarette auf die Straße. Eine sonore Stimme wisperte etwas, eine zweite antwortete.

Abrupt blieb Oppenheimer stehen. Für einen Moment glaubte er, den Boden unter den Füßen zu verlieren. Seine Gegenspieler hatten die Überwachung noch verstärkt. Vermutlich machten sie sich bereit, bald zuzuschlagen. Nach Halt suchend, stützte er sich an die Steinfassade des Hauses.

Nach ein paar Sekunden machte Oppenheimer kehrt. Er musste sich zusammenreißen, um nicht fluchtartig zu seinem Fahrrad zu rennen. Aber nein, er durfte nicht auffallen, sonst war alles aus.

Erst in der Sicherheit der Seitenstraße wagte Oppenheimer, wieder aufzuatmen. Vorsichtig warf er einen Blick um die Hausecke. Hildes Villa schien so nahe zu sein – und war zugleich doch so weit entfernt.

Plötzlich bemerkte er eine Bewegung auf dem Dach. Wie gewöhnlich beobachtete Theo die Umgebung.

Bei dem Anblick kam Oppenheimer eine Idee. Um von der Villa aus besser gesehen zu werden, stellte er sich in die Mitte des Gehwegs. Dann begann er, wie besessen mit den Armen zu wedeln.

Die Gestalt auf dem Dach erstarrte, und Oppenheimer erkannte, dass Theo sich neugierig reckte, um zu ergründen, was in der Seitenstraße vor sich ging. Oppenheimer gestikulierte, um Theo zu signalisieren, dass er zu ihm kommen sollte.

Eine Passantin mit einem Rauhaardackel drückte sich an ihm vorbei und tat ihr Bestes, Oppenheimers merkwürdige Turnübungen zu ignorieren. Endlich kletterte Theo durch das offene Dachfenster ins Haus.

Der Junge schien verstanden zu haben. Wenige Augenblicke später trat er aus dem Haus und lief zur Straße. Geistesgegenwärtig versuchte Theo, die beiden Späher an der Nase herumzuführen. Als könnte er kein Wässerchen trüben, lief er, die Hände in den Hosentaschen, laut pfeifend den Gehweg entlang. Erst außerhalb des Blickfelds der Fremden überquerte er die Straße und rannte auf Oppenheimer zu.

»Ich kann die nächsten Tage nicht nach Hause kommen«, erklärte Oppenheimer mit gesenkter Stimme. »Diese Männer dort wollen mich fangen. Sie dürfen mich nicht entdecken.«

Theo nickte mit ernster Miene. Oppenheimer machte sich Vorwürfe, Theos Befürchtungen, dass sich Entführer in der unmittelbaren Nachbarschaft herumtrieben, zu bestätigen. Um ihm nicht unnötig Angst einzujagen, fügte er sofort hinzu: »Ich komme wieder, mit Polizisten, und dann bringen wir diese Herren hinter Gitter. Aber bis dahin tu am besten so, als sei nichts geschehen. Geh zur Schule, mach deine Hausaufgaben. Barbe wird sich um dich kümmern, falls Hilde nicht da ist. Die ist noch nicht aus dem Krankenhaus zurück?«

»Das dauert noch 'ne Stunde.«

Oppenheimer überlegte kurz. Er konnte unmöglich auf Hilde warten.

»Kannst du Hilde was ausrichten?«, fragte er Theo. Dieser nickte eifrig. »Also, pass gut auf. Sag Hilde, dass sie sich vergewissern soll, ob Lisa bei den Briten auch gut untergebracht ist.

Ich komme übermorgen gegen Mittag bei ihr im Krankenhaus vorbei, dann kann sie mir alles erzählen.«

Oppenheimer wollte Theo noch Mut zusprechen, allerdings fielen ihm keine aufmunternden Worte ein. Er verzog den Mund zu einem Lächeln und nickte.

»Das schaffen wir schon«, bekräftigte Theo. »Ich halte dicht. Nur Hilde werde ich was sagen.«

Nach diesen letzten Worten schlich er wieder zurück zur Villa und war so gerissen, einen Umweg zu wählen, damit niemand denken könnte, dass er aus der Seitenstraße kam. Oppenheimer musste über Theos Verhalten schmunzeln. Da für Theo jetzt klar war, dass die Fremden nicht wegen ihm die Villa unter Beobachtung hielten, schien er das Ganze für ein großes Abenteuer zu halten.

Wenn Oppenheimer darüber nachdachte, dann war er in ein sehr spezielles Räuber-und-Gendarm-Spiel hineingeraten. Die Trennlinie zwischen Gut und Böse hatte sich verwischt. Es war müßig, darüber zu spekulieren, ob die neugierigen Herren vor Hildes Anwesen Argentinier oder gar Kollegen von Oppenheimer waren. Mittlerweile schien alles möglich zu sein. Bei jeder Wendung im Fall Hinze war eine weitere Falltür aufgetaucht. Billhardt hatte es als Ersten erwischt, jetzt war Oppenheimer als nächstes Opfer auserkoren. Die wichtigste Frage war im Moment, wie er sich in den kommenden Tagen vor den Hintermännern verborgen halten konnte.

Zum Glück hatte Oppenheimer eine Vorstellung, wie ihm das gelingen würde.

Verbissen in die Pedale tretend, brauchte Oppenheimer bis zu Edes Nachtbar nur knapp zwanzig Minuten. Zu dieser späten Nachmittagsstunde waren am Ku'damm bereits die Leuchtreklamen der Amüsierbetriebe eingeschaltet. Wie üblich schlenderten neben den Berliner Nachtbummlern auch zahlreiche ausländische Soldaten über das Pflaster. Und nicht wenige dieser jungen Männer waren regelmäßige Kunden in Edes Etablissement.

Oppenheimer stieg vom Rad ab und verschwand in der Durchfahrt zum Hinterhof. Er kannte die Bar wie seine Westentasche, schließlich hatte er lange genug hier gearbeitet, bis es ihm gelungen war, einen seriösen Beruf zu ergattern. Da sich in dieser Straße gelegentlich lichtscheues Gesindel herumtrieb, achtete Oppenheimer penibel darauf, sein Rad am Eisengeländer festzuketten. Erst jetzt fiel ihm auf, dass sich etwas verändert hatte. Statt einer Türklinke fand er einen Knauf an der Hintertür. Also ließ sich der Hintereingang nur noch von innen öffnen. Bei dem Radau in Edes Laden war Anklopfen zwecklos, deshalb lief Oppenheimer zum Vordereingang.

Sobald er die schwere Holztür aufgezogen hatte, schlugen ihm Fuseldunst und die Ausdünstungen erhitzter Menschen entgegen. Gerda stand mit verschränkten Armen neben der Bar und warf einen kurzen Kontrollblick zum Eingang. Falls sie überrascht war, Oppenheimer hier zu sehen, ließ sie sich das nicht anmerken. Sie begegnete ihm ebenso distanziert wie jedem anderen Besucher.

Seit jeher war das Erfolgsrezept von Edes *Rio Bar* Fleischbeschau bis zum Abwinken gewesen, attraktive Damen entblätterten sich zu langsamer Musik. Daher war Oppenheimer überrascht, von Edes neuer Damenkapelle fetzige Swingmusik zu hören. Dass auf der Bühne keine nackten Tatsachen mehr dargeboten wurden, schien niemanden im Publikum zu stören. Im Gegensatz zur streitlustigen Klientel aus alten Zeiten saßen nun elegant gekleidete Offiziere an den Tischen und wippten im Takt mit den Füßen. Vor dem Bühnenportal hatte Ede eine Tanzfläche eingerichtet, auf der reger Betrieb herrschte.

Oppenheimer kämpfte sich zu Gerda durch. Er musste laut rufen, um den Lärm zu übertönen. »Ist Ede da?«

Gerda machte sich nicht die Mühe, gegen die Musik anzuschreien. Stattdessen zeigte sie mit dem Finger nach unten. Oppenheimer verstand. Ede hielt sich im Keller auf. Vielleicht hatte er ja Glück, und sein alter Freund ließ ihn für ein paar Tage in den Katakomben übernachten, in denen er einen Schießstand eingerichtet hatte.

Oppenheimer musste sich an der Bar vorbeidrängen, um zur Treppe zu gelangen. Auf dem Weg dorthin beobachtete er den Schankwirt Karlheinz mit dem bemerkenswerten Walrossschnauzer, der alle Hände voll damit zu tun hatte, seine durstigen Gäste zu bedienen. Nach der gehetzten Fahrt quer durch die Stadt war Oppenheimer wie ausgedörrt. Mit etwas Mühe fand er zwischen zwei Männern in Offiziersuniform einen Platz am Tresen. Er winkte Karlheinz, und Sekunden später knallte ihm dieser ein volles Bierglas vor die Nase. Oppenheimer machte Anstalten, das Getränk zu bezahlen, doch Karlheinz hob die Hand. Als Dank dafür, dass das Bier aufs Haus ging, prostete Oppenheimer ihm zu und kippte es in zwei großen Zügen hinunter.

Derart erfrischt machte er sich an den Abstieg in den Keller. Noch ehe Oppenheimer den Fuß der Treppe erreicht hatte, erstarrte er. Bei dem Anblick, der sich ihm bot, blieb ihm kurz die Luft weg. Der ehemals kalte Keller war nicht mehr wiederzuerkennen. Die Steinwände waren mit violettem Samt verkleidet. Jetzt wusste Oppenheimer auch, womit Ede seine Tänzerinnen beschäftigte. Eine von ihnen stand neben der Treppe an einer Garderobe, eingezwängt in ein hautenges Kostüm mit flauschigen Verzierungen und einem tiefen Ausschnitt. Gleich daneben befand sich ein Glaskasten, in dem eine junge Frau in identischer Kleidung Bargeld in Jetons wechselte. Zwei weitere Tänzerinnen mit Bauchläden voller Zigarettenpäckchen unterhielten sich angeregt. Bei dem jungen Rotschopf handelte es sich um Rita, Edes ehemaligen Publikumsmagneten. Sie erkannte Oppenheimer auf den ersten Blick.

»Na, wenn das nicht unser Herr Beleuchter ist«, flötete sie. »Lange nicht mehr gesehen!«

»Seitdem du bei Hilde ausgezogen bist«, stimmte Oppenheimer zu. »Jetzt, da du fort bist, ist es bei uns ziemlich langweilig.«

Rita quittierte das Kompliment mit einem übermütigen Lachen.

»Was treibt Ede denn hier unten?«, erkundigte sich Oppenheimer. »Das sieht ganz nach einer Spielhölle aus.«

»Das soll es auch sein. Ede hat eine feinere Bezeichnung dafür. Er nennt es seine Spielbank.«

21

Freitag, 21. November 1947 –
Samstag, 22. November 1947

Keine der Damen konnte so genau sagen, wo der stolze Inhaber des Kellercasinos zu finden war. Also ging Oppenheimer auf Entdeckungstour.

Er folgte dem Stimmengewirr ins Kellergewölbe, in dem vorher der Schießstand untergebracht war. Jetzt beherbergte der längliche Raum eine Reihe von Spieltischen. Ratternd flitzte die weiße Kugel durch ein rotierendes Rouletterad. Um das Tableau saß eine Gruppe von Spielern mit gestapelten Jetons. Weiter hinten gab es noch einen zweiten Roulettetisch, der momentan allerdings unbesetzt war. Deutlich mehr Betrieb herrschte an den vier Tischen, an denen Black Jack gespielt wurde.

Das Publikum war eine bunt zusammengewürfelte Mischung aus ausländischen Soldaten und Offizieren. Dazwischen befand sich eine Handvoll deutscher Zivilisten, von denen einige ziemlich heruntergekommen aussahen. Der Abend hatte noch nicht einmal richtig begonnen, und doch waren die ersten Kunden bereits angetrunken. Geschäftig schwirrten die freizügig gekleideten Mädchen zwischen den Tischen hin und her, um die Kundschaft bei Laune zu halten.

Oppenheimer konnte nicht anders, als im Kopf durchzurechnen, wie teuer Ede die Verwandlung des Kellers gekommen sein mochte. Dass der ehemalige Gauner derart verschwenderisch mit seinem hart verdienten Geld umging, sah ihm nicht ähnlich. Andererseits besaß Ede einen verlässlichen Riecher für gute Geschäfte, das musste man ihm lassen. Womöglich war er ja zu der Überzeugung gelangt, dass die hohen Ausgaben angesichts der potenziellen Einnahmen das Risiko wert waren.

Bei Oppenheimers Runde durch das Casino war Ede nirgends zu sehen. Also verließ Oppenheimer diesen Raum und folgte dem Korridor.

Er öffnete die erste Tür und bereute dies sofort. Das dahinterliegende Zimmer war mit einem Spieltisch und einem halben Dutzend Stühle ausgestattet. Auf dem grünen Filz lagen flauschige Bündel. Oppenheimer hielt es zunächst für Pelzmäntel, bis er genauer hinsah. Der Spieltisch war voller getöteter Kaninchen.

Oppenheimer zog, da er hier nichts zu suchen hatte, die Tür schnell wieder zu. Zum Glück hörte er Edes dröhnendes Organ, der gerade aus einem der hinteren Räume trat, eine Tänzerin auf den Gang zog und ihr hastig Anweisungen erteilte. Edes Angestellte nickte betreten und lief dann mit gesenktem Kopf an Oppenheimer vorbei.

Als Ede ihn sah, kam er auf Oppenheimer zu und breitete die Arme aus. »Nix als Ärjer hat man. Die Kleene müsste doch wissen, wie der Hase läuft.«

Oppenheimer war verwirrt. »Was hat sie denn angestellt?«

»Die iss'n bissken *zu* freundlich zu die Kunden. Nich mein Problem. Dit müssen se privat unter sich ausmachen. Aba dafür kann se nich eenfach so ein Zimmer für sich okkupieren.« Er zeigte mit den Daumen auf die hinteren Türen. »Die sind für die Spieler mit'n hohen Einsätzen reserviert. *High Rollers* nennt man sie in unserer Branche. Da drinne wird Karten jespielt und nix anderes.«

»Apropos Hasen«, sagte Oppenheimer und deutete auf die erste Tür.

Ede atmete hörbar aus und warf ihm einen kritischen Blick

zu. »Die ham Se nich jesehen, kapiert? Andererseits, wenn Se eenen Sonntachsbraten ham wollen, könnten wir darüber reden.«

Dankend schüttelte Oppenheimer den Kopf. Er ahnte, dass es dabei um Schwarzmarktgeschäfte ging, und hielt es für unverfänglicher, sich wieder dem naheliegenden Thema zuzuwenden. »Wann hast du denn deine Spielbank eröffnet?«

Ede hob seine Augenbrauen, während er nachrechnete. Sein kahler Kopf wirkte wie eine runzlige Billardkugel. »Dit müssen jetz so drei Wochen sein. Kommt mir länger vor. Wenigstens haben die Mädels jetzt kapiert, wat se machen müssen.« Dann grummelte er: »Na ja, bis auf een paar Ausnahmen.«

Oppenheimer nickte zustimmend. »Damit hast du auch den Keller genutzt. Wie bist du auf die Idee gekommen?«

Ede schien sich ertappt zu fühlen. Er räusperte sich und antwortete zögernd: »Dit Janze is nich auf meenem Mist jewachsen, um jenau zu sein. Aber mit Nuditäten allein isset ja nich mehr jetan, Herr Kommissar. Man muss sich fortentwickeln, sonst übaholt eenen die Zeit. Een Bekannter von ’nem Bekannten kam mit der Idee zur Spielbank an, hat ooch een bissken Kapital vorjesteuert.«

»Ein stiller Teilhaber also?«

»Sehr still.«

Vertraulich senkte Oppenheimer die Stimme. »Weswegen ich hier bin: Ich muss in den nächsten Tagen untertauchen. Hast du zufällig Platz für mich?«

Ede verzog das Gesicht. »Puh, also hier is nix mehr zu machen. Die Spielbank hat rund um die Uhr jeöffnet. Is besser so, die *High Rollers* halten mir ziemlich uf Trab. Die ham doch tatsächlich schon ma dreißich Stunden am Stück durchjespielt. Und rausschmeißen wollt ick se ooch nicht bei der Pinke, die se reinbringen.« Dann kam ihm eine Idee. »Aba in der Kleinjartenkolonie am Priesterweg könnte ick Se noch unterbringen, Herr Kommissar.«

Oppenheimer dachte über dieses Angebot nach und entschied, dass Edes Hütte viel zu nahe bei Hildes Villa lag. Er hatte extra Reißaus genommen, um seinen Beobachtern zu entwischen, und wollte keinesfalls riskieren, ihnen wieder in die Arme zu laufen.

»In Pankow hast du nichts mehr zur Verfügung?«

Auf seinen ehemaligen Stammsitz angesprochen, schüttelte Ede den Kopf. »Nich direkt. Ick könnte mal nachkieken, ob da wat jeht. Aba dit dauert een bissken.«

»Leider ist es bei mir gerade recht dringend.«

»Ick schau mal, wat ick so machen kann.« Ede hatte den Satz noch nicht beendet, als er bereits etwas hinter Oppenheimer fixierte. Eine andere Angelegenheit hatte seine Aufmerksamkeit erregt. Oppenheimer schwante, dass Ede zu sehr mit seinem Casino beschäftigt war, um sich noch um etwas anderes kümmern zu können.

Mit hängenden Schultern stieg Oppenheimer wieder nach oben, um sich an der Theke ein zweites Glas Bier zu gönnen. Gerda kam auf ihn zu und schob ihn unsanft in die Richtung des Hinterausgangs.

»Was ist denn los?«, fragte Oppenheimer und versuchte, sich ihrem Griff zu entwinden.

»Polente«, zischte Gerda.

Oppenheimer wagte einen kurzen Blick zum Eingang und schrak zusammen. Tatsächlich standen dort zwei uniformierte Schupos und zwei weitere Herren, die verdächtig nach Polizisten in Zivil aussahen.

Draußen im Hinterhof atmete Oppenheimer auf. Die feuchtkalte Nachtluft war nach der Hitze in Edes Bar eine willkommene Abkühlung.

»Was machst du eigentlich hier?«, erkundigte sich Gerda.

Oppenheimer war überrascht, denn es war das erste Mal, dass sie Interesse an ihm zeigte. Nachdem er alles erklärt hatte, nickte sie kurz.

»Ich hätte da was.«

Oppenheimer fragte überrascht: »Etwa einen Unterschlupf?«

»Wenn ich was dafür kriege.« Gerda blickte ihn starr an. Oppenheimer überlegte fieberhaft, was er ihr anbieten könnte, allerdings fiel ihm nichts ein.

Als die Stille so lange dauerte, dass Oppenheimer glaubte, antworten zu müssen, sagte er einfach: »Schlag du was vor.«

Gerda hatte wohl schon darüber nachgedacht. Ihre Forderung kam wie aus der Pistole geschossen. »Ich will Hilfe, wenn ich mal Probleme kriege.«

Oppenheimer fand das selbstverständlich, doch Gerda, für die alles im Leben eine Transaktion war, behandelte wohl auch persönliche Gefälligkeiten wie Geschäfte.

»Also, ich werde nichts Illegales für dich tun«, schränkte Oppenheimer ein. »Aber sonst kannst du auf mich zählen.«

Einen Moment lang zog Gerda Oppenheimers Angebot in Erwägung. Dann nickte sie kurz und sagte: »Ich bring dich sofort hin. Muss mich nur bei Karlheinz abmelden.« Sie hatte die ganze Zeit über die Hand auf der inneren Klinke liegen lassen und zog die Tür wieder auf. Dann schien ihr ein Gedanke zu kommen. Sie drehte sich noch einmal zu Oppenheimer um und sagte: »Die sind aber merkwürdig.«

Oppenheimer hatte den Eindruck, dass sich Gerdas warnende Worte auf die Leute bezog, bei denen sie ihn unterbringen wollte.

Er zuckte mit den Schultern und sagte: »Ich kann gerade nicht wählerisch sein.«

Gerda verschwand in der Bar und ließ ihn allein zurück. Oppenheimer glaubte, dass es nicht viel schlimmer kommen konnte. Noch hatte er allerdings keine Ahnung, wie falsch er damit lag.

Eine knappe Stunde später stapfte Oppenheimer hinter Gerda über ein Trümmerfeld. Sie hatte ihm empfohlen, sein Rad im Hinterhof der *Rio Bar* zu lassen. Jetzt verstand er auch den Sinn dieses Ratschlags, denn sie befanden sich auf der unansehnlichen Rückseite des Potemkinschen Dorfes namens Berlin.

Da bereits der erste Frost in der Luft lag und die Nächte so lang wurden, dass sie nie mehr zu enden schienen, verwandelten sich die Hausruinen mit Einbruch der Dämmerung in eine geisterhafte Landschaft. Immer noch gab es große Areale in der Stadt, in denen die zerstörten Gebäude nicht beseitigt waren, um Platz für neue Häuser zu schaffen. Wer sich am Abend aus der Sicherheit der großen Flaniermeilen ins Dickicht der Nebenstraßen schlug, der trat unvermittelt in eine gefährliche Schattenwelt, in der sich Trampelpfade voller Stolperfallen zwischen den Geröllmassen hindurchschlängelten.

Gerda machte sich nicht viel daraus. Routiniert durchschritt sie die leere Hülle einer Hausruine, bis sie zu einer Fensteröffnung gelangte, die so weit eingerissen war, dass sie ungehindert ins Freie treten konnten. Ohne auf Oppenheimer zu warten, lief sie querfeldein weiter. Trotz des frischen Windes begann Oppenheimer bald zu schwitzen. Er musste all seine Konzentration aufbringen, um mit Gerda Schritt zu halten. Die Laternen der Straße lagen mittlerweile weit hinter ihnen. Der Halbmond war von Wolken verdeckt, und so war Gerda nur noch eine kaum erkennbare Silhouette in der Schwärze der Nacht. Oppenheimer musste seine Ohren spitzen, um sie zu orten. Er fragte sich, wie sie sich hier überhaupt orientieren konnte. Gerade noch rechtzeitig bemerkte er, dass Gerda unvermittelt vor ihm stehen geblieben war. Oppenheimer blieb ebenfalls stehen. In der Düsternis wandte sie sich um, ihr Gesicht nicht mehr als ein dunkelgrauer Fleck.

»Wir sind gleich da. Am besten, du sagst denen nicht, dass du von der Polizei bist.«

Oppenheimer hatte ohnehin geahnt, dass Gerda ihre zwielichtigen Schwarzmarktverbindungen nutzen würde, um ihn unterzubringen. Er versuchte, es positiv zu sehen. In diese Einöde würde sich kaum jemand freiwillig vorwagen.

»Ich verstehe, ich halte dicht«, sagte er und folgte Gerda die letzten paar Meter.

Gerda ging zu einem dunklen Rechteck auf dem Boden und bückte sich, um nach dem Griff der Klappe zu tasten und sie hochzuheben. Vorsichtig glitt Gerda mit einem Fuß über den Rand des Loches, bis sie auf die erste Stufe einer Treppe stieß. Entgegen ihrer sonstigen Gewohnheit nahm sie Oppenheimer während des Abstiegs bei der Hand.

Zu Oppenheimers großem Erstaunen war der Boden am Fuß der Steintreppe vollständig von Trümmern und anderem Unrat gesäubert. Während vom Rest des Gebäudes auf der Erdoberfläche nur noch Geröllhaufen herumlagen, schien der Keller völlig intakt zu sein. Er war das perfekte Versteck.

Direkt vor ihnen befand sich ein Rechteck, die Metalltür zum ehemaligen Luftschutzkeller. Rhythmisch pochte Gerda gegen das Eisen.

Und auf das Klopfsignal folgte – nichts.

Sie verharrten in dem kleinen Kellerraum. Das Warten schien kein Ende zu nehmen. Oppenheimer glaubte bereits, dass sich Gerda vertan hatte und sich niemand mehr in dem Luftschutzraum befand, als er plötzlich dicht vor sich ein Seufzen vernahm. Luft strömte aus der Türöffnung in den Vorraum, Scharniere quietschten, die Tür wurde vorsichtig geöffnet. Gerda beugte sich in den dunklen Spalt vor und wisperte etwas. Es musste ein Losungswort sein, denn daraufhin schwang die Tür zur Seite. Eilig huschte Gerda in den Raum und zog Oppenheimer mit sich in die Finsternis.

Plötzlich wurden um sie herum mehrere Taschenlampen angeknipst und die Lichtstrahlen auf die Neuankömmlinge gerichtet. Oppenheimer kniff gegen die ungewohnte Helligkeit die Augen zusammen. Neben ihm hielt Gerda schützend eine Hand vor die Augen und sprach einen der Schatten an.

»Der hier braucht einen Unterschlupf.« Sie zeigte dabei auf Oppenheimer. »Für ein paar Tage.«

Jemand atmete tief durch. Dann antwortete eine seltsam helle Stimme: »Fremde dulden wir hier nicht.«

»Der ist kein Fremder«, beharrte Gerda. »Ich mach Geschäfte mit ihm. Auf ihn kann man sich verlassen. Der wird euch nicht verpetzen.«

Wieder erklang die Stimme aus der Dunkelheit. »Du verbürgst dich also für ihn?«

Gerda stutzte. Um die Verzögerung zu überspielen, zuckte sie mit den Schultern und sagte dann betont unbeeindruckt: »Mach ich.«

Oppenheimer hörte, wie sich jemand räusperte. Abgesehen davon rief Gerdas Bestätigung keine Reaktion hervor. Ein mulmiges Gefühl beschlich ihn. Es war offensichtlich, dass mehrere Personen vor ihnen standen. Wie viele Fremde sich hinter dem Lichtschleier verbargen und sie mit prüfenden Blicken anstarrten, ließ sich nicht einschätzen.

Endlich wurden die Stablampen ausgeschaltet, bis die tiefe Schwärze sie wieder umhüllte. Weiter hinten ertönte ein metallisches Klicken, schlecht geölte Scharniere knackten. In der Richtung der Geräuschquelle war diffuses Licht zu erkennen, eingerahmt von dem klar definierten Rechteck einer Türöffnung.

»Da rein«, sagte jemand dicht neben Oppenheimer und stieß ihn zur Tür.

Mit Gerda an seiner Seite betrat er ein weiteres Kellergewölbe, das deutlich größer war als der Vorraum. Einige Talglichter brannten flackernd im Luftzug. Die tanzenden Lichter reichten nicht aus, um die hinteren Ecken des Kellers zu erhellen. Von überall starrten Oppenheimer weit aufgerissene Augen entgegen. Eine Schar von Halbwüchsigen hatte sich hier unten versammelt. Die Begleiter aus dem Vorraum entpuppten sich als drei Jungen, deren Alter Oppenheimer auf vielleicht sechzehn Jahre schätzte.

Was Oppenheimer hier unten sonst noch zu sehen bekam, war ein Sammelsurium von Einrichtungsgegenständen, die vermutlich aus den umliegenden Ruinen stammten. Gepolsterte Sessel mit aufgeplatztem Bezug standen neben zerkratzten Tischen. Der Keller war eine solide Betonkonstruktion, deren schwere Decke mitten im Raum von einer Säule gestützt wurde.

Die Bewohner hatten diesen nackten Pfahl geschmückt. Metallische Gegenstände reflektierten das Licht der Talglichter. Es handelte sich um Hakenkreuze. Und über den Naziorden und Ehrendolchen klebte ein altes Foto. Beim Anblick stockte Oppenheimer der Atem.

Es war ein Foto von Adolf Hitler.

Instinktiv blickte er sich nach einer Fluchtmöglichkeit um. Es schien Wahnsinn zu sein, ausgerechnet bei einer Horde halbwüchsiger Hitler-Anhänger unterzutauchen. Sein Blick blieb an Gerda hängen. Unbeirrt stand sie neben Oppenheimer. Ein amüsiertes Glitzern in ihren Augen verriet, dass sie sein Unbehagen wahrgenommen hatte. Mit einem kaum wahrnehmbaren Nicken versuchte sie, ihn zu beruhigen. In Ermangelung einer anderen Alternative zwang sich Oppenheimer zur Ruhe. Vielleicht waren diese jungen Menschen ja viel harmloser, als er befürchtete. Er sah, dass in einem gusseisernen Ofen ein Feuer knisterte. Das obere Ende des Ofenrohrs hatte jemand so weit verbogen, dass es in den rechteckigen Schlitz einer halb geöffneten Notausstiegsklappe passte. In unmittelbarer Nähe der Wärmequelle befand sich ein improvisiertes Nachtlager aus fleckigen Matratzen. Im restlichen Raum waren die Temperaturen hingegen vergleichsweise frostig. Und so trugen die jungen Leute schäbige Wintersachen und waren in Pferdedecken gehüllt, die ebenfalls schon bessere Tage gesehen hatten.

Bei den drei Jungs im Vorraum schien es sich um die Anführer zu handeln. Sie steckten die ausgeschalteten Stablampen in die Hosentaschen. Einer von ihnen ließ sich großspurig in einem Sessel nieder. Die Botschaft war unmissverständlich. Das hier war sein Reich.

»Das ist Jo«, erklärte Gerda. Dann nickte sie Oppenheimer zu und erhob die Stimme, damit alle Anwesenden sie hören konnten. »Und der hier heißt Richard.«

Ein Bein lässig über die Armlehne baumelnd, warf Jo ihnen einen prüfenden Blick zu. Sein scharf geschnittenes Gesicht wirkte hart. Trotz seiner Jugend hatte er bereits die ersten Falten auf der Stirn. Die hellgrauen Augen bildeten einen markanten Kontrast zu den fettigen schwarzen Locken, die unter dem Fedora-Hut hervorlugten. Oppenheimer schien nicht verdächtig auszusehen, also nickte Jo ihm zu und bot einen Platz auf dem anderen Sessel an.

»Was wollen Sie?«, erkundigte er sich. »Korn? Whisky? Gin? Wir haben auch noch ein paar Flaschen Steinhäger da.« Salopp angelte er sich eine Zigarette aus der Brusttasche seiner Jacke und riss ein Zündholz an. Das war keine aus Tabakresten zusammengedrehte Zigarette, und es war auch keine osteuropäische Billigware. Trotz des verlotterten Eindrucks, den seine Bandenmitglieder machten, paffte Jo sündhaft teure Lucky Strikes und bot Spirituosen an, die auf dem Schwarzmarkt einen beträchtlichen Tauschwert besaßen. Oppenheimer fand die Widersprüche irritierend.

Aus Höflichkeit wollte er das Angebot nicht abschlagen, denn ihm war klar, dass Jo einen guten Eindruck auf ihn machen wollte. Oppenheimer sagte aufs Geratewohl: »Vielleicht einen Gin, wenn es keine Umstände macht?«

Jo schnippte mit den Fingern. Wenige Minuten später brachte ein Mädchen mit blonden Locken ein gefülltes Schnapsglas. Daraufhin lehnte sie sich mit gespielter Laszivität an die Seite von Jos Sessel, während dieser ihr das Hinterteil tätschelte. Die junge Dame nahm ihm seine Zigarette ab und blies den Rauch in die Luft. Unter dem dicken Mantel waren ihre weiblichen Formen erkennbar. Das Gesicht war geschminkt. Selbst im schwachen Schein der Hindenburglichter erschien ihre Farbwahl eher grell als geschmackssicher. Die gebleichten Haare wurden an den Wurzeln bereits wieder dunkel. Sie erweckte den Eindruck einer Schmalspur-Gangsterbraut.

Oppenheimer bedankte sich und tat sein Bestes, das Gesöff hinunterzukippen, ohne das Gesicht zu verziehen. Als er keuchend Luft holte, verrieten die belustigten Mienen der Bandenmitglieder, dass ihm dies nicht gelungen war.

Nach einem unruhigen Schlaf fuhr Oppenheimer hoch. Die Umrisse in dem Zwielicht waren ihm fremd, ebenso stimmten die Proportionen seiner Umgebung nicht. Die Zimmerdecke war ungewohnt niedrig, und zugleich befanden sich die Seitenwände zu weit entfernt. Neben ihm auf den Boden lagen überall regungslose Körper.

Längst vergessen geglaubte Erinnerungen drangen in Oppenheimers Bewusstsein. Sein Gedächtnis malte Bilder eines Schlachtfelds in die Schatten. Oppenheimer sagte sich, dass es nicht sein konnte. Das hier waren keine Toten in dem Niemandsland zwischen den Schützengräben der feindlichen Armeen. Bei dem weichen Untergrund handelte es sich nicht um die von Granaten aufgerissenen französischen Felder. Das alles lag in der Vergangenheit. Die gespeicherten Sinneseindrücke gehörten zu dem großen Krieg, lange bevor die Bomben vom Himmel geregnet waren. In einer Zeit, als Oppenheimer die Realität noch einfach erschienen war. Als er in seiner jugendlichen Naivität noch geglaubt hatte, dass es ein Abenteuer sei, für das Vaterland in den Krieg zu ziehen.

Durch die halb geöffneten Notausstiegsklappen an den Wänden drang diffuses Licht. Draußen musste es bereits Tag sein. Dieser Gedanke gab Oppenheimer Halt. Als er sich zurücksinken ließ, hörte er unter sich die Federkerne der Matratze quietschen. Dann fiel ihm wieder ein, wo er untergekommen war.

Gerda hatte ihn bei der Bande zurückgelassen. Der Anführer Jo erlaubte großzügig, dass Oppenheimer ein paar Tage bei ihm verweilte, wofür er dann später eine Gegenleistung von Gerda erwartete, die den ungebetenen Gast ja angeschleppt hatte. So lief es in Schwarzmarktkreisen, eine Hand wusch die andere, und jeder versuchte, den besseren Schnitt zu machen.

Angesichts der zur Schau gestellten Naziinsignien fand Oppenheimer Gerdas Hinweis stark untertrieben, dass er sich unter komischen Leuten befinde. Er hatte vielmehr den Eindruck, vom Regen in die Traufe geraten zu sein. Nicht nur erschien es ratsam, zu verheimlichen, dass er zur Polizei gehörte. Wenn seine jüdische Herkunft herauskam, wäre er ebenso wenig willkommen.

Sein Versuch, sich abseits von den jugendlichen Bandenmitgliedern zu halten, scheiterte kläglich. Und das lag nicht nur daran, dass in dem Keller ein Entkommen praktisch unmöglich war. Denn sie waren neugierig, um wen es sich bei ihrem Gast handelte, und schon bald scharten sie sich um Oppenheimer. Auf ihre Fragen hin zimmerte er sich mit seinem Wissen über die Berliner Unterwelt kurzerhand eine fiktive Gangsterbiografie zusammen. Er hoffte, dass seine knappen Antworten die Bandenmitglieder überzeugten. Aber noch mehr als die Neugierde überwog bei seinen Gastgebern der eigene Mitteilungsdrang, sodass Oppenheimer sich um seine Glaubwürdigkeit als Ganove keine Gedanken machen musste.

Mittlerweile hatte sich Oppenheimer einen Überblick über die Bande verschafft. Zusammen mit dem Anführer Jo waren hier sieben Jungs und drei Mädchen versammelt. Sie hatten allesamt hier übernachtet, also schienen sie die Räuberhöhle als ihr Zuhause zu betrachten.

Auf ihre Eltern angesprochen, schnaubte einer der Jungen verächtlich auf. Er war vielleicht gerade mal zwölf Jahre alt und hörte auf den Spitznamen Siggi. Ein abgebrochener Schneidezahn verlieh ihm einen recht verwegenen Ausdruck. »Zu meenen Eltern jeh ick nich mehr zurück«, schimpfte er. »Die sind doch zu nichts nutze. Verhungern kann ick ooch alleene.«

»Essen bekommt ihr doch bei der Schulspeisung.«

Oppenheimers harmloser Vorschlag rief laute Empörung hervor.

»Was sollen wir denn mit dem Zeug anfangen, das die uns da beibringen?«, sagte ein anderer Dreikäsehoch, der in seinem viel zu großen Mantel fast verschwand.

»Dann geht ihr also Stehlen?«

»Na, das ist doch alles Kollektiveigentum, sagen die Russen«, antwortete ein älteres Mädchen. »Wir nehmen uns also nur, was uns sowieso gehört. Und wir haben ja schließlich ein Recht auf Essen.«

Oppenheimer lachte in sich hinein. »Ihr wollt mir doch wohl nicht weismachen, dass ihr Kommunisten seid?«

»Nur, wenn wir jeschnappt werden.« Siggi grinste. »Dann schieben wir dit auf unsere *Weltanschauung*.« Er bemühte sich, diesen auswendig gelernten Begriff deutlich auszusprechen.

»Und was ist mit dem Lametta dort?«, fragte Oppenheimer und zeigte zum Stützpfeiler. »Dann gehört das also zu eurer richtigen Weltanschauung?«

»Sie können sagen, was Sie wollen, aber früher war alles besser.« Dieser Satz kam von einem der älteren Jungen, die Oppenheimer gestern mit Jo empfangen hatten. Sogar bei einem Sechzehnjährigen wirkte diese altkluge Feststellung merkwürdig deplatziert. »Beim Führer konnten wir unsere Tapferkeit beweisen. Ich war beim Volkssturm, Jo war sogar im Fronteinsatz. Wir konnten raus in andere Länder, wir bekamen schnieke Uniformen, überall wurden wir geachtet. Die Zeiten waren heroisch. Nicht so wie jetzt, wo jeder Tag gleich eintönig ist, sich die Ausländer über uns lustig machen und unser Vaterland nur noch wie ein Kehrichthaufen aussieht.«

Oppenheimer hatte schon häufiger mitbekommen, dass ein Teil der deutschen Bevölkerung immer noch den nationalsozialistischen Ideen anhing. Die unschuldigen Opfer und die vernichtende Niederlage von Hitler und seinen Helfershelfern wären an sich schon Beweis genug dafür gewesen, dass diese menschenverachtende Ideologie auf die Müllhalde der Geschichte gehörte. Und doch schien sie unausrottbar. Oppenheimer hatte nichts gegen ein gewisses Maß an Patriotismus, die Probleme begannen jedoch, wenn dieser dazu diente, andere Völker verächtlich zu machen. Und diese entscheidende Grenze wurde allzu schnell und leichtfertig überschritten.

Es war schwierig, die Vorstellung, naturgegebene Gewinner zu sein, aus den Köpfen zu vertreiben. Meistens äußerte sich diese Idee in Andeutungen oder abfälligen Kommentaren gegenüber den siegreichen Alliierten. Aber nur selten formulierte jemand diese Ideologie so unverblümt wie die jungen Menschen hier im Keller.

Sie mussten nicht vorsichtig sein, denn sie hatten ohnehin wenig zu verlieren. Noch vor Kurzem waren sie Hitlers Auserwählte gewesen. Die reinrassige Jugend, die Krone der Schöpfung – zumindest nach der nationalsozialistischen Sichtweise. Menschen anderer Nationalitäten sollten Frondienste für die Herrenmenschen leisten. Statt jedoch die Welt in der Hand zu halten, waren die hier versammelten Jugendlichen nun Ausgestoßene. Man hatte sie um ihre glorreiche Zukunft betrogen.

Oppenheimer spürte einen großen Trotz unter Jos Bandenmitgliedern. Obwohl sie das Imponiergehabe der Ganoven übernahmen, schien es doch so, als wollten sie nicht erwachsen werden und auch aus der Vergangenheit keine Konsequenzen für die Zukunft ziehen. Das unterschied diese jungen Leute hier von den Studenten, die Oppenheimer im vergangenen Jahr kennengelernt hatte. Es war ihm bewusst, dass er seine Erlebnisse mit Jos Bandenmitgliedern nicht verallgemeinern durfte. Trotz dieses zur Schau gestellten Nihilismus gab es viele junge Menschen mit Idealen. Eine andere Jugend, deren Ziel es war, eine bessere Zukunft aufzubauen.

Letztendlich gelang es Oppenheimer nicht, sich aus all den widersprüchlichen Eindrücken einen Reim zu machen. Er wusste nur, dass er es in diesem Schlupfloch nicht lange aushalten würde.

22

Samstag, 22. November 1947

Das hatte dem Kleenen Hans gerade noch gefehlt. Um ein Haar wäre er vor Müdigkeit mit seinem Kinn auf die Fensterbank geknallt. Zum Glück war er gerade noch rechtzeitig zusammengezuckt, denn sonst hätte er nicht mitbekommen, was sich in diesem Moment in der Nähe von Frau Hinzes Wohnung abspielte.

Niemals hätte er für möglich gehalten, dass es eine gehörige Portion Energie verlangte, stundenlang auf ein und dieselbe Stelle zu starren und dabei auch noch wach zu bleiben. Und jetzt, nachdem er Frau Hinzes Wohnung bereits seit sechsunddreißig Stunden beobachtete, erforderte es eine unvorstellbare Willensanstrengung, die Augen offen zu halten.

In der leeren Wohnung im zweiten Stockwerk, die Oppenheimer für Hans besorgt hatte, waren die Fenster so undicht, dass er es nur aushalten konnte, wenn er die von seiner Mutter gestrickte Pudelmütze bis über die Ohren zog, den Schal um den Hals knotete, den Mantel bis obenhin zuknöpfte und die Arme um sich schlang. Die Frostnächte der vergangenen Tage waren frühlingshaften Temperaturen gewichen. Und mit der steigenden Quecksilbersäule war auch der Regen gekommen, der seinen Weg durch die lädierte Zimmerdecke fand und zu Boden tropfte. Hans war so umsichtig gewesen, einen trockenen Platz auszusuchen, aber das rhythmische Tropfen war derart monoton, dass er ständig mit dem Schlaf kämpfte.

Darüber hinaus war eine waghalsige Kletterpartie notwendig, um zur Wohnung zu gelangen. Bomben hatten das Treppenhaus oberhalb des ersten Stockwerks weggerissen, und so mussten die Mieter der darüberliegenden Wohnungen die letzten paar Meter über eine bedrohlich wackelige Holzleiter hinaufsteigen. Trotz dieser Nachteile fand Hans die windige Bruchbude als Beobachtungsposten optimal. Von hier oben hatte er einen Logenplatz mit unverstelltem Blick auf den Hauseingang auf der gegenüberliegenden Straßenseite.

Nach ihrer Entlassung aus der Haft hatte Frau Hinze einen kurzen Umweg gemacht, um sich bei den Lebensmittelhändlern in die Käuferschlangen einzureihen. Die frühen Morgenstunden waren zum Einkaufen die strategisch beste Zeit, nur wussten das auch die übrigen Anwohner, und so waren die vorhandenen Nahrungsmittel oftmals innerhalb weniger Stunden verkauft. Das Angebot war an diesem Tag recht knapp, und deshalb beendete Frau Hinze ihre Runde durch die Nachbarschaft lediglich mit ein paar schrumpeligen Pastinaken im Arm. Abgesehen von einer kurzen Stippvisite bei ihrer guten Freundin Frau Schimmelpfennig, hatte sie die meiste Zeit über in ihrer Wohnung an der Köpenicker Landstraße zugebracht. Viel war also nicht geschehen.

Zumindest bis jetzt.

Rückblickend war es die richtige Entscheidung gewesen, sich auf die Überwachung der Wohnung zu konzentrieren. Frau Hinze war vor einer Stunde in die Richtung des Baumschulenwegs aufgebrochen. Hans ahnte, dass sie wieder zu Frau Schimmelpfennig wollte, und fühlte sich ohnehin viel zu träge, um die schwankende Leiter hinunterzuklettern und dann ihre Verfolgung aufzunehmen.

Interessant wurde es aber jetzt, nachdem Frau Hinze eine knappe halbe Stunde außer Haus war. Wie aus dem Nichts war ein Passant aufgetaucht.

Aufgeregt richtete sich Hans auf. Er hatte den falschen Herrn Hinze zum Krankenhaus begleitet, und da es einer seiner ersten Einsätze als Schutzpolizist war, konnte er sich noch lebhaft an fast jedes Detail erinnern. Die leicht gebeugte Haltung des Spaziergängers erinnerte Hans eindeutig an Nixfeld. Gegen den peitschenden Regen hatte der Mann den Hut tief in die Stirn gezogen. Zwischen Hans und dem Mann lag die mehrspurige Fahrbahn mit dem breiten Mittelstreifen für die Straßenbahn, sodass er ohne Fernglas beim besten Willen nicht erkennen konnte, ob es sich tatsächlich um Nixfeld handelte. Aber die Aussicht, dass der monotone Beobachtungsposten schneller als erwartet ein Ende haben könnte, bestärkte Hans in dem Glauben, den Gesuchten ertappt zu haben.

Der Mann blieb vor dem Eingang zu Frau Hinzes Wohnhaus stehen und schaute sich rasch um. Instinktiv glitt Hans vom Stuhl. Vor der Fensterbank kauernd, beobachtete er mit angehaltenem Atem, wie der Mann die Tür aufdrückte und im Haus verschwand.

Wie auf Kommando sprang Hans auf, rannte zum Ausgang, kletterte in rasantem Tempo die Leiter nach unten, lief trotz des Verkehrs quer über die Hauptstraße und gelangte schließlich schwer atmend auf die andere Seite.

Doch es war zu spät. Nixfeld war bereits wieder gegangen und befand sich mehrere hundert Meter entfernt auf der Höhe des Dammwegs. Hans lief ihm nach.

Die Verfolgung führte ihn an einem unbebauten Straßenblock vorbei, der von Kleingärtnern für ihre Gemüsebeete genutzt wurde. Verbissen beschleunigte Hans seine Schritte, schließlich gab er es auf, sich diskret im Hintergrund zu halten, und lief hinter Nixfeld her. Der Verfolgte schien davon nichts mitzubekommen. Er erreichte die Wohnungsblöcke gegenüber dem Treptower Park und bog dort unvermittelt nach links ab.

Als Hans an der Straßenecke ankam, war von dem Verfolgten nichts mehr zu sehen. Außer sich vor Enttäuschung riss Hans die Mütze vom Kopf und blickte sich in alle Richtungen um.

Möglicherweise war Nixfeld in einem der umliegenden Häuser verschwunden. Andererseits war auch denkbar, dass er besonders vorsichtig war und sich in die Büsche am Ende der Straße geschlagen hatte, um die erhöhten Gleise der S-Bahn zu überqueren. Hans konnte sich kaum einen besseren Weg vorstellen, um etwaige Verfolger abzuhängen. Die nächste Unterführung war mehrere Hundert Meter entfernt, ein zeitraubender Umweg, wenn man nicht über die Bahntrasse klettern wollte.

Nach einer Viertelstunde erfolglosen Suchens gestand Hans sich ein, versagt zu haben, und machte sich auf den Rückweg zu seinem Beobachtungsposten. Die Fäuste in die Manteltaschen gestemmt, murmelte er Verwünschungen, die so laut waren, dass sich die Passanten fragend nach ihm umdrehten.

Da kam Hans ein Geistesblitz. Alles sprach dafür, dass Nixfeld versucht hatte, Frau Hinze einen Besuch abzustatten, allerdings war sie ja nicht in ihrer Wohnung. Angesichts der Möglichkeit, dass ihr der Liebhaber vielleicht eine Nachricht hinterlassen hatte, schöpfte Hans wieder etwas Hoffnung.

Nach einem forschen Marsch erreichte er Frau Hinzes Wohnblock, betrat das Treppenhaus und suchte dort nach den Briefkästen. Hans fuhr mit dem Zeigefinger über die Schilder, bis er ihren Namen ausfindig gemacht hatte. Er stutzte kurz, denn er wusste nicht, ob ein Polizist überhaupt die Befugnis hatte, die Post einer verdächtigen Person zu durchsuchen. Allerdings ließ er sich von solchen Kinkerlitzchen nicht wirklich beirren. Schließlich diente sein Einsatz einem guten Zweck. Zum Glück kannte er sich mit Schlössern aus, und ein windiger Briefkasten war für ihn kein ernsthaftes Hindernis. Aus alter Gewohnheit hatte er immer noch ein paar Drahtstücke in seiner Manteltasche, die nun sehr hilfreich waren.

Seinen wachsamen Blick immer mal wieder auf das Treppenhaus gerichtet, öffnete Hans den Metallkasten. Und das Glück war ihm hold. Frau Hinze war noch nicht da gewesen. Hastig griff er sich die Briefe und steckte sie in die Innentasche seines Mantels. Wenige Sekunden später verließ Hans fröhlich pfeifend das Haus.

Oppenheimer wollte Hilde am Sonntag im Krankenhaus aufsuchen. Er hielt es für besser, bis dahin völlig abzutauchen, wenngleich dies bedeutete, die ganze Zeit über in dem feuchtkalten Kellerbunker der Jugendbande zuzubringen.

Mit Besorgnis beobachtete Oppenheimer, dass Jo in seiner Rolle als Ganove völlig aufging. Irgendwann im Lauf des Tages hatten sich einige seiner Kumpane leere Becher und Eimer geschnappt und waren dann, mit Jo als Anführer, nach draußen verschwunden. Oppenheimer ahnte, dass sie auf der Suche nach Lebensmitteln waren. Zwar mochte Jo eine Menge Alkohol in dem Keller gelagert haben, aber Essen war hier Mangelware. Der Vorrat beschränkte sich auf ein halbes Dutzend Konservendosen, was bei den zehn Bandenmitgliedern vielleicht eine Notration für zwei Tage war.

Nur Siggi und das Mädchen, das sich in der Rolle der Ganovenbraut gefiel, waren zurückgeblieben, zweifellos mit dem Auftrag, ihren Gast im Auge zu behalten. Das Mädchen hieß Margret. Oppenheimer schätzte ihr Alter vielleicht auf fünfzehn Jahre. Während Siggi geschäftig herumkramte, machte Margret nichts weiter, als in einem Korbsessel zu sitzen, ihre blondierten Haare zu kämmen und verträumt zur Kellerdecke hochzustarren.

Oppenheimer saß in einem benachbarten Sessel. Seine Beine

fühlten sich klamm an, also rieb er sie ein wenig, aber auch das half nicht. Die Stille wurde auf Dauer bedrückend. Also stellte er Margret die erstbeste Frage, die ihm in den Sinn kam. »Lässt du deine Haare von einem Friseur blondieren?«

Margret nickte. »Ich kenn da so einen Engländer. Wenn ich zum Haaremachen muss, besuche ich ihn immer. Der geht mit mir ins Bett, und dann bekomm ich es als Belohnung.«

Oppenheimer zuckte bei dem Gedanken zusammen. Er bereute es schon fast, das Schweigen gebrochen zu haben, denn die Antwort erinnerte ihn daran, dass das hier keine normalen Halbwüchsigen waren. Sie waren ein Teil der Unterwelt – und stolz darauf. Selbst harmlose Fragen konnten deshalb verfänglich werden.

Margret seufzte tief. »Ich frage mich, was sie in den letzten Stunden gefühlt hat.«

Oppenheimer war verwirrt, denn das Mädchen blickte immer noch versonnen zur Betondecke hoch.

»Wen meinst du?«, fragte er.

»Na, Eva. Eva Braun.« Träumerisch kämmte sie ihre blonden Haarspitzen. »Man kann es sich nicht vorstellen. Sie stand immer hinter dem Führer, doch die Welt wusste nichts von ihr. Und dann hat er sie geehelicht. Als alles schon vorbei war. Sie hatten nur einen einzigen Tag als Ehepaar.« Margret setzte sich auf und blickte Oppenheimer an. »Ist das nicht romantisch? Aus Liebe zu sterben?«

Oppenheimer konnte sich gerade noch den zynischen Kommentar verkneifen, dass Zyankali auch einen gewissen Beitrag zu Eva Brauns Ableben geleistet hatte. Stattdessen nickte er nur unbestimmt und blies sich dann in die Hände.

»Päng!«, hörte er plötzlich Siggis helle Stimme. Als er sich zu dem Jungen umwandte, erstarrte er.

Siggi hatte eine Pistole auf ihn gerichtet.

»Päng, päng!«, wiederholte Siggi und tat so, als würde er schießen.

Oppenheimer sprang auf und unterdrückte den Reflex, Siggi die Handfeuerwaffe aus der Hand zu reißen, denn der Junge war mit Sicherheit flinker als er. Er schätzte, dass er am ehesten an die Waffe gelangen konnte, wenn er Interesse heuchelte.

»Was hast du denn da?« Er versuchte, möglichst unbeeindruckt zu klingen. »Kennst du das Modell?«

»Mauser HSc, Hahn-Selbstspanner-Pistole«, erklärte Siggi fachmännisch.

»Wie funktioniert das Laden? Mit Magazin?« Oppenheimer streckte seine Hand aus. Als Siggi ihm die Feuerwaffe überreichte, atmete er innerlich auf.

»Klar, wie denn sonst? Ist doch keine Trommel dran.«

Schnell vergewisserte sich Oppenheimer, dass sich kein Magazin in der Waffe befand, damit war bei diesem Modell der Abzug automatisch blockiert.

»Und was ist mit den Kugeln?«

»Die hält Jo unter Verschluss«, antwortete Siggi bedauernd. »Und die Patronen für die anderen Schießeisen rückt er auch nicht raus.«

Oppenheimer schnaubte. »Du willst mir doch wohl nicht weismachen, dass ihr hier noch andere Waffen versteckt habt.«

»Natürlich.« Um seine Behauptung zu beweisen, führte Siggi Oppenheimer zu einem alten Küchenschrank. Routiniert kletterte er auf den halbhohen Absatz und öffnete die oberste Schranktür.

Der Inhalt des Fachs ähnelte verblüffend Edes Arsenal in dessen ehemaligem Schießstand. Schimmerndes Metall reflektierte das Licht der brennenden Talglichter. Oppenheimer zählte sieben Schusswaffen. Eine für jedes männliche Bandenmitglied. Jo hatte nichts dem Zufall überlassen.

Er nahm eine nach der anderen heraus und tat so, als wollte er sie begutachten. Gleichzeitig stellte er sicher, dass sie ungeladen waren.

»Sie kennen sich aus, was?«, fragte Siggi.

»Ein bisschen. Wo habt ihr die denn alle her?«

Siggi schien die Frage nicht zu verstehen. »Die Deserteure haben doch genug in der Erde verbuddelt. Man muss halt wissen, wo man suchen muss.«

Kurz darauf quietschten die Scharniere der Eisentür. Oppenheimer konnte gerade noch Siggis Pistole zurücklegen und die Schranktür zuklappen, ehe Jo mit seinem Expeditionstrupp den Bunker betrat. Ihre Behälter schienen gefüllt zu sein. Mit einem dumpfen Knall wurden schwere Töpfe und Eimer auf dem hölzernen Küchentisch abgestellt. Eines der Mädchen wickelte einen Laib Brot aus Zeitungspapier. »Nicht mehr ganz frisch, aber am Schwarzmarkt gab es gerade nichts Besseres.«

In Erwartung eines schmackhaften Mahls lief Siggi zum Tisch. Margaret stand bereits dort und öffnete den Deckel eines Topfes. Beifälliges Murmeln ertönte bei dem Anblick des Inhalts. Neugierig näherte sich Oppenheimer, um ebenfalls einen Blick auf das Angebot zu werfen. Zwar spürte er gewisse Skrupel, den Halbwüchsigen etwas wegzuessen, doch der Magen knurrte so stark, dass er bald ein wenig zu sich nehmen musste.

Zuerst schlug ihm der Geruch von kaltem Fett entgegen, dann sah er die Knochenstücke gebratener Schweinekoteletts. Gierig griffen Jos Kumpane in den Topf, um sich die besten Stücke herauszuangeln, und begannen sofort, das letzte Fitzelchen Fleisch abzunagen.

Den anderen Behälter nahmen sie nicht einmal wahr. Vorsichtig warf Oppenheimer einen Blick hinein. Es handelte sich um Nudeln, gemischt mit Ketchup und feinen schwarzen Körnern, die er für Kaffeesatz hielt.

Augenblicklich wusste er, wo sie ihre Lebensmittel herbekamen. Sie plünderten die Müllbehälter der Kasernen. So großtuerisch Jo auch den Gangster mimte, schienen seine Geschäfte nicht gerade gut zu laufen. Wie zahlreiche andere Berliner ohne Lebensmittelkarten waren sie zu Resteverwertern degradiert und ließen sich von den ausländischen Besatzungstruppen ernähren. Sie fochten erbitterte Kämpfe aus um die besten Plätze an den Mülltonnen.

Oppenheimer riss eine Kante von dem steinharten Brot ab und begab sich damit auf seine Matratze. Sein Magen knurrte noch immer, doch er konnte jetzt nichts runterkriegen. Das Brot würde er für später aufheben. Während die Halbwüchsigen aßen, rang Oppenheimer mit der Übelkeit.

Hans kannte sich aus. Er wusste, wie man Briefe öffnen und wieder verschließen konnte, ohne dass es die Empfänger später bemerkten. Die wahre Herausforderung bestand darin, in einem fremden Stadtteil an Wasserdampf zu gelangen. Hans musste die Wohnung gegenüber weiter im Auge behalten. Er konnte schlecht seinen Posten verlassen und quer durch die Stadt nach Weißensee fahren, damit seine Mutter einen Kessel Wasser zum Kochen brachte. Improvisationstalent war gefragt. Er musste einfach frech sein.

Unruhig schlich er durch das Treppenhaus, das zu seinem Beobachtungsposten führte. Er klopfte an die erste Wohnungstür und arbeitete sich weiter, bis ihm schließlich bei der dritten Wohnung geöffnet wurde.

Ein älterer Herr blinzelte ihm schläfrig entgegen. Ohne die Uniform war Hans nicht als Polizist zu erkennen, also holte er seinen Dienstausweis hervor.

»Polizei«, sagte er forsch. »Ich benötige Ihren Herd und einen Wasserkessel!«

Der Mann schnappte nach Luft. »Was …«, stotterte er, doch eingeschüchtert, wie er war, gewährte er Hans rasch Einlass.

Bereits zehn Minuten später war Hans auf seinen Beobachtungsposten zurückgekehrt und sortierte die geöffneten Briefe. Dabei fiel ihm eine handgeschriebene Mitteilung ins Auge.

Mein allerliebster Schatz,

alles ist vorbereitet, damit wir neu anfangen können. Die Einreisebescheinigung muss bald eintreffen. Es wird nicht mehr lange dauern, vielleicht zwei Tage noch. Meine Helfer haben Vorbehalte, Dich ins Ausland zu bringen, weil Du von der Polizei aufgegriffen wurdest. Aber ich werde auch für Dich eine Lösung finden, das versichere ich Dir.
Pack am besten schon mal Deine Sachen. Und denk bitte daran, was wir abgemacht haben. Entferne all Deine Namensschilder und die Hinweise auf Deine Herkunft. Wir müssen vorsichtig sein. Stell alles bereit.
Wenn Du mich das nächste Mal siehst, muss es schnell gehen, wir dürfen nicht zögern! Ein neues Leben wartet auf uns, also verzage nicht.

Bis dahin, sei behütet!
Dein Liebster R.

Hans ballte seine Hand zur Faust und jauchzte laut auf. Das hier war der Beweis. Der Passant, den er nur aus der Ferne gesehen hatte, war tatsächlich Nixfeld gewesen.

Oppenheimers Vermutungen hatten sich bewahrheitet. Nixfeld hing so sehr an Frau Hinze, dass er sie mit ins Ausland nehmen wollte.

Als Hans jedoch begriff, dass diese Neuigkeit den Druck auf

ihn erhöhte, verflog sein Hochgefühl wieder. Wenn er verpasste, wie Frau Hinze mit Nixfeld aus ihrer Wohnung floh, würde es praktisch unmöglich sein, sie noch einmal zu erwischen. Sie würden spurlos in der gut geölten Maschinerie verschwinden, die ehemalige Nazis anscheinend verschluckte und am anderen Ende, auf einem anderen Kontinent, als harmlose Emigranten mit blütenweißer Weste wieder ausspie.

Hans hatte schon immer Probleme gehabt, wenn die Vorgesetzten hohe Anforderungen an ihn stellten. Und jetzt war der Einsatz besonders hoch.

Wie von der Tarantel gestochen, sprang Hans von dem wackeligen Holzstuhl auf. Rastlos lief er durch das Zimmer, während er versuchte, eine Lösung für sein Dilemma zu finden. Hans fragte sich, wo Oppenheimer abgeblieben war. So heftig er sich auch die Stirn rieb, eine Antwort wollte ihm nicht einfallen. Und niemand war hier, um Hans abzulösen. Er war völlig auf sich allein gestellt.

Seine Mutter hatte immer gepredigt, dass er mehr Initiative zeigen solle, um die Chefs auf sich aufmerksam zu machen. Dies war wohl einer dieser Fälle, von denen sie gesprochen hatte. Aber Hans wollte nicht, dass jemand auf ihn aufmerksam wurde. Er sehnte sich nur nach einem Platz an einem bullernden Ofen, wo er bis ans Ende seiner Tage sitzen und essen würde, bis er so kugelrund wie der Schwere Ede war. So ähnlich stellte sich Hans das Paradies vor. Natürlich war es das exakte Gegenteil seiner jetzigen Lebensumstände.

Nach längerem Umhertigern zwischen den vier Wänden der kleinen Obergeschosswohnung kam er zu dem Schluss, dass er seine wilden Gedanken zügeln musste. Vielleicht war es ja besser, methodisch vorzugehen. Eines nach dem anderen, Eile mit Weile. Mehr Kalendersprüche fielen Hans zu diesem Thema nicht ein.

Zumindest hatte er sich so weit beruhigt, dass er wieder an das Nächstliegende dachte. Der Instinkt des Ganoven war Hans während der letzten Jahre in Fleisch und Blut übergegangen. Er wusste, wie wichtig es war, seine Spuren zu verwischen. Frau Hinze durfte auf keinen Fall bemerken, dass sie unter Beobachtung stand. Es erschien ihm unklug, den abgefangenen Brief zu behalten. Also musste er von Nixfelds Nachricht eine Abschrift anfertigen, den Umschlag neu verschließen und ihn wieder in den Briefkasten werfen. Hans nickte. Das war ein guter Plan. Erst wenn diese Aufgabe erledigt war, würde er über sein weiteres Vorgehen nachdenken.

Zum Glück war er so umsichtig gewesen, sich auf der Polizeiwache mit Schreibmaterial einzudecken. Das Papier war ein Sammelsurium alter Fahndungsmeldungen, aber die Rückseiten konnte man beschreiben. Hans setzte sich wieder auf den Stuhl, klaubte eines der Blätter aus seiner inneren Manteltasche und fand dort auch seinen geliebten Bleistiftstummel, der nur noch drei Zentimeter lang war. In der Wohnung gab es nirgends einen Tisch, also musste der Holzrahmen des Doppelfensters ausreichen. Hans klappte einen Flügel des Innenfensters zur Seite und beugte sich vor. Sorgfältig breitete er den Brief aus und machte sich daran, die Wörter in seiner besten Schönschrift abzuschreiben. Nachdem er die Hälfte des Briefes übertragen hatte, hielt er inne.

Erst jetzt fielen ihm die Details der Nachricht auf. Er musste nicht länger darüber spekulieren, was geschehen würde. Wie Nixfelds Plan aussah, hatte er schwarz auf weiß vor sich. Nixfeld erwähnte, dass es noch zwei Tage dauern würde, bis er zur Tat schritt und Frau Hinze mitnahm. Das bedeutete mit anderen Worten, dass Nixfeld irgendwann am Montag auftauchen würde. Am heutigen Samstag und morgen am Sonntag konnte also nichts geschehen.

Hans richtete sich auf und grinste versonnen vor sich hin. Das vereinfachte die Dinge. Er brauchte die Wohnung erst mal nicht mehr im Auge behalten. Stattdessen konnte er die Zeit nutzen, um Oppenheimer aufzustöbern.

23

Sonntag, 23. November 1947

Hastig erklomm Oppenheimer die Kellertreppe in Richtung der Klappe, an deren Seiten es hell schimmerte. Er wollte fort aus der Räuberhöhle. Nichts hatte ihn darauf vorbereiten können, was er in den letzten anderthalb Tagen unter den Fittichen der Jugendbande erlebt hatte. Oppenheimer stolperte die Treppe weiter nach oben. Trotz besseren Wissens glaubte er, dort unten nicht mehr länger atmen zu können. Er kam sich vor wie ein Ertrinkender, der sich verzweifelt abstrampelt, um zur Wasseroberfläche zu gelangen.

In der Presse war in den vergangenen Monaten so viel von der Verwahrlosung der Jugend zu lesen gewesen, dass selbst der viel beschäftigte Oppenheimer die Diskussion am Rande mitbekommen hatte. Er fand es höchste Zeit, dass sich die Öffentlichkeit endlich dieses Themas annahm. Schon bevor er das Findelkind Theo in seine Familie aufgenommen hatte, war ihm das Problem bewusst gewesen. Dass ihm als Kripokommissar wiederholt minderjährige Straftäter ins Netz gingen, brachte der Beruf mit sich. Es war eine unangenehme Tatsache, der man ins Auge blicken musste. Sie einfach nur zu ignorieren, das würde die Dinge nicht zum Besseren wenden. Was Jos Bandenmitglieder anging, hatte Oppenheimer freilich kaum noch Hoffnung.

Am vergangenen Abend hatte sich Oppenheimer früh auf seine Matratze zurückgezogen und so getan, als würde er schlafen. Tatsächlich wagte er kaum noch, ein Auge zuzutun, da er befürchtete, dass irgendjemand auf die dumme Idee kommen würde, mit den Waffen herumzuspielen. Nach einer Weile waren hinter seinem Rücken Schritte zu hören gewesen. Es war Jo, der sich verschwörerisch bei seinem Gast erkundigte, ob Oppenheimer nicht an einem Schäferstündchen mit der blonden Margret interessiert sei. Als guter Gastgeber war Jo sogar so generös gewesen, für die sexuellen Gefälligkeiten keine Entlohnung zu verlangen.

Die Frage, was Margret wohl von dieser Idee halten mochte, kam Jo nicht in den Sinn. Darin unterschied er sich nicht von anderen Zuhältern.

Der Versuch, das Angebot höflich abzulehnen, wollte nicht so recht fruchten, denn Jo ließ nicht locker. Die Diskussion hatte ewig gedauert, bis Oppenheimer irgendwann die Gründe auszugehen drohten und er immer gereizter wurde. Schließlich hatte sogar Jo kapiert, dass das freundlich gemeinte Angebot bei seinem Gast nicht gut ankam, und ließ ihn in Ruhe. Aber der aufmerksame Blick des Bandenführers verriet, dass ihm das Verhalten seines Gastes verdächtig vorkam. Deshalb hatte Oppenheimer die Nacht über nur gewagt, vor sich hin zu dösen. Als er am frühen Morgen den Luftschutzkeller verlassen vorgefunden hatte, schien es ihm die ideale Gelegenheit, um sich unbeobachtet aus dem Staub zu machen.

Oppenheimer drückte die Bodenklappe mit einer Schulter auf und kletterte hinaus. An der Erdoberfläche angekommen, füllte er seine Lunge mit frischer Luft und hoffte, dass diese die Gedanken an die letzte Nacht vertrieb.

Nachdem sich Oppenheimer umgesehen hatte, stellte er fest, dass ihm seine Sinne bei der nächtlichen Wanderung mit Gerda einen Streich gespielt hatten. Es war ihm so vorgekommen, als würden sie eine Trümmerwüste überqueren. Tatsächlich befand sich der Kellereingang inmitten hoch aufragender Ruinen. Aus welcher Richtung sie gekommen waren, ließ sich kaum rekonstruieren. Es gab keine Anhaltspunkte. Oppenheimer sah um sich herum nichts weiter als zerbombte Steinmauern. Die beste Chance rechnete er sich aus, wenn er einfach auf die größte Schneise zwischen den zerstörten Gebäuden zulief.

Und damit tat Oppenheimer genau das Richtige. Schon nach wenigen Metern sah er hinter der nächsten Hausecke etwas grün aufblitzen. Es handelte sich um wild wucherndes, dichtes Gestrüpp, das aus der Ferne fast wie eine Wiese aussah. Ein Fahrzeug knatterte vorbei, Passanten liefen daran entlang. Obwohl Oppenheimer immer wieder auf dem unebenen Boden stolperte, beschleunigte er seine Schritte. Das Reich der Lebenden war zum Greifen nahe.

Er war noch nicht aus den Ruinen hervorgetreten, und doch kam ihm die Umgebung bereits vage bekannt vor. Mit rudernden Armen schlitterte Oppenheimer einen Geröllberg hinab, die letzte Hürde aus dem Labyrinth der Ruinenschluchten. Als er den freigeräumten Gehweg unter seinen Füßen spürte, atmete er auf. Jetzt konnte er die Umgebung genauer inspizieren. Wie vermutet lag vor ihm der Prager Platz. Die markanten Blumenbeete auf der ovalen Mittelinsel, an die sich Oppenheimer noch gut erinnern konnte, waren längst überwuchert. Und von den reich verzierten Wohnblocks aus der Gründerzeit mit ihren Zinnen und Türmchen waren nur Steinhaufen übrig geblieben. Einige schmale Mauerscheiben standen noch, während gleich daneben leere Fensteröffnungen einen ungehinderten Blick auf die niedrig hängenden Wolken gewährten.

In dem Bunker war Oppenheimer jegliches Zeitgefühl abhandengekommen. Aber es schien sehr früh am Morgen zu sein, nur wenige Autos waren unterwegs. Ein älteres Ehepaar umrundete gemächlich den Platz und bog dann in Richtung der

Kaiserallee ab. Vermutlich befanden sie sich auf dem Weg zur Sonntagsandacht. Also hatte Oppenheimer noch genügend Zeit. Er wollte Hilde gegen Mittag im Krankenhaus aufsuchen. Leider wusste er nicht mit Sicherheit, ob Theo ihr diese Nachricht wortgetreu übermittelt hatte.

Oppenheimer schob die Hände in seine Manteltaschen und lief zur U-Bahn-Station am Bayerischen Platz. Genauso gut konnte er Hilde auch gleich im Krankenhaus aufsuchen. Er wusste, dass er vorher ohnehin nicht zur Ruhe kommen würde. Die Besorgnis um Lisas Wohlergehen ließ sich nur besänftigen, wenn er von seiner guten Freundin die Bestätigung bekam, dass alles in Ordnung war.

Beim Warten auf die U-Bahn hörte Oppenheimer seinen Magen knurren. Er war froh, dass er sich das Stück Brot eingesteckt hatte, brach ein Teil des steinharten Endstücks ab und steckte es in den Mund. Obwohl Oppenheimer es besser wusste, hoffte er, sein Hungergefühl überlisten zu können, wenn er möglichst lange darauf herumkaute.

Um zum Krankenhaus zu gelangen, musste man am Innsbrucker Platz in die Ringbahn umsteigen. Kurz vor der Station Papestraße erhob er sich von seinem Sitzplatz und stieg an seiner angestammten Haltestelle aus. Wie üblich lief er die Treppe zur Unterführung hinab. Erst als er vor sich den Ausgang sah, verlangsamte Oppenheimer seine Schritte und blieb schließlich stehen.

Ihm wurde bewusst, dass er womöglich einen schwerwiegenden Fehler beging. Das Krankenhaus, in dem Hilde arbeitete, lag nur wenige Hundert Meter von ihrem Grundstück entfernt. Oppenheimers Beobachter hatten sicher mitbekommen, dass er untergetaucht war. Wenn sie gewitzt waren, hielten sie den Bahnsteig unter Beobachtung oder hefteten sich an Hildes Fersen, in der Hoffnung, dass ihre Zielperson früher oder später auftauchen würde. Oppenheimer musste vorsichtig sein. Und am besten war es, wenn er seine Routinen änderte.

Also beschloss er, eine Station weiterzufahren. Auch von dort ließ sich Hildes Krankenhaus zu Fuß erreichen. Oppenheimer drängelte sich auf dem Rückweg zum Bahnsteig an einem jungen Mann mit Schlagmütze vorbei, der damit beschäftigt war, in einem Metallbehälter seine gesammelten Zigarettenstummel zu sortieren. Vermutlich rechnete er sich aus, wann er genug Tabak gehortet hatte, um eine neue Zigarette drehen zu können.

Wenige Minuten später und eine S-Bahn-Station weiter lief Oppenheimer vom Tempelhofer Damm ins Wohnviertel westlich des Flughafens. Nach einer Weile stellte er fest, dass er die Wegstrecke unterschätzt hatte. Als er zwischen den Ahornbäumen endlich den grün patinierten Turmaufbau des Krankenhauses erspähte, schätzte er, dass er von der S-Bahn etwa zwei Kilometer gelaufen war. Mit brennenden Fußsohlen eilte er die Auffahrt entlang zum Vordereingang.

»Wo kommst du denn her?«, fragte Hilde ein paar Minuten später. Oppenheimer saß zusammengesunken auf einem Stuhl neben der Rezeption. »Hat Theo dir etwa nichts gesagt?«

»Ja, natürlich, aber ich kann dir deine Fragen nicht einfach so zwischen Tür und Angel beantworten. Komm, wir gehen in den Innenhof.«

Hilde führte Oppenheimer zum hinteren Teil des Gebäudes. Im Vorbeigehen nickte sie zwei Elisabethschwestern im schneeweißen Habit zu, die gerade eine weltliche Krankenschwester in ihre neue Stellung einwiesen. Oppenheimer wunderte sich mal wieder, dass Hilde mit ihrem frechen Mundwerk in dem katholischen Krankenhaus bislang noch nicht angeeckt war. Möglicherweise war es ja ihrem Fachwissen geschuldet, dass die Schwestern in der Verwaltung sie noch nicht gefeuert hatten.

Der Begriff Innenhof war für das parkähnliche Gelände hinter dem Krankenhaus stark untertrieben. Ordentlich gestutzter Rasen und penibel geschnittene Hecken bildeten ein streng geometrisches Muster. Rechts vom Hinterausgang befand sich ein Gebäudeteil, der Oppenheimer von der Form her an ein Kirchenschiff erinnerte. Vermutlich war es das auch. Hilde steuerte auf die erstbeste Bank seitlich eines kleinen Gewächshauses zu.

»Lisa geht es gut«, sagte sie, noch ehe sie sich hingesetzt hatte.

»Na, wenigstens etwas.« Oppenheimer seufzte. »Du hast sie also bei den Briten besucht?«

Hilde schnaubte. »Carruthers nimmt seine Aufgabe als Zerberus wirklich ernst. Der lässt keinen so schnell vor. Selbst mir hat er zuerst Probleme gemacht, obwohl er mich ja kennt. Allerdings hat er sich noch mal erkundigt, wie lange die Chose dauern soll.«

Oppenheimer war derart ermattet, dass er nur die Andeutung eines Schulterzuckens zustande brachte. »Ich weiß überhaupt nichts. Es kann ein paar Tage dauern oder eine Woche. Es hängt alles davon ab, ob dieser Nixfeld noch mal auftaucht.«

Hilde blickte ihn kritisch von der Seite an. »Hast dich ganz schön in die Nesseln gesetzt, was? Und wegen dem Nixfeld sind jetzt wohl diese Nazischeißer hinter dir her?«

»Die lassen sich nicht so leicht ins Bockshorn jagen«, knurrte Oppenheimer. »Sie sind sogar dahintergestiegen, dass ich den Fall weiterverfolge. Wird unser Haus denn immer noch beobachtet?«

»Ich bin mir nicht sicher. Theo behauptet, dass er die fremden Männer noch sieht. Ich bin ein paarmal an der Einfahrt vorbeigegangen, in der sie gestanden haben, aber es war niemand mehr da.«

»Das muss nichts heißen. Sie können genauso gut einen anderen Posten bezogen haben. Nun ja, so schnell wird es nicht gehen. Ich werde Ede noch mal belästigen, damit er mir einen besseren Unterschlupf besorgt.«

»Du kannst dich ja kaum noch auf den Beinen halten«, brummte Hilde besorgt.

»Schlafmangel. Ist 'ne lange Geschichte. Und unerquicklich ist sie auch noch.« Halb im Spaß fügte Oppenheimer hinzu: »Mit ein paar Pervitin könnte ich das alles spielend bewältigen.«

Hildes Miene verhärtete sich. »Vergiss es. Sei froh, dass du von dem Teufelszeug losgekommen bist. Du hast noch Glück gehabt.«

»Ja, ja, ich weiß«, murmelte Oppenheimer betreten.

»Schlimmstenfalls könnte ich dich ein paar Tage hier im Krankenhaus unterbringen.«

»So elend ist mir auch wieder nicht zumute«, sagte er und raffte sich zum Gehen auf, ehe Hilde noch abwegigere Vorschläge einfielen.

Kurz darauf befand er sich wieder vor dem Krankenhaus, beruhigt, dass bei Lisa alles in Ordnung war. Dafür hatte sich der Fußmarsch gelohnt. Nur der Gedanke, sich wieder zur S-Bahn zurückschleppen zu müssen, sorgte für eine gewisse Ernüchterung. Vielleicht war es ja besser, vorher noch ein wenig Energie zu tanken. Das Brot in Oppenheimers Manteltasche war erst zur Hälfte verzehrt. Er würde einen weiteren Bissen nehmen und dann nach einer Gaststätte suchen. Oppenheimer vergewisserte sich, dass er Lebensmittelmarken in seiner Brieftasche hatte, und nickte. Welche Art von dünner Suppe ihm letztendlich kredenzt würde, kümmerte ihn nicht, Hauptsache, sie war heiß und füllte den Magen. In seinem ausgehungerten Zustand wäre er auch mit Spülwasser zufrieden gewesen.

Während Oppenheimer noch seinen Gedanken nachhing, brauste urplötzlich ein Auto heran. Er schaffte es gerade noch, auf den Gehweg zu springen. Alarmiert riss er den Kopf hoch. Und so bekam er nicht mit, dass sich hinter seinem Rücken jemand näherte. Mit eisernem Griff wurde er an der Schulter gepackt. Er wirbelte herum. Vor ihm stand ein junger Mann mit einer Schlagmütze, den Oppenheimer in der Unterführung der S-Bahn schon gesehen hatte.

Gleichzeitig stieg ein massiger Herr mit Regenmantel aus dem Auto und näherte sich bedrohlich. Oppenheimer erkannte die Falle, in die er geraten war. Nixfelds Hintermänner hatten ihn entdeckt und so lange unter Beobachtung gehalten, bis sich eine günstige Gelegenheit ergab, zuzugreifen. Oppenheimer war zu entkräftet, und seine Reaktionen waren zu langsam, als dass er eine Chance gehabt hätte, davonzulaufen.

Gewaltsam wurde er nach hinten gerissen. Der junge Herr mit der Schlagmütze presste Oppenheimer ein feuchtes Stofftuch auf Mund und Nase. Oppenheimer versuchte, die Luft anzuhalten, gleichzeitig spürte er, wie er den Halt verlor. Der Kerl packte ihn und zog ihn mithilfe seines Komplizen ins Fahrzeug. Oppenheimer schlug mit letzter Kraft verzweifelt um sich, um die Männer abzuschütteln.

Und er atmete ein.

Oppenheimer nahm einen süßlichen Geruch wahr. Chloroform. Wie durch einen Schleier bekam er mit, dass ihn die schwer atmenden Männer auf die Rückbank des Autos schoben. Ein letztes Mal versuchte er, seinen Arm freizubekommen, allerdings wollte er ihm nicht mehr gehorchen.

Und dann senkte sich Dunkelheit über ihn.

24

Sonntag, 23. November 1947

Um Oppenheimer herum war es unruhig, das konnte er deutlich spüren, schaffte es jedoch nicht, die Augen zu öffnen.

Etwas rüttelte an ihm. Und dazu hörte er einen Laut.

Jemand rief: »Auwahen!«

Was sollte das für ein Wort sein? Oppenheimer war ratlos. Die Stimme klang ungewöhnlich dumpf.

Erneut traf Oppenheimer ein Stoß. Wieder ertönte der Ruf. »Auwahen!«

Oppenheimer fühlte sich gestört. Er wollte in Ruhe gelassen werden. Erst als er versuchte, sich von dem Lärm wegzudrehen, registrierte sein Verstand, dass er sich in einer sitzenden Position befand und sich nicht bewegen konnte. Die Arme befanden sich neben dem Körper. Etwas hielt sie dort fest.

Fesseln, dachte Oppenheimer.

Und er spürte noch etwas anderes; sein Mund war geöffnet. Etwas Weiches steckte darin und verhinderte, dass er sprechen konnte. Kühl und hart drückte ein anderer Gegenstand gegen seinen Rücken. Der Untergrund, auf dem Oppenheimer saß, war uneben. Scharfe Kanten stachen ihm ins Hinterteil und in die Beine.

Selbst in seinem Dämmerzustand begriff er, dass er von hier verschwinden musste. Oppenheimer spannte die Muskeln an. Es half nichts. Der Druck auf seine Arme ließ nicht nach. Aufkommende Panik verdrängte die lähmende Mattigkeit. Schließlich schaffte es Oppenheimer, die Augen zu öffnen.

Vor sich sah er Betonpfeiler, von der Seite fiel schwaches Licht herein. Oppenheimer hielt es für die letzten Reste des Tageslichts. Die tief hängende Decke versank weiter hinten im Schatten. Der Raum, in dem er sich befand, schien kein Ende zu nehmen. Und vor sich auf dem Boden lag jemand. Gefesselt und geknebelt lag ein Mann in einer dunklen Lache. Die Flüssigkeit roch nach Eisen.

Der Mann trat mit seinen verschnürten Beinen gegen Oppenheimers Fuß.

»Auwahen!«, flehte er durch den Knebel.

Die hohe Stirn kam Oppenheimer bekannt vor. Er erstarrte.

Es war Billhardt.

»Auwahen!«, wiederholte Billhardt, die Augen vor Entsetzen weit aufgerissen.

Jetzt endlich verstand Oppenheimer ihn. Er sollte aufwachen. Wach war er nun zwar, aber er konnte trotzdem nicht viel tun, um ihn und sich zu befreien. Jemand hatte Oppenheimer an einen der Betonpfeiler gefesselt.

Billhardt erkannte, dass Oppenheimer endlich bei Bewusstsein war, und blickte immer wieder hektisch zur Seite. Abgesehen von einer nackten Wand, gab es dort nichts zu sehen.

Oppenheimer verstand nicht, was Billhardt ihm zeigen wollte. Bis auch er es sah.

In die Wand hatte jemand in regelmäßigen Abständen Löcher gebohrt. Drähte führten von einer Einkerbung zur nächsten.

Es waren Sprengbohrungen, bereits fertig befüllt und verdrahtet. Das Gebäude war allem Anschein nach geräumt, also stand die Detonation kurz bevor. Oppenheimer und Billhardt saßen unter Tonnen von Beton, die über ihnen zusammenstürzen würden.

Hatten sie bis dahin noch Minuten oder nur Sekunden? Niemand konnte es sagen.

Jetzt begann auch Oppenheimer, nach Hilfe zu rufen. Der mit Speichel durchtränkte Knebel verhinderte laute Schreie. Verbissen zerrte er an den Fesseln, warf sich mit dem Oberkörper nach vorn. Schmerz durchzuckte die Schultergelenke, die Fesseln schnitten in die Arme, aber Oppenheimer kümmerte sich nicht darum. Dass er noch etwas spürte, war ein Zeichen dafür, dass er noch lebte. Er wollte sich nicht dem Schicksal ergeben, wollte nicht kampflos abtreten. Leider besaß er kein Messer. Er hatte lediglich eine halb volle Schachtel mit Zündhölzern in seiner Manteltasche. Sosehr er sich auch bemühte, es wollte ihm nicht gelingen, an sie heranzukommen. Also biss er die Zähne zusammen und begann wieder, wie ein Verrückter an den Fesseln zu zerren.

Aus dem Augenwinkel sah er, dass Billhardt einen weiteren Versuch unternahm, sich aufzurichten. Sein Kopf war blutüberströmt. Er ächzte unter der Anstrengung, gab schließlich auf und blieb entkräftet auf dem Boden liegen. Billhardts Brustkorb hob und senkte sich, er atmete schwer.

In Oppenheimers sitzender Position ließ sich kaum etwas machen. Doch noch bevor Oppenheimer einen Versuch unternehmen konnte, sich an der Säule hochzuschieben, hörte er hastige Schritte. Vielleicht war es ja ein letzter Suchtrupp vor der Sprengung. Der Hall in dem leeren Gebäude war so stark, dass sie von überall zu kommen schienen.

Oppenheimer versuchte, trotz des Knebels zu rufen, um die Fremden auf sich aufmerksam zu machen.

Die Schritte wurden lauter. Näherten sich.

Die Sinne hatten Oppenheimer einen Streich gespielt. Kein Trupp war hier angerückt, um sie zu befreien, es war eine einzige Person. In den grauen Schatten war nur ein Umriss erkennbar.

»Ah!«, sagte derjenige. Es klang nach einem Stoßseufzer.

Hektisch stieg er über die Schutthaufen und holte aus seiner Manteltasche ein Taschenmesser hervor.

Beim Näherkommen nahm Oppenheimer nur wahr, wie der Mann die blitzende Klinge ausklappte. Mit schnellen Schritten war er an Oppenheimers Seite und machte sich an den Fesseln zu schaffen.

Etwas riss hinter dem Betonpfeiler. Oppenheimers Arme schnellten nach vorn, die durchtrennten Seile baumelten an seinen Handgelenken. Sofort griff Oppenheimer nach dem Knebel und riss ihn aus dem Mund.

Der Mann sprang zu Billhardt, zerschnitt dessen Fesseln und half ihm in eine sitzende Position.

»Schnell«, kommandierte er.

Oppenheimer verstand und schob seine Hände Billhardt unter die Achseln.

Gemeinsam hievten sie ihn auf die Füße und stolperten mit der schweren Last zum Ausgang. Oppenheimer hatte keine Ahnung, wohin es ging, er überließ dem Mann die Führung und tat sein Bestes, um mit ihm Schritt zu halten. Obwohl Billhardt verletzt war, mobilisierte er seine letzten Kräfte und lief mit, so gut es ging. Der Mann führte sie durch einen leeren Raum, dann durch einen zweiten. Im dritten sah Oppenheimer endlich durch eine rechteckige Öffnung in der Außenwand den bleigrauen Himmel.

Wind wehte ihnen entgegen. Der Ausgang schien nahe. Der Mann beschleunigte seine Schritte. Auch Oppenheimer erhöhte instinktiv das Tempo.

Und dann geschah es. Billhardt knickte ein. Oppenheimer spürte, wie ihn das Gewicht des Kollegen zur Seite zog, dann sah er, dass dessen blutüberströmter Kopf nach vorn gekippt war.

Mitten im Lauf bremsten sie ab. Oppenheimer schlang seine Arme um Billhardts Oberkörper, auch ihr Retter musste noch einmal nachfassen. Gemeinsam zogen sie ihn zum Ausgang. Billhardts Füße schleiften die letzten Meter über den Boden. Draußen entfernten sie sich hastig von dem grauen Betonblock, stolperten über dunkle Erde. Nach ein paar Metern hörte Oppenheimer, wie in dem Gebäude die Sprengladungen gezündet wurden.

Dann ging alles rasend schnell. Der Mann warf sich zur Seite. Billhardt und Oppenheimer konnten nicht mehr reagieren. Sie wurden einfach mitgerissen.

Oppenheimer landete hinter einem Erdhügel. Unter ohrenbetäubendem Getöse fegte eine Druckwelle über sie hinweg, der Boden vibrierte, Splitter peitschten durch die Luft, gefolgt von einer gewaltigen Staubwolke. Gegenstände prasselten auf sie herab. Oppenheimer bedeckte den Kopf mit den Armen. Staub und Erde verfingen sich in seinem Mund. Es schien das Ende der Welt zu sein.

Als der Splitterhagel schließlich versiegte, wagte er einen kurzen Blick über den Erdhügel. Und was sich ihm enthüllte, war unglaublich.

Der graue Betonbunker war praktisch unversehrt. Die dicken Wände standen immer noch, das Dach war nicht eingebrochen. Die Sprengung war ein Misserfolg. Und Oppenheimer war immer noch am Leben.

Neben ihm richtete sich ihr Retter ebenfalls auf.

»Wir müssen zum nächsten Krankenhaus«, befahl er. »Oder Ihr Kollege überlebt es nicht.«

Sie schleiften Billhardts leblosen Körper vom Bunker fort.

»Da hinten habe ich ein Auto«, ächzte der Mann.

Soweit Oppenheimer sehen konnte, befanden sie sich in einem Industrieviertel. Auf dem Hinterhof stand ein schwarzer Volkswagen.

Sie legten Billhardt vorsichtig auf die Rückbank. Oppenheimer setzte sich neben ihn. Erst jetzt dachte er daran, den Knebel aus Billhardts Mund zu entfernen.

Der Mann sprang hinter das Steuer, betätigte den Anlasser und legte einen Kavalierstart hin.

Während sie in halsbrecherischem Tempo durch die Straßen jagten, kam Billhardt wieder zu sich.

»Oskar«, stöhnte er. Sekunden später hatte er erneut die Besinnung verloren.

Oppenheimer blickte zu dem Fahrer. Der Mann war ihm bekannt. Aus einer anderen Zeit, einem anderen Leben.

Sie näherten sich einer Kreuzung. Warnend betätigte ihr Fahrer die Hupe und bog scharf nach rechts ab.

Auf einer breiten Hauptstraße jagten sie an den Schatten unzähliger Häuserfronten vorbei. An der nächsten Kreuzung konnte Oppenheimer den Umriss des Funkturms sehen. Also befanden sie sich im Westend. Die Straße war einigermaßen leer, deshalb wagte der Fahrer einen kurzen Blick auf seine Passagiere.

»Ich hätte nicht gedacht, Sie noch einmal lebend zu sehen«, sagte er. In seinen Augenwinkeln erschienen Fältchen. Er lächelte.

Oppenheimer fiel keine geistreiche Antwort ein. Also sagte er nur: »Gleichfalls.«

Billhardt nannte diesen Mann nur beim Vornamen – Oskar. Der Inhaberin der Pension Keller war er als Herr Dorn bekannt.

Spätestens jetzt wusste Oppenheimer ganz genau, dass es ein falscher Name war.

Vor ihm saß SS-Hauptsturmführer Vogler.

»Warten Sie hier«, sagte Vogler und wies auf einen Stuhl. »Ich sehe nach, was die Ärzte sagen.«

Damit ließ er Oppenheimer in der Notaufnahme zurück und schritt den Korridor entlang, durch den die Schwestern vorhin das Rollbett, auf dem Billhardt lag, geschoben hatten.

Oppenheimer setzte sich. Wie gewohnt wollte er den Hut vom Kopf nehmen, als er bemerkte, dass er ihn bei der Entführung verloren hatte. Während er wartete, konnte er nicht viel anderes machen, als sich darüber zu wundern, wie wenig sich Vogler, der mittlerweile achtundzwanzig Jahre alt sein dürfte, verändert hatte.

Er mochte jetzt Zivilkleidung tragen, bewegte sich aber immer noch auf eine Art, als würde er in der Uniform stecken. Vogler war so unbeirrt und tatkräftig wie damals bei der Verfolgung des Frauenmörders Lutzow.

Eine Stimme riss Oppenheimer aus seinen Gedanken. »Entschuldigung.« Er hob den Blick. Eine Krankenschwester stand vor ihm, ein Klemmbrett und einen Bleistift in der Hand. »Wir benötigen noch die Daten des aufgenommenen Patienten.«

Nachdem Oppenheimer Billhardts Personalien diktiert hatte, erschien auch schon Vogler. Die Stirn war gerunzelt, die Lippen waren zu einem schmalen Strich zusammengepresst. Noch ehe er etwas sagen konnte, wusste Oppenheimer bereits, dass es um den Patienten nicht gut stand.

Vogler schob seinen Hut in den Nacken. »Sie werden einige Fragen haben.«

»Darauf können Sie Gift nehmen«, murmelte Oppenheimer gereizt. Vielleicht tat er Vogler damit ja unrecht, aber er konnte den Verdacht nicht abschütteln, dass Billhardt nur wegen ihm in diese lebensgefährliche Lage geraten war. »Wie soll ich Sie denn jetzt nennen? Dorn oder Vogler? Was ist Ihnen lieber?«

»Im Zweifelsfall Oskar«, sagte Vogler schmunzelnd. Er führte Oppenheimer zur Seite. »Machen wir es so, heute werde ich Ihnen Rede und Antwort sehen. Soweit es mir erlaubt ist, beantworte ich Ihre Fragen. Aber danach werden wir uns nie wieder über die Hintergründe meiner Anwesenheit unterhalten. Also überlegen Sie sich gut, was Sie von mir wissen wollen.« Selbst ein Vorschlag klang bei Vogler nach einem Ultimatum. Vogler atmete tief durch und fügte hinzu: »Was Billhardt betrifft, er hat gravierende Kopfverletzungen davongetragen. Es gibt da wohl eine Schwellung, auch das Gehirn scheint betroffen zu sein. Keine schöne Diagnose. Die Ärzte wollen unverzüglich mit der Behandlung beginnen, aber es steht auf der Kippe.«

»Er könnte sterben?«

Vogler nickte. Oppenheimers Kehle fühlte sich plötzlich rau an. Er musste sich räuspern, um einen Ton hervorzubringen.

»Dann wurde er also ebenfalls entführt?«, fragte er. »Genau wie ich? Von denselben Leuten?«

Vogler blickte sich um. »Nicht hier. Kommen Sie mit.«

Als sie nach draußen traten, war es bereits dunkel, und vom Himmel fielen vereinzelte Regentropfen. Voglers Wagen stand wenige Meter entfernt am Straßenrand.

Sobald Oppenheimer auf dem gepolsterten Beifahrersitz Platz genommen hatte, überfiel ihn die Erschöpfung. Es kam ihm so vor, als würde er von der Welle der Neuigkeiten weggespült. Sosehr er auch nach einem Halt suchte, es half nichts. Er musste sich auf die neuen Gegebenheiten einstellen. Billhardts lebensgefährliche Verletzung machte Oppenheimer große Sorgen. Außerdem konnte er dessen frühere Andeutungen mit Voglers plötzlichem Auftauchen nicht in Einklang bringen. Obwohl Hilde ihm bereits einige der Hintergründe geschildert hatte, mit denen der Mord am Flinken Ulrich und vermutlich auch das Verschwinden von Nixfeld zusammenhing, hielt er es für ratsam, sich ahnungslos zu stellen.

Oppenheimer seufzte laut auf. »Billhardt erzählte mir, dass Sie eine Bande fassen wollen, die Nazis ins Ausland schleust?«

Ohne es zu wollen, klang diese Feststellung wie eine Frage. »Ich verstehe nicht mehr, wie das Ganze zusammenhängt. In wessen Auftrag sind Sie denn tätig?«

Vogler startete den Wagen. Leichthin sagte er: »Ganz einfach, ich arbeite jetzt für die Guten.«

Die Gummibäume in der Pension Keller standen immer noch in Reih und Glied. Und mit den herabhängenden Blättern sahen sie unverändert traurig aus.

Oppenheimer rieb sich die brennenden Augen. Von der Fahrt quer durch die Stadt hatte er nicht viel mitbekommen. Er war so erschöpft, dass ihn das monotone Brummen des Volkswagens in einen traumlosen Schlaf versetzt hatte.

Vogler nahm Oppenheimer mit in sein Zimmer. Kaum waren sie dort angekommen, als er auch schon wieder verschwand und wenige Augenblicke später mit einer halb vollen Flasche Johnnie Walker zurückkehrte.

Oppenheimer war verwundert, dass Vogler ein derart kostbares Getränk anbieten konnte. »Haben Sie den etwa von der Hauswirtin?«

»Ach was.« Vogler winkte ab. »Ich habe hier im Haus meine Verstecke. Frau Keller binde ich das nicht auf die Nase.«

Er nahm sein Zahnputzglas, schenkte ein wenig von der goldbraunen Flüssigkeit ein und stellte sie vor Oppenheimer auf den Tisch. Dann prostete Vogler ihm mit der Flasche zu.

»Auf Billhardt. Und dass er durchkommt.«

Wenn es darum ging, auf das Wohl seines schwer verletzten Kollegen zu trinken, wollte Oppenheimer nicht kneifen. Er prostete zurück und kippte den Whisky hinunter.

»Aber mal im Ernst«, hakte Oppenheimer nach, »Sie behaupten, jetzt für die Guten zu arbeiten. Wen meinen Sie damit? Etwa die Amerikaner?«

Vogler zog einen Stuhl heran, setzte sich Oppenheimer gegenüber und warf ihm einen aufmerksamen Blick zu. »Das könnte man so sagen. Es mag Sie überraschen, aber wir sind wieder nachrichtendienstlich tätig.«

Vogler schien damit den deutschen Geheimdienst zu meinen. Fassungslos fragte Oppenheimer: »Wir haben noch nicht einmal eine souveräne deutsche Regierung, und unsere Spione sind schon wieder aktiv?«

Vogler nahm einen Schluck Whisky und verzog den Mund. Das Licht der elektrischen Deckenlampe schimmerte auf den kurz geschnittenen, aschblonden Haaren. »Unsere Org, so nennen wir die Organisation, ist momentan noch ein wenig improvisiert. Aber ja, die Amerikaner haben erkannt, dass sie auf einheimische Kontaktpersonen nicht verzichten können.« Vogler hielt inne und schien zu überlegen, wie viel er Oppenheimer anvertrauen konnte. »Die Org wurde letztes Jahr von Generalmajor Gehlen gebildet«, fuhr er fort. »Er war bei der Wehrmacht, während der letzten Kriegsjahre wurde ihm an der Ostfront die Leitung der Abteilung *Fremde Heere Ost* übertragen, obwohl er keine geheimdienstliche Ausbildung vorweisen konnte. Gehlens Glück ist, dass er über ein außerordentliches Organisationstalent verfügt. Er hat den Apparat komplett neu aufgestellt, sodass die Feindaufklärung viel effizienter wurde. Er heuerte Fachleute aus den unterschiedlichsten Bereichen an, begann damit, die russischen Kriegsgefangenen systematisch zu verhören, baute in den Ostgebieten ein eigenes Netzwerk von Agenten auf. Gehlens nachrichtendienstliche Informationen waren sehr detailliert. Es ist seiner Aufklärung Ost gelungen, die vollständigen Datensätze über alle militärischen Aspekte der Roten Armee zu liefern. Truppenbewegungen, Nachschubstärke, politische Führung – Gehlens Leute gingen allem auf den Grund. Aber Daten zu haben ist die eine Sache, für eine erfolgreiche militärische Aufklärung muss man sie auch einordnen und korrekt bewerten. Man könnte behaupten, dass Gehlen seine Arbeit in diesem Punkt viel zu gut verrichtet hat. Hitler nannte ihn zuletzt einen Defätisten, der bewusst die Truppenstärke der Roten Armee übertreibe. Zu diesem Zeitpunkt ließ sich der Führer schon längst nicht mehr beraten und folgte nur noch seinen eigenen Eingebungen. Und deshalb wurde auch Gehlen wenige Monate vor dem Kriegsende gefeuert.«

Oppenheimer horchte auf. Voglers Erklärung klang wie eine verklausulierte Distanzierung von seinem ehemals so hochgeschätzten Führer. Vogler trank einen weiteren Schluck, um davon abzulenken, dass er nach Worten suchte.

»Jedenfalls war Gehlen damals klüger als die meisten. Er erkannte, dass Hitlers Niederlage nicht das Ende bedeutete. Und er plante für die Nachkriegszeit. Wäre das herausgekommen, wäre er kurzerhand standrechtlich erschossen worden. Aber er ging das Risiko ein. Es heißt, dass er vor seiner Entlassung noch die wichtigsten Geheimdienstdokumente auf Mikrofilme ablichten ließ. Beim Eintreffen der amerikanischen Truppen in Oberbayern hat sich Gehlen ihnen dann gestellt und die Verstecke der Mikrofilme verraten. Wie auch andere Fachleute wurde er in die USA geflogen und auf Herz und Nieren überprüft. Was alles im Detail geschah, weiß ich nicht, jedenfalls wurde man sich handelseinig. Die Amerikaner erkannten offensichtlich, dass Gehlen genau die Art von Geheimdienstexpertise besaß, die sie im Nachkriegseuropa benötigten. Sein Material war eine Goldgrube.«

Oppenheimer nickte. Die Dinge zwischen Ost und West waren noch im Fluss und von Zivilpersonen schlecht einzuschätzen. Falls aber die Befürchtungen eintrafen, die auch Oppenheimer teilte, und es tatsächlich auf eine Konfrontation zwischen den USA und Russland hinauslief, dann existierte bereits ein

Netzwerk der Westmächte im östlichen Territorium, das nur noch reaktiviert werden musste. Gehlens Kontakte im Osten waren praktisch unbezahlbar.

Eine andere Frage beschäftigte Oppenheimer momentan aber viel mehr. »Wie sind Sie denn zu Gehlens Truppe gestoßen?«

Vogler machte eine unbestimmte Geste. »Sagen wir mal, dass Bekannte von Bekannten mir von Gehlens Org berichtet haben. Das kam für mich genau zum rechten Zeitpunkt, denn ich war gerade aus der Kriegsgefangenschaft zurückgekehrt.«

»Sie waren also Gefangener?«

Unbewusst straffte sich Vogler. »Meine Panzerdivision war im Dezember 1944 an der Operation *Wacht am Rhein* beteiligt. Unsere Aufgabe bestand darin, durch die Ardennen nach Antwerpen vorzustoßen, und das bei diesem verdammten Schneetreiben. Aber es war nichts zu machen, unsere Gegner steckten ihre Verluste einfach so weg und karrten ständig neue Soldaten und schweres Kriegsmaterial an die Front, während wir unsere Verluste nur schwer ersetzen konnten.« Sein Gesichtsausdruck wurde hart. »Es gibt einen Punkt, an dem man die Fakten nicht mehr verleugnen kann. Und dieser Punkt war für mich in den Ardennen erreicht. Ich wusste, dass es endgültig aus und vorbei war. Mit allem. Die Amerikaner besitzen ein immenses finanzielles Kapital. Sogar der Osten bekam Militärhilfen, nur damit Deutschland besiegt werden konnte.«

An dieser Stelle regte sich in Oppenheimer Widerspruch. Geld mochte in jedem Krieg wichtig sein, aber da machte es sich Vogler zu einfach. Seine Sicht auf die Niederlage war eine neue Version der Dolchstoßlegende: Er versuchte, die Niederlage zu erklären, ohne dabei seine grundlegende Überheblichkeit aufzugeben.

»Wie gesagt, das Ende war absehbar«, rekapitulierte Vogler.

»Dass es uns nicht gelingen würde, unsere angestammte Lebensart erfolgreich zu verteidigen, ließ alles andere sinnlos erscheinen. Und da begriff ich es. Nicht unsere Rasse bestimmt über unser Schicksal, sondern wir selbst. Große Dinge werden nur von großen Menschen geschaffen. Um den letzten Funken Ehre zu bewahren, gab es für mich nur noch den Heldentod. Und wenn ich schon sterben musste, dann wollte ich so viele Feinde wie möglich mit in den Tod nehmen.«

Oppenheimer wagte kaum zu atmen.

Vogler starrte auf die Tischplatte. »Diese Entscheidung wurde mir abgenommen, denn ich wurde bei einem Scharmützel mit der US-Luftlandedivision gefangen genommen. Ein paar Tage vor Weihnachten. Glück im Unglück kann man sagen, da ich in ein amerikanisches *POW Camp* kam.«

Oppenheimer fand es einigermaßen merkwürdig, wie routiniert Vogler diesen englischen Begriff einflocht. »Das letzte Kriegsjahr konnte ich recht komfortabel absitzen. Es gab Kurse zur *Reeducation,* wir drückten wieder die Schulbank, um uns zu ordentlichen Demokraten erziehen zu lassen, die Zeit ging schnell vorbei. Jedenfalls hörte ich bei meiner Rückkehr, dass Gehlen ehemalige Mitarbeiter und alte Kameraden in den Leitungsstab seiner Org holte. Ich verfügte über gewisse Kontakte, also habe ich mich beworben.« Mit einem ironischen Lächeln ergänzte Vogler: »Sie sind auch nicht ganz unschuldig daran, dass ich aufgenommen wurde.«

Oppenheimer konnte sich nicht erklären, was Vogler damit andeuten wollte. Er richtete sich auf und fragte: »Wie kam das denn zustande?«

Vogler zwinkerte ihm zu. »Der Fall Lutzow. Ich konnte Gehlens Leuten beweisen, dass ich eine geheime Reichssache in Eigenregie erfolgreich aufgeklärt habe. Mit diesen Referenzen stand ich schon eine Woche später bei ihnen als Feldagent im

Dienst.« Vogler erhob sich von seinem Stuhl und umrundete nachdenklich den Tisch. »Natürlich musste ich mich auch von einigen Dingen trennen. Das gehört dazu, wenn man sich weiterentwickelt. Hauptsturmführer Vogler existiert offiziell nicht mehr. Nur wenige Menschen wissen von meiner Vergangenheit. Dazu zählen meine unmittelbaren Vorgesetzten und natürlich auch Sie.«

Vogler blieb direkt neben Oppenheimer stehen, blickte auf ihn hinab und kniff die Augen zusammen.

»Nun stellt sich mir die Frage, wie ich mit Ihnen verfahren soll.«

Oppenheimer erkannte die unterschwellige Drohung in Voglers Worten und konnte sich an die merkwürdige Art von Vertrauensverhältnis während ihrer Ermittlung erinnern. Trotz des ausdrücklichen Befehls, Oppenheimer zu töten, den Juden, der nach der Aufklärung der Frauenmorde von den SS-Befehlshabern nur noch als unliebsamer Mitwisser betrachtet wurde, hatte Vogler ihn am Leben gelassen. Sprach etwas dagegen, ihre alte Kooperation weiterzuführen, die ja letztendlich erfolgreich gewesen war?

Oppenheimer kam nicht mehr dazu, für sich eine Antwort zu formulieren, denn die atemlose Stille wurde unvermittelt von seinem laut knurrenden Magen unterbrochen. Er musste dringend etwas essen, allerdings war seine Manteltasche leer.

»Sie könnten mir ein Abendessen spendieren«, schlug Oppenheimer vor. »Oder wollen Sie mich etwa verhungern lassen, damit ich nichts mehr ausplaudere, Herr Dorn?«

25

Sonntag, 23. November 1947 –
Montag, 24. November 1947

Dass sich Vogler in der Umgebung des Kottbusser Tors so gut auskannte, sprach dafür, dass er schon seit längerer Zeit vor Ort im Einsatz war. Um nach einer Gaststätte zu suchen, wäre Oppenheimer instinktiv die Hauptstraßen entlanggeschlendert, doch Vogler steuerte zielstrebig auf eine winzige Seitengasse zu. Nach zweimaligem Abbiegen fanden sie sich in einem dunklen Hinterhof wieder. Vogler griff, ohne zu zögern, nach dem Knauf der Haustür. Begleitet von dem leeren Schnappen des Schlosses, zog er sie auf.

»Ich dachte, wir wollten etwas zu uns nehmen«, maulte Oppenheimer, dessen leerer Magen sich mittlerweile so anfühlte, als würde er über den Boden schleifen.

»Abwarten«, sagte Vogler und schaltete im Treppenhaus das Licht ein. Die winzige Birne oberhalb des dritten Stocks schien eher Schatten zu werfen, anstatt Licht zu spenden. Vogler stieg die Steintreppe hinauf, Oppenheimer folgte ihm.

Plötzlich drangen Geräusche an seine Ohren, die er in diesem unscheinbaren Hinterhofgebäude nicht erwartet hätte.

Irgendwo wurde lautstark gefeiert.

Vogler blieb vor der Tür einer Etagenwohnung stehen. Ohne sich anzukündigen, öffnete er sie. Mit dem blauen Dunst unzähliger Zigaretten flutete ihnen auch lautes Stimmengewirr entgegen. Gläser klirrten. Eine Band spielte Swing.

»Sie sind sicher, dass es hier etwas zu essen gibt?«, rief Oppenheimer Vogler zu. Er befürchtete, mit einem weiteren Glas Hochprozentigem abgespeist zu werden.

Vogler nickte nur und tauchte in das Gewimmel der Gästeschar ein. Erfolglos versuchte Oppenheimer, mit ihm Schritt zu halten. Vogler schlängelte sich zwischen zusammengewürfelten Polstermöbeln und Stühlen hindurch, auf denen ein ebenso zusammengewürfeltes Publikum saß.

Es handelte sich um einen privaten Nachtklub, eines jener improvisierten Etablissements, von denen man nur hinter vorgehaltener Hand erfuhr. Diese Konkurrenz war Ede seit jeher ein Dorn im Auge, denn während er mit seiner großen Bar am Ku'damm auch immer höhere Ausgaben verkraften musste, war die Gewinnmarge bei diesen illegalen Nachtklubs ungleich vorteilhafter.

Die Wohnung selbst machte einen vergleichsweise vornehmen Eindruck. Die hohen Decken waren mit Stuck verziert, die Zimmertüren aufwendig mit Ornamenten versehen und neu lackiert, sodass sie strahlend weiß schimmerten. An den Wänden hingen Spiegel in vergoldeten Rahmen, selbst der Kamin war verziert. Dass praktisch in jedem nutzbaren Winkel Männer mit Gläsern in der Hand saßen und nackte Tatsachen begafften, war ein denkbar großer Kontrast zu dem gepflegten Ambiente.

Zu den Klängen der Musik bot ein mageres Fräulein in Reizwäsche gerade einen Schönheitstanz dar, der eher an gymnastische Verrenkungen erinnerte. Oppenheimer verlor den Anschluss an Vogler. Als er sich ihm wieder zuwandte, wartete Vogler bereits auf der gegenüberliegenden Seite des Zimmers. Oppenheimer hastete ihm nach. Vogler schob einen Vorhang zur Seite, hinter dem ein leerer Korridor lag. Normale Gäste hatten hier wohl keinen Zutritt.

Sie betraten eine kleine Kammer, die Oppenheimer für ein

umfunktioniertes Kinderzimmer hielt. Vogler warf seinen Hut auf das unterdimensionierte Bett in der hintersten Ecke und legte seinen Mantel darauf. Dann setzte er sich auf einen der vier Stühle an den Tisch.

»Ich kenne den Inhaber«, erklärte er. »Wir kooperieren. Er benötigt Investitionskapital, ich bekomme dafür Informationen und gelegentlich ein warmes Essen. Jeder profitiert von unserem Arrangement. Außerdem kann man sich hier gut unterhalten, ohne dass jemand lauscht.«

»Die Spesen begleicht dann praktisch das Pentagon?«, fragte Oppenheimer neugierig.

Vogler rang sich ein ironisches Grinsen ab. »Das wäre schön, aber die Amis wollen nicht viel in unsere Org investieren«, antwortete er abfällig. »Dollars bekommen wir kaum. Um unsere Operationen zu finanzieren, kriegen wir nur Naturalien geliefert. Mangelwaren wie Zigaretten oder Konserven, die sich auf dem Schwarzmarkt gut zu Geld machen lassen. Penicillin zum Beispiel kann man im Ostsektor besonders profitabel verkaufen. Unsere Sonderkommandos generieren damit einen zufriedenstellenden Profit, aber das Geld ist trotzdem knapp. Und hundertprozentig legal sind diese Geschäfte natürlich auch nicht. Wenn ich noch mehr Kapital benötige, dann muss ich mir etwas einfallen lassen. Investitionen in Lokale wie dieses rentieren sich noch am ehesten. Meine Vorgesetzten haben keine Ahnung davon. Ich glaube, sie sind froh, wenn sie nicht mit den Details behelligt werden. Die Hauptsache ist, dass man Resultate liefert.«

Oppenheimer nickte ein wenig zerstreut. So interessant Voglers Erklärungen auch waren, das Ziehen in seinem Magen ließ sich nicht mehr ignorieren. »Und es gibt hier tatsächlich etwas zu essen?«, erkundigte er sich zum wiederholten Mal.

Vogler stand auf und verließ den Raum. Wenig später erschien er wieder mit zwei Emaillebechern.

»Kommt gleich«, sagte er und stellte einen der Becher vor Oppenheimer auf den Tisch. Dieser schnupperte kurz an dem aufsteigenden Dampf des Getränks. Zu seiner Beruhigung war es Fencheltee.

»Und was war mit Billhardt?«, fragte Oppenheimer. »Wie kam es zu dieser Zusammenarbeit?«

Vogler lehnte sich zurück. »Ich kannte Billhardt noch von früher. Bei unserer Ermittlung gegen Lutzow hat er mir wichtige Informationen geliefert, mit denen sich der Fall aufklären ließ.«

Oppenheimer erstarrte. Für einen Moment war er fassungslos. Billhardt hatte damals in Oppenheimers Auftrag im Kripoarchiv herumgeschnüffelt, um den Täter ausfindig zu machen, der bereits früher straffällig geworden war. Dass Billhardt gleichzeitig Kontakte zur SS pflegte, hatte er ihm gegenüber verheimlicht. Oppenheimer wurden augenblicklich die desaströsen Konsequenzen von Voglers dahingeworfener Bemerkung klar.

Billhardt hatte ihn hintergangen und damit auch Oppenheimers in Aussicht gestellte Flucht ins Ausland vereitelt. So vieles hätte sich in Oppenheimers Leben zum Besseren verändert: Er hätte nicht untertauchen müssen, er hätte nicht unter Lebensgefahr den Einmarsch der Roten Armee in Berlin erlebt. Und vor allem wäre Lisa nicht vergewaltigt worden.

Zorn stieg in Oppenheimer auf. Um sich zu beruhigen, nahm er einen Schluck Tee.

Vogler sagte nichts, sondern beobachtete aufmerksam Oppenheimers Reaktion. Er schien eine Ahnung zu haben, welchen Gefühlstumult sein Gegenüber gerade durchlebte.

Nach einer angemessenen Pause fuhr er fort: »Ich bin schon

eine ganze Weile hier in Berlin, um eine Gruppe von Argentiniern zu beobachten. Einer meiner Leute hat mitbekommen, wie einer von ihnen am helllichten Tag mitten in der Innenstadt ausgeraubt wurde, ohne es zu bemerken.«

»Das war dann wohl der Flinke Ulrich«, murmelte Oppenheimer. »Und warum werden diese Argentinier beschattet?«

»Vor Kurzem ist eine Fluchtroute über Nordeuropa aufgeflogen, über die im Auftrag des argentinischen Präsidenten Perón hochrangige Nazis und Kriegsverbrecher nach Südamerika geschmuggelt wurden.« Vogler fügte noch einige Details hinzu, aber es war nichts dabei, was Oppenheimer nicht bereits von Hilde erfahren hatte.

»Jedenfalls ist die Nordroute völlig zum Erliegen gekommen«, fasste Vogler zusammen. »Wir wissen, dass gerade ein zweiter Fluchtweg aufgebaut wird, diesmal über Südeuropa. Als zentrale Drehscheibe dient die Stadt Bern, wenn unsere Vermutungen stimmen. Die neutrale Schweiz bietet Peróns Leuten einen wichtigen Vorteil. Von Deutschen wird dort kein Nachweis verlangt, dass sie ihr Heimatland auf legalem Wege verlassen haben, solange sie beabsichtigen, aus der Schweiz umgehend wieder auszureisen. Bis zum Abflug nach Argentinien benötigen sie nichts weiter als ein vorläufiges Aufenthaltspapier. Eine Handvoll Schweizer Regierungsbeamter scheint auch mehr als gewillt zu sein, dabei ein Auge zuzudrücken, sofern die Schmiergelder stimmen. Es sind schon bis zu zweihunderttausend Franken für eine dieser Bescheinigungen über den Tisch gegangen. Wenn es den Flüchtenden erst einmal gelungen ist, die Schweiz zu erreichen, gibt es für die Alliierten praktisch keine Möglichkeit mehr, sie von der Weiterreise abzuhalten. Sie können einfach so verschwinden. Und die Fluglinie KLM spielt dabei auch eine Rolle.«

An diesem Punkt wurden sie von einem Klopfen an der Tür

unterbrochen. Vogler zuckte zusammen. Dann erst erinnerte er sich, dass er eine Mahlzeit für Oppenheimer bestellt hatte. Die Stuhlbeine kratzten über das Parkett, als er aufstand. Vogler öffnete die Tür einen Spalt breit, murmelte einige unverständliche Wörter und kehrte mit einem großen Teller zurück, der mit belegten Butterbroten beladen war.

Oppenheimer gingen bei diesem Anblick die Augen über. Gierig griff er nach dem ersten Brot und biss ein Stück davon ab. Die Geschmacksexplosion war unbeschreiblich. Es handelte sich um Büchsenfleisch in Aspik und geronnenem Fett. Das Brot war weiß und weich, wie man es nur bei den Amerikanern bekam. Oppenheimer verschlang die erste Stulle und machte sich dann sofort über die zweite her. Seine Verärgerung über Billhardts Verrat war wie weggeblasen.

»Ich sagte es ja«, kommentierte Vogler schmunzelnd das Schauspiel. »Wenigstens Naturalien bekommen wir von unseren amerikanischen Partnern.«

Oppenheimer fragte zwischen zwei Bissen: »KLM, ist das nicht eine niederländische Fluglinie?«

»Das stimmt. Sie bieten auch Transatlantikflüge von der Schweiz aus an. Aber die Amerikaner haben relativ früh mitbekommen, dass da etwas im Argen liegt.« Unwillkürlich rutschte Vogler auf seinem Stuhl nach vorn und senkte die Stimme ein wenig. Die nächsten Informationen waren streng vertraulich.

»Es fing alles im Mai dieses Jahres an. Ein Angestellter der Swissair kontaktierte das US-Konsulat in Zürich. Er war für die Buchungen der KLM zuständig, und es fiel ihm auf, dass ungewöhnlich viele Deutsche Flüge nach Buenos Aires gebucht hatten. Sie alle konnten eine Schweizer Aufenthaltsbescheinigung vorweisen und ein argentinisches Einreisevisum. Aber einen Schönheitsfehler gab es dabei: die Transitvisa fehlten. Die Flüge wurden also allesamt von gestrandeten Deutschen gebucht, die keine Belege für eine legale Einreise in die Schweiz vorlegen konnten. Und als die Amerikaner die Listen durchgingen, stießen sie auch prompt auf alte Bekannte. Vier der Ausreisenden waren Mitglieder der Millionärsfamilie Schlottmann, von der wir mittlerweile wissen, dass sie die Fluchtroute über Schweden finanziert hatte, die offensichtlich ein Testballon war. Mittlerweile herrscht auf den Schweizer Flughäfen ein reges Treiben. Allein in den ersten beiden Oktoberwochen wurden mindestens zehn illegal eingereiste Deutsche von der Schweiz nach Argentinien ausgeflogen. Und Peróns Leute gehen dabei nicht einmal besonders subtil vor. Einige der Tickets wurden direkt von der argentinischen Botschaft in Rom bezahlt.«

»Italien hängt also auch noch mit drin?«

Vogler erwiderte grinsend: »Jetzt wird es einigermaßen absurd. Es gibt Hinweise darauf, das nicht nur Flüge zur Flucht genutzt werden. Einige der Flüchtenden wurden etwas später in Genua gesichtet, was uns vermuten lässt, dass es noch eine zweite Route über Italien gibt, vermutlich per Schiffsverbindung. Die italienischen Behörden scheinen bei dieser Verschwörung aber nicht sonderlich bedeutsam zu sein. Vielmehr sitzen die Strippenzieher im Vatikan.«

Oppenheimer fiel es schwer, zu glauben, was er da hörte. Stirnrunzelnd kaute er auf seinem Butterbrot herum und sagte nachdenklich: »Nun ja, das ließe sich schon erklären. Der Kommunismus propagiert offen den Atheismus. Religion ist laut Marx das *Opium des Volks*, das nur illusorisches Glück in Aussicht stellt und uns davon ablenkt, das tatsächliche Glück einzufordern. Wenn es einen großen Gegenspieler der Kirchen gibt, dann ist es wohl der heidnische Kommunismus. Und die Westalliierten haben sich trotz aller Zwistigkeiten mit dem östlichen Bündnispartner bislang noch nicht dazu durchringen können, in aller Offenheit gegen Stalin Stellung zu beziehen. Wer könnte ihm in dieser verfahrenen Situation entschlossener die Stirn bieten als seine ehemaligen Feinde, die Nationalsozialisten.«

Vogler nickte eifrig. »Dahinter steckt eine langfristige Strategie. In der katholischen Kirche gibt es einflussreiche Geistliche, die fest damit rechnen, dass sich der komplette europäische Kontinent bald in Stalins Klauen befindet. Die Expansion in Osteuropa ging rapide vonstatten, jetzt existieren dort einige Marionettenstaaten. Und hier in Deutschland findet die entscheidende Schlacht statt, denn die westlichen Besatzungszonen sind das letzte Bollwerk. Wenn unser Vaterland auch noch dem Kommunismus anheimfällt, würde dies ganz Westeuropa in Gefahr bringen. Die Kirchenvertreter sind nun bestrebt, Führungspersönlichkeiten zu retten, weil sie beim Endkampf gegen den Bolschewismus von unschätzbarem Wert sein werden. Man könnte die Operation mit einer Arche Noah vergleichen.«

Oppenheimer war derart überrascht, dass er seinen Heißhunger vergaß und sein halb gegessenes Butterbrot auf den Teller zurücklegte. Gedankenversunken griff er nach dem Teebecher. »Aber euch Geheimdienstlern ist die Faktenlage ja bereits bekannt. Warum wird dann nicht gehandelt? Ich meine, die Alliierten versuchen, jeden einzelnen Deutschen nach seiner Verbindung zur NSDAP abzuklopfen, und verurteilen Kriegsverbrecher, aber gleichzeitig verhindern sie nicht, dass viele von ihnen Reißaus nehmen?«

Erst nachdem Oppenheimer diese Worte gesprochen hatte, fiel ihm ein, dass auch ein SS-Angehöriger wie Vogler zu dieser Personengruppe gehörte. Es war bereits zu spät, die Frage anders zu formulieren. Um die peinliche Situation zu überspielen, nahm Oppenheimer einen Schluck Tee und griff wieder nach seiner angebissenen Schnitte.

Vogler tat so, als würde er die letzte Frage nicht auf sich beziehen. Er hob die Hände und sagte: »Da gelangt selbst die US-Diplomatie an ihre Grenzen. Die Schweizer pochen auf ihre Neutralität, während ihre Polizeibehörden vor allem daran interessiert sind, dass die unliebsamen Besucher möglichst schnell wieder das Land verlassen. KLM mauert wiederum, weil sie mit den Flugtickets gutes Geld verdienen. Es ist wohl derart lukrativ, dass sie in Südamerika bereits aktiv nach Kunden suchen, die alte Bekannte und Verwandte aus Deutschland herausholen wollen. Um die Ausreise von mutmaßlichen Kriegsverbrechern zu verhindern, müsste man Zugriff auf die Passagierlisten von KLM bekommen. Natürlich kooperiert die Fluglinie nicht, und die niederländische Regierung weigert sich standhaft, dem Unternehmen die Herausgabe zu befehlen. Und was die Italien-Route anbelangt – dass wir beim Vatikan nicht weiterkommen, versteht sich fast von selbst.«

Hans war mittlerweile ernsthaft besorgt. Die Zeit lief ab. Nixfeld würde bald auftauchen, und er war immer noch nicht weitergekommen. Alles würde den Bach runtergehen, davon war er felsenfest überzeugt, nachdem es ihm misslungen war, Oppenheimer aufzutreiben. Er hatte fast den ganzen Sonntag vergeudet, denn am Wochenende war in der Dienststelle kaum jemand telefonisch zu erreichen, sodass Hans letztendlich sogar zum Alexanderplatz gefahren ist, um sich dort persönlich zu erkundigen. Zum Glück lief er einem Kollegen vom Streifendienst über den Weg, dem er sein Leid klagen konnte und der es schließlich schaffte, Oppenheimers Privatnummer zu ergattern. Hans war umgehend zum Telefon gestürzt, doch die Frau am Ende der Strippe gab vor, nichts zu wissen.

Damit blieb ihm nur die Möglichkeit, sich in den frühen Morgenstunden gleich noch einmal ans Telefon zu setzen und erneut sein Glück zu versuchen. Allerdings war das genau der

Tag, an dem sich Nixfeld angekündigt hatte. Hans machte sich nichts vor. Bei seinem Pech würde der Gesuchte sicher genau dann auftauchen, wenn er gerade unterwegs war. Oder die beiden hatten sich bereits aus dem Staub gemacht, ohne dass es ihm aufgefallen war.

In seiner überhitzten Fantasie sah er Nixfeld und Frau Hinze, wie sie Händchen haltend in einem Zugabteil saßen, während hinter dem Fenster die Stadt Berlin in der Ferne verschwand. Hans wollte das nicht zulassen. Er beschloss, sich unverzüglich zu vergewissern, dass Frau Hinze noch in ihrer Wohnung war.

Resolut zurrte er den Gürtel seines Mantels zu, holte tief Luft und machte sich an den Abstieg über die wackelige Leiter im Treppenhaus.

Die Wolkendecke war so dicht, dass das Mondlicht kaum hindurchdrang. Hans lief durch Regenpfützen quer über die Köpenicker Landstraße. Es war bereits weit nach Mitternacht, auf den Straßen herrschte so gut wie kein Verkehr. Ein weiterer Arbeitstag stand bevor, die erhellten Fenster zeugten davon, dass sich die meisten Anwohner früh zurückgezogen hatten, um noch einige Stunden dem Rundfunk zu lauschen. Ein beschauliches Leben, ein wenig Normalität, den widrigen Lebensumständen abgetrotzt, ein letztes Atemholen, ehe der Alltagstrott am nächsten Tag wieder begann.

Hans war nicht nach Atemholen zumute. Er rannte auf die drei geschwungenen Arkaden in der Hausfront zu, durch die man zur Rückseite gelangte. Dort lagen auch die Gartenbeete. Hans wusste, dass der letzte Rundgang der patrouillierenden Anwohner längst vorbei war. Es bestand also nicht die Gefahr, erwischt zu werden oder unerwünschtes Aufsehen zu erregen.

Feuchter Splitt knirschte unter seinen Sohlen, während er die hintere Fassade entlanglief. Die einzige Beleuchtung waren die schwachen Lichter in den Wohnungen. Plötzlich zog etwas an seinem linken Fuß. Hans geriet ins Straucheln und konnte gerade noch rechtzeitig einen Sturz verhindern. Irritiert blickte er nach unten und erkannte, dass er in seiner Eile gegen die Umrandung eines Gemüsebeets gestoßen war. Er ermahnte sich, ruhig zu bleiben. In der Finsternis um ihn herum gab es nur wenige Bezugspunkte. Wenn er einfach weiterlief, gab es kaum eine Chance, das Fenster von Frau Hinze zu entdecken.

Mit einiger Mühe gelang es Hans, seinen Eifer zu zügeln. Er kehrte zu den Arkaden zurück und lief dann erneut die Fassade entlang. Diesmal zählte er seine Schritte. Er ging zu der Stelle, an der seiner Meinung nach das Treppenhaus sein musste. Rechts davon lag Frau Hinzes Wohnung. Erleichtert atmete Hans auf, denn das mit dem Pappkarton ausgebesserte Fenster ließ sich problemlos finden.

Ein Schatten huschte in der Wohnung umher. Eine bessere Bestätigung dafür, dass Frau Hinze noch nicht ausgeflogen war, konnte er nicht verlangen.

Hans beschloss, sich auf den Rückweg zu machen. In der Stille der Nacht erschienen ihm seine Schritte unangenehm laut. Abgesehen davon war nur das unbestimmte Summen der entfernten Innenstadt zu hören und das Rascheln der Bäume.

Plötzlich blieb Hans wie angewurzelt stehen. Er hatte sich etwas vorgemacht. Sein Gehörsinn verriet ihm, dass er hier nicht der Einzige war. Gedämpfte Stimmen drangen von den Arkaden zu ihm herüber. Es klang nach einer Auseinandersetzung.

Fieberhaft überlegte Hans, was er machen sollte. Das Grundstück war nicht eingezäunt. Alle Fluchtwege standen ihm offen. Er musste nichts weiter tun, als über das freie Feld laufen oder der Hausfassade bis zur nächsten Seitenstraße folgen.

Aber seine Neugier behielt die Oberhand. Leise schlich Hans

zu den Arkaden. Schon nach wenigen Schritten konnte er die Stimmen, die in dem Durchgang widerhallten, auseinanderhalten. Es waren zwei Männer.

Noch ehe Hans ihre Worte genau verstehen konnte, brach das Gespräch ab. Unterdrücktes Keuchen war jetzt zu hören. Kleidung raschelte. Hans sträubten sich die Nackenhaare, denn er kannte diese Geräusche.

Genau so klang ein Kampf.

Hans wagte einen vorsichtigen Blick um die Ecke. Zwei Schattengestalten rangen miteinander. Trotz der Dunkelheit ließ sich erahnen, wie die Fäuste flogen. Einem der Männer gelang es, dem Widersacher einen Kinnhaken zu versetzen.

»Hörst du jetzt endlich auf mit diesem Scheiß?«, herrschte er ihn an.

Der Unterlegene ächzte. Der andere packte ihn am Mantelkragen und schüttelte ihn, bis er wieder zur Besinnung kam.

»Noch mal, Pfoten weg von der Dame. Es ist viel zu auffällig, sie mitzuschleppen, kapier das doch endlich. Wenn die Hinze plötzlich abhaut, dann bekommen das die Bullen doch mit. Unsere Kontaktleute bei der Kripo werden das nicht mehr so leicht deichseln können. Es reicht schon, dass sie nach dir fahnden. Mensch, denk doch mal nach!«

Der andere Mann hustete und sagte dann stockend: »Das sind nur Ausflüchte.«

»Wenn wir dir helfen sollen, musst du auch mitspielen. Dass du ihren Ehemann kaltgemacht hast, war bescheuert genug. Vor allem müssen wir jetzt unsere Organisation schützen, sonst stecken wir alle in der Scheiße.«

Bei dem überwältigten Mann handelte es sich um Nixfeld. Immer noch ein wenig benommen, nickte Nixfeld, daraufhin ließ der Angreifer von ihm ab.

Es war eine Finte. Nixfeld zog blitzschnell eine Schusswaffe aus seiner Manteltasche, entsicherte sie mit einem metallischen Klicken und richtete den Lauf auf den anderen Mann.

Nach einer Schrecksekunde griff dieser nach Nixfelds Arm. Hans fand es zu gefährlich, eine Rangelei um eine geladene Pistole aus nächster Nähe zu verfolgen. Er zog sich hinter der Mauerecke zurück und wartete darauf, dass die Kampfgeräusche aufhören.

Ein Schuss zerriss die Stille. Dann war es totenstill.

»Scheiße«, murmelte jemand.

Hans roch das Schießpulver. Wo vorher noch Nixfeld gestanden hatte, lag jetzt dessen lebloser Körper auf dem Boden.

»Verdammte Scheiße«, wiederholte der Mann. Er ging in die Hocke und untersuchte Nixfeld. Schon nach wenigen Augenblicken richtete er sich wieder auf.

Hans konnte es nicht fassen. Es war alles aus. Oppenheimers schöner Plan war ein Schlag ins Wasser. Denn Nixfeld war tot.

26

Montag, 24. November 1947

Oppenheimer hatte mittlerweile fast alle Butterbrote verschlungen. Der erste Hunger war gestillt, sodass er die letzte Schnitte in den Händen drehte, um sie noch einmal von allen Seiten zu betrachten.

»Dann ist Ihre Aufgabe also, der illegalen Ausreise der Kriegsverbrecher ein Ende zu setzen?«, fragte er Vogler.

Vogler stand schweigend auf und schlenderte zum Fenster. Auf die nächtliche Straße starrend, antwortete er: »Offiziell soll ich nur beobachten, was vor sich geht. Die Entscheidung über die weitere Vorgehensweise wird dann von höherer Stelle getroffen. Für unsere Org ist es sehr wichtig, möglichst akkurate Informationen zu sammeln. Das könnte unseren Fortbestand sichern. Ursprünglich waren wir für die Amerikaner nur interessant, weil wir ihnen Daten über die Russen liefern konnten. Aber sie haben jetzt auch eigene Leute darauf angesetzt. Wir bekommen also Konkurrenz.«

Oppenheimer biss ein Stück der letzten Stulle ab. Mit vollem Mund fragte er: »Steht es denn wirklich so schlecht zwischen den Russen und den Amerikanern?«

Auf diese Frage reagierte Vogler deutlich auskunftsfreudiger. Er lehnte sich gegen die Fensterbank.

»Die Amis haben Stalins wahre Absichten lange missverstanden«, antwortete er. »Sie kämpften gemeinsam gegen Deutschland, das hat ihnen gereicht. Hitler hatte bereits vor ihnen erkannt, welche Gefahr von dem Bolschewismus ausgeht. Roosevelt wollte davon nichts wissen. Der amerikanischen Bevölkerung wurde vorgegaukelt, Stalin sei der nette *Uncle Joe*. Doch der Krieg hat auf unserem Kontinent ein gewaltiges Durcheinander verursacht. Die europäischen Nationen sind geschwächt. Stalin will das nutzen, um die Macht über Europa an sich zu reißen. Zumindest das US-Militär hat begriffen, wie gefährlich ihr Verbündeter ist. Nach Beendigung des Krieges haben sie in Windeseile ihre Truppenverbände wieder aufgelöst und stellen jetzt fest, dass das ein Fehler war und sie vorschnell gehandelt haben. Wenn sie Stalins Machtstreben Einhalt gebieten wollen, müssen sie länger in Europa bleiben.«

Oppenheimer nickte. In wesentlichen Punkten deckte sich Voglers Erklärung mit Lisas Berichten darüber, wie die Lage von den Briten eingeschätzt wurde.

»Man darf auch nicht vergessen, dass die Amerikaner mit Geheimdienstoperationen bislang keine große Erfahrung haben«, fuhr Vogler fort. »Die meiste Zeit ihrer Geschichte über lebten sie isoliert vom Rest der Welt. Spionage galt als unehrlich und wurde deswegen als zutiefst unamerikanisch abgelehnt. Im Krieg benötigten sie natürlich militärische Aufklärung, also wurde das OSS gegründet. Trotzdem haben sie die Sowjets nicht im Blick gehabt, denn offiziell waren sie ja Verbündete. Und da es nicht einmal eine formelle Militärzensur gab, schöpften Stalins Leute Staatsgeheimnisse ab, was das Zeug hielt.«

»Aber Truman ist doch wesentlich skeptischer, was die Sowjets betrifft«, wandte Oppenheimer ein. »Da wird sich bestimmt einiges geändert haben.«

»Zuerst nicht – und das war für unsere Org auch ein Glück. Nach dem Krieg wurde das OSS von Truman aufgelöst. Einzelne Abteilungen und Mitarbeiter wurden anderen Diensten zugeteilt. Unsere Org ist in Deutschland offiziell ein operativer Bestandteil des US-Geheimdienstes.« Vogler steckte seine Hände entspannt in die Hosentaschen. »Ursprünglich war geplant, dass sich die Org hauptsächlich mit militärischer Aufklärung und Gegenspionage befassen soll. Aber Gehlen hat auch einige unabhängige Operationen am Laufen.« Grinsend fügte Vogler hinzu: »Manchmal kommen wir dabei sogar den Amerikanern ins Gehege. Jedenfalls agieren wir auf Weisung des Pentagons, und die Aufsicht haben amerikanische Feldkommandeure, die vom Geheimdienst meistens keinen Schimmer haben. Vor ein paar Wochen gab es einen Wechsel an der Spitze, und die Dinge sind für Gehlens Stab ziemlich ungemütlich geworden, weil es jetzt ständig Reibereien gibt. Mittlerweile steht alles zur Disposition, selbst eine komplette Auflösung unserer Org wäre denkbar.«

Oppenheimer nickte. »Natürlich«, sagte er. »Warum soll es einen deutschen Geheimdienst geben, wenn man nicht einmal weiß, wie es mit Deutschland weitergeht.«

Vogler setzte sich wieder und starrte gedankenverloren vor sich hin, dann fuhr er fort: »Es gibt auch einen Lichtblick. Bereits vor der Auflösung des OSS hatte Truman eine Nachfolgeorganisation aufgebaut, die CIG. Offiziell sollte sie nur Informationen beschaffen und keine aktive Spionage betreiben. Aber dieses hehre Ziel lässt sich nicht weiter aufrechterhalten. Auch die Amerikaner haben endlich begriffen, dass sie sich die Finger schmutzig machen müssen, wenn sie Stalin stoppen wollen. Es ist erst wenige Wochen her, da wurde das CIG in CIA umbenannt. Nach allem, was ich gehört habe, soll der Dienst künftig als zentrale Geheimdienstbehörde fungieren, bei der sämtliche Auslandsoperationen gebündelt werden. Und da will unsere Org natürlich einen guten Eindruck machen. Sollten wir von der CIA übernommen werden, würden wir wenigstens mit Fachleuten zusammenarbeiten, die unsere Arbeit verstehen und wertschätzen.«

Oppenheimer bekam den Eindruck, dass Vogler hier in Berlin nicht auf sich allein gestellt war, aber abgesehen von einigen Andeutungen, wollte er von seiner operativen Einheit vor Ort nichts verraten.

»Wenn es uns gelingt, dahinterzusteigen, wer in Berlin bei den Aktionen der Argentinier die Strippen zieht, wäre das ein gewaltiger Pluspunkt für die Org«, erklärte Vogler.

Oppenheimer verstand diese Anspielung nicht so recht. »Ich dachte, ihr hättet die Argentinier alle im Blick.«

»Nicht ganz. Der entscheidende Baustein fehlt uns noch, um das Bild komplett zusammenzusetzen.« Vogler trank einen Schluck Tee. »Bereits 1945 waren die ersten argentinischen Offiziere nach Deutschland gekommen, um die Lage zu sondieren und die Fluchthilfeoperation vorzubereiten. Meistens handelte es sich dabei um Personen mit deutschen Wurzeln. Einer dieser Kundschafter wurde auch nach Berlin geschickt. Meine Zuträger sprechen nur von einem gewissen Dostal.«

Belustigt fragte Oppenheimer: »Etwa wie der Operettenkomponist? Nico Dostal?

»Exakt, vermutlich ist das ein Deckname. Ursprünglich bestand Dostals Aufgabe darin, in Berlin nach geeigneten Personen zu suchen, die für eine Rettung in Betracht kommen. Aber dann blieb er hier, um die Koordination der Fluchtroute zu übernehmen, für Berlin und den ganzen Ostsektor. Dostal kümmert sich darum, dass genügend Fahrzeuge zur Verfügung stehen, und er heckt ständig neue Methoden aus, um seine Schützlinge unbemerkt durch den Ostsektor zu schleusen. In Argentinien besitzt er Verbindungen bis in die höchsten Kreise, hat einen direkten Draht zu Perón und kennt auch einige der deutschen Großfamilien, die hinter der Finanzierung stecken. Man könnte sagen, dass dieser Dostal einer der großen Hintermänner ist, zumindest was Berlin anbelangt. Und er hat es bislang geschafft, unerkannt zu bleiben. Wir besitzen keine Beschreibung von dem Mann, wir kennen seinen richtigen Namen nicht. Dostal ist momentan nicht mehr als ein Phantom.«

»Da kann man allenfalls versuchen, ihn aus der Versenkung hervorzulocken.«

Auf Oppenheimers Vorschlag hin blinzelte ihm Vogler zustimmend zu. »Das haben wir längst versucht. Ohne Erfolg. Dostal ist einfach zu gerissen, was man zum Glück von seinen Mitarbeitern nicht gerade behaupten kann. Wir hoffen immer noch, dass sie einen Fehler machen und uns auf Dostals Spur bringen. Insbesondere dieser Taschendiebstahl könnte sich als glücklicher Zufall erweisen.«

Im Prinzip bestätigte Vogler, was sich Oppenheimer bereits zusammengereimt hatte. Dem Flinken Ulrich waren unbeabsichtigt brisante Dokumente in die Hände gefallen, mit denen die Flüchtenden ihre Identität verschleiern sollten und einen Freischein nach Argentinien bekamen. Ulrich war schnell klar geworden, dass die Papiere immens wertvoll waren, doch von der Übergabe am Funkturm sollte Ulrich nicht zurückkehren.

»Seitdem die Ersatzausweise des Roten Kreuzes und die Visa verschwunden sind, ist bei den Argentiniern der Teufel los«, fuhr Vogler fort. »Aber sie haben sich auch reichlich idiotisch angestellt. Erst wurden sie bestohlen, dann fiel Ulrich vom Turm, aber sie hatten die Papiere immer noch nicht. Die Dokumente sind ihnen gleich zweimal durch die Lappen gegangen. Erst beim nächsten Anlauf haben sie die Ausweise zurückerhalten, denn jetzt hatten sie Helfer bei der Polizei, und die stellten sich nicht so dämlich an.«

Oppenheimer richtete sich auf. »Das waren dann bestimmt die Verräter, die Billhardt und mich beschattet und ständig behindert haben.«

Vogler nickte kurz und berichtete dann weiter: »Sobald ich

gehört hatte, dass Billhardt mit dem Fall des getöteten Taschendiebs betraut war, hielt ich es für eine günstige Gelegenheit, ihn zu kontaktieren. Ihr Kollege lässt sich sehr schnell von Autorität einschüchtern. Ich wusste, dass er pariert und mir alle Details der Ermittlung mitteilen wird. Er war dann auch ziemlich erpicht darauf, bei meiner Operation mitzuwirken. Ich wollte ihn zuerst abwimmeln, aber dann stellte sich der Kontakt zu Billhardt doch als sehr nützlich heraus. Denn die argentinischen Dokumente lagen jetzt in der Asservatenkammer und waren immer noch wertvoll. Und das zog auch sofort das übliche Geschmeiß an.«

»Also haben ein oder mehrere Mitarbeiter unserer Kripo bei den Argentiniern angeklopft«, führte Oppenheimer Voglers Überlegungen weiter. »Und zwar genau mit demselben Ziel wie Ulrich. Sie wollten die Unterlagen wieder zurück an Peróns Leute verkaufen.«

Vogler schüttelte den Kopf. »Ihre Schlussfolgerungen sind nicht ganz korrekt. Denn es geht dabei nicht um Geld, darum ist es nie gegangen. Die Verräter in euren Reihen haben ganz andere Absichten: Sie wollen ebenfalls nach Südamerika verschwinden.«

Oppenheimer stutzte. Es war nicht ganz so einfach, wie er es sich vorgestellt hatte. Voglers Enthüllung ließ den Verrat in einem anderen Licht erscheinen.

»Dann müssen sie also Kriegsverbrecher sein oder zumindest hochgradig belastet«, schlussfolgerte er. »Bei der Kripo sind sie vermutlich unter falschem Namen untergekommen – ein Kinderspiel, denn die komplette Überprüfung der Personalien lässt sich wegen der kriegsbedingten Lücken in den Behördenakten sowieso nicht gewährleisten. Aber trotz aller Vorsichtsmaßnahmen müssen sie stets damit rechnen, entlarvt zu werden. Jemand könnte sie wiedererkennen oder ihnen auf die

Schliche kommen. Also ist der Kripodienst nur dazu da, um die Zeit totzuschlagen, während sie auf eine günstige Gelegenheit für die Flucht warten – in ein Land, in dem sie unbehelligt leben können.«

»Eure schwarzen Schafe wussten ganz genau, welche Papiere ihnen da in die Hände gefallen waren«, bestätigte Vogler. »Es war ein Geschenk des Himmels. Aber nur mit den Dokumenten konnten sie nicht viel anstellen. Peróns Fluchthilfeorganisation ist der sicherste Weg, nach Argentinien zu gelangen. Also nahmen die Verräter bei der Kripo Kontakt mit den Helfern auf.« An dieser Stelle lehnte sich Vogler zufrieden zurück. »Wir konnten einige Gespräche der Argentinier abfangen, gleichzeitig berichtete mir Billhardt, was auf seiner Dienststelle alles vorgefallen ist. Dadurch ließen sich die Machenschaften recht gut nachverfolgen. Die Kripoleute sind an die Argentinier herangetreten und boten an, die Ausreisedokumente aus der Asservatenkammer verschwinden zu lassen. Es ist ihnen sogar gelungen, eine Audienz bei Dostal höchstpersönlich zu bekommen, denn dieser verstand sofort, dass sie auch noch bei anderen Belangen hilfreich sein können. Das prinzipielle Interesse war also da, nur kam es zu einer unerwarteten Verzögerung. Die argentinische Gruppe, die wir beobachten, hat ihre Kundschaft aus Berlin bislang über die Nordroute aus dem Land geschleust. Schweden und Dänemark lagen näher, es war einfach praktischer. Jetzt ist dieser Fluchtweg aufgeflogen, und sie müssen eine verlässliche Passage in den Süden aufbauen. Das ist nicht so einfach, weil sie mit ihrer Menschenfracht in jedem Fall die sowjetische Besatzungszone durchqueren müssen. Die entsprechenden Kontakte zu knüpfen, die Entscheidungsträger zu schmieren, einen unauffälligen Transport zu organisieren – das alles dauert eine ganze Weile.« Vogler trank einen Schluck und blickte dann in den Teebecher. »Letztendlich wurde ein Kompromiss ausgehandelt. Die Kripoleute sollen ins Ausland gebracht werden, sobald die Südroute in Betrieb ist, aber erst, nachdem alle anderen Personen abgereist sind, deren Flucht sich durch die Umstellung verzögert hat. Die abtrünnigen Gesetzeshüter befinden sich also am Ende der Warteschlange. In der Zwischenzeit sollen sie für Dostal noch einen wichtigen Auftrag ausführen. Kurz gefasst hat er ihnen befohlen, bei der Kripo alle Hinweise verschwinden zu lassen, die zu den Argentiniern führen könnten. Da wäre zunächst der Mord an diesem Taschendieb Ulrich. Sie machten auf Billhardt Druck, damit er den Fall abschließt, ohne dass er wirklich aufgeklärt wäre.«

Oppenheimer runzelte die Stirn. »Billhardt ist vorher verschwunden. Das übernehmen jetzt wohl seine Assistenten oder ein anderer Kommissar.«

Vogler seufzte. »Billhardt wurde der Boden einfach zu heiß, man kann es ihm nicht verdenken. Er erhielt Morddrohungen, musste mit dem Schlimmsten rechnen. Dermaßen unter Druck geraten, konnte er sich nicht mehr vernünftig auf unsere Mission konzentrieren. Ich habe dann beschlossen, ihn von der Kripo abzuziehen. Der Mord an Ulrich ließ sich ohne die Beweismittel aus der Asservatenkammer nicht mehr aufklären. Meiner Meinung nach konnte man Billhardts Talent als Schnüffler besser nutzen. Also setzte ich ihn direkt auf Dostal an. Damit er freier operieren kann, habe ich dafür gesorgt, dass seine Frau in Sicherheit gebracht wird, sodass seine verräterischen Kollegen kein Druckmittel mehr besaßen.«

Als Oppenheimer das hörte, fiel ihm ein Stein vom Herzen. »Dorothee geht es also gut?«

Vogler stutzte kurz, da Oppenheimer ihn unterbrochen hatte. Nachlässig winkend bestätigte er: »Wir haben für Frau Billhardt einen angenehmen Aufenthalt auf dem Land arrangiert. Es geht ihr dort viel besser als hier in Berlin. Nur leider ist ihr

Mann jetzt schwer verletzt. Das hätte nicht geschehen sollen. Billhardt war wohl ein bisschen übereifrig. Er war Dostal zuletzt dicht auf den Fersen. Fast hätte er es sogar geschafft, ihn zu enttarnen. Und dann war er plötzlich verschwunden. Als Billhardt sich nicht zurückgemeldet hat, machte ich mich auf die Suche nach ihm. Fast zeitgleich ist es Dostals Leuten gelungen, auch Sie zu entführen. Zum Glück haben wir noch rechtzeitig erfahren, wohin Sie gebracht wurden. Dass Billhardt ebenfalls dort war, hat mich nicht überrascht. Für die Argentinier war es eine günstige Gelegenheit, alle Mitwisser bei der Kripo auf einen Streich auszulöschen. Zwei zerfetzte Leichen in einem gesprengten Bunker, die sich nicht mehr identifizieren lassen. Aber sehen Sie, dieses Material hier konnte Billhardt knapp vor seinem Verschwinden noch in einem toten Briefkasten deponieren.«

Vogler holte ein Kuvert aus der Innentasche seines Anzugs und entnahm einige Fotoabzüge. Oppenheimer wollte sie ansehen, doch Vogler zögerte. Eindringlich ermahnte er ihn: »Hierfür hat Billhardt sein Leben riskiert. Sie können sich nicht vorstellen, wie wertvoll diese Aufnahmen für uns sind.«

Oppenheimer nahm, angemessen ehrfürchtig, die Kartonstücke entgegen. Was er dann sah, war allerdings wenig beeindruckend. Die Struktur war reichlich körnig wie bei sehr starken Vergrößerungen. Eine Straßenszenerie war zu erahnen. Ein Passant mit grauem Mantel überquerte eine Kreuzung. Der Fotograf hatte ihn mitten in der Bewegung eingefangen.

Beim Durchblättern der Fotos erkannte Oppenheimer, dass die Aufnahmen kurz hintereinander gemacht worden waren, sodass sich nachverfolgen ließ, wie sich der Passant dem Bordstein näherte und dann über die Straße lief. Nachdem Oppenheimer die Bilderserie komplett gesichtet hatte, suchte er eine Fotografie heraus, auf welcher der Mann fast in die Kamera blickte. Das schwache Sonnenlicht hinter der Wolkendecke warf diffuse Schatten, und so ließen sich grobe Gesichtskonturen erkennen.

Für eine Identifizierung waren die Aufnahmen allerdings unbrauchbar. Stirnrunzelnd fragte Oppenheimer: »Ich nehme an, dass das hier Dostal sein soll?«

»Unseren Informationen zufolge sind das die einzigen Aufnahmen, die von Dostal existieren.« Aufmerksam beugte sich Vogler vor. »Sind Sie ihm schon mal begegnet?«

Gebannt starrte Oppenheimer auf den hellen Fleck, der Dostals Gesicht sein musste. Er stand auf, um das Foto direkt unter die Glühbirne zu halten, und kniff die Augen zusammen. Es war zwecklos. »Das wäre schon möglich, aber ich kann es nicht beschwören.« Oppenheimer setzte sich zurück auf seinen Stuhl. »Ich glaube nicht, dass ich Dostal nur anhand dieser Aufnahme wiedererkennen würde. Mit einem anderen Bildausschnitt könnte man sicher die Umgebung identifizieren, in der das Foto gemacht wurde. Vielleicht verkehrt Dostal ja häufiger dort. Dann müsste man ihn früher oder später auch finden.«

Abgesehen von dem Zucken eines Mundwinkels, gelang es Vogler, seine Enttäuschung zu verbergen. »Das wäre der nächste Schritt. Ich habe bereits meine Leute darauf angesetzt, aber große Hoffnungen mache ich mir nicht. Sonst wissen wir nur von Dostal, dass er spielsüchtig sein soll. Er wettet anscheinend gern mit hohen Einsätzen. Nur hilft uns das allein nicht weiter.« Vogler rieb sich die Augen. »Verdammt, ich brauche einen Kaffee«, murrte er und verließ kurz das Zimmer.

Oppenheimer hingegen war wieder munter geworden. Er stimmte Vogler voll und ganz zu. Ein derart schmackhaftes Mahl, wie es ihm gerade aufgetischt worden war, ließ sich am besten mit einer gemütlichen Tasse Kaffee beenden. Bestimmt hatte Vogler irgendwo richtigen Bohnenkaffee deponiert. Oppenheimer überlegte, ob Gehlens Leute wohl ebenfalls von den Amerikanern Kaffee als Tauschware für den Schwarzmarkt bekamen. Und Vogler ließ sich nicht lumpen. Noch bevor er den Raum wieder betreten hatte, wehte Oppenheimer das Aroma von frisch aufgebrühtem Kaffee entgegen.

Oppenheimer nippte so gierig an dem heißen Getränk, dass er sich prompt die Lippen verbrühte. Und doch wäre es ein Frevel gewesen, den Kaffee wieder auszuspucken, also schluckte Oppenheimer ihn und konnte dabei genau spüren, wie er die Speiseröhre hinunterlief. Vogler schmunzelte, als sein Gast nach Luft japste.

»Eine Sache beschäftigt mich«, sagte Oppenheimer mit rauer Stimme. »Wie passt da der Fall rein, mit dem ich zu tun hatte? Die Sache mit diesem Nixfeld?«

Vogler blies in seine Tasse, damit der Kaffee abkühlte. »Sie haben völlig richtig vermutet, dass es sich bei Nixfeld um einen Kriegsverbrecher handelt. Er ist einer der Dutzend Leute, die gerade auf die Ausreise nach Argentinien warten. Und vor allem kennt er Dostal persönlich. Man erzählt sich, dass sie alte Freunde sind. Jeder, der Nixfeld in die Finger bekommt, könnte auch Dostal auf die Spur kommen. Deswegen haben die Verschwörer bei der Kripo den speziellen Auftrag bekommen, nicht nur den Fall des getöteten Taschendiebs zu hintertreiben, sondern auch den Fall Hinze, in den Nixfeld verwickelt ist. Es war Dostals Pech, dass beide Todesfälle praktisch zur selben Zeit geschahen, zwei Puzzlestücke, die Teile dieser ganzen Verschwörung sind. Wenn ein kluger Ermittler die richtigen Fragen stellt, könnte er schließlich auch die Zusammenhänge erahnen. Für Dostal hatte es oberste Priorität, dass niemand diese beiden Fälle miteinander in Verbindung bringt.«

Mit geschlossenen Augen ließ Oppenheimer die neuen Erkenntnisse Revue passieren. Er war sehr nahe dran gewesen, diese Verknüpfungen zu erkennen, allerdings war mit seinen begrenzten Mitteln nicht viel mehr möglich gewesen, als im Nebel herumzustochern.

»Den Verdacht hatte ich bereits, weil ich mich gelegentlich mit Billhardt beratschlage«, erklärte Oppenheimer bewusst vage, um nicht zugeben zu müssen, dass er nicht weit gekommen war. »Nur fehlten mir die handfesten Beweise.«

Vogler zuckte mit den Schultern. »Ich bin skeptisch, ob man bei einer Untersuchung wirklich etwas gefunden hätte. Aber allein schon die Tatsache, dass jemand nachforscht, war für Dostal wohl ein zu großes Risiko. Er wollte sich absichern und hatte damit ja auch Erfolg.«

Das Geschirr klapperte, als Oppenheimer die leere Kaffeetasse abstellte.

»Und was machen wir jetzt?«, fragte Oppenheimer, obwohl er längst ahnte, dass er Billhardts Position übernehmen sollte.

Vogler versuchte, nicht allzu interessiert zu erscheinen, und doch rückte er unwillkürlich näher an den Tisch heran. »So wie ich das sehe, verfolgen wir ähnliche Interessen. Ich will wissen, wer Dostal ist und wer sonst noch in seiner Organisation mitarbeitet. Und Sie möchten wieder zurück in Ihr altes Leben, ohne dass das Damoklesschwert einer Morddrohung über Ihnen hängt.«

»Vor allem verlange ich, dass die Verantwortlichen für Billhardts jetzigen Zustand zur Rechenschaft gezogen werden.« Oppenheimer gab sich Mühe, diese Forderung trotz seines Zorns ruhig auszusprechen. »Und dass es Verräter unter uns Kripoleuten gibt, kann ich auch nicht akzeptieren. Geheimhaltung hin oder her, sobald ich ihre Identität herausgefunden habe, werde ich unseren Inspektionsleiter Cordes darüber in Kenntnis setzen und dafür sorgen, dass sie hochkant aus dem Dienst fliegen und angeklagt werden. Ich hoffe, das ist für Sie akzeptabel, denn ich werde keinen Millimeter von dieser Vorgehensweise abrücken.«

Vogler neigte den Kopf leicht zur Seite und starrte auf die Tischplatte. Mit geschürzten Lippen zog er den Vorschlag in Erwägung. Schließlich griff er in die Seitentasche seines Anzugs. Beim Anblick des Flachmanns stöhnte Oppenheimer innerlich auf. Vogler goss die in ihm enthaltene Spirituose großzügig in ihre Tassen und erhob seine. Oppenheimer verspürte zwar wenig Lust, Fusel in sich hineinzukippen, selbst wenn es sich dabei um sündhaft teuren Whisky handelte, doch er spielte mit.

Sie stießen mit ihren Tassen an.

»Dann haben wir einen Deal«, bestätigte Vogler und trank. Oppenheimer kniff die Augen zusammen und tat es ihm gleich.

27

Montag, 24. November 1947

Noch vor ein paar Stunden war Oppenheimer total übermüdet gewesen. Jetzt, nach seinem Gespräch mit Vogler, spürte er einen Tatendrang, der keinen Gedanken an Schlaf mehr zuließ. Angespornt durch Voglers Zusage, die Verantwortlichen für Billhardts Zustand zur Rechenschaft zu ziehen, brannte er darauf, der Verschwörung auf den Grund zu gehen. Mit den neuen Fakten konnte er endlich die Zusammenhänge herstellen, anstatt wie bisher nur auf Spekulationen und Mutmaßungen angewiesen zu sein.

Am wichtigsten erschien zunächst, Hans aufzusuchen. Vielleicht hatten sie ja Glück, und Nixfeld war zwischenzeitlich so unvorsichtig gewesen, sich bei seiner Geliebten blicken zu lassen. Auch Vogler stimmte zu, dass es die eleganteste Methode wäre, Nixfeld zu erwischen, weil er sich von ihm Hinweise auf die wahre Identität von Dostal erhoffte.

Es war halb drei in der Früh und damit kein Zeitpunkt, den Oppenheimer unter normalen Umständen für eine Stippvisite gewählt hätte. Wenn er ehrlich war, war er ein wenig beunruhigt, weil er Hans das Wochenende über mit der Observierung allein gelassen hatte. Er hätte ihn schon längst ablösen müssen.

Unverzüglich brachen sie auf, drängelten sich durch die improvisierte Nachtbar, die Oppenheimer jetzt noch voller vorkam, an der Jazzkapelle vorbei, deren Musik zu der fortgeschrittenen Stunde noch hitziger klang. Auf der Straße marschierte Vogler voraus, sodass sich Oppenheimer beeilen musste, um ihm auf den Fersen zu bleiben. Unbeirrt hielt Vogler den Blick nach vorn gerichtet, während Oppenheimer unzählige Fragen durch den Kopf schwirrten. Und doch schwieg er. Jetzt schien keine günstige Gelegenheit, um Vogler weiter auszuhorchen.

Oppenheimer wunderte sich, wie Vogler es wohl geschafft hatte, diese Wandlung zu vollziehen. In gewisser Weise hatte Vogler schon beim Fall Lutzow bewiesen, dass er ein Pragmatiker sein konnte, wenn es darauf ankam. War er, um irgendwie über die Runden zu kommen, zum Opportunisten geworden?

Der Fußweg zum Auto dauerte länger als die eigentliche Fahrt zur Köpenicker Landstraße. Die nächtlichen Straßen waren verlassen, und so brauchte Vogler keine zehn Minuten bis an ihr Ziel. Am Ende der Skalitzer Straße bog Vogler nach rechts ab und trat aufs Gaspedal.

Schon bald kam der Wohnblock in Sicht, in dem Frau Hinze lebte. Oppenheimer gab die Anweisung, den Wagen sicherheitshalber in einigen Hundert Metern Entfernung abzustellen. Kaum war das Auto zum Stillstand gekommen, riss er die Tür auf, sprang hinaus, eilte schnurstracks über die breite Fahrbahn und hielt auf das Mietshaus zu, in dem er Hans einquartiert hatte.

In der Dunkelheit war es nicht ungefährlich, die wacklige Leiter zu den oberen Stockwerken hinaufzuklettern. Zu allem Überfluss waren die regennassen Sprossen auch noch rutschig. Sobald er festen Boden unter den Füßen spürte, hastete Oppenheimer zur Wohnung und klopfte schwer atmend an die Tür.

Fast augenblicklich erklangen Schritte, und die Tür wurde von innen aufgerissen. Hans warf einen gehetzten Blick auf den Flur. Als er Oppenheimer erkannte, atmete er auf.

»Endlich! Ick wusste schon nich mehr, wat ick anstellen soll.«

»Ist etwas …?«

Noch ehe Oppenheimer seine Frage formulieren konnte,

platzte es bereits aus Hans hervor: »Na, dit kann man wohl laut sagen! Nixfeld ist ufjekreuzt, und dann hat ihn jemand abjemurkst!«

Jetzt trat Vogler näher und musterte den baumlangen jungen Kerl mit der Bommelmütze, als gehöre er einer anderen Spezies an. Mit ernstem Gesicht fragte er: »Nixfeld ist tot? Ohne Zweifel?«

Beim Anblick des Fremden stutzte Hans. »Jehört der zu uns?«

Oppenheimer hatte keine Zeit, alles zu erklären. »Ja, ja, Unterstützung von außen. Aber wieso ist Nixfeld denn plötzlich tot?«

»Et sah mir wie een Unfall aus.« Hans schnappte nach Luft und setzte zu einem weiteren Wortschwall an. Oppenheimer hielt es für besser, wenn sie die Details nicht im Flur besprachen, und drängelte sich an Hans vorbei in die kahle Wohnung. Hans lief zum Fensterbrett, auf dem die Abschrift von Nixfelds Brief lag.

»Hier, er hat sich bei der Hinze anjekündigt.« Aufgeregt wedelte er mit dem Papier. »Nixfeld wollte am Montag mit ihr ins Ausland abhauen. Er is aber schon vor zwee Stunden ufjetaucht. Hattet wohl nich mehr ausjehalten ohne ihr. Jemand wollte ihn davon abbringen. Dort hinten im Durchgang zum Garten. Nixfeld zog 'ne Knarre, et gab 'ne Rangelei, und jetzt isser tot.«

Oppenheimer raufte sich die Haare. Fluchend ging er zum Fenster und starrte auf die gegenüberliegende Straßenseite. Er konnte es nicht fassen, dass seine Pläne wieder einmal durchkreuzt worden waren. Der Wohnblock, in dem der Totschlag geschehen war, lag still und verlassen in der Dunkelheit. Die Anwohner schienen nichts davon mitbekommen zu haben, sonst hätte es dort längst von Polizisten nur so gewimmelt.

»Liegt Nixfelds Leiche etwa noch dort?«

Hans zuckte mit den Schultern. »Kann ick nich sagen. Wenn se ihn nich schon wegjekarrt ham. Und bis zur nächsten Garteninspektion is noch wat hinne.«

Oppenheimer atmete tief durch. Um sich zu beruhigen, schritt er imaginäre Muster auf dem Boden ab.

Hans warf Vogler einen Blick zu. »Wat macht er denn da?«, fragte er und zeigte auf Oppenheimer.

Vogler schüttelte nur den Kopf und sagte: »So arbeitet er eben.«

Plötzlich blieb Oppenheimer wie angewurzelt stehen. Ihm war eine Idee gekommen, wie er die Situation vielleicht noch retten konnte.

»Eventuell kommen Dostals Leute, um die Leiche zu beseitigen. Die könnten wir doch verfolgen.«

Vogler quittierte Oppenheimers Vermutung mit einem skeptischen Blick. »Ich würde nicht damit rechnen. Nixfeld ist tot, die Sache ist für sie abgeschlossen. Bestimmt werden die Verräter bei der Polizei Beweise fälschen, um den Mord Frau Hinze in die Schuhe zu schieben, damit niemand Fragen stellt. Ein Mord aus Leidenschaft, Rache für den getöteten Ehemann, irgendetwas in der Richtung. Ein sauberer Schnitt. Auf jeden Fall dürfte es reichen, um den Verdacht von Dostals Organisation abzulenken.«

Schweigend zog Oppenheimer diesen Einwand in Betracht.

»Dann gibt es nur noch eine Möglichkeit«, sagte er. »Vielleicht weiß Frau Hinze ja mehr, als sie bislang zugeben wollte.«

Oppenheimer riss Hans die Abschrift des Briefs aus der Hand und überflog die Zeilen. »Diese Nachricht klingt mir fast so, als sei Frau Hinze bereits von ihm eingeweiht. Wer weiß, was Nixfeld ihr sonst noch alles verraten hat.«

Hans runzelte die Stirn. »Aba nich mal im Knast hat se jeplaudert.«

»Da wollte sie auch noch ihren Geliebten schützen. Nur ist der jetzt tot. Wenn wir ihr das vor Augen führen, haben wir vielleicht noch eine Chance.«

Zehn Minuten später stand Oppenheimer vor Frau Hinzes Wohnungstür und klingelte Sturm. Sie hatten sich vergewissert, dass Nixfelds Leiche noch da lag, wo er getötet worden war. Und das Fenster von Frau Hinzes Wohnung war ebenfalls noch erleuchtet. Bestimmt würde sie in dieser Nacht nicht schlafen können.

Oppenheimer musste nicht lange warten. Als Frau Hinze die Tür öffnete und ihn sah, zuckte sie sichtlich zusammen. Der Falsche stand vor ihrer Tür. Ihr erwartungsvoller Blick erlosch. Dass nicht ihr Liebhaber gekommen war, sondern ausgerechnet dieser lästige Kommissar von der Kripo, musste eine herbe Enttäuschung für sie sein. Zu spät lehnte sie sich gegen das Türblatt. Oppenheimer hatte längst gesehen, dass Frau Hinze vollständig angekleidet war. Bereit für einen Ausflug, der sie auf einen anderen Kontinent bringen sollte. Bereit für ein neues, besseres Leben.

»Was wollen Sie denn um diese Zeit?«, fragte Frau Hinze und versuchte erfolglos, ihre Unsicherheit hinter einer schroffen Haltung zu verbergen.

»Er wird nicht mehr kommen«, sagte Oppenheimer, in der Gewissheit, dass Frau Hinze genau wusste, wen er meinte.

Und sie verstand. Selbst im schwachen Licht des Treppenhauses ließ sich erkennen, dass ihr Gesicht aschfahl wurde. Viel zu spät antwortete Frau Hinze: »Ich weiß nicht, von wem Sie reden.«

Oppenheimer seufzte innerlich, verärgert darüber, mit ihren Ausweichmanövern kostbare Zeit zu vergeuden. Hans und Vogler hielten Wache, um zu verhindern, dass der Leichnam entdeckt wurde, noch ehe Oppenheimer die Gelegenheit bekommen hatte, sich mit Frau Hinze zu unterhalten. Mit jedem neugierigen Anwohner erhöhte sich auch das Risiko, dass die Situation außer Kontrolle geriet.

»Ich spreche von Herrn Nixfeld«, sagte Oppenheimer so ruhig wie möglich. »Der Mann, mit dem Sie heute eine Verabredung haben. Er wird Sie nicht ins Ausland bringen, weil er es leider nicht mehr kann. Seine Komplizen haben es verhindert. Sie müssen jetzt sehr tapfer sein, denn etwas Schreckliches ist mit ihm geschehen.«

Unwillkürlich schlang Frau Hinze ihre Arme um sich. »Das behaupten Sie doch nur«, erwiderte sie.

»Wenn Sie möchten, können Sie sich selbst davon überzeugen. Aber ich rate Ihnen, mich beim Wort zu nehmen.«

Noch ehe Oppenheimer es sichs versah, rannte sie die Treppe hinunter, Oppenheimer hinter ihr her.

Unweit der Haustür stand Hans. Vor den Arkaden observierte Vogler die Umgebung. Frau Hinze blickte Oppenheimer fragend an.

»Er ist dort vorn«, bestätigte er.

Ungeachtet des Nieselregens lief sie auf die Arkaden zu und wurde langsamer, je näher sie der Stelle kam. Sie musste all ihre Entschlusskraft zusammennehmen, um sich dem Anblick auszusetzen.

Wegen der Dunkelheit war nicht viel zu erkennen. In dem Durchgang lag ein lebloser Mensch auf dem Boden.

Frau Hinze blieb abrupt stehen. Falls sie schockiert war, so zeigte sie es nicht. Ihre versteinerte Miene dem Toten zugewandt, stand sie zwischen Oppenheimer und Vogler. Niemand bewegte sich, alle warteten gespannt auf ihre Reaktion.

Plötzlich durchschnitt ihre Stimme die Stille. »Wer war das?«, fragte Frau Hinze.

»Das waren die Leute, die Herrn Nixfeld ins Ausland bringen wollten«, erklärte Oppenheimer.

»Dit war so'n junger Spund mit 'ner Schlagmütze«, sekundierte Hans.

Oppenheimer erinnerte sich vage an den jungen Mann, dem er vor seiner Entführung im Tunnel zur S-Bahn über den Weg gelaufen war.

Vogler nickte Hans zu. »Wir kennen diesen Herrn. Auch er arbeitet für Dostal.«

Verwundert blickte Frau Hinze auf. »Wer ist Dostal?«

»Er ist der Kopf der Bande«, erklärte Oppenheimer.

»Rolf hat nie einen Dostal erwähnt«, murmelte sie.

Aufmerksam musterte Oppenheimer Frau Hinze. Er spürte, dass sie fast so weit war, ihnen alles zu verraten.

»Wir wollen den Hintermännern das Handwerk legen«, bekräftigte er. »Aber dazu fehlen uns noch wichtige Hinweise. Wenn Sie uns erzählen, was Sie von der ganzen Sache mitbekommen haben, wird uns das sicher helfen.«

Frau Hinze blickte ihm lange ins Gesicht. Dann atmete sie tief durch und sagte: »Ich weiß, wo sie Rolf zuletzt untergebracht haben. Allerdings durfte ich ihn nicht sehen, es war einfach zu gefährlich. Er wäre sonst aufgeflogen.«

»Wo war er denn die ganze Zeit? Etwa in Berlin?«

Frau Hinze schüttelte den Kopf. »Nein, das wäre zu auffällig gewesen, schließlich wurde nach Rolf gefahndet. Es gibt da einen Unterschlupf, im Süden außerhalb der Stadt. Irgendwo in Lichtenrade. Rolf hat mir von dem Haus erzählt. Wenn ich es sehe, werde ich es bestimmt erkennen.«

Oppenheimer war nicht wohl bei dem Gedanken, Frau Hinze auf eine Expedition ins Berliner Umland mitzunehmen. Da sie die genaue Adresse des Unterschlupfs nicht kannte oder nicht verraten wollte, sah er allerdings keine andere Alternative.

Sie wollten bei Tagesanbruch losfahren. Oppenheimer begleitete Frau Hinze in ihre Wohnung zurück. Hans wurde zur nächsten Polizeiwache geschickt, damit der Mordfall ordnungsgemäß aufgenommen wurde. Vogler zeigte für Oppenheimers Prinzipientreue zuerst kein großes Verständnis, denn er befürchtete Scherereien mit der Polizei. Schließlich einigten sie sich auf den Kompromiss, dass Oppenheimer im Verlauf des Tages bei seiner Dienststelle anrufen würde, um ein paar Takte mit Möller zu reden. Dieser war so erpicht darauf, die Verräter bei der Kripo zu fassen, dass er die Ermittlungen in diesem Fall sicher in aller Diskretion abwickeln würde, um Oppenheimers Pläne nicht auffliegen zu lassen.

Erwartungsgemäß brach wenig später vor dem Wohnhaus ein großer Trubel los. Mit kreischenden Sirenen preschten Einsatzwagen der Polizei heran. Oppenheimer brauchte nicht nach draußen zu schauen, er wusste, was sich dort abspielte. Schupos sperrten den Fundort der Leiche ab, wenig später erschienen die Kriminaltechniker, die das Blitzlichtgewitter ihrer Fotoapparate entfesselten. Etwa eine Stunde später kam auch Hans zurück. Mit hochrotem Kopf berichtete er Oppenheimer, dass er alle Anweisungen ausgeführt hatte. Weil er Polizist war, hatten sich die Kollegen auf der Polizeiwache damit begnügt, eine kurze Schilderung des Tathergangs zu Protokoll zu nehmen, und ihn dann wieder ziehen lassen.

Beim Einsetzen der Dämmerung fuhren sie mit Voglers Volkswagen schließlich nach Lichtenrade. Die Straßen wirkten wie eine graue Wand. Nur langsam waren die ersten Konturen zu erkennen. Bei dem stark bewölkten Himmel war es zu bezweifeln, dass es an diesem Tag überhaupt richtig hell werden würde. Zusammengesunken saß Oppenheimer auf dem Rücksitz, schlief immer wieder ein, nur um kurz darauf aufzuschrecken. Neben ihm hatte Hans seine Mütze über die Augen gezogen und schnarchte. Auf dem Beifahrersitz vor Oppenheimer saß Frau Hinze aufrecht neben Vogler. Er nutzte die Fahrt, um ihr weitere Hinweise zu entlocken.

»Die Männer, die Ihren Bekannten ins Ausland schaffen wollten«, sagte Vogler, »deren Namen sind Ihnen nicht zufällig bekannt?«

»Nein. Rolf hat keine Namen genannt. Er hat nur von einem alten Freund gesprochen, der in die Sache verwickelt ist.«

Gespannt blickte Vogler zu Frau Hinze. Sie musste damit Dostal meinen. Abgesehen von diesem dürftigen Hinweis, konnte sie über den großen Unbekannten nichts weiter sagen.

»Ich weiß nur, dass Rolf in Lichtenrade bei einem Pfarrer untergebracht worden war.«

»Einem Pfarrer?«

»Ja, er arbeitet mit ihnen zusammen. Dieser Pfarrer hat auch Kontakte zu anderen untergetauchten Nazileuten. Er sieht es als seine christliche Pflicht an, den Verfolgten zu helfen. Rolf wohnte gelegentlich bei ihm, bis er eine Unterkunft in der Wilhelmstraße fand.« Sie hielt kurz inne. »Jetzt kann ich es ja sagen. Ich habe mich sogar verplappert, aber es hat zum Glück niemand bemerkt. Da war ein ungewollter Verehrer hinter mir her, dieser aufdringliche Herr Streck, gerade als es mit Rolf ernst wurde. Ich habe einen Brief geschickt und ihm mitgeteilt, dass ich jemand anderen gefunden habe. Na ja, ich habe geschrieben, dass ich mit einem Pfarrer liiert sei. Das erschien mir die beste Notlüge, um ihn abzuwimmeln. Ich konnte ja schlecht sagen, dass mein Liebster ein Untergetauchter ist. Und damals waren wir noch nicht auf die Idee gekommen, Rolf als meinen Mann auszugeben. Das machten wir erst später, als die Nachbarn neugierig wurden.«

Oppenheimer setzte sich auf und rieb sich mit beiden Händen über das Gesicht. Wenn sie in Lichtenrade ankamen, wollte er wenigstens halbwegs wach sein.

»Es dauert noch eine Weile«, sagte Vogler und warf Oppenheimer im Rückspiegel einen Blick zu. »Wir sind gerade bei Buckow.«

Oppenheimer nickte verschlafen. Es waren also noch vier oder fünf Kilometer bis zu ihrem Ziel. Gerade genügend Zeit, damit er seinen Kreislauf in Schwung bringen konnte. So gut es ging, streckte er sich in dem engen Auto.

Einige Minuten später bog Vogler links auf den Lichtenrader Damm ab, eine von Bäumen gesäumte, vierspurige Fahrbahn, die in einem Bogen um den Dorfkern herumführte. Er drosselte die Geschwindigkeit und wandte sich Frau Hinze zu. »Wohin geht es jetzt?«, fragte er.

Frau Hinze zögerte. »Erst mal zum Dorfanger. Da gibt es einen großen Teich.«

Ratternd fuhren sie über Kopfsteinpflaster. Vogler orientierte sich an dem Kirchturm, eine Konstruktion aus rohen Steinen, die neben einem ausgebrannten Kirchenschiff in den Himmel ragte. Schließlich sah Oppenheimer zwischen den Baumstämmen etwas aufblitzen.

»Da ist ja unser Teich«, sagte er und zeigte darauf.

»Hinter der Kirche abbiegen«, wies Frau Hinze Vogler an. »Und dann geradeaus. Wir müssen nach Osten. Das Haus befindet sich auf der rechten Seite und hat zwei große Tannen im Vorgarten. Gegenüber ist nichts weiter als ein Feld. Mehr weiß ich leider nicht.«

Sie fuhren einige Hundert Meter, bis sie zu einem Haus kamen, das dieser Beschreibung entsprach. Im Vorbeifahren tastete Vogler bereits nach der Waffe in seinem Schulterholster.

Einige Hundert Meter von dem Haus entfernt parkten sie

und stiegen aus. Es regnete jetzt nicht mehr, dafür blies ein unfreundlicher Wind. Auch Hans war mittlerweile wach und fragte: »Wat machen wir jetzt? Anklopfen is wohl nich?«

Vogler starrte auf die Wipfel der beiden Tannen.

»Ich übernehme die Aufklärung«, beschloss er. »Wenn ich in zehn Minuten nicht zurück bin, dann rückt ihr nach!«

Er zog die Pistole aus dem Halfter und steckte sie in die Manteltasche. Dann schlenderte er betont harmlos auf das Haus zu.

Hans wandte sich Oppenheimer und Frau Hinze zu. »Also zehn Minuten.« Bekräftigend nickte er. Dann fiel ihm etwas ein. »Hat jemand von euch 'ne Uhr?«

Oppenheimer musste passen. »Wir schätzen einfach die Zeit«, schlug er vor.

Während Vogler unterwegs war, nutzte Oppenheimer die Warterei, um das Haus genauer zu betrachten. Es war sehr klein, hinter einem Fenster brannte Licht. Die Anwohner waren also bereits auf den Beinen.

Die ehemals weiße Fassade war schmutzig grau. Es musste schon etliche Jahre her sein, dass sich der Eigentümer die Mühe gemacht hatte, das Haus zu streichen. Die gewaltigen Tannen waren viel zu dicht gepflanzt und ragten gefährlich weit über das schiefergraue Dach, sodass es aussah, als würden sie das Haus erdrücken. Eine dunkle Holzscheune versperrte den Blick auf den hinteren Teil des Grundstücks. Ein Windstoß zerrte an Oppenheimers Mantelsaum, auch Frau Hinze zurrte den Gürtel des Mantels fest und schlang sich die Arme um den Oberkörper. Aber nicht nur der kühle Wind ließ sie frösteln. Mit starrem Blick fragte sie: »Und diese Leute haben Rolf auf dem Gewissen?«

Frau Hinzes Frage klang eher wie eine Feststellung, und doch antwortete Hans eifrig: »Na, ick hab et doch jesehen.«

Oppenheimer mischte sich ein. »Das können wir noch nicht

sagen. Wir haben keine Gewissheit, wer sich in diesem Haus befindet. Es können genauso gut harmlose Bauersleute sein. Aber möchten Sie es sich nicht lieber im Auto bequem machen, während wir das klären?«

Oppenheimer gefiel es nicht, sich um die Sicherheit von Frau Hinze kümmern zu müssen. Einladend öffnete er die Beifahrertür des Autos. Ihr Blick verriet, dass ihr klar war, dass es in Wirklichkeit ein kaum verhohlener Befehl war, sich fernzuhalten.

Wenig später kehrte Vogler zurück. Er konnte seine Schritte nur mit Mühe zügeln.

»Zwei Männer sind dort«, sagte er. »Ich konnte nicht sehen, ob sie Waffen tragen. Eine Haustür, ein Hinterausgang und ein Durchgang zur Scheune. Wir sollten zugreifen.«

Oppenheimer erwog die Optionen. »Wenn jeder von uns einen Eingang übernimmt, schaffen wir das. Aber unbewaffnet würde ich da nicht reingehen.«

»Nichts leichter als das.« Mit dieser Bemerkung schloss Vogler den Kofferraum auf, beugte sich vor und öffnete ein seitlich angebrachtes Innenfach, das ebenfalls mit Schlössern gesichert war. Die Schließen schnappten auf, und Vogler präsentierte zwei kompakte Pistolen. »Sechs Schuss«, sagte er. »Die Magazine sind voll.«

Oppenheimer überprüfte das Stangenmagazin und ließ es dann wieder einrasten. »Na, dann mal los.«

Während sie sich dem Haus näherten, warf er einen kurzen Blick zurück, um sich zu vergewissern, dass Frau Hinze im Auto blieb. Etwa fünfzig Meter vor ihrem Ziel stoppte Vogler und raunte ihnen zu: »Ich übernehme die Haustür. Verteilt euch an den anderen Ausgängen. Der Zugriff erfolgt auf mein Kommando.«

Oppenheimer und Hans kletterten über den halbhohen Jägerzaun. Während Hans nach hinten schlich, postierte sich Oppenheimer vor dem überdachten Durchgang zur Scheune. Er taxierte die Tür. Das Holz sah reichlich verwittert aus. Die Klinke war aus rohem Eisen geschmiedet. Oppenheimer versuchte einzuschätzen, wie solide die Tür wohl sein mochte, und kam zu keinem Ergebnis. Suchend blickte er sich um und erspähte einige zersägte Äste.

Vorsichtig zog Oppenheimer eines der Holzstücke aus dem Stapel und wog es in den Händen. Das Gewicht schien ideal, um die Tür mit einem beherzten Stoß aufzubrechen. Oppenheimer atmete tief durch. Er war bereit. Breitbeinig stand er vor der Tür, den Ast einsatzbereit.

Ein Pfiff ertönte, gefolgt von lautem Gepolter. Das musste Voglers Zeichen sein.

Oppenheimer rammte den abgesägten Ast gegen das Schloss. Zu seiner Enttäuschung vibrierte das Türblatt nur ein wenig unter dem Aufprall, gab aber nicht nach. Oppenheimer nahm Anlauf. Diesmal legte er sein volles Körpergewicht in den Stoß.

Und es gelang.

Holz splitterte, als der Riegel aus der Zarge gerissen wurde. Oppenheimer ließ den Ast zu Boden fallen und griff nach seiner Pistole.

Hinter der Tür lag ein schattiger Korridor, laute Stimmen waren zu hören, polternde Geräusche.

Dann eine Bewegung. Ein Mann stürmte Oppenheimer entgegen und versuchte, durch den Nebenausgang zu entkommen.

Gerade noch rechtzeitig riss Oppenheimer die Waffe hoch.

»Stehen bleiben! Polizei!«

Schwer keuchend blieb der Mann stehen. Er mochte gut und gern zwei Zentner wiegen. Das teigige Gesicht war verzerrt.

Oppenheimer kannte diesen Mann. Er hatte ihm im Gedränge der S-Bahn die Morddrohung zugemurmelt.

Bei der Erinnerung an diese unschöne Episode brandete in Oppenheimer wieder der Zorn auf. Und gleichzeitig spürte er eine grimmige Genugtuung, den Verantwortlichen nun in seiner Gewalt zu haben.

Lächelnd sagte Oppenheimer: »Wie heißt es so schön? Man trifft sich immer zweimal im Leben.«

28

Montag, 24. November 1947

Sie haben keine Ahnung, was Sie da anrichten!« Der übergewichtige Herr mit den buschigen Augenbrauen hatte die Sprache wiedergefunden. Sein Komplize war der junge Mann mit der Schlagmütze, der sich mit Nixfeld gestritten hatte, als sich der tödliche Schuss löste. Die beiden saßen jetzt in der winzigen Küche auf unbequemen Holzschemeln, und Oppenheimer und Vogler hielten sie mit ihren Waffen in Schach.

Sie waren ein denkbar ungleiches Paar. Der Ältere von ihnen hieß Winter, mochte an die fünfzig Jahre alt sein und war Pfarrer von Beruf. Zuerst weigerte er sich, zu bestätigen, dass er mit Dostal kooperierte, bis er es nach einer Weile dann doch zugab. Wer sich hinter diesem Decknamen verbarg, verschwieg er allerdings.

Dass er von seinen eigenen Landsleuten gefangen genommen wurde, in deren Interesse er seiner Meinung nach handelte, konnte Winter nicht begreifen.

»Wollt ihr euch etwa von den Sowjets versklaven lassen?«, schimpfte er. »Ihr werdet doch nicht so naiv sein und denken, dass jetzt der Frieden ausgebrochen ist. Einen wahren Frieden wird es nicht geben, solange der Kommunismus existiert.«

Winter hielt inne und richtete den Blick auf einen Punkt hinter Oppenheimers Rücken. Türscharniere knarrten. Hans war mit Frau Hinze ins Zimmer getreten. Oppenheimer hatte ihm aufgetragen, nach ihrer Begleiterin zu schauen, denn immerhin saß sie schon seit fast einer Stunde im Auto. Damit hatte er allerdings nicht gemeint, dass Hans sie mitbringen sollte. Starr hielt Frau Hinze den Blick auf Winters jungen Mitverschwörer gerichtet. Vermutlich hatte ihr Hans bereits berichtet, dass er an Nixfelds Totschlag beteiligt gewesen war.

»Und was ist mit dir, Sportsfreund?« Vogler nutzte die unerwartete Stille, um sich den jungen Burschen vorzunehmen. »Hast du auch einen Namen?«

Winters Komplize hatte das Verhör bislang verfolgt, ohne auch nur eine Silbe von sich zu geben. Er verzog den Mund zu einem spöttischen Lächeln. »Mein Name tut nichts zur Sache.«

»Du kennst Dostal?«

»Nie gehört.«

»Für wen arbeitest du?«

»Für mein Volk. Für das Vaterland. Für jeden, der nicht vor Stalin im Staub kriechen möchte.«

Oppenheimer hielt diese immergleichen Phrasen nicht mehr aus. »Und Polizisten umbringen, gehört das auch dazu?«, brummte er missgelaunt.

Trotzig reckte der junge Kerl das Kinn vor. »Die Polente wird sowieso von den Kommunisten gelenkt. Weiß doch jeder. Wer nicht für uns ist, ist gegen uns.«

Oppenheimer sah ein, dass es sinnlos war, diesen Leuten ins Gewissen zu reden. Um sich von seinen düsteren Gedanken abzulenken, durchsuchte er die Küchenschränke. »Gibt es hier wenigstens irgendwas zu trinken?«

Er nahm einen der halb vollen Kaffeebecher vom Tisch und roch an dem warmen Getränk. Das harzige Aroma war unverkennbar. Es handelte sich um Tannennadel-Tee. Mit den beiden riesigen Bäumen im Garten hatte der Hausbesitzer während der kalten Jahreszeit einen kostenfreien Vitamin-C-Spender direkt vor der Haustür. Frisch gepflückt und fein geschnitten, wurden die Tannennadeln üblicherweise mit kochendem Wasser übergossen, und nach fünf Minuten Ziehenlassen war der Tee trinkfertig. Gerüchten zufolge sollte es sogar Leute geben, denen dieses Gesöff schmeckte. Oppenheimer gehörte nicht dazu, also suchte er weiter.

Die ganze Zeit über hatte Vogler mit entsicherter Waffe Winters Komplizen im Auge behalten. Oppenheimer ahnte, dass er nach einer Erfolg versprechenden Strategie suchte, um ihm die gewünschten Informationen zu entlocken.

Plötzlich kam Leben in Vogler. Er machte einen Schritt auf den Burschen zu und wies mit dem Lauf der Pistole zur nächsten Tür. »Rein da«, befahl er.

Der namenlose Komplize stand zögernd auf und öffnete die Tür, während Vogler ihn mit seiner Waffe in Schach hielt. Hans richtete sofort seine Pistole auf Winter. Vogler zog die Tür hinter ihnen zu.

Als Winter hörte, wie das Schloss zuschnappte, schluckte er hart. »Was hat er mit ihm vor?«, fragte er mit bebender Stimme.

Oppenheimer tat so, als hätte er die Frage nicht gehört. Auch Hans ließ sich kein Sterbenswörtchen entlocken.

Frau Hinze trat zu Oppenheimer. Bislang war sie sehr gefasst gewesen, aber mittlerweile sah man ihr die Belastung an. »Ich glaube, ich muss was essen«, murmelte sie.

Sie fand eine Schüssel mit Kohlrabi. Prüfend tastete sie die weichen Knollen ab.

In anderen Zeiten hätte Frau Hinze sicher ein schlechtes Gewissen gehabt und sich erkundigt, ob sie etwas davon essen durfte. Doch mittlerweile kannten nur noch wenige Leute derartige Skrupel. So auch Frau Hinze. Nur eine einzige Frage fiel ihr ein. »Was meinen Sie, kann man die noch essen?«

Oppenheimer warf einen kurzen Blick auf die Kohlrabi und zuckte mit den Schultern. »Solange sie nicht angefault sind. Am besten einfach versuchen.«

Frau Hinze nickte, entdeckte in der weiß emaillierten Spüle ein Küchenmesser, wischte es kurz an einem Tuch ab und begann, die Kohlrabi zu schälen.

Unterdessen wurde Winter immer panischer. Er vermutete offensichtlich, dass Vogler seinen Komplizen foltern würde. Oppenheimer ahnte jedoch, dass Vogler viel geschickter vorging.

Es schien keine gute Idee, Winter das auf die Nase zu binden. Je stärker er verunsichert war, umso größer war die Wahrscheinlichkeit, dass er ihnen etwas mitteilte. Also beschäftigte sich Oppenheimer damit, das Feuer in dem altertümlichen Herd zu entfachen, damit er Wasser aufsetzen konnte. Bohnenkaffee gab es natürlich nicht, dafür entdeckte er einen Keramiktopf mit gemahlenen Bucheckern und schaufelte ein paar Löffel von dem Kaffeeersatz in die leere Kanne.

Unterdessen rutschte Winter unruhig auf seinem Stuhl herum. »Ihr habt ja keine Ahnung, was ihr da anstellt«, murmelte er immer wieder, wenn ihm keine neuen Verwünschungen einfielen.

Irgendwann wurde es Oppenheimer zu bunt. Er blickte Winter an und fragte: »Rechtfertigt das etwa, Kriegsverbrecher zu unterstützen? Mit den Tätern gemeinsame Sache zu machen, verstehen Sie das unter christlicher Nächstenliebe?«

»Die christliche Lehre basiert auf Vergebung. Außerdem stimmen zahlreiche Leistungsträger unserer Gesellschaft mit mir überein, dass die Anschuldigungen erheblich übertrieben sind. Jeder Mensch, der noch einen Funken Kritikvermögen besitzt, muss doch erkennen, dass nicht alles so schlimm war, wie es jetzt dargestellt wird.«

An diesem Punkt platzte Oppenheimer der Kragen. »Und was ist mit der Reichskristallnacht«, schnauzte er Winter an. »Die Massenverhaftungen, die angezündeten Synagogen? Das hat Ihrer Meinung nach dann wohl nicht stattgefunden? Und die Konzentrationslager? Die Verbrennungsöfen, die Gaskammern? Alles Filmkulissen? Und was ist mit den politischen Gefangenen? Den Zwangsarbeitern? Machen Sie gefälligst Ihre Augen auf! Selbst hier in Lichtenrade, gerade mal ein paar Hundert Meter entfernt, gab es eine Außenstelle des KL Sachsenhausen.«

Unbeirrt schüttelte Winter den Kopf und erhob vorwurfsvoll die Stimme. »Stacheldraht. Nichts weiter als Stacheldraht. Ein Gefangenenlager wie jedes andere auch. Was uns da vorgeworfen wird, kann nicht stimmen, denn es ist nicht typisch für unser Volk. Die Ausländer wollen uns nur einen Minderwertigkeitskomplex einreden, um uns kleinzuhalten. Negative Propaganda. Die Kommentatoren sind aufgehetzt vom russischen Antifaschismus. Und sie merken es nicht, dass sie ein Werkzeug ausländischer Mächte sind. Sie wollen, dass unsere ehrwürdige Geschichte in Vergessenheit gerät. Sie wollen unsere historischen Errungenschaften auslöschen. Wer sind wir denn? Wir sind eine Kulturnation, das ist doch erwiesen. Und es ist völlig absurd, zu behaupten, dass wir mit diesem jahrhundertealten Erbe einfach so der Barbarei anheimfallen können.«

»Sie reden ganz so, als hätten Sie Beethovens Symphonien und Goethes Werke allesamt eigenhändig verfasst«, spöttelte Oppenheimer und beließ es dabei. Winter war ein Nationalromantiker, bei dem die Enthüllungen über die Gräuel der Nazizeit eine heftige Gegenreaktion ausgelöst hatten. Er wählte den einfachen Weg. Anstatt den Tatsachen ins Auge zu sehen und Konsequenzen für die Gegenwart daraus zu ziehen, klammerte er sich verbissen an eine angeblich so glorreiche Vergangenheit.

Das Wasser in der Kasserolle begann zu kochen. Den Bucheckernkaffee aufzubrühen war eine willkommene Abwechslung zu der Konversation mit Winter.

In diesem Moment öffnete sich die Tür einen Spalt, und Vogler winkte Oppenheimer zu sich in den Nebenraum, der nun sehen konnte, was dort vorgegangen war. Es war keine verschärfte Befragung gewesen, wie Winter befürchtet hatte. Stattdessen saß der junge Bursche entspannt in einem zerfledderten Ohrensessel und paffte eine amerikanische Zigarette.

»Wir sind uns einig geworden«, murmelte Vogler. »Das da ist Bertram.«

Bertram winkte Oppenheimer breit grinsend zu, nahm die angerissene Zigarettenschachtel vom Beistelltisch und steckte sie in die Innentasche seines Jacketts.

»Er will uns Hinweise geben, aber dazu muss er in seine Wohnung.«

Oppenheimer stutzte. »In seine Wohnung?«, wiederholte er. Das alles klang nach einem Hinterhalt.

Vogler hob seine Brauen, um Oppenheimer wortlos zu signalisieren, dass er ebenfalls skeptisch war.

»Ich hab mir die ganzen Sachen aufgeschrieben«, erklärte Bertram. »Dostal kann es nicht ausstehen, wenn man seine Anweisungen nicht haargenau ausführt.«

»Dafür ist euch in den letzten Wochen aber verdammt viel schiefgelaufen«, meinte Oppenheimer.

Bertram machte eine entschuldigende Geste. »Eben. Ist für meine Gesundheit wohl besser, wenn ich mich umorientiere. Was soll's. Ich hab halt auf das falsche Pferd gesetzt, aber das Rennen ist noch lange nicht vorbei.«

»Morgen Abend ist eine neue Fuhre geplant«, erklärte Vogler. »Es ist eine letzte Generalprobe, bevor die neue Südroute in Betrieb genommen wird. Ein Lastkraftwagen soll die Strecke von Berlin bis zur Schweizer Grenze abfahren. Alles läuft wie unter den echten Bedingungen, in dem Wagen ist bereits ein Geheimabteil eingebaut. Nur werden diesmal noch keine Personen geschmuggelt. Die Fahrzeuge sind leer.«

Bertram schaltete sich wieder ein. »Dostal will erst mal sichergehen, dass wir aus der Russenzone unbehelligt rein- und wieder rauskommen, ehe er seine alten Kumpels als blinde Passagiere in die Laster verfrachtet.«

»Ich werde mit meinen Leuten die Operation verfolgen«, erklärte Vogler. »Bertram meint, dass Dostal und seine Verbindungsleute von der Kripo bei diesem wichtigen Termin auch anwesend sind.«

»Dann könnten wir sie alle auf einen Schlag schnappen«, sinnierte Oppenheimer.

Vogler sagte eindringlich: »Wir werden niemanden schnappen. Das gehört nicht zu meinem Auftrag. Mir geht es hier nur um die Aufklärung.« Oppenheimer wollte widersprechen, doch Vogler war noch nicht fertig. Er trat an ihn heran und fügte hintergründig hinzu: »Was die Verräter von der Kripo betrifft: Wenn Sie unter Dostals Leuten zufällig bekannte Gesichter sehen und sich dazu entschließen sollten, diese Personen zeitnah zu verhaften, habe ich keinerlei Handhabe, um dies zu verhindern. Ich hoffe, wir verstehen uns?«

Oppenheimer seufzte. Natürlich konnte es nicht so einfach laufen, wie er es sich erhofft hatte. Sobald sich die Geheimdienste einschalteten, galten offensichtlich andere Prinzipien als die der Rechtsstaatlichkeit.

»Und was unseren Bertram hier betrifft«, fuhr Vogler fort, »ich hoffe, ich kann mich auf Sie verlassen, dass er bei der polizeilichen Untersuchung nicht mit Nixfelds Tod in Verbindung gebracht wird?«

Oppenheimer stutzte. Vermutlich war das eine der Bedingungen, die Bertram für seine Kooperation gestellt hatte. Andererseits hatte sich der tödliche Schuss nur aus Zufall gelöst, wenn er dem Bericht von Hans glauben konnte. Und Bertram wollte ihnen die verräterischen Kripoleute liefern. Oppenheimer musste nicht lange überlegen. Er fand, dass es ein annehmbarer Kompromiss war.

Ohne großen Enthusiasmus sagte er: »Na meinetwegen. Aber im Prinzip wissen wir doch schon alles. Morgen haben wir unseren großen Einsatz.«

»Ihr wisst nur *fast* alles.« Feixend stand Bertram auf und zündete sich eine weitere Zigarette an.

Er stolzierte zum gusseisernen Ofen in der Ecke der Wohnstube und lehnte sich dagegen. Er hatte jetzt Oberwasser und gefiel sich dabei, dies mit übertriebenem Imponiergehabe zu demonstrieren.

»Etwas fehlt euch. Und zwar der Ausgangspunkt der Probefahrt. Ich verrate euch, von wo der Laster losfahren wird. Ihr bekommt die Adresse von mir, wenn Oskar hier sein Versprechen hält. Als Zeichen meines guten Willens gebe ich euch vorab bereits den genauen Ablaufplan für morgen. Den habe ich in meiner Bude. Jeder von uns hat einen bekommen. Dostal wird darauf drängen, dass er exakt auf die Minute eingehalten wird. Ihr werdet zu jedem Zeitpunkt einen Überblick haben, was vor sich geht. Mehr könnt ihr doch wohl nicht verlangen, oder?« Um diese Frage zu akzentuieren, blies Bertram ihnen einen Schwall blauen Rauchs entgegen.

Vogler nickte. »Das stellt kein Problem dar. Ich rechne damit, dass ich Ihnen noch heute Abend eine definitive Antwort geben kann. In jedem Fall wird es rechtzeitig vor Dostals Generalprobe geschehen.«

Bertram runzelte die Stirn. »Das möchte ich auch hoffen«, sagte er.

Vogler wollte bereits aufbrechen, als Oppenheimer ihn zurückhielt. »Was stellen wir mit Winter an?«, fragte er. »Laufen lassen können wir ihn wohl schlecht.«

Vogler nickte ihm zu. »Ihr Begleiter, dieser Hans, wird Winter einige Stunden beaufsichtigen müssen, bis ihn meine Leute in Gewahrsam nehmen. Der macht uns keine Schwierigkeiten.«

Oppenheimer brummte zustimmend. Vogler schien auf jede Eventualität vorbereitet zu sein. Schwungvoll öffnete er die Tür zur Küche. Jetzt, da er wieder in Aktion treten konnte und es eine Möglichkeit gab, Dostal zu identifizieren, fühlte Vogler sich sichtlich wohl in seiner Haut.

Ungeklärt war nur noch, wie sie mit Frau Hinze verfahren sollten. Oppenheimer war nicht wohl bei dem Gedanken, Frau Hinze zusammen mit dem Mitverursacher von Nixfelds Tod im gleichen Fahrzeug zu transportieren. Sie in der Obhut von Hans zurückzulassen, das bedeutete wiederum, dass sie womöglich mehrere Stunden warten musste. Andererseits konnte sie auch von Lichtenrade mit der Straßenbahn nach Tempelhof gelangen und dort auf das innerstädtische Bahnnetz umsteigen. Oppenheimers Vorschlag, sie bei der nächsten Haltestelle abzusetzen, wischte Vogler beiseite. Er war der Meinung, dass sie Frau Hinze genauso gut bis in die Stadt chauffieren konnten.

Bertram nahm auf dem Beifahrersitz Platz, um Vogler den Weg zu weisen. Vorsichtshalber achtete Oppenheimer darauf, dass sich Frau Hinze auf die Rückbank hinter Vogler setzte. Falls sie sich zu einer unbedachten Tat hinreißen ließ, saß er neben ihr und konnte einschreiten. Oppenheimer hatte allerdings die Auswirkungen seines Schlafmangels nicht einkalkuliert. Kaum dass er hinter Bertram Platz genommen hatte, zweifelte er bereits daran, dass er sich jemals wieder aus dem Sitz erheben konnte. Während Vogler den Wagen wendete und zurück zum Dorfanger fuhr, drifteten seine Gedanken ab, und das gleichmäßige Brummen des Motors schläferte ihn fast ein.

Plötzlich wischte eine rasche Bewegung durch sein Blickfeld. Wenige Zentimeter von ihm entfernt blitzte etwas auf. Frau Hinze hatte sich zu Bertram vorgebeugt.

Oppenheimer reagierte sofort und griff nach ihrem ausgestreckten Arm, doch zu spät.

»Verdammt noch eins!«, brüllte Vogler.

Er machte eine Vollbremsung. Oppenheimer kollidierte unsanft mit dem Vordersitz, ließ Frau Hinzes Arm los und griff nach vorn, um sich abzustützen.

Doch er rutschte auf dem Kunstleder ab. Der Sitz vor ihm war feucht. Die Flüssigkeit war warm. Der Geruch ließ Oppenheimer erschrocken zusammenfahren.

Das war Blut.

Vogler hatte sich so weit zur Seite gebeugt, dass er fast über Bertrams zusammengesunkenem Körper hing. Auf den ersten Blick sah es so aus, als würde er Bertram erwürgen, da er dessen Hals zu umklammern schien. Oppenheimer begriff, dass Vogler ihn nicht würgte, sondern versuchte, seinen Informanten am Leben zu halten.

Zwischen zusammengebissenen Zähnen zischte er Oppenheimer zu: »Die Halsschlagader! Fest draufdrücken! Er darf uns nicht verbluten!«

Eilig kramte Oppenheimer sein Taschentuch hervor. Vogler zog die Hand weg, und eine rote Fontäne ergoss sich ins Auto. Oppenheimer presste schnell das Taschentuch auf die offene Wunde.

Erst dann kam er dazu, Frau Hinze über seine Schulter einen Blick zuzuwerfen. Mit gerötetem Gesicht und feuchten Augen saß sie neben ihm. In ihrer Hand hielt sie ein Küchenmesser. Die Klinge und ihr Unterarm waren blutverschmiert.

Unfassbarer Zorn spiegelte sich in Frau Hinzes Augen. Es schien Oppenheimer, als würden all ihre unterdrückten Gefühle in einem gewaltigen Ausbruch zum Vorschein kommen. Offensichtlich hatte sie die ganze Zeit darauf gewartet, Bertram zur Rechenschaft ziehen zu können.

Für die ehemalige Krankenschwester war es ein Kinderspiel, mit dem Messer zuzustechen und dabei die richtige Stelle zu erwischen.

Nach der Vollendung ihrer Vergeltung saß sie angespannt auf der Rückbank und versuchte gar nicht erst zu fliehen. Fasziniert beobachtete sie Bertrams Todeskampf.

»Wohin jetzt?«, schrie Vogler aufgebracht. »Ist hier irgendwo ein Krankenhaus?«

Oppenheimer war zunächst überfragt, dann fiel es ihm ein: »Nach Britz!«, japste er. »In die Blaschkoallee!«

Das Krankenhaus, aus dem Nixfeld entflohen war, befand sich nicht mal in zehn Kilometern Entfernung.

Vogler trat aufs Gaspedal. Mit röhrendem Motor donnerten sie durch das schläfrige Dorf. »Wohin genau?«, fragte Vogler.

»Erst mal zurück, wie wir gekommen sind!«

Vogler umkrallte den Lenker, sodass seine Knöchel weiß hervortraten, und trieb den Motor an sein Limit. Oppenheimer gelang es, ihn auf die Marienfelder Chaussee zu dirigieren.

Bäume zischten am Straßenrand vorbei und zerteilten das Panorama des spärlich besiedelten Ackerlands in einzelne Schnappschüsse.

»In Buckow kommt gleich die große Kreuzung. Da müssen wir links runter!«

Vogler nickte als Zeichen dafür, dass er Oppenheimers Anweisung verstanden hatte. Konzentriert starrte er auf die Straße. Das Taschentuch auf Bertrams Wunde war mittlerweile von Blut durchnässt. Oppenheimer hielt es für keine gute Idee, es zu entfernen, denn sowie er den Druck verringerte, schoss wieder neues Blut aus der Wunde. Also presste er so fest, bis ihm die

Armmuskeln wehtaten. Plötzlich bemerkte er, wie sich unter seinen Händen etwas bewegte. Ein gurgelnder Laut drang aus Bertrams Kehle. Er hustete Blut.

»Sieht nicht gut aus«, erklärte Oppenheimer.

»Da ist Buckow!«, rief Vogler. Sie rasten auf eine Ansammlung von Häusern zu.

»Vielleicht schaffen wir es noch«, sagte Oppenheimer mehr zu sich selbst.

Vogler bog mit quietschenden Reifen links ein. Unmittelbar hinter der Kreuzung trottete ein Ochsenkarren die Straße entlang. Ungebremst wechselte Vogler auf die Gegenfahrbahn.

»Erst mal weiter«, erklärte Oppenheimer. »Am Britzer Schloss vorbei immer geradeaus, bis ich was sage. Die Hälfte der Strecke haben wir schon hinter uns.«

Dann hörte Oppenheimer Frau Hinze etwas murmeln, das wegen des Motorengetöses nicht zu verstehen war.

Sie wiederholte ihre Worte lauter, und Oppenheimer stellten sich die Nackenhaare auf.

»Warum stirbst du nicht? Stirb endlich. Stirb.«

Unablässig redete sie auf Bertram ein. Verwünschungen, dunkle Worte. Auf Oppenheimer wirkten sie wie die Beschwörungsformel einer Todesfee.

Plötzlich begann Bertram, am ganzen Leib zu zittern.

»Verdammt«, rief Oppenheimer aufgeregt.

Vogler warf ihm einen kurzen Blick zu. »Wir sind gleich in Britz.«

Er musste langsamer fahren, weil der Verkehr dichter wurde und er wegen des Gegenverkehrs auch nicht überholen konnte. Obwohl Vogler wie ein Besessener hupte, gelang es ihm nicht, die Autos zum Ausweichen zu veranlassen.

»Das ist doch nicht zu fassen!«, fluchte er und hämmerte mit der Faust auf den Hupenknopf. Bertrams Blutung zu stoppen, bis sie in der Notaufnahme eingetroffen waren, verlangte Oppenheimers volle Aufmerksamkeit. Und so nahm er Frau Hinzes abrupte Bewegung nicht richtig wahr. Ein stechender Schmerz durchzuckte plötzlich seinen linken Arm. Mit verzerrtem Gesicht warf sich Frau Hinze auf Oppenheimer und attackierte ihn mit dem Messer.

Er hatte keine andere Wahl. Um sich selbst zu schützen, ließ Oppenheimer von Bertram ab. Es gelang ihm, Frau Hinzes Handgelenk zu ergreifen, als sie ihren Arm hob, um erneut auf ihn einzustechen.

»Was …«, begann Vogler überrascht, doch ein kurzer Blick in den Rückspiegel genügte. Während Oppenheimer mit Frau Hinze rang, fuhr er an den Straßenrand, zog die Handbremse an und drückte mit den Händen auf Bertrams Halswunde.

»Verdammt, so lasst ihn doch endlich sterben!«, rief Frau Hinze.

Oppenheimer verdrehte ihr den Arm, bis sie losließ und das Messer auf den Rücksitz rutschte. Hektisch sicherte er die Waffe.

»Sind Sie denn von allen guten Geistern verlassen?«, rief er. »Sie haben es sich wohl in den Kopf gesetzt, ins Gefängnis zu wandern?«

Frau Hinze sagte mit heiserer Stimme: »Es macht keinen Unterschied mehr.«

Oppenheimer war fassungslos. »Aber wie können Sie das sagen?« Er wollte weiter auf sie einreden, als Vogler ihn unterbrach.

»Oppenheimer.« Ruhig stellte er fest: »Es ist zu spät.« Bertrams Herz hatte aufgehört zu schlagen, die Blutung am Hals war endgültig gestoppt.

Eine bleierne Stille erfüllte das Auto. Die Aufregung war ebenso plötzlich vorbei, wie sie nach Frau Hinzes Messerattacke ausgebrochen war. Mit laufendem Motor standen sie am Straßenrand.

Vogler legte den Kopf in den Nacken und atmete tief durch. Zum ersten Mal, seitdem Oppenheimer ihn wiedergetroffen hatte, sah auch er erschöpft aus. Er wollte in die Innentasche seines Jacketts greifen, hielt jedoch beim Anblick seiner blutverschmierten Hände inne. Dann wisperte er einen Fluch, holte den Flachmann hervor und trank einen Schluck.

»Vielleicht nicht die schlechteste Art, abzutreten«, sinnierte Vogler. »Einem Kameraden von mir ist es an der Front passiert. Eine Verletzung am Hals, Blut in Strömen, der Sani kam nicht mehr rechtzeitig. Er hat kaum was mitbekommen. Ein paar Sekunden, und schon war es vorbei.« Er schnaubte. »Ein Wunder, dass wir es überhaupt bis hierher geschafft haben.«

Oppenheimer fühlte sich unendlich leer. Zusammengesunken saß er neben Frau Hinze, die nichts weiter tat als mit kaltem Blick den Toten zu fixieren.

»Trotzdem, es hätte nicht so kommen müssen«, beharrte Oppenheimer.

29

Montag, 24. November 1947

Sie sammeln ja die Leichen wie andere Leute Briefmarken!«, echauffierte sich Möller am Telefon. »Und ich muss dann hinter Ihnen aufräumen.«

Oppenheimer hatte diese Reaktion erwartet. Innerhalb von nicht einmal vierundzwanzig Stunden waren im Zuge seiner Ermittlung zwei Tote zu beklagen, und Möller fiel nun die heikle Aufgabe zu, die Beweise unter Verschluss zu halten, damit die Verräter unter den Kripoleuten nicht gewarnt wurden.

Beinahe hätte Oppenheimer mit der flapsigen Bemerkung gekontert, dass er eigentlich froh sein solle, dass nicht auch noch zwei Kommissare aus seiner Dienststelle das Zeitliche gesegnet hatten. Jetzt schien jedoch kein günstiger Zeitpunkt zu sein, um Möllers Toleranzschwelle auszutesten.

Nach dem unfreiwilligen Stopp auf der Landstraße war Vogler zum Krankenhaus gefahren. Bertram wurde zur Notaufnahme gebracht, nur um dessen Tod festzustellen. Die Stichverletzung an Oppenheimers Arm war lediglich ein Kratzer, der ambulant behandelt werden konnte. Bandagiert und mit einem durchlöcherten und blutigen Mantel wurde er wieder entlassen, woraufhin er sofort Möller kontaktiert hatte.

Es dauerte nicht lange, bis die von Möller losgeschickten Polizisten kamen, um Frau Hinze festzunehmen. Sie hatte die ganze Zeit über im Krankenhaus neben der Rezeption gesessen. Fast schien es so, als wären ihre letzten Kräfte aufgebraucht. Sie wirkte teilnahmslos, eine bloße Beobachterin ihres verkorksten

Lebens. Sie ließ sich widerstandslos unter den neugierigen Blicken des Krankenhauspersonals abführen, schritt mechanisch zwischen den Polizisten zum Ausgang.

Nachdem alles abgewickelt war, gesellte sich Oppenheimer zu Vogler. Für eine Weile saßen sie schweigend da, zwei übernächtigte, unrasierte Gestalten mit dunklen Schatten unter den Augen.

»Also, was wissen wir nun?«, fasste Oppenheimer zusammen. »Morgen Abend findet die große Generalprobe statt. Ein Lkw soll die sowjetische Zone durchqueren und dann bis in die Schweiz fahren. Die Verschwörer werden allesamt anwesend sein. Inklusive Dostal und den Informanten von der Kripo. Aber wir haben keine Ahnung, von wo aus sie starten.«

»Bertram sagte etwas von einer Lagerhalle«, sagte Vogler. »Klingt nach einem Industriebetrieb.«

»Oder eine Autowerkstatt«, ergänzte Oppenheimer.

»Ja, an möglichen Alternativen herrscht kein Mangel. Sie könnten überall sein.«

Vogler stützte sich mit den Ellbogen auf den Knien ab und massierte sich die Schläfen.

»Es hilft nichts«, murmelte er. »Ich werde Bertrams Wohnung auseinandernehmen. Es muss irgendwelche Hinweise geben. Und wenn es nur dieser Ablaufplan ist, den er mir versprochen hat.«

Oppenheimer richtete sich auf und rieb sich die klammen Hände. »Ich komme mit. Das lass ich mir nicht entgehen.«

»Haben Sie was zum Wechseln?«

Zuerst verstand Oppenheimer die Frage nicht.

»Der Mantel«, erklärte Vogler. »Vielleicht ist es besser, wenn wir nicht wie Metzger durch die Gegend laufen.«

Vogler hatte noch am Straßenrand Bertrams Kleider nach Hinweisen durchsucht und war dabei auf den Schlüsselbund gestoßen. Die Wohnung des toten Handlangers von Dostal befand sich im Westend in der Nähe des Ruhwaldparks. Vogler erklärte sich bereit, Oppenheimer auf der Fahrt dorthin zum Krankenhaus zu bringen, in dem Billhardt untergebracht war, damit er sich nach dessen Zustand erkundigen konnte. Später wollten sie sich dann in Bertrams Wohnung treffen.

Zuerst musste sich Oppenheimer allerdings umziehen. Bedauerlicherweise stellte sich heraus, dass Vogler trotz der geballten Expertise des deutschen Geheimdienstes nicht in der Lage war, für ihn neue Herrenoberbekleidung oder gar einen Hut zu organisieren. Das einzige Bekleidungsstück, mit dem er aufwartete, war ein alter Mantel aus der Pension Keller, der Oppenheimer mehrere Nummern zu groß war.

Eine halbe Stunde später setzte Vogler ihn beim Krankenhaus ab und brauste dann weiter zu Bertrams Wohnung. Barhäuptig und mit schlackerndem Mantel schritt Oppenheimer zum Empfang. Die Reaktion der Leute bestätigte seine Befürchtung, dass er wie eine Vogelscheuche aussah. Wenigstens verbargen die langen Ärmel des Mantels die blutverkrusteten Hemdmanschetten.

»Ich suche das Zimmer von Kurt Billhardt«, sagte Oppenheimer am Empfang. »Ich habe ihn gestern bei der Notaufnahme eingeliefert und wollte mich nach seinem Zustand erkundigen.«

Die Dame hinter dem Tresen zog gelangweilt eine dicke Kladde zurate. Routiniert überflog sie die Spalte mit den Patientennamen, bis ihr Zeigefinger auf dem Papier verharrte.

Mit gerunzelter Stirn sagte sie: »Hm, ich denke, es ist das Beste, wenn Sie mit dem behandelnden Arzt reden.«

Das Verhalten der Schwester weckte bei Oppenheimer die schlimmsten Befürchtungen.

»Aber natürlich«, murmelte er und lockerte die Krawatte. Die Schwester entfernte sich auf der Suche nach dem Arzt. Oppenheimer sah ihr nach. Dann lugte er neugierig in das Buch mit der Patientenliste. Billhardts Namen ausfindig zu machen dauerte eine Weile, weil die Buchstaben auf dem Kopf standen.

Wenig später kehrte die Schwester in Begleitung des Arztes zurück und zeigte auf Oppenheimer. Der Arzt nickte kurz und kam dann, die Hände in den Taschen des weißen Kittels, auf Oppenheimer zu.

»Sie haben sich nach Herrn Billhardt erkundigt?«, fragte er. »Sind Sie mit ihm verwandt?«

Oppenheimer schüttelte den Kopf und verhaspelte sich vor lauter Aufregung. »Nein, ich habe ihn gestern hier eingeliefert«, brachte er schließlich hervor. »Er ist Kommissar bei der Kripo. Ich bin sein Kollege.« Zur Bestätigung zeigte er hastig seine Polizeimarke, die von dem Arzt eingehend beäugt wurde.

»Hat Herr Billhardt denn Verwandte?«, erkundigte er sich.

»Er ist verheiratet. Aber seine Frau ist gerade nicht in Berlin.«

Der Arzt brummte vor sich hin und nickte. »Ich versteh schon.« Dann führte er Oppenheimer zu einem freien Stuhl. »Es ist ratsam, dass Sie sich hinsetzen. Ich habe eine äußerst unangenehme Nachricht.«

Mehr hätte er nicht sagen müssen. Oppenheimer ließ sich auf den Stuhl sinken.

»Herr Billhardt ist vor zwölf Stunden verstorben.«

Oppenheimer verstand die Worte, allerdings erschien ihm deren Sinn reichlich absurd. Er hatte Billhardt doch gestern noch gesehen, und solange Oppenheimer zurückdenken konnte, war er sein Kollege gewesen. Während des Polizeidienstes hatte sich Billhardt mit so manchem Ganoven angelegt, die Ostfront überstanden, den Krieg überlebt, nur um dann an einer harmlos aussehenden Kopfverletzung zu sterben. Es konnte nicht sein, dass Billhardt nicht mehr da war.

Eher pro forma fragte Oppenheimer: »Und woran lag es?«

»Ihr Kollege wurde mit einer Schädeldachfraktur eingeliefert. Zu diesem Zeitpunkt war bereits eine epidurale Blutung bei ihm aufgetreten.«

»Was meinen Sie damit, eine Art Hirnblutung?«

»Ja. Um genau zu sein, zwischen der harten Hirnhaut und dem Schädelknochen. Nach einer kurzen Bewusstlosigkeit tritt üblicherweise eine scheinbar beschwerdefreie Phase auf.« Instinktiv versuchte Oppenheimer, den Krankheitsverlauf zeitlich einzuordnen. Das war vermutlich der Moment, in dem Billhardt noch klar genug bei Verstand gewesen war, um ihn zu wecken.

»Danach folgt eine tiefe Bewusstlosigkeit«, fuhr der Arzt fort, »bei der schwere neurologische Symptome auftreten können. Bei Ihrem Kollegen ließ sich die Erhöhung des Drucks im Schädel nicht mehr rechtzeitig unter Kontrolle bringen. Die von den massiven Einblutungen verursachten Hirnschäden resultierten schließlich in einem Atemstillstand.«

»Vielen Dank, Herr Doktor«, sagte Oppenheimer. Es überraschte ihn selbst, wie viel Höflichkeit er noch aufbrachte.

Der Arzt warf ihm einen besorgten Blick zu. »Möchten Sie vielleicht ein Glas Wasser haben?«

»Ich fürchte, dass mir Wasser momentan nicht weiterhilft.«

Unschlüssig, ob Oppenheimers Bemerkung ein Scherz war, lächelte der Arzt verhalten, nickte ihm zu und verabschiedete sich.

Um seine Gedanken ordnen zu können, brauchte Oppenheimer Bewegung. Nach einer Weile erhob er sich und wanderte ziellos im Krankenhaus umher. Eine merkwürdige Taubheit hatte von ihm Besitz ergriffen.

Am liebsten hätte er sich auf der Stelle vor sein Grammofon gehockt und Musik gehört. Werke von Schubert oder Brahms, betörend schön und doch bedeutungsschwanger. Ein Fixpunkt für seine aufgewühlten Gefühle. Nur konnte er sich momentan nicht nach Hause wagen.

Er durchschritt Korridor um Korridor, bis er plötzlich Musik hörte. Schubert war es nicht, auch nicht Brahms. Oppenheimer brauchte einige Sekunden, bis er erkannte, dass es sich bei dem Orchesterstück um *Banditenstreiche* von Franz von Suppé handelte. Bei dieser Aufnahme wurde die Ouvertüre mit einem derartigen Schmiss dargeboten, dass die österreichische Operettenmusik schon fast an das Feuer eines Gioachino Rossini erinnerte.

Oppenheimer blieb stehen, lehnte sich gegen die Wand und schloss für eine Weile die Augen, um ohne Ablenkungen der Musik lauschen zu können. Blechernes Klatschen ertönte aus dem Radio nach dem Ende der Ouvertüre. Kurz darauf begann ein weiteres Stück, das wesentlich bekanntere Vorspiel für die Operette *Leichte Kavallerie.* Es wollte Oppenheimer nicht so recht gelingen, sich auf die Musik zu konzentrieren. Er dachte immer wieder an die Veränderung in seinem Leben. Billhardt war tot. Beinahe hätte es Oppenheimer sogar ebenfalls erwischt.

Ohne dass er sich in den letzten Stunden dessen bewusst geworden war, hatte sich in ihm etwas verhärtet. Nixfelds Helfer und die Verräter bei der Kripo hatten die letzte denkbare Grenze überschritten. Jetzt konnte es für sie kein Erbarmen mehr geben.

Am nächsten Abend einfach nur auf dem Beobachtungsposten auszuharren, während der Lastwagen in Richtung Schweiz abfuhr, das war für Oppenheimer keine Option mehr. Er würde eingreifen, die Schuldigen dingfest machen. Und am besten war es, wenn er sie auf frischer Tat ertappte.

Ungeachtet dessen, dass er Vogler für seine Rettung Dankbarkeit schuldete, konnte Oppenheimer auf dessen Pläne keine Rücksicht mehr nehmen. Diese Zeit war endgültig vorbei.

»Das hier habe ich gefunden«, sagte Vogler und wedelte mit einem zusammengefalteten Papier.

Oppenheimer nickte. Er ließ den Blick durch Bertrams Behausung schweifen. Die schwache Sonne tat sich schwer, durch die staubigen Vorhänge ins Zimmer vorzudringen.

Vogler hatte in der kurzen Zeit ganze Arbeit geleistet. Nach gerade mal anderthalb Stunden sah Bertrams Einzimmerwohnung aus, als hätte ein Wirbelsturm darin gewütet. Alle Schubladen waren herausgezogen und auf dem Boden entleert, die Matratze des Bettes war aufgeschlitzt, die Abdeckungen der Steckdosen und elektrischen Schalter waren entfernt, Vogler hatte sich sogar die Mühe gemacht, die Tapete an einigen Stellen von den Wänden zu reißen.

Doch alles, was er vorweisen konnte, war dieser eine Zettel.

»Das ist also der Ablauf für morgen Abend?«, erkundigte sich Oppenheimer.

»Natürlich steht nicht darin, wo sich dieses Lager befindet, von dem aus der Lkw starten soll, aber es gibt einige Hinweise.«

Vogler reichte ihm den Zettel. Hastig überflog Oppenheimer die Zeilen. »Um halb elf am Abend geht es los«, brummte er. »Jemand soll mit einem Boot zum Lager gefahren werden, also befindet sich das Lager in der Nähe eines Wasserweges. Leider ist diese Angabe nicht gerade konkret.«

»Es muss unmittelbar an der Spree oder an der Havel oder auch an einem Kanal liegen. Die Berliner Binnenhäfen kämen ebenfalls infrage.«

Skeptisch runzelte Oppenheimer die Stirn. Seiner Meinung nach griff Vogler nach Strohhalmen. »Haben Sie eine Ahnung, wie viele Häfen und Kanäle es hier gibt?«, gab er zu bedenken. »Und fast überall befinden sich Industriebetriebe in der Nähe, in denen man einen Laster problemlos verstecken kann. Wir sprechen von einem riesigen Gebiet. Selbst wenn wir uns auf den Stadtbereich beschränken, reichen die Wasserwege immer noch von Tegel bis nach Köpenick. Um die Zufahrtsstraßen nur eines einzigen Hafens lückenlos zu überwachen, wäre bereits ein massives Polizeiaufgebot vonnöten. Über derartige Ressourcen verfügen wir natürlich nicht. Nein, so kommen wir nicht weiter.«

Oppenheimer ließ sich auf den einzigen Polsterstuhl fallen. Hustend wedelte er die aufgewirbelte Staubwolke weg.

»Dieser Bertram hätte dringend eine Putzfrau benötigt«, sagte er.

Vogler verzog keine Miene. »Immerhin haben wir noch ein Zeitfenster von mehr als vierundzwanzig Stunden. Vielleicht finden meine Kontaktleute bis dahin etwas heraus.«

»Mit Billhardt können Sie nicht mehr rechnen.« Vogler blickte ihn fragend an, und Oppenheimer teilte ihm mit, was geschehen war. »Jetzt haben ihn Dostals Leute auf dem Gewissen«, schloss er seinen Bericht.

Womöglich war es nicht klug, Vogler gegenüber anzudeuten, wie wütend er war, aber Oppenheimer schaffte es einfach nicht, das zu verleugnen.

Schweigend setzte sich Vogler auf das zerfetzte Bett. Es schien nicht so, als sei er von dieser Nachricht sonderlich betroffen. Vielmehr ähnelte Vogler einem Schachspieler, der die Züge seines Gegners im Voraus durchspielte. Wie auch vieles andere war Billhardts Tod für ihn eher eine intellektuelle Herausforderung.

»Vor allem dürfen wir uns jetzt zu keiner übereilten Reaktion hinreißen lassen«, warnte Vogler. »Sonst setzen wir alles aufs Spiel. Wenn Dostal und seine Mitverschwörer Lunte riechen, ist unsere komplette Operation gefährdet. Erst müssen wir die Fakten sicherstellen. Aber ich versichere Ihnen, dass die Verantwortlichen für Billhardts Tod zahlen werden.«

Um sich nicht endgültig in dunkle Vergeltungsfantasien zu verlieren, versuchte Oppenheimer, an naheliegendere Probleme zu denken. Bis zum Treffen der Verschwörer am nächsten Abend musste er irgendwo unterkommen, doch er hatte wenig Lust, in Jos Räuberhöhle zurückzukehren, wo er doch wieder kein Auge zutun würde.

Er kam nicht mehr dazu, Vogler nach einer Übernachtungsmöglichkeit zu fragen. Ein Geräusch hinter der Wohnungstür unterbrach seine Überlegungen.

Draußen polterten schwere Schritte die Holztreppe herauf. Oppenheimer fuhr zusammen.

Auch Vogler warf einen wachsamen Blick zur Tür.

»Weiß der Hausmeister, dass wir hier sind?«, flüsterte Oppenheimer ihm zu.

»Das ist nicht der Hausmeister. Der geht am Krückstock.« Langsam erhob sich Vogler und zog seine Pistole aus dem Holster. Auf Zehenspitzen schlich er zur Tür und verharrte seitlich daneben, die Waffe im Anschlag.

Die Schritte wurden lauter. Es musste eine schwere Person sein, denn Oppenheimer glaubte, sogar durch die Tür das Knarren der Bodendielen hören zu können.

Die Schritte brachen abrupt ab. Etwas scharrte auf dem Boden.

Dann hämmerte jemand gegen die Tür.

»Bertram?«, rief eine dröhnende Bassstimme. Der Mann pochte erneut an die Tür, diesmal so stark, dass das Holz vibrierte. »Bertram, lass die Fisimatenten! Es ist schon später Nachmittag und kein Wort von dir!«

Von draußen wurde ein Schlüssel ins Schloss gesteckt. Bertrams Komplize wollte in die Wohnung.

Vogler sog die Luft ein und machte sich bereit. Oppenheimer saß unruhig auf der vorderen Stuhlkante und wollte aufspringen, doch Vogler gab ihm mit einem Handzeichen zu verstehen, dass er sitzen bleiben sollte. Oppenheimer hörte, wie das Schloss klickte. Dann wurde die Tür geöffnet.

Ein Schrank von einem Mann stand im Flur. Als sein Blick auf Oppenheimer fiel, spiegelte sich grenzenlose Verwirrung in dem breiten Gesicht.

Und es geschah, was Vogler vorausgesehen hatte.

Der Mann reagierte zu spät. Noch ehe er auf den Gedanken kam, seine Schusswaffe zu ziehen, sprang Vogler bereits von der Seite auf ihn zu und drückte ihm den Lauf seiner Pistole gegen die Schläfe.

»Keinen Mucks«, befahl er.

Der Mann fror mitten in der Bewegung ein.

»Flossen hoch.«

Im Zeitlupentempo gehorchte er dem Befehl.

»Aber bleiben Sie doch nicht auf dem Gang stehen«, sagte Vogler provozierend freundlich. Mit der freien Hand zerrte er eine Schusswaffe unter dem ausgebeulten Revers des Mannes hervor und richtete beide Waffen auf ihn. Er sagte zu Oppenheimer: »Machen Sie Platz, der Herr möchte sich bestimmt setzen.«

Mit ausdruckslosem Gesicht trat der Mann zu dem Stuhl, setzte sich und hielt seine Augen aufmerksam auf Vogler gerichtet. Er nickte zu den Waffen.

»Sie machen einen Fehler. Wenn ich länger als zehn Minuten in dieser Wohnung bleibe, kommt die Polizei.«

Es war ein durchschaubarer Bluff. Vogler warf Oppenheimer einen ironischen Seitenblick zu und konsultierte dann seine Armbanduhr. »Das wäre dann Viertel vor vier. Sehr gut, das werde ich mir merken. Bis dahin können wir uns ja die Zeit vertreiben, indem Sie uns verraten, wo sich Dostals Lager befindet.«

»Keine Ahnung, wovon Sie reden«, schnarrte der Mann, der angespannt auf dem Stuhl saß. Erst jetzt bekam Oppenheimer die Gelegenheit, ihn genauer in Augenschein zu nehmen. Unter dem Hut schimmerte ein Kranz kurz geschnittener Haare. Obwohl sie von Natur aus bereits hell waren, hatte eine starke Sonne sie noch zusätzlich ausgebleicht. Das gebräunte Gesicht verstärkte den Kontrast.

»Sie haben noch acht Minuten, schätze ich«, sagte er anscheinend unbeirrt. Es sah nicht so aus, als sei er gewillt, ihnen den geheimen Treffpunkt zu verraten.

Da kam Vogler eine Idee. Er reichte Oppenheimer die Schusswaffe des Mannes und nickte ihm zu – eine Anweisung, ihn im Visier zu behalten. Dann steckte er seine eigene Waffe ins Holster zurück und legte wortlos Mantel und Jackett ab.

Beim Anblick des blutgetränkten Hemds zuckte der Mann zusammen. Dass Vogler bislang noch keine Gelegenheit gehabt hatte, es zu wechseln, kam ihm jetzt gerade recht, um den Mann einzuschüchtern. Bedächtig öffnete er die Knöpfe an den Manschetten, krempelte die Ärmel hoch und murmelte: »Was machen wir nur mit Ihnen? Wissen Sie, von wem das Blut ist? Von Bertram. Der wollte auch nicht reden.« Vogler wartete eine Sekunde. »Aber dann gab er mir das hier.«

Er holte den Zettel mit dem Ablaufplan aus seiner Hosentasche und hielt ihn dem Mann entgegen, sodass er die Wörter erkennen konnte.

»Schade, dass es so lange gedauert hat, bis er sich entscheiden konnte. Es war keine angenehme Episode. Nun ja, zumindest für Bertram. Möge er in Frieden ruhen.«

Der Mann kniff die Augen zusammen. Er schien Vogler nicht zu glauben. Schmunzelnd schüttelte er den Kopf. »Wie lange haben wir jetzt noch? Zwei Minuten? Gleich stürmen sie die Bude. Ich habe euch gewarnt. Noch könnt ihr es aufhalten.«

Oppenheimer wurde es allmählich mulmig zumute, da er nicht wusste, was Vogler mit dem Mann anstellen würde, wenn die Zeit erst einmal abgelaufen war. Vogler wäre tatsächlich imstande, den Fremden so lange gewaltsam zu bearbeiten, bis er die gewünschten Informationen preisgab. Oppenheimer wollte dabei nicht zusehen, denn das würde ihn zum Mitschuldigen machen.

Fieberhaft suchte er nach einem Ausweg.

Unterdessen warf Vogler einen letzten Blick auf seine Armbanduhr.

»Ah, die Zeit ist abgelaufen«, sagte er. »Ihre Freunde von der Polizei scheinen Sie im Stich zu lassen. Dann können wir uns ja in aller Ruhe unterhalten.«

Vogler baute sich vor dem Mann auf. Der Fremde schluckte hart und leckte sich nervös über die Lippen. »Verdammt noch mal, hört auf damit«, keuchte er.

»Ich bin argentinischer Diplomat. Ich besitze Immunität! Wenn ihr mir auch nur ein Haar krümmt, dann gibt es Verwicklungen, die ihr euch nicht vorstellen könnt. Jeder wird hinter euch her sein. Niemand wird euch schützen können. Kein Winkel dieser Erde ist für euch dann noch sicher. Unser Geheimdienst wird euch jagen und zur Strecke bringen. Lasst mich laufen, oder ihr könnt gleich euer Testament machen.«

30

Montag, 24. November 1947

Vogler antwortete mit aller Gelassenheit, die er aufbringen konnte: »Ich nehme an, Sie können diese Behauptung auch unter Beweis stellen?«

»Wenn ich an meine Brieftasche darf.«

Vogler nickte dem Mann zu, woraufhin dieser eine Geldbörse aus seiner Hosentasche zerrte und einen Ausweis hervorholte. Ohne seinen Gefangenen aus den Augen zu lassen, reichte Vogler den Ausweis an Oppenheimer weiter. Darin befand sich ein Foto des Mannes.

Oppenheimer betrachtete eingehend den Stempel, obwohl er wenig Zweifel daran hatte, dass es sich um ein echtes Dokument handelte.

»Scheint soweit zu stimmen«, bestätigte er. »Carlos Freese, Mitarbeiter des argentinischen Konsulats.«

Diese neue Enthüllung hatte es in sich. Vogler konnte seine Unsicherheit nur noch mit größter Mühe verbergen. Wenn es zutraf und Bertrams Besucher tatsächlich ein Diplomat war, dann war es undenkbar, ihn gefangen zu halten oder gar zu foltern. Andererseits konnte er Freese jetzt auch nicht mehr laufen lassen. Er würde Dostal warnen, und Voglers Operation wäre damit aufgeflogen.

Grimmig starrte er Freese an.

Oppenheimer räusperte sich leise, um Voglers Aufmerksamkeit auf sich zu ziehen. Es war ihm eine Idee gekommen. Und gerade weil diese Idee so verrückt schien, gab es eine gewisse

Chance, dass sie funktionieren würde. »Wir müssen kurz raus«, murmelte er.

Sie nahmen die Kordeln der Vorhänge, um Freese an den Stuhl zu fesseln. Vogler wickelte ein Küchentuch zusammen und knebelte ihn damit.

»Keinen Mucks«, befahl er unfreundlich und folgte dann Oppenheimer nach draußen.

»Wir tun so, als ob wir ihn dem NKDW übergeben«, zischte ihm Oppenheimer auf dem Gang zu.

Vogler schnaubte ungläubig. »Sie meinen den russischen Geheimdienst? Aber das NKDW existiert nicht mehr. Es wurde mit der russischen Spionageabwehr SMERSch zusammengelegt. Die neue Organisation, die für den Geheimdienst zuständig ist, heißt jetzt MGB, Ministerium für Staatssicherheit.«

»Wie auch immer, das ist jetzt nebensächlich. Auf jeden Fall scheren sich die Russen nicht um diplomatische Gepflogenheiten.« Oppenheimer zeigte auf die Tür, hinter der sich der gefesselte Diplomat befand. »Selbst dieser Freese wird wissen, dass man verschollen bleibt, wenn man das Pech hat, im Ostsektor zu verschwinden. Damit zu drohen ist die einzige Möglichkeit, ihn zur Kooperation zu bewegen.«

Vogler legte seine Stirn in Falten. »Aber wie sollen wir ihm das weismachen? Wir können ja nicht einfach so behaupten, für die Russen zu arbeiten. Das glaubt der uns nie.«

»Nein, nein, wir müssen es schon irgendwie demonstrieren. Vielleicht wenn wir einen Ausflug mit ihm machen. In den Osten der Stadt.«

Am liebsten hätte Oppenheimer Oberst Aksakow mit hinzugezogen, aber aufgrund von Voglers strikter Geheimhaltung war es undenkbar, einen sowjetischen Geheimdienstler einzuweihen. Außerdem wusste er nicht einmal, wie sich Aksakow kontaktieren ließ, geschweige denn, ob er überhaupt noch in Berlin stationiert war.

Vogler war bereits einen Schritt weiter. »Das ist vielleicht ein Ausweg«, murmelte er nachdenklich. Dann blickte er Oppenheimer auffordernd an. »Ich muss kurz fort, Vorbereitungen treffen. Passen Sie auf diesen Freese auf. Spätestens in einer Stunde bin ich wieder da.«

Als Vogler verschwunden war, wagte sich Oppenheimer widerstrebend zurück ins Zimmer. Es war eine unangenehme Aufgabe, schließlich musste er in jeder Sekunde damit rechnen, dass noch weitere von Bertrams Komplizen auftauchten.

Bei Oppenheimers Eintreten zerrte Freese gerade an seinen Fesseln. Als er die quietschenden Türscharniere hörte, erstarrte er sofort und tat so, als könnte er kein Wässerchen trüben. Missgelaunt entschied sich Oppenheimer dagegen, ihm den Knebel zu entfernen.

Er zog die Tür hinter sich zu und schloss sicherheitshalber noch mal ab. Dann setzte er sich hinter Freese auf das Bett. Auf diese Weise konnte er sowohl den Gefangenen als auch die Tür im Blick behalten.

Freese wurde unruhig, als Oppenheimer aus seinem Blickfeld verschwand und nicht mehr auftauchte. So weit es seine Fesseln zuließen, wand er sich auf dem Polsterstuhl und drehte den Kopf, bis er Oppenheimer geortet hatte, doch schon bald musste er die unbequeme Position wieder aufgeben. Freese hatte keine andere Wahl, als quälend lange Minuten die Wohnungstür anzustarren.

Angespannt wartete Oppenheimer, in der bangen Hoffnung, dass der nächste Besucher Vogler sein würde und keiner von Dostals Leuten. Bei dem Gedanken umschloss er den Griff seiner Waffe so fest, dass sich die Hand verkrampfte. Er saß wie auf glühenden Kohlen. Jedes Geräusch ließ Oppenheimer zusammenzucken. Irgendwo tickte eine Uhr, träge wechselte eine Sekunde zur nächsten. Das Ticken kam von einer massiven Standuhr. In Bertrams Wohnung war keine zu finden, also stand der Zeitmesser wohl hinter den dünnen Wänden in einer benachbarten Wohnung. Der gedämpfte Glockenschlag zur Viertelstunde bestätigte Oppenheimers Vermutung.

Die Uhr schlug noch zwei weitere Male, ehe jemand die Treppe heraufkam und von außen an die Tür klopfte.

Oppenheimer atmete auf. Es war Voglers Signal.

Er schloss auf. Schwer atmend schlüpfte Vogler durch den Türspalt.

»Mein Wagen steht in der Einfahrt, wir müssen uns beeilen.«

Er band Freese los. Während dieser noch seine schmerzenden Gelenke rieb, griff Vogler in die Seitentasche seines Mantels. Der Lauf der Pistole zeichnete sich unter dem Stoff ab.

»Also gut«, sagte er. »Wir gehen jetzt nach unten. Ganz langsam. Und machen Sie uns keine Scherereien, wir sind beide bewaffnet.«

Vogler zerrte Freese zur Tür.

»Öffnen«, befahl er.

Freese gehorchte. Aneinandergedrückt wie siamesische Zwillinge traten sie auf den Gang und schritten die Treppenstufen hinab. Oppenheimer bildete die Nachhut.

Sie hatten Glück und gelangten unbehelligt ins Erdgeschoss. Vogler stieß Freese zum Hinterausgang. Als sie durch die schlecht geölte Tür in den Hinterhof hinaustraten, war es mit der Stille jedoch vorbei.

Sie wurden von einem älteren Herrn empfangen. Laut beklagte er sich: »Na hörn Se mal. Sie können doch nich einfach Ihre Karre da parken. Ick komm ja kaum mit meenem Rad da durch!« Demonstrativ rüttelte er an dem Lenker seines Zweirads, an dem ein geflochtener Weidenkorb angebracht war.

»Tut mir leid«, sagte Vogler, ohne zu zögern. »Wir sollten einen Teppich ausliefern. Ein ziemlich großes Stück. Aber der Kunde ist nicht daheim.«

Erst jetzt sah Oppenheimer, dass Vogler in der Zwischenzeit seinen fahrbaren Untersatz gewechselt hatte. In der Durchfahrt stand ein geschlossener Kastenwagen, der für Gefangenentransporte wesentlich geeigneter war als ein viersitziger Volkswagen.

Der graue Herr mit dem regendurchweichten Hut musterte Vogler mit hochgezogenen Brauen.

»Woll'n Se damit etwa sagen, dass Se noch mal mit der Kiste kommen?«

Vogler war zu sehr damit beschäftigt, Freese unter Kontrolle zu halten, also schaltete sich Oppenheimer ein. Kopfschüttelnd erklärte er: »Eine zweite Anlieferung wird nur getätigt, wenn die Rechnungssumme vollständig beglichen ist. Das können Sie Herrn Hüttl ruhig erzählen.«

Der Mann stutzte. »Hüttl? Aba hier wohnt doch keen Hüttl!«

»Na dann ist es auch kein Wunder, dass wir niemanden gefunden haben«, sagte Vogler leichthin. Er nickte ihrem Gesprächspartner zu. »Besten Dank für den Hinweis.«

Dann schob er Freese sanft in die Richtung des Transporters. Etwas kratzte über Metall, während Vogler die hinteren Türen des Kastenwagens öffnete. Er griff in der Tasche nach seiner Pistole, eine wortlose Aufforderung an Freese, einzusteigen.

Ungeachtet der Tatsache, dass Vogler nur wenig Zeit zur Verfügung gehabt hatte, um ihre improvisierte Schreckenstour für den argentinischen Diplomaten vorzubereiten, stellte sich heraus, dass er keine Kompromisse machte. Ein dumpfes Dröhnen drang vom Motor in den Transportraum. Die Decke war so niedrig, dass man nur gebückt stehen konnte. Sitzbänke gab es nicht, also mussten Oppenheimer und Freese auf dem kalten Metallboden Platz nehmen.

Die Seitenfenster glichen Schießscharten mit Metallgittern und waren gerade mal groß genug, um die Fahrtroute verfolgen zu können. Zuerst war Freese vorsichtig, denn Oppenheimer hatte seine Waffe aus der Manteltasche geholt und hielt sie schussbereit in der Hand. Immer wieder blickte der Gefangene nervös zur Pistole, bis er es schließlich nicht mehr aushielt, sich aufsetzte und kniend aus dem Fenster blickte.

Um die Gebäude, die vor den Fenstern vorbeizogen, kümmerte sich Oppenheimer kaum, schließlich bestand seine Aufgabe darin, den Gefangenen im Auge zu behalten. Trotzdem ließ sich recht genau einschätzen, wo sie sich befanden, denn Vogler war so geistesgegenwärtig, nur die Hauptstraßen zu nehmen. Freese erweckte nicht den Eindruck, ein waschechter Argentinier zu sein, aber das mochte täuschen. In jedem Fall musste man davon ausgehen, dass er von Berlin lediglich die üblichen Touristenziele kannte. Und genau solche markanten Stellen klapperte Vogler auf ihrem Weg eine nach der anderen ab, um Freese zu demonstrieren, dass sie sich unaufhaltsam dem Osten näherten.

Erst fuhr er am Messeturm vorbei, wenig später ragte neben ihnen der zerstörte Turm der Kaiser-Wilhelm-Gedächtniskirche auf. Der direkte Weg in den sowjetischen Sektor wäre die Ost-West-Achse gewesen, stattdessen machte Vogler einen reichlich sinnlosen Umweg zum Tempelhofer Flughafen. Vermutlich hielt er es für psychologisch angebracht, den Übertritt in den Ostsektor möglichst lange hinauszuzögern.

Es war für Oppenheimer nicht einfach, einen undurchdringlichen Gesichtsausdruck zu wahren. Immer wieder musste er aufpassen, dass er nicht zufrieden grinste. Denn Voglers Strategie erwies sich als großer Erfolg.

Freeses Reaktion zu beobachten war viel interessanter als alle Berliner Sehenswürdigkeiten zusammengenommen. Schon nach wenigen Minuten hatte er Oppenheimers Anwesenheit völlig vergessen, klammerte sich an das Drahtgitter des Fensters und starrte mit gerunzelter Stirn auf die Straße. Je näher sie dem sowjetischen Sektor kamen, desto angespannter wurde sein Gesichtsausdruck. Sie kamen an einem großen Schild vorbei, auf dem in mehreren Sprachen darauf hingewiesen wurde, dass man jetzt den amerikanischen Sektor verließ. An diesem Punkt schlug Freeses Anspannung vollends in Panik um.

Schwer atmend ließ er sich auf die Ladefläche zurückfallen und funkelte Oppenheimer an. Mit bebender Stimme fragte er: »Verdammt, was habt ihr mit mir vor?«

Oppenheimer wusste nicht, was Vogler alles vorbereitet hatte. Also zuckte er als Antwort mit den Schultern und schwieg.

Der Kastenwagen fuhr durch ein Schlagloch. Unsanft wurden sie hochgeschleudert. Freese nutzte das Gerumpel für einen Fluchtversuch.

Noch ehe es sich Oppenheimer versah, hechtete Freese quer über die Ladefläche zur Tür und zerrte wie ein Verrückter an dem Griff.

Oppenheimer spannte den Hahn seiner Pistole und nahm seinen Gefangenen ins Visier. Beim metallischen Klicken der Waffe fror Freese mitten in der Bewegung ein.

»Ist abgeschlossen«, murmelte Oppenheimer und winkte mit der Pistole, damit sich Freese wieder hinsetzte.

Jetzt gab es keinen Zweifel mehr. Oppenheimer war überzeugt, dass sein verrückter Vorschlag tatsächlich funktionieren würde.

Einige Kilometer hinter der Zonengrenze bremste das Fahrzeug schließlich ab.

Von außen steckte jemand einen Schlüssel ins Schloss. Freese riss die Augen auf und wich erschrocken zurück. Wieder kratzte etwas über Metall, die Klappe schwang auf.

Die kühle Luft brachte den blauen Dunst von russischem Machorka-Tabak mit. Der bleigraue Himmel blendete Oppenheimer im ersten Moment. Er blinzelte, bis er Vogler erkannte. Er stand in Begleitung von zwei fremden Männern in Uniform vor der geöffneten Tür. Oppenheimer traute seinen Augen nicht. Es handelte sich um zwei Rotarmisten. Einer von ihnen hielt eine Maschinenpistole mit Trommelmagazin im Anschlag, der andere trug einen pechschwarzen Walrossbart, der nicht von ungefähr an Stalin erinnerte, und darunter glomm eine Papirossa.

Ihr Transporter stand auf einem weiten Areal. Mit jeder Bewegung der Männer knirschte der Splitt unter ihren Füßen. Die planierte Fläche führte zu einem ausgeweideten Industriebetrieb aus gelben Backsteinen und mit großen Fensterhöhlen, in denen nur die Eisenkreuze unversehrt geblieben waren.

Wie alte Bekannte nickten die Rotarmisten Oppenheimer zu und bestiegen die Ladefläche. Vogler schlug die Klappe wieder zu. Ratschend wurde von außen abgeschlossen, während es sich die Soldaten neben Oppenheimer gemütlich machten. Der verängstigte Freese rückte immer weiter zurück, bis er schließlich in der hintersten Ecke kauerte.

Der Motor wurde angelassen, das Fahrzeug setzte sich in Bewegung. Der zweite Soldat drückte seine aufgerauchte Papirossa auf dem Boden aus und klopfte sich eine weitere aus der Schachtel. Freundlich bot er Oppenheimer einen Glimmstängel an. Dieser tat sein Bestes, um bei dem Mummenschanz mitzumachen. Er kramte seine letzten Russischbrocken hervor und bedankte sich: »Spasibo.«

Der Soldat gab ihm Feuer, und gemeinsam rauchten sie.

Schon nach wenigen Minuten war der Qualm so dick, dass das Innere des Kastenwagens an einen Räucherofen erinnerte. Oppenheimer musste ein Husten unterdrücken, er war diesen starken Tabak nicht gewohnt.

Bei jedem Geräusch zuckte Freese zusammen. Als ihn der erste Soldat ansprach, tat er so, als würde er das nicht bemerken. Also stieß der Soldat mit dem Lauf seiner Maschinenpistole gegen Freeses Schienbein.

Da war es mit Freeses Beherrschung endgültig vorbei. Er jaulte auf, als habe sich ein Schuss gelöst, presste sich gegen die Metallwand der Fahrerkabine und hämmerte wie ein Besessener mit seinen Fäusten dagegen.

»Lasst mich hier raus!« Freeses Stimme überschlug sich. »Ich sag ja alles, aber liefert mich nicht den Russen aus!«

Mit quietschenden Reifen kam das Fahrzeug zum Stehen. Der Motor wurde ausgeschaltet. Oppenheimer konnte deutlich hören, wie Vogler über den knirschenden Splitt den Kastenwagen umrundete und dann die hintere Klappe aufriss.

»Andrej«, befahl Vogler und nickte dem bewaffneten Rotarmisten zu. Dieser packte Freese am Arm und zerrte den stämmigen Mann nach draußen. Vogler nahm ihn von der anderen Seite in die Zange. Gemeinsam führten sie ihn zu dem gelben Industriegebäude, das Oppenheimer schon zuvor erspäht hatte. Offenbar war Vogler die letzten Minuten über einfach im Kreis gefahren.

Der zweite Soldat mit dem Walrossbart blieb neben Oppenheimer sitzen und beobachtete gemütlich rauchend, wie Freese zum Verhör fortgebracht wurde. Er nahm die Pelzkappe ab und wartete, bis die Männer im Schatten des Gebäudes verschwunden waren. Dann berlinerte er plötzlich mit heller Stimme: »Na dit hat ja nich lang jedauert bei unserm Kunden.« Er fächelte sich Luft zu. »Meine Herren, is dit heiß hier drunta. Ick hab jesagt, nee, dit wird zu viel, aba Oskar hat drauf bestanden, dass ick dit Ding hier trage.«

»Das war besser«, bestätigte Oppenheimer. »Es wirkt sehr … authentisch.« Dann blickte er zum Fabrikgebäude und fragte sich, was dort drinnen vor sich gehen mochte.

»Ich hoffe, dass sich der ganze Aufwand auch gelohnt hat«, murmelte er.

Nach einer Stunde tauchte Vogler wieder auf und brachte erste Ergebnisse mit.

»Dieser Freese ziert sich noch ein bisschen«, erklärte er. »Aber im Prinzip wird er kooperieren.« Er setzte sich auf die Kante der Ladefläche und nippte an seinem Flachmann. Dann wandte sich Vogler dem falschen Rotarmisten zu, zeigte auf Oppenheimer und sagte: »Du kannst ihn schon mal zum Kottbusser Tor fahren. Zur Pension Keller. Ich brauch noch eine Weile.«

Der Helfer nickte kurz und nahm von Vogler die Fahrzeugschlüssel entgegen.

»Ick zieh dann wohl besser dit Kostüm aus«, sagte er und stapfte zum gelben Backsteingebäude.

»Morgen – das wird keine Generalprobe«, murmelte Vogler, sobald sie allein waren.

Oppenheimer runzelte die Stirn. »Sie meinen, dass morgen bereits die ersten Kriegsverbrecher in die Schweiz geschmuggelt werden?«

Vogler nickte. »Sieht ganz danach aus. Nach dem Zusammenbruch der Nordroute hat sich wohl einiges aufgestaut. Zahlreiche Schützlinge von Perón befinden sich jetzt in Berlin, und einigen wird der Boden langsam zu heiß. Und ganz besonders trifft das auf Dostals Helfershelfer bei der Kripo zu. Freese ist nicht mit allen Details vertraut, aber er will mitbekommen haben, dass die beiden Verräter gleich mit der ersten Fuhre fortgeschickt werden.«

Bei dieser Nachricht konnte Oppenheimer nicht länger sitzen bleiben. Er sprang auf die Füße und lief vor Vogler unruhig hin und her. »Verflixt«, stieß er hervor, »dann ist morgen die einzige Chance, sie noch zu erwischen.« Mit gesenktem Kopf blieb er stehen. »Was wäre, wenn ich sie einfach verhaften lasse?« Auffordernd blickte er Vogler an, obwohl er bereits ahnte, dass der nicht zustimmen würde.

»Nein, das funktioniert nicht«, antwortete Vogler auch prompt. »Dostal darf nicht mitbekommen, dass ich auf seiner Fährte bin, sonst ist unsere ganze Operation zum Teufel.«

»Wenn dieser Bertram morgen nicht auftaucht und dann auch noch Freese fehlt, wird Dostal sowieso Verdacht schöpfen«, gab Oppenheimer zu bedenken.

Vogler wiegelte ab. »Freese ist kein Problem. Der war nie persönlich in die Fluchtaktion eingebunden. Er wollte sich nur im Auftrag des Konsulats bei Bertram erkundigen, ob es zufällig noch Platz für einen weiteren Passagier gibt. Wenn Freese erst in ein paar Tagen wieder auftaucht, wird kaum jemand davon Notiz nehmen. Und bis dahin wird mir schon etwas einfallen, was ich mit ihm anstelle. Vielleicht ist er ja käuflich. Oder es gibt eine Möglichkeit, ihn unter Druck zu setzen, ihn zu bestechen, das Übliche eben.« Vogler zuckte mit den Schultern. »Die Menschen sind nicht so unterschiedlich, wie man denkt. Jeder hat seinen Preis. Die Kunst besteht lediglich darin, diesen Preis herauszufinden.«

Oppenheimer schwieg und überlegte, ob sein Verlangen, die Verräter in den eigenen Reihen zur Rechenschaft zu ziehen, für Vogler ebenfalls nur eine Verhandlungsmasse war. Ein Bonus, der ihm winkte, wenn er, ohne aufzumucken, nach Voglers Pfeife tanzte.

»Bertrams Tod kommt tatsächlich zur Unzeit«, stimmte Vogler zu. »Komplikationen sind da nicht auszuschließen. Wir können nur hoffen, dass Dostal die Fahrt morgen nicht abbläst. Freese wollte bislang nicht verraten, wo sich dieses Lager mit dem Lastwagen befindet. Aber ich bekomme ihn noch so weit.«

»Wenn wir Dostals Kripoleute nicht verhaften, was dann?« Oppenheimer rang die Hände. »Wir können sie doch nicht einfach laufen lassen!«

»Manchmal sind die einfachsten Methoden die besten«, erklärte Vogler ruhig. »Die Drecksarbeit könnten auch andere übernehmen. Wie wäre es, wenn wir die Kripoleute einfach an der Zonengrenze festnehmen lassen? Ich folge dem Transporter, und sobald ich weiß, welcher Kontrollpunkt angefahren wird, fahre ich voraus und gebe den Soldaten einen Tipp. Die Fluchthelfer und ihre Passagiere werden festgenommen – und fertig. Dostals erste Fuhre ist damit aufgeflogen, aber er wird niemals genau dahinterkommen, was schiefgelaufen ist oder wer dafür verantwortlich war. Es könnte ebenso gut ein Zufall sein, ein übereifriger Soldat am Grenzposten. Was meinen Sie, können Sie das akzeptieren?«

Oppenheimer atmete tief durch und dachte nach. Die Hände in den Manteltaschen vergraben, wiegte er sich leicht vor und zurück. »Also gut. Aber ich will wissen, wer es ist. Ich will die Namen von Dostals Kripoleuten.«

Vogler nickte. »Sie kommen morgen am besten gleich mit, so wie wir es geplant haben. Zuerst beobachten wir, wie Dostal seinen Transport organisiert, danach gebe ich Ihnen freie Hand. Nach unserem Einsatz können Sie meinetwegen Ihre Vorgesetzten darüber informieren, dass sich Ihre Kollegen verdünnisieren wollten und nun vom russischen Militär festgehalten werden. Den Rest soll dann der Polizeiapparat regeln.«

Vogler richtete seine Aufmerksamkeit auf das Industriegebäude. Ein Mann in einem hellen Regenmantel näherte sich. Erst als Oppenheimer den dicken Schnurrbart sah, erkannte er, dass es Voglers Helfer war. Ohne die russische Uniform wirkte er alles andere als Respekt einflößend.

»Wie gesagt, Sie können die Nacht ruhig in der Pension Keller bleiben.« Vogler stand auf. »Der Zimmerwirtin habe ich schon Bescheid gegeben. Morgen Mittag komme ich vorbei, und wir besprechen unseren Einsatz. Bis dahin weiß ich auch, zu welchem Hafen wir müssen.«

Mit diesen abschließenden Worten schlug Vogler die Klappe des Kastenwagens zu.

31

Dienstag, 25. November 1947

Oppenheimer rieb sich die schmerzenden Glieder. Gestern war er derart übermüdet gewesen, dass er in der Pension Keller sofort ins Bett gefallen war. Ihn hatten nicht einmal die Sprungfedern gestört, die durch die durchgelegene Matratze stachen. Erst in den frühen Morgenstunden offenbarte sich ihm die Bescherung. Beim Aufwachen konnte er sich kaum bewegen. Es dauerte eine ganze Weile, bis er es endlich schaffte, sich aufzusetzen.

»Tach, Chef!«, begrüßte ihn Hans frohgemut. Er saß ihm gegenüber in dem Polstersessel, der einen ähnlich lädierten Eindruck machte wie das Bett.

Oppenheimer erinnerte sich verschwommen daran, dass Hans ihn gestern Abend bereits hier erwartet hatte. Vermutlich hatten Voglers Leute ihn in Lichtenrade abgelöst und dann ebenfalls zur Pension gebracht.

»Wie sieht et jetzt aus, soll ick mich wieda rejulär zum Dienst melden? Oder brauchen Se mich noch?«

Seine Frage war berechtigt.

»Werden wir schon sehen«, knurrte Oppenheimer misslaunig und zog seinen Mantel um sich zusammen. Frau Keller sparte mit dem Heizmaterial, sodass Oppenheimer froh war, in seinen Kleidern eingeschlafen zu sein. »Gibt es hier zufällig Frühstück?«

»Ick mach mich ma auf die Suche.« Sprungfedern quietschten, als Hans aufsprang und aus dem Zimmer eilte.

Danach herrschte wieder Ruhe, genau der Zustand, den Oppenheimer morgens benötigte, um seine Gedanken ordnen zu können.

Nach einer Weile kam Hans in Begleitung von Frau Keller zurück, die ein Tablett mit zwei Kaffeetassen balancierte. Zu Oppenheimers Enttäuschung befand sich nur verdünnter Muckefuck darin.

Wenigstens war das Getränk heiß und stimulierte Oppenheimers Gehirn, sodass er die Dinge wieder etwas klarer sehen konnte. Er trottete zum Waschbecken, um sich Wasser ins Gesicht zu spritzen. Missvergnügt registrierte er im Wandspiegel, dass die Matratze auf seiner linken Wange einen Abdruck hinterlassen hatte.

»Es reicht, wenn du dich morgen zum Dienst zurückmeldest, Hans«, beantwortete Oppenheimer reichlich spät die Frage. »Gegen Mittag wollte … Dorn vorbeikommen, aber ich denke nicht, dass er dich heute Abend noch für den Einsatz braucht.«

Oppenheimer musste höllisch aufpassen, Vogler nicht versehentlich bei seinem richtigen Namen zu nennen.

In der Nähe fand Oppenheimer ein Postamt mit betriebsbereiten Fernsprechern. Er rief bei Möller an und berichtete ihm die Neuigkeiten. In der Dienststelle hatte sich die Nachricht von Billhardts Tod bereits wie ein Lauffeuer herumgesprochen. Möller war beruhigt, dass Oppenheimer davongekommen war und nicht im Traum daran dachte, die Schuldigen entwischen zu lassen.

Oppenheimers Zusammenfassung der Ereignisse blieb notgedrungen lückenhaft, weil er keine Details von Voglers geheimer Operation preisgeben durfte. Also flüchtete er sich in wolkige Formulierungen. Bei seiner Zusage, den Fall noch im Lauf des Abends aufzuklären, wurde Möller unruhig.

»Sagen Sie, was Sie brauchen«, erklärte er eifrig. »Polizeiaufgebot, Straßensperren, alles ist machbar. Haben Sie etwas zum Schreiben da? Ich gebe Ihnen meine Privatnummer. Falls ich nicht in der Dienststelle bin.«

Oppenheimer notierte sich Möllers Nummer in sein Notizheft. Wenn er ehrlich war, fühlte er sich zunehmend unwohl. Sein Vorgesetzter drängte ihn, zur Tat zu schreiten, obwohl er noch keine konkreten Angaben liefern konnte.

»Es gibt ein Problem«, begann Oppenheimer zögernd, um Möllers Enthusiasmus zu dämpfen. »Ich weiß noch nicht, wo der Treffpunkt ist. Vermutlich werde ich es erst kurz vorher erfahren. Auf jeden Fall wird es zu knapp, um rechtzeitig eine große Aktion zu koordinieren.«

Möller wusste bereits von Oppenheimers Verdacht, dass ihr Fall mit der illegalen Ausschleusung von Kriegsverbrechern zusammenhing. Doch Oppenheimer konnte schlecht zugeben, dass die Organisation Gehlen involviert war, also sagte er nur: »Es sind noch andere Leute an den Verschwörern interessiert. Sagen wir mal so, es gibt diplomatische Verwicklungen. Ich darf nur so viel verraten, dass ich Kontakt aufgenommen habe und dass Vorbereitungen getroffen wurden, um die Verräter aus unserer Dienststelle zu ergreifen.«

Auch Möller hatte gute Nachrichten. »Unser Herr Hergesheimer aus der Kriminaltechnik hat wahre Wunder vollbracht. Sie erinnern sich an die Patronenhülsen, die Sie auf dem Dach gefunden haben? Sie sind nicht mehr in der Dienststelle aufgetaucht, deshalb ist Hergesheimer mit den Resultaten gleich zu mir gekommen. Er konnte Fingerabdrücke sicherstellen. Hergesheimer ist eingeweiht, dass die Assistenten zum verdächtigen Personenkreis gehören, also hat er sich die Fingerabdrücke von Reinmann und Ziehm organisiert, um sie zu vergleichen. Die beiden sind jetzt endgültig aus dem Schneider. Keine Übereinstimmung. Nur von Wenzel konnte er noch keine Abdrücke bekommen, denn er ist bis nächste Woche krankgeschrieben, weil er ja angeschossen wurde. Damit wäre er momentan wohl der Hauptverdächtige.«

Plötzlich kam sich Oppenheimer vor, als würde ihm der Boden unter den Füßen weggezogen. »Kann das sein?«, murmelte er. Er lehnte sich an die Wand der Telefonzelle. In Gedanken ging er noch einmal die letzten Wochen durch. Wenzel hatte die ganze Zeit über mit ihm zusammengearbeitet. Er bekam alle aktuellen Entwicklungen mit. An sich war das die optimale Voraussetzung, um frühzeitig gewarnt zu sein, falls sich die Untersuchung in eine Richtung bewegte, die Peróns Leuten nicht gefiel. Aber je länger Oppenheimer diesen Verdacht in Erwägung zog, umso stärker wurden seine Vorbehalte gegen diese Theorie.

»Dann hätte Wenzel diesen Anschlag auf mich nur organisiert, um seine eigene Unschuld zu demonstrieren?«

»Das klingt weit hergeholt«, gab Möller zu. »Aber es ist nicht undenkbar.«

»Eine der Kugeln hat ihn erwischt. Dann müsste er ja einen Scharfschützen zum Partner haben. Und selbst dann war das Risiko extrem hoch. Wir befanden uns in einem fahrenden Fahrzeug, in mehreren Hundert Metern Entfernung, das ist eine große Herausforderung, sogar für einen Kunstschützen.«

»Kunstschütze, das ist schon richtig. Wir haben dafür die Bestätigung.«

Oppenheimer wollte seinen Ohren nicht trauen. »Jetzt verstehe ich überhaupt nichts mehr.«

»Der Fingerabdruck auf der Patronenhülse konnte einer Person zugeordnet werden. Der Schütze ist bereits vorher straffällig geworden und befindet sich in unserer Kartei. Es handelt sich um einen gewissen Klaus-Dieter Brinkmann. Geboren

1922 in Gladbeck. Als junger Spund kam er nach Berlin, denn er kannte sich mit Pferden aus und arbeitete für eine Weile bei der Galopprennbahn Hoppegarten. Dort wurde er dann in einen Wettbetrug verstrickt.«

Oppenheimer schnaubte. »Dieser Brinkmann ist ja ein schillernder Vogel.«

»Wir sind nur durch einen Zufall auf seine Akte gestoßen. Allerdings ist ein Teil der Unterlagen beschädigt, vermutlich durch Löschwasser. Die Fotos von Brinkmann sind leider unkenntlich.«

»Verdammt«, fluchte Oppenheimer in sich hinein. »Wir wissen also nicht, wie er aussieht.«

»Leider nicht«, krächzte Möller. »Brinkmann war nur ein kleiner Fisch, also bekam er eine relativ kurze Freiheitsstrafe. Kaum war er wieder auf freiem Fuß, da brach der Zweite Weltkrieg aus. Ich habe vertrauenswürdige Leute darauf angesetzt, und die konnten seine Spur auch zurückverfolgen. Brinkmann wurde eingezogen. An der Ostfront sorgten damals die Scharfschützen der Roten Armee für große Verluste bei den deutschen Truppen, deshalb suchten die Faschisten ebenfalls nach guten Schützen. Und Brinkmann war talentiert. Nach Leuten wie ihm hatten die Militärstrategen gesucht. Also wurde er im Präzisionsschießen ausgebildet.«

»Fünfzig Abschüsse hat Brinkmann nicht zufällig geschafft?«, hakte Oppenheimer nach.

In der Leitung wurde es so still, dass nur noch ein leises Knacken zu hören war. Oppenheimer befürchtete bereits, dass die Verbindung unterbrochen war. Schließlich fragte Möller zögernd: »Wie kommen Sie darauf?«

»Haben Sie das damals nicht mitbekommen?« Oppenheimer fand es unbegreiflich, dass Möller keine Ahnung hatte, worauf er anspielte. »Die Nazipropaganda hat doch ständig die heroischen deutschen Scharfschützen verklärt. Hitler ließ extra Scharfschützenabzeichen anfertigen, die bei besonderer Tüchtigkeit verliehen wurden. Und wer fünfzig verifizierte Tötungen vorweisen konnte, wurde von Reichsmarschall Göring höchstpersönlich zu einem privaten Jagdausflug eingeladen, mit Presse, Berichterstattung in der Wochenschau und allem Brimborium. Wenn Brinkmann das geschafft hätte, dann gäbe es wenigstens Bildmaterial.«

Möller brummte zustimmend. »Das wäre noch eine Möglichkeit. Jedenfalls ist Brinkmann danach nicht wieder in Erscheinung getreten. Mit Sicherheit ist er untergetaucht.«

»Ist auch egal.« Oppenheimer winkte ab, obwohl Möller diese Geste am anderen Ende der Telefonleitung nicht sehen konnte. »Heute Abend wird Brinkmann vermutlich aufkreuzen. Und ich werde zur Stelle sein, um die Verräter zu identifizieren.«

»Und Sie werden in jedem Fall dafür sorgen, dass alle festgenommen werden?«

»Darauf können Sie Gift nehmen.« Mit dieser Bestätigung beendete Oppenheimer das Gespräch.

Erst als er den Hörer auf die Gabel legte, dachte er daran, wie unsicher es war, dass er diese Zusage auch einhalten konnte. In wenigen Stunden würde ein Spiel mit hohem Einsatz beginnen. Oppenheimer konnte sich lebhaft daran erinnern, dass solche Herausforderungen Vogler beim Fall Lutzow nur noch mehr angespornt hatten. Sicher würde er jetzt wieder ganz ähnlich reagieren, während Oppenheimer das damit einhergehende Risiko eher als Bürde empfand.

Während er über regennasse Straßen zur Pension Keller zurückging, ließ ihn die beunruhigende Ahnung nicht los, dass ihre ganze schöne Operation schieflaufen würde. Es gab bei dieser Gleichung einfach zu viele unkontrollierbare Variablen.

In wenigen Stunden hieß es also: alles oder nichts, rot oder schwarz.

Missgelaunt verzog Oppenheimer den Mund. Er hatte Glücksspielmetaphern schon immer gehasst.

Mit Einbruch der Nacht hatte die Feuchtigkeit ihre Gestalt verändert. Aus dem Nieselregen war ein dichter Schneeregen geworden. In seinen übergroßen Mantel gehüllt, saß Oppenheimer neben Vogler auf dem Beifahrersitz und beobachtete, wie aus der Finsternis grellweiße Flecken auftauchten und durch den Scheinwerferkegel zu Boden fielen. Ein Meteoritenschauer im Miniaturformat.

Es war jetzt Viertel vor zehn. Bald würden sich Dostals Leute an ihrem Treffpunkt versammeln. Ohne einen Hinweis auf ihr Fahrziel hatte sich Vogler mit Oppenheimer auf den Weg gemacht. Diese Geheimniskrämerei passte allzu gut zu Vogler, sorgte bei Oppenheimer jedoch für eine gewisse Verstimmung, weil es ihm dadurch unmöglich gemacht wurde, noch irgendwelche Vorkehrungen zu treffen.

Vogler hatte wieder einmal das Fahrzeug gewechselt. Es war nicht mehr der Volkswagen und auch nicht der Transporter, in dem sie Freese durch Berlin kutschiert hatten, sondern ein alter Klapperkasten, von dem Oppenheimer beim Einsteigen nicht mehr als einen rostigen Kotflügel zu sehen bekommen hatte. Es dauerte eine Weile, bis er begriff, dass das verschrammte Fahrgestell Tarnung war. Die fast mühelose Beschleunigung des sanft brummenden Motors verriet die inneren Werte des Autos. In Wirklichkeit war Voglers Rostlaube eine penibel gewartete Verfolgungsmaschine, mit der man weniger auffiel als mit einem Bonzenauto.

Sie kamen durch Moabit und näherten sich dem Güterbahnhof. Vogler bog ab und fuhr die sanfte Steigung der Putlitzbrücke empor. Spätestens jetzt wusste Oppenheimer, wohin die Reise ging.

»Also der Westhafen.« Er seufzte und fügte bitter hinzu: »Dann hat Freese doch noch geplaudert.«

Vogler registrierte den Vorwurf in Oppenheimers Stimme. »Ich konnte es Ihnen vorher nicht mitteilen. Geheimhaltung, das müssen Sie verstehen.«

»Na, Hauptsache, wir sind jetzt hier.« Oppenheimer versuchte, an Vogler vorbei einen Blick auf das Hafengelände zu erhaschen. In der Dunkelheit sah man von der Brücke aus nur das Schimmern regennasser Dächer und die blauen Punkte der Nachtbeleuchtung.

Der weitläufige Westhafen war schon fast ein eigener Stadtteil für sich. Das Areal gliederte sich in zwei parallel angelegte Hafenbecken und ein nördliches Erweiterungsbecken, sodass auf der Stadtkarte drei Landzungen ins Wasser ragten. Der von Kanälen gespeiste Binnenhafen war vor dem Krieg der zweitgrößte Deutschlands gewesen. Unablässig hatte man hier Waren verladen, Schiffsladungen gelöscht und diese mit massiven Hebekränen auf Schienen in die Lager verfrachtet. Etwa die Hälfte der Anlage war nach dem Bombardement beschädigt oder nicht mehr funktionstüchtig. Und die großen Kräne und Maschinen hatten die Alliierten nach dem Krieg zum Teil als Reparationsgüter deklariert und abmontiert.

Das vielleicht markanteste Gebäude befand sich im südlichen Teil des Areals. Der Zollspeicher dominierte mit seiner dunkel geklinkerten Fassade die äußerste Spitze der südlichen Landzunge wie eine Trutzburg. Neben verschachtelten Getreidespeichern und lang gezogenen Warenlagern befand sich an der Schmalseite des Mittelbeckens das große Verwaltungsgebäude der Berliner Hafen- und Lagerhausgesellschaft. Mit etwas Fantasie konnte Oppenheimer den hohen Turmaufbau mit der Aussichtsplattform erkennen. Das Bauwerk hatte allerdings einen Bombentreffer kassiert, sodass es auf der einen Seite des Turms wie abrasiert wirkte.

Vogler verringerte die Geschwindigkeit und setzte den Blinker nach links, um zum Osttor des Hafengeländes zu fahren. »Im Westen an der Beusselstraße gibt es noch ein zweites Tor«, warnte Oppenheimer. »Ich hoffe, das wird auch überwacht?«

Vogler nickte. »Dort ist ein zweiter Wagen postiert. Sie werden uns nicht entkommen. Es gibt nur diese beiden Möglichkeiten. Und querfeldein können sie mit einem Lastwagen schlecht fahren.«

Wenige Minuten später hielt Vogler im Schatten eines großen Kontorgebäudes und parkte rückwärts ein, sodass der Kühler zur Zufahrtsstraße zeigte. Sobald sie Dostals Leute erspähten, konnten sie unverzüglich die Verfolgung aufnehmen.

Unaufhörlich fielen feuchte Schneeflocken auf die Windschutzscheibe, die schnell zu dicken Wassertropfen schmolzen. Auf der gegenüberliegenden Straßenseite konnte Oppenheimer das zehnstöckige Getreidesilo am Hohenzollernkanal erahnen. Ein pechschwarzes Rechteck, gekrönt von einem gestuften Satteldach.

Um diese Zeit herrschte auf dem Hafengelände üblicherweise kein Betrieb. Alles war ruhig. Zu ruhig für Oppenheimers Geschmack. Er befürchtete bereits, dass sie etwas verpasst hatten. Nervös rutschte er auf seinem Sitz hin und her. »Soll ich mich an der Hausecke postieren?«, schlug er vor.

Vogler blieb unbeirrt. »Das hier ist die direkte Zufahrt. Sie müssen vor unserer Nase vorbeikommen. Außerdem haben wir noch eine gute halbe Stunde Zeit – falls Bertrams Ablaufplan stimmt.«

Oppenheimer verstand nicht, wo Vogler diese Seelenruhe hernahm.

»Proviant haben wir nicht?«, fragte er. »Für die Verfolgung? Wir wissen ja nicht, wie lange wir dann unterwegs sind.«

Vogler runzelte die Stirn. Er hatte diese Eventualität wohl nicht einkalkuliert. Zerstreut griff er in die Innentasche seines Mantels und reichte Oppenheimer den Flachmann.

»Das muss reichen«, murmelte er.

Innerlich seufzte Oppenheimer auf. Die hochprozentigen Spirituosen schienen ihn zu verfolgen. Er spürte wenig Lust, daran zu nippen, und reichte den Flachmann dankend zurück.

Vogler bekam das nicht mehr mit, denn er hatte sich abrupt aufgerichtet und starrte gebannt auf die Straße.

»Es geht los.« Seine Stimme klang belegt.

Dann erkannte auch Oppenheimer, was gemeint war.

Dick eingepackt in einen Regenmantel, fuhr ein Radfahrer die Straße entlang. Trotz des Schmuddelwetters hatte er es nicht eilig. Suchend blickte sich der Mann um und hielt dann an einer Straßenlaterne.

Instinktiv rutschten Oppenheimer und Vogler auf den Sitzen nach unten.

»Ein Wachposten?«, flüsterte Oppenheimer.

Vogler hatte keine Ahnung. Gebannt starrte er über das Armaturenbrett. Der Mann führte eine tänzelnde Flamme an sein Gesicht und entzündete eine Zigarette. Dann stieß er sich vom Boden ab und radelte auf den herabgelassenen Schlagbaum des Osttors zu.

»Der kennt sich nicht aus«, wisperte Vogler. »Er sucht den Treffpunkt.«

»Wir müssen ihm hinterher«, drängte Oppenheimer. »Ich benötige direkten Sichtkontakt. Sonst kann ich nicht verifizieren, ob sich die Kripoleute darunter befinden. Das haben Sie mir versprochen.«

Vogler starrte mit versteinerter Miene auf den Schneeregen.

Die Erinnerung an seine Zusage schien ihm nicht in den Kram zu passen.

»Na schön«, sagte er schließlich. Oppenheimer wollte aussteigen. Vogler hielt ihn zurück. »Denken Sie daran, wir dürfen unter keinen Umständen auffallen.«

Wenige Augenblicke später huschten Oppenheimer und Vogler wie zwei Schatten über die Straße. Sie liefen an der Rückseite des Kontorgebäudes entlang, parallel zur Zufahrtsstraße, auf welcher der Radfahrer gekommen war. Am hinteren Ende des Gebäudes wurde Oppenheimer langsamer und hielt auch Vogler zurück. Misstrauisch blickte er sich um.

Vor ihnen lag ein kleines Gebäude, das mit seinem Mansardendach, Balkonen und anderen verspielten architektonischen Elementen deplatziert wirkte. Soweit sich Oppenheimer erinnern konnte, war es das Casino, in dem die Speisehalle untergebracht war und auch einige Dienstwohnungen. Das Haus befand sich direkt hinter dem Osttor. Oppenheimer hielt es für den idealen Beobachtungsposten, weil jeder hier vorbeikommen musste. Er übernahm jetzt die Führung, holte tief Luft und lief geduckt zum Casino. Leichtfüßig sprang er über einen Schienenstrang, der zwischen den Gebäuden verlief. Vogler erreichte fast zeitgleich mit ihm das Haus.

Ein abgestellter Lastwagen, auf dessen Ladefläche der runde Kessel eines Holzvergasers angekettet war, bot ihnen willkommene Deckung. Vorsichtig schob sich Oppenheimer an dem Fahrzeug entlang, bis er die Zufahrtsstraße überblicken konnte.

Der Radfahrer war längst verschwunden. Dafür näherten sich jetzt zwei grelle Scheinwerfer dem Osttor. Ein Auto blieb wenige Meter vor dem abgesenkten Schlagbaum am Straßenrand stehen.

Ein Mann stieg aus, zog den Hut in die Stirn und klappte den Kragen seines Mantels hoch. Dann schlenderte er zum Glaskasten des Wärterhäuschens und beugte sich vor. Oppenheimer glaubte zu erkennen, dass der Mann einige Worte mit dem Wachpersonal wechselte. Im Westhafen waren Lebensmittel gelagert, die Diebe und Schwarzmarkthändler anlockten. Also gab es mit Sicherheit auch verschärfte Kontrollen.

Gelächter drang an Oppenheimers Ohren. Für Dostals Männer war das alles kein Problem. Sie waren derart gut vernetzt, dass sie mit der Wachmannschaft scherzten.

»Bestimmt haben sie die Wachmänner geschmiert«, ergänzte Vogler Oppenheimers Überlegungen.

Der Mann tippte sich zum Abschied lässig mit dem Finger an die Hutkrempe. Dann vergrub er seine Hände in den Manteltaschen und stapfte durch den Schneeregen auf den Freiladeplatz am Rande des nördlichen Hafenbeckens zu.

»Der hier geht zu Fuß«, kündigte Oppenheimer an. »Mal schauen, wohin er will.« Ohne sich um Vogler zu kümmern, nahm er die Verfolgung auf.

Auf dem Freiladeplatz waren einige Laster abgestellt. Irgendwo in diesem Labyrinth aus dunklen Umrissen schlug eine Plane im Wind. Oppenheimer lief dort hinüber und presste sich gegen das vorderste Fahrzeug. Suchend blickte er sich um, bis er aus dem Augenwinkel eine Bewegung wahrnahm. Er schlich um die Motorhaube des Lastwagens herum.

Dort war er wieder. Der Mann lief auf die Lagerhallen am Rande des Hafenbeckens zu. Vor ihm ragte eine grün gestrichene Stahlkonstruktion in den Nachthimmel, die Oberschiene eines gewaltigen Krans. Das Eisenspalier verlängerte die Hallenfront entlang des Hafenbeckens, aber ohne Ladebetrieb wirkten die dicken Stahlstreben wie ein architektonisches Zierelement.

Die Treppe zur Laderampe befand sich gleich hinter dem Stahlpfeiler. Der Mann stieg gemächlich hoch und versuchte auch nicht, sich zu verbergen. Kaum jemand wäre auf die Idee gekommen, dass er hier war, um die streng geheime Flucht einiger Nazis in Gang zu setzen.

Die Lagerhalle war mehrere Dutzend Meter lang, die halbhohe Rampe erstreckte sich über die komplette Gebäudelänge, außerdem waren in regelmäßigen Abständen eingeschaltete Außenleuchten installiert. Oppenheimer hatte eine gute Sicht auf den Fluchthelfer.

Sicherheitshalber ließ Oppenheimer dem Mann einen gebührenden Vorsprung, ehe er die Stufen hinaufschlich, zum nächstgelegenen Eingang huschte und sich gegen die verschlossene Doppeltür presste. Auf diese Weise arbeitete er sich von Nische zu Nische die Rampe entlang.

Der Mann zog schließlich eine Hallentür auf und betrat das Lagergebäude. Gesprächsfetzen drangen nach draußen.

Jetzt, da sich der Mann im Gebäude befand, rannte Oppenheimer zu einem Fenster und wagte einen kurzen Blick ins Innere. Abgesehen von einem diffusen Lichtschimmer und undeutlichen Konturen, war nicht viel zu erkennen. Es schien unmöglich, von hier draußen die Kripoleute unter Dostals Männern zu identifizieren.

Oppenheimer unterdrückte einen Fluch. Schließlich sah er ein, dass ihm keine Wahl blieb. Er musste ins Lager hinein.

Er war gerade im Begriff, die benachbarte Tür aufzuziehen, als Vogler zu ihm aufschloss. »Wir müssen zurück zum Auto«, keuchte er. »Sonst verlieren wir sie noch bei der Abfahrt.«

Oppenheimer verstand Voglers Einwand. Sobald der Lastwagen mit der menschlichen Fracht das Osttor passierte, war es besser, wenn er fahrbereit hinter dem Steuer saß. Andererseits war Oppenheimer jetzt so dicht daran, das Rätsel zu lösen, welche der Kollegen zu den Verrätern gehörten, dass ein Umkehren undenkbar für ihn erschien.

»Na, gehen Sie schon«, flüsterte Oppenheimer.

Vogler stutzte. »Was meinen Sie damit?«

Oppenheimer zischte: »Ich muss wissen, wer es ist. Gehen Sie zum Wagen. Ich komme nach. Falls ich nicht rechtzeitig da bin, dann fahren Sie einfach los. Stoppen Sie den Transport an der Grenze und lassen Sie die Leute verhaften, alles andere ist zweitrangig.«

Vogler blickte Oppenheimer kritisch an, dann nickte er und wandte sich zum Rückzug. Im letzten Augenblick blieb Vogler stehen, zog unter dem Revers seines Mantels einen Gegenstand hervor und drückte ihn Oppenheimer in die Hand.

»Den nehmen Sie besser.«

Oppenheimer starrte auf die Schusswaffe. »So nahe wollte ich Dostals Leuten eigentlich nicht kommen.«

Vogler zuckte mit den Schultern. »Ich habe noch eine Ersatzwaffe. Wenn etwas schiefläuft, dann schießen Sie. Als Warnung an mich.«

Nach diesen hastigen Worten sprang Vogler von der Laderampe herunter und lief zurück. Seine Gestalt wurde kleiner, bis sie hinter einem Schleier aus Schneeregen verschwand.

Der Nebeneingang, vor dem Oppenheimer stand, war nicht verschlossen. Es gelang ihm, die Tür einen Spalt zu öffnen und sich hindurchzuzwängen. Soweit sich erkennen ließ, handelte es sich um eine einzige riesige Halle. In regelmäßigen Abständen wurde die Decke von Pfeilern abgestützt. Dazwischen waren prall gefüllte Jutesäcke aufgeschichtet.

Dostals Männer hatten weiter hinten eine Deckenlampe eingeschaltet. Der Lichtschein reichte aus, damit sich Oppenheimer orientieren konnte. Die gestapelten Säcke boten zum Glück eine hervorragende Deckung. Niemand hatte ihn hereinkommen sehen.

Mit seiner Rechten umschloss er den Pistolengriff, nahm seinen ganzen Mut zusammen und schlich weiter. Geduckt wechselte Oppenheimer von einem Sackstapel zum nächsten. Zuerst bewegte er sich auf die Helligkeit zu. Nach einer Weile konnte er die Umrisse der Männer ausmachen. Sie arbeiteten an der hinteren Laderampe.

»Hilf mir mal mit der Trennwand!«, keuchte einer von ihnen. Ein zweiter Mann gesellte sich zu ihm, und sie wuchteten gemeinsam einen voluminösen Bretterverschlag durch das weit geöffnete hintere Tor.

Kalter Wind schlug Oppenheimer entgegen. Unermüdlich wie Ameisen trugen die Männer weitere Holzplatten nach draußen, dann begannen sie mit der Beladung. Hinter den gestapelten Waren lief Oppenheimer geduckt zum nächsten Fenster, um einen Blick auf die Vorbereitungen werfen zu können. Die Laderampe auf der Rückseite des Gebäudes war genau so konstruiert wie die Plattform am Hafenbecken, über die er ins Lager gelangt war. Gleich drei Laster waren hier mit geöffneter Rückklappe abgestellt. Davor scharten sich Dostals Leute. Die Fensterscheiben waren so verdreckt, dass Oppenheimer so gut wie nichts erkennen konnte. Welches der Fahrzeuge beladen wurde, war nicht auszumachen.

Neugierig reckte er sich, wischte ein Guckloch frei und presste sein Gesicht ans Glas, um einen besseren Blick auf die Außenrampe zu bekommen.

Und dann sah er ihn.

Neben dem Tor stand ein Mann, der sich gerade eine Pfeife anzündete. Er steckte die Zündhölzer zurück in die Außentasche des schwarzen Wintermantels, beobachtete zufrieden die Vorbereitungen und schickte Qualmwolken in den Nachthimmel.

Oppenheimer erstarrte. Das konnte nur Dostal sein. Der große Unbekannte. Peróns Strippenzieher in Berlin, dem Vogler schon so lange auf der Spur war.

Dostal stand nicht weit von ihm entfernt. Blitzschnell überlegte Oppenheimer, wie er diese Chance nutzen konnte. Wenn es ihm gelang, einen Blick auf Dostal zu erhaschen, konnte er ihn später identifizieren. Suchend schaute er sich um. Er war umgeben von gestapelten Säcken. Neben dem übernächsten Pfeiler war der Berg aus Säcken bereits stufenweise abgetragen, und Oppenheimer beschloss, dort hinaufzuklettern. Vielleicht hatte er ja von oben einen ungehinderten Blick auf Dostal und seine Leute.

Auf Zehenspitzen umrundete er einige Säcke, steckte die Pistole in seine Manteltasche, um die Hände frei zu haben, und begann zu klettern. Schon nach wenigen Sekunden hatte Oppenheimer das Gefühl, völlig verdreckt zu sein, und spürte einen heftigen Juckreiz im Gesicht, wagte jedoch nur, seine Wangen an der Schulter abzuwischen.

Schließlich kam Oppenheimer oben auf dem Säckeberg an. Zum Glück hatten die Lagerarbeiter die Säcke ordentlich aufgeschichtet, sodass er eine ebene Fläche vorfand. Weil das Lagergut bis auf etwa einen Meter unter die Decke gestapelt war, konnte er sich hier oben nur kriechend vorwärtsbewegen. Wie ein Indianer auf dem Kriegspfad robbte Oppenheimer bis zum Rand. Die letzten Zentimeter legte er sich flach auf den Bauch und schob sich vorsichtig nach vorn, bis er über den vordersten Sack blicken konnte.

Wenige Meter vor ihm baumelte die Deckenlampe herab. Seitlich davon befand sich das geöffnete Tor. Jetzt war Dostal klar zu erkennen.

Er wandte sich einem seiner Handlanger zu und wechselte ein paar Worte mit ihm. Dostal hatte ein rundes Gesicht mit Doppelkinn. Seine Haut hatte schon länger keine Sonne mehr gesehen. Mit der Pfeife im Mund verströmte er eine Aura der Gemütlichkeit, ein auffallender Kontrast zu der hektischen Betriebsamkeit seiner Männer.

Dann winkte Dostal jemanden zu sich. Bei dem Anblick schrak Oppenheimer zusammen.

Er kannte diesen federnden Gang. Die hochgezogenen Mundwinkel ließen auf ein sonniges Gemüt schließen. Als der Mann den Hut in den Nacken schob, gab es keinen Zweifel mehr.

Dostal unterhielt sich mit Kriminalanwärter Ziehm.

32

Dienstag, 25. November 1947

Wie zwei alte Freunde standen Billhardts Assistent und Dostal dicht beieinander und plauderten. Ein dritter Mann gesellte sich zu ihnen. Er trug einen Reisekoffer. Es musste sich um den zweiten Kripomitarbeiter handeln, der in dieser Nacht ebenfalls außer Landes gebracht werden sollte. Erleichtert registrierte Oppenheimer, dass es nicht Wenzel war.

Erfolglos versuchte Oppenheimer, sich an den Namen von Ziehms Kollegen zu erinnern. Er glaubte, ihm auf der Dienststelle mal über den Weg gelaufen zu sein, aber war sich nicht hundertprozentig sicher. Der schmächtige junge Mann war eine jener farblosen Personen, die man kaum wahrnahm. Oppenheimer beruhigte sich mit dem Gedanken, dass es ohnehin kaum eine Rolle spielen würde, ob er Ziehms Komplizen beim Namen nennen konnte, solange es Vogler gelang, beide bei der Ausreise aus der russischen Zone festsetzen zu lassen.

Dostal reichte ihnen die Hand. Man nahm Abschied voneinander – womöglich für immer. Oppenheimer war einigermaßen überrascht, dass sich nicht Ziehm und dessen Mitverschwörer zum Gehen vorbereiteten, sondern Dostal. Offenbar liefen die Dinge derart zufriedenstellend, dass er sich nicht die Mühe machte, die komplette Operation zu überwachen. Nach einem letzten aufmunternden Kopfnicken für die Mitarbeiter wandte sich Dostal um und lief quer durch die Halle zum gegenüberliegenden Ausgang am Kai.

Zuerst wusste Oppenheimer nicht so recht, was er tun sollte, da er die Verräter aus den eigenen Reihen jetzt kannte. Er war versucht, Dostals Verfolgung aufzunehmen, gleichzeitig sagte er sich, dass es nicht seine Aufgabe war, den großen Drahtzieher dingfest zu machen. Voglers Mission drehte sich ausschließlich um Aufklärung. Falls er tatsächlich eigene Pläne mit Dostal verfolgte, ging das Oppenheimer nichts an.

Dostal zog die Tür auf und verschwand aus dem Lager. Wenig später startete draußen ein Motor, und es war deutlich zu hören, wie ein kleines Boot das Hafenbecken durchpflügte.

Dostal war fort.

Auf der Rückseite der Halle wurde es allmählich unruhig. Die Abfahrt schien unmittelbar bevorzustehen, und die Männer versammelten sich noch einmal. Oppenheimer hielt es für ratsam, sich von seinem Beobachtungsposten zurückzuziehen. Während er mühsam seinen Weg nach unten ertastete, klapperte es draußen auf der Laderampe. Als Oppenheimer am Boden angelangt war und wieder die Möglichkeit hatte, aus dem Fenster zu schauen, hatte man die Rückwände der Lastwagen bereits hochgeklappt.

Ziehm und der zweite Kripomann waren nicht mehr zu sehen. Oppenheimer nahm an, dass sie sich in ihrem Versteck befanden. Sicher hatte man sie auf der Ladefläche hinter einigen aufgestapelten Säcken verborgen. Die großen Holzplatten, die Dostals Männer zuvor hineingetragen hatten, ließen vermuten, dass sie eine zweite Rückwand konstruiert hatten.

Drei von Dostals Arbeitern zogen sich um, warfen sich gefütterte Lederjacken über die Schultern und tauschten die Fedora-Hüte gegen Schirmmützen. Aus der Ferne waren sie nicht mehr zu unterscheiden.

Dies war der Moment, in dem Oppenheimer zum ersten Mal ahnte, dass sich Voglers ausgeklügelter Plan in Luft auflösen würde.

Zur bitteren Gewissheit wurde es, als jeder der drei Männer in eine jeweils andere Fahrerkabine stieg. Oppenheimer presste sein Gesicht ans Fenster und musste hilflos dabei zuschauen, wie die Planen aller drei Transporter heruntergezogen und verzurrt wurden.

Wer auch immer Dostal sein mochte, Oppenheimer und Vogler hatten seine Raffinesse unterschätzt. Drei Transporter würden sich auf den Weg machen. Nur einer davon sollte Dostals Schützlinge über die Grenze bringen. Die anderen beiden waren als Ablenkung gedacht. Nach einer Weile würden sie abbiegen und in unterschiedliche Richtungen fahren, ohne dass ein Verfolger ahnen konnte, welcher davon der Lastwagen mit den versteckten Passagieren war. Allein auf sich gestellt konnte Oppenheimer die Operation nicht mehr aufhalten. Er benötigte Hilfe. Er griff die Pistole und begann zu rennen, wie er selten in seinem Leben gerannt war.

Oppenheimer verließ die Lagerhalle auf demselben Weg, auf dem er sie betreten hatte. Es war ein ungleiches Wettrennen. Während er die Stufen der Laderampe hinunterstieg, hörte er neben sich ein tiefes Brummen. Erst erhellten Scheinwerferkegel das Kopfsteinpflaster, dann kamen die Fahrzeuge auch schon um die Ecke des Gebäudes. Sie fuhren in einer Reihe, umrundeten in dieser Formation die Freiladefläche und bogen zum Osttor ab.

Oppenheimer lief wie ein Besessener. Aber sosehr er sich auch anstrengte, die Fahrzeuge entfernten sich immer weiter von ihm. Außer sich vor Wut musste er dabei zusehen, wie die Verräter entkamen.

Er war noch Dutzende Meter vom Casino entfernt, als die Bremslichter rot aufleuchteten. Die Schranke des Osttors war nicht geöffnet. Einer der Wachmänner schlüpfte in einen dicken Mantel, während seine Kollegen es vorzogen, in der warmen Glaskabine zurückzubleiben. Er hatte es nicht eilig, verrichtete wie gewöhnlich Dienst nach Vorschrift. Gelangweilt trat er nach draußen und schritt zum ersten Lastwagen. Durch das heruntergekurbelte Seitenfenster reichte ihm der Fahrer die Frachtpiere.

Und hier hatte Dostal einen Fehler gemacht. Die Ausfahrt des Hafenareals war der Flaschenhals, der ein schnelles Verschwinden verhinderte. Dass die Laster genauso abgefertigt wurden wie reguläre Fahrten, verzögerte ihre Weiterfahrt.

Das Schicksal bot Oppenheimer eine allerletzte Chance, Dostals Leute aufzuhalten. Er biss die Zähne zusammen und beschleunigte seine Schritte. Es dauerte nicht lange, und Oppenheimer war so nahe herangekommen, dass er schießen konnte. Er zielte auf den Hinterreifen des letzten Lasters. Einige Sekunden stand er da und wartete darauf, dass sich sein Atem normalisierte, dann gab er den Schuss ab.

Der Knall hallte über das Hafengelände. Pfeifend entwich die Luft aus dem Hinterreifen. Der Transporter neigte sich sanft zur Seite.

Oppenheimer schoss noch einmal, diesmal auf den anderen Hinterreifen. Gummi wurde zerfetzt, der Luftschlauch platzte, und der Lastwagen sackte hinten komplett auf die Felgen ab.

Vogler musste die Schüsse gehört haben. Aber nicht nur er war alarmiert. Die Fahrer der Lastwagen sprangen aus den Kabinen. Im Widerschein der Notbeleuchtung schimmerten die erhobenen Waffen. Geduckt pressten sie sich gegen die Fahrzeuge, denn sie wussten nicht, wo sich der unsichtbare Angreifer befand.

Oppenheimer hatte Verwirrung gestiftet. Jetzt musste er das Chaos ausnutzen. Wenn er verhindern konnte, dass der Schlagbaum geöffnet wurde, kamen die Fahrzeuge nicht weiter. Er rannte nach rechts auf das Casinogebäude zu, tauchte in dessen

Schutz ab und umrundete die Rückseite des Bauwerks bis zur nächsten Ecke. Von diesem Punkt aus befand sich nun auch die Schranke in seiner Schussweite.

Zum Glück hatten Dostals Männer nicht schnell genug geschaltet. Hinter ihren Fahrzeugen Schutz suchend, waren sie noch nicht auf die Idee gekommen, den Schlagbaum zu öffnen. Als Erster wagte sich der Wachmann aus der Deckung. Auf allen vieren kroch er um die Kühlerhaube des vordersten Fahrzeugs herum und richtete sich auf, bereit, zu seiner Glaskabine zu spurten.

Oppenheimer feuerte einen Warnschuss in den Nachthimmel. Blitzschnell suchte der Wachmann wieder Schutz hinter der Karosserie.

Dostals Männer hatten Oppenheimer jetzt lokalisiert und entfesselten ein Feuergewitter. Steine splitterten. Dicht neben ihm schlug eine Kugel in die Hauswand ein. Ohne zu zielen, schoss Oppenheimer in die Richtung der feindlichen Schützen und ging wieder in Deckung.

In diesem Moment donnerte eine Stimme über die Straße.

»Hände hoch! Widerstand ist zwecklos!«

Es war Vogler.

Seine Schritte näherten sich von der anderen Seite des Schlagbaums. Jemand rannte hinter den Lastern davon.

Oppenheimer wagte sich wieder hinter der Mauer hervor. Die Schießerei war vorbei.

Anstatt für Dostal ihren Hals zu riskieren, suchten die drei Fahrer lieber ihr Heil in der Flucht. Im Schutze der Dunkelheit besaßen sie zu Fuß reelle Chancen, entlang des nördlich gelegenen Schifffahrtskanals zu entkommen.

Vogler kam in Oppenheimers Blickfeld. Zufrieden lächelnd näherte er sich der Schranke. Es war ihm niemals darum gegangen, Dostals Helfer festzunehmen, weil er sich damit auch selbst enttarnt hätte. Stattdessen hatte er sie aufgeschreckt. Für ihn war das ein gelungener Kompromiss, der alle künftigen Optionen offenhielt.

Doch Oppenheimer wollte in dieser Nacht etwas zum Abschluss bringen. Ein für alle Mal. Und ihm war nicht nach Kompromissen zumute.

Bedächtig näherte er sich den drei Lastwagen. In einem davon befand sich das Versteck für blinde Passagiere. Mit etwas Glück waren Ziehm und sein Partner noch dort drinnen.

Der Wachmann zitterte wie Espenlaub. Schreckensbleich kauerte er vor der Stoßstange des vordersten Lastwagens und hielt seine Hände in die Höhe.

»Polizei«, sagte Oppenheimer. »Wir sind auf der Suche nach Schmuggelwaren.«

»Ick weeß von nix.«

Oppenheimer beließ es bei einem Stirnrunzeln. Dieser Mann interessierte ihn nicht.

»Gesellen Sie sich am besten zu Ihren Kollegen ...« Als Oppenheimer nach dieser höflichen Bitte seine Waffe erhob, schrak der Wärter hoch und sprang blitzschnell in seinen Glaskasten.

Beim ersten Lastwagen hielt Oppenheimer kurz inne. Er wollte Ziehm nur aufscheuchen, keinesfalls tödlich treffen. Also richtete er den Lauf seiner Pistole nach oben und drückte ab.

Beruhigt registrierte er, dass er auf diese kurze Distanz ein recht guter Schütze war. Oppenheimer hatte in die Oberkante der Abdeckung geschossen. Gleich neben der Halterung klaffte jetzt ein Loch in der Plane.

Der Reihe nach nahm er sich auch die nächsten Lastwagen vor. Beim letzten Laster angelangt, hörte Oppenheimer plötzlich ein ratschendes Geräusch.

So klang es, wenn Stoff aufgerissen wurde.

Oppenheimer wirbelte herum. Neben ihm in der aufgespannten Seitenwand blitzte eine Messerklinge auf. Als er genau hinsah, war sie bereits wieder verschwunden. Und in der Plane befand sich ein langer Riss.

Vogler stand noch beim Schlagbaum. Auch er war aufmerksam geworden und hielt seine Waffe im Anschlag.

Oppenheimer legte den Zeigefinger auf die Lippen. Dann nickte er Vogler zu. Von beiden Seiten näherten sie sich dem mittleren Fahrzeug.

Ohne Vorwarnung schoss ein Mann durch die zerteilte Plane, sprang und traf hart auf dem Boden auf. Er ging kurz in die Knie, rappelte sich dann sofort auf und versuchte, über das Pflaster zu spurten.

Doch gegen Vogler und Oppenheimer hatte er keine Chance. Beide rannten auf den Fliehenden zu. Oppenheimer bekam ihn am Mantel zu packen. Vogler zielte mit seiner Pistole. »Stehen bleiben, oder ich schieße!«

Keuchend blieb der Mann stehen. Sein Kampfgeist war erloschen. Er starrte zu Boden, denn er wusste, dass er verloren hatte. Jetzt, da der Mann keinen Widerstand mehr leistete, ließ Oppenheimer von ihm ab und betrachtete sein Gesicht.

Es war Ziehms junger Kollege.

Oppenheimer bekam nicht viel Zeit, um diese Neuigkeit zu verarbeiten, denn schnelle Schritte waren aus der Richtung der Lagerhalle zu hören.

Ein zweiter Mann rannte im Halbdunkel davon. Es musste Ziehm sein, der sich unbemerkt um die Fahrzeuge herumgeschlichen und den letzten Laster umrundet hatte. Er kannte sich auf dem Hafengelände nicht aus, und so lief er genau wie sein Kollege instinktiv nach Süden auf die benachbarte Bahntrasse zu.

»Polizeistreife rufen! Schnell!« Oppenheimer konnte nur

hoffen, dass Vogler verstand, was er damit meinte. Für weitere Erklärungen blieb keine Zeit. Oppenheimer ließ Vogler und Ziehms Kollegen zurück und nahm die Verfolgung auf.

Ziehms Vorsprung war nicht sehr groß, allerdings war er besser trainiert, und so gelang es ihm, die Distanz zwischen ihm und Oppenheimer zusehends zu vergrößern. Er lief am Casino vorbei und überquerte einen Grünstreifen. Schwer atmend erreichte Oppenheimer ebenfalls die Bäume und hielt kurz inne, um durchzuatmen.

Von hier aus ließ sich das südliche Hafenareal mit dem benachbarten Güterbahnhof komplett überblicken. Ziehm lief auf einen Lokschuppen gegenüber dem Verwaltungsgebäude zu. Weiter hinten spannte sich die Putlitzbrücke über die breite Bahntrasse. Und dort befand sich auch die S-Bahn-Station des Ringbahnhofs. Wie die Glieder einer Kette zogen die hell erleuchteten Fenster eines Zuges vorbei. Oppenheimer stieß einen lauten Fluch aus, denn er erkannte, was Ziehm im Schilde führte. Er brauchte nur den nächstbesten Zug erwischen, dann konnte er im Großstadtdschungel untertauchen, ohne eine Spur zu hinterlassen.

Jetzt, da sich Oppenheimer orientiert hatte, begann er wieder loszulaufen. Schon nach wenigen Dutzend Metern spürte er, dass seine Beine schwer wurden. Keuchend schleppte er sich vorwärts, während Ziehm bereits in den tintenschwarzen Schatten des Lokschuppens eintauchte.

Oppenheimer schaffte es bis zum Gebäude. Mit tastenden Schritten lief er zum Ende der Halle und blieb dann stehen. Vor sich sah er schimmernde Gleisstränge, dahinter befanden sich Zäune und die bizarr geformten Umrisse zerstörter Häuser. Ziehm konnte praktisch überall sein. Da Oppenheimer kaum etwas erkennen konnte, musste er sich auf sein Gehör verlassen.

Er bemühte sich, den Atem zu kontrollieren, und lauschte

in die Finsternis. Um ihn herum war es totenstill. Die einzigen Geräusche waren das Rauschen der nächtlichen Stadt und sein heftig pochendes Herz. Plötzlich war noch ein anderer Laut zu hören.

Jemand lief über den Schotter der Bahngleise. Oppenheimer fuhr zusammen. Direkt vor sich nahm er eine Bewegung wahr. Wieder knirschte der Schotter. Ein Fluch ertönte. Ziehm war ausgerutscht bei dem Versuch, die Bahntrasse zu überqueren.

Oppenheimer starrte in die Richtung der verräterischen Laute. Der Fliehende konnte nicht weit von ihm entfernt sein. Ziehms Vorsprung war zusammengeschmolzen. In jedem Fall befand er sich in der Reichweite von Oppenheimers Schusswaffe.

Oppenheimer sah keine andere Möglichkeit. Er musste es darauf ankommen lassen.

»Stopp! Oder ich mache von meiner Waffe Gebrauch!«

Statt einer Antwort sah Oppenheimer vor sich Mündungsfeuer. Erst dann hörte er den Knall. Ziehm war ebenfalls bewaffnet und schoss auf Oppenheimer. Allerdings konnte er ebenso wenig erkennen wie sein Widersacher, und so war die Kugel an Oppenheimer vorbeigesaust.

Erneut knirschte der Schotter. Ziehm lief weiter, er dachte nicht daran, aufzugeben.

Es war keine Zeit mehr für Warnungen. Mit geschlossenen Augen versuchte Oppenheimer, das Geräusch nachzuverfolgen, konzentrierte sich auf das Knirschen der Steine. Schließlich gelang es ihm, Ziehms Bewegungen einigermaßen genau zu lokalisieren. Um zum Ringbahnhof zu gelangen, musste Ziehm früher oder später über den hinteren Trennzaun klettern. Auch Ziehm erkannte das. Wilde Haken schlagend, wechselte er von einem Gleis zum anderen.

Und dann hörte Oppenheimer noch ein weiteres Geräusch.

Am Ringbahnhof stand eine S-Bahn zur Abfahrt bereit. Beim Schließen der Türen warf der lang gestreckte Bogen der Putlitzbrücke das Zischen der Hydraulik zurück. Mit einem tiefen Surren setzte sich der Zug in Bewegung.

Oppenheimer öffnete die Augen. Am Rande seines Sichtfeldes näherten sich Lichtpunkte. Die Scheinwerfer der Lok waren angeschaltet und die Zugfenster erhellt. Je näher der Zug kam, umso heller wurde auch die Umgebung. Schließlich erfasste das Licht Ziehm. Vor Oppenheimer zeichnete sich in der Dunkelheit eine klar umrissene Silhouette ab.

Er überlegte nicht lange, riss seinen Arm hoch und schoss.

Ein Schmerzschrei. Ziehm sackte auf den Gleisen zusammen.

Mit erhobener Waffe hastete Oppenheimer zu ihm, während die S-Bahn in mehreren Hundert Metern Entfernung vorbeirauschte.

Oppenheimer musste sich zügeln, um nicht auf Ziehm zuzuspringen und ihn am Kragen zu packen. Doch sein Widersacher war bewaffnet und noch immer gefährlich.

Er wartete ab, bis die S-Bahn in der Ferne verschwunden war und die Dunkelheit sie wieder umhüllte. Dann bewegte sich Oppenheimer auf die Stelle zu, an der Ziehm auf dem Boden lag. Das Ächzen wies ihm den Weg durch die Finsternis.

Ziehms Stimme durchschnitt die Stille.

»Warum schaffe ich es nicht, Sie zu treffen?« Er lachte leise auf, begann dann aber sofort wieder zu stöhnen.

Oppenheimer blieb stehen. Ziehm lag vor seinen Füßen.

Fest umschloss Oppenheimer den Griff seiner Waffe, den Finger schussbereit am Abzug. Er wollte sich nicht übertölpeln lassen.

Langsam fragte er: »Dann haben Sie also auf mich geschossen? Am Alexanderplatz?«

»Zweiundvierzig Mal.« Ziehm schien schwer getroffen zu sein. Die Wörter klangen verzerrt. »Zweiundvierzig beglaubigte Abschüsse hatte ich im Krieg. Inoffiziell waren es sicher mehr als das Doppelte. Zuletzt hab ich kaum noch danebengeschossen. Ist wie Fahrradfahren, wenn man den Bogen raus hat. Und dann kam mir Wenzel in die Quere. Ich hatte Sie bereits im Fadenkreuz. Aber nein. Er musste das Steuer herumreißen. Gas geben.« Ziehm klang beleidigt.

»Dann sind also Sie dieser Brinkmann?«, fragte Oppenheimer, obwohl er die Antwort schon kannte.

Ziehm atmete hörbar aus. »Sie wissen es?«

»Wir fanden Ihre Fingerabdrücke.«

»Das hatte ich mir schon gedacht.« Ziehm seufzte. »Nehmen Sie's nicht persönlich. Dass ich Sie töten sollte. Direkter Befehl von Dostal. Befehl ist Befehl. Ich fand es nicht nötig. Wir hatten unsere Spuren ja verwischt. Oehler hat mir auch geholfen. Mein Reisegeselle. Leise, aber gewissenhaft. Und er hatte gute Verbindungen. Zur Asservatenkammer und zu den Kriminaltechnikern.«

Jetzt begriff Oppenheimer, warum Ziehms Fingerabdrücke nicht zu Brinkmanns passten. »Sie haben mitbekommen, dass Hergesheimer Ihre Fingerabdrücke genommen hat, und Oehler vertauschte dann einfach die Beweismittel?«

Ziehm bestätigte dies mit einem kurzen Auflachen. Obwohl es ihm Mühe bereitete, versuchte er, seine Sätze sorgfältig zu formulieren. »Seinen Ruf als großartiger Kriminaltechniker in allen Ehren, aber Hergesheimer hat sich extrem ungeschickt angestellt. Da war mir klar, dass unsere Identität ausspioniert werden sollte. Nur wusste ich nicht, wer dahintersteckte. Ich dachte zuerst an die Polizeiverwaltung.«

Dann kam erst einmal nichts mehr von Ziehm. Man hörte nur, wie er die Luft einzog. Er schien auf eine Reaktion von Oppenheimer zu warten.

»Sie wissen, dass Billhardt tot ist?«

Ziehm gab einen unbestimmten Laut von sich. »Dostal wollte ihn beseitigen lassen. So viel habe ich mitbekommen. Das haben seine Leute dann wohl geschafft. Ich war an dieser Aktion nicht beteiligt.«

»War das auch ein persönlicher Befehl von Dostal?«, fragte Oppenheimer tonlos.

»Ja, das war Dostal. Er hat jetzt die volle Kontrolle übernommen. Vorher ist zu viel schiefgelaufen.«

Gänsehaut bildete sich auf Oppenheimers Nacken. Er glaubte, eine kalte Hand zu spüren, doch es war nur die Erkenntnis, dass es noch nicht vorbei war. Ziehm war nicht der Letzte, der gefasst werden musste. Um Billhardts Tod zu sühnen, musste auch der Befehlsgeber dingfest gemacht werden.

Dostal.

»Und jetzt?« Es war wieder Ziehms Stimme. »Soll ich hier verrecken? Oder krieg ich 'nen Gnadenschuss?«

Aus der Richtung von Moabit ertönten Sirenen. Zwei Polizeiwagen mit rotierenden blauen Lichtern fuhren auf die Putlitzbrücke zu und überquerten die Gleise der Ringbahn.

»Für einen Gnadenschuss ist es jetzt zu spät«, murmelte Oppenheimer. »Die Kollegen sind gleich da.«

Die Sirenen wurden lauter. Die Polizeiwagen waren genau über ihnen angelangt und fuhren auf die Einfahrt des Westhafens zu. Im zuckenden Licht erkannte Oppenheimer, dass er Ziehm in der Seite getroffen hatte. Der presste die Hand auf einen feuchten schwarzen Fleck, die andere hatte er weit ausgestreckt. Seine verrenkte Position kam Oppenheimer absurd vor, doch dann verstand er, was Ziehm im Schilde führte.

Die ganze Zeit über hatte er den Boden abgetastet. Dass der Ertappte so redselig gewesen war, hatte einen einfachen Grund. Er wollte Zeit schinden.

Zeit, um seine Waffe zu finden.

Nicht weit von Ziehms Körper entfernt sah Oppenheimer auf dem Boden etwas metallisch schimmern. Sofort sprang er auf die Stelle zu. Auch Ziehm hatte die Waffe am Boden erspäht und griff danach.

Die Einsatzwagen waren ans nördliche Ende der Brücke gelangt und zum Westhafen abgebogen. Jetzt war es wieder zappenduster.

Hektisch griff Oppenheimer ins Dunkel. Neben ihm machte Ziehm eine ruckartige Bewegung und stöhnte schmerzerfüllt auf.

Mit seiner Schusswunde hatte er keine Chance. Oppenheimer bekam die Pistole als Erster zu fassen und steckte sie rasch in seine Manteltasche.

»Das Spiel ist aus, Brinkmann«, verkündete Oppenheimer. »Wenn Sie selbst in keinen Mord verwickelt waren und mit der Kripo kooperieren, können Sie vielleicht auf ein mildes Urteil hoffen. Ihren Schuss auf mich könnte man immer noch als Einschüchterung interpretieren.«

Ziehm schwieg. Oppenheimer hatte jetzt seine ungeteilte Aufmerksamkeit.

»Und wie soll diese Kooperation aussehen?«, fragte er skeptisch.

»Nennen Sie mir Dostals richtigen Namen.«

Ziehm stöhnte. »Ach, vergessen Sie's. Der besitzt Immunität. Diplomatenstatus. Dostal kriegen Sie nicht. Er ist zu gerissen.«

»Das soll nicht Ihr Problem sein. Sagen Sie mir nur, wie ich an ihn rankomme.«

Ziehm musste nicht lange überlegen. Er brummte resignierend und sagte dann: »Er heißt Gräfe. Kurt Gräfe. Wir trafen uns jedes Mal woanders. Ich weiß nur, er spielt gern. Glücksspiel. Meistens Roulette. Es gibt da ein Casino, gleich am Ku'damm. Da ist er häufiger.«

Unwillkürlich hielt Oppenheimer den Atem an. Er wusste ganz genau, von welchem Etablissement Ziehm sprach.

33

Dienstag, 25. November 1947

Schon auf dem Gehweg vor der *Rio Bar* hörte Oppenheimer die Musik der Damenkapelle. Innen schob er den schweren Windvorhang zur Seite und tauchte in den beißenden Zigarettendunst ein.

Die Zeit raste. Dostals Menschenschmuggel war vor zweieinhalb Stunden aufgeflogen. Niemand konnte sagen, was geschehen würde, wenn er davon erfuhr. Oppenheimer musste so schnell wie möglich handeln, um Dostal noch zu erwischen. Und die Verbindung zu Edes Spielhölle war der einzige Anhaltspunkt, den er momentan hatte.

Hastig blickte er zu der Stelle, an der üblicherweise Gerda stand.

»Ich suche einen eurer Stammkunden«, raunte er ihr vertraulich zu. »Einen Kurt Gräfe, sagt dir das was?«

Gerdas Antwort bestand aus einer einzigen Silbe. »Nä.«

»Er ist ein guter Kunde in Edes Casino.«

Gerda schüttelte den Kopf und schenkte Oppenheimer einen tadelnden Blick. Vermutlich fand sie es ausgesprochen dämlich von ihm, dass er nicht sofort nach unten ging, anstatt sie mit dieser Frage zu behelligen. Oppenheimer nickte ihr kurz zu und schlängelte sich dann eilig an der Menschenmenge vor dem Tresen vorbei, um zur Treppe zu gelangen.

Die Verhaftung von Ziehm und Oehler am Westhafen war mit einiger Verzögerung über die Bühne gegangen. Beim Eintreffen der Polizisten war Vogler bereits mit seinem Auto im nächtlichen Schneeregen verschwunden. Er hatte Oppenheimers Anweisung befolgt und die Ordnungshüter gerufen, schien jedoch wenig erpicht darauf zu sein, persönlich in diese Polizeiangelegenheit verwickelt zu werden.

In der gläsernen Kabine am Osttor fanden die Polizisten nur drei verschreckte Nachtwächter vor, die zusammenhangsloses Zeugs redeten, und den gefesselten Oehler. Er redete sich damit heraus, dass er bei der Kripo sei und ihn Schwerverbrecher überwältigt hätten. Um ein Haar wäre er damit auch durchgekommen. Die Polizisten waren bereits im Begriff, Oehler zu befreien, als Oppenheimer auf der Trasse des Rangierbahnhofs einen Signalschuss abgab. Daraufhin waren zwei von ihnen zu den Gleisen gestürmt, wo er laut rufend vor dem angeschossenen Ziehm stand. Derweil hatte Oehler endgültig die Nerven verloren und einen Fluchtversuch gewagt, der von dem dritten Polizisten und den Wachleuten vereitelt wurde.

Genau zu diesem Zeitpunkt war Oppenheimer am Osttor erschienen. Seiner Angabe, dass er ein Kripokommissar sei, wollten die Polizisten nach Oehlers verdächtigem Verhalten keinen Glauben mehr schenken. Es stand Aussage gegen Aussage. Nach einem Anruf unter Möllers Privatnummer war dieser auf dem Fahrrad erschienen, klärte die Polizisten über die Lage auf und leitete die Verhaftung von Ziehm und Oehler in die Wege.

Die ganze Zeit über hatte Oppenheimer wie auf glühenden Kohlen gesessen und war dann zum benachbarten Ringbahnhof gelaufen, um sich Dostal in der *Rio Bar* zu schnappen.

Im Keller angekommen, warf Oppenheimer einen Blick durch den violetten Samtvorhang mit den goldenen Troddeln. Zahlreiche Spieler scharten sich um die Tische. Seine Aufgabe, Dostal in dieser Menschenmenge aufzuspüren, wurde dadurch nicht einfacher.

»Na, Richard, wieder mal da?«

Freundlich blinzelte ihn eine von Edes ehemaligen Schönheitstänzerinnen an. Sie war adrett gekleidet, und ihre dunklen Haare waren zu einer kunstvollen Wellenfrisur gelegt. In einem Bauchladen trug sie sündhaft teure amerikanische Zigaretten spazieren.

»Hast du schon das Neueste von Rita gehört?«, wisperte sie ihm vertraulich zu. »Die hat sich doch tatsächlich einen Ami geangelt. Einen Oberst, ein ganz wichtiger Mann.« Sie rollte die Augen.

Ehe sie ihn mit noch weiterem Klatsch versorgen konnte, führte Oppenheimer sie sanft zur Seite. »Ich suche jemanden, vielleicht kannst du mir helfen. Gräfe heißt er, ein Stammkunde.«

»Ach, Kurti meinst du? Ja, der ist hier.« Oppenheimer war überrascht. Konnte es tatsächlich so einfach sein?

»Kurt Gräfe?«, vergewisserte er sich noch einmal.

Das Zigarettenmädchen nickte. »Ich habe ihn gerade noch gesehen. Tisch vier.«

Oppenheimer hatte keine Ahnung, wie Ede seine Spielhölle geordnet hatte, also ließ er sich zu dem Tisch führen. In einer schattigen Ecke stehend, zeigte seine Begleiterin auf einen Herrn mit hellen Haaren und Halbglatze.

Gedankenversunken betrachtete Oppenheimer den Mann, der Dostal sein sollte. Zuerst war er sich unsicher, ob er tatsächlich den Verantwortlichen für Billhardts Tod gefunden hatte. In der Lagerhalle war der Großteil des Gesichts vom Schatten der Hutkrempe verdeckt gewesen. Gräfes Körperbau wies allerdings deutliche Ähnlichkeiten auf.

Im Schutz der anderen Gäste ließ er Gräfe nicht mehr aus den Augen. Oppenheimer beobachtete, wie der Mann etwas aus seiner Jackentasche angelte. Gräfe entrollte den Lederbeutel und entnahm ihm eine Pfeife. Gebannt starrte er auf die rollende Kugel im Rouletterad, während er die Pfeife stopfte.

Blut schoss Oppenheimer in den Kopf. Jetzt war er sich sicher, den Richtigen aufgespürt zu haben. Alles passte zusammen. Oppenheimer setzte sich in Bewegung. Wie zufällig schlenderte er um den Tisch herum, um sich Gräfe von der Seite zu nähern.

Nur noch ein Meter trennte sie voneinander. Oppenheimer sollte nicht mehr so weit kommen. Eine Person trat von hinten an Oppenheimer heran und packte ihn schmerzhaft an den Schultern. Der Lauf einer Faustwaffe bohrte sich ihm in die Rippen.

»Keene jute Idee, Herr Professor.«

Oppenheimer erkannte die Stimme. Überrascht musterte er den Mann, der sich an ihn herangedrängt hatte. Als Erstes fiel ihm der dichte schwarze Oberlippenbart auf. Es war Voglers Handlanger, der bei der Scharade im Ostsektor mitgeholfen hatte, Freese einzuschüchtern.

Resolut schob er Oppenheimer zum Ausgang. Ein kaltes Glitzern in seinen Augen verriet, dass er einen Widerspruch nicht tolerieren würde.

Er führte Oppenheimer in eines der Separees und schubste ihn grob auf einen Stuhl. Beim Hinausgehen knallte er die Tür zu. Das Türschloss klickte. Oppenheimer war eingesperrt, zu aufgebracht, um eingeschüchtert zu sein. Er hielt es nicht aus, rappelte sich auf und tigerte durch das Zimmer, bis die Tür schließlich wieder aufgeschlossen wurde.

Es war keine große Überraschung. Vor ihm stand Vogler.

Obwohl er sonst immer so gefasst war, wirkte Vogler jetzt aufgebracht. Er trat an Oppenheimer heran.

»Was denken Sie eigentlich, was Sie hier anstellen?«, zischte er.

Oppenheimer schnaubte. »Ich nehme Dostal fest. Er gab den Befehl, Billhardt und mich umbringen zu lassen.«

»Sie werden nichts dergleichen tun.« Vogler schloss die Tür und blieb sicherheitshalber davor stehen.

»Meine Leute haben Dostal seit vorgestern im Visier«, erklärte er.

»Freese hat also nicht nur den Treffpunkt ausgeplaudert, sondern auch Dostals Identität«, schloss Oppenheimer.

Vogler zuckte mit den Schultern. »Freese war so eingeschüchtert, er hätte seinen besten Freund verraten, um nicht im Sowjetsektor bleiben zu müssen. Aber das kann er vor Dostals Leuten niemals zugeben.«

»Schön für Sie, dass Sie auf der sicheren Seite sind. Aber was wollen Sie noch mit Dostal? Sein Schlepperring ist geplatzt. Für Gehlens Leute kann er kaum noch von Interesse sein. Aber er hat einen Kommissar ermorden lassen. Himmelherrgott, damit kann er doch nicht durchkommen, Diplomat hin oder her.«

Vogler trat an Oppenheimer heran. »Hören Sie zu und nutzen Ihren Verstand. Unsere Org plant in anderen Dimensionen. Dostal weiß es selbst noch nicht, aber er wird für uns sehr wertvoll sein.« Dann wies Vogler auf den kreisrunden Spieltisch. »Setzen Sie sich. Ich bestelle was zum Trinken.«

Er verschwand kurz. Oppenheimer schäumte zwar vor Wut, sah jedoch ein, dass er aus dieser Zwickmühle nicht herauskam. Er setzte sich auf den Stuhl und starrte auf den grünen Filzbelag, bis Vogler zurückkam.

Gemächlich nahm Vogler Platz und fragte mit gesenkter Stimme: »Was meinen Sie, warum ich Dostal hier einfach so spielen lasse?«

»Damit er beschäftigt ist?«

Vogler verzog den Mund zu einem abschätzigen Lächeln. »Damit Dostal verliert. Das ist mein Plan. Er verliert und wird immer mehr verlieren. Ich habe ein stilles Abkommen mit dem Croupier.«

»Und Ede steckt am Ende auch noch mit euch unter einer Decke?«

Vogler runzelte die Stirn. »Ach, Sie kennen ihn? Wie gesagt, ich investiere gelegentlich. Und ich bin gerade sehr an der *Rio Bar* als Investitionsobjekt interessiert. Ede ist es egal, was ich hier treibe, solange er seinen Schnitt macht.«

Darauf hätte Oppenheimer gewettet. Er behielt diese zynische Bemerkung für sich und stellte stattdessen fest: »Die Org hat also andere Interessen?«

»Es geht hier um viel mehr als nur um kurzfristige Genugtuung«, beharrte Vogler. »Dostal heute zum nächsten Polizeirevier zu schleppen ist sinnlos. Spätestens morgen wird er sich wieder auf freiem Fuß befinden und daran arbeiten, eine neue Fluchtroute von Berlin in die Schweiz aufzubauen.«

Verzweifelt hob Oppenheimer die Hände. »Ja wollt ihr nicht gerade das verhindern?«

Ungerührt antwortete Vogler: »Dostals Spielsucht bietet uns interessante neue Möglichkeiten, mit denen wir vorher nicht rechnen konnten. Man muss ihn sich nur anschauen, er hat vor ein paar Stunden die Meldung bekommen, dass sein Plan geplatzt ist, und trotzdem kann er sich nicht vom Roulettetisch losreißen. Dostal ist eindeutig spielsüchtig, das können wir uns zunutze machen.« Vogler beugte sich vor. »Und vor allem kennen wir jetzt auch seine Identität. Er kann sich nicht mehr verbergen. Dostal ist ein offenes Buch, und mit jedem Tag werden wir neue Geheimnisse aufdecken. Sobald er seine alternative Fluchtroute aufbaut, haben wir ihn von Anfang an unter Beobachtung und werden seine Strategie erfahren. Vielleicht erhalten wir dadurch wichtige Informationen, die wir woanders gegen Peróns Leute einsetzen können.«

Es klopfte. Die Tür wurde geöffnet, und ein Mann mit einer Glatze betrat das Zimmer. Es war Ede. Er brachte ein Tablett mit zwei dampfenden Bechern.

Oppenheimer zu sehen überraschte ihn. Und der alte Ganove war gewitzt genug, um zu erfassen, dass hier dicke Luft herrschte.

Bedächtig platzierte er das Tablett auf der Tischplatte, und anstatt wieder zu verschwinden, warf er ihnen einen Blick zu und brummte mürrisch. »Ick wusste nich, dass ihr Knatsch miteinander habt.«

Vogler warf seinen Kopf zurück, lächelte Ede an und erwiderte: »Nein, kein Knatsch. Man könnte sagen, wir sind alte Freunde.«

Misstrauisch blickte Ede zu Oppenheimer.

»Ja, das stimmt schon irgendwie«, bestätigte Oppenheimer. »Lass gut sein, Ede.«

Mit wachsamem Blick verließ Ede das Zimmer. In der geöffneten Tür blieb er stehen. »Ach ja, ick brauch dit Zimma gleich wieda. Ne private Spielrunde.«

»Wir sind schon so gut wie fort«, antwortete Vogler mit einer Fröhlichkeit, die Oppenheimer zutiefst irritierte. Leider war in den Bechern kein Kaffee, sondern nur Grog. Oppenheimer nippte daran. Während die heiße, süße Flüssigkeit seine Kehle hinablief, glaubte er, den Fehler in Voglers Strategie zu erkennen. »Und das soll so einfach gehen? Dostal zu kontrollieren?«

»Wir werden Dostal anwerben. Als Doppelagenten.«

Oppenheimer konnte kaum glauben, was er da hörte.

Vogler trank einen Schluck und fuhr dann versonnen mit dem Daumen über den feuchten Becherrand. »Natürlich wird er es nicht freiwillig tun. Aber in den nächsten Wochen und Monaten wird er bei Ede Schulden anhäufen. Und ich spreche hier von ruinösen Schulden. Dostal wird wie ein in die Enge getriebenes Tier sein. Zu allem bereit. Vielleicht wird er sogar an Selbstmord denken. Bis ihm jemand anbietet, diese Schulden zu begleichen.«

Oppenheimer kniff die Augen zusammen. »Und dann zappelt er an eurem Haken«, spann er den Gedanken weiter.

Voglers versonnenes Lächeln war die einzige Bestätigung, die er gab. »Glauben Sie mir«, fügte er hinzu, »Dostal wird seines Lebens nicht mehr froh werden.«

Vogler begleitete Oppenheimer nach draußen. Im Vorbeigehen warfen sie noch einen letzten Blick auf Dostal. Verbissen hockte er hinter dem Roulettetisch. Schweiß glitzerte auf der zerfurchten Stirn. Er verfolgte das Spiel, als würde sein Leben davon abhängen.

Dostal hatte nicht den Hauch einer Ahnung, was wirklich gespielt wurde. Das Schicksal des großen Hintermannes würde nun von Vogler bestimmt werden. Dostal war an einen Konkurrenten geraten, den er nicht übertrumpfen konnte.

Unweit des Roulettetisches saß Voglers Mann mit dem schwarzen Schnauzer vor einem halb vollen Glas. Seine Lässigkeit war nur gespielt. Tatsächlich ließ er Dostal keine Sekunde lang aus den Augen.

»Nichts geht mehr!«, rief der Croupier.

34

Donnerstag, 4. Dezember 1947

Oppenheimer hasste Beerdigungen. Er sah in diesen Veranstaltungen keinen großen Sinn. Warum man einem Verstorbenen vermeintlich eine Ehre damit erwies, indem man voller düsterer Gedanken in eine ausgehobene Grube starrte, konnte er nur schwer verstehen. Wenn man die Menschen ehren wollte, dann schien es sinnvoller, es zu deren Lebzeiten zu tun. War der Todesfall erst einmal eingetreten, war es letztendlich egal, ob die Hinterbliebenen die gesellschaftlichen Konventionen befolgten oder nicht. Die Toten bekamen von all dem nichts mehr mit. Das war für Oppenheimer die harte, kalte Wahrheit.

Oppenheimer stand vor dem Spiegel und band sich eine schwarze Krawatte um. Er ahnte, dass er sich auch heute bei Billhardts Beerdigung fehl am Platz fühlen würde. Er versuchte, seine negativen Gedanken zu verscheuchen, indem er an etwas Schönes dachte. Nicht einmal drei Wochen, und es war Heiligabend. Mit Müh und Not war es Oppenheimer gelungen, sein Geschenk für Lisa doch noch zu ergattern. Oppenheimer zog die große Kiste mit seinen Schallplatten unter dem Bett hervor und klappte sie auf. Drei der schwarzen Scheiben fehlten nun, dafür befand sich jetzt aber ein in Seidenpapier eingepacktes Geschenk unter seiner Sammlung. Oppenheimer nahm es vorsichtig heraus. Das Papier raschelte leise, als er es zurückschlug. Er lächelte versonnen. Da lag sie in seiner Hand, die Pretiose für Lisa.

»Was ist das?«, rief eine helle Stimme. Oppenheimer zuckte

zusammen und drehte sich um. Theo stand in ihrem Zimmer. Er hatte alles mitbekommen.

»Nichts«, versuchte Oppenheimer abzuwiegeln, doch Theo starrte immer noch neugierig auf die Handschuhe. Oppenheimer schlug sie wieder ins Papier ein und legte sie zurück in die Kiste. »Ein Weihnachtsgeschenk, nichts weiter. Nicht für dich.«

Theo begriff, dass seine Anwesenheit unerwünscht war, und trollte sich. Polternd trommelten seine Schritte den Gang entlang. Dann waren Stimmen zu hören. Theo sprach mit Lisa.

Eilig ließ Oppenheimer die Schallplattenkiste unter dem Bett verschwinden und zog sich fertig an.

Lisa betrat das Zimmer, als er gerade dabei war, seine Manschettenknöpfe zu schließen. Theo war bei ihr. Und sein breites Grinsen ließ nichts Gutes erahnen.

»Ich weiß, was du zu Weihnachten bekommst«, wisperte er Lisa zu.

»Theo …« Warnend erhob Oppenheimer seine Stimme.

»Nein, ich sage nichts«, erklärte Theo. »Wirklich nicht.« Dann wandte er sich wieder zu Lisa. »Ich gebe nur einen Hinweis. Es fängt mit *Hand* an und hört mit *Schuh* auf!«

Oppenheimer konnte es nicht fassen. Er fuhr sich mit der Hand übers Gesicht. Dank Theo war ihm die schöne Überraschung gründlich versaut.

»Kratz einfach die Kurve«, seufzte er missgelaunt, woraufhin Theo auch tatsächlich verschwand.

Mit einem feinen Lächeln reichte Lisa ihm das schwarze Jackett. Oppenheimer schlüpfte hinein. Von seinen Kleidern war Oppenheimer in den Kriegswirren nur übrig geblieben, was er am Leib getragen hatte, zuzüglich der Unterwäsche in seinem Luftschutzkoffer. Eine schwarze Hose besaß er mittlerweile, aber ein ebensolches Jackett musste er von Schmude borgen. Da Schmude im Vergleich zu Oppenheimer eine schlanke Statur besaß, waren die Schultern viel zu eng, aber Oppenheimer tröstete sich damit, dass die übrigen Trauergäste bestimmt ebenso verlottert daherkommen würden wie er selbst. Beim Blick in den Spiegel fand Oppenheimer, dass er einigermaßen vorzeigbar aussah. Lisa küsste ihn auf die Wange. Er hielt es für einen Dank für das noch nicht erhaltene Weihnachtsgeschenk.

Stattdessen sagte Lisa nur: »Wir müssen los.«

Billhardts Beerdigung fand auf dem Friedhof Baumschulenweg statt. Da für seine Frau Dorothee keine Gefahr mehr bestand, war sie in die Stadt zurückgekehrt. Oppenheimer und Lisa hatten sie in den letzten Tagen bei den Behördengängen und den Vorbereitungen der Trauerfeier unterstützt. Es schien das Einzige zu sein, was sie für Billhardt und dessen Witwe noch tun konnten.

Es stellte sich heraus, dass es Dorothee auf dem Land so gut gefiel, dass sie den Entschluss gefasst hatte, Berlin endgültig den Rücken zu kehren. Dass nach der Familie Seibold auch Billhardts Witwe diesen weitreichenden Schritt tun würde, hatte Oppenheimer einen Stich versetzt, denn plötzlich kam er sich wie der letzte Passagier eines sinkenden Schiffes vor.

Die Situation in Berlin war unverändert verfahren. Die Geschehnisse in der Stadt widersprachen der demonstrativen Geschlossenheit der Alliierten, denn im sowjetischen Sektor Berlins war es mittlerweile verboten, von der US-Administration lizensierte Zeitungen aus den Westzonen zu verkaufen – eine Maßnahme, die von den amerikanischen Stellvertretern als verkappte Zensur interpretiert wurde. Auf einer Konferenz in der britischen Zone hatten die dort tätigen deutschen Parteien unterdessen einstimmig die Bildung einer deutschen Zentralregierung gefordert. Oppenheimer machte sich da keine große Hoffnung. Wie sollte es den heimischen Politikern gelingen, die

Souveränität der Nation wiederherzustellen, wenn die Zonen so zersplittert waren, dass an ein einheitliches Staatengebilde kaum noch zu denken war? Oppenheimer musste sich erneut der unbequemen Frage stellen, ob die anderen die desolate Lage in Berlin womöglich realistischer einschätzten als er selbst.

Der Tag war für eine Beerdigung wie gemacht. Es war feuchtkalt, düster und der Himmel grau verhangen. Gemeinsam mit Lisa nahm Oppenheimer die S-Bahn zum Friedhof Baumschulenweg. Von der Station war es nur ein kurzer Fußmarsch. Die Beerdigung dauerte nicht lange. Einen Leichenschmaus hatte man nicht geplant, weil es unmöglich gewesen wäre, dafür die nötigen Lebensmittel zu organisieren. Diese Art des wehmütigen Erinnerns war ein Privileg besserer Zeiten.

Zum Abschluss bekam Oppenheimer noch die Möglichkeit, Billhardts Witwe eine Frage zu stellen, die ihm auf der Seele brannte. Bislang war er so beschäftigt gewesen, dass er nicht dazu gekommen war, es anzusprechen, und jetzt hatte er womöglich die letzte Gelegenheit, bevor Dorothee Berlin endgültig verließ.

»Entschuldigung, dass ich dich damit belästige«, begann Oppenheimer vorsichtig, während sie zum Eingangstor des Friedhofs wanderten. »Aber hat Kurt dir vielleicht den Grund genannt, warum er mit diesem Herrn Oskar kooperiert hat?«

Dorothee war so sehr mit ihrem Verlust beschäftigt, dass sie sich über diese merkwürdige Frage nicht wunderte. Sie zerknüllte das feuchte Taschentuch in der Hand und antwortete: »Er hat nie über seine Arbeit gesprochen. Aber ich weiß, dass sie Kurt immer beschäftigt hat. Er konnte nicht abschalten, nicht mal daheim.«

Vielsagend nickte Lisa. Vermutlich war das die spezielle Gemeinsamkeit aller Polizistengattinnen.

Nach einigen Sekunden des Schweigens fügte Dorothee hinzu: »Kurt hat sich verändert. Nach dem Krieg. Ich weiß nicht, was da alles vorgefallen ist. Jedenfalls lag es nicht an dem Arm, den er verloren hat. Da war noch etwas anderes. Ich hielt es für besser, ihn nicht zu drängen. Wenn es wichtig ist, dachte ich, dass er früher oder später von sich aus mit mir darüber reden wird. Aber … nun ja, er war nicht mehr so unbeschwert wie früher.«

Oppenheimer hatte eine Ahnung, worauf sie anspielte. Konnten die Kriegsheimkehrer ihren liebsten Menschen überhaupt berichten, was sie an der Front alles erlebt hatten? Zu welchen Taten sie fähig gewesen waren? Nach allem, was Oppenheimer wusste, hatte man Billhardt an der Ostfront befohlen, Menschen zu exekutieren. Und er hatte pariert, wie er immer pariert hatte. Oppenheimer konnte nachvollziehen, dass er Dorothee davon niemals hätte erzählen können. Dann schon eher einem alten Kollegen, der plötzlich aus der Versenkung aufgetaucht war und von dem er nicht wusste, ob er ihm noch mal begegnen würde.

Um von diesem Thema abzulenken, sagte Oppenheimer leichthin: »Tja, ich fürchte, wir sind alle nicht mehr so unbeschwert. Das ist wohl der Lauf der Dinge.«

Als sie auf dem Rückweg in der S-Bahn allein nebeneinandersaßen, fragte Lisa: »Was sollte deine Frage?«

Oppenheimer wusste sofort, worauf sie anspielte. »Es könnte sein, dass Billhardt mit Vogler zusammengearbeitet hat, weil er etwas wiedergutmachen wollte. Vielleicht interpretiere ich ja zu viel hinein. Am Ende hat er sich womöglich nur Vorteile versprochen, kann auch sein.«

Lisa blickte durch das Zugfenster auf das weite Vorfeld des Flughafens Tempelhof, an dem sie vorbeifuhren. »Wer weiß schon, was die Leute so alles denken«, sinnierte sie. »Letztendlich können wir sie nur nach ihren Taten beurteilen, oder meinst du nicht? Und was immer Kurt auch vorher gemacht haben mag, zuletzt hat er sich mit Naziverschwörern angelegt. Vielleicht hat er einfach dazugelernt.«

Eher pro forma brummte Oppenheimer zustimmend. Ihm war diese Sicht zu einfach, allerdings erschien es ihm in diesem Moment unmöglich, seine verschlungenen Gedanken in Worte zu fassen.

Bei ihrer Rückkehr in Hildes Villa war Oppenheimer heilfroh, endlich Schmudes Jackett ausziehen zu können, das ihm mittlerweile wie eine Zwangsjacke vorkam. Während er in seinem Zimmer die Krawatte lockerte, hörte er auf dem Gang Lisas lautstarke Unmutsbekundungen. Sie streckte den Kopf durch die Tür. »Dieser Junge macht mich noch fertig. Er hört einfach nicht auf mich. Kannst du ihm mal sagen, dass er vom Dach runterkommen soll?«

Oppenheimer hielt inne. »Er ist da oben? Bei diesem Mistwetter?«

Resignierend zuckte Lisa mit den Schultern.

Scharfer Wind blies Oppenheimer ins Gesicht, als er aus dem Dachfenster lugte und sah, dass Theo in einigen Metern Entfernung auf den Dachschindeln saß und in die Ferne blickte.

»Willst du nicht reinkommen?«, schlug Oppenheimer vor. »Ist doch kalt da draußen.«

»Ich komm gleich«, murmelte Theo und bewegte sich keinen Zentimeter.

Oppenheimer kam sich vor wie ein Idiot. Seine Bemühungen, von Theo als Respektsperson wahrgenommen zu werden, waren ein voller Reinfall. Gleichzeitig fragte er sich, was so faszinierend war, dass es den Jungen immer wieder aufs Dach trieb.

Ehe er es sich versah, war Oppenheimer ebenfalls nach draußen gestiegen und balancierte auf den roten Schindeln. Er fand das Dach unter seinen Füßen verflucht steil und wagte sich nur drei Schritte weit hinaus.

Theo musterte Oppenheimers akrobatische Einlage mit weit aufgerissenen Augen. »Vorsicht«, stammelte er, als sei das Sitzen auf dem Dach etwas, das für Erwachsene viel zu gefährlich war.

Oppenheimer ließ sich auf sein Hinterteil fallen. Dann füllte er seine Lunge mit der frischen Luft und starrte in die Ferne.

Obwohl die Wolken tief hingen, war es kaum zu glauben, wie weit der Himmel hier oben war. Oppenheimer hätte nicht geglaubt, dass die veränderte Perspektive einen solch dramatischen Effekt hatte. Man fühlte sich frei von den alltäglichen Nöten. Von dieser hohen Warte sah Berlin wie eine Miniaturlandschaft aus. Die Probleme, mochten sie am Boden noch so drückend sein, schienen beherrschbar.

»Wollen wir nicht wieder reingehen?« Theo hatte diese Frage gestellt.

Seelenruhig antwortete Oppenheimer: »Jetzt warte doch. Ich bin extra rausgeklettert, um zu sehen, was es hier gibt.«

Er lachte auf. Obwohl der Wind an ihm zerrte, wollte er plötzlich das Dach nicht mehr verlassen. Jetzt verstand er, was Theo hier oben suchte. Zum ersten Mal seit vielen Monaten spürte Oppenheimer wieder einen gewissen Optimismus, den er brauchte, um weitermachen zu können. Wenn es nicht wenigstens die Hoffnung auf eine bessere Zukunft gab, auf ein Ziel, auf das sich hinarbeiten ließ, war alles sinnlos. Und sosehr er sich auch dagegen gesträubt hatte, schien es doch der Zweck seiner Existenz zu sein, das Leben mit jedem aufgeklärten Kriminalfall ein wenig besser zu machen.

Während sie den Flugzeugen zusahen, die über ihren Köpfen kreisten und ihren Anflug auf die Landebahn des Schönefelder Flughafens einleiteten, redete Oppenheimer mit Theo über dessen alltägliche Sorgen. Sosehr er sich auch bemühte, dem Jungen seine Aufmerksamkeit zu schenken, konnte Oppenheimer nicht verhindern, gelegentlich an Billhardts Erbe zu denken.

Und an die leere Stelle, die der Kollege in seinem Leben hinterlassen hatte.

Nachwort

In Tonbandaufzeichnungen von Juan Perón, die im Jahr vor seinem Tod entstanden und posthum in Buchform veröffentlicht wurden, wertete der argentinische Präsident die Nürnberger Prozesse aus den Jahren 1945 bis 1949 als ein schändliches Verhalten, das den Siegern nicht würdig sei. Der Historiker Uki Goñi betrachtete Peróns Entrüstung als Auslöser dafür, dass er in den Nachkriegsjahren für NS-Kriegsverbrecher, Faschisten und schwer belastete Kollaborateure Fluchtrouten aufbaute, um sie der Verfolgung durch die Justiz zu entziehen. Erst kurz nach der Jahrtausendwende ist der Nachweis gelungen, dass argentinische Diplomaten und Geheimdienstoffiziere dabei aktiv als Fluchthelfer eingebunden waren. Bis dahin wurde weitgehend vermutet, dass geheime Seilschaften von Ex-Nazis dahintersteckten, die die Routen nach Südamerika in Eigenregie betrieben hätten.

Es gab zahlreiche Fluchtwege, die teilweise unabhängig voneinander entstanden sind. Abgesehen von Südamerika war ein weiteres Ziel der Nahe Osten. Neben den argentinischen Schleusern waren auch hochrangige Vertreter des katholischen Klerus involviert. Inwiefern diese Aktivitäten vom Vatikan toleriert oder gar unterstützt wurden, bleibt umstritten.

Die westlichen Nachrichtendienste erfuhren früh von diesen Aktivitäten. Der US-amerikanische Geheimdienst prägte den Begriff *Rattenlinien* für die Fluchtwege. Anstatt den Schleusern das Handwerk zu legen, wurden die Vorgänge zunächst unter Beobachtung gehalten und schließlich sogar für die eigenen Zwecke genutzt.

Die Organisation Gehlen wurde 1949 von der CIA übernommen. In den ersten Nachkriegsjahren gehörte es zu den wichtigsten Aufgaben, die Heimkehrer aus der sowjetischen Kriegsgefangenschaft systematisch zu befragen, um sich ein Bild vom künftigen Gegner zu machen und mögliche Feindagenten zu identifizieren. Zudem wurden im Lauf des Kalten Krieges die Gegenspionage und Subversion im Ostblock immer wichtiger. In den Folgejahren regte sich besonders im Ausland Kritik darüber, dass zahlreiche Mitarbeiter eine Nähe zum Nationalsozialismus hatten. Obwohl Gehlen diesen Vorwurf stets bestritt, waren – laut Schätzungen der CIA – zu Beginn der 1950er-Jahre bis zu achtundzwanzig Prozent seiner Mitarbeiter ehemalige NSDAP-Mitglieder. Die Zuverlässigkeit dieser Zahlen ist fraglich, da es Hinweise darauf gibt, dass die Identität einiger Geheimdienstler möglicherweise gezielt verschleiert wurde. Die Organisation Gehlen wurde 1955 von der Bundesrepublik Deutschland übernommen und im Folgejahr in den Bundesnachrichtendienst umgewandelt. Reinhard Gehlen leitete den BND bis zu seiner Pensionierung im Jahr 1968.

Harald Gilbers,
Dezember 2019

Literaturhinweise

Goñi, Uki, *Odessa. Die wahre Geschichte. Fluchthilfe für NS-Kriegsverbrecher,* Berlin, Hamburg 2006.

Klee, Ernst, *Persilscheine und falsche Pässe. Wie die Kirchen den Nazis halfen,* Frankfurt am Main 2011.

Landesdenkmalamt Berlin, *Hauptquartier am Fehrbelliner Platz,* abgerufen über https://www.berlin.de/landesdenkmalamt/denkmale/denkmale-der-alliierten/grossbritannien/charlottenburg-wilmersdorf/hauptquartier-am-fehrbelliner-platz-647951.php

Landesdenkmalamt Berlin, *Westhafen,* abgerufen über http://www.stadtentwicklung.berlin.de/denkmal/liste_karte_datenbank/de/denkmaldatenbank/daobj.php?obj_dok_nr=09050366

Michaelis, Rolf, *Das SS-Sonderkommando »Dirlewanger«. Der Einsatz in Weißrussland 1941–1944,* Eggolsheim 2012.

Reese, Mary Ellen, *Der deutsche Geheimdienst. Organisation Gehlen,* Hamburg 1992.

Ret, Angelika; Reißmann, Bärbel; Machner, Bettina, *Berlin 1937/1947. Fotografien von Harry Croner,* Berlin 2017.

Riess, Curt, *Berlin 1945–1953,* Berlin 1953.

RO RO RO im Zeitungsformat 1946–1949, abgerufen über http: //www.lewin-fischer.de/zeitung.htm

Schmidt, Jürgen, Hsg., *Rote Rüben auf dem Olivaer Platz. Quellen zur Ernährungskrise in der Nachkriegszeit Berlins 1945–1949,* Berlin 2008.

Simpson, Christopher, *Der amerikanische Bumerang. NS-Kriegsverbrecher im Sold der USA,* Wien 1988.

Wagner, Patrick, *Hitlers Kriminalisten. Die deutsche Kriminalpolizei und der Nationalsozialismus,* München 2002.